AYLA DADE

BLACKWELL PALACE

Risking it all

Roman

PENGUIN VERLAG

MIX
Papier | Fördert gute Waldnutzung
FSC® C014496

Penguin Random House Verlagsgruppe FSC® N001967

2. Auflage 2023

Dieses Werk wurde vermittelt durch die Literarische Agentur
Thomas Schlück GmbH, 30161 Hannover.
Lektorat: Steffi Korda, Hamburg
Illustrationen: Christin Neumann
Umschlaggestaltung: ZERO Werbeagentur, München
Umschlagabbildung: Collage unter Verwendung von Motiven
von shutterstock.com
Gesamtherstellung: GGP Media GmbH, Pößneck
Printed in Germany
ISBN 978-3-328-11025-5
www.penguin-verlag.de

Playlist

Iris – Michael Constantino
Summer of '69 – Tyler Ward, Jada Facer
Cry Me A River – Nina Nesbitt
Always Remember Us This Way – Lauren Spencer Smith
The Scientist – Emily James
Intentions Acoustic – Jonah Baker
Teenage Dream – Bailey Rushlow
She Will Be Loved Acoustic – Beth
My Girl Acoustic – Tiffany Alvord
Since U Been Gone – Thomas Daniel
Earned It – The Weeknd
Say You Won't Let Go Acoustic – Matt Johnson, Jaclyn Davies
Complicated Acoustic – Kaiak
Don't You Worry Child – Symphoniacs
See You Again – Wiz Khalifa, Charlie Puth
How Do I Say Goodbye – Dean Lewis
Crazy In Love – Beyoncé
Wrecking Ball – Bailey Rushlow
AVA – Natalie Jane
Run Boy Run – Woodkid
Fire Meet Gasoline – Sia
Impossible – James Arthur
I Wanna Be Your Slave – Måneskin
Royals – Lorde
What You Know Bout Love – Pop Smoke
Rockstar – DaBaby, Roddy Ricch
Glorious – Macklemore, Skylar Gray
Little Bit Of Love – Tom Grennan
Pompeii – Bastille
Sweet Dreams Acoustic – Holly Henry
I Put A Spell On You – Annie Lennox
Undiscovered – Laura Welsh

*Liebe Leser*innen,*

ich freue mich so sehr, dass ihr ins Blackwell Palace eintauchen und euch von seinem Luxus und Glamour verzaubern lassen wollt.
Vorab aber ein wichtiger Hinweis:
Beim Schreiben meiner Geschichten ist eure Unterhaltung mein oberstes Ziel. Ihr sollt einige wundervolle Stunden fernab der Realität bekommen, in denen ihr nur so durch die Seiten fliegt und ein anderes Leben lebt. Sollte es also Themen in eurem Leben geben, mit denen ihr nicht konfrontiert werden wollt, und ihr befürchtet, es könnte ein Thema des Buches sein, so bitte ich euch, vor dem Lesen einen Blick auf S. 506 zu werfen. Dort sind die sensiblen Themen dieses Romans aufgelistet. Bitte seid euch allerdings bewusst, dass diese Liste Spoiler enthält.
Was mir außerdem noch wichtig ist: Meine Charaktere erleben einige intime Momente miteinander, in der Unterwürfigkeit und Dominanz eine große Rolle spielen. Ich bitte euch selbst oder auch eure Eltern, einzuschätzen, inwieweit ihr eine moralisch graue Fiktion und die Realität voneinander trennen könnt.
Ich wünsche euch viel Freude beim Lesen meiner neuen Reihe.
Es wird skandalös, und ich könnte nicht stolzer auf diese Reihe sein!
Und nun taucht ab ins Blackwell Palace, Signore e Signori!

Eure Ayla

Für meinen Papa.
Ich wünschte, du könntest das sehen.

NEW BEGINNINGS

Paola

Ich frage mich, was andere wohl denken, wenn sie mich jetzt sehen. In meinem Kopf gibt's eine Auswahl von drei Gedanken: Ronja Räubertochter, die Bücherdiebin oder Tarzan. Ersteres aufgrund meiner wilden langen Haare, die nach meinem Reisetrip das reinste Chaos sind, Zweiteres wegen des gebundenen Buches, das ich mir wie einen Schutzschild vor die Brust drücke, und Letzteres wegen meiner viel zu dünnen Jacke. Scheiße, es ist gerade mal Oktober und ich habe das Gefühl, hier herrschen Minusgrade!

Ich bin mir sicher, dass mindestens einer meiner Vergleiche zutrifft, denn ich bin eine wandelnde Katastrophe. Nach dem knapp zweistündigen Direktflug von Neapel nach Zürich habe ich in den Spiegel auf den Flughafentoiletten geschaut. Aus Versehen. Ich wollte eigentlich nicht, es war quasi ein Unfall, weil mich die Frau neben mir nach einem Tampon gefragt hat, und ich völlig überfordert von meinem Spiegelbild wissen wollte, wie ich ihr nun erkläre, dass ich eine Periodentasse benutze, aber da war es dann schon zu spät. Ich konnte mein Erscheinungsbild in Form einer mitgenommenen *Jumanji*-Spielerin in voller Pracht begutachten: tiefe Augenringe auf meiner gebräunten Haut, das dunkelbraune Haar ein Paradies für kleine Vögelchen, meine Brauen dick und buschig wie immer, und meine Handrücken rot und zerkratzt wegen meiner Neurodermitis-Schübe, die bei Stress schlimmer werden.

Und Stress habe ich gerade ganz besonders. Vor allem, wenn ich an Gabriel denke. Daran, wie Tränen in seinen dunklen Augen glänzten, als ich ihm sagte, ich würde fortgehen. Ich schiebe die Gedanken an meinen Bruder, der in Italien mit meiner I-don't-give-a-fuck-Mutter und seinem Möchtegern-Mafia-Vater in der kleinen Steinbruchbude festsitzt, beiseite, erinnere mich daran, wofür ich das hier tue, und sehe durch die Fensterscheiben des Zuges. Unter meinem Arm klemmt *Effi Briest*, in den Händen halte ich nun mein Notizbuch, die Seiten aufgeschlagen. Mein Blick klebt an meiner stetig wachsenden und sich verändernden Liste. Darauf stehen Dinge, die mir Angst machen, und wie ich das ändern möchte.

Punkt 1: In St. Moritz nicht zurechtzukommen.
Lösung: Networken, Geld verdienen, ein paar Sachen unternehmen.
Punkt 2: Im Blackwell Palace nicht dazuzugehören.
Lösung: Einfach mal die Klappe halten und nicht alles sarkastisch kommentieren.
Punkt 3: Gabriel zurückgelassen zu haben.
Lösung: Arbeiten, meine Mission durchziehen und ihn da rausholen!

Der Zug hält. Schnell verstaue ich das Notizbuch in meinem Rucksack, aber mein Buch behalte ich in der Hand. Vielleicht kann ich während der Taxifahrt noch etwas lesen. Die Türen gehen auf, und ich steige aus.

Schnee, Schnee und noch mal Schnee. Und das Ende Oktober! Als hätte das Universum meine Ankunft gerochen und jede Magie vorbereitet, die es zu bieten hat.

Eiskalte Luft hüllt mich ein, als ich mit meinem Rucksack und den viel zu dünnen Stiefeln in den Schnee stapfe. Bei dem Anblick der weißen Gipfel, die hoch in den Himmel ragen, dem vertrauten Glockenturm, den ich mir so oft auf den Bildern der Bibliotheksbücher angesehen habe, und den vielen Häuschen, die sich versetzt auf den Bergen aneinanderreihen und deren Lichter hinter den Fenstern wie Sterne um die Wette strahlen, bleibt mir der Atem weg. Ich umfasse die zerfledderte Schmuckausgabe von *Effi Briest* fester, recke das Kinn in die Höhe, schließe die Augen und … *atme*.

Das hier ist es. St. Moritz. Mein Geburtsort. Die Stadt, die sich vor Ewigkeiten in mein Herz geschlichen und von dort nie wieder verschwunden ist, obwohl ich mich kaum erinnern kann. Und jetzt, Jahre später, atmen dieser Ort und ich endlich wieder dieselbe eisige Luft. Verrückt. *Verrückt!*

Jemand rempelt gegen meinen Rucksack. Ich stolpere vor, taumele, versuche, das Gleichgewicht zu halten, lasse aber mein Buch fallen. Der Schnee tränkt den Leineneinband. Keuchend starre ich auf diese mittelschwere bis nukleare Katastrophe, als neben mir jemand zischt und wütend seinen Koffer durch den Schnee zerrt.

»Du versperrst den Weg, Mädchen!«

Ich beachte ihn nicht, bücke mich zu meinem Buch, das ich für wenig Geld gebraucht bestellt habe, und will weinen, als ich die nassen Seiten durchblättere. An meiner Lieblingsstelle halte ich inne. Der Vorbesitzer hat ein Zitat unterstrichen: *Ich spreche nicht gern vom Tod, ich bin für Leben.* Darüber wurde mit Kugelschreiber gekritzelt: *lebe für dich, für dein Herz, deinen Willen.* Jetzt verschwimmt die Tinte. Langsam streiche ich mit dem Finger über die Wörter, das gewellte Papier …

»Ah, du bist es!«

IT'S A NAKED MOLE RAT!

Paola

Zwei starke Hände landen auf meinen Schultern. Ein stämmiger, großer Typ kommt aus dem Nichts angesprungen. Ich zucke so stark zusammen, dass mein Buch fast wieder in den Schnee gefallen wäre, hätte der lebendige Hüpfball es nicht in letzter Sekunde aufgefangen.

Leider muss ich feststellen, dass Mr. Flummi heiß ist. *Extrem* attraktiv. Mit seinem kurz geschorenen, aschblonden Haar, den eisblauen Augen und der breiten Statur sieht er aus wie vom Militär.

Locker dreht er das Buch in seinen Händen, ehe er es mir zurückgibt. »Du bist Paola Cortessa, oder? Sag Ja, bitte sag Ja, sonst ist hier nämlich niemand mehr, der zu den Beschreibungen passen würde, und es wäre schade, weil ich dich dann wieder ziehen lassen müsste, obwohl ich gerade festgestellt habe, wie *außerordentlich* hübsch du bist.«

Hat er gerade gesagt, ich sei außerordentlich hübsch? Ja. Ja, ich glaube schon. Entweder das oder ich bin in eine Trance verfallen, seine Worte eine Illusion meines vernebelten Verstands, während sich seine Lippen bewegen. Möglicherweise illusioniert mir meine Überdosis grüner Tee das Hirn.

»Ähm …« In dieser Sekunde ruft mir mein innerer Grünteeherrscher höhnisch in Erinnerung, dass Norberts Kopf aus meinem Rucksack lugt, weil der zu vollgestopft ist, als dass ich ihn hätte schließen können. Norbert ist mein neuestes Projekt, ein gehäkelter Amigurumi in Form eines Nacktmulls, aber Farbe und Augen sind mir misslungen, weshalb er jetzt aussieht wie ein Schwein auf Meth.

Unauffällig drehe ich mich ein Stück zur Seite. »Ja, ich, ähm, bin Paola. Und du?«

Der Typ sieht so scheiße edel aus, ich würde meinen Arsch drauf verwetten, dass er nie so was wie *ähm* sagt.

»Laxon Caville.«

Ich starre ihn an, weil ich nicht weiß, was ich sagen soll. Er steht da wie eine Festung und gibt mir das Gefühl, ich sollte ihn kennen. Und da kein weiteres Wort mehr seinen Mund verlässt, scheint er das wirklich zu glauben. Unter seiner Musterung wird mir unwohl. Ich bin hübsche Männer, die mich ungeniert anstarren, nicht gewohnt.

Ich zucke die Achseln. »Tut mir leid, aber ich habe keine Ahnung, wer du bist.«

»Macht nichts«, sagt er und hat dabei dieses angedeutete Grinsen im Gesicht, das mich nervös macht. »Ich weiß ja, wer du bist. Nämlich die neue Angestellte im Blackwell Palace.«

»Oh.« Ich blinzle. Schnell. Bis die Rädchen in meinem Hirn sich verzahnen. »Du bist derjenige, der mich hier abholen soll?«

»Korrekt, meine Liebe.« Als er sieht, dass ich auf diese Wortwahl mit einer hochgezogenen Augenbraue reagiere, wird sein Grinsen breiter. »Aber mir gefällt, dass du keine Ahnung von mir hattest. Besser so, als dass du mich für meinen Cousin oder so gehalten hättest.«

»Warum sollte ich das tun?«

Darauf geht er nicht ein. Er legt nur den Kopf schief, verengt die Augen und sagt: »Man hat es dir nicht gesagt?«

»Was gesagt?«

»Nichts.«

Ich runzle die Stirn. »Du bist merkwürdig.«

»Danke schön.«

Daraufhin muss ich tatsächlich grinsen. »Du wirst also nicht gern für deinen Cousin gehalten?«

Er lacht trocken auf. »Was für eine Frage.«

»Warum?«

Er streckt den Finger aus und tippt mir auf die Nase, als wäre ich ein Kleinkind. Ja, wirklich. Das hat er echt getan.

Perplex starre ich ihn an, aber bevor ich ihm sagen kann, dass ich nicht so auf Nasenstupser stehe, entgegnet er: »Ich merke, du bist ein neugieriges kleines Ding.«

»Also, ich assoziiere das Wort *Ding* mit dem männlichen Geschlechtsteil, und das bin ich offensichtlich nicht.«

Fängt ja gut an mit dem nicht Auffallen und die Klappe halten.

Er grinst. »Aber süß.«

Ich verziehe das Gesicht, was ihm nicht entgeht. Sein Grinsen wird überdimensional. »Okay, Erklärung: Ich werde nicht gern für jemand anderen gehalten, weil ich gerne ich bin.« Er zwinkert. »Und für gewöhnlich mögen die Frauen das.«

Hitze steigt in meine Wangen, weil er mich ansieht, als würde er mich mit dieser Frage herausfordern. Als würde er von mir hören wollen, dass ich das genauso sehe. Und leider hat er recht. Ich würde diese rebellische Aura, die seine Züge umgeben, als sehr intensiv beschreiben. Einnehmend. *Interessant.*

»Um aber zurück zum Wesentlichen zu kommen«, führt der Kerl fort, »ja, ich soll dich hier abholen.« Er kramt in seiner Lederjacke und hält mir ein kleines Kärtchen vor die Nase. Es sieht edel aus, weiß mit gold verziertem Rand und geschwungenen Lettern. Darauf steht: *Blackwell Palace VIP Member* – neben seinem Bild. Ich kann den Namen darunter nicht lesen, weil er ihn mit seinem Daumen verdeckt. »Damit du nicht denkst, ich wäre ein kranker Psycho oder so.«

»Das wäre trotzdem möglich.« Misstrauisch sehe ich zu ihm auf. »Ist bestimmt nicht schwer, diese Karte zu fälschen.«

»Aber woher sollte ich dann wissen, dass du Paola Cortessa bist, neue Angestellte des Palasthotels, frisch eingetroffen aus San Luca?«

Ich räuspere mich. »Also, ähm, fahren wir zusammen hin?«

Ähm ähm ähm.

»Korrekt, geheimnisvolle Schönheit.«

Verwirrt sehe ich ihn an. »Wie bitte?«

»Nun, irgendeinen Grund hat es, dass man mich schickt, um dich persönlich abzuholen, nicht wahr?«

Oh, shit!

»Ich …«

Er lässt mich nicht zu Wort kommen. Macht einen Schritt auf mich zu. »Sag mir, Paola: Ist es gewöhnlich, dass die Saison längst begonnen hat und urplötzlich, so ganz aus dem Nichts, eine neue Sommelière eingestellt wird?«

Seine Worte treiben mir den Puls in die Höhe. Haltsuchend krallen meine Finger sich in den Bucheinband von *Effi Briest.* »Na ja, nein, a… aber das war vielleicht ein Ausnahmefall?« Am Ende des Satzes wandert meine Stimme drei Oktaven in die Höhe. Ich klinge wie ein kleines Mäuschen, das ich nicht bin. Super.

»Ein Ausnahmefall?« Er wirkt interessiert. »Erzähl mir mehr.«

»Ich meine nur, weil ich im letzten Jahr den Bewerbungsprozess durchlaufen bin. Ich habe nie erfahren, ob ich angenommen worden wäre, weil ich mir das Bein gebrochen und im Vorfeld bei Signore Van Dyk abgesagt habe.«

»*Signore.*« Sein Mundwinkel zuckt. »Mir gefällt, wie du das sagst. In diesem perfekten Italienisch.«

Das wundert mich. Wir sprechen zwar auf Deutsch miteinander, aber Italienisch können hier eigentlich die meisten. »In St. Moritz ist die zweithäufigste Sprache Italienisch, oder nicht?«

»Ja. Und die meisten sagen Signore oder Signora statt Herr und Frau. Trotzdem. Dein Italienisch mit dieser niedlichen Stimme klingt besser. Süßer. Einfach … ungewöhnlich.« Er neigt den Kopf, sein Blick huscht über meine Schulter hinweg. »Genau wie diese von enormer Hässlichkeit geprägte Ratte in deinem Rucksack. Sag, handelt es sich hierbei um eine Voodoo-Puppe?«

Augenblicklich brennen meine Ohren vor Scham. »Nein.«

»Weißt du, Paola …« Der Kerl leckt sich über die sündhaft schönen Lippen. »Ich denke, dich plagt eine traumatische Vergangenheit mit einem grunzenden Wesen, das dich in den Wahnsinn getrieben hat.« Nachdenklich verzieht er den Mund. »Vielleicht ein schnarchender Ex? Schlaflosigkeit soll übel sein. Kann zu Angstzuständen und irrer Panik führen. Vielleicht deshalb die Flucht hierher, und um dich ganz abzusichern«, er zwinkert, »das kleine Voodoo-Rättchen.«

Ich starre den Kerl an. Und dann platzt es einfach aus mir heraus: »Bei dir läuft doch irgendetwas nicht richtig.«

»Was für eine bemerkenswerte Auffassungsgabe du doch hast«, sagt er mit einem Ausdruck im Gesicht, als würden wir uns über das skurrile wissenschaftliche Forschungsergebnis unterhalten, dass Hühner lauter gackern, wenn sie schöne Menschen sehen. »Die Leute behaupten tatsächlich, ich hätte sie nicht mehr alle.« Dann verziehen sich seine Lippen und verleihen ihm einen verruchten Ausdruck. Leicht beugt er sich vor. »Und eine Vorliebe für Mädchen, die so perfekt *Signore* sagen, habe ich ebenfalls. Kannst du mich auch so nennen?«

Obwohl es bitterkalt hier draußen ist, spüre ich plötzlich eine merkwürdige Hitze, die meinen Hals hinaufkriecht. »Vielleicht, wenn ich herausfinde, dass du ein anständigerer Typ bist, als ich es bisher glaube.«

Diese Aussage macht etwas mit ihm. Zum ersten Mal, seit ich auf diesen Mann getroffen bin, wirkt er verdutzt. Seine Lippen teilen sich, in den Augen funkelt Überraschung. Nur eine Sekunde, aber deutlich sichtbar.

Schließlich blinzelt er diesen offenen Ausdruck beiseite und die verschmitzten Züge sind zurück. Er grinst von einem Ohr zum anderen. »Oh Mann, du gefällst mir immer besser.«

»Weil ich dich für einen Playboy halte?«, sage ich trocken.

Er lacht. »Playboy.« Kurz schüttelt er belustigt den Kopf. »Wer sagt das heute noch?«

»Mit Sicherheit viele Mittvierziger in ihrer dritten Midlife-Crisis.«

»Hmm. Jetzt fühle ich mich wie ein halb nackter Typ mit Schnauzer auf dem Cover einer billigen Zeitschrift aus den Siebzigern.«

»Sehr schön. Da sehe ich dich.«

Seine Augen funkeln belustigt. »Ich würde dich jetzt gerne schütteln, aber da das noch nie jemand zu mir gesagt hat, mag ich dich tatsächlich noch ein bisschen mehr.« Er neigt das Kinn. »Und wegen deiner Ratte.«

»Es ist ein Nacktmull.«

»In keinem Leben ist das ein Nacktmull.« Er sieht aus, als wolle er todernst mit mir über die Politik des Landes diskutieren. »Hast du dir das Ding mal angesehen?«

»Zufälligerweise, ja. Ich hab's selbst gemacht.«

Er blinzelt. »Die Ratte ist von dir?«

»Nacktmull.«

»Es hat spitze Zähne! Zwei!«

»Das haben diese Tiere so an sich.«

»Wenn du meinst.« Er sieht über seine Schulter. Ich registriere, wie uns Passanten neugierige Blicke zuwerfen, was mit ziemlicher

Sicherheit ihm geschuldet ist. Laxon ist groß, seine blauen Augen leuchten vom vielen Schnee um uns herum hell, und das warm goldene Licht der Straßenlaternen lässt sein Haar strahlen, als schwebe ein Heiligenschein über ihm. Sein Kinn ist markant, die Lippen voll, und *alles* an ihm, von der Lederjacke bis zu seinen Boots, schreit nach rebellischer Attraktivität.

Er sieht wieder zurück zu mir. In seinen Augen erkenne ich Aufregung. Abenteuerlust. Er wirkt, als wäre ihm gerade eine Idee gekommen, die ihn in euphorische Ebenen katapultiert. Die Aura, die ihn umgibt und mich in dieser Sekunde miteinschließt, ist völlig sonderbar. »Nun, das Palasthotel wartet auf dich.« Er neigt den Kopf, grinst schon wieder. »Lust auf eine Spritztour durch St. Moritz, geheimnisvolle Schönheit?«

Ich sehe ihn finster an. »Dieser Spitzname ist absurd.«

»Findest du?«

»Absolut.«

Er wartet meine Antwort nicht ab. Laxon nimmt einfach meine freie Hand und führt mich mit sich. Ich ignoriere das plötzliche Ziehen in meinem Magen geflissentlich. »Begründung?«

»Ich bin nichts dergleichen.«

»Wenn es dir lieber ist, kann ich dich auch little secret nennen.«

Ich verziehe das Gesicht. »Bitte nicht«, flehe ich.

Er sieht mich an, hebt eine Braue. »Mir gefällt dein leichter Akzent.« Und dann, nach einer kurzen Pause, fügt er hinzu: »Und deine Unsicherheit.«

»Ich bin nicht unsicher!«, sage ich laut.

»Ich denke, du *willst* nicht unsicher sein, deshalb gibst du dich besonders schlagfertig, obwohl es in dir ganz anders aussieht.«

»Schwachsinn«, sage ich, obwohl ich diesmal nicht ganz so überzeugt klinge wie zuvor. Meine von Mobbing geprägte Schulzeit hat nicht gerade für das beste Selbstbewusstsein gesorgt. Aber genau das brauchte ich für meine Jobs als Sommelière. Mir blieb nichts anderes übrig, als die kühne, taffe Frau zu mimen, während in mir das innere Kind heulte, weil es sich ständig Gedanken über alles machte. Lächle ich richtig? Sitzen meine Haare? Starren mir die Gäste auf die Nase und denken an ein Schweinchen? Also, ja, gewissermaßen hat der Typ recht. Und bei dieser Erkenntnis rutscht mein Herz beinahe in die Hose, würde es nicht das Blitzlicht in der Nähe registrieren. Blinzelnd sehe ich an meinem Begleiter vorbei und erkenne eine Person, die sich hinter einer Kamera versteckt. Erschrocken stelle ich fest, dass sie auf uns ausgerichtet ist.

Ich entziehe meine Hand der des Typen. »Da hat jemand ein Foto von uns gemacht!«

Lässig zuckt er die Achseln, ohne sich umzudrehen. »Passiert.«

»Wie bitte?«

»Die Leute gaffen, Paola. Was soll ich sagen?« Laxon lüpft die Brauen. »Mich umgibt ein gewisser Charme.«

»Und deshalb fotografieren sie dich einfach?«

»Manchmal.«

Plötzlich kommt mir ein Gedanke. »Bist du ein bekanntes Model oder so?«

Er wirft mir einen belustigten Seitenblick zu. »Model, ja? Du findest mich also hübsch?«

»Das ... Ich ...« Schon wieder brennen meine Wangen. Da feiern verdammte Feuerameisen eine wilde Party unter meiner Haut, ganz sicher. Ich würde ihnen gerne sagen, dass Partys und ich nicht zusammenpassen und sie sich gefälligst verpinkeln sollen, aber in der Sekunde fasst der Kerl meinen Ellbogen, und jeder Gedanke in meinem Kopf verpufft in der Geschwindigkeit eines Morgenmuffels, dem ein Monster Energy auf den Tisch geknallt wird.

Er führt mich über eine rote Ampel. Das ist der Moment, in dem ich wieder zu mir komme. Ich will stehen bleiben, aber er geht einfach weiter. »Kommt doch gerade kein Auto«, sagt er. Einfach so. *Kommt doch gerade kein Auto.*

Unruhig blicke ich mich um. Ich habe das Gefühl, die Blicke der Leute verfolgen uns. »Lebst du immer so riskant?«

»Ja.«

»Warum?«

»Warum nicht?«

Die Straßenlaternen leuchten mir entgegen. Der Schneefall wird stärker. Ich wickle meinen Schal fester, richte mein Stirnband und wische mir mit den Handschuhen einzelne Flocken aus dem Gesicht. Um uns herum erkenne ich niedliche Häuser vor dem Hintergrund der gewaltigen Wipfel, die vom grauen Himmel verschluckt werden.

Ich bin so von dem Glitzern der Laternenlichter und Fensterbeleuchtungen in der angehenden Dunkelheit fasziniert, von der malerischen Kleinstadt im Schneegetümmel, dass ich kaum merke, wie Laxon stehen bleibt.

»Voilà, da wären wir.«

BLUE EYES, LEATHERJACKET AND A MOTORCYCLE

Paola

Der Kerl steht neben einem Motorrad, macht eine angedeutete Verbeugung und zeigt mit spiralförmiger Handbewegung auf das Fahrzeug. »Wenn ich bitten darf?«

Meine Augen fokussieren das Ding. »Das ist deins?«

»Korrekt.« Er tätschelt das monströse Schlachtschiff, als wäre es sein Neugeborenes. »Meine süße Suzuki.«

»Du gibst diesem Weltuntergangsding einen Namen?«

»Weltuntergangsding?«

»Motorräder sind keine Fahrzeuge«, stoße ich schockiert aus. »Es sind die vierten apokalyptischen Pferde!«

»Wenn ich mich nicht irre, gibt es der Sage nach nur eines von diesem vierten Pferd.«

»Ja, aber jedes Motorrad der Welt manifestiert sich in dem apokalyptischen Dingsda!«

Er scheint äußerst interessiert an meinem Gedanken zu sein. »Du meinst, als Summe ergeben sie ein Ganzes?«

»Richtig. Deshalb bringt dieser Reiter ja den Untergang. Alle Motorräder dieser Welt bündeln ihre Gefahr zu einer Quelle.«

»Und herauskommt die tödliche Macht?«

»Ja.«

Er lacht. »Du gefällst mir wirklich, little secret.«

Ich ignoriere das kribbelige Gefühl in meinen Adern, als er diesen Spitznamen erneut sagt. Sind bestimmt nur die Feuerameisen. Sie gehen auf Wanderschaft. Scheinbar Nomaden. Ist okay. Zweckentfremdet meinen Körper, kleine Insekten, solange es bedeutet, dass ich mich nicht gerade zu diesem Kerl hingezogen gefühlt habe!

»Nun«, sagt er und schenkt dem Motorrad ein liebevolles Lächeln, »dann sollten die Heiligen Schriften geändert werden.«

»Inwiefern?«

Laxon holt sein Handy aus der Lederjacke. Das neuste iPhone. Klar. Noch während er es entsperrt, drückt das Gewicht meines alten Nokia 3310 wie tonnenschweres Blei in der Tasche meines Mantels. Wenigstens habe ich das Snake-Game, ein Panzerdisplay und einen unsterblichen Akku. Ich gehe hier deutlich als Gewinnerin raus.

Der Bildschirm des iPhones lässt seine Augen noch heller leuchten. »Pass auf, in Wahrheit muss es also heißen: *›Und da es das vierte Siegel auftat, hörte ich die Stimme des vierten* Dingsda *sagen, komm! Und ich sah, und siehe, ein fahles* Motorrad*! Und der daraufsaß, des Name hieß Tod, und die Hölle folgte ihm nach.‹*«

Fast muss ich lachen. Aber Laxon bleibt ernst, und ich will das auch bleiben. Ich will, dass er sieht, wie cool ich bin, obwohl ich nicht cool bin. Das ergibt Sinn, denn in mir leben Feuerameisen. Ich bin so hardcore, cooler geht's nicht.

»Korrekt«, sage ich knapp.

»Nun, dann ist das vierte apokalyptische Ding eine Suzuki Hayabusa.«

»Sagt mir nichts.«

»Das heißt übersetzt Wanderfalke.«

»Aha.«

»Aha?« Ihm fallen fast die Augen raus. »Das hat mehr verdient als nur ein Aha!«

»Wieso?«

»Weil Wanderfalken eine Spitzengeschwindigkeit von über 350 Kilometer die Stunde erreichen.«

»Und?«

»*Und* schneller sind nur Rentner, wenn im Supermarkt eine zweite Kasse öffnet!«

Ich will es nicht. Wirklich nicht. Aber mein Körper entzieht sich meiner Gewalt und macht sein eigenes Ding. Meine Damen und Herren, der Moment ist gekommen: Ich muss lachen.

Laxon grinst, als hätte er eine Challenge gewonnen. »Aber egal. Das Einzige, was du wissen musst …« Er öffnet den Sitz und holt einen Helm heraus, den er mir reicht. »Dieses Ding ist das schnellste Motorrad auf dem Markt.«

Ich betrachte das schwarze Gefährt mit den orangefarbenen Highlights. »Es sieht aus wie eine gefährliche Hornisse. Und das da …«, ich umklammere mein Buch, deute mit dem Kinn zum Helm und bewege mich keinen Millimeter, »… kannst du vergessen. Ich steige doch nicht freiwillig auf den Bringer des Todes!«

»Hmm.« Er steckt die Hand in den Helm und dreht ihn in der Luft. Er wirkt amüsiert. »Vielleicht ist das mein Stichwort, um dir zu verraten, dass es zwecklos ist, mir meine Vorhaben auszureden.«

»Ich rede es dir nicht aus. Ich komme nur einfach nicht mit.«

»Kommst du.«

»Ach?« Meine Füße werden taub vor Kälte. Ich verlagere das Gewicht von dem einen auf das andere Bein. »Das will ich sehen.«

»Wirst du in weniger als … einer Minute.«

»Meinst du, ja?«

»Ja.«

»Und wieso?«

Seine Lippen formen schon wieder ein Lächeln. »Schau mal, da.« Er deutet mit dem Finger über meine Schulter hinweg. Ich drehe mich um und erkenne zwei Frauen, die gerade ihr Handy zücken und auf uns richten. »Und da.« Er berührt mein Kinn, dreht es in die andere Richtung. Ein merkwürdiges Gefühl strömt durch meinen Körper, bis ich einen Mann mit einer Spiegelreflexkamera sehe, die trotz des Schneefalls auf uns gerichtet ist, und die kribbelige Wärme zu Eis gefriert. »Die wollen alle die neueste Story bringen, wer das Mädchen an meiner Seite ist. Weil ich vielleicht doch ein Model bin? Hm, wer weiß. Aber Fakt ist, sobald ich mich auf dieses Motorrad geschwungen und um die nächste Ecke verschwunden bin, stürzen sie sich auf dich und bombardieren dich mit Fragen.« In seinen Augen funkelt der Schalk. »Klingt das nach etwas, auf das du gerade scharf bist?«

Oh, *Mamma mia*. Der Kerl ist eigensinnig, selbstbewusster, als ihm womöglich guttut, und weiß definitiv, wie er jedes Wort richtig einsetzt, um überzeugend zu sein.

»Schön«, zische ich und nehme ihm den Helm ab. In meiner Brust pocht mein Herz in einer unangenehmen Schnelligkeit, die mir bis ins Mark geht. Ich habe noch nie auf einem Motorrad gesessen. Und ganz sicher sollte ich das nicht mit diesem Rebell tun. Das geht gegen jedes Sicherheitsprinzip meines »Gutes Mädchen«-Radars, der in dieser Sekunde heftig ausschlägt. Aber ich glaube leider, dass er recht hat. So, wie die Leute gaffen, zweifle ich nicht an seinen Worten. Auch, wenn ich keine Ahnung habe, wer Laxon Caville ist: Sie werden sich auf mich stürzen, und das ist etwas, das ich noch viel weniger will. Meine Devise für das Leben und jetzt auch für das Blackwell Palace lautet: Kopf einziehen, Geld verdienen, und *bloß* nicht auffallen. *Im Schatten bleiben, Paola. Das ist gut, das ist sicher, da findet dich keiner, und wenn dich keiner findet, kann dir auch nichts passieren. Kein Skandal. Keine Jungs. Nichts, das deinem Plan in irgendeiner Hinsicht im Weg stehen könnte. Vergiss nicht: Es geht um deinen Bruder!*

»Was ist das für ein Buch?«, fragt er, als ich das alte Hardcover mit fahrigen Fingern in meinem Rucksack verstaue. Norbert Nacktmull protestiert heftig, denn sein wolliger Körper wird leider sehr unvorteilhaft eingequetscht. Er hasst mich jetzt, und das macht mir Angst, obwohl das Ding nicht real ist. Es muss an diesen Meth-Augen liegen. Ich sollte sie dringend neu stechen.

Als der Reißverschluss mit Mühe und Not geschlossen ist, sehe ich verwundert auf. »*Effi Briest.*«

Er verzieht das Gesicht. »Klassiker. Nicht meins.«

»Das habe ich auch nicht erwartet.«

»Wieso?« Er schwingt sich auf den Vordersitz seines Motorrades, ohne den Blick von mir abzuwenden. »Sehe ich etwa so aus, als würde ich romantischen Dramen nichts abgewinnen können?«

»Ja.« Ich rümpfe die Nase. »Außerdem kann ich mir nicht vorstellen, dass ein Rebell wie du seine Zeit mit Lesen verschwendet.«

Sein Grinsen wird breiter. »Oh, Paola, Paola.« Er klopft hinter sich, um mir zu bedeuten, mich zu setzen. »Manche Rebellen tun das sehr wohl. Warte ab, bis du meinen Bruder kennenlernst.«

Ich setze mich, ziehe den Helm über den Kopf. »Du hast einen Bruder?«

»Halbbruder. Andere Mutter.« Er streckt die Hand aus, schiebt das Visier meines Helms herunter. »Und jetzt, meine Liebe: *Festhalten.*«

I WON'T SAY DAMN EVER AGAIN, PROMISE

Paola

Das Blackwell Palace liegt nicht weit vom Bahnhof entfernt. Das habe ich so sorgfältig recherchiert, wie ich alles in meinem Leben sorgfältig recherchiere. Aus der Blackwell-Doku, die irgendwann letztes Jahr rauskam, weiß ich, dass Jake Blackwell Amerikaner ist und erst mit einundzwanzig Jahren nach St. Moritz gekommen ist, um das Hotel seines Großvaters zu übernehmen. Vor knapp dreißig Jahren. Heute bereitet er seine zwei Söhne darauf vor, das Imperium zu übernehmen. Die beiden sind aus der Doku rausgehalten worden, aber ein paar Sachen wurden trotzdem erwähnt. Zum Beispiel, dass Jakes einer Sohn, Edward, nach ebendiesem Großvater benannt worden ist. Ich weiß, dass Jake mit zweitem Namen Charles heißt, wie sein erster Sohn. Niemand würde mir glauben, dass ich keine Ahnung habe, wie sie aussehen. Das ist verrückt, und das gebe ich sogar zu, aber es stimmt! Edward und Charles Blackwells Gesichter sind weltberühmt, nur ich könnte vor ihnen stehen und keinen blassen Schimmer haben. Aufgrund vieler seltsamer Schicksalsfügungen und weil das Universum scheinbar wollte, dass ich völlig unvorbereitet hier aufkreuze. Weil ich mich bis vor einer Woche nicht für die Jungs interessiert habe, in der Bibliothek kein Bild zu finden war und ausgerechnet *in dieser* verdammten Woche kein einziges Klatschblatt etwas über sie geschrieben hat. Weil Mamma Tag und Nacht vor dem PC hing und meinte, sie könne mich nicht dranlassen, sonst würde sie wegen Inaktivität aus dem Chatroom gekickt, der aus irgendwelchen Gründen besonderer war als ihr Erstgeborenes.

Aber na ja. Immerhin weiß ich, dass es mit dem Auto acht Minuten vom Bahnhof zum Hotel dauert. Das meinte zumindest der Reiseführer am Telefon, nachdem er ausgiebig darüber gelacht hat, dass ich weder Laptop noch Tablet oder internetfähiges Handy besitze, um bei Google Maps nachzuschauen. Zwölf bei regem Verkehr, hat er hinzugefügt, was in dieser Kleinstadt mit fünftausend Einwohnern nur zur Saison der Fall sei.

Bei dem Tempo, mit dem der tödliche Reiter sein apokalyptisches Pferd durch die Straßen lenkt, sind es bestimmt höchstens vier Minuten bis zum Hotel. Darauf würde ich mein Buch verwetten. Norbert Nacktmull sowieso. Aber wir fahren bereits länger. Viel länger. Beinahe krampfhaft umklammere ich die Mitte des Kerls, während ich in jeder Sekunde dieses Grauens bete, nicht draufzugehen. Lieber Gott, wenn du mich das hier überleben lässt, werde ich nie wieder etwas tun, das sich nicht gehört. Ich werde nie wieder einen Punkt meiner To-do-Liste abhaken, obwohl ich ihn nicht erledigt habe. Ich werde nie wieder ein Eselsohr in meine Bücher knicken. Ich werde die Zeiger einer Autoparkscheibe nie wieder zu weit nach vorn stellen, um mir mehr Zeit zu verschaffen. Ich werde meinen Handyakku nie wieder auf null Prozent leer gehen lassen, obwohl in der Bedienungsanleitung steht, dass man das nicht tun soll. Und ich werde, bei allen guten Göttern, nie wieder mit einem Typen in Lederjacke auf ein verdammtes Motorrad steigen! (Entschuldige, *verdammt* werde ich auch nie wieder sagen, versprochen.)

»Mach dich locker, Paola!«, ruft er über den Fahrtwind hinweg. Ich kann ihn hören, weil er keinen Helm trägt. Signore Hot ist ganz offensichtlich lebensmüde. Als wolle er diesen Verdacht noch erhärten, hebt er in dieser Sekunde eine Hand und deutet in die Ferne. »Guck dir das an!«

Das tue ich. Und die Schönheit, der ich begegne, *verschlingt* mich. Ich vergesse zu atmen. Ich vergesse sogar, dass ich auf einer rasenden Hornisse sitze. Neben uns ziehen die Häuser vorbei. Ein reinstes Lichtermeer. Dahinter, und auch vor und rechts von uns, erstrecken sich die Berge und eine endlose Weite perlweißen Schnees. In der Ferne erkenne ich einen See inmitten einer kleineren Bergkette, darüber hinweg führt eine Seilbahn die hohen Gipfel hinauf.

Ich bin noch dabei, die atemberaubende Schneelandschaft auf mich wirken zu lassen, als ich plötzlich einen Ruck wahrnehme, der durch meinen ganzen Körper geht. Erschrocken sehe ich nach vorn und …

… werde von blankem Entsetzen gepackt.

WHAT ABOUT A KISS BEFORE I KILL YOU?

Paola

»O mein Gott!«, kreische ich, doch es klingt nur gedämpft durch meinen Helm. Laxon scheint mich trotzdem gehört zu haben, denn seine Schultern beben vor Lachen. Aber ich finde das ganz und gar nicht lustig. Dieser Adrenalinjunkie ist auf die Schienen einer Bahnstation gefahren! In irrem Tempo rast er vorwärts, links und rechts von uns bloß verschneite Ebenen, bis sie plötzlich verschwinden. Mein Herz hört kurz auf zu schlagen, und das meine ich ernst. Ich kann nicht einmal mehr kreischen, weil meine Spucke sich irgendwo zwischen Rachen und Luftröhre verirrt hat. Sie hängt da auf halb acht, genau wie mein Leben, und das ist nicht das, was mein Verstand als richtig erachtet. Auch nicht die vom Grüntee illusionierte Version. Kein Funken in mir schreit nach diesem Abenteuer, dafür blinkt mein Gutes-Mädchen-Radar in besorgniserregendem Tempo. Ich fürchte, er geht kaputt, und dann wäre ich am Ende.

Wir fahren über eine verdammte Eisenbahnbrücke! Jetzt ist um uns herum gar nichts mehr außer gähnender Tiefe in verlassenen Bergebenen. Laxon lacht wie ein Verrücktgewordener.

»Du bist völlig irre!«, brülle ich. Nun habe ich meine Stimme scheinbar doch wiedergefunden. »Dreh sofort um!«

»Geht nicht!«, brüllt er zurück. Ich kann es nicht fassen, dass dieser Vollidiot nicht einmal einen Helm trägt! Und in seiner Lederjacke muss ihm auch schweinekalt sein. »Wenn ich bremse, könnte uns ein Zug rammen!«

What the …

»Bring uns hier runter!« Meine Stimme ist mindestens drei Oktaven höher geklettert. »Du bist ja völlig durchgeknallt!«

Er lacht schon wieder. »Ich weiß!«

Die Brücke führt in einen Berg hinein. Einen Berg! Nicht zu glauben, dass ich vor weniger als einer halben Stunde St. Moritz erreicht habe und jetzt schon im Inneren eines Berges stecke! Ich! Die amigurumihäkelnde, klassikervernarrte Paola – mit einem Rebell in Lederjacke und Badboy-Militär-ich-brech-die-Herzen-aller-Mädchen-Haarschnitt und zweihundert Stundenkilometern in einem Berg! Hallo, Universum, in welche Dimension hast du mich gesandt, und, ähm – *zum Teufel!* – könntest du mich bitte wieder zurückschicken?

Das Universum erhört mich natürlich nicht. Nur das Licht des Motorrades erhellt uns den Weg, was zugegebenermaßen beruhigend ist, weil es bedeutet, dass kein Zug von hinten angerauscht kommt. Und trotzdem bebt mein Körper und versucht, das Adrenalin des Überlebensmodus irgendwie auszuhalten und zu verarbeiten.

»Wenn wir je lebend von diesem Ding steigen«, schreie ich, »bringe ich dich um!«

Er lacht einfach. Dieser Idiot *lacht*!

Der Tunnel endet. Eiskalte Luft empfängt mich, lässt meine Glieder schlottern. Und plötzlich gefriert alles in mir zu Eis, denn hinter uns …

… dröhnt die Hupe eines Zuges. Ich höre das Rattern der Schienen.

»Wir gehen drauf!«, kreische ich, als auch schon ein erneuter Ruck durch meinen Körper geht: Laxon hat sein Motorrad über die Schienen gelenkt und rast den Berg hinunter. Schnee wirbelt um uns herum auf. Ich sehe gar nichts mehr außer Tannen, die an uns vorbeirauschen, weißen Flocken und seine breite Silhouette, doch dann …

Wir kommen zum Stehen. Der Adrenalinfreak atmet schnell und hektisch, auf seinen Wangen sind rote Flecken, aber seine Saphiraugen funkeln, als hätte er gerade einen Schatz gestohlen.

Er reckt die Faust in die Höhe. »Der *absolute* Wahnsinn!« Sein Schrei hallt in den Bergen nach. Der Typ strahlt vor Glück. Diese lebensmüde Fahrt scheint ihn in ungeahnte Euphorie versetzt zu haben. Er hat einen Knall. Völlig einen weg. Er und Meth-Norbert, sie wären die besten Freunde.

Er dreht sich zu mir um, nimmt mir in aller Seelenruhe den Helm ab. »Wir haben einen kleinen Umweg genommen, aber da sind wir nun. Darf ich vorstellen? Dein neues Zuhause.« Er macht eine ausladende Handbewegung. »Mi casa es su casa.«

Ich bin noch wie erstarrt von dem, was ich gerade erleben musste. In unendlicher Langsamkeit wandert mein Blick über seine Schulter hinweg. Jetzt stockt mir sogar mein zuvor noch hektischer Atem. Vor uns, am Fuße eines Berges, nah an einem *riesigen* See gelegen, thront ein gewaltiges, schlossartiges Gebäude. Tannengrüne Spitzdächer auf den Türmen, eine imposante Architektur, unzählige Fenster, hinter denen warm goldenes Licht erstrahlt und mit seinem Schein den Innenhof beleuchtet. Ich erkenne Pferde im Kutschgespann, aus dem in diesem Augenblick Personen vor dem edlem Eingang des Gebäudes aussteigen. Über den hohen Doppelflügeltüren verkünden goldene Lettern den Namen des Palasthotels: *Blackwell Palace.*

Das Gebäude nimmt mich völlig in seinen Bann. Klar, ich habe es schon in den Büchern der Bibliothek von San Luca gesehen. In der Fernsehdoku auch. Aber in echt ist das hier ein anderes Level. Ganz ehrlich, das Hotel der Blackwells sieht aus wie der Buckingham Palace.

Ich weiß nicht, wie lange ich so dasitze und es einfach nur anstarre, als mir plötzlich wieder bewusst wird, wie ich hierhergekommen bin.

»Du!« Ich hüpfe von der Maschine und bohre Laxon meinen Zeigefinger in die Brust. »*Hast du sie eigentlich noch alle*?«

»Hmm.« Er steigt ebenfalls ab und tut, als würde er überlegen. Plötzlich umschließt er meine Hand und lässt sie sinken. Mich durchfährt ein unerwünschter Stromschlag. »Ich glaube nicht.«

»Wir hätten sterben können!«

»Beruhige dich«, sagt er.

»Ich soll mich beruhigen?« Meine Stimme überschlägt sich. Mit zittrigem Finger deute ich in die Ferne. »Da war ein Zug! Direkt hinter uns!«

Er lächelt, und es sieht einen Hauch mitleidig aus, als würde er mich und meinen Aufruhr niedlich finden. »Ich fahre diese Strecke fast jeden Tag, little secret. Ich weiß *ganz* genau, wie schnell ich bin, und ich weiß *ganz* genau, wann welcher Zug fährt.« Er zwinkert. »Vertrau mir.«

»Das wäre das Letzte, was ich tun würde«, murmele ich.

Er zuckt die Achseln. »Auch gut. Nun, ich gehe.«

»Wie bitte?«

Mit dem Kinn deutet er in die gegenüberliegende Richtung des Hotels. Seine Türme ragen in einer Entfernung von weniger als hundert Metern in den nebelverschleierten Himmel. Ein gewundener Weg führt zu dem gefrorenen See, der gesäumt ist von Häusern und Cafés. Das ist vermutlich das Zentrum von St. Moritz. Ob das Hotel absichtlich näher an der Bergkette ist, damit Touristen diese atemberaubende Aussicht genießen können, aber genauso schnell ins Zentrum verschwinden können? Zu Fuß würde ich den Spazierweg den Pfad entlang auf eine Viertelstunde schätzen, und ich freue mich jetzt schon auf etliche Mitternachtsmomente unten am See.

Gedankenfreiheit.

Ich erkenne ein süßes Gebäude, eine Mischung aus luxuriösen goldenen Akzenten und Lebkuchenoptik. Davor haben es sich viele Personen auf Bänken an den langen Holztischen mit einer Wolldecke gemütlich gemacht. Kellner und Kellnerinnen wuseln zwischen ihnen umher. Über der Tür des Cafés prangt der Name in beleuchteten goldenen Lettern: *Coffee o' Clock.* »Ich bringe dich ins Hotelcafé. Dort triffst du Emma, deine Zimmerpartnerin und Kollegin. Sie arbeitet heute im CoC und kann dich direkt unter ihre Fittiche nehmen.«

Laxon stapft voran durch den Schnee, ohne sich nach mir umzudrehen. Die Spuren, die er hinterlässt, sind riesig. Ich glaube, der Typ ist so einer. Er stapft los, und er hinterlässt Spuren. Im Schnee. Im Leben anderer. Überall.

Ich bleibe, wo ich bin, hole Stift und Notizbuch aus dem Rucksack und schlage es auf dem Sitz des Motorrads auf. Ich kann es gar nicht eilig genug haben, diesen verdammten Punkt meiner Liste hinzuzufügen.

Punkt 4: Mit einem Rebell Motorrad fahren.

Lösung: Nie wieder mit einem Rebell Motorrad fahren!!!

Einen kurzen Moment zögere ich, dann kritzle ich direkt darunter:

Punkt 5: Norberts Augen.

Lösung: kleinere Maschen.

Als ich aufsehe, neigt Laxon den Kopf, sieht mich aber nicht an. »Willst du ewig maulen oder dein neues Leben antreten, Paola?«

Ich verstaue das Notizbuch wieder im Rucksack. Neben mir rieselt Schnee von einer Tanne auf meine Schulter. Meine Beine sind noch immer taub, als ich mich in Bewegung setze. »Was ist mit deinem Motorrad?«

Er wedelt mit der Hand durch die Luft. »Hole ich ab, wenn mir danach ist.«

Ich schließe langsam auf. Inzwischen laufe ich fast neben ihm, aber der Kerl ist groß, und er macht genauso große Schritte. Ich muss irgendetwas sagen, um die Wut in mir zu vertreiben und mich zu beruhigen. »Wohnst du im Hotel?«

»Ja.«

Interessant. Merken, Paola, merken. Der Typ könnte dir für das, was du vor hast, vielleicht noch nützlich sein.

»Warum?«

Er zuckt die Achseln. »Warum nicht?«

»Sag schon.«

»Weil ich es kann.«

Frustriert stoße ich Luft aus.

Er quittiert diese Reaktion mit einem leisen Lachen. »So neugierig, little secret?«

Ich schenke ihm ein bittersüßes Lächeln. »Die Neugier steht immer an erster Stelle eines Problems, das gelöst werden will.«

Er hebt eine Braue. »Du denkst, ich bin ein zu lösendes Problem?«

»Und wie du das bist, Mr. Ich-rase-auf-Schienen-durch-einen-Berg.«

Wir erreichen den Pfad und nähern uns dem See. Ich erkenne, wie hochmütig er einen Mundwinkel in die Höhe zieht. »Ich bezweifle, dass diese Fahrt der wahre Grund für das problematische Erachten meiner Wenigkeit ist.« Er macht eine kurze Pause, ehe er hinzufügt: »Aber ich finde es äußerst faszinierend und gewissermaßen schmeichelhaft, dass du mich mit den Worten Galileo Galileis beschreibst.«

Verwundert sehe ich ihn an. »Du weißt, dass das Zitat von ihm ist?«

»Nur, weil mein Bruder es so oft erwähnt hat, dass ich fürchte, ich könnte diese Worte im Schlaf auskotzen.«

Wie schon gesagt, ich habe keine Ahnung, wer Laxon Caville ist, aber zwei Dinge meine ich zu wissen: Erstens, so gewählt, wie er sich teilweise ausdrückt, muss er eine fabelhafte Erziehung und mit Sicherheit auch Bildung genossen haben. Zweitens, so lebensmüde, wie er agiert, so rebellisch, wie er sich kleidet, gibt es irgendetwas in seinem Leben, auf das er mit Gegenwehr reagiert.

Er ist heiß, er ist classy, und er ist wütend aufs Leben, weil er heiß und classy ist. Das denke ich über ihn. Aber ich weiß nicht, ob es schlau ist, überhaupt so intensiv über ihn nachzudenken. Ich sollte dringend damit aufhören, Menschen zu analysieren. Ich bin eine von Feuerameisen besiedelte, vom überdosierten Grüntee illusionierte und von deutschen Klassikern romantikverstrahlte Halbitalienerin. Zwar schlagfertig und meinungsstark, aber im Grunde eher introvertiert. Keine gute Voraussetzung, um mich mit dem apokalyptischen Reiter näher auseinanderzusetzen, wenn ich nicht plötzlich in meiner ganz persönlichen dramatischen Tragödie festsitzen und auf Romeo warten will, nur um ihn am Ende sterben zu sehen.

»Okay, da wären wir«, sagt der Kerl irgendwann, nachdem wir eine ganze Weile schweigend durch den Schnee gestapft sind. Direkt vor uns erglimmen die Abendlichter von St. Moritz. Es ist eine atemberaubende Kulisse vor dem gefrorenen See. Die Häuser drum herum und in der Ferne wirken, als würden sie *glühen,* und hinter ihnen, in aufsteigenden Bergebenen, liegen verschneite Tannen auf den Hängen, so weit das Auge reicht. Ihre Kronen küssen eine lange Wolke weißen Nebels. Über ihnen ragen die Gipfel der Alpen in den Himmel.

»Wahnsinn«, flüstere ich, meine Stimme fortgetragen von der Melodie des friedlichen Abends. Die Stadt ist viel kleiner als in meiner Vorstellung, und sie erstreckt sich um diesen See herum. Es ist, als könnte ich von diesem Punkt aus den gesamten Ort überblicken, eingerahmt von einer gewaltigen Bergkette. Ein gemütliches Tal, viel zu niedlich für all die prekären High-Society-Geschichten, die an diesem Ort ihren Ursprung finden. Ich stehe hier, am Fuße des Palasthotels, etwas abseits vom Zentrum, und spüre eine Art inneren Glücks, als ich mein neues Zuhause betrachte. Diese zuckerwattenweiche Harmonie im Anblick der golden leuchtenden Schönheit ist etwas, das mein Herz ertrinken lässt. Es *ertrinkt* in Wärme, weil es zum ersten Mal richtig baden darf. Zum ersten Mal schwindet die Kälte, die sich in den vergangenen Jahren dort eingenistet hat wie ein eisiges Klauenmonster. Ein wohliger Schauer rieselt meine Wirbelsäule hinab. Langsam, weil ich mich kaum losreißen kann von dieser winterlichen Schönheit, wandert mein Blick von Haus zu Haus, bis ich beim Coffee o' Clock angekommen bin. Inzwischen stehe ich fast genau neben dem Gebäude, kann die edlen Holztische und gemütlichen Stühle im Außenbereich erkennen, die warmen Felle, die darüber liegen, und die Gäste, die es sich darauf gemütlich gemacht haben. Fast alle stecken in teuer aussehenden Mänteln und Boots.

»Und da arbeitet meine Zimmerpartnerin?« Ich verenge die Augen, um einen besseren Blick auf die schnell umherwirbelnden Mitarbeiter zu erhaschen. Sie sehen alle aus wie Goldkehlchen in ihrer schwarz-weißen Uniform samt mattgoldener Fliege. »Welche von denen?«

Aber meine Frage verliert sich in der Stille, nur unterbrochen vom Summen der Cafégespräche und einer angenehmen Pianomelodie, die aus dem Inneren des Gebäudes stammen muss. Ich bekomme keine Antwort. Verwundert werfe ich einen Blick über die Schulter, nur um festzustellen, dass der Adrenalinfreak … O mein Gott, was?!

JUST AN ORDINARY GIRL FROM ITALY

Paola

Dieser Idiot ist tatsächlich abgehauen! Vermutlich auf dem Weg zu seinem nächsten Abenteuer. Ich fasse es nicht.

»Okay, Paola«, murmle ich, wobei eine eisige Kältewolke vor meinem Gesicht entsteht. Ich reibe die Handschuhe aneinander und richte meinen Schal. »Dann findest du es eben selbst heraus.«

Meine Entschlossenheit und der Anflug Mut sinken mit jedem Schritt, den ich durch den Schnee wate. Als ich schließlich mitten im Außenbereich des Cafés stehe, fühle ich mich wie ein Reh im Scheinwerferlicht. Die Blicke der Leute sind nicht gaffend, aber subtil präsent. Immer wieder sehen sie von ihren Tischen zu mir, und mir entgeht nicht, wie abschätzend sie mich mustern. Meine Cordjacke, die billigen Stiefel, den ausgeblichenen Rucksack. Es verlangt mir einiges ab, erhobenen Hauptes an den Gucci- und Dior-Täschchen vorbeizugehen, geradewegs in das Lebkuchenhäuschen hinein. Wenn sie wüssten, dass ich in meinem Leben schon so viel Geld verdient habe, dass ich jetzt locker mit ihnen mithalten könnte, *ohne* eine schwarze Amex von Mama und Papa in der Tasche. Wenn sie wüssten, dass ich mir von dem Verdienst in verschiedenen Sternerestaurants in der Toskana, Rom und Milano eine ganze Erstausstattung an Willkommen-in-St.-Moritz-Designertäschchen hätte kaufen können, wenn ich nicht jeden Cent gegeben hätte, um Gabe auf die Privatschule zu schicken und davor zu bewahren, in der Zukunft wie sein erbärmlicher Stiefvater irgendwelche Handlangerjobs für San Lucas Mafia zu erledigen … Ich habe es getan, weil es das einzig Richtige war. Und ich bereue es nicht. Wirklich nicht. Aber jetzt gerade, in dieser Sekunde, überkommt mich ein schlimmer Stich, der sich wie ein giftiger Pfeil in meine Arterien bohrt und mich wünschen lässt, einfach für mich gelebt zu haben.

Und gleich darauf fühle ich mich grauenvoll. Aber ich kann den Strudel dieser Gedanken nicht aufhalten, denn in diesem Moment spüre ich mehr denn je, dass Laxon mit seiner These voll ins Schwarze getroffen hat: Ich gebe mich gern schlagfertig, weil ich niemandem meine Unsicherheit zeigen will. Schwäche macht Menschen verletzlich, und das kann ich mir im Blackwell Palace nicht erlauben. Nicht bei dem, was ich vorhabe. Was ich tun *muss*.

Der Duft von hochwertigen Kaffeebohnen weht mir in die Nase, gefolgt von dem klopfenden Geräusch, als eine Thekenkraft mit dicken blonden Locken und blauen Augen einen Siebträger der beeindruckenden, in Edelstahl glänzenden Kaffeemaschine ausleert. Sie wird beleuchtet von schwachen Scheinwerfern, genauso wie die mit köstlich aussehendem Bergkäse belegten Brote, buttrigen Croissants und die berühmte Engadiner Nusstorte in der Gebäckauslage. Statt der hölzernen Stühle und Tische von draußen füllen bequeme Sofas und Sessel den Raum, manche von ihnen aus Samt, andere aus Kord. In der hinteren Ecke sitzt ein attraktiver Mann, etwa in meinem Alter, in schwarzem Anzug hinter einem weißen Klavier und spielt eine klassische Melodie. Sie sperrt die Kälte, die sich draußen in meine Glieder gefressen haben, von jetzt auf gleich aus. Auf dem Holzboden liegen Wollteppiche, Kerzen flackern auf den Tischen, und in der gemauerten Wand rechts von mir züngelt ein großzügiges Feuer im Kamin. Die Personen, die es sich in der Sitzgruppe davor gemütlich gemacht haben, lachen laut über etwas und prosten sich zu. Unwillkürlich frage ich mich, worüber sie so gackern. Und dann denke ich, dass ich das auch will. Kopfleere Abende. Serotonin in den Adern. Freundinnen, denen ich erzählen kann, dass ich mit einem scheinbar verrückten, aber hochattraktiven Typen auf dem Motorrad hergefahren bin. Ich will das auch alles. Aber jemandem wie mir scheint das nicht zuzustehen, denn wer bin ich schon? Nur irgendein Mädchen aus Italien, das lieb aussieht, aber seine Krallen ausfährt, sobald es Gefahr riecht.

Langsam gehe ich einen Schritt weiter hinein. Ich lasse die Tür los. Sie fällt hinter mir ins Schloss. Überall hängen Lichterketten. An der Theke. Den Fenstern. Über der Tür zur Toilette. An dem verschnörkelten Eisengeländer der Wendeltreppe, die zu der höheren Empore führt. Eine offene Galerie, wie ich feststelle, als ich den Kopf in den

Nacken lege. Auch oben stehen vereinzelte Tische. Von der Decke baumelt ein Messingkronleuchter mit dicken Kerzenstumpen. Mir ist bewusst, dass sie nur fake sind, aber das flackernde Licht wirkt täuschend echt. Langsam lasse ich den Kopf wieder sinken. Ich registriere alles, nehme jede Kleinigkeit auf wie eine Verdurstende das Wasser. Bücher über Bücher in den Regalen an den Wänden, die langen Finger des Pianospielers, die in flinken Bewegungen auf den Tasten tanzen, die Tassen auf den Tischen vor den Gästen, manche mit Sahnehäubchen, andere dampfend und herrlich nach Zimt, Chai oder Kaffee duftend.

Dieser Moment ist eine von den Polaroid-Sekunden. In meinem Kopf höre ich sogar das *Klick!*-Geräusch, obwohl meine fette schwarze Kamera aus den Neunzigern irgendwo unter Norbert in meinem Rucksack liegt. Aber der Anblick, der sich vor mir auftut, die Wärme, die mich in Empfang nimmt und sich an mich kuschelt, als wäre sie ein lang vermisster Freund, brennt sich in jene Nervenzelle meines Körpers, die für den Botengang des Dopamins zuständig ist. Der Moment ist eine direkte Glücksseilbahn in mein Hirn.

Und weil ich einfach nicht anders *kann*, als den Anblick später meiner »Besondere Momente für Paola«-Sammlung in meinem Notizbuch hinzuzufügen, lasse ich den Rucksack auf den Boden sinken und öffne ihn. Der halbe Inhalt fällt heraus. Norbert Nacktmull starrt jetzt an die Decke. Aber gerade interessiert mich nur die schwarze Polaroid, die meine *nonna,* Mutter meiner Mamma, mir vor vielen Jahren geschenkt hat. Bevor die einzige Bezugsperson, die ich anstelle meiner Ich-scheiß-auf-alles-bin-seit-Paolas-Geburt-im-mental-Breakdown-Mutter hatte, fortging. Seit Nonnas Tod klafft ein großes Loch in meinem Herzen. Ich unterdrücke den Schmerz, wie ich es in den letzten Jahren perfektioniert habe, richte mich auf und presse mir die Polaroid ans Auge. Akribisch achte ich darauf, dass auch jeder Winkel der buttergelben Lichterketten-Gemütlichkeit auf dem Bild ist, dann drücke ich ab. Das Foto folgt sofort. Mit einem Lächeln betrachte ich, wie es Gestalt annimmt, strecke es vor, nur damit das Polaroid vor dem realen Hintergrund mir beweisen kann, dass ich nicht träume. Fotos lügen nicht. Nimm das, Grünteeherrscher! Keine Illusion, keine Wunschvorstellung in meinem Kopf, weil ich auf leerem Magen zu viel von dem Zeug gekippt habe.

Pure Realität in Form von Glück.

»Hey, ähm, ich will nicht unhöflich sein, aber du musst diese Ratte da wieder aufheben.«

Das Polaroid verschwimmt vor meinen Augen, als hätte eine Kamera den Fokus verändert. Blinzelnd wende ich mich der Thekenkraft mit den hellen Augen zu, die in diesem Moment mit einem beladenen Tablett neben mir steht, ein entschuldigendes Lächeln auf den Lippen. In der unteren steckt ein silbernes Ringpiercing.

»Was?«

Mit dem Finger deutet sie zu Boden. »Das da. Hast du doch gerade aus dem Rucksack geholt, oder nicht?«

Ich folge ihrem Blick. Ein Fehler, denn da sind sie. Norberts Augen. Es starrt mich erbarmungslos nieder, dieses Monster.

»Entschuldige«, murmle ich, während ich schnell in die Knie gehe und das Amigurumi und mein Angstbuch mitsamt der Kamera zurück in den Rucksack stopfe. Mit einem Räuspern erhebe ich mich. »Und es ... Also, es ist ein Nacktmull.«

»Ernsthaft?« Das Mädchen hebt die Brauen in die Stirn. »Diese fleischige Ratte soll ein Nacktmull sein?«

»Na ja, im Grunde genommen sind Nacktmulle fleischige Ratten.« Ich seufze. »Aber da bist du nicht die Erste, die das sagt, ähm ...«, mein Blick gleitet zu dem goldenen Namensschild an ihrer Brust hinab, »Emma.« Noch während die Buchstaben meinen Mund verlassen, blinzle ich mehrmals schnell hintereinander, gefolgt von einem langgezogenen »Oooooh!«

»Peeeeee«, entgegnet sie belustigt, ihre Stimme begleitet von einem fragenden Ton. »Wollen wir das ganze Alphabet durchgehen? Kein Problem, ich habe Ausdauer. Also: Kuuuuu, Eeeeeeer ...«

»Nein, tut mir leid, ich meine ...« Ich schüttle den Kopf. »Mir wurde gesagt, ich soll dich hier treffen. Du bist meine Zimmerpartnerin, kann das sein?«

»Ach, du bist Paola?« Emma klingt beinahe feierlich, und das will nicht so recht passen. Ich bin kein Anlass dafür. Ich bin nur ... ich.

Aber Emma scheint das anders zu sehen. Sie strahlt förmlich vor Aufregung und legt eine Hand auf meinen Oberarm, während sie mit der anderen noch immer das Tablett balanciert. »Du hast ja keine Ahnung, wie ich mich gefreut habe, als Elias Van Dyk meinte, ich würde bald nicht mehr allein wohnen! Fast ein Jahr lebte in dem Zimmer außer mir nur gähnende Leere, und ich *hasse* gähnende Leere, weil ich der Inbegriff von quasselnder Fülle bin!« Sie lacht. Ich auch. Aber sie lauter. Glockenklarer. Schöner.

»Ich freue mich auch«, sage ich, das Lächeln auf meinen Lippen so breit, so ungewohnt, dass mir schon die Wangen schmerzen.

»Pass auf.« Emma sieht sich im Raum um, bis sie mich mit sich winkt und an einen kuschligen Lesesessel direkt neben einem Bücherregal verweist. Dieser Ort ist das Paradies! »Warte hier. Meine Schicht ist gleich zu Ende, dann erkläre ich dir alles und gebe dir eine Führung durch den Palast, bevor wir aufs Zimmer gehen, ja?«

Ich nicke.

Die Sitzgruppe neben mir ist voll besetzt. Bis gerade haben sie noch getuschelt, aber jetzt heben alle ihre Tassen an den Mund und tun, als würden sie trinken, während sie mich eingehend mustern. Ich erkenne zwei Frauen in meinem Alter, die eine aschblond, in Momjeans und schwarzem Rollkragenpulli, die andere hat einen braunen Kurzhaarschnitt mit Undercut. Ihr Oberkörper steckt in einem Cardigan, die Beine werden bedeckt von einem langen schwarzen Flatterrock. Neben ihr sitzt ein Typ mit schwarzer Vampirfrisur und bleicher Haut. Er trägt offenbar die Housekeeping-Uniform. Vor seinen Füßen liegt ein weißer Cocker-Pudel in einem flauschigen Kissen.

»Leute, das ist Paola«, richtet Emma das Wort an sie. Die Augen der Personen leuchten augenblicklich auf, als hätten sie nun des Rätsels Lösung vor sich. Meine Damen und Herren, die Antwort, warum ein mitgenommenes Kaninchen die Höhle der Löwen aka High Society betritt, lautet: Es arbeitet für sie. Oder auch: Es bietet sich ihnen zum Fraß an.

Emmas Locken wirbeln herum, als sie sich wieder mir zuwendet. »Und Paola, das sind Blair«, sie deutet auf die Blonde, »Lisbeth«, die mit den kurzen Haaren, »und Ignotus.«

Ich dachte, damit meint sie den Hund. Wirklich. Eine andere Erklärung gibt es dafür nicht, dass ich daraufhin den Mund öffne und sage: »Ist das ein süßer kleiner Kerl!«

Blöd nur, dass die folgende Stille mehr sagt als tausend Worte. Das, und … die roten Bäckchen auf der bleichen Haut meines lieben neuen Freunds, dem Vamp. Er räuspert sich und sagt dann sehr leise, sehr undeutlich: »Das ist Puffel. Ich bin Ignotus.«

»Oh!« Fahrig reibe ich mir über die Strumpfhose. »Sorry. Ich, ähm, dachte …«

»Schon gut.«

»Tja, also …« Emma kichert leise. »Das war peinlich.«

Ja, war es. Himmel noch mal. Wer *nennt* seinen Sohn bitte Ignotus? Schätze, das passiert, wenn man seine Nase zu lang in High-Fantasy-Epen vergräbt …

Gott sei Dank spricht Emma sofort weiter, sodass sich die unangenehme Energie nicht drückend ausbreiten kann. »Magst du Cappuccino, Paola? Du siehst aus, als könntest du einen vertragen. Mit Sicherheit hattest du eine lange Reise. Von wo kommst du noch mal?«

»San Luca.«

»Oh, Bella Italia, Baby«, sagt Blair.

»Das Wetter da unten ist der Traum aller Träume«, schwärmt Lisbeth.

Ich schenke ihr ein warmes Lächeln, ehe ich mich wieder an Emma wende. »Und, ja, Cappuccino wäre super.«

»Geht auch mit veganer Milch?«

»Ähm, klar.«

»Perfekt, dann kannst du nämlich den hier haben.« Sie wirkt erleichtert, als sie mir die Tasse von dem Tablett reicht. »Xenia wollte Kuhmilch. Und braucht jetzt *schnell* einen neuen, weil unsere kleine Miss Universe sonst wütend wird.« Emma sieht kurz über die Schulter. »Sie erdolcht mich schon mit ihren Blicken. Ja, ich weiß. Sorry, Lisbeth. Ich sollte nicht so über andere Frauen sprechen. Girlpower, oder nicht? Aber, unter uns …« Sie beugt sich vor, flüstert: »Sie ist wirklich unausstehlich zu mir!«

»Konzentrier dich lieber auf Laxon«, sagt Blair mit einem kecken Grinsen im Gesicht. »Der ist eben im Wettbereich aufgekreuzt und …«

Bevor sie noch etwas hinzufügen kann, schneidet Emma ihr mit einem mahnenden Blick das Wort ab und verschwindet zur Theke.

Lisbeth sieht zu mir. »Laxon ist Emmas heimlicher Schwarm.«

»Ist ein offenes Geheimnis, also fallen wir ihr nicht in den Rücken und können es dir erzählen«, fügt Blair hinzu. »Sie steht seit einer gefühlten Ewigkeit auf ihn.«

»Aber die Gespräche, die sie mit ihm geführt hat, lassen sich an einer Hand abzählen«, brummt Ignotus.

Ich kann nicht antworten, denn ich bin wie erstarrt, seit der Name Laxon gefallen ist. Meine Lippen haben sich einen Spaltbreit geöffnet, meine Augen blicken kurz ins Leere, bis ich blinzle. »Wo ... Wo ist der Wettbereich?«, frage ich.

»Da hinten.« Blair wickelt sich die blonden Strähnen um den Finger und deutet in einen angrenzenden Bereich neben der Toilettentür. Ich erkenne eine zweite Theke mit Spirituosen dahinter, Personen auf Barhockern, die Blicke aus den bodentiefen Fenstern gerichtet.

»Gleich beginnt der Eisschnelllauf«, sagt Lisbeth. »Deshalb geiern die alle so nach draußen. Es ist immer das Gleiche. Erst sind sie alle heiß auf die Hunderter, dann verlieren sie alles und verschwinden als einheitlicher Mob, der sooooo«, sie streckt eine Hand zu Boden, die andere über ihren Kopf, »eine Fresse zieht, nach draußen.«

»Außer Anneli. Die nutzt die Gunst der Stunde, um sich zu beschweren, weil sie nichts mehr liebt als negative Vibes. Und jetzt gerade ...« Ignotus streicht sich den fettigen schwarzen Pony aus der Stirn und versucht sich an einem Grinsen, aber es wirkt eher wie eine missglückte Fratze. Es ist gruselig. »... geht sie schon wieder auf den Barkeeper los.«

Ich strecke den Kopf, um zu erkennen, wen er meint. Mein Blick fällt auf eine füllige Frau in Housekeeping-Tracht, die mit wild gestikulierenden Händen auf den Mann hinter der Bar einredet. Er wirft verzweifelte Blicke über die Schulter, wirkt aber hoffnungslos, als wüsste er bereits, dass ihn niemand retten kommt. Von Laxon ist jedoch weit und breit nichts zu sehen, und ich weiß nicht, ob ich die Enttäuschung, die sich daraufhin in meiner Brust ausbreitet, gutheißen soll.

Blair seufzt. »Ich wette, heute erzählt sie ihm, wie *unverschämt* es ist, dass der Gast in Süd 405 sein Toupet in der Dusche hat liegen lassen. Davon redet sie schon den ganzen Tag.«

»*Warum macht man das? Wieso liegt überhaupt ein Toupet in der Dusche?*«, ahmt Lisbeth eine tiefe herrische Stimme nach. »*Ich dachte, es wäre ein toter Igel! Wisst ihr eigentlich, was das mit mir gemacht hat?*«

Und dann, als wäre das ein Dauerbrenner von dieser Anneli, fassen sich alle an die Brust und sagen unisono: »Vor Stress kriege ich noch Polypen!«

Sie kichern. Puffel dreht sich auf den Rücken, aber sein Schnodder scheint ihm von der kleinen Nase ins Hirn zu laufen, denn er niest und wirbelt auf den Bauch zurück.

»Alsooo.« Blair streckt den Kopf an Lisbeth vorbei, um mich anzusehen. »Du bist also die berüchtigte Paola, von der die ganze Belegschaft seit einigen Tagen spricht.«

Beinahe hätte ich mich an meinem Cappuccino verschluckt. »Wie bitte?«

»Na ja ...« Lisbeth lässt sich tief in ihren Sessel sinken. Sie ist klein und die hohe Lehne überragt sie deutlich. »Die Bewerbungsrunden des Blackwell Palace gehen über *Wochen*, wie du selbst wissen solltest. Mal davon abgesehen, dass die Bewerbungsfrist für diese Saison längst verstrichen ist.«

Lisbeth sieht mich nicht einmal an. Sie betrachtet das Etikett auf ihrer Limo, streicht über den Dunstfilm und kratzt dann mit dem Nagel über ein Luftbläschen. Dennoch kommt es mir vor, als würde sich ihre bohrende Neugier direkt in mich hineinbegeben und bereits am ersten Tag aufdecken, was ich tief in mir vergraben halte.

»Ich habe schon letztes Jahr an der Bewerbungsrunde teilgenommen«, sage ich. »Eigentlich wurde ich genommen, aber dann habe ich mir das Bein gebrochen. Stattdessen haben sie mich also auf diese Saison verschoben. Und Sommelièren gibt es ja nicht so viele.«

»Ahaaa.« Lisbeth wirkt skeptisch und als wolle sie noch etwas entgegnen, aber Blair kommt ihr zuvor.

»Lis, hilfst du mir heute Abend bei meinem neuen TikTok-Video? Ich wollte diesen Wednesdaytanz machen. Der ist gerade Trend.«

»Bei dir ist jeden Tag irgendwas neues Trend«, sagt Ignotus.

»Online läuft das Leben schneller«, entgegnet Blair, bevor sie Lisbeth einen Dackelblick zuwirft. »Ich habe die Schritte schon einstudiert. Du musst nur das Handy halten, okay?«

Lisbeth seufzt. »Ich muss nachher noch ein Paper für die Frauenbewegungsgruppe schreiben, aber danach kann ich.«

»Bist die Beste.«

»Kauf dir endlich ein Stativ«, entgegnet Lisbeth, lächelt aber.

Ich knete den Saum meiner Jacke mit den Fingern und hoffe, es bemerkt niemand meine Unsicherheit, während ich mich interessiert im Raum umsehe. »Wo ist dieser Laxon?«, frage ich, hauptsächlich deshalb, weil ich die Gedanken an Mr. Ich-bin-der-heißeste-Rebell-der-GQ-Zeitschrift einfach nicht abschalten kann. Und mich frage, wie er jetzt hier chillen kann, wenn er eben noch einen Abgang in Sekundenschnelle durchgezogen hat.

»Da vorn.« Ignotus' Ponysträhnen fallen über seine Augen, als er den Kopf in Richtung Wettbereich wippt. »Zwei Barhocker neben Anneli. Der Anzugträger mit dem Martini in der Hand.«

Als ich sehe, wen er meint, bleibt mir die Luft weg, denn …

Paola

Das ist nicht Laxon. Der Typ ist definitiv attraktiv, aber ganz bestimmt nicht der, mit dem ich auf dem Motorrad hergefahren bin. Mir wird sofort klar, dass beide auf derselben Gesellschaftsstufe stehen. Die gleiche aufrechte Haltung, das stolz nach vorn gereckte Kinn, diese Ausstrahlung … Aber es kann nur einer von ihnen Laxon sein. Und wenn ich überlege, wer mich eher belügen würde, der Adrenalinfreak oder diese nette Gruppe – na ja, die Antwort liegt auf der Hand.

Der *echte* Laxon sieht aus dem Fenster, die dunklen Brauen dicht zusammengezogen. Das Licht wirft einen glänzenden Schein auf seine schwarze Haut, lässt die hellgrauen Augen strahlen. Es könnte trotzdem ein Irrtum sein, überlege ich. Vielleicht heißen sie beide Laxon? Aber, ganz ehrlich, wie weit verbreitet ist dieser Name?

»Wie …« Ich räuspere mich, zwinge mir einen neutralen Tonfall auf. »Wie heißt er mit Nachnamen?«

»Caville«, sagt Blair, während sie sich Tanzvideos auf ihrem Handy ansieht.

Ihre Antwort fühlt sich an wie ein harter Tritt mit Spikes in meinen Magen. *Der Motorradtyp hat mich belogen*, denke ich. *Dieses verdammte Arschloch!*

»Leute, ihr sollt damit aufhören!«

Emmas Stimme rüttelt mich wach. Schnell wende ich den Blick von Laxon ab und sehe sie an.

Meine Zimmerpartnerin steht in einen dicken Mantel gehüllt neben uns, eine Ledertasche über der Schulter. Wütend funkelt sie uns an. »Ihr gafft wie hungrige Giraffen!«

»Versucht, das dreimal hintereinander zu sagen, ohne zu stolpern«, murmelt Ignotus. »Hungrige Giraffen, hungrige Giraffen, hungrife Friraffen … ach, Fuck.«

»Komm schon, Em.« Blair wirkt belustigt. »Er hat eh längst gecheckt, dass du auf ihn stehst.«

»Hat er nicht«, zischt Emma. »Außerdem soll er das auch gar nicht. Ich will ihn bloß vergessen, für immer, also tut einfach, als gäbe es diese Person in unserem Universum nicht. Klar?«

Ich denke gerade, dass das äußerst schwierig wird, weil Laxon zu der Art von Menschen zu gehören scheint, die immer überall präsent sind, sobald sie einen Raum betreten, da seufzt Ignotus schwer.

»Mir wird langsam schwindlig von deinen Stimmungsschwankungen.«

»Das sind keine …«

»Und ob das welche sind, Em.« Lisbeth kippt einen großen Schluck ihrer Limo und setzt sich aufrecht hin, ehe ihr eiserner Blick dem von Emma begegnet. »Deine Schwärmerei wechselt von *oh Himmel, ich werde Lax heiraten, eines Tages, in diesem Palast, ihr werdet sehen* zu *der Typ ist eine geladene Granate, genau wie jeder Freund der Blackwell-Brüder, also halte ich lieber meilenweiten Abstand, bevor er mich in Stücke fetzt!*«

Emma entgegnet etwas, aber ihre Stimme dringt nur noch dumpf zu mir durch. Ein anderes Wort hat sich in meine Ohren gebrannt und dominiert nun meine Gedanken.

Blackwell-Brüder.

Charles und Edward Blackwell. Milliardenschwere Erben des Blackwell Palace und ihrer weltweit gefeierten Wassermarke Blackwell's Waters.

»Hallo, Paola?« Abrupt endet der Strudel meiner Gedanken. Ich sehe auf und begegne Emmas Stirnrunzeln. »Bist du noch bei mir?«

»Habt ihr ein Bild von …« Bevor ich ›den Blackwell-Brüdern‹ sage, stoppe ich mich. Wie merkwürdig wäre das, hier und jetzt zu verkünden, dass ich vermutlich eine der 0,0001% Personen auf der Welt bin, die keine Ahnung haben, wie die berüchtigten Jungs aussehen?

»Von wem?«, fragt Blair.

Aber ich schüttle nur den Kopf und leere den Rest Cappuccino. »Egal. Habe nur laut gedacht. Die lange Reise hat mich fertiggemacht.«

Die Furchen in Emmas porenfreiem Gesicht verwandeln sich in eine verständnisvolle Miene. »Verstehe ich voll. Wollen wir los?«

»Ja. Ich geh nur noch schnell auf die Toilette.«

»Tu dir keinen Zwang an«, sagt Emma. »Ich warte.«

Ich winke den anderen unbeholfen zu und kraule Puffel kurz zwischen den Ohren. Der glitzernde Cullenboy in strähnig und fettig hebt zum Abschied die Hand, und ich verschwinde zur Toilette.

A TRANSFORMER-KIND-OF-GUY

Paola

Als ich mir die Hände wasche, wage ich einen Blick in den Spiegel. Mein Haar war schon bei meiner Ankunft zerzaust, aber nach der Motorradfahrt und dem Helm sind sie völlig verwüstet. Die Farbe auf meinen Wangen ist kein sanftes Rot mehr, sondern dunkel wie eine überreife Kirsche, genauso wie meine Stupsnase. Ich sehe aus wie Dora the Explorer nach einer Woche wildem Camping in den Bergen. In meiner Brust macht sich ein unangenehmer Druck bemerkbar. Als würde ich nicht hierher passen. Nicht einmal auf diese Toilette, in der jeder Zentimeter blitzt und funkelt vor Reinlichkeit. Die Tatsache, dass ich sieben Jahre lang erfolgreich als Sommelière und auf einem Weingut gearbeitet habe, schicke Kleidung am Körper und perfekt geschminkt, konnte die Unsicherheit meines vergangenen Lebens nicht beseitigen. Am Ende des Tages bin ich doch immer wieder in das alte Steinhaus zurückgekehrt, während all mein verdientes Geld für die Schuldbildung meines Bruders draufgegangen ist, damit er in den Händen meines verkorksten Stiefvaters wenigstens den Hauch einer Chance in dieser Welt hat. Ja, am Ende des Tages lag ich doch immer wieder auf meiner harten Matratze, die Nase in gebrauchten Klassikern vergraben oder in das Snake-Game meines uralten Handys vertieft, nachdem ich auch den letzten Cent in teure Sneaker für Gabe investiert habe, damit er auf der Privatschule nicht für einen armen Loser gehalten wird.

Ich trockne meine Hände, schlage die Augen nieder und öffne die Tür.

Im nächsten Augenblick werde ich von einem Container getroffen. Stahlhart, felsenfest, schmerzhaft. Er lässt mich zurückprallen. Die Türklinke stößt unangenehm in meinen Rücken und mein Handy rutscht mir aus der Tasche. Es fällt auf den Boden.

»Autsch!«, stoße ich aus.

»Verzeihung.«

Der Container spricht. Seine Stimme ist rau. Tief. Eine von denen, die mit der ersten Silbe unter die Haut gehen und ein Gefühl verursachen, das nicht zu beschreiben ist. Ein bisschen Gänsehaut, ein bisschen Poesie. Und weil ich diese Attribute unmöglich mit einem tonnenschweren Stahlreckteck vergleichen möchte, sehe ich auf.

Gut, ich revidiere. Vor mir steht kein Container. Nein, ganz und gar nicht. Vor mir steht ein männliches Kunstwerk. Möglicherweise brodeln magische Kräfte in den Adern seiner muskulösen Arme, denn kurz bleibt mir die Luft weg. Darf ich vorstellen? Iron Man. Neue Funktion seines Stahlanzugs: Atemabsauger. So muss es sein, denke ich, bis ich plötzlich wieder bei Sinnen bin und meine Lunge gnädigerweise ihre Funktion wieder aufnimmt.

»Alles in Ordnung?« Er lächelt. Und ich klebe. Am Boden. An seinen Lippen. An der Wand. Ich bin völlig *verklebt.* »Ich wollte dir nicht wehtun. Und wenn ich jetzt kitschig wäre, was ich nicht bin, würde ich so etwas sagen wie: ›Kopf hoch, Prinzessin, sonst fällt die Krone runter.‹«

Ich starre ihn immer noch an, weil ich nicht anders kann. Noch nie in meinem Leben bin ich einem derart attraktiven Mann begegnet. Mir ist sofort klar, dass er in Laxons Liga spielt. Vielleicht sogar höher. Da ist diese Aura um ihn herum, die zwischen uns vibriert und mir unmissverständlich zu verstehen gibt, was für eine Macht er ausstrahlt. Seine Augen sind grün wie das frische Gras auf Irlands wilden Wiesen, die Haare braun, der Teint sonnengebräunt. Ich frage mich, wie das geht, wenn er aus St. Moritz kommt. Aber vielleicht ist er ein Tourist, gerade frisch aus der Karibik eingetroffen in seinem Winterresort. Ja, bestimmt, so muss es sein.

»Nicht schlimm«, sage ich nach einer gefühlten Ewigkeit. Mein Mund fühlt sich staubtrocken an. »Ich, ähm … hat nicht wehgetan.«

Große Klasse, Paola. Jetzt *stammelst* du auch noch!

Aber der Typ grinst. Entwaffnend. Absolut atemberaubend. Unauffällig wandert mein Blick zu seiner Hand, um abzuchecken, ob er verheiratet ist. Aber da schimmert nichts außer dem Licht über unseren Köpfen, das von der schwarzen Tinte unter seiner Haut reflektiert wird. *Sehr viel* schwarzer Tinte.

»Bist du neu hier?«, fragt er. Sein Blick wandert an mir hinab. Für einen Augenblick ruhen seine Augen auf meinen Stiefeln, meinen Strümpfen. Ich könnte schwören, etwas in ihnen aufblitzen zu sehen, als sein Blick von meinen Knien über meine Schenkel wandert, weiter über meine dünne Jacke, vor der ich meine Hände verschränkt habe. Dort verharrt er so lange, dass ich unruhig werde. Ich weiß, dass meine Fingernägel nicht manikürt sind, und ich weiß, dass es Typen wie ihm mit Sicherheit auffällt. Wahrscheinlich ist er tagtäglich von allen Schönheiten dieser Welt umgeben, während ich – sehen wir der Wahrheit ins Auge – mit meinem rundlichen Gesicht, der Stupsnase und den Pauswangen nicht gerade reif für meine zweiundzwanzig Jahre aussehe. Ich weiß das, und eigentlich war mir das in meinem bisherigen Leben herzlich egal, aber jetzt gerade macht sich diese Tatsache zum ersten Mal als ein unangenehmes Stechen in meiner Brustgegend bemerkbar.

»Ich habe dich noch nie gesehen«, sagt er.

Also kommt er doch aus St. Moritz? Wieso ist er dann keine Winterleiche wie die meisten anderen, die ich bisher gesehen habe? Vielleicht geht er ins Solarium. Das Hotel soll wohl mehrere Sonnenbänke besitzen. Sollte ich ihm verraten, wie schädlich das für die Haut ist?

»Ähm, ich arbeite ab jetzt im, äh, im Palast.« Gott, Paola, *reiß dich zusammen!* »Heute angekommen.«

Als ich das sage, denke ich an meinen Blick in den Spiegel von gerade und zergehe vor Scham. Warum gebe ich mir überhaupt die Mühe, mit diesem Kerl zu sprechen? Wären wir Teilnehmer bei Mario Kart, wäre er der heiße Schlitten in vorderster Reihe, 'ne Rakete noch als Item. Ich bin letzte Reihe, vor mir nur Bananen. Unmöglich für mich, ihm jemals das Wasser reichen zu können.

»Das mit deinem Handy tut mir leid.« Bevor ich registrieren kann, was er gesagt hat, bückt er sich zu meinem Telefon. Meine Augen weiten sich. Ich will ihm zuvorkommen, aber als ich in die Knie gehe, knallt mein Kopf gegen seinen.

Kurz sehe ich Sterne. Ich höre, wie er scharf die Luft einzieht. Aber als sich mein Sichtfeld wieder klärt, reibt er sich bloß mit einem amüsierten Ausdruck im Gesicht das Kinn. »War das ein Racheangriff?«

»Nein, ich … Entschuldige.« Mein Blick huscht zu dem Handy in seiner Hand. Seiner ebenfalls. Ich wünschte, er würde es nicht derart interessiert mustern und mein altes Nokia zwischen seinen Fingern drehen, als wäre es ein faszinierendes Fossil.

»Ich ersetze es dir«, sagt er nach einem kurzen Moment und sieht mich an. Gott, diese Wangenknochen! Ich verklebe schon wieder. Diesmal an seinem geöffneten Hemdskragen. Es dauert einen Moment, bis ich mich wieder losreißen kann.

Er gibt ein leises Lachen von sich, weil er mein Gegaffe natürlich bemerkt hat.

»Nein, schon gut.« Schnell nehme ich ihm das Handy aus der Hand. Lächelnd winke ich mit dem Ding durch die Luft. »Nokia 3310. Unkaputtbar. Yay.«

Das *Yay* kam unbedacht, mit einem seltsamen Lacher danach.

Der Typ nickt, dann macht er plötzlich einen Schritt auf mich zu. Er hebt eine Hand und legt sie an meine Stirn, genau an die Stelle, mit der ich gegen ihn gerammt bin. Auf einmal rennt mein Herz, und das versetzt mir einen Schock, denn es passiert schon das zweite Mal an diesem Abend, und für gewöhnlich ist mein Herz ein äußerst faules Stück.

»Das wird blau«, murmelt er. Ich kann seinen Duft riechen. Herb. Männlich. Betörend.

Ich sehe zu ihm auf. Seine Wimpern sind dicht und lang und mir außerdem viel zu nah. Warnung, Warnung, Alarmstufe Rot! Hau ab hier, Paola!

»Ich mache mir eher Sorgen, deinen Kiefer ausgerenkt zu haben«, murmele ich.

»Keine Sorge.« Ein raues Lachen. »Ich bin robust.«

»Ja«, sage ich. »Dachte ich mir.«

Plötzlich neigt er den Kopf, bis seine Lippen dicht an meinem Ohr sind. Ein wohliger Schauder rieselt meine Wirbelsäule hinab, versetzt mich in eine nie dagewesene Starre voller Endorphine.

»Ich wiederhole, fürs nächste Mal«, flüstert er, »Kopf hoch, Prinzessin.«

Ich bin wie erstarrt von dem merkwürdigen Rausch, in den er

mich versetzt. So sehr, dass ich nichts sagen geschweige denn mich regen kann, als der Kerl verschwindet. Es dauert eine Ewigkeit, bis meine Füße sich wieder in Bewegung setzen. Selbst dann noch fühlen sie sich taub an. Irgendetwas in meinem Inneren funktioniert gerade nicht richtig.

»Das hat aber gedauert«, sagt Emma. »Warst du groß?«

Wow. Unverblümt. Emma gehört also zur Kategorie *ich nehme kein Blatt vor den Mund*. Zu mehr als einem Achselzucken bin ich nicht in der Lage. Schweigend folge ich Emma aus dem Coffee o' Clock. Von der einschläfernden Wirkung der Wärme hinaus in die eisige Kälte. Noch während wir den Pfad zum Hotel entlangschreiten, der kühle Nebel sich wie winzige Nadeln in meine Haut frisst und Emma unentwegt über das Hotel und die Abläufe plappert, denke ich daran, dass St. Moritz offenbar voll von heißen, reichen Typen ist. Ich denke daran, dass es sogar möglich wäre, die Blackwell-Brüder schon gesehen zu haben, ohne zu wissen, durch wessen Adern der drölfhundert GQ-Gesichter das berühmt berüchtigte Blackwell-Blut fließen könnte. Dabei frage ich mich, wie ich wohl reagieren werde. So wie eben? Beginnt mein Körper nun damit, auf die veränderten Lebensumstände zu reagieren? Vielleicht drängt er danach, sich endlich austoben zu dürfen. Oder werde ich in der Lage sein können, ihre Aura auszublenden und eiskalt durchzuziehen, wofür ich hier bin?

Ich bin nicht auf den Mund gefallen, ich lasse mir bei Gott nichts gefallen, aber ich bin auch in gleichem Maße harmoniebedürftig und einfach *gut*. Noch nie habe ich gegen Regeln verstoßen. Ich habe meinen Bruder großgezogen, ihm immer mehr Essen gegeben als mir, damit seine Portion größer war. Keinen einzigen Tag habe ich in der Schule geschwänzt, mir stattdessen sogar Geld auf einem Weingut dazuverdient, um den kommerziellen Kursen auf der Volkshochschule wie Englisch- und Deutschunterricht beizutreten. Ich habe immer darauf geachtet, mich nie auf einen Kerl einzulassen, bei dem meine Warnsirene für toxische Verhaltensweisen geklingelt hat, und als mir im Onlineportal meiner Schule Dickpics per Mail gesendet wurden, inklusive verpixeltem Video, in dem eine Hand auf einem fleischigen, krummen Ding lag, Betreff: *Ich bekehre dich, Maria Magdalena*, habe ich dieses nicht angeklickt und die Mail sofort gelöscht. In der Welt der Klassiker wäre ich eine Elizabeth Bennet: mittelmäßig hübsch, meinungsstark, anständig. Aber seit diesem einen Abend in San Luca, als ich zum ersten Mal vom Palasthotel gehört habe, bin ich noch etwas anderes: Entschlossen, Charles und Edward Blackwell sowie ihre Firma gesellschaftlich zu zerstören.

WHERE DID I GO WRONG?

Edward

Grüne Augen, grüne Augen, grüne Augen. Sie sausen mir im Kopf herum wie Pfeile, die treffsicher ihr Ziel finden.

»Signore Blackwell«, begrüßt mich der Concierge und öffnet zeitgleich die schwere Doppelflügeltür des Palasts.

Ich bedanke mich mit einem knappen Nicken und trete aus der Kälte hinein in das Hotel. Meine Glieder fühlen sich an wie überladene Steckdosen, die jeden Moment einen Kurzschluss erleiden. Das Adrenalin pulsiert in mir, es *berauscht* mich, weckt in mir den Drang, noch einmal aufs Motorrad zu springen und die Schienen des Glacier Express entlangzurasen. In schnellen Schritten durchquere ich die luxuriöse Lobby. Meine schweren Stiefel hinterlassen Schnee auf dem verzierten Marmorboden, der die glänzenden Lichter der Kristallleuchter reflektiert.

»Hey!«, stößt ein Gast angepisst hervor, als ich ihn versehentlich anremple. »Passen Sie doch auf, wo …« Er unterbricht sich mitten im Satz, als er den Kopf herumwirbelt und erkennt, mit wem er spricht. Eine Sekunde, höchstens zwei. So lange dauert es, bis ihm all seine gestresst rote Farbe aus dem verschwitzten Gesicht weicht. Seine Geheimratsecken wechseln von Blutmond zu Schweizer Käse. »Signore Blackwell«, setzt er an, diesmal kein Hauch mehr von Mein-Leben-ist-so-scheiße-ich-habe-drei-Kleinkinder-und-keine-Zeit-alles-stresst-mich-also-remple-mich-nicht-an-Ton in der Stimme. Nein, jetzt ist da nur noch Ehrfurcht. »Verzeihung. Ich wusste ja nicht …«

Das ist das Ding mit der Bekanntheit. Sie katapultiert uns an die Spitze und stellt uns dar wie Heilige, auch dann, wenn wir keine sind. *Besonders* dann, wenn wir keine sind.

»Kein Grund, sich zu entschuldigen«, entgegne ich mit einem

professionellen Lächeln. »War mein Fehler. Einen schönen Tag Ihnen, Signore…?«

»Hansen.« Aufgeregt streckt er die Hand aus. »Cole Hansen.«

Ich schüttle sie. »Signore Hansen, ich wünsche einen guten Aufenthalt in meinem Hotel.«

Damit lasse ich ihn stehen und beeile mich, den Rundbogen zu erreichen, dessen schmiedeeisernes Tor aus schwarzem Messing und mit goldenen Schmuckelementen die Gäste von dem Westflügel trennt. Das Schloss piept zweimal kurz, als ich den Zugangscode eingebe, dann trete ich ein.

Grüne Augen, grüne Augen, grüne Augen.

Sommersprossen wie *sie*.

Gebräunter Teint wie *sie*.

»Verfickte Scheiße«, fluche ich, während meine Schritte von den hohen Wänden widerhallen. »Verschwinde aus meinem Kopf!«

Ich steuere die breite Marmortreppe am Ende des Foyers an. Kurz gleitet mein Blick zur Seite, mustert mein Erscheinungsbild in der verspiegelten Wand. Von der Kälte sind meine Lippen und Wangen gerötet, unter meinen Augen liegen tiefviolette Schatten. Sie haben sich vor Monaten dort festgesetzt, mit dem eisernen Vorhaben, nicht mehr zu verschwinden. Ich sehe genauso aus, wie die *Vanity Fair* mich in der letzten Ausgabe betitelt hat: Edward Blackwell, der steinreiche, arrogante Rebell, vom Leben zerstört.

Ich wende meinen Blick ab, fahre mir durchs Haar und nehme immer zwei Schritte auf einmal die Treppe hoch, bis ich den zweiten Stock erreiche.

Im Gegensatz zum Rest des Palasts ist es an diesem Ort still. Nur leise, klassische Musik tönt durch die Flure. An der letzten Tür am Ende des Ganges bleibe ich stehen. Leise drücke ich mein Ohr gegen das weiße Holz, lausche. Nichts. Ich klopfe, aber es kommt keine Antwort.

»Sehr schön«, murmle ich, während meine Finger im gleichen Atemzug die Zahlenfolge eingeben, von der ich weiß, dass es der Code für das Zimmer sein muss. An dieser Stelle sollte ich mich *vielleicht* schuldig fühlen, aber wenn mein lieber Onkel so unvorsichtig ist und während des Essens seinem Sohn per Telefon vier Zahlen nennt … tja, dann kann das wohl nur das Passwort zu seinem

Premium Account auf Pornhub sein oder aber der Code zu seinem Zimmer. Und wenn er mir diese Möglichkeit aufdrängt, kann ich nicht anders, als zuzuschlagen. Das ist, als würde der Weihnachtsmann mit seinem braunen Beutel vor mir stehen und mich bitten, mich an seinem Speedvorrat zu bedienen, mit dem es ihm gelingt, in einer Nacht die ganze Welt zu bereisen. No offense Santa, dieses Leben ist abgefucked. Ich bin voll auf deiner Seite!

Der Geruch von Ambre Nuit Dior drängt sich mir entgegen, das Parfüm meines Onkels, das er so unkontrolliert über seine Kleidung kippt, dass es als Körperverletzung anderer durchgehen könnte. Ehrlich, der Mann tränkt seine Kleidung so mit Parfum, dass ich fürchte, der Alkohol darin könnte sich selbst entzünden. Was für eine Ironie.

Elias' und Donnas Suite ist ganz in Grautöne gehalten, minimalistisch und edel. Ein runder Esstisch thront vor dem Panoramafenster mit Blick auf den gewaltigen Piz Nair, eine große Sofalandschaft hinter einem niedrigen Couchtisch aus teurem Holz.

Ich kenne mich hier aus wie in meinem eigenen Zuhause. In meinen Kindheitstagen bin ich so fucking oft hier gewesen, um mit Leopold zu spielen, dass unsere Eltern immer noch nicht nachvollziehen können, wann wir angefangen haben, uns zu hassen. Tief in mir will ich gerne glauben: Charles ist schuld. Als er kam, habe ich schnell gemerkt, dass er cooler ist als Leo. Nicht so nervig und anstrengend. Leo hat viel rumgeheult und wollte andauernd an erster Stelle stehen. Ich würde gern sagen, Charles und die Tatsache, dass Leo und ich uns in unterschiedliche Richtungen entwickelt haben, hätten uns entzweit, aber das allein ist es nicht. Klar, wir hatten unsere Meinungsverschiedenheiten, aber der Cut, also der endgültige, unwiderrufbare, kündigte sich erst später an. Genauer gesagt vor gut einem Jahr, als etwas passierte, was nie hätte passieren dürfen.

Vorsichtig, als könnte ich mich an der Türklinke verbrennen, schließe ich meine Finger um das Messing und drücke sie herunter. Eisige Kälte schlägt mir entgegen. Die grauen Vorhänge im Arbeitszimmer streifen über die Wände, weil der Wind seine Böen durch das geöffnete Fenster sendet. Vereinzelte Dokumente auf dem Designerschreibtisch meines Onkels rascheln unter dem Papierbeschwerer aus echtem Rosenholz. Dieser Ort ist so reinlich und geordnet, dass ich das Gefühl bekomme, allein durch meine Anwesenheit alles zu beschmutzen. Beinahe ironisch, dass Charles derjenige ist, der die Dunkelheit mit schwarzer Tinte auf seiner Haut verewigt, und nicht ich. Ich bin der Rebell von uns. Ich bin derjenige, der keinen Tag verstreichen lässt, ohne irgendeinen Skandal mit sich zu ziehen. Er ist der Pflichtbewusste. Derjenige, der dieses Hotel erben wird, weil er es *einfach kann*. Der millionenschwere Erbe, der die Welt zu einem besseren Ort machen will. Und ich?

Ich bin einfach nur verdammt kaputt.

Als hätte dieser Gedanke mich daran erinnert, dass ich den Leuten da draußen heute noch keinen Anlass gegeben habe, genau das in mir zu sehen, gehe ich an dem Schreibtisch vorbei und lasse mich auf den Drehstuhl fallen. Ich hebe erst ein, dann das andere Bein, schwinge meine Stiefel hoch und lasse die Schneereste von draußen auf die Schreibtischplatte tropfen. Ich könnte das hier subtil durchziehen, aber die Wahrheit ist, dass Elias wissen *soll*, dass ich hier gewesen bin. Er *soll* wissen, dass ich schnüffle und herausfinden werde, was hinter meinem Rücken passiert.

Ich bin Edward Blackwell. Mich verarscht man nicht. Niemals.

Ich ziehe mein iPhone aus der Tasche, entsperre das Display und öffne TikTok. Unter meinem Namen @edwardblackwell leuchtet der blaue Haken, darunter, fast noch aufdringlicher, die Zahl meiner Follower: 14,6M. Das sind mehr als die von Ed Sheeran, und dafür muss ich nicht mal singen. Ich klicke auf das kleine Plus und lade das Video von mir und Paola auf den Schienen vom Glacier Express hoch. Es sieht krass aus: links und rechts von uns schwindelerregende, weiße Tiefe, verschneite Tannen auf den Bergen, hinter Paola die hohen Säulen der Rundbogenbrücke. Sie trägt einen Helm, also erkennt man ihr Gesicht nicht, was mir wichtig ist. Die Leute sollen sich nicht über sie das Maul zerreißen, sondern über mich. Und dieser kleine Ausschnitt ist perfekt. Er reicht aus, um Gerüchte in die Welt zu setzen und Fragen auszulösen, mit wem ich jetzt schon wieder anbandle.

»Viel Spaß damit, Vater«, sage ich in einem bittersüßen Singsang, drücke auf *veröffentlichen*, und stecke das Handy wieder ein. Dann ziehe ich die Papiere auf dem Stapel vor mir heran und sehe sie durch. Rechnungen, Personalbriefe, wer wen nicht abkann und warum (»Anneli hat nicht das Recht dazu, mich die Toiletten putzen zu lassen, das nächste Mal werde ich KÜNDIGEN!«). Was lachhaft ist, denn unsere Angestellten werden überdurchschnittlich gut bezahlt, mit Boni belohnt und auch sonst besser behandelt als irgendwo sonst. Achtlos schiebe ich die Papiere beiseite, nehme mir den nächsten Stapel vor, dann noch einen. Ich durchwühle die Schubladen, Ordner, arbeite mich sogar durch ein paar seiner privaten Kontoauszüge, von denen ich wünschte, sie nicht gesehen zu haben, weil ich mehr als einmal Namen gewisser Etablissements lese, die ich nicht mit meinem Onkel in Verbindung bringen will. Ich glaube nicht, dass Donna davon weiß.

Es dauert ewig, bis ich Paolas Personalakte finde. Sie klemmt im Regal hinter dem Schreibtisch zwischen einem Steuerordner und einer verschlossenen Blechkiste, auf der in gestanzten Lettern der Aufdruck *Auslandsprojekte* prangt.

Es ist eher ein hauchdünnes, weißes Mäppchen als eine wirkliche Akte, weshalb ich das Ding auch fast übersehen hätte. Mein Puls beschleunigt, als ich die wenigen Zettel darin durchblättere, das Adrenalin wird aber mehr und mehr ersetzt von Enttäuschung.

Da ist nichts. Nichts, das darauf schließen könnte, dass Paola Dreck am Stecken hat. Ich finde eine ordentliche Bewerbung von ihr, schon über ein Jahr alt. Auf dem Foto sind ihre Haare ein Stück kürzer, die Augen weniger strahlend als heute. Todernst blickt sie in die Kamera, die Wangen ausgehöhlt. Sie ist nicht mein Typ, obwohl sie April ähnelt. Aber Paola wirkt unscheinbarer. Sie umgibt nicht diese verrückte, rebellische Aura wie April. Trotzdem ist sie hübsch. Auf dem Bild jedoch ist davon nur wenig zu erkennen. Als hätte ein Geist ihr jede Energie geraubt. Ich erwische mich dabei, wie ich mit dem Finger über das Bild fahre, über ihre Stupsnase, die Lippen, und mich frage, was zur Hölle dieses Mädchen durchgemacht hat. Was auch immer es gewesen sein muss, es hat sie nicht daran gehindert, eine verflucht gute Ausbildung hinzulegen. Sie spricht drei Sprachen, zusätzlich zu Italienisch, Deutsch und Englisch, wie sie aufgelistet hat. Nach der Schule hat Paola an mehreren Seminaren über Sales Marketing, Weine und Business Communication teilgenommen, in Rom, Florenz und Neapel. Fast sieben Jahre arbeitete sie für ein renommiertes Weingut in San Luca, war in der Toskana und Umbrien in bekannten Sternerestaurants als Sommelière angestellt und lernte von ihrer Großmutter das Spielen der Violine, wenn sie selbst sich auch eher als semitalentiert beschreiben würde. Ich weiß, dass mein Onkel von den Bewerberinnen und Bewerbern immer verlangt, Hobbys und Zusatzinformationen zu erwähnen. Er legt Wert darauf, Menschen einzustellen, die in ihrer Vergangenheit etwas mit Engagement und Interesse verfolgt haben. Mein Onkel sagt, es verrät viel über den Charakter. Über Fleiß und Ehrgeiz. Über den Rest ihrer Familie schreibt sie nichts. In mir wallt eine ähnliche Art von Adrenalin auf, wie ich sie spüre, wenn ich mich kopfüber in waghalsige Manöver befördere, während ich weiterblättere. Es folgen Papiere des Bewerbungsprozesses im Hotel, ihre erbrachten Leistungen während der verschiedenen Stationen und schließlich eine bedauernde schriftliche Absage ihrerseits, weil sie sich das Bein gebrochen hätte. Danach kommen bloß noch die Kopie unseres Zusageschreibens für diese Saison und der Arbeitsvertrag.

Frustriert klappe ich die Mappe zu und schiebe sie zurück in das Regal, gerade in dem Moment, in dem sich die Tür zum Arbeitszimmer öffnet.

YOU HAVE NO FUCKING IDEA WHAT I HAVE DONE

Edward

Mein Onkel steht vor mir. Ich hocke wie ein bettelnder Hund zu seinen Füßen und blicke zu ihm auf.

Eine Hand noch auf der Klinke, hebt Elias eine Braue. »Will ich wissen, was du hier treibst?«

Schnell stehe ich auf. Was soll's, dann gehe ich eben aufs Ganze. »Warum hast du Paola Cortessa eingestellt?«

Im ersten Moment wirkt er perplex, dann lacht er. »Was?«

»Die Saison hat längst begonnen. Ihre Einstellung kam plötzlich. Und du wolltest, dass Leopold persönlich sie abholt.«

Einen Moment noch mustert er mich, dann lässt mein Onkel seufzend die Türklinke los und geht zu seinem Schreibtisch, wo er beginnt, die Papiere zu ordnen. »Edward, hör endlich auf, da Probleme zu suchen, wo es keine gibt.«

»Dann antworte mir.«

Mit den Händen begradigt er einen Stapel, ehe er ruhig entgegnet: »Die Sommelière, die wir ursprünglich eingestellt haben, ist nach wenigen Wochen abgesprungen. Wir brauchten Ersatz. Magda aus der Personalabteilung hat sich an die hervorragenden Leistungen während der Bewerbungsphase von Signora Cortessa erinnert und vorgeschlagen, bei ihr anzufragen, ob sie noch Interesse hätte. *Darum* ist sie hier.«

Ich knirsche mit den Zähnen. »Und das andere?«

Er wirft mir einen kurzen Blick zu. »Was meinst du?«

»Warum sollte Leo sie abholen?«

Elias' Mundwinkel zuckt, aber in keiner belustigten Weise. Es hat etwas Verzweifeltes an sich. »Weil ich endlich will, dass mein Sohn nach vorn blickt. Ich will, dass er wieder lebt, Ed, genauso wie ich will, dass *ihr alle* wieder lebt. Du und Charles. Das Ganze muss ein Ende finden.«

»Und was hat das mit Paola zu tun?«

Er bringt den letzten von mir durcheinander gebrachten Stapel in Ordnung und wendet sich mir zu. Die Hände stützt er hinter sich auf der Schreibtischplatte auf. »Es mag dir makaber vorkommen, und vielleicht ist es das, aber ich finde, Signora Cortessa hat eine gewisse Ähnlichkeit mit A...«

»Sprich ihren Namen nicht aus!«, brülle ich. Von jetzt auf gleich ist mein Puls auf zweihundert. Innerlich rase ich wieder über die Schienen, nur diesmal viel, viel schneller, während der Zug längst hinter mir herjagt. »Sag ... sag nicht ...«

Mitfühlend verzieht sich sein Mund. »Ed ...«

»Nein!« Abwesend streiche ich mir über die Brust, weil ich glaube, wenn ich es nicht täte, würde mein Herz einfach daraus hervorbrechen. »Du willst deinen Sohn mit der neuen Angestellten verkuppeln, weil sie aussieht wie *sie*, nur damit er *sie* vergisst?«

»Ich will ihn nicht verkuppeln.« Er gibt einen schweren Seufzer von sich und streicht sich über das Gesicht. »Sein Liebesleben geht mich nichts an. Ich habe nur gedacht, wenn ich ihm einen Anreiz gebe, nur einen winzig kleinen, endlich nach vorn zu blicken ...« Frustriert stößt er die Luft aus. »Mein Gott, ich weiß es doch auch nicht, Eddy. Keine Ahnung, okay? Langsam bin ich ratlos. Ich weiß nicht mehr weiter. Ich ...« Er schluckt. »Ich muss für Adelia da sein. Sie ist erst fünf und braucht mich, aber momentan kann ich ihr kaum etwas bieten, weil ich daran scheitere, meinen völlig zerstörten Sohn und meine beiden Neffen, die nur noch ein Schatten ihrer selbst sind, irgendwie wieder auf die Beine zu kriegen!«

»Mich muss niemand auf die Beine kriegen«, sage ich leise. Bedrohlich fast. »Mit mir ist alles in Ordnung.«

Sein Blick wird weicher. »Edward, mit dir ist ganz sicherlich nichts in Ordnung.« Er macht einen Schritt auf mich zu. »Und es tut mir leid, dass mein Bruder das offensichtlich nicht erkennt. Du brauchst Hilfe. Du ...«

»Hör auf!« Ich mache einen Schritt zurück, bevor seine ausgestreckte Hand auf meine Schulter trifft. Das Regal drückt mir schmerzhaft in den Rücken und ich atme heftig. »Du ... du hast keine Ahnung, hörst du? Du weißt nicht, was ich getan habe. Ich … Ich habe das hier verdient.« Stille hüllt uns ein, ehe ich flüsternd hinzufüge: »Den Schmerz.« Wütend presse ich die Lippen aufeinander, schlucke die Verzweiflung herunter, die meine Stimme brechen lässt. Und plötzlich höre ich mich brüllen: »Ich habe es verdient!«

Mein Onkel zuckt zusammen. Seine Augen weiten sich. »Was … Was hast du getan, Ed?«

Ich bin kurz davor, ihm alles ins Gesicht zu schreien. Einfach nur, damit diese Schuld endlich aus meiner Brust entkommen kann. Die Gedanken, die Finsternis, das Gefühl, zu ersticken. Mein Mund öffnet sich, aber es kommt kein Ton heraus. Ich höre Charles' Stimme in meinem Kopf, wie er mir eindringlich in die Augen sieht, während ich dabei bin, innerlich zu sterben. »Du hältst die verdammte Klappe, Ed, hörst du? Kein einziges Wort zu niemandem, nicht mal einen Mucks, verstanden?« Und dann den eisernen Blick seiner Freundin Sofia, die Pupillen geweitet vor Panik, während sie sich am Ärmel meines Bruders festklammert und genauso wie wir alle spürt, wie der Boden unter unseren Füßen dabei ist, uns in seine glühenden Tiefen zu zerren.

»Nichts«, sage ich, meine Stimme erfüllt von Leere und einem Mechanismus, von dem ich wünschte, ich müsste ihn nicht kennen. »Ich habe nichts getan.«

Dann löse ich mich aus meiner Starre und stoße die Tür auf, um zu verschwinden. Aus dem Augenwinkel erkenne ich, wie mein Onkel eine Hand nach mir ausstreckt und »Bitte, Ed, warte!«, ruft, aber die Zeiten, in denen ich es mir erlauben konnte, auf irgendetwas oder irgendjemanden zu warten, sind längst vorbei.

Mein ganzes Leben ist nichts weiter als eine Flucht vor mir selbst.

WELCOME TO BLACKWELL PALACE

Paola

Der Eingang des Blackwell Palace besitzt drei Doppelflügeltüren, zu denen niedrige Marmortreppen samt goldenem Geländer führen. Veredelte Rundsäulen stützen den darüber liegenden Balkon. Unter den Buchstaben des Hotels prangt ein luxuriöses Wappen: B und P, umrahmt von zwei Hirschen, dessen Geweihe sich verbinden und die Buchstaben einfassen. Neben den Türen stehen Concierges. Einer von ihnen öffnet sie für uns, als wir uns nähern.

Ich trete hinter Emma ins Foyer – und werde von dem luxuriösen Anblick erschlagen!

Etliche Kronleuchter baumeln von der hohen Decke, allesamt gewaltig, funkelnd und glitzernd. Das Licht bricht sich im Marmorboden des Foyers, die Wände sind mit Spiegeln, goldenem Stuck und viktorianischen Verzierungen versehen. Unwillkürlich frage ich mich, wie lange es dieses Gebäude wohl schon gibt. Haben einmal Königinnen hier geherrscht? Prinzen den spiegelblanken Marmorboden überquert? Staunend sehe ich mich um, lege den Kopf weit in den Nacken und versuche, dieses immense Ausmaß an Luxus in mich aufzunehmen.

Türen über Türen über Türen führen in weitere Bereiche, überall stehen teuer aussehende Sessel und Sitznischen, Pflanzen, goldene Dreimaster mit flackernden Kerzen. Ich sehe mehrere Kamine, in denen Flammen züngeln, Gäste, die Bücher oder Zeitungen auf filigranen Samtbänken oder Diwanen lesen, Messingstatuen, Büsten. In einem weiteren Bereich links von mir, hinter einer Wand mit geöffneten Türen, erkenne ich eine geschwungene Bar, hinter deren Marmortheke zwei Angestellte mit gekonnt schnellen Bewegungen Gäste bedienen. Ein riesiger Strauß gelber Rosen sprießt aus einer Vase in der Mitte der Bar heraus, um die die beiden herumarbeiten. Die Vase ist doppelt so groß und mindestens dreimal so breit wie die Angestellten selbst.

»Mein Gott«, hauche ich, während ich einen Schritt ins Foyer mache. Ich komme mir seltsam klein in diesem riesigen Saal vor. So muss sich eine Ameise fühlen, wenn sie mit ihrem mickrigen Körper versehentlich in das Haus eines Menschen krabbelt. Vielleicht sollte ich mich nach einer Ritze in der Wand umsehen, in der ich verschwinden kann. Mir gegenüber erstreckt sich ein langer Tresen, hinter dem Angestellte Gäste willkommen heißen oder sie auschecken. Sie alle tragen einen schwarzen Blazer mit dem goldenen Wappen des Palasthotels.

»Was denkst du?«, fragt Emma

»Dass ich mich verirren werde«, sage ich langsam. »Ganz sicher.«

Sie kichert. »Vielleicht am Anfang. Aber du wirst dich schnell zurechtfinden. Habe ich auch.«

»Ja«, murmle ich, während ich zeitgleich daran denke, dass diese imposante Größe des Gebäudes mir wenigstens helfen wird, unsichtbar zu bleiben, um auszuführen, was ich ausführen muss. Oder die Ritzen in der Wand, von denen ich überzeugt bin, sie noch zu finden und mich einer verschreckten Ameisencrew anzuschließen. Wir könnten eine Polonaise durch die edlen Wände machen und Blätter auf unseren Köpfen balancieren – wie cool wäre das? »Hoffentlich.«

»Also, da vorn sind die Aufzüge für den Ostflügel.« Ihr glitzermanikürter Fingernagel deutet an mir vorbei. »Der führt unter anderem in unsere Bereiche.«

Ich wäre beinahe in einen Gast hineingelaufen, weil ich überrascht zu Emma herumwirbele. »Es gibt *mehrere* Aufzüge für *verschiedene* Bereiche?«

Emma quittiert das mit einem ungläubigen Blick der Extraklasse. »Soll das ein Witz sein?« Kurz lacht sie auf. »Das hier ist das Blackwell Palace und kein Best Western.« Und dann, nach einem kurzen Moment des Überlegens: »Hast du dir das Hotel vorher nicht angesehen?«

Ich beiße mir auf die Unterlippe. Unmöglich will ich ihr sagen, dass sich in meiner Jackentasche ein nicht internetfähiges Panzertelefon befindet, geschweige denn, dass im Hause Cortessa nur eine

Person den Computer benutzen durfte, und das war meine habbo.com-süchtige Mutter, die rund um die Uhr vor dem Bildschirm hing und im sogenannten *Habbo Hotel*, einer Mischung aus Chat und Onlinespiel, ihre virtuelle Realität lebte, in der sie regelmäßig via Textnachrichten den Alien mit Sombrero poppte. Mein Wissen über dieses Hotel begrenzt sich auf die Doku, in der nicht viel über die Architektur gesprochen wurde, sowie Bilder aus dem Bibliotheksbuch, das überwiegend Informationen über die Historie hergab. Hier fehlt mir ganz klar Insiderwissen. Und das könnte mir das Genick brechen, wenn ich nicht besser aufpasse.

»Doch«, lüge ich kleinlaut, »aber in echt sieht alles noch viel imposanter aus.«

»Stimmt.« Emma streckt den Finger in eine andere Richtung. »Schau, das sind die Aufzüge zum Nord- und Südflügel, die sind durch einen Brückenflur miteinander verbunden. Der ist verglast, richtig schön, du kannst den mittleren Innenhof dadurch sehen.«

»Und die Fahrstühle zum westlichen Bereich?«

Emma sieht mich an und in ihrem Blick funkelt plötzlich eine düstere Ernsthaftigkeit. »Den wirst du niemals betreten.«

»Warum nicht?«

»Der gehört den Blackwells und Van Dyks«, entgegnet sie schlicht. »Außer Anneli und Babette, die eine Verschwiegenheitserklärung unterschreiben mussten, obwohl Anneli die Schwester von Signore Blackwells Ex-Frau ist, wird dort niemandem Zutritt gewährt. Viel zu viele Geheimnisse.«

Mit zusammengepressten Lippen blicke ich durch das gigantische Foyer in westliche Richtung. Ich sehe Marmor über Marmor, einen Haufen bestgekleideter Personen, riesige Ölgemälde an den Wänden, aber keinen Aufzug. Innerlich mache ich mir eine Notiz: *Herausfinden, wo die Blackwells ihre Schlafzimmer haben.*

»Küche und Speisesaal sind links am Empfang vorbei, den weitläufigen Gang herunter. Da stehen ganz viele hässliche Gobelins, die dich mit ihrer entstellten Fratze anglotzen, kannst du nicht verfehlen. Der Speisesaal ist nach Süden ausgerichtet, damit die Gäste direkten Blick auf die Bergkette haben. Das ist aber nicht das Sternerestaurant.«

»Und wo finde ich das?«

»Im verglasten Holzanbau. Da glitzert das Licht in den Kristallgläsern und in der Mitte thront ein riesiger Springbrunnen. Hinter der Doppelflügeltür da.« Sie deutet auf einen prunkvollen Rundbogen neben der Rezeption. »Kleinere Seminarräume erstrecken sich den Gang entlang rechts von der Rezeption, auch in Richtung der Berge, größere Eventsäle befinden sich angrenzend zum Westflügel. Quasi genau vor dem schmiedeeisernen Tor dahinter.« Ihr Finger bewegt sich so schnell durchs Foyer, dass ich Schwierigkeiten habe, zu folgen. »Im Keller gibt es ein paar Kegelbahnen, eine Bowlinganlage und das Schwimmbad. Auf dem Außengelände findest du einen Golfplatz, die Saunalandschaft, Wellness und eine Tennisanlage. Wenn du da hinbestellt wirst, weil jemand mal einen besonderen Wein haben möchte, pass auf.« Emma sieht mich eindringlich an. »Die reichen Säcke grabbeln ganz gern mal.«

»Igitt!«

»Wenn das passiert, gib Anneli Bescheid. Die leitet das weiter und die Kerle werden unverzüglich rausgeschmissen.« Sie hebt eine Braue. »Dafür sorgt Charles Blackwell höchstpersönlich.«

Ich schlucke. »Okay.« Die Vorstellung, ein faltiger alter Mann könnte mich befummeln, bereitet mir Übelkeit. »Wenn ich ihm nicht vorher mit dem Golfschläger eine runterhaue.«

»Paola, Paola«, sagt Emma mit einem zufriedenen Singsang in der Stimme, »sind wir ein bisschen semi-aggressiv?«

»Wenn es um sexuelle Belästigung geht, nicht nur semi.«

»Oh, sieh an, in dem neuen Mädchen steckt ein kleiner Kampfzwerg.« Sie lüpft die Brauen. »Gefällt mir.«

»Wohin führen diese hier?« Ich deute auf die symmetrischen Wendeltreppen, auf denen ein roter Teppich ausgelegt ist. »Sieht aus wie der Gang zu den königlichen Gemächern.«

Emma streicht sich die Locken aus dem Gesicht. »Nö. Über die Treppe kommst du zum Ostflügel, wenn du rechts entlanggehst, und zum Nord- und Südflügel, wenn du die linke Richtung nimmst. Unser Zimmer liegt im ersten Stock, also kann ich dir gleich den Weg zeigen.« Sie fasst mich am Ellbogen und dirigiert mich durch das Foyer an den Gästen vorbei, als könnte sie diesen Hindernisparcours im Schlaf laufen. »Ach, ganz vergessen: Fitnessstudio im Keller, Diskothek auch.«

»*Diskothek?*« Ich starre Emma an, während unsere Schritte vom Teppich verschluckt werden. »Dieses Hotel besitzt eine Disko?«

»Bist du sicher, dass du dich informiert hast?« Eine Furche gräbt sich zwischen ihre Augenbrauen. »Dankenhaal ist das Aushängeschild der High Society, die sich im Palast herumtreibt.« Verwundert sieht sie mich an. »Wurdest du während des Bewerbungsgesprächs nicht rumgeführt?«

»Da war ich krank«, sage ich. »Und danach kam das gebrochene Bein.«

»Verstehe.« Emma führt mich einen schmalen Gang entlang und dann um eine Ecke herum. Sie schenkt mir einen mitfühlenden Blick. »Das war sicher nicht einfach. Dem Palast abzusagen und so, na ja, wegen einer Verletzung.«

»Ja.« Dieses Gespräch bereitet mir Unbehagen. Ich will das Thema wechseln, denn in mir wächst ein Geschwür in Größe eines Heißluftballons heran, doppelte Gaslieferung inklusive.

Aber bevor ich etwas sagen kann, bleibt Emma plötzlich stehen. Ich hebe den Blick. An der braunen Tür prangt eine goldene Zahl: 108. »Hier ist es?«

»Yep.«

Sie zückt ihre Karte aus der Manteltasche und hält sie vor das Lesegerät. »Du kriegst auch gleich eine. Die wurde schon aufs Zimmer gebracht.«

Es leuchtet grün auf, wir treten ein, und meine Kinnlade fällt hinunter.

LIES UPON LIES UPON LIES

Paola

Tief in meinem Inneren habe ich mit einer Abstellkammer gerechnet. Ich weiß nicht, wieso. Mir ist bewusst, dass ich mich im Blackwell Palace und in keiner billigen Privatabsteige von San Luca befinde. Trotzdem erwarte ich einen düsteren, muffigen Raum mit Moschusduft, nur um mich in der nächsten Sekunde plötzlich in einem gemütlichen, großen Zimmer wiederzufinden. Die cremefarbenen Wände sind mit Stuck und Dreimasterlampen bestückt, schwere beige Vorhänge hängen vor zwei Fenstern. In einer Ecke steht ein kuschliger Sessel, den ich schon im ersten Augenblick als meinen neuen Lesesessel auserkoren habe, an der Wand rechts von mir gibt es zwei Einzelbetten mit viktorianisch geschwungener Kopflehne. Ihnen gegenüber entdecke ich einen Kamin in der Wand. Das Feuer ist bereits heruntergebrannt, aber die Glut glimmt hier und da noch auf. Eines der Betten ist leer und frisch bezogen, das perlweiße Laken spannt sich fest über die hohe Matratze, zwei Kissen liegen dekorativ übereinander. Zwischen den Schränken thront eine Nähmaschine auf einem Beistelltisch, der Stuhl davor und auch der Boden sind übersät von Stoffen.

»Ich nähe gern«, erklärt Emma. »Am liebsten Kleider. Also, falls du mal was brauchst, sag Bescheid. Ich habe mehr als genug Auswahl.« Während ich noch wie gebannt von dem Anblick des Zimmers bin und mich kaum vom Fleck bewege, hat Emma ihre Tasche schon in eine Ecke gepfeffert und schlüpft aus ihrem Mantel. Sie flitzt zu einem großen Schrank, kramt ein paar Klamotten heraus und beginnt dann, sich ohne Scham vor mir auszuziehen. Betreten sehe ich zu Boden, bis ich höre, dass sie sich mit einem Seufzen auf einem der Betten niederlässt. Als ich wieder aufsehe, stecken ihre schlanken Beine in einer weiten Jogginghose, der Saum in bunte

Wollsocken gestopft, ihr Oberkörper ist in einen marineblauen Hoodie mit der Aufschrift *Blackwell's* gehüllt. Der Schriftzug verschwimmt vor meinen Augen, während ich ihn anstarre.

»Sag mal, Paola.« Emmas blonde Korkenzieher wechseln von der einen Schulter auf die andere, als sie sich mir zuwendet. Sie sieht aus wie ein Engel, denke ich, und beneide sie sofort. »Darf ich dich was fragen?«

»Ähm, sicher.« Ich schenke ihr ein Lächeln, während ich aus den Trägern meines Rucksacks schlüpfe und ihn neben das freie Bett stelle. »Worum geht's?«

Emma rutscht bis an die seitliche Bettkante vor. »Benutzt du Wimpernserum?«

»Ich ... Was?«

»Na ja, sie sind so voll und dunkel. Oder sind das künstliche?«

Ich blinzle verwirrt. »Nein.«

»Also deine echten? Ohne Serum?«

Langsam schäle ich mich aus meiner Jacke und lege sie über meinen Rucksack. »Ja. Eine Freundin von früher hat mal künstliche ausprobiert. Ihre Lider haben den Kleber nicht vertragen. Alles ist zugeschwollen. Es war grauenvoll.« Ich schaudere. »Da habe ich mir geschworen, so was niemals zu machen.«

Emmas blaue Augen werden groß. »Die Arme! Aber deine Wimpern sind geil. Bin dezent neidisch.«

Automatisch muss ich lächeln. Der Gedanke, jemand wie Emma beneidet *mich* um etwas, scheint mir surreal. »Danke.« Ich stehe wie bestellt und nicht abgeholt neben dem Bett, sehe mich im Raum um und weiß nicht, was ich sagen soll. Mein Herz klopft wie wild. Das alles kommt mir vor wie ein Traum. Dieses warme Zimmer, St. Moritz, die Berge und der viele Schnee, die ... na ja, die Blackwells, die sich irgendwo in diesem Gebäude befinden. »Wohnen alle Mitarbeiter im Hotel?«

»Oh nein! Wenn Ignotus andauernd über die Flure schlurfen würde, könnte ich nachts nicht mehr schlafen.«

»Wieso wird uns dann hier ein Zimmer zur Verfügung gestellt?«

»Es kommt auf den Rang an. Wir sind im Eventbereich und müssen lange arbeiten. Den Gerüchten zufolge führte Blackwell Senior, Charles und Edwards Großvater, die Regel ein: Wer bis in die

Nacht arbeitet oder spontan für ein abendliches Event einspringen können muss, soll die Möglichkeit auf ein Zimmer im Hotel erhalten.«

»Oh.« Ich knete die Ärmelaufschläge meiner Jacke. »Das ist nett.«

»Du bist nervös, oder?«

»Ich ...« Ich räuspere mich. »Nur ein bisschen.«

»Sieht man an den Flecken auf deinen Handrücken.«

»Oh, nein.« Schnell wende ich mich ab, weil mir Emmas intensive Musterung unangenehm wird. »Das ist nur Neurodermitis.«

»Verstehe. Hab Aloe-Vera-Gel da, falls du magst. Das hat meinem Bruder den Arsch gerettet, nachdem nicht mal mehr Cortison helfen wollte. Na, jedenfalls«, sie schwingt sich aus dem Bett und winkt mich mit sich, »das hier ist das Bad. Wir haben nur eins, und ich muss dich vorwarnen, dass meine Haarpflege viel Zeit einfordert, also ist es besser, du duschst immer vor mir, okay?«

»Kein Problem.«

»Gut.« Emma öffnet die Tür.

Wieder öffne ich vor Staunen den Mund. Im Inneren befindet sich ein langer Waschtisch mit zwei eingelassenen Becken samt Messinghähnen, ein großer Spiegel, der die halbe Wand einnimmt, eine ebene Dusche und eine frei stehende Kaiserbadewanne auf geschwungenen Klauenfüßen. Duschkopf und Hahnapparat sehen aus wie dem neunzehnten Jahrhundert entsprungen.

Neben mir lacht Emma plötzlich auf und klatscht in die Hände. »Ich wusste es!«

Verwirrt sehe ich sie an. »Was wusstest du?«

»Dass du so reagieren würdest. Habe ich auch, als ich letztes Jahr ankam.« Ihre Augen strahlen. »Schön hier, oder?«

»Überwältigend«, flüstere ich, während ich den Blick noch einmal schweifen lasse. Mein Ton klingt träumerischer als beabsichtigt, weil in meinem Kopf unsere kahle Steinbude in San Luca als krasser Gegensatz rumgeistert. Langsam betrete ich das Badezimmer, streiche mit dem Finger über die weichen Handtücher im Regal und sehe aus dem Fenster. Dichter Schnee wirbelt davor umher. »Ich kann mir jetzt schon vorstellen, mit Kerzenlicht in der Badewanne zu liegen, ein Buch in der Hand, und dem Schneetreiben zuzusehen.«

»Oder mit dem Tablet.« Emma zuckt die Achseln, als ich ihr einen schockierten Blick zuwerfe. »Bin nicht so die Leseratte. Netflix for the win. Oder …« Sie schnippt mit den Fingern, formt sie zu zwei Pistolen und schnalzt mit der Zunge wie ein Cowboy kurz vor seinem Duell. »Howdy, Partner, call me Mrs. Online-Shopping. Zumindest die ersten drei Tage des Monats, bis ich wieder pleite bin.«

Ich lache. Emma quittiert es mit einem breiten Grinsen, lässt die Hände wieder sinken und bindet sich einen schnellen Zopf, um die üppigen Locken endlich zu bändigen. »Nee, ehrlich. Vor allem nach einem anstrengenden Arbeitstag ist diese Wanne goldwert. Und die gibt es hier garantiert, so viel kann ich dir versprechen.«

Ich folge ihr zurück ins Schlafzimmer. »Van Dyk meinte, bei manchen Veranstaltungen würden wir zusammen arbeiten.«

Emma hebt die Brauen. »*Van Dyk*?«

»Ja, wieso?«

»Meinst du Leopold oder Elias?«

»Ähm, Elias.«

»Wieso hat *er* mit dir gesprochen?«

Ich zucke die Achseln. »Er meinte, ich hätte den Bewerbungsprozess damals mit Bravour gemeistert, und sie wollten mich einstellen.«

Emma sieht mich an, als hätte ich ihr gerade eröffnet, die Ratte in meinem Rucksack wäre real.

»Was?«, hake ich nach.

»Na ja …« Emma rutscht zurück auf ihr Bett, zieht ein Bein an und mustert mich mit schief gelegtem Kopf. »Ich finde das alles ein wenig sonderbar. Ich meine, du behauptest, die Bewerbungsrunden bestanden zu haben, aber irgendwie …«

»Irgendwie was?«

Sie beißt sich auf die Unterlippe, wägt ab. »Normalerweise bewirbt man sich im Blackwell Palace und hofft, neben den zigtausend anderen aufzufallen und angenommen zu werden. Die Blackwells achten penibel darauf, wen sie einstellen, weil sie besessen von der Verschwiegenheit des Unternehmens sind. Und paranoid, jemand könnte irgendwelche Insidergeheimnisse an die Presse weiterleiten. Sie stellen eigentlich nicht oft neue Mitarbeiterinnen und Mitarbeiter ein, außer, die Person konnte sie wirklich überzeugen. Ich zum Beispiel spreche neben Deutsch und Englisch noch Mandarin, weil meine Stiefmutter Chinesin ist. Das war ein Pluspunkt für mich wegen der Touristen. Oh, und ich habe zwei Jahre überall auf der Welt gejobbt, habe viel erlebt und mitnehmen können. Die Supervisor meinten, damit war ich eine von den wenigen Neuen, die zum Vorstellungsgespräch eingeladen worden sind. Irgendwie kommt es mir bei den krassen Sicherheitsvorkehrungen unrealistisch vor, dass sie dich durch alle Runden lassen, du dir das Bein brichst, sie dich in Ruhe lassen und dann *während* der längst begonnenen Saison wieder auf dich zukommen, Van Dyk *höchstpersönlich* dir Bescheid gibt und … keine Ahnung.«

»Aber genauso war es.« Bemüht, Emmas Blicken auszuweichen, gehe ich zu meinem Bett herüber, setze mich und schlüpfe aus meinen Stiefeln. »Außerdem *habe* ich Zusatzqualifikationen. Ich spreche fließend Italienisch, habe jahrelang auf einem renommierten Weingut und in Sternerestaurants mit Starköchen gearbeitet. Sie brauchten dringend eine neue Sommelière.«

»Hmm.« Emma zögert. Dann: »Hattest du was mit ihm?«

Geschockt sehe ich auf. »Wie bitte?«

»Mit Elias. Oder Leopold?«

»Nein!«

Abwehrend hebt sie die Arme. »Nur eine Frage. Wäre ja nichts Schlimmes dabei.«

»Klar! Das wäre … Ich meine …« Wild gestikuliere ich mit den Händen. »Ich werde hier arbeiten und das …«

»Schon gut.« Emma grinst. »Meine Güte, reagierst du empfindlich auf das Thema.«

»Welches Thema?«

»Sex.«

Hitze schießt mir in die Wangen. »Ich will nur nicht mit irgendeinem Skandal in Verbindung gebracht werden! Und Gerüchte verbreiten sich schneller, als man denkt.« Mich nervt, dass sie eher in Betracht zieht, ich hätte etwas mit der Entscheidungsmacht gehabt als dass meine Qualifikationen überzeugend gewesen wären. Aber weil meine Unsicherheit kickt und ich Schiss habe, mit meiner einzigen Bekanntschaft anzuecken, halte ich den Mund.

»Nur, wenn man sich den falschen Leuten anvertraut«, murmelt Emma. Sie blickt zum heruntergebrannten Feuer, schnappt sich einen Plüschpullover vom Bettende und zieht ihn sich über den Kopf. »Übrigens: Ich hoffe, du hast warme Klamotten dabei. Manchmal fällt die Heizung hier aus.«

»In einem Hotel wie das Blackwell Palace fallen Heizungen aus?«

Emma zuckt die Achseln. »Seltsamerweise nur in meinem Zimmer, wenn ich Anneli mal wieder die Meinung gegeigt habe.«

»Oh. Okay.« Dann sollte ich mir besonders Mühe geben, meine Klappe zu halten, wenn ich auf diese Anneli treffe. Ich hasse kalte Räume und klamme Bettwäsche. Davon hatte ich in den Winterabenden von San Luca genug. Unauffällig blicke ich zu meinem ramponierten Rucksack, in den ich nur ein paar wenige Sachen gestopft habe.

Emma scheint das nicht zu entgehen, denn sie fügt hinzu: »Wenn nicht, auch nicht schlimm. Du kannst dir jederzeit was von meinen Sachen leihen.«

Ich lächle. »Danke.«

Den Blick nun auf ihr Smartphone gerichtet, winkt Emma ab. »Kein Ding.«

Neben dem Bett stechen mir weiße Plüschpantoletten ins Auge. Ein kleiner weißer Sticker klebt an der Seite der Sohle. Darauf erkenne ich meinen Namen. Lächelnd ziehe ich den Kleber ab, schlüpfe hinein und wackle mit den Zehen. Sind die gemütlich! Ich stehe auf und trete an ein Fenster heran, nur um festzustellen, dass es eine Tür zu einem kleinen Balkon ist. Ich öffne die Tür und gehe hinaus.

Kalte Luft empfängt mich, Schnee landet auf meiner Nase, meinen Lippen. Langsam gehe ich zur Balustrade, umfasse sie mit den Händen und atme tief durch. Ich lecke die Flocken mit der Zunge auf und verschlucke ein Lachen, das beinahe unkontrolliert meiner Kehle entkommen wäre, weil die Eindrücke mich schlicht überwältigen. Das Hotel, die neuen Bekanntschaften, der Ort, diese atemberaubende Umgebung … das alles kommt mir vor wie ein Film.

Ich weiß nicht, wie lange ich so verharre, aber irgendwann weht Emmas Stimme zu mir. »Willst du da draußen erfrieren, oder was? Komm wieder rein, hier drin herrscht verdammtes Arendelle!«

Ich gehe zurück ins Zimmer. »Arendelle?«

Emma hockt vor dem Kamin und legt neue Holzscheite hinein. Kurz darauf entzündet sie ein Feuerzeug. »Nie *Frozen* gesehen?« Ich schüttle den Kopf.

Sie stutzt. »O mein Gott! Soll das bedeuten, du kennst Olaf nicht?«

»Wer soll das sein?«

»Ein Kuscheljunkie in Form eines Schneemanns.«

»Wie bitte?«

Sie sieht mich an, ein breites, theatralisches Strahlen im Gesicht, und breitet die Arme aus. »Ich bin Olaf und ich liebe Umarmungen!«

»Ich verstehe kein Wort.«

Sie lässt die Arme wieder sinken, deutet vorwurfsvoll mit dem Finger auf mich. »Das ist eine Bildungslücke, Paola, und die werden wir schließen, so schnell es geht.«

»Meinetwegen.« Kurz zögere ich, aber dann sage ich es doch. »Was meintest du vorhin, als du von den falschen Leuten gesprochen hast?« Ich reibe meine Hände aneinander und puste hinein. »Irgendwen Bestimmtes, vor dem ich mich in Acht nehmen sollte?«

Der Schein der ersten züngelnden Flammen erhellt ihr Gesicht und spiegelt sich in ihren Augen wider. Die Leichtigkeit, die zuvor noch ihre Züge dominierte, macht plötzlich einer drückenden Schwere Platz. »Ja. Vor den Blackwell-Brüdern.«

Es ist, als hätte mein ganzer Körper auf diese Antwort gewartet, nur um bei dem Klang des Namens einen eisigen Schauer durch meine Venen zu senden. »Was ist mit denen?«

Emma gibt einen merkwürdigen Laut von sich, der nach freudlosem Lachen und etwas anderem klingt, das ich nicht genau definieren kann. Ich glaube, es ist Angst. »Alles, Paola. Mit den Blackwells sollte man sich einfach nicht abgeben.« Sie erhebt sich, legt das Feuerzeug beiseite und setzt sich zurück aufs Bett. Vom Nachttisch fischt sie sich eine Tüte Weingummis und wirft sich einen in den Mund, während ihr Blick schon wieder an ihrem Smartphone klebt. »Wenn du den ganz großen Scheiß erleben willst, go for it. Es gibt nichts, das die Brüder nicht schon erlebt hätten. Von Drogen über exzessive Partys und riskante Challenges, eine dümmer als die andere. Jeder himmelt die beiden an. Wenn sie den Raum betreten, spürt man es sofort. Atem werden angehalten, Haltungen verändert. Für einige sind die Kerle wie Götter.« Emma schnaubt. »Ich hingegen glaube, sie sind ein kaputter Haufen, dem man nicht zu nahe kommen sollte.« Kurz huscht ihr Blick zu mir. »Außer du willst die Aufmerksamkeit.«

»Auf keinen Fall«, sage ich sofort.

Sie hebt eine Braue. »Nicht mal einen Miniskandal, um deine Bekanntheit zu pushen?«

Entsetzt sehe ich sie an. »Warum sollte ich so etwas wollen?«

»Keine Ahnung.« Emma zuckt die Achseln. »Aus demselben Grund, warum andere sich genau das von ihnen holen.«

»Und der wäre?«

»Von der Welt gesehen zu werden.«

Diese Wörter hören sich für mich wie eine Horrorvorstellung an. »Nein, danke.« Ich gehe zu meinem Rucksack und wühle frische Wäsche, Leggins, ein Schlafshirt und *Effi Briest* heraus. Als ich an Emma vorbei ins Bad gehen will, halte ich inne. Kurz zögere ich, aber dann …

»Und du?«

Sie sieht auf. Ihre Nase wirft runzlige Falten, als sie sie rümpft. »Was ich?«

»Willst du die Aufmerksamkeit?«

»Nein«, entgegnet sie. Sie zögert. »Aber ich kannte mal eine, die das wollte. Und das ist nicht gut ausgegangen.«

»Was meinst du damit?«

Ihr Blick gleitet weiter zu den Sachen in meinen Händen. Sie wartet einen Moment, dann deutet sie mit dem Kinn darauf. »Gehst du baden?«

Ich runzle die Stirn, weil sie nicht auf meine Frage eingeht. Aber bevor ich nachhaken kann, lehnt sie sich in ihrem Bett zurück, schiebt sich unter die Bettdecke und fischt ihre Kopfhörer vom Nachttisch zwischen unseren Betten. »Im Waschbeckenschrank ist Schaumbad. Nimm dein Handy mit, damit du Licht hast, wenn du danach ins Bett gehst. Ich mach das hier aus.«

Und bevor ich etwas entgegnen kann, knipst sie die Beistelllampe aus und wirft den Kopf von mir abgewandt in die Kissen. Dann nuschelt sie noch: »Cool, dass du da bist, Paola.«

»Ja«, murmle ich leise. »Zum Glück habe ich diese Bewerbungsrunden damals bestanden.«

Im Zimmer herrscht Stille, in meinem Kopf verschlingende Dunkelheit, weil: Lügen über Lügen über Lügen.

REALLY, REALLY DARK

Charles

Die untergehende Sonne bricht sich im bronzefarbenen Reißverschluss meiner Polostiefel. Ein zurrendes Geräusch verfliegt in der Luft, als ich ihn zuziehe. Meine Beine stecken in weißen Polojeans und das robuste Dreifachleder der Stiefel schmiegt sich eng an meine Waden. Es ist so kalt, kein Scheiß, meine Nase erfriert. Mit dem Ärmel meiner Softshelljacke wische ich mir darüber, als jemand neben mich tritt.

»Hey, Mann.« Laxon lässt sich neben mir auf die Bank sinken und beugt sich vor, um seine Knieschützer anzubringen. Kältewolken entstehen vor seinem Gesicht. »Weißt du, was mit Edward ist?«

»Was soll mit ihm sein?«

Laxon zuckt die Achseln. »Scheint so, als würde er nicht kommen, obwohl der Tierarzt Jalapeños Mauke endgültig für vorüber erklärt hat.«

Ich ziehe mir die Handschuhe an und richte mich auf. Mein Blick gleitet die Bande vor dem Moritzersee entlang bis zu den Stallungen, aus denen bereits ein paar Grooms, die Pfleger und Verantwortlichen für unsere Tiere, mit den Pferden ins Freie treten und sie ihren Besitzern übergeben. Leopold bedeckt seine Haare gerade mit dem Helm, ehe er seinen Appaloosa an den Zügeln entgegennimmt und ihm über die Nüstern streicht. Aber von meinem Bruder und seinem Pferd keine Spur.

»Keine Ahnung«, entgegne ich.

Laxon erhebt sich. Er zieht die Brauen zusammen. »Findest du das nicht komisch?«

»Warum sollte ich?« Mein Tonfall nimmt eine gewisse Schärfe an. »Ich bin nicht sein Babysitter. Edward kann machen, was immer er will.«

»Schon klar, ich meine nur, nach den neuesten Gerüchten, er könnte etwas mit dem Verschwinden von …«

Drohend sehe ich ihn an. »Glaubst du diese Scheiße etwa?«

»Nein!« Abwehrend hebt Laxon die Hände. »Mann, Charles, ich bin hier mit euch aufgewachsen. Du *weißt*, wie beschissen es in unserer Welt zugehen kann.« Auch er zieht sich seinen Handschuh über. »Wie falsch die Leute sein können, von denen man glaubt, sie wären deine Freunde. Ed ist mit jedem connected. Dein Bruder feiert jede Art von Aufmerksamkeit. Ich mache mir Gedanken, bei den Gerüchten könnte das bald von Nachteil für ihn werden.«

Noch während er das sagt, erscheint vor meinem inneren Auge das Video auf TikTok, auf dem er mit einem Mädchen wie ein Wahnsinniger über die Schienen vom Glacier Express rast. Man erkennt ihr Gesicht nicht, aber ich weiß, dass es das Mädchen ist, das ich vor den Toiletten vom CoC getroffen habe. Das verblichene Braun ihrer Kordjacke und der hässliche Riss im Stoff haben es mir verraten. Ich wünschte, ich hätte dieses Video nie gesehen. Bei dem Aufeinandertreffen mit ihr fand ich sie anziehend, weil mich alles anzieht, was unsicher, unschuldig und brav wirkt. Vermutlich hätte ich ihr aber keinen zweiten Blick geschenkt, wenn ich ihr wieder begegnet wäre. Doch jetzt, da ich weiß, dass mein Bruder sich irgendetwas mit ihr in den Kopf gesetzt zu haben scheint, sind meine Gedanken nicht mehr aufzuhalten.

Dieses gestörte »Ich nehme mir, was du haben willst, nur damit du es nicht bekommst« fing früh an. Bei uns beiden. Jedenfalls fiel der Startschuss, als Ed auf der Party meines siebzehnten Geburtstags meine damalige Freundin in meinem Schlafzimmer gefickt hat. Anstatt auszurasten, habe ich das Gleiche zwei Monate später mit seiner gemacht. Irgendwann kam April. Sie war das Ende. Buchstäblich. Mit April fing es an, und mit April ging es vorüber. Der Wunsch, zu jemandem zu gehören.

Aber jetzt ist *sie* da. Dieses Mädchen, über das ich mich informiert habe. Paola Cortessa, neue Sommelière unseres Hotels, spektakulär unspektakulär, hat es durch Ed geschafft, meine volle Aufmerksamkeit auf sich zu ziehen. Ich wünschte, es wäre anders, und ich wünschte, sie hätte nicht auch noch diese devote Ausstrahlung, die meinen Schwanz in Sekundenschnelle steinhart werden lässt, aber so ist es nun mal.

Ich habe nie behauptet, ein Heiliger zu sein.

Ich seufze. »Glaub mir, Lax, meinem Bruder ist es herzlich egal, welcher seiner Skandale ihm zum Nachteil werden könnte und welcher nicht.« Ich zucke die Achseln, nehme Helm und den Poloschläger von der Bank und wende mich zum Gehen. »Zum Freundschaftsspiel gegen das britische Königshaus wird er schon auftauchen. Bis dahin musst du deine Sehnsucht im Zaum halten.«

Er schnaubt. »Mit Sehnsucht hat das nichts zu tun.«

»Diese Lüge höre ich viel zu oft, als dass ich sie noch glauben könnte.« Ich halte in meiner Bewegung inne, drehe den teuren Schläger in meiner Hand und schenke ihm noch einen flüchtigen Blick. »Edward ruft vor allem zwei Wünsche in anderen hervor: Teil seiner Bekanntheit zu sein oder Sehnsucht.« Ich mache eine kurze Pause, dann füge ich leise hinzu: »Egal, in was davon man sich hineinstürzt, es endet immer gleich.«

»Was zur Hölle willst du damit sagen?«

Mein Blick wird eisern. »Edward ist völlig durch, Lax. Genau wie ich. Hör auf, dir Gedanken über irgendwelche Gerüchte zu machen, bevor du Teil davon wirst.«

Er starrt finster drein.

Ich wende mich ab und gehe durch den Schnee zu den Stallungen. Malorie, meine Pferdepflegerin, kommt mir mit meinem zweiten Einsatzpferd entgegen. Snow ist eine stattliche Polo-Argentino-Stute. Wie bei den meisten Polopferden ist ihre Mähne geschoren. Bei Abraxas habe ich das nicht zugelassen.

»Hey, Charles.« Malorie lächelt. »Bereit fürs Training?«

»Kann's kaum erwarten.« Jedes Mal, bevor ich das Spielfeld mit meinem Pferd betrete, spüre ich dieses angenehme Kribbeln in meinen Gliedern. Ich spiele Polo, seit ich nach St. Moritz gekommen bin, und es gab keine Sekunde, in der ich es nicht geliebt habe. »Ist Abraxas fertig?«

»Ja, er wartet auf dich.«

Ich nicke, dann betrete ich den Stall. Der typische Geruch von Heu und Pferd dringt mir in die Nase, was mir den Anflug eines Lächelns entlockt.

Abraxas hebt seinen großen Kopf, als hätte er meine Anwesenheit gespürt. Ich nehme eine Karotte aus der Kiste neben der Tür und gehe zu ihm. Mein Wallach stürzt sich auf das orangefarbene Ding, als wäre er Edward und die Karotte eine Xanax. Malorie hat die Mähne meines Friesen mit goldenen Gummis streng eingeflochten, über den Augen flimmert ein Glitzerstreifen. Der Schweif ist mit den gleichen goldenen Gummis wie die Mähne gebunden. Das pechschwarze Fell glänzt gesund und edel.

Ich muss grinsen. Meine Groom übertreibt es gern mit der Anmut.

»Hey, Großer«, murmle ich und lasse zu, dass er mit seinen Lippen über meine behandschuhten Hände schlabbert, um mögliche Reste zu ergeiern. Als er keine findet, schnaubt er ungeduldig und dreht den Kopf. Ich lache leise. »So einer bist du also, ja? Sobald das Fressen weg ist, bin ich nichts mehr wert?« Ich kraule ihn unter dem Schädel. »Dann bist du nicht besser als die Menschen, die ich kenne.« Gespielt schnalze ich mit der Zunge. »Und das, obwohl ich dir seit deiner Geburt die Würmer vom Hals halte, dir verdammt teures Futter kaufe und den Dreck von deinen Füßen schabe. Merk ich mir, Abraxas. Merk ich mir.«

Gott, ich liebe dieses Pferd so sehr. So, so sehr. Keine Ahnung, wie sehr das Tier mir in aberhunderten emotionalen Breakdowns schon den Arsch gerettet hat, einfach, indem es für mich da war.

»Wow«, höre ich plötzlich eine weibliche Stimme vom Ende des Ganges zu mir herüberwehen.

Ich hebe den Kopf und sehe Sofia. Sofia Vendergaard – meine, wie die Öffentlichkeit sie nennen würde, *feste* Freundin – steht in Ralph-Lauren-Rollkragen, schwarzer Jeans und Dior-Stiefeln vor Jalapeños Box und hält dem Tier einen Mineralstick vor die Nase. Sie hat die schwarzen Haare zu einem langen Zopf geflochten. Ein goldener Eyeliner verleiht ihr Katzenaugen. Der Stick überlebt ungefähr genauso lange wie Abraxas' Karotte. »Ich wusste nicht, dass du mit deinem Pferd mehr sprichst als mit allen anderen.«

»Mein Pferd gibt keine Widerworte«, entgegne ich. »Es stellt keine Fragen und kritisiert nicht.«

Sofia sieht mich nicht an, als sie entgegnet: »Ja, Charles. Ich weiß schon. Die völlige Kontrolle.«

Die völlige Kontrolle. Das ist das Einzige, woran Sofia bei meinen Worten denkt. Was *sie* über mich denkt. Sie ist die Tochter von Kwama Vendergaard, die Frau, die das weltbekannte Schmuckimperium Vendergaard aufgebaut hat, und kennt mich, seit ich hier mit elf in St. Moritz aufgetaucht bin. Vor dreizehn Jahren. Ich bedeute ihr viel, das weiß ich. Und trotzdem denkt sie nur an Kälte, Distanziertheit und Kontrolle, wenn es um mich geht. Wie jeder andere auch.

Urplötzlich wandern meine Gedanken zu der neuen Sommelière. Bei ihrem Aufzug war mir klar, dass sie keine Touristin sein kann. Entweder eine neue Angestellte oder eine Bewohnerin. Ein Anruf in der Personalabteilung und ich hatte vier PDFs der neu eingestellten Personen der letzten Woche in meinem E-Mail-Postfach. Ihr todernstes Gesicht blickte mir bereits beim Öffnen des zweiten Bewerbungsbogens entgegen. Vorlieben: Klassik, Lyrik. Ob ihre Antwort zu meinem Pferdezitat wohl anders ausgefallen wäre als Sofias eben gerade? Hätte sie mich wissend angesehen, mit ihren großen grünen Augen, während ihr Rosenknospenmund nur den Hauch des Namens »Mark Twain« von sich gegeben hätte? Hätte sie mich in diesem Moment gesehen, wie es viele andere nicht können? Und vor allem: Hätte ich mir dann vorgestellt, wie ich ihr in sanften, betörenden Bewegungen über ihre empfindlichsten Stellen streiche, hier in einer Box, sie nackt und auf Knien vor mir im Stroh, während mir der Schwanz hart gegen die enge Polojeans drückt?

Ja. Ja, sehr wahrscheinlich. Wie ich schon sagte: Ich bin bei Weitem kein Heiliger.

Sofia seufzt. »Jalapeño ist unruhig. Er will raus. Was ist mit Edward?«

»Keine Ahnung«, sage ich zum zweiten Mal innerhalb kürzester Zeit. »Nicht da.«

Verwirrt sieht sie mich an. »Wo ist er?«

»Sofia«, sage ich eindringlich, öffne die Boxentür und nehme Abraxas am Zaumzeug. »Ich habe es vorhin schon Lax gesagt. Was mein Bruder treibt, geht mich nichts an. Jalapeño wird es überleben. Wie ich Edward kenne, wird er seiner Groom Bescheid gegeben haben, dass sie mit ihm in die Berge reiten soll.«

»Wenn du meinst.« Sofia tätschelt dem Pferd noch einmal den Hals, dann reißt sie sich von ihm los und beeilt sich, an meine Seite zu kommen. »Ich sehe dir aus der Lounge des Clubhouse zu. Kommst du nach dem Training noch rein?«

»Vielleicht.« Meine Gedanken schweifen zu Max Cordelair, Sohn eines weltbekannten Wirtschaftsimperiums, gegen den ich gleich auf dem Eis antreten werde. Meistens trinkt seine Freundin während des Trainings Champagner mit Sofia in der Lounge, bevor sie und Max Dinge tun, von denen sie wollen, dass ich die Führung übernehme. »Ist Lena da?«

Sofias Augen verdunkeln sich. Sie weiß nicht genau, was ich tue. Diejenigen, die beteiligt sind, schweigen, und der Rest ... pickt wie Aasgeier die wenigen Körner auf, die im Dunkeln zurückbleiben.

»Ja«, sagt sie, während wir hinaus ins Freie treten. Abraxas' Hufe treffen auf Asphalt. Das klackernde Geräusch vermischt sich mit den Rufen der anderen, die bereits auf dem gefrorenen See auf ihren Pferden sitzen. »Heute mit dem Privatjet aus Milano zurück.«

»Was gab's da?«

»Fashionshow«, sagt sie. »Ihr Auftrag von Chanel, auf den sie so heiß war.«

»Ich erinnere mich.« Ich wende mich Richtung See, Sofia zum Clubhouse. »Wenn das Spiel endet, sag ihr, sie soll ins Kaminzimmer gehen. Max erwartet sie dort.«

Sofia hebt eine Braue. »Max oder du?«

Ich setze einen Fuß in den Steigbügel und schwinge mich aufs Pferd. Mit einem vielsagenden Grinsen sehe ich auf sie hinunter. »Du wirst dich besser fühlen, wenn du dich nur mit den Gerüchten herumschlägst, Sofia.«

»Weil die Wahrheit so erschreckend wäre?«

»Ich denke, *erschreckend* ist nicht der richtige Begriff.« Ich setze mir den Helm auf und klicke ihn zu. »Versuch's mal mit dunkel, Sofia.« Ich beuge mich vor. »Wirklich, wirklich dunkel.«

Sofia verdreht die Augen. »Machst du dich gerade über das lustig, was die anderen über dich erzählen?«

»Vielleicht.« Ich versuche mich an einem Grinsen, jedoch will es mir nicht so recht gelingen, weil ich mich plötzlich wieder fühle als wäre ich nicht normal. Als wäre das, was ich will, krank. Leiser füge ich hinzu: »Aber vielleicht haben sie auch einfach recht.« Ich treibe Abraxas auf den See und lasse Sofia zurück.

POLO IS LIKE TRYING TO PLAY GOLF DURING AN EARTHQUAKE

Charles

Max pfeift durch die Zähne, als er mich entdeckt. Er und die anderen stehen schon an der Mittellinie im Line Up und warten auf mich. »Wird Zeit, Blackwell.«

»Ja, was hast du im Stall getrieben?«, ruft Finn. Er ist Lenas Bruder, Sohn eines hochrangigen deutschen Politikers und nur hin und wieder zur Saison hier, aber dann trainiert er meistens mit. »Hat die nächste dänische Kronprinzessin die Beine breit gemacht?«

»Dir sollte man die Zunge abschneiden, Finn«, entgegnet Leopold, als ich mich neben ihm aufstelle. »So wie du über Frauen redest.«

»Ausnahmsweise sind wir beide einer Meinung«, sage ich.

»Alles klar«, ruft da Coach Berry über das Feld, nachdem er die Torpfosten überprüft hat. Er war fast ein Jahrzehnt Trainer im britischen Königshaus, bevor er nach St. Moritz kam. Vor zwei Jahren hat es sein Team zum World Cup geschafft. Uns trainiert er nur nebenbei. Wir haben keine großen Ambitionen, die über Fitness und Spaß hinausgehen. Jetzt kommt er über das Eis auf uns zu getrabt. »Wie letzte Woche angekündigt, wird das heute ein Club-chucka.«

Clubchucka bedeutet, wir machen ein Trainingsspiel. Das übliche Training findet meist in der Halle statt, in der wir die Kondition der Pferde in schnellstem Kantergalopp auf Spitzeniveau bekommen, oder wir machen Stick-and-Ball-Training, um unsere Schlagtechniken zu verbessern.

»Charles, noch mal für dich: Du, Max, Laxon und Raúl gegen Leopold, Finn, Suarez und Misha.«

»Verstanden«, sage ich, während ich leicht an Abraxas' Zügel ziehe, damit er aufhört, Leopolds Appaloosa mit dem Kopf zu stoßen.

Neben mir gibt Raúl ein unterdrücktes Lachen von sich. Er ist der Jüngste von uns, bindet sein langes Haar meist hoch und prahlt bei den Veranstaltungen mit seinen drei Freundinnen, die alle nichts voneinander wissen. Der Junge hat es faustdick hinter den Ohren.

»Schön, los geht's!« Coach Berry wirft den roten Ball und binnen Sekunden stürzen wir uns darauf. Die Pferde rasen über das Eis. Ich presse meine Knie fest an Abraxas' Körper, halte die Zügel mit der linken Hand hoch und schwinge mit der anderen meinen Stock. Ein Full Slide. Ich treffe den Ball. Im hohen Bogen fliegt er vorwärts über den gefrorenen See. Wir hinterher. Unter mir bebt Abraxas' Körper. Er nimmt eine waghalsige Wendung, als Finn mir den Weg abschneidet und den Ball ins Tor schlägt.

»Yes!«, brüllt er, aber keine Sekunde später reitet der Coach zwischen uns.

»Das war ein so offensichtliches Foul, dass ich nicht weiß, ob ich dich anbrüllen oder lachen soll.« Vor seinem Mund entsteht eine dicke Kältewolke, weil er so fest ausatmet.

»Was?« Das Licht der Spielfeldstrahler lässt Finns schwarzes Haar glänzen. Er hat so riesige Pupillen, dass seine Augen wirken wie bloße Obsidians. Er und seine Schwester könnten Vampire sein. »Warum?«

»Du hast mir das Wegerecht genommen«, sage ich.

An seinem Kiefer zuckt ein Muskel. »War keine Absicht.«

Laxon lacht auf. »Wenn das keine Absicht war, bist du ein verdammt schlechter Spieler.«

»So was weiß man doch«, ruft Misha, dessen Pferd sich unter ihm zweimal im Kreis dreht, bis er seine Stute unter Kontrolle hat, weil er die Zügel falsch hält. »Echt mal, Finn, ich dachte eigentlich, *ich* wäre der mit den offensichtlichen Fouls unter uns.«

»Lasst uns weitermachen«, sagt Max. »Doubtfire wird ungeduldig.«

Und das tun wir. Laxon gibt mir ein paar gute Vorlagen, die ich dank Abraxas' Schnelligkeit in Tore umwandle. Suarez klebt mir am meisten am Arsch. Er ist ein verdammt guter Spieler, Sohn eines Fußballstars und aufgewachsen auf einem Gestüt in Kolumbien, während Finn ohne Ende foult und nach jedem gegnerischen Tor aggressiver wird. Gerade nehme ich den Ball an, den Laxon in meine

Richtung geschossen hat, als Leopold neben mir auftaucht. Ich hole zum Schlag aus, aber sein Stick verhakt sich in meinen und er hindert mich daran.

»Guter Hook«, muss ich zugeben.

Leopold schnauft. Überrascht sieht er zu mir, und diese Sekunde der Unaufmerksamkeit reicht aus, damit Raúl ihm den Ball abluchst. Schnell sprintet er vor. Leopold flucht. Ich kann mir ein lautes Lachen nicht verkneifen. Bei dem irrsinnigen Tempo verfliegt es in der Luft. Max verwandelt Raúls Vorlage schließlich in ein Tor, und kurz danach brüllt Coach Berry: »Chucka vorbei!«

Das Spiel ist in vier bis acht Zeitabschnitte unterteilt. Die nennen wir beim Polo Chucka. Jeder dauert sieben Minuten, danach werden die Pferde gewechselt, um sie zu schonen. Heute spielen wir sechs Chuckas, die unser Team mit 7:4 gewinnt.

Schweiß rinnt mir in den Nacken, als ich den Helm abnehme. Malorie wartet bereits, um mein Ersatzpferd Snow entgegenzunehmen. Ich schwinge mich vom Pferd. Der Sattel knarzt, das Zaumzeug klirrt. Snow schnaubt erschöpft.

»Gutes Spiel«, sagt Malorie mit einem Lächeln in den Augen. Es hat angefangen zu schneien. Die Flocken verirren sich in ihrem Stirnband und den Haaren. »Ich bin gespannt auf das Königshausmatch.«

»Ich auch.« Zum Abschied klopfe ich Snow sanft auf den Hals, dann gehe ich in Richtung Clubhouse davon. Ich spüre Max' eindringlichen Blick auf mir, also nicke ich knapp mit dem Kinn und sage: »Lena wartet im Kaminzimmer.«

Er versteht mich ohne weitere Ausführungen und geht voran. Laxon läuft neben mir, aber er macht keine Anstalten, zu fragen, woher ich das mit Lena weiß. Ungerührt, fast gelangweilt, sieht er geradeaus. Er stellt schon lange keine Fragen mehr. Seine Mutter ist aus St. Tropez hergezogen, als Lax noch klein war. Sie und ihr Mann sind CEO's der bekannten Streaming-Plattform Spiderflix. Lax weiß von meiner jahrelangen Therapie, er weiß von meiner Vergangenheit und er weiß, dass die Vorlieben, die in mir schlummern, keiner gesunden Psyche entspringen.

Mein Blick wandert hoch zum Fenster der Lounge. Sofia nippt gerade an ihrer Champagnerflöte, unterhält sich mit einer Freundin und lächelt, als ihr Blick meinem begegnet. Elegant winkt sie mir zu. Ich lächle zurück.

Als wir das Clubhouse erreichen und in die Wärme treten, verschwindet Laxon in Richtung der Umkleiden. Ich hingegen durchquere die Lobby, bis ich die Theke erreiche. Susanna, die Mitarbeiterin, muss nur einmal zu mir sehen, da schnappt sie sich schon den verzierten Schlüssel, den ich so oft in den Händen halte, und gibt ihn mir. Auch sie stellt keine Fragen, warum ich das Kaminzimmer absperren will. Nicht einmal am ersten Tag, als ich sie danach gefragt habe. In St. Moritz läuft das Leben anders. Concierges der luxuriösesten Hotels der Welt erfüllen Gästen jeden Wunsch, den sie haben, und sei er noch so ausgefallen.

»Ich möchte eine Boeing 747, nur für mich allein, egal was es kostet, stellen Sie sie zur Verfügung.«

»Diese Schweizer Uhr in der Zeitschrift hier ist ausverkauft, aber ich will sie. Bitte besorgen Sie mir diese Uhr.«

Ab einem gewissen Status wird sich nicht mehr darüber gewundert, was gefordert wird. Es wird nicht hinterfragt. Die Reichen fordern, die Reichen bekommen. An diesen Satz muss ich oft denken. Jetzt gerade schon wieder, als Susanna mir den Schlüssel übergibt. Ich muss daran denken, weil mich niemand eines zweiten Blickes gewürdigt hat, als ich im Dreck lag. Aber solange ich im Luxus bade, liegen sie mir zu Füßen. Doch ich habe nie vergessen. Ich *werde* nie vergessen. All diese Menschen, die behaupten, meine Freunde zu sein, wären die ersten, die mich ignorieren würden, wenn ich wieder ganz unten wäre.

Die High Society ist ein heuchlerischer Haufen Scheiße.

Ich öffne die Tür zum Kaminzimmer, schließe sie hinter mir und drehe mit einem leisen Klicken den Schlüssel im Schloss um.

Lena und Max sind nackt. Beide sehen mich an. Sie warten. Lena beißt sich mit wachsender Erregung auf die Unterlippe.

Ich lasse mich aufs Sofa sinken. »Lena, leg dich hin und lass dir von Cordelair zeigen, wie *gut* er dich zum Orgasmus bringen kann. Und Max …« Ich öffne meine Hose, bereit, ihnen dabei zuzusehen, wie sie meine Fantasien realisieren. »Nenn sie Cortessa.«

HIGH SOCIETY IS A POOR PLAY STARRING SCUMBAGS

Paola

Anneli ist wie ein schnaufender Stier an meiner Seite. Seit ich sie vor Stunden im Gemeinschaftsraum der Angestellten treffen sollte, damit sie mich auf meinen ersten Arbeitstag morgen und alle Eventualitäten vorbereitet, macht sie diese merkwürdige Sache mit der Nase immer wieder. Zwischen zwei Sätzen, abrupt: schnaub! Während ich sie etwas frage: schnaub! Wenn wir bloß schweigen: schnaub!

Jetzt gerade sind wir in der Küche hinter dem Speisesaal, und sie tut es schon wieder. »Wenn du zum Frühstück eingeteilt bist – und bilde dir nicht ein, dass dir das nicht auch mal passieren könnte –, musst du um sechs hier auf der Matte stehen, Paola.« Schnaub. »Wenn du zu spät kommst, gibt es Punkte.«

»Punkte?«

»Das habe ich mir ausgedacht.« In ihren Knopfaugen leuchtet es begeistert. »Es ist wie beim Autofahren. Leistest du dir dies und jenes, hier ein Punkt, da ein Punkt, fällt ja nicht auf, bis *Zack*!« Sie klatscht in die Hände. Ich zucke zusammen. Sie gibt ein bellendes, tiefes Lachen von sich. »Die Grenze erreicht ist.«

»Und was passiert dann?«

»Unangenehme Aufgaben.« Anneli zuckt die Achseln und watschelt in ihrer Dienstmädchentracht vor. Die Uniform der weiblichen Housekeeping-Angestellten ist sehr traditionell gehalten: ein schwarzes Kleid, das bis über die Knie reicht, Puffärmel, weißer, hochgeschlossener Kragen und eine Schürze in derselben Farbe, Rüschen an den Trägern über der Schulter. »Obwohl wir ein externes Reinigungsunternehmen haben, verdonnere ich sie manchmal zum Putzen nach einer Party in Dankenhaal, oder aber sie kriegen die öffentlichen Toiletten im Foyer, die nie jemand haben will, denn, offen gestanden: sehr viele Personen sind räudiger, als man denken würde, und hinterlassen ihre Bremsstreifen genauso fahrlässig wie ihre toxischen Spuren im Leben anderer. Gucci-Stiefeletten hin oder her, im Klo sind 'se alle gleich.«

Alles klar, Anneli hat voll den Plan. Und sie erinnert mich an Madame Knüppelkuh aus dem Film Mathilda. Später werde ich meinem Angstbuch einen weiteren Punkt hinzufügen.

Punkt 8: Die öffentlichen Toiletten putzen zu müssen.

Lösung: Niemals zu spät kommen (wenn Anneli da ist!!!).

»Verstehe nicht, wieso ich dir hier alles zeigen soll, wenn 'de eh nur den Wein in die Kelche der reichen Säcke füllst, aber gut.«

Weil ich alles kennen muss, wenn mein Vorhaben funktionieren soll. Jeden Winkel des Hotels. »Hier sind Teller, Gläser, Tassen«, die große Frau deutet auf einen riesigen Einbauschrank. Und wenn ich riesig sage, dann meine ich genau das. Er ist bestimmt zehn Meter breit. Eine Tür nach der anderen öffnet sie in rabiater Schnelligkeit, ehe sie sie bereits wieder zufallen lässt. Ich weiß jetzt schon, dass ich mir bei dem Tempo so gut wie nichts werde merken können. »Tischtücher, Tee und Kaffeebohnen, Müsli«, schnaub, »Besteck, Pillen, falls mal gar nix mehr geht, Putzmittel und –«

»Warte, Pillen?«

Anneli hält in der Bewegung inne und sieht mich an. Ihr strohiges Haar ist zu einem hohen Knoten hochgezwirbelt, in dem kein Anfang und kein Ende mehr ersichtlich ist, und in diesem Filzball Deluxe stecken bestimmt Hunderte von bunten Kinderspangen mit Einhorn- und Feenmotiven. Das will nicht so recht zu ihren starken Falten um Augen- und Mundpartie passen, aber gut. Nieder mit der Diskriminierung von Feenfetischisten!

»Na ja, Medikamente. Schmerztabletten, was gegen Übelkeit, so was.«

»Ach so.«

Sie grunzt. »Wenn du dir heimlich 'ne E schmeißen willst, findest du die Leute dafür eher unten in Dankenhaal als hier in der Küche.« Sie mustert mich eingehend, legt ihren massigen Arm auf der Küchenanrichte ab und schmatzt sehr laut mit ihrem Kaugummi. Ich kann das rosa Ding bis hierhin sehen. »Aber ich sag's nur einmal: Kommst du zugedröhnt zur Arbeit, biste raus, verstanden?«

»Ich rühre keine Drogen an«, sage ich bestimmt, fast schon vorwurfsvoll, aber der Blick auf ihren Kaugummiball bringt mich aus dem Konzept, weshalb ich zu unentschlossen klinge.

»Das sagen sie alle am Anfang.« Schnaub. »Bis ich sie in irgendeiner Suite aufgabeln muss, völlig neben der Spur, die Begleitung von letzter Nacht verschwunden, nichts weiter hinterlassen als ein Bitte-säubern-Schild an der Tür.« Anneli macht eine große Blase mit ihrem Hubba Bubba. Seit wir zusammen unterwegs sind, hat sie sich so oft Nachschub gegönnt, dass ihre pinkfarbene Bubble-Tape-Rolle von der Größe eines Tennisballs auf die eines Schweizer Franken geschrumpft ist. Die Blase platzt. An ihrem Mundwinkel kleben jetzt Reste. Sie lässt sie einfach dort. »Was guckst'n so? Hast gedacht, die High Society wäre würdevoll und die Kerle würden dir zu heutigen Zeiten noch den Hof machen? Nee, nee. Das sind Mistkerle, die es gewohnt sind, alles zu bekommen, was sie wollen, und wenn nicht, dann drehen die durch.« Wieder schnaubt sie, diesmal drei Sekunden, ich habe sogar mitgezählt, und das ist fast noch verstörender als die Schnaubattacke.

»Warum … Warum machst du das die ganze Zeit?«

»Was?«

»Dieses durch die Nase pusten.«

»Ah.« Schnaub. »Hilft mir, meine Nasenschleimhäute durchblutet zu halten.«

»Wie bitte?«

»Na ja, dieser ganze Rotz darin, weißt du, das braucht Säuberung, und mit einmal Naseputzen ist das nicht getan. Weiß nur keiner, deshalb kriegen die alle Polypen und so'n Dreck. Aber nicht mit mir.«

Ich starre sie an. Sie starrt zurück. Ich gebe zuerst auf, weil ich weiß, sie wird gewinnen.

Gott sei Dank geht in diesem Moment die Tür auf und Emma kommt herein, eingehüllt in Stiefel, Mantel, Schal und Pudelmütze. »Wenn ich mich nicht irre, bist du seit«, sie wirft einen Blick auf ihre Armbanduhr, »drei Minuten ein freier Mensch. Und ich brauche *dringend* Abendessen außerhalb dieses Hotels. Heute kann ich die versnobten Wände ausnahmsweise mal nicht mehr sehen. Hast du Hunger?«

»Hunger ist gar kein Ausdruck«, entgegne ich erleichtert.

»Emma.« Anneli verschränkt die Arme vor der Brust. »Erkläre Paola bitte, wieso ich recht habe mit den Polypen. Du weißt schon, das Video, das ich dir dazu gezeigt habe. Mir scheint, sie glaubt mir nicht.«

»Auf gar keinen Fall«, beharrt Emma, den Finger auf Anneli gerichtet. »Wegen diesem widerlichen Nasenspiegelungsvideo habe ich heute noch Albträume. Verdirb meine brave Paola nicht, Anini.«

»Ich hasse diesen Spitznamen«, brummt sie.

»Nein, du liebst ihn.« Emma hakt sich bei mir unter, und als sie spricht, ahmt sie einen hochachtungsvollen Ton nach. »Paola Cortessa, erweisen Sie mir die Ehre und erlauben mir, Ihnen das winterliche St. Moritz zu präsentieren?«

»Oh, Majestät, mit dem größten Vergnügen.« Mit einem breiten Lächeln werfe ich mir mit dem Handrücken das Haar zurück. »Sie dürfen, Sie dürfen.«

Anneli lacht trocken auf. »Wenn Emma majestätisch ist, bin ich Angelina Jolie in ihren besten Jahren.«

Emma verdreht nur grinsend die Augen und zieht mich hinter sich her. »Keine Sorge, während der Arbeitszeiten ist Anneli erträglicher. Vor den Gästen benimmt sie sich auch weitaus souveräner. Fast schon gruselig, was für eine Wandlung sie dann durchmacht. Heute musste sie dich an ihre Schicht dranhängen und das hat sie gewurmt. Vor allem, weil du nie was mit dem Tische decken oder Büfett aufbauen zu tun haben wirst. Obwohl es schon Sinn macht, dass du über alles Bescheid weißt, weil du beim Lunch und Dinner ja auch anwesend sein wirst. Aber sie ist einfach so, mach dir nichts draus. Oh, und die Feenspangen macht sie auch erst nach der Schicht rein, wenn ihre Haare kreuz und quer herumflattern. Sie hat eine Zeit lang versucht, sich damit unter die Gäste zu mischen, aber da hat sie den Einlauf ihres Lebens bekommen.«

»Warum weiß sie eigentlich über die Eventräume Bescheid, wenn sie im Housekeeping tätig ist?«

»Weil sie Edwards Tante ist«, erklärt Emma. »Du weißt doch, Schwester seiner Mom? Habe ich dir erzählt. Jedenfalls ist sie schon ewig hier und hilft manchmal bei Events oder beim Essen aus, wenn jemand krank wird. Jake Blackwell vertraut ihr viele Bereiche an.«

»Gut zu wissen.«

Ich hole mir meine Jacke aus der Garderobe und wir durchqueren die Lobby, wobei ich wieder erschlagen werde von dem ganzen Prunk, den funkelnden Lichtern und dem offensichtlichen Luxus.

Es dauert keine zehn Gehminuten, bis wir auch den Hof durchschritten haben und den gefrorenen Moritzersee erreichen.

ABOUT ROSES SHINING IN THE DARK

Paola

»St. Moritz ist klein«, sagt Emma gerade, als wir am Coffee o' Clock vorbeigehen. Der Geruch nach Zimt und Kaffee, Vanille und Puderzucker hüllt mich in seine betörende Wolke. Ich bin versucht, stehen zu bleiben, aber Emma zieht mich weiter. »Da, siehst du den hohen Turm?«

Mein Blick gleitet über die Dächer der Häuser hinweg, als ich erkenne, was sie meint: zwischen See und Bergen ragt ein schiefer Turm in die Höhe. Ich nicke.

Emma leckt sich eine weiße Flocke von der Oberlippe, dann fügt sie hinzu: »Das ist der schiefe Turm von St. Moritz. War mal Teil einer Kirche und konnte nach einem Hangrutsch nur ganz knapp gerettet werden. Er übertrifft sogar den Neigungswinkel von dem aus Pisa, aber scheinbar sind wir der Geschichte nicht wichtig genug, weil das natürlich nie erwähnt wird. Pisa klingt einfach cooler.«

»Ich war einmal in Pisa«, entgegne ich. »Und es war furchtbar.«

»Warum?«

»Ein Ausflug mit der Schule.« Die Erinnerung schmerzt noch immer. »Mir hat eine Taube auf den Kopf geschissen und die ganze Klasse hat mich ausgelacht.«

»Oh«, sagt Emma mitfühlend. »Was für eine dumme Taube.«

»Was für eine dumme Klasse.«

»Ja, aber die Taube ist noch dümmer, weil sie die anderen hätte treffen sollen.«

Mein Mundwinkel hebt sich. Unsere Schritte knirschen im frischen Schnee, während wir weitergehen. Es gibt viele malerische, kleine Gassen mit Steingebäuden, deren Architektur mich überwältigt. Über manchen Türen hängen verschiedene Flaggen als Symbol der multikulturellen Vielfalt von St. Moritz durch die vielen

Touristen. Die meisten haben ihre Außenwände in Vorbereitung auf die Weihnachtszeit jetzt schon gemütlich gemacht. Lichterketten, so weit das Auge reicht. Hinter den Häusern erstrecken sich flockengepuderte Tannen die weiße Bergkette hinauf. Es ist so atemberaubend, dass ich stehen bleibe und meine alte Polaroid aus meinem Rucksack nehme.

»Was machst du?«, fragt Emma.

»Ich halte das nur kurz für mich fest.«

»Die Gegend?«

»Den Zauber.«

In dem Moment, in dem ich das Wort ausspreche, klickt die Kamera und das Polaroid kommt heraus. Emma wirft einen Blick auf das Foto, das langsam Kontur annimmt.

»Ohhh«, sagt sie. »Schau mal, da! Wie süß!«

Ein Grinsen schleicht sich auf meine Lippen, als ich erkenne, was sie meint: ein Eichhörnchen ist über den Gehweg auf eine weiß bedeckte Eisenbank geflitzt, kurz bevor ich das Foto gemacht habe. Auf dem Bild knabbert es gerade an einer gefundenen Nuss und betrachtet uns mit schiefem Kopf. Zufrieden stecke ich Kamera und Polaroid wieder ein.

Kurz darauf entdecke ich eine Traube Jugendlicher, die ein wild zusammengezimmertes Haus betreten. Holzbuchstaben über der Tür verkünden den Namen: *Der Saftladen.*

»Was gibt es da?«, frage ich.

Emma folgt meinem Blick. »Ach, das ist ganz cool. Also, für mich nichts, aber dir könnte es gefallen. Wird von Happy geführt, die unterrichtet Literatur am Lyceum.«

»Lyceum?«

Emma reibt sich mit dem Handschuh über die vor Kälte laufende Nase. »Das Lyceum Alpinum Zuoz. Ein internationales Internat ganz in der Nähe. Da sind nur Bonzen. Ein Schuljahr kostet um die hunderttausend Schweizer Franken.«

Ein Brennen macht sich in meiner Kehle breit, als ich diese astronomische Summe höre. Der Gedanke daran, dass es Elternteile auf dieser Welt gibt, die ihren Kindern so etwas mit einem Fingerschnippen ermöglichen können, während meine Mutter ihre letzte Kohle für Items bei *Habbo Hotel* ausgibt und mein Vater nie was von mir wissen wollte, macht, dass ich mich hundsmiserabel fühle.

Automatisch höre ich meine eigene Stimme in meinem Kopf, rau, melancholisch, leise, wie sie es immer war, wenn ich Abend für Abend die Zeilen vor mich hin flüsterte, die ich selbst in meinem Notizbuch niedergeschrieben habe:

STELL MAL VOR
Rosen leuchten in der Dunkelheit
deshalb strahlst du voller bunter Farben
während mich deine Abwesenheit anschreit
dein Leuchten der Grund für all meine bitteren Narben

STELL MAL VOR
Du existierst nur in der Schwärze
deine Ablehnung ein zielsicheres Messer

stummes Flehen an mein Herz: entzünde eine Kerze
aber du antwortest:
in der Dunkelheit leuchten die Rosen doch so viel besser

»Alles in Ordnung?«

Ich blinzle, als Emmas Stimme mich aus meinen Gedanken reißt. Langsam nicke ich und vor dem Saftladen bleiben wir schließlich stehen. Ein Mädchen mit roter Nase und über Mund und Wangen gezogenen Wollschal öffnet die Tür und huscht hinein. Ich kann aufgestellte Leinwände erkennen. Kurz riecht alles nach Farbe.

»Happy hat den Laden vor ein paar Jahren eröffnet«, erklärt Emma. »Kreative können sich treffen, austauschen, Smoothies schlürfen und dabei malen, zeichnen, schreiben.«

Ich horche auf. »Lyrik?«

»Egal, was. Einfach, wonach dir ist. Gedichte, Tagebuch, Prosa. Ganz egal. Es geht Happy um das kreative Beisammensein.«

Ich kann förmlich spüren, wie sich ein Leuchten in meinen Augen ausbreitet. »Das ist … Das ist fabelhaft.«

Emma wirft mir einen amüsierten Seitenblick zu. »So, wie du den Laden angaffst, kommt es mir vor, als wolltest du ihn heiraten.«

»Wenn ich das könnte, würde ich es tun.«

»Nah, spar dir das für die Typen, die du«, sie packt mich an den Schultern, dreht mich herum und deutet mit dem Finger auf ein cremefarbenes Gebäude mit süßem Spitzdach, »dort triffst.«

»*Instant Noodles*«, lese ich die schwarzen Buchstaben an der Fassade.

»Ist ein Impro Theater. Da drin ist alles rustikal. Ist supercool da. Abends trifft man auf viele Leute in unserem Alter. Es gibt Cocktails, Bier, Cola und so, und Shiyan, Ignotus' Schwester, backt manchmal Kekse und Kuchen und verkauft sie dort. Man sollte meinen, sie würde gebackene Wan Tans oder so mitbringen, weil sie ja im Familienbistro arbeitet, aber am liebsten macht sie Käsewähe oder Rüeblitorte. Auf der Bühne präsentieren dann Freiwillige ihre Impro oder begeistern andere mit ihren Poetry Slams, an denen sie im Saftladen gearbeitet haben.«

»O mein Gott«, hauche ich, während mein Blick von Happys Gebäude zum *Instant Noodles* wandert. »St. Moritz ist ein Märchentraum!«

»Ich wusste, dir würde das gefallen. Dort drüben ist übrigens das Asia-Bistro von Ignotus' Eltern.« Der Blick, mit dem Emma mich ansieht, ist fokussiert und eindringlich. »Ich schwöre dir, Paola, es gibt keine besseren vegetarischen Wan Tans weltweit. Die Hans machen das leckerste Essen ever. *Jeder* liebt den Laden. Sogar die Blackwells!«

Das Bistro befindet sich im unteren Bereich eines süßen Wohnhauses im Altstadt-Flair. Über den Fenstern leuchtet eine Neonreklame und verkündet den Namen des asiatischen Bistros: *little dragon*. Pflanzen, Glückskatzen und die Porzellanfigur eines langen chinesischen Drachens zieren die Fensterläden.

Als wir eintreten, befinde ich mich sofort im Dunstgeruch des leckeren Essens. Mehrere rote Laternen baumeln von der Decke über den schwarzen Sitznischen, die zur Hälfte belegt sind. Im Hintergrund klimpern entspannende chinesische Klänge. An den Wänden hängen Holzschilder mit Buchstaben auf Mandarin, der große, an die Wand gemalte Kirschblütenbaum nimmt die gesamte rechte Seite ein, und die andere Wand, direkt neben der Theke, wird verdeckt von einem riesigen geknüpften Teppich, auf dem ein ganzes Dorf in

Form von Häusern im Stil der asiatischen Architektur zu bewundern ist. Gemütliche Lichter werfen einen angenehmen Schein in den Raum.

Im Bruchteil der ersten Millisekunde weiß ich, dass dieses Bistro mein neues Lieblingslokal wird. Als wollte mein Körper mir genau das bestätigen, gibt mein Magen in dem Moment ein kräftiges Knurren von sich. Die junge Frau hinter der Theke sieht mitfühlend auf. Sie war gerade dabei, Sojasprossen neu aufzufüllen. Ich schätze sie auf ein paar Jahre älter als ich. Auf einem Schild funkelt ihr Name: Shiyan.

Neben der Theke mit den asiatischen Lebensmitteln erkenne ich schweizerische Spezialitäten in einer Vitrine. Fladen, Zuger Kirschtorte, die leckeren gefüllten Biberli-Lebkuchen und Nusstorte. Dieser Laden ist der perfekte Mix der asiatischen und schweizerischen Kultur.

»Oh je«, sagt Shiyan, gefolgt von einem sympathischen Lachen. »Das klingt dringend.«

»Auf jeden Fall«, antworte ich.

Sie lächelt. Ihr langer Zopf fällt ihr bis auf die Taille, das schwarze Haar glänzt. »Setzt euch, ich komme gleich.«

Emma und ich nehmen in einer der Fensternischen Platz. Ich bestelle Bratnudeln und Frühlingsrollen mit süßsaurer Soße plus Grüntee, sie die vegetarischen Wan Tans. Gerade als wir uns wie ausgehungerte Gazellen über das Essen hermachen, öffnet sich die Tür zum Hintereingang und Ignotus kommt heraus.

Bei seinem Anblick stutze ich. »Was trägt er denn da?«

Emma folgt meinem Blick und seufzt. »Ein weißes Rüschenhemd mit Kragen und Hosenträgern.«

»Er sieht aus wie ein Zeitreisender aus dem neunzehnten Jahrhundert.«

»Bitte sag ihm das, dann freut er sich.«

Perplex blinzle ich. »Ist heute irgendein Cosplay-Event hier in der Nähe?«

»Nein.« Sie dippt ihren Wan Tan in die Sojasoße und mustert Ignotus, der sich hinter Shiyan eine Flasche Rivella aus dem Kühlschrank nimmt, ein schweizerisches Süßgetränk aus Milchserum, karamellisiertem Zucker und Wasser. Die schwarzen Haare umschmeicheln seinen kompletten hinteren Hals, aber ich kann den aufrechten Kragen dennoch erkennen. »Ignotus ist besessen vom viktorianischen Zeitalter. Deshalb auch sein Name. Letztes Weihnachten haben er und Shiyan eine gute Stange Geld von ihren Großeltern geerbt. Er hat das genutzt und kurz darauf seinen Namen ändern lassen. Seine Mutter ist durchgedreht, das sage ich dir. Aber sein Vater fand es lustig.«

»Wie hieß er vorher?«, frage ich.

»Nino.« Sie mustert ihn nachdenklich. »Ich will ihn seit Ewigkeiten zu einer Rückführung überreden, weil ich überzeugt bin, vor zweihundert Jahren war er mal König oder so, aber er will nicht.«

»Also ist das … seine Alltagskleidung?«

Emma nickt. »Außerhalb von Blackwell Palace trägt er nichts anderes. Er ist einer der wenigen direkt aus St. Moritz, die im Housekeeping arbeiten.« Sie verzieht das Gesicht. »Ganz zum Missfallen seiner Mutter, die seine Schwester Shiyan dafür umso häufiger hinter die Theke verfrachtet. Du merkst also, für sie ist Ignotus eine Enttäuschung auf ganzer Linie. Und man merkt es an seinem Verhalten. In letzter Zeit zieht er sich immer öfter zurück, klagt über Bauchschmerzen. Unschön.«

»Das ist grausam.«

»Leider.«

Kurz denke ich daran, dass Ignotus und ich wohl mindestens eine Gemeinsamkeit haben. »Und Blair und Lisbeth?«, wechsle ich das Thema. »Woher kommen sie?«

Emma trinkt einen Schluck ihrer Cola und sagt dann: »Blair ist aus den USA, Lisbeth aus Südengland wie ich. Aber die Mitarbeiter des Hotels sprechen alle mindestens Deutsch und Englisch, sonst wird man gar nicht erst eingestellt.«

Ich drehe meine Nudeln auf die Gabel. »Und wie lange seid ihr schon hier?«

»Blair und Ignotus drei Jahre. Sie ist im Service, er im Housekeeping. Zusammen mit Lisbeth. Sie ist ein halbes Jahr da, ich etwas länger als eins. Und ich bin mit dir in der Gastro, aber das weißt du ja.«

»Dann habt ihr sicher schon einiges zusammen erlebt.«

Ich hätte nicht damit gerechnet, dass dieser einfache Satz Emmas Gesichtszüge derart entgleisen lassen würde. Plötzlich ist der Ausdruck in ihren Augen nicht mehr aufgeregt glitzernd, sondern bedrückt und düster. »Kann man so sagen.«

Die Neugierde in mir will nachhaken, aber in dem Moment schlurft Ignotus auf uns zu.

»Hi.« Unter seinen Augen liegen tiefe Ringe. Als er meinen fragenden Blick bemerkt, zuckt er die Achseln und murmelt: »Hab bis eben gepennt.«

»*Bis eben*?« Emma fallen beinahe die Augen aus dem Kopf. Und der halbe Wan Tan aus dem Mund. »Es ist fast acht am Abend!«

Er zuckt die Achseln. »Gestern war ein Onlinetreffen der Vickys.«

Ich nehme an, bei den *Vickys* handelt es sich um eine Bubble im Internet, die wie Ignotus auf das viktorianische Zeitalter samt Regency steht.

»Was macht ihr da so?«, frage ich, während ich mir eine Gabel mit Nudeln in den Mund schiebe. »Bei diesen Treffen?«

»Reden.«

»Und über, ähm, was genau?«

Ignotus nimmt einen großen Schluck Rivella, mustert das Etikett anstatt mich und entgegnet: »Es ist eine Art Rollenspiel. Uns erreicht eine virtuelle Einladung zu einem bestimmten Event. Gestern fand der erste Ball der Saison statt.«

Emma hebt eine Braue. »Und dann hockt ihr alle auf euren Gamingstühlen im Skype? Wie kommt denn da viktorianisches Feeling auf?«

Er funkelt sie an. »Wir bekommen natürlich ein Bild zugeschickt, das wir als unseren Kamerahintergrund einstellen sollen. Das macht jeder von uns, und dann erscheinen wir verkleidet.«

Mein Mundwinkel zuckt. Ich kann ihn nicht kontrollieren. Schnell beiße ich in meine Frühlingsrolle. »Tanzt ihr auch?«

Er nippt an seiner Flasche. »Ja. Wir Männer haben einen bestimmten Stand, er wird durch das Zufallsprinzip vergeben, wenn jemand der Gruppe beitritt. Dementsprechend versuchen wir natürlich, unsere Traumfrau zum Tanz aufzufordern und hoffen, dass sie zusagt.«

»Ja, aber …« Emma drückt einen Arm auf die Lehne und wendet sich ihm zu. »Tanzt ihr *wirklich?*«

»Ja.«

»Allein?«, frage ich. »In eurem Zimmer?«

»Also, virtuell gesehen nicht, weil die aufgeforderte Person auch aufsteht und wir, na ja, wir fokussieren uns aufeinander und das ist, als stünden wir uns gegenüber, und …« Er ringt nach Worten, dann seufzt er. »Okay, ja, ich sehe ein, dass es komisch klingt. Aber in echt fühlt es sich ganz anders an. Wenn man dabei ist.«

»Sieh einfach ein, dass du nicht ganz normal bist, Ignotus«, ruft seine Schwester von der Theke zu uns rüber.

»Na ja«, entgegne ich achselzuckend, »wer definiert schon, was normal ist?«

»Touché.« Shiyan seufzt. »Sorry, Kleiner. Vermutlich sollte ich den Mund halten, wenn ich daran denke, dass ich viel zu oft ganze Nächte durchmache, nur um digitale Katzen zu zeichnen.«

Ignotus lächelt. »Immerhin mit süßen Schleifchen.«

»Andere Frage«, murmelt Emma, den Blick auf ihr Smartphone gerichtet. »Blair und Lisbeth machen sich fertig für Dankenhaal. Sie fragen, ob wir mitkommen.« Meine neue Freundin hebt den Blick vom Display und sieht erst zu mir, dann zu Ignotus. »Bock auf Party?«

»Ich muss morgen arbeiten.« Ich nehme einen großen Schluck meines grünen Tees und freue mich, dass er so stark ist. »Mein erster Tag.«

»Na und?« Emma lehnt sich im Sitz zurück und schnappt sich ihren letzten Wan Tan. In der anderen Hand hält sie noch immer das Handy. »Ich auch.«

»Wenn ich mich nicht irre«, sagt Ignotus, richtet seinen Spitzenkragen mit den Fingern und deutet dann räuspernd auf Emmas Handy, »ist das da kein Chat mit Lisbeth und Blair, sondern Laxons Instagramprofil.«

»Weil ich die Nachricht schon geschlossen habe«, entgegnet Emma giftig. Verteidigend schiebt sie den Kiefer vor, aber Ignotus Blick ist eisern – und viktorianisch. Sie hat keine Chance. Frustriert stößt sie die Luft aus. »Schön, vielleicht bin ich auf seine Seite gegangen, um in seiner Story herauszufinden, ob er Dankenhaal heute auch mit seiner Anwesenheit beehrt.«

Ich nehme einen Schluck von meinem Tee und frage: »Wolltest du ihn nicht vergessen?«

»Paola«, sagt Ignotus in belehrendem Tonfall. »Das war doch *gestern*. Heute ist heute.«

»Verstehe.« Ich grinse. »Die Stimmungsschwankungen à la Lax.«

Emmas Blick wandert von mir zu Ignotus und zurück. »Ihr zwei, das ergibt keine gute Kombi. Ich sollte mich für einen von euch entscheiden.«

Ignotus prostet ihr zu. »Sag Bescheid, wenn's so weit ist. Ich kenne jemanden bei den Vickys, der könnte das Gelübde in einem offiziellen Brief festhalten.« Er lüpft die Brauen, nur um dann, in fast schon lustvollem Ton, zu flüstern: »Mit echtem Siegelwachs.«

Ich lache laut auf. Und sogar Emma kann ihr Grinsen nicht verhindern, so sehr sie es auch versucht.

»Okay, bin dabei«, sage ich schließlich, weil ich plötzlich auch Lust habe, Dankenhaal kennenzulernen. Das, und ... ich sollte langsam mal damit beginnen, mich meiner eigentlichen Mission zu widmen. So magisch hier alles auch auf mich wirkt – ich darf nicht vergessen, was für mich auf dem Spiel steht. Warum ich hier bin. Wer mit der imaginären Peitsche hinter mir steht und auf Informationen wartet.

»Hängen die Blackwell-Brüder da auch manchmal rum?«

»Hin und wieder.« Emma beäugt mich skeptisch über ihr Glas hinweg. »Wieso fragst du?«

»Nur so.« Bemüht gleichgültig rolle ich Nudeln auf die Gabel, schiebe sie mir in den Mund und gebe vor, die Wandtafel mit den asiatischen Schriftzeichen zu studieren. »Die Jungs sind weltberühmt. Wäre gelogen, würde ich sagen, ich wäre nicht neugierig, sie mal zu treffen.«

»Vor allem Edward lässt sich ziemlich oft in Dankenhaal blicken«, sagt Ignotus. »Nebenan ist das Casino. Laut Blair, die oft mal dort einspringt, ist er ständig da.«

»Echt?« Ich horche auf. So sehr, dass meine Ohren sich mit Sicherheit spitzen wie die eines Hundes, wenn das Herrchen die Haustür aufschließt. »Warum? Ist er spielsüchtig?«

»Keine Ahnung.« Ignotus wirft einen Blick zur Tür, als ein Pärchen eintritt. Er beugt sich vor und fügt mit gesenkter Stimme hinzu: »Es geht das Gerücht, dass er eine Viertelmillion verzockt hat, nachdem seine Freundin verschwunden ist.«

»Seine Freundin ist verschwunden?« Mein Herz pocht schneller. *Informationen,* denke ich. *Gib mir Informationen, Herr Zeitreisender. Alles, was du hast. Los, los, los.* »Wann? Wie hieß sie? Und …«

»Leute«, unterbricht Emma mich. Sie sperrt ihr Handy, legt es auf den Tisch und verschränkt die Arme vor der Brust, als wäre ihr unwohl. »Können wir über was anderes sprechen? Ich will heute noch feiern, und das wird kein True Crime Dinner für das ich gerade ein Vorspiel bräuchte, okay?«

Ignotus verdreht die Augen. »Immer reagierst du so sensibel, wenn wir über A…«

»Lasst uns gehen.« Emma schiebt ihren Stuhl zurück, schnappt sich Handy und Tasche und steuert die Theke an, um zu bezahlen.

Stirnrunzelnd sehe ich zu Ignotus, aber er seufzt nur, nickt in Emmas Richtung und erhebt sich ebenfalls. *Das ist noch nicht vorbei.* Innerlich mache ich mir eine Stichpunkte-Notiz:

- Edward Blackwell: Spielsucht, und wenn ja, seit wann?
- Edward Blackwell: Verschwundene Freundin?
- Edward Blackwell: Verarbeitet er irgendwelche Gewissensbisse durchs Zocken?

»Paola«, ruft Emma mir zu.

Ich speichere die Notiz in meinem Hirn ab, verborgen im tiefsten Schatten meines Ichs, das niemals jemand zu sehen bekommen wird, und erhebe mich mit einem Lächeln, das diese Art der Finsternis mühelos überblendet. Es ist doch immer so, oder nicht? Hinter dem Licht kauern die schlimmsten Monster.

»Ich komme.«

SO WHAT? WE HAVE FUN!

Paola

»Autsch!«, sagt Lisbeth. »Du bist mir auf den Fuß getreten, Ignotus!«

»Sorry, aber bei deinen langen Flatterröcken ist unmöglich auszumachen, wo deine Füße sind.«

»Als ob.« Blair hinter mir schnaubt. »Du hast mich eben auch schon mit deinem seltsamen Gehstock am Schienbein getroffen. Das machst du doch extra. Wieso musst du dieses Ding auch immer mitnehmen?«

»Leute«, zischt Emma, »leise! Kein Bock, dass die Türsteher uns wegen eurer Kinderkacke nicht reinlassen!«

Ich folge den anderen eine marmorne Wendeltreppe mit geschwungenem schwarzen Eisengeländer hinab. Je tiefer wir gehen, desto kühler wird es.

»Das ist gruselig«, murmle ich, den Blick auf die schwachen Wandleuchten gerichtet. »Als würden wir in eine Grabkammer schreiten.«

»Wart's ab.« Emma grinst. »Sobald du Dankenhaal betrittst, wirst du keine Sekunde mehr an eine Grabkammer denken.«

Unruhig sehe ich mich um. »Vielleicht sollte ich lieber wieder hochgehen und meinen neuen Amigurumi …«

»Du wirst mit Sicherheit nicht abhauen und den Abend mit deinem Seestern verbringen«, sagt Emma ernst.

»Karl ist eine Krabbe.«

»Wie auch immer.« Blair kommt an meine Seite und sieht mich mit erhobener Braue an. »Ich habe fast eine halbe Stunde gebraucht, um deine dicken Haare einzuflechten, und diese Frisur ist es wert, gesehen zu werden, Madame.«

Als wüsste Lisbeth, was ich entgegnen will, wirft sie einen mahnenden Blick über die Schulter. »Und zwar nicht von einer Krabbe!«

Ich seufze, und wir biegen um eine Ecke.

»Da wären wir.« Ignotus deutet auf eine dunkle Tür, verziert mit Messing und Eisen. An beiden Seiten stehen Securitys, deren düsterer Blick mir bis ins Mark geht. Sie mustern uns abschätzig und kühl. Der unangenehme Druck in mir wird stärker.

»Leute, ich denke wirklich, ich sollte …«

»Nicht so unsicher, Paola.« Emma wendet sich mir zu, legt mir beide Hände auf die Schultern und sieht mich eindringlich an. »Du bist wunderschön, stark und einzigartig. Ich erwähne gern noch einmal diese verdammt perfekten Wimpern in deinem Gesicht. Wir gehen da jetzt rein, und wir werden jedem zeigen, dass wir genauso wertvoll sind wie sie, auch wenn unsere Ärsche nicht mit goldenem Puder betupft worden sind, verstanden?«

Ich schlucke. »Verstanden.«

Ein Grinsen schleicht sich auf Ignotus' Lippen. »Es wird dir gefallen.«

Als wir uns der Tür nähern, öffnen die Securitys, sie wie auf Kommando für uns, und plötzlich befinde ich mich inmitten eines lauten, bebenden Saals, werde eingehüllt in zuckende, bunte Lichter. Der dröhnende Bass zerschmettert fast mein Trommelfell, und die Musik erreicht eine neue Dimension von Lautstärke. Überall tanzen Menschen. Auf den Dancefloors, den Bühnen, an den Stangen, der Bar. Männer und Frauen, die alle aussehen, als wären sie steinreich. Wunderschön geschminkte Gesichter, perfekt frisiertes Haar, Designerhemden, Krawatten, von denen sicher einige mehr gekostet haben als unser Auto in San Luca, und mittendrin …

Ich. Die vermutlich eleganteste Fälschung Dankenhaals. Minirock, Perlonkniestrümpfe und die gefakten Chanel-Slipper vom Schwarzmarkt in Italien, die ich mir damals für meinen Sommelière-Job besorgt habe. Auf dem Etikett meiner Seidenbluse mit tiefem V-Ausschnitt, die Emma mir nach einem naserümpfenden Blick in meinen Rucksack geborgt hat, steht Prada, aber sie ist genauso fake. Emma hat sie selbst genäht, und das Etikett ist von einem siebzehnjährigen Wanna-be-Entrepreneur, den sie von Blair kennt. Laut ihr besteht sein Unternehmen darin, Monster Energy und Billigpizza zu inhalieren, während seine Mutter ihm die Sachen fälscht. Blair meinte, sie hätte so oft bei ihm bestellt, dass sie irgendwann Nummern ausgetauscht haben. Dann hat er ihr ein Bild seiner benutzten Socken geschickt, und sie musste ihn blockieren.

Ignotus sieht natürlich aus wie ein Gentleman von 1910, fast schon zu modern für seine Vicky-Vorliebe, aber ich wage es nicht, ihm zu sagen, dass er mit seinem Peaky-Blinders-Ding too late to the party ist. Blair trägt eine figurbetonte schwarze Bluse, die nur vom Saum bis über das Dekolleté blickdicht ist, mit dunklen Zierblüten auf dem Perlonstoff über Arme und Brust. Das helle Haar hat sie an den Spitzen gelockt. Während sie ein Video für TikTok dreht, wünschte ich, ich würde aussehen wie sie. Lisbeth scheinbar auch, denn ich erwische sie dabei, wie sie einen sehnsüchtigen Blick über Blair gleiten lässt. Das zuckende Licht färbt ihren Pixieschnitt erst blau, dann grün.

»Habt ihr ihn schon gesehen?«, brüllt Emma über die Lautstärke hinweg. Nervös zupft sie an den Trägern ihres cremefarbenen Jumpsuits. »Laxon?«

»Hier sind hunderte Laxons auf einen Haufen«, rufe ich. »Die sehen für mich alle gleich aus, Emma! Echt jetzt.«

Es ist, als hätten wir die Höhle der Löwen betreten. Die ganze Zeit über denke ich, jeden Moment müsste der Schwindel auffliegen, dass wir hier nicht hergehören, obwohl das Schwachsinn ist. Jeder hat Zugang zu dieser Diskothek. Wir sind genauso erwünscht wie alle anderen. Oder ... wenn ich manche Blicke der anderen werte, die uns im Vorbeigehen abschätzend mustern, vielleicht nicht *ganz* so erwünscht.

»Gehen wir tanzen?«, brüllt Ignotus. Ich wünschte, er hätte sich für ein anderes Outfit entschieden. Den grünen Nadelstreifenanzug hat er günstig auf Ebay geschossen, meinte er. Aber in diesem Ding zieht er leider alle Blicke auf uns – sein Gehstock und die Schiebermütze machen es nicht gerade besser.

»Geht ihr schon mal«, entgegnet Emma. »Ich hole uns was zu trinken.«

»Ich komme mit«, sage ich schnell, weil ich schon befürchte, einen viktorianischen Tanz mit Ignotus hinlegen zu müssen. Die anderen verschwinden in Richtung Mainhall-Tanzfläche. Ihr Kreischen weht zu uns herüber, als der DJ *Wildberry Lillet* spielt. Emma und ich drängen uns an den nach teurem Parfüm duftenden Körpern vorbei, bis wir die LED-beleuchtete Wahnsinnsbar erreichen. Kristallleuchter setzen die vielen Spirituosen in den Regalen in Szene. Unter ihnen wirbeln mehrere Frauen und ein Typ geschäftig umher. Eine von ihnen, mit traumhaft blonden Haaren und perfekt geschminktem Eyeliner, wirft uns einen Blick zu. »Was kann ich euch zwei Hübschen mixen?«

In mir breitet sich automatisch eine ungewohnte Wärme aus. Ich kann nicht anders, als mich zu fragen, ob ich sie alle falsch eingeschätzt habe. So warm, wie diese Frau mich anlächelt, besteht kein Zweifel daran, dass sie uns genauso behandelt wie die offensichtliche High Society. Und vielleicht, denke ich, vielleicht existieren diese Komplexe einfach nur in meinem Kopf. Vielleicht sehen Emma und ich tatsächlich aus, als kämen wir aus der gehobenen Welt. Oder hier sind die Menschen einfach netter als in San Luca.

»Fünf Palü«, ruft Emma. Erst dann sieht sie mich fragend an. »Du trinkst doch Bier, oder? Ich schwöre dir, das von hier ist das Beste.«

»Also eigentlich …«

»Ich weiß, was du denkst. Morgen ist dein erster Arbeitstag, und du willst nicht trinken. Am Anfang war ich auch so, aber glaub mir.« Sie wedelt mit der Hand durch die Luft. »Irgendwann gewöhnt sich dein Körper an durchzechte Nächte und ist morgens zum Arbeiten wieder fit. So ist das hier im Blackwells Palace.«

»Aber lieber nicht an meinem ersten Tag.« Mein Blick gleitet zu der hübschen Thekenkraft, die mich abwartend ansieht. »Nur vier Palü und ein Wasser, bitte.«

»Geht klar.«

»Ich werde dich noch verderben«, sagt Emma mit einem frechen Grinsen. »Wart's ab.«

Ich nehme mein Wasser entgegen und erwidere das Grinsen. »Das will ich sehen.«

»Die Wette gilt.«

»Und was gewinne ich?«

»Such dir was aus«, sagt Emma, während sie drei Bier am Henkel nimmt und mir das vierte in die freie Hand drückt. »Aber wenn ich gewinne, will ich den Seestern.«

»Karl, *die Krabbe*, hat Angst vor dir.«

»Er soll sich nicht so anstellen.« Wir bahnen uns einen Weg in Richtung Tanzfläche. »Nur, weil ich ihn vorhin im Zimmer *ein bisschen* zweckentfremdet habe …«

»Du hast ihn fast abgefackelt, als du ihn für die Holzscheite benutzt hast.«

»Ich dachte, er wäre ein Topflappen!«

Wir erreichen den Rand der Tanzfläche. Blair, Lisbeth und Ignotus tanzen nicht weit von uns entfernt. Ich kann nicht aufhören, Ignotus anzustarren. Er hat die Hände in die Hüften gestemmt, den Gehstock noch immer zwischen den Fingern, und hüpft wie Rumpelstilzchen um Lisbeth und Blair herum. Dabei müssen ihm andere immer wieder ausweichen, weil der Stock sie sonst erdolchen würde. Sein Gesichtsausdruck ist todernst, und Lisbeth und Blair ist anzusehen, wie hochgradig unangenehm ihnen das Zentrum der Aufmerksamkeit ist.

»Er nimmt das wirklich ernst«, sage ich.

»Oh ja.« Emma kippt das Palü herunter, als müsse sie sich Mut antrinken. »Er ist ein sicherer Garant, dass man nicht übersehen wird. Und deshalb …« Sie stellt ihr Bierglas auf dem schmalen Getränkebrett am Gelände der Tanzfläche ab und wischt sich den Schaum von der Oberlippe, »gehen wir jetzt zu ihnen.«

»Weil du gesehen werden willst?«

»Weil ich *von Laxon* gesehen werden will.« Sie packt meinen Arm. »Komm mit.«

Alles in mir sträubt sich dagegen, Zielobjekt von Ignotus' Vickytanz zu werden, andererseits denke ich an den ersten Punkt auf meiner Angstliste.

Punkt 1: In St. Moritz nicht zurechtzukommen.

Lösung: Networken, Geld verdienen, ein paar Sachen unternehmen.

Was spricht schon dagegen, ein bisschen zu tanzen?

»Hier.« Emma drückt Blair und Ignotus ein Bier in die Hand. Lisbeth schnappt sich ihr Palü, als ich es ihr entgegenhalte. Ich bewundere, wie sie sich bewegen können, ohne dass etwas von dem Getränk überschwappt. Blair trinkt sogar, während sie mit ihren Hüften wippt. »Habt ihr ihn schon gesichtet?«

»Ja!« Lisbeth nickt in Richtung DJ-Pult. Meine Augen suchen die Umgebung ab, bis ich den Kerl aus dem Wettbereich des Coffee o'

Clock an der Wand lehnen sehe. Er nippt an einer Champagnerflöte. Das Grau seiner Iriden leuchtet hell in dem bunten Licht. Die breiten Schultern stecken in einem weißen Hemd, das atemberaubend mit seiner gebräunten Haut kontrastiert.

»Ich muss dir zugutehalten, dass der Typ hochattraktiv ist«, rufe ich Emma ins Ohr.

Der Ausdruck in ihren Augen wird schwärmerisch. »Ich weiß.« Dann sieht sie Ignotus an, der an dem Gelände lehnt und sein Bier bereits bis zur Hälfte geleert hat. »Kannst du noch mal diesen Tanz machen?«

»Nichts lieber als das, holde Maid.«

Blair verdreht die Augen, aber ich lache laut auf. Ignotus stellt sein Bier hinter sich auf dem Brett ab, stemmt die Hände wieder in die Hüfte und hüpft-hüpft-hüpft los. Emma beginnt, mit den Hüften zu kreisen. Sie tanzt *göttlich*. Ihre Hände gleiten an ihrem Körper hinauf, an ihrem Gesicht entlang, bis sie sie über den Kopf streckt und sich mit geschlossenen Augen zum Takt der Musik bewegt. Blair tut es ihr gleich; sie tanzt wie die geborene TikTok-Queen, und sogar Lisbeth sieht aus, als hätte sie in ihrem Leben nie was anderes getan, so wie sie die Schultern vor- und zurückbewegt und den Kopf in verschiedene Winkel zum Beat neigt. Ich hingegen …

Na ja, ich wippe. Mit den Fingern umklammere ich mein Glas, als wäre es mein sicherer Anker, auf meinen Lippen liegt ein Lächeln, so festgetackert, dass mir die Wangen schmerzen. Ich verharre auf ein und demselben Fleck, ein Bein nach links, rechtes Bein hinterher. Ein Bein nach rechts, linkes Bein hinterher. Sehr solide. Sehr steif. Sehr peinlich neben drei Tanzgöttinnen und der Wiedergeburt des Bridgerton-Typs.

Mein Blick huscht zu Laxon, und da!

»Emma!«, rufe ich. Sie reißt die Augen auf und sieht mich fragend an. Ich bin so aufgewühlt, ich verschütte mein Wasser. Es landet auf meiner Bluse. »Laxon!«

Ihr Kopf wirbelt in Lichtgeschwindigkeit herum. In dieser Sekunde trifft Ignotus' Gehstock sie im Magen. Emma krümmt sich, Ignotus verliert den Takt und stolpert, wobei er Emma mit sich reißt. Sie landen als ein sonderbares Knäuel aus Jumpsuit und Peaky Blinder auf dem Boden, grüne Tanne meets Crème brûlée, oje, oje.

Blair schnappt nach Luft. Lisbeth presst sich die Hand auf den Mund. Und ich ... ich sehe zu Laxon. Er steht da, die Flöte in der Hand, und blickt mit einem merkwürdigen Mix aus Verwirrung und Belustigung zu den beiden. Ein paar Sekunden hält sich der Moment, sein Mundwinkel zuckt, dann spricht ihn jemand von der Seite an.

»Ignotus!« Emma gelingt es, das Knäuel aus sich selbst, ihm und dem Stock zu entwirren, und sie rappelt sich so würdevoll wie möglich auf. Ihre Wangen sind hochrot. »O mein Gott, sagt mir, dass das gerade nicht wirklich geschehen ist. Bitte. Sagt mir, dass ich träume, jede Sekunde aufwache und Paola vor mir habe, die im Bett nebenan Karl die Krabbe häkelt!«

Todernst schüttelt Blair den Kopf. »Es ist passiert.«

»O Gott, Emma!« Lisbeth versucht, bestürzt dreinzublicken, aber dann bricht ein schallendes Lachen aus ihr hervor. Und ich kann nicht anders, als einzustimmen. Genauso wie Blair.

Stöhnend vergräbt Emma das Gesicht in den Händen. »Das ist eine Katastrophe!«

»Was soll ich denn sagen?« Die Schiebermütze in der Hand und mit zerzaustem Haar erscheint Ignotus an meiner Seite. Empört deutet er auf seinen Anzug. »Du hast meinen Knopf abgerissen, als du wie eine Wahnsinnige an mir gezerrt hast!«

»Ich kann ihn dir wieder annähen«, knirscht Emma. »Aber du kannst Laxon das nicht vergessen lassen!«

»Wenn du willst, frage ich jemanden. Einer der Vickys hat Erfahrungen mit hypnotischen Praktiken und ...«

»Komm mir jetzt nicht mit deinen Vickys, wenn dir dein Leben lieb ist, Ignotus.« Emma wagt einen Blick zu Laxon, doch er ist verschwunden. Beschämt sieht sie zu mir. »Hat er es gesehen?«

»Nein«, lüge ich.

»Paola ...«

»Okay, ja, hat er.«

»Wie viel?«

»Nicht viel.«

»Wie viel?«, wiederholt sie.

»Nur den Anfang.« Aber ihr Blick ist eisern. Ich knicke ein. »Gut, alles. Er hat alles gesehen.«

»Oh nein!«

»Aber falls es dich tröstet, er wirkte sehr unterhalten.«

Sie sieht mich an, als wäre ich ein Alien. »Das tröstet mich kein bisschen!«

»Sieh es positiv, Em«, kommt es von Lisbeth. Sie bewegt sich bereits wieder zum Takt der Musik und nippt an ihrem Bier. Ihr langer metallener Faltenrock schimmert in den bunten Lichtern. »Wir haben die *Eine-Sekunde*-Marke geknackt.«

»Eine-Sekunde-Marke?«, frage ich.

»Die Zeit, die Laxons Blicke bisher auf ihr verharrten«, erklärt Blair. Sie streicht sich den aschblonden Zopf über die Schulter. Ein Schmunzeln erscheint auf ihren Lippen. »Das heute waren bestimmt zehn!«

»Ich würde dich gern trösten«, sage ich an Emma gewandt, »aber ich muss dringend pinkeln.«

»Geh nur.« Sie seufzt. »Meine Würde ist eh am Boden.«

»Zertreten.« Mein Mundwinkel zuckt. »Von einem Gehstock.«

Die anderen lachen, aber Emma stöhnt erneut. Ich schenke ihr ein aufmunterndes Lächeln, stelle mein leeres Wasserglas zu den anderen auf das Brett und erkämpfe mir einen Weg zur Toilette. Vor der Tür jedoch bleibe ich wie angewurzelt stehen und starre entsetzt auf das Schild.

A MAD FAIRYTALE ABOUT A REBEL AND A BAD BOSS

Paola

Eine Unisextoilette!

Sofort schießt mein Blutdruck in die Höhe und mein Herz rast. Die Vorstellung, neben einem Kerl auf der Schüssel zu sitzen und zu wissen, dass er mir beim Pinkeln zuhört, ist nichts für meinen Gutes-Mädchen-Radar. Er leuchtet grell und rot, aber ich ignoriere ihn, was ich nicht hätte tun sollen, denn …

Mein Radar bestraft mich.

Ich stehe am Waschbecken und sehe in den Spiegel. Meine Haare sind zerzaust, Strähnen haben sich aus den Zöpfen gelöst. Ich seife meine Hände ein, als ich seine Stimme höre. Genau neben mir.

»So sieht man sich wieder.«

Gerade hatte sich mein Puls beruhigt, jetzt dreht er wieder durch. Meine Hände erstarren mitten unter dem Wasserstrahl. Mein Blick wandert noch mal in den Spiegel, und da steht er. Der Typ von der Toilette gestern.

»Wird das jetzt unser neues Ding?«, frage ich. »Mysteriöse Treffen auf der Toilette?«

Sein sündhaft schöner Mund verzieht sich zu einem verschmitzten Grinsen. »Wenn du willst.«

»Ich weiß nicht.« Ich stelle das Wasser ab und ziehe Papiertücher aus dem Spender. »Gibt bestimmt schönere Orte als eine Toilette.«

Es muss eine übernatürliche Macht sein, die dieses Gespräch führt, und nicht mein Verstand. Mein Kopf ist nämlich leer, jedes Mal, wenn ich den Typen ansehe. Diese scharf geschnittenen Wangenknochen, die hellgrünen Augen im starken Kontrast zu der gebräunten Haut, das teuer aussehende Hemd, dessen Stoff über seinem Bizeps spannt … Ich kann nicht klar denken, wenn ich ihn ansehe, und gleichzeitig frage ich mich, wie das mit mir weitergehen soll. Es kann nicht angehen, dass ich jedes Mal, wenn ich einem von diesen reichen, mächtigen Männern begegne, halb an Adrenalinüberschuss krepiere.

»Oh, davon bin ich überzeugt.« Sein Blick wandert von meinen Zöpfen über meine vom Wasser nass gespritzte Bluse bis zu den gefakten Chanel-Schuhen. Dort verharrt er etwas zu lang, bis er mir wieder in die Augen sieht. »Was ist deine Lieblingsbeschäftigung?«

Verwirrt sehe ich ihn an. »Wie bitte?«

»Deine Lieblingsbeschäftigung.« Er stellt das Wasser aus und macht einen Schritt auf mich zu, ohne seine Hände abzutrocknen. Plötzlich streckt er eine Hand aus und streicht mir mit seinen nassen Fingern eine Strähne hinters Ohr. Das warme Wasser, das er mir dabei über Wangenknochen und Ohrmuschel streift, brennt. Und seine Berührung … sie ist wie ein elektrischer Schlag. Ich schnappe nach Luft.

Er grinst. »Übe ich etwa eine gewisse Wirkung auf dich aus?«

»Lesen«, sage ich schnell, um die letzte Frage zu umgehen. »Deutsche Klassiker.«

»Ach.« Jetzt neigt er den Kopf wie ein Raubtier, das abwägt, ob es dich fressen oder gehen lassen soll. »Dann weiß ich, auf welche Weise ich dir verraten kann, was ich von unseren Treffen halte.«

Die Luft, die ich einatme, fühlt sich plötzlich wesentlich dicker an als vorher. »Und was?«

Er lässt die Hand sinken. Seine Berührung brennt noch immer. Und mein Herz … das denkt offenbar, es sei Sonic the Hedgehog.

Der Typ beugt sich vor, bis seine Lippen dicht an meinem Ohr innehalten. Der Atem, der mich streift, beschert mir eine Gänsehaut. »Ob malerischer Ausblick von der Skipiste ins Tal oder eine Toilette … jeder Augenblick ist von unendlichem Wert, denn er ist der Repräsentant einer ganzen Ewigkeit.«

Meine Lippen teilen sich. »Goethe.« Ich strecke eine Hand aus – und klammere mich am Waschtisch fest. »Das … das hat Johann Wolfgang von Goethe gesagt.«

»Was für ein schlaues Mädchen du bist.« Ich höre das Grinsen in seiner Stimme, bevor ich es sehe, als er einen Schritt zurücktritt.

»Und was für eine Freude, deine Bekanntschaft zu machen.« Er hebt eine Braue. »Ich sehe unserem nächsten Toilettentreffen freudig entgegen.«

Damit geht er.

Eine Frau tritt aus einer Kabine und sieht sofort zu mir. Ihr Blick wandert weiter zur Tür, hinter der der Kerl gerade verschwunden ist, dann geht sie an mir vorbei und tut, als wäre ich nicht existent. Als ich die Toilette verlasse, fühle ich mich schwummrig. Meine Beine sind weich, der Bass der Musik ist plötzlich viel zu laut und fremd. Ich möchte in mein Bett, die Beine anziehen, Decke bis zum Kinn, und darauf warten, dass sich meine elektrisierten Nerven beruhigen. Mein Blick huscht zu Emma und den anderen, die ausgelassen auf der Tanzfläche feiern. Ich entscheide, sie nicht zu stören, weil es sein könnte, dass Emma mit mir gehen würde. Auf keinen Fall will ich ihnen den Abend verderben, nur weil ein gnadenlos heißer Kerl mir bereits zum zweiten Mal das Hirn vernebelt hat, ohne irgendetwas dafür zu tun.

Gerade will ich mein Handy aus der Rocktasche ziehen, um Emma eine SMS zu schreiben, als plötzlich jemand vor mir erscheint.

»Was für eine angenehme Überraschung, little secret!«

O mein Gott! Der Adrenalinfreak von der Motorradfahrt! Seine blauen Augen schielen leicht. Er muss bereits eine Menge getrunken haben. Zwar trägt er keine Lederjacke, dafür aber ein schlichtes schwarzes T-Shirt. Über der Brust steht klein, weiß und gestickt: VLTN.

Ich bin vielleicht in einem kleinen Dorf groß geworden, aber ich kenne die Designermarken. Ich weiß, dass dieses Valentino-Shirt ein verdammtes Vermögen gekostet haben muss. Also hatte ich recht mit meiner Vermutung: Der Typ ist mächtiger, als seine rebellische Art vermuten lässt.

»Hi«, sage ich, deute aber im gleichen Atemzug auf den Ausgang. »Ich wollte gerade gehen.«

»Jetzt schon?« Er macht einen Schmollmund. »Wird doch gerade erst aufregend!«

Für meinen Geschmack ein bisschen zu aufregend. »Ich bin müde. Und außerdem will ich mich nicht mit einem Kerl unterhalten, der mir ins Gesicht gelogen hat.«

Er starrt mich an, aber mir entgeht nicht, dass er Mühe hat, mich zu fokussieren. »Womit soll ich dich belogen haben?«

Ich hebe eine Braue. »Laxon Caville?«

Er bricht den Blickkontakt keine Sekunde. »Erwischt.«

»Wer bist du wirklich?«

»Tja, was soll ich sagen, little secret ... mir gefällt die Vorstellung, dass nicht nur du ein Geheimnis bist.«

Ich starre ihn an. Mir fallen tausende Dinge ein, die ich ihm an den Kopf knallen will, aber ehrlich gesagt schüchtert mich sein enormes Selbstbewusstsein ein. Ich hätte nicht gedacht, dass mich so etwas je aus der Bahn werfen könnte.

»Komm mit mir, wenn du herausfinden willst, wer ich bin.«

»Wohin?«

Aber er hat sich schon wieder abgewendet, und in dieser berstenden Lautstärke hört der Kerl natürlich kein Wort von dem, was ich sage. Seine Augen glitzern erneut euphorisch, als er sich noch einmal kurz umdreht. Dann läuft er eine Treppe hinauf. Ich überlege, ob ich einfach umdrehen und verschwinden soll, aber aus irgendeinem Grund packt mich die Neugier. Wohin geht er? Wer ist er? Was hat es mit seiner mächtigen Aura auf sich? Und dann tue ich etwas sehr, sehr Dummes: Ich ignoriere meinen Verstand und laufe ihm hinterher. Ich sehe gerade noch, wie er in einem Bereich hinter einer Spiegelwand verschwindet, und folge ihm, bevor der Security neben der roten Kordel den Bereich wieder schließt und mich womöglich nicht mehr hereinlassen würde.

»Hey, warte!«, brülle ich, weil ich die Musik übertönen will, aber der Raum ist kleiner als erwartet. Zu meinem Pech muss ich feststellen, dass zwei der Wände, die diesen Bereich von der Main Area abtrennen, schallgedämpft sind. Auch wenn man durch eine Spiegelwand, die von außen vermutlich blickdicht ist, alles draußen beobachten kann ...

Die Musik ist hier wesentlich leiser – meine Stimme dafür umso lauter. Der Klang erfüllt den ganzen Raum. Mir rutscht das Herz in die Hose, als ich feststelle, dass fünf Augenpaare auf mich gerichtet sind. Sie alle sehen mich eindringlich an. Ich erkenne einen Jungen mit gewellten, blonden Haaren, einen Typen neben ihm, dessen Lippen so geschwollen sind, dass ich mir sicher bin, er hat bis gerade eben noch wild rumgeknutscht, ein Mädchen mit dunkelbrauner Haut, geflochtenen Zöpfen und einem so perfekten Highlighter, dass ich nur denken kann, wie wunderschön sie aussieht, den Motorradtypen und …

O mein Gott!

Dort, breitbeinig in einem Loungesessel, den Ellbogen auf die Lehne gestützt, einen Finger am Kinn, sitzt der Kerl von der Toilette. Die oberen Knöpfe seines perlweißen Hemds sind geöffnet. Jetzt erst wird mir bewusst, was da für ein Symbol auf seiner Brust prangt: das Wappen der Blackwells, das sowohl am Palast als auch auf den Wasserflaschen im Supermarkt zu finden ist. Die graue Fliege, die auf der Toilette noch ordentlich an seinem Platz war, hängt nun an seinem Kragen hinab. Die Ärmelaufschläge des Hemds werden von goldenen Manschettenknöpfen zusammengehalten, auf denen ich jetzt, wo ich genauer hinsehe, eingravierte Initialen erkenne.

CB.

Die Wahrheit ist wie ein heftiger Schlag ins Gesicht. *Wie konnte mir das alles bisher verborgen bleiben?*

»Du bist Charles«, hauche ich. »Charles Blackwell.«

Er grinst, und dieses Grinsen, es ist so heiß, dass es *wehtut.* »Wie ich bereits sagte«, raunt er. »Was für ein schlaues Mädchen du doch bist.«

Charles Blackwell sieht aus wie jemand, der dich auf leidenschaftlichste Art lieben könnte, bevor er dein Herz in tausend Stücke reißt. Er sieht aus wie jemand, der aus dem hinteren Wagen einer Limousine steigt und direkt von drei Bodyguards umgeben ist. Er sieht aus wie das höchste Tier unter den High Celebrities.

In dem warmen Licht des Kronleuchters über uns wirken seine großen Augen beinahe stechend grün. Die dunklen Haare trägt er an den Schädelseiten kurz geschoren, nur nach oben hin werden sie länger und wilder. Die Frisur verleiht seinen markanten Wangenknochen etwas Draufgängerisches. Sie bewirkt, dass einem dieser Teil seines Gesichts sofort ins Auge springt.

Noch immer wendet er den Blick nicht von mir ab. Mir entgeht nicht, wie er schluckt. Etwas an ihm wirkt … Ich weiß nicht. Hungrig? Ich erkenne dunkle Tinte an seinen Armen, als er sich vorbeugt und seine Ärmel hochrutschen. Grüne Augen, gebräunte Haut, düstere Aura. Das ist Charles.

Mein Blick wandert weiter zu dem attraktiven Rebell mit Militärhaarschnitt – und da entdecke ich plötzlich so viel Ähnlichkeit in seinem Gesicht. So viele ähnliche Züge wie Charles. Und da dämmert mir, wer er sein muss. *Edward.*

Wenn Edward jemand ist, der überall Spuren hinterlässt, dann ist Charles jemand, der gar keine mehr übrig lässt, weil er mit seiner bloßen Anwesenheit Ebenen verwüstet.

Und während er mich mit dieser wilden Mischung ansieht, als würde er mich fortschicken, aber gleichzeitig an Ort und Stelle bestimmte Dinge mit mir tun wollen, tue ich das Einzige, das mir sinnvoll erscheint:

Ich flüchte.

DAMN, SHE'S A LITTLE SECRET

Edward

»Da geht sie hin, unsere geheimnisvolle Schönheit.« Ich schwenke die perlende Flüssigkeit in meinem Champagnerglas und kippe den letzten Schluck Moët hinunter. Dann knalle ich das Glas auf den Tisch und sehe Charles scharf an. »Du hast gar nicht erwähnt, dass ihr euch kennt, Bruderherz«, sage ich mit betont freundlicher Stimme.

Charles lehnt sich im Loungesessel zurück. Die Eiswürfel klimpern gegen das Whiskeyglas, als er an der bernsteinfarbenen Flüssigkeit nippt. Das angedeutete Lächeln auf seinen Lippen ist provokant. »Ich wusste nicht, dass ich dir Rechenschaft über meine Bekanntschaften schuldig bin, Ed. Und auch nicht, dass diese Angestellte dein Typ sein könnte. Normalerweise stehst du doch eher auf … *lebensmüde?*«

»*Vor allem* stehe ich auf Mädchen, von denen *du* glaubst, sie haben zu können.«

Sein Blick verfinstert sich. Der grüne Ring um die nachtschwarzen Iriden ist plötzlich millimeterdünn. Und dann erkenne ich das eröffnete Jagdfeuer in ihnen, den Anstoß, von dem ich wusste, er würde kommen. In dieser Sekunde weiß ich, *ich weiß*, er will die Cortessa. Jetzt erst recht. Er will sie, weil er denkt, dass *ich* sie will. Der ganz persönliche Schwanzvergleich zwischen zwei völlig kaputten Brüdern.

»Jungs …« Sofia sieht von Charles zu mir und zurück. Das Designerkleid schmiegt sich an ihren perfekten Körper wie eine zweite Haut, und das Licht bricht sich in ihrer funkelnden Diamantenkette. »Was ist hier los? Wer ist dieses Mädchen?«

»Offensichtlich jemand, den Charles kennt«, entgegne ich, den Blick immer noch auf meinen Bruder gerichtet. Verdammt, ich will wissen, wo er sie getroffen hat. Wann. Wie. Ich will wissen, ob schon etwas passiert ist, von dem ein Teil in mir nicht will, dass es passiert. Aus Sorge? Oder eher aus Eifersucht? Letzteres nicht, weil ich Paola begehre, sondern einfach, weil es dieses gestörte Jagdspiel in uns entfacht, von dem ich eigentlich nicht will, dass sie mit drinsteckt. Und trotzdem kann ich dem Drang nicht widerstehen, sie für mich gewinnen zu wollen wie eine verdammte Trophäe, die Charles nicht kriegen soll, weil er schon alles an sich gerissen hat, was mir hätte zustehen sollen. Mama. Papa. Elias. Die Firmen. *Alles.*

»Oder«, entgegnet Charles gedehnt, während er in seinen Whiskey blickt, als würde er mit ihm sprechen, »jemand, mit dem Edward eine abenteuerliche Motorradfahrt durch St. Moritz hinter sich hat.«

»Das Video habe ich gesehen«, sagt Finn. Seine Lippen sind noch immer geschwollen, so lange hat er mit dieser Frau an der Bar rumgemacht. Ganz der Ich-nehme-mir-was-ich-will-Politikersohn. »War das beim Glacier Express?« Ich nicke. Er prostet mir zu. »Stabil, Bruder.«

»Video?« Sofia runzelt die Stirn. »Was für ein Video?«

»TikTok«, antwortet Misha und fährt sich mit der Hand durch sein gewelltes, blondes Haar, den Kiefer fest zusammengepresst. Er ist immer noch angepisst, weil Charles ihn angeblich beim Polotraining fertig gemacht hat. Misha Kamra ist der Einzige, der mit uns auf dem Lyceum war, und wurde immer schon aggro, wenn Charles und ich bessere Noten oder schönere Frauen oder was weiß ich abbekamen. Genauso wie seine Eltern, die einen großen Aktienanteil an der wichtigsten Schweizer Bank halten, seit jeher angepisst von den Blackwells sind, weil mein Ururgroßvater Gerüchten zufolge einer Kamra das Herz gebrochen hat. Edward der I. Scheint so, als hätte ich das meiste von ihm geerbt.

Finn schlägt ein Bein über, tippt auf seinem Handy herum und reicht es dann Sofia. Ich höre die Musik, die ich über den Clip gelegt habe, höre die intensive Stimme von Natalie Jane, als die Kamera von meinem irren Grinsen zu Paola schwenkt. »*Who the fuck is Ava, is she the other girl*?« Automatisch sehe auch ich zum Handy, genau in dem Moment, in dem Sofia vom Display aufblickt. Unsere Blicke kreuzen sich. Ich kann nicht sagen, was es ist, das ich in ihren dunklen Augen aufblitzen sehe, aber irgendein Ausdruck ist da. In der nächsten Sekunde ist er wieder verschwunden, zurück nur eine neutrale Miene.

Sie gibt Finn das Handy und sagt: »Und was ist daran jetzt so schlimm?«

»Du hast es erfasst, Sofia.« Ich schenke ihr ein breites Lächeln. »Nichts. Einfach *nichts* ist daran schlimm, dass ein Kerl mit einem Mädchen Motorrad fährt.«

»Außer dieser Kerl heißt Blackwell, hat einen Haufen sensationsgeiler Nasen am Arsch kleben und sollte darauf achten, den Namen seines eigenen Hotels reinzuhalten.« Charles stellt das Glas auf dem Tisch ab, erhebt sich und kommt auf mich zu. Im Hintergrund wummert der Bass der Musik, untermalt jeden seiner Schritte mit einer mächtigen Präzision. »Ernsthaft, Ed. Was ist in dich gefahren?«

»Keine Antwort von dir, keine Antwort von mir«, entgegne ich, ohne den Augenkontakt zu unterbrechen. »Woher kennst du sie?« Und dann, leiser: »Hast du sie gefickt?«

Meine Wortwahl entlockt ihm eine Reaktion. Für den Bruchteil einer Sekunde weiten sich seine Augen. Die Hände ballt er zu Fäusten. Ich erkenne, wie ihm der Siegelring mit unserem Familienwappen in die Haut schneidet. »Ich heiße Charles«, sagt er, bedrohlich fast, ehe sein Mundwinkel sich kaum merklich hebt. »Nicht Edward.«

Finn lacht. Nur ein mahnender Blick von mir und er verstummt.

Misha murmelt: »Was stimmt bloß nicht mit euch?«, aber niemand beachtet ihn.

»Streitet ihr euch gerade ernsthaft wegen dieses Mädchens?« Sofia gibt einen frustrierten Seufzer von sich. »Kann mich mal jemand aufklären, warum sie so interessant ist?«

»Ist sie nicht«, sagt Charles, ohne die Augen von mir abzuwenden. Er ist mir so nah, dass ich seinen Atem auf meiner Haut spüre, aber ich schrecke nicht zurück. Charles und ich, wir sind so unterschiedlich, dass Welten aufeinanderkrachen. Wenn er der perfekte Unternehmer ist, bin ich derjenige, der ein Imperium erfolgreich in den Abgrund stürzt. Wenn er der feine Anzugträger ist, bin ich der Rebell in Lederjacke. Aber in uns beiden leuchtet eine verdammt finstere Gemeinsamkeit: die gebrochene Sehnsucht nach einem verschwundenen Mädchen, von dem niemand weiß, was mit ihm passiert ist.

Es ist Charles, der den Blick schließlich abwendet und einen Schritt zurückmacht. »Sie ist die neue Sommelière.«

»Sie ist eine *Angestellte?*«, stößt Finn aus. Ungläubig beugt er sich vor, bedenkt uns beide mit fassungslosen Blicken. »Ihr streitet euch wegen einer Angestellten?«

»Wir streiten nicht«, sage ich. »Wir reden.«

»Klar«, spottet Misha. »Wenn das Reden ist, hat Finn den ganzen Abend mit einer Kröte rumgeleckt.«

»Glaub mir …« Mit gleichgültigem Gesichtsausdruck schenke ich mir Moët nach. »Mich willst du nicht *wirklich* streiten sehen, Mish.«

Über den Tisch greift Sofia nach Charles' Hand, zieht daran. Erst bewegt er sich keinen Millimeter, dann setzt er sich wieder neben sie. Der Blick, den sie ihm schenkt, ist sanft. Die nächsten Worte spricht sie nicht aus, formt sie nur mit den Lippen, aber ich kann trotzdem erkennen, was sie sagt. *Alles in Ordnung?*

Charles nickt nur, schenkt ihr ein winziges Lächeln. Er sieht sie nicht an. Stattdessen wendet er den Kopf, blickt zur Kordel des Eingangs zum VIP-Bereich, hinter der Paola vor wenigen Minuten verschwunden ist.

Etwas Scharfkantiges schließt sich um mein Herz und drückt zu. Im ersten Moment weiß ich nicht, weshalb. Ich will es auf den Alkohol schieben, aber plötzlich dämmert es mir. Da ist wieder dieser Ausdruck auf dem Gesicht meines Bruders. Dieser Hunger, dem ich schon einmal begegnet bin. Wie eine Art Gier, der Drang nach etwas, dem er nicht widerstehen kann. Alles Blut weicht mir aus dem Gesicht, denn ich weiß, die Jagdsaison ist eröffnet.

Das letzte Mädchen, das er so angesehen hat, war meine Freundin.

Und sie wird bis heute vermisst.

HE IS THE BULL'S EYE, I AM THE DART

Paola

Grüß Karl von mir!

Lächelnd betrachte ich die Zeilen auf meinem Handy. Ich habe Emma eine SMS geschrieben, ich wäre müde bin und würde schon vorgehen. Sie schickt noch einen Smiley hinterher, den mir 3310 (ich denke, die Schande, dieses Handy zu besitzen, lässt sich leichter mit Humor nehmen, wenn ich es nur mit seiner Bezeichnung nenne und ihm damit einen Robotername à la R2D2 verpasse) nur als Fragezeichen anzeigt. Ich werfe das Handy aufs Bett und gehe ins Badezimmer, lasse mir ein Schaumbad ein und spiele eine Piano-Playlist auf Emmas Tablet ab. Sie hat mir gezeigt, wie das funktioniert. Ich entzünde den Kerzendreimaster an der Wand neben der Wanne. Er ist zur Hälfte heruntergebrannt. Das zerlaufene Wachs gibt mir ein besonderes Gefühl von Gemütlichkeit, ohne dass ich erklären kann, warum. Ich schäle mich aus den Klamotten, steige in das heiße Wasser und gebe ein wohliges Seufzen von mir. An den Wänden flackert der Schatten der Kerzen. Bis zum Hals tauche ich unter, den Blick durch das Fenster auf den umherwirbelnden Schnee gerichtet.

Eine Weile verharre ich so. Ich will abschalten, aber immer wieder taucht Charles' fester Kiefer vor meinem inneren Auge auf. Dieses Prickeln in seinen hellen Augen und das ziehende Gefühl in meinem Magen, als ich seiner erschreckenden Attraktivität begegnet bin. Wie sein Blick an meinen Schuhen und meinen abgeknabberten Nägeln im Coffee O' Clock hängen geblieben ist, dabei geschluckt hat, als würde er mich einerseits dafür schelten, andererseits noch etwas … ganz anderes mit mir tun wollen. Ich denke an sein feines Hemd, das in Dankenhaal viel zu rabiat aufgeknöpft war, als würde es ihm die Luft abschnüren. Die geöffnete Fliege an seinem Hals, die dunklen Tintenlinien an den Handgelenken. Und an seine Worte.

Jeder Augenblick ist von unendlichem Wert, denn er ist der Repräsentant einer ganzen Ewigkeit.

Gott, nein. Nein, nein, nein. Ich darf ihn nicht mögen. Er ist verboten. Absolut tabu. Er ist die Zielscheibe, ich bin der scharf geschliffene Pfeil.

Ich puste den Schaum vor mir weg, als wäre er meine Gedanken. Dann tauche ich unter, versuche, Charles Blackwell in meinem Hirn zu ertränken.

Erst, als ich mir sicher bin, dass ich die Erinnerung an diese viel zu markanten Wangenknochen vorerst beiseiteschieben konnte, tauche ich wieder auf. Ich trockne mir die Hände an einem Handtuch ab, greife nach meinem Buch und blättere darin. Bei einem Zitat bleibe ich hängen. *Instetten, Sie völlig verblödeter Idiot. Gehen Sie mir aus den Augen! Ich will Sie nie wieder sehen!*

Ich muss lachen. Der Laut hallt einen Moment von den hohen Fliesen wider. Ich habe keinen Stift bei mir, also fische ich ein »gogreen!«-Etikett vom Waschbeckenschrank neben mir und schiebe es in die Seite. Mein Verstand muss ein wenig durcheinandergeraten sein, so oft, wie er heute Abend an Charles und Edward Blackwell denkt. Sollte ihm das noch einmal passieren, werde ich einfach diese Seite aufschlagen und das Zitat von Neuem lesen. Glasklare Sache.

Mit diesem Gedanken fühle ich mich wesentlich besser. Ich wasche mir das Haar und spüle gerade den letzten Rest Schaum aus, als mein Handy auf dem Waschtisch klingelt. Schnell trockne ich meine Hände im Frottee-Handtuch, greife nach 3310 und nehme den Anruf an.

»Gabe?« Im Hintergrund brüllt jemand. Mein Magen verkrampft sich. Automatisch presse ich das Handy fester gegen mein Ohr. »Gabe, alles in Ordnung?«

»Paola?«

»Ja?« Etwas knallt. Es hört sich an wie ein Schuss. Kurz bleibt mein Herz stehen. »Paola, hörst du mich?«

»Ja, ja, ich höre dich! Wo bist du? Was ist da los?«

»Nichts, ich bin beim Feuerwerk.«

»O Gott.« Erleichtert schließe ich die Augen, während der Herzklabaster versucht, sich zu regenerieren. »Gabe, verdammt, ich habe einen halben Herzinfarkt gekriegt!«

»Tut mir leid.«

»Scheiße, echt.«

»Sorry!«

Ich seufze. »Wie geht's dir, Kleiner?«

»Gut. Aber ich vermisse dich.«

Ein Lächeln zupft an meinen Lippen. »Ich dich auch. Wie läuft es zu Hause?«

»Beschissen.« Die Art, wie er das sagt, mit diesem typischen Akzent in der Stimme, wenn er Deutsch spricht, löst eine wohlige Wärme in mir aus. Ein Gefühl von Familie. »Ich glaube, Mama hat nicht einmal gemerkt, dass du nicht mehr da bist. Und Papa schickt mich immer wieder mit dem Fahrrad los, um irgendwelche Umschläge abzuholen.«

»Umschläge?«

»Ja.«

»Was für Umschläge?« Abrupt setze ich mich auf. »Was ist da drin?«

»Keine Ahnung. Ich soll dem Menschen an der Tür ein Codewort nennen, und sie geben mir die Umschläge. Hab nie reingeguckt. Ich bringe sie direkt den Cupertinos.«

Scheiße. Hinter meiner Brust erzittern meine Rippen, als wären sie kurz davor zu brechen. »Gabe, hör auf damit. Mach das nicht.«

»Wenn Papa sagt, ich muss, dann muss ich, Pao.«

Pao. O Gott, wie ich ihn vermisse!

»Sonst sagt er, ich sei ein Weichei, und prügelt mich.«

Meine Rippenknochen zerbröseln zu Staub. »Bald bist du da raus. Ich gebe alles dafür, dass es nicht mehr lange dauert, okay?«

Er zögert. »Bist du sicher, dass das klappen wird?«

»Ja«, sage ich sofort. »Wir können dem Versprechen der Person trauen. Es steht viel für sie auf dem Spiel, sonst hätte …« Ich stoppe mitten im Satz, weil ich fast den Namen gesagt hätte. Unruhig sehe ich zur Tür, lausche, ob Emma vielleicht zurück ist. Aber alles, was ich höre, ist das Blubbern der Badeblasen und mein wummerndes Herz hinter meiner Brust. »Sonst hätte die Person mir diesen Auftrag niemals gegeben. Es steht ganz klar Verzweiflung dahinter. Das wird, hörst du?«

»Okay.« Wieder knallt es im Hintergrund. »Ich muss auflegen, Pao. Die Klassenlehrer winken, dass wir weitergehen sollen.«

»Gut. Bis bald. Mi manchi così tanto.« *Ich vermisse dich sehr doll.* »Pass auf dich auf, Gabe.«

»Anch'io, Pao.« *Ich dich auch.* »Ciao!«

Einen Moment sitze ich da, das Handy noch immer am Ohr, obwohl er längst aufgelegt hat. Lethargisch sehe ich aus dem Fenster. Der Nebel verschleiert die Sicht auf die Berge. Irgendwann steige ich aus der Wanne und kuschle mich in einen warmen Plüschbademantel. Im Schlafzimmer tapse ich leise durch den Raum, obwohl das gar nicht nötig wäre, so laut, wie Emma schnarcht. Dabei ist sie erst vor knapp zwanzig Minuten angekommen; ich habe sie ins Zimmer stampfen gehört, bevor sie irgendetwas umgeworfen und geflucht hat. Offenbar hat sie den Kamin angemacht, bevor sie ins Bett gefallen ist.

Vor dem Balkon halte ich noch einmal inne, weil ich nicht in der Lage bin, dem Lichtermeer der Stadt vor den gewaltigen Schweizer Alpen zu entkommen. Dieser Anblick zieht mich magnetisch an.

Leise öffne ich die Tür und trete hinaus. Die kühle Luft legt sich auf meine vom Bad erhitzte Haut. Ich trete ein paar Schritte vor und lasse den Blick schweifen, als ich ihn erkenne.

Charles.

WHO THE FUCK IS CHARLES BLACKWELL?

Paola

Was für ein Gatsby-Moment. Auf der gegenüberliegenden Seite des Hotels sieht er mir hinter einem Panoramafenster entgegen, ein Glas in der einen Hand, die andere in der Anzughosentasche verschwunden.

Erst denke ich gar nichts. Dann rattern mehrere Gedanken gleichzeitig durch mein Hirn. Ich sehe ihn an und denke an seine Schönheit, dann daran, dass er Goethes Zitat irgendwie missbraucht hat, weil ich glaube, ein Mann wie er treibt sich mit ganz anderen Frauen rum. Zumindest nicht mit seinen Angestellten. Und plötzlich bin ich unfassbar wütend auf ihn. Weil er mit mir gesprochen hat, als wäre ich ihm ebenbürtig. Was für eine Lüge! Weil er in diesem Luxus aufwachsen durfte, umgeben von Privilegien, während ich mein Leben lang zu kämpfen hatte, und sein größtes Problem vermutlich die Auswahl zwischen Dior und Fendi war. Ich bin, verdammt noch mal, *angepisst*, weil ich mich zu ihm hingezogen fühle, obwohl ich das nicht darf! Das Telefonat mit meinem Bruder hat es mir noch einmal deutlich vor Augen geführt. Wie ein Wink, den ich dringend gebraucht habe. Ich habe einen todsicheren Plan, und der beinhaltet ganz sicher nicht, Herzklopfen wegen eines Blackwells zu bekommen!

Das Ganze muss sofort im Keim erstickt werden. Ich muss Charles Blackwell aus dem Weg gehen und so tun, als gäbe es ihn nicht. Ich muss ihm zeigen, was es heißt, wenn er einmal nicht die Nummer eins ist, wenn er einmal nicht das bekommt, was klein Richie Rich will. Das wird ihn hoffentlich von mir ablenken, und ich kann mich in Ruhe um *das* kümmern, warum ich eigentlich hier bin. Ohne Skandale. Ohne ins Rampenlicht zu rücken, das möglicherweise dafür sorgen könnte, dass dieses Hotel mich wieder loswerden will, bevor ich bekommen habe, was ich brauche. Diese Chance werde ich auf gar keinen Fall aufs Spiel setzen.

Ich wende mich ab und gehe zurück ins Zimmer. Dort kuschle ich mich ins Bett, lausche dem Knistern des herunterbrennenden Feuers und schlafe ein.

Aber es dauert nicht lange, bis ich von einem Klopfen an der Tür wieder geweckt werde. Abrupt öffne ich die Augen. Mein Herz legt einen feurigen Samba hin – aber keinen von der guten Sorte. In San Luca bedeuteten solche nächtlichen Besuche nie etwas Gutes. Meist hatte es etwas mit der Mafia zu tun. Mein Körper hat ein Alarmsignal für spätabendliche Kontaktversuche entwickelt, was bedeutet, dass ich binnen Sekunden hellwach bin und kerzengerade im Bett sitze. Neben mir schnarcht Emma noch immer. Ich wage einen Blick aufs Handy. Kurz nach drei. Mein Blick gleitet zur Tür, von der kein Klopfen mehr kommt. Zögernd steige ich aus dem Bett.

Wer könnte um diese Uhrzeit etwas von uns wollen? In einem *Hotel*? Ich spüre das nervöse Ziehen bis in meine Fingerspitzen. Langsam schleiche ich durchs Zimmer, drücke ein Ohr an die Tür und lausche.

Nichts. Ich verharre mit der Hand auf der Klinke. Es vergehen vier Herzschläge. *Bu-Bumm. Bu-Bumm.* Dann gewinnt die Neugier. Sachte, ganz vorsichtig, öffne ich die Tür einen winzigen Spaltbreit. Ich blinzle in den schwach beleuchteten Flur, doch da ist niemand. Absolute Stille.

Was zum …

Gerade will ich die Tür wieder schließen, als mir doch etwas ins Auge springt. Dort, vor der Schwelle, liegt ein eingepackter Strauß Blumen. Stirnrunzelnd hebe ich ihn auf und schließe die Tür. Ich gebe mir Mühe, nicht zu viel mit dem Papier zu rascheln, um Emma nicht zu wecken.

Schwarze Rosen.

An einem Stiel ist eine Karte befestigt. Mit zwei Fingern öffne ich sie. Und erstarre.

Es gibt unendlich viel Hoffnung, nur nicht für uns, Cortessa.

Ich kenne das Zitat. Es ist von Franz Kafka. Und vermutlich … vermutlich von Charles. Mein Kopf traut sich kaum, diesen Gedanken als möglich zu betrachten. Aber wer sollte sonst herausbekommen haben, wie mein Name lautet und wo sich mein Zimmer befindet? Vielleicht Edward. Aber er hat mich nie Cortessa genannt. Und er sagte mir selbst, dass er nichts für Klassiker übrig hat. Es wäre sein Bruder, der so oft etwas zitiere, dass Edward das Gefühl hätte, er müsse diese Worte *auskotzen*. Also kann es nur Charles sein.

»Aber warum?«, murmle ich leise. »Was willst du von mir?« Und wie soll ich dieses Zitat verstehen? Wie einen Abschied nach einer wunderbaren Annäherung während unserer ersten beiden Zufallstreffen? Als noch keiner von uns beiden wusste, wer wir sind? Keine gesellschaftlichen Schichten zwischen uns, die drohen, uns zu ersticken, je näher wir einander kommen? Oder eher als eine Art Vernichtungsversprechen, warum auch immer? Was sollen mir diese verdammten Rosen sagen, nachdem der Typ mir erst wohlige Schauder über die Wirbelsäule getrieben hat, nur um mich danach hungrig, als wäre ich eine verbotene Frucht, niederzustarren?

Wer, zum Teufel, ist Charles Blackwell?

A DANGEROUS KIND OF GOOD GIRL

Charles

Ich höre mein Herz immer noch in meinen Ohren pulsieren. Es schlägt wie auf Speed, und ich verstehe nicht, warum. Wegen dieses einfachen Mädchens, das in unserem Hotel arbeitet? Wegen ihrer Erscheinung, die so offensichtlich nach »ich hatte eine verdammt beschissene Vergangenheit« geschrien hat? Weil meine Retter-und-devotes-Mädchen-Komplexe bei ihrem Anblick in vollem Ausmaß gekickt haben? Weil der kranke Drang, meinen Bruder auszustechen, mich in den Wahnsinn treibt?

Fakt ist: Ich will dieses Mädchen zum Höhepunkt bringen, bevor Edward sie fickt. Und das ist krank, verdammte Scheiße. Ich weiß das, aber irgendein inneres Kind in mir, das sich elf Jahre lang im Dreck suhlen musste, während Edward seinen Hintern nach Abendessen mit Kaviar und Champagner in Seidenlaken versenken durfte, schreit danach, ihn auszustechen.

Es ist nicht so, dass ich meinen Bruder nicht liebe. Wir kämpfen nur auf kaputte Art um einen ersten Platz, wer von uns beiden der höhere Blackwell ist. Der Bessere. Wie bei Pferden. Und genauso, wie Abraxas über Jalapeño steht, will ich über Ed stehen.

»Charles«, sagt Sofia. Langsam blicke ich auf, sehe ihr in die dunklen Augen. Über ihr Lid führt ein goldener Glitzerstreifen und endet in einer geschwungenen Kurve, passend zu dem Vendergaard-Goldschmuck, den sie in ihre Zöpfe hat einflechten lassen. Sofia sieht atemberaubend aus. »Ist alles in Ordnung?«

Sie und Edward sind mir wortlos in meine Suite gefolgt, als ich Dankenhaal verlassen habe. Jetzt sitzt meine Freundin auf dem riesigen grauen Sofa, die filigrane Hand mit den funkelnden Ringen an Daumen und kleinem Finger auf der Lehne abgelegt, während Edward besoffen auf dem Hocker vor dem Flügel sitzt und abwesend irgendwelche Töne klimpert. Mit der Schulter lehne ich gegen das Glasgeländer der Marmortreppe, in der Hand ein weiteres Glas Whiskey. Ich lasse den Blick schweifen und sehe durch das Panoramafenster nach draußen in die Berge. Der Mond scheint anbetungswürdig auf sie hinab und lässt das Weiß des Schnees silbern leuchten.

»Wir müssen sie loswerden«, sage ich, weil ich weiß, ansonsten passiert etwas mit mir. Ich habe keine Ahnung, warum sie eine solche Wirkung auf mich hat, aber ich weiß, dass ich das nicht will. Dass es nicht gut ist. Dieses Mädchen muss verschwinden, bevor ich sie zerstöre. So, wie ich April zerstört habe.

»Wen?« Sofia runzelt die Stirn. »Die neue Sommelière?«

»Paola ist nett«, sagt Edward, ehe er einen G-Moll-Akkord durchs Zimmer schickt. Er nippt an seinem Champagner. »Und ich glaube, sie hat das hier wirklich nötig.«

»Was nötig?«, frage ich.

»Ach, komm schon.« Edward zieht ein Bein auf den Hocker und hebt eine Braue in meine Richtung. »Als ob du nicht gesehen hättest, in was für einem Zustand sie angekommen ist.«

Habe ich. Der verwahrloste Rucksack. Ihre viel zu dünne Jacke … Scheiße, *und wie* ich das wahrgenommen habe.

Ich nehme einen Schluck vom Säntis Malt Swiss Whiskey und genieße das Brennen in meiner Kehle, das mir helfen wird, meine Gedanken zu betäuben. »Sie ist mit Emma in einem Zimmer. Wenn sie ihr steckt, dass …« Ich schlucke den Rest des Satzes herunter. »Emma sollte aus gutem Grund allein leben. Sie weiß zu viel.«

»Charles«, sagt Sofia wieder. Jetzt steht sie auf. Die Absätze ihrer Louboutins klackern über den Marmorboden, als sie zu mir kommt. Sanft legt sie mir eine Hand auf den Arm. »Selbst wenn. Niemand wird irgendetwas herausfinden.« Ihre Berührung wird fester, weil sie will, dass ich sie ansehe. Was ich tue. Eiserne Entschlossenheit gräbt sich in ihre Züge. »Es ist unmöglich, okay?«

»Ach, Sofia«, sagt Edward. C-Moll. E-Moll. Wahllose Akkorde, die keiner Melodie folgen. Er neigt den Kopf, schließt die Augen, ein seliges Lächeln auf den Lippen, als hätte er längst den Verstand verloren. »Was ist schon unmöglich?«

»Also bist du meiner Meinung?« Ich schüttle Sofias Berührung ab und gehe ein paar Schritte in den weiten Raum hinein. »Wir müssen sie loswerden?«

»Nein, mein lieber Bruder.« Edward spielt ein Crescendo, bricht abrupt ab. Der Nachklang legt sich schwer auf meine Brust. Mein Bruder öffnet die Augen und wendet sich mir zu. »Wenn jemand etwas finden will, wird etwas gefunden. Wenn Emma reden will, wird sie reden. Wir sollten aufhören, uns zu wehren, und dieses verdammte Leben leben.« Er zwinkert. »Wer weiß, wie lange wir das noch können, hm?«

»Findest du das lustig?«, frage ich harsch. »Ist die ganze Scheiße nur ein Spiel für dich?«

Edward steht auf, nimmt wahllos ein Buch aus meinem Regal und stellt es wieder zurück. »Das ganze Leben ist ein Spiel, Bruderherz.«

Ich atme tief durch, wende mich ab und gehe auf das Fenster zu. Draußen funkeln die Sterne am tiefblauen Himmel über den weißen Gipfeln. Nachdenklich sehe ich über den Hof des Hotels, weiter zu dem gegenüberliegenden Palastturm. Und da sehe ich sie. Die Sommelière. In diesem Moment öffnet sie die Tür eines Balkons, tritt heraus. Es sieht aus, als würde sie den Kopf zurückwerfen und die frische Luft einatmen. Sie trägt einen Morgenmantel, aber ihre Beine sind nackt. In mir breitet sich das seltsame Gefühl aus, sie in die Arme nehmen und wärmen zu wollen. Sie zurechtzuweisen, dass sie auf sich aufpassen muss. Der Drang, sie zu beschützen.

Schluckend wende ich mich ab. »Ihr könnt machen, was ihr wollt«, sage ich langsam. Die Eiswürfel in meinem Glas klimpern gegeneinander, als ich noch einen Schluck Whiskey trinke. »Aber ich werde dieses Mädchen im Auge behalten. Wir kennen sie nicht. Wenn Emma reden sollte …«

»Aber das weckt doch viel mehr Aufmerksamkeit«, beharrt Sofia. »Wenn du so verbissen versuchst, alles im Keim zu ersticken. Vergiss nicht, dass die Leute bereits weitermachen, Charles. Wenn du der ganzen Geschichte neuen Zündstoff gibst, dann könnte auch ich wieder ins Visier geraten.« Sofia deutet auf meinen Bruder. »Und Edward.«

»Mir egal«, sagt dieser. »Sollen sie doch. Diese Pisser können mich alle mal am Arsch lecken.«

»Ed«, mahne ich, aber er nippt bloß an seinem Champagner und zwinkert mir zu. Dann steht er plötzlich auf, tritt an den Esstisch unter den glamourösen Kristallleuchter heran und streicht mit den Fingern über die neueste Ausgabe der *Harper's Bazaar*. Sofia ist auf dem Titelbild abgelichtet, ihr Blick ernst und verführerisch, um ihren Hals eine Kette aus edlem Weißgold, die zu den Diamanten in ihren Ohren passt. »Wir haben alle Geheimnisse, die niemals jemand erfahren sollte, nicht wahr, Bruderherz?«

Ich weiß nicht, ob er damit auf meine Beziehung zu Sofia anspielt oder etwas ganz anderes meint. Doch bevor ich darüber nachdenken kann, erklingt das Piepen meiner Tür, als der richtige Code von außen eingegeben wird. Mein Vater kommt herein. Er sieht mitgenommen und müde aus. Es ist fast Mitternacht, und ich weiß, dass er bis jetzt auf einem wichtigen Meeting mit der Geschäftsführerin des Pariser Blackwell Palace war. Hochgewachsen, Augen wie frisches Moos, das sauber geschnittene braune Haar durchsetzt von grauen Strähnen. Er trägt einen maßgeschneiderten schwarzen Anzug, das Familienwappen auf der Brust, und Valentino Derbys. Sein Kragen wird zusammengehalten von einer goldenen Hemdnadel. Die Tür schnappt zu, und sein eisiger Blick bohrt sich direkt in den von Edward. Seine vollen Lippen, die wir definitiv von ihm geerbt haben, bilden in dieser Sekunde eine schmale Linie.

»Wann hat dieser Mist, den du immer wieder verzapfst, ein Ende?« Seine Schritte auf dem Marmor werden abgedämpft, als er den Teppich betritt. Mit dem Finger deutet er auf Edward. »Wann wirst du endlich erwachsen, Junge?«

»Meinen Berechnungen und dem Gesetzestext der schweizerischen Verfassung nach bin ich das seit exakt vier Jahren und zwei Monaten, lieber Vater.«

Er schließt die Augen. Seine Lider flackern. Es dauert eine Ewigkeit, bis er sie wieder öffnet. Seine Pupillen sind nun wesentlich größer. »Was fällt dir ein, irgendeine neue Angestellte meines Bruders zu einem verdammten Motorradtrip mitzunehmen?«

»Nun, ich gehe gern aufs Ganze«, entgegnet Ed. »Genau genommen ist sie in erster Linie *unsere* Angestellte. Und mir schien eine würdige Willkommensfahrt für die Kleine angemessen.«

»Hast du eine Ahnung, wie viele Fotos von euch gemacht worden sind, bevor auch noch dein dämliches Video online ging?«, fragt mein Vater.

»Eine ungefähre, ja.«

»Und findest du das witzig, Edward?«

»Ein bisschen.«

Sofia starrt Edward ungeniert an.

Unser Vater gibt eine Reihe wilder Flüche von sich, ehe er sich durchs Haar fährt. »Ich habe keine Zeit für deine Skandale!«, brüllt er. »Ich habe einen Haufen Arbeit am Hals, Charles steckt mitten in den Presseaktionen und Netzwerkplanungen, damit Blackwell's Waters eine Chance auf den diesjährigen Crystal Award hat, das Hotel platzt vor Saisonankömmlingen, und was machst *du*? Richtig, Edward, *nichts.*«

Edward knirscht mit den Zähnen. Ich höre es bis hierhin. »Ich baue eine eigene Firma auf, Vater. Das dauert nun mal.«

»Oh, richtig, deine wievielte ist das jetzt? Die sechste?«

»Pa«, murmle ich, aber er wedelt nur mit der Hand durch die Luft.

»Deine sogenannten Businesspläne bestehen darin, wahnwitzige Ideen zu haben, keine von ihnen Hand und Fuß, meine Kohle zu verbraten und am Ende mit nichts als einem Scheiterhaufen dazustehen, bevor die nächste Idee um die Ecke kommt, bescheuerter als die vorige!«

Neben mir sieht Sofia betreten zu Boden. Edward liefert sich ein eisernes Blickduell mit unserem Vater, dem der Zorn ins Gesicht geschrieben steht.

»Ist dir bewusst, wie viel Schaden du uns mit deiner skandalösen Publicity in die Firma holst?«

»Ich bin mit einem Mädchen Motorrad gefahren«, entgegnet Edward kühl. »Und ich darf machen, was ich will, oder nicht?«

»Nein, Ed, das darfst du eben nicht!« Mein Vater schüttelt den Kopf vor Fassungslosigkeit. Dann deutet er auf mich. »Dein Bruder ist mit elf zu uns gekommen. Damit ist er erst seit *dreizehn Jahren* Teil des Unternehmens, Edward, und er schmeißt die verdammte Firma, während du in dieses Leben hineingeboren worden bist und nichts Besseres zu tun hast, als sie in den Abgrund stürzen zu wollen!«

Klirr. Neben mir zuckt Sofia zusammen, als Edwards Champagnerflöte an dem Panoramafenster zu Bruch geht.

Die Schultern meines Bruders beben vor Wut. »Vielleicht«, sagt er, seine Stimme so leise, kalt und bedrohlich, als würde er zu einem Feind sprechen, »hättest du Charles dann gar nicht erst in diesem Drecksloch verrotten lassen sollen, oder, Vater?«

In mir gefriert alles zu Eis. Sofias Finger legen sich auf meinen Oberarm. Ich spüre ihren Blick auf mir, bin aber nicht in der Lage, mich zu regen. Auch meinem Vater entgleisen die Gesichtszüge.

»Vielleicht wäre ich dann nicht geboren worden, weil du so zufrieden mit deinem perfekten kleinen Sohn gewesen wärst.«

Seine Worte sind wie ein schlimmer Hieb in meine Brust. Edward hebt die Faust, holt aus und schmettert sie auf die Tasten des Klaviers. Ein zorniger, schauriger Laut gellt durch das Zimmer. Dann verlässt Edward den Raum.

Stille hebt sich in die Lüfte. Dad verharrt an Ort und Stelle. Ich auch. Nur Sofia sieht von mir zu ihm und zurück.

Dann wendet mein Vater den Kopf in meine Richtung. Ich erkenne bereits an der Art, wie seine verletzten Züge zu seiner Geschäftsmaske wechseln, dass er Edwards Ausbruch übergehen wird. Als wäre nichts passiert.

»Stell sicher, dass du die geladenen Gäste für die Benefizgala morgen Abend persönlich begrüßt, Charles.«

»Natürlich, Vater.«

Er nickt. Dann geht auch er. Die Tür fällt ins Schloss.

»Hey«, sagt Sofia sanft, aber ich schüttle nur den Kopf und wende mich von ihr ab.

»Nicht jetzt.«

»Wir können darüber reden, wenn du möchtest.«

Ich schließe die Augen. »Ich sagte, nicht jetzt, Sofia.«

Eine lange Zeit entgegnet sie nichts. Dann …

»Soll ich gehen?«

Ich blicke in mein leeres Whiskeyglas, beobachte, wie die Reste der Eiswürfel sinnlos umherschwimmen. »Ja.«

Sie stößt die angehaltene Luft aus. »Warum tust du das immer?«

»Was?«

»Jeden von dir stoßen, wenn es um deine Gefühle geht?«

»Sofia …«

»Tu das jetzt nicht. Bitte. Ich … Ich habe das Gefühl, dich kaum zu kennen.«

Ich lehne meine Stirn gegen das Fenster und genieße, wie die Scheibe meine pochende Haut kühlt. In meinem Kopf wirbeln die Gedanken und lassen mir kaum die Möglichkeit, mich auf Sofias Worte zu konzentrieren.

»Dabei bedeutest du mir so viel«, sagt sie leise. Mir entgeht nicht, wie ihr Atem zittert, als sie tief Luft holt. »Alles, was wir in dieser beschissenen Welt aus Luxus und Macht schon zusammen durchgestanden haben. Du … Du bist mir so wichtig.« Und dann, noch leiser: »Du kannst mir vertrauen, Charles.«

»Ich vertraue niemandem.«

Es vergeht eine Ewigkeit, bis ihre nächsten Worte mich erreichen. »Vielleicht solltest du anfangen, es zu lernen.«

Ihre Absätze klackern über den Marmor, dann geht auch Sofia. Stille legt sich über mich.

Ich weiß nicht, wie viel Zeit vergeht, bis ich die Augen wieder öffne. Aber als ich es tue, ist sie immer noch da und sieht zu mir. Die Cortessa steht auf ihrem Balkon, eingehüllt in den warmen Morgenmantel des Hotels, ein Buch an die Brust gedrückt.

Sie sieht aus, als würde sie mir den Krieg erklären.

MY NAME IS BOND. JAMES BOND

Paola

Die Schlüsselkarte in meiner Hand zittert. Sie lag genau dort, wo es mir von der Person am Telefon gesagt wurde: in der Lobby hinter dem zweiten Gargoyle, dem großen, mit überkreuzten Beinen und einem stählernen Adoniskörper. Es war ein Akt, die Karte zwischen Steinkübel und Wand herauszuzerren, weil das mittelalterliche Steinwesen sich kein Stück hat bewegen lassen und ich nicht Dwayne The Rock Johnson heiße. Aber jetzt lehne ich neben einem schweren Wandteppich, in der einen Hand den Schlüssel meiner illegalen Machenschaften, in der anderen eine Champagnerflöte, als würde ich wie die anderen reichen Menschen hier den zarten Klängen des Pianisten lauschen. Ich bin hundemüde. Es ist mitten in der Nacht. Ehrlich gesagt frage ich mich, ob diese ganzen trinkenden Leute in der Lobby auch mal schlafen gehen. In meinem Kopf schwirren noch immer die schwarzen Rosen. Ich habe nicht lange gezögert und bin losgegangen. Mir ist klar geworden, dass sich das hier nicht länger aufschieben lässt. Ich muss wissen, wie sich die Jungs vernichten lassen. Sie sind reich, mysteriös und düster. Sie *müssen* etwas zu verbergen haben. Mein Herz wummert wie damals in der zweiten Klasse, als ich Mario, den achtjährigen Herzensbrecher mit Clown-Tornister, auf dem Pausenhof gefragt habe, ob er zu meinem Geburtstag kommen möchte. Nur er. Niemand sonst. Zum Topfschlagen und Spaß haben. Was soll ich sagen? Mario kam, aber leider gab es weder Kuchen noch Topfschlagen noch Spaß, denn auf *habbo.com* lief das Special Event eines Online Sextings, das meine Mutter unmöglich verpassen konnte, und mein Stiefvater Matteo hat meinen Clownboy vollgelabert, er müsse *unbedingt* später unter die Mafiosi gehen, wenn er was erreichen wollte. Das mit mir und Mario war vorbei, bevor ich buchstabieren konnte, und meine Beine waren jeden Morgen vor der Klassentür sämiger Naturjoghurt.

Genau. So. Fühle. Ich. Mich. Jetzt.

Wie sämiger Naturjoghurt mit einem Presslufthammerherz.

Ich nippe am Champagner und setze mich in Bewegung. Ich tue so, als wäre das hier mein normales Leben: in einer von Emma geborgten Schlaghose und gefakter Chaneltasche auf das schmiedeeiserne Tor zugehen, das die Lobby von dem Westflügel separiert.

Der Westflügel.

Ich werfe das Haar zurück, das Gesicht so gut es geht von allen abgewandt, auch wenn der Großteil der Nachtschwärmer ohnehin an der Bar oder auf den Ottomanen des Hauptbereichs herumlungert. Trotzdem fühle ich mich, als würde ich jeden Moment in Ohnmacht fallen, während ich die Schlüsselkarte hebe und an den Sensor halte. Eine Sekunde schlägt der Bass meines Herzens bis in mein Hirn, aber dann blinkt der Sensor grün und das Schloss klickt. Ich lege eine Hand auf das kühle Eisen, öffne das Tor und schlüpfe in diesen *heiligen* Bereich des Hotels.

Es ist verrückt, wirklich. Mein Gott. Das hier ist genau derselbe Marmor wie einen Meter zuvor, aber plötzlich kribbelt es in meinen Waden, als würde geladene Hochspannung durch meine Venen krabbeln, weil die Macht der Blackwells mich willkommen heißt. Oder, in meinem Fall, wohl eher *nicht* willkommen. Vielleicht saugt der Boden mich gleich ein und verfrachtet mich direkt in die uralten Kerker.

Aber nichts dergleichen passiert. Totenstille begleitet mich durch die Flure und Treppen, bis ich das siebte Stockwerk erreiche. Es sind nur drei Türen, aber jede einzelne verschwimmt vor meinen Augen. Mir wird gleichzeitig heiß und kalt, während ich auf die letzte im Gang zugehe. Immer wieder sehe ich mir über die Schulter, bete, nicht ohnmächtig zu werden, und zwinge mich Schritt für Schritt für Schritt weiter, bis ich direkt vor der goldenen Nummer 1 stehe. Sicherheitshalber drücke ich ein Ohr gegen die Tür und lausche.

Nichts zu hören.

Er ist nicht da, denke ich. *Dir wurde bestätigt, dass Edward Blackwell sich in eben dieser Sekunde im Casino aufhält. Gerade erst eingetroffen. So schnell kommt er nicht wieder.*

»Für Gabriel«, flüstere ich, als müsste ich mich selbst überreden, weiterzumachen. »Für Gabe, für Gabe, für Gabe.«

Auch hier leuchtet der Sensor grün. Das Schloss springt auf. Ich drücke die Klinke herunter, schiebe mich ins Zimmer und schließe atemlos die Tür, als wäre ein Zombie hinter mir her.

In Edwards Suite atmet die Stille. Alles liegt im Dunkeln, als wäre das hier der Kern seines Herzens. Pure, undurchschaubare Finsternis. Ich traue mich nicht, das Licht einzuschalten, also nutze ich den Schein meiner Leselampe, die ich meistens in meiner Jackentasche mit herumtrage. Ich komme mir *so* bescheuert vor, mir dieses Bergarbeiterding um die Stirn zu schnallen und durch Edwards Reich auf Wanderschaft zu gehen. Bescheuert und lebensmüde. Wenn er mich hier entdeckt, bin ich erledigt.

Ich schleiche um den Couchtisch aus poliertem Stein herum, gehe vor dem Sideboard mit dem riesigen Fernseher auf die Knie und ziehe nacheinander die Schubladen auf. Ich nehme alles raus, was ich finden kann: Notizen, Auflistung seiner monatlichen Ausgaben, Quittungen, Bewirtungsbelege. Schnell stopfe ich die Sachen in meine Tasche und gehe weiter in sein Schlafzimmer. Das Bett ist ungemacht, total chaotisch, als hätte er sich die Beine totgestrampelt und mit den Kissen um sich geworfen, bevor er ins Casino abgehauen ist. In seinem Nachtschrank finde ich Beruhigungstabletten, eine Tüte mit zwei einzelnen Pillen, von denen ich lieber nicht wissen will, um was es sich dabei handelt, und ziemlich viele Kondome. Ich schiebe die Türen des riesigen Kleiderschranks auf, inspiziere jede einzelne Tasche seiner Designerjäckchen- und Hosen, aber da ist nichts zu finden außer hin und wieder ein Bündel Bargeld, das ich nicht anrühre. Verzweifelt sehe ich mich um, hoffe auf irgendetwas, das mir vielleicht gibt, was meinen Auftraggeber zufriedenstellen könnte, aber da ist nichts. Nur Boxershorts auf dem Boden, eine Flasche Wasser neben einer Flasche Wodka, die Fernbedienung seines Flatscreens und …

Pooh, der Bär. Auf seiner Matratze. Das Plüschfell zerfleddert, als würde er Nacht für Nacht seine Finger darin vergraben.

O Gott. O Gott!

Mir bleibt beinahe die Luft weg, so intim ist das. So persönlich. So …

Scheiße, ich sollte nicht hier sein. Das hier ist falsch. Dermaßen und furchtbar falsch. Aber was habe ich für eine Wahl?

Meine Füße tragen mich wie automatisch zu dem Teddybären. Ich nehme ihn in die Hand und inspiziere ihn. Fahre mit dem Finger über die kleine Plastiknase, über den Rundkragen des roten Pullovers um seinen Hals.

Ein plötzliches Geräusch lässt mich zusammenzucken. Der Bär fällt mir aus den Händen. Ich stehe stocksteif da, mit meiner Bergsteigerlampe am Schädel und den Joghurtbeinen, und denke, das ist mein Ende. Edward wird seine Hayabusa aka Wanderfalke aka vierter apokalyptischer Reiter nehmen und mich killen. Die Sekunden vergehen, in denen ich nicht wage, mich zu bewegen. Dann ...

Da!

Schon wieder.

Es war hinter mir. Quälend langsam drehe ich mich um, mein Puls bombardiert meinen Hals, und ...

»O Götter!«, stoße ich zittrig und zugleich erleichtert aus. Ein irres Lachen kommt mir über die Lippen, während ich durch das geöffnete Fenster beobachte, wie der Wind auf dem Balkon ein paar Sektflöten über den Boden rollen lässt.

Ich wische mir den Schweiß von der Stirn, drehe mich um und verlasse das Schlafzimmer. Das hier ist der reinste Adrenalinmodus, aber definitiv kein guter, und definitiv noch schlimmer als die Motorradfahrt. Ich will bloß noch von hier verschwinden.

Schnell durchkämme ich den Rest der Suite, finde aber nichts weiter. Ich steuere gerade die Tür an, als mir der Garderobenschrank auffällt und ich noch einmal innehalte. Erst zögere ich. Was sollte da schon drin sein außer Schuhe oder ein Regenschirm? Aber dann entscheide ich, dass ich nicht fahrig werden darf. *Es geht um Gabe*, rufe ich mir in Erinnerung, bevor ich kehrtmache und zum Garderobenschrank herübergehe. Als ich ihn öffne, macht mein Herz einen heftigen Satz.

Ein Safe!

Unwillkürlich weiten sich meine Augen. Das hier ist wie die riesige Schokoladen-Sahne-Torte zwischen zuckerfreien, trockenen Törtchen am Büfett. Mit dem Finger fahre ich über den Rand der Tür. Das kann nicht so schwer sein, denke ich. Ich habe oft aus dem

Augenwinkel zugesehen, wenn Matteo diese Tutorials auf YouTube geschaut hat. Ich brauche nur etwas Werkzeug, um den Riegel unter Spannung zu halten und fest auf den Tresor zu schlagen.

Und wieder begebe ich mich in Edwards Suite auf die Suche, finde aber weit und breit keinen Werkzeugkoffer. Stattdessen aber einen Schlagring. Und das macht mir Angst. Dennoch schnappe ich mir das Ding, drücke mit der einen Hand fest gegen den Griff, damit er sich nicht bewegt, und schlage mit dem Eisenring auf den Safe ein.

Ich komme mir vor, als hätte ich den Verstand verloren. Echt jetzt. Ich hänge hier in der Suite eines weltberühmten Typen und prügele mit seinem Schlagring auf ein Stahlding ein. *Ich.* Paola Cortessa. Das Mädchen mit den Pommesarmen.

Ich schlage und schlage, der Lärm bohrt sich direkt in meine Amygdala und aktiviert die Bahnen der Panik, aber egal, ich mache weiter und weiter, denke nur an meinen Bruder, daran, dass ich wissen muss, was in diesem Safe liegt. Doch erfolglos. Das hier ist keines dieser Billigdinger. Hier funktioniert die Schlagtechnik nicht. Und allgemein ist das alles doch lächerlich. *Als ob* ich diesen überteuerten High-Tech-Safe mit einem verdammten Schlagring öffnen könnte!

»Fuck!« Ich werfe den Schlagring von mir. Er schleudert über den Boden, bis der Teppich unter dem Sofa ihn stoppt. Verzweifelt streiche ich mir über die Stirn, versuche, die Tränen aufzuhalten und den Kloß loszuwerden, der sich in meiner Kehle festgesetzt hat, als plötzlich …

Schritte. Vor der Tür. Von jetzt auf gleich durchflutet mich Eiseskälte. Panisch springe ich auf die Beine, schließe die Garderobentür und sehe mich um.

Wohin jetzt, verdammt?

Da. Das Sofa. Mit Glück reicht die Höhe, um mich darunterzuquetschen. *Mit Glück.*

Ich renne durch die Suite, werfe mich förmlich auf den Boden und robbe unter das Sofa. Es ist so verflucht eng, dass meine Lunge heftig protestiert. Aber egal. Keine Zeit mehr, um umzudenken, denn in dieser Sekunde piept die Tür und springt auf.

Eine torkelnde Gestalt kommt rein. Nur einen Moment später wird das Licht eingeschaltet. Es ist Edward. Seine Augen sind blutunterlaufen. Er läuft durchs Wohnzimmer, und eigentlich müsste er den Schlagring entdecken, der auf dem Parkett liegt, aber er scheint zu betrunken zu sein. Mein Herz tritt unbarmherzig gegen meine Rippen, will sie zerbersten, sie *brechen* lassen.

Und dann passiert etwas, das ich nicht habe kommen sehen und wovon ich mir direkt eine innerliche Notize mache: Edward geht schnurstracks zum Garderobenschrank und öffnet ihn.

Interessant.

Was verbirgst du, Blackwell? Was kannst du mir liefern, das mich weiterbringt?

Er hockt mit dem Rücken zu mir, deshalb kann ich nicht erkennen, was er treibt. Aber dann höre ich das Klicken des Schlosses und weiß: Er hat den Safe geöffnet.

Verzweifelt versuche ich, in meiner eingezwängten Position den Kopf zu recken, irgendetwas zu sehen, aber da ist nur sein Hinterkopf. Und plötzlich … schluchzt er auf.

What the …

Edward weint!

Gänsehaut rennt über meinen Körper. Ich bin wie erstarrt. Was liegt in diesem verdammten Tresor?!

Aber bevor ich irgendetwas sehen kann, schließt er ihn wieder und geht ins Schlafzimmer. Er kommt mit der Wodkaflasche und dem Pillenblister zurück und setzt sich auf die andere Seite des Sofas. Er müsste nur den Blick senken und würde sehen, wie meine großen Augen ihn anglubschen.

Aber er tut es nicht. Edward schluckt eine Tablette, spült sie mit dem Alkohol herunter und schaltet den Sportsender ein. Fußball. Noch immer rennen ihm Tränen das schöne Gesicht herunter, aber jetzt gibt er keinen Laut mehr von sich. Lethargisch starrt er auf den Fernsehbildschirm, keine Regung in seinen Zügen. Als wäre er tot. Nur noch eine Hülle.

Ich bin wie gelähmt. Es fühlt sich so falsch an, das mit anzusehen. Und gleichzeitig blutet mein Herz, weil es natürlich heftig ist, einen Menschen so zu sehen. Ganz egal, dass ich hier gegen ihn arbeite – sein Zustand macht etwas mit mir. Alles in mir schreit danach, zu ihm zu gehen, ihn in meine Arme zu nehmen, herauszufinden, warum dieser gebrochene Junge derart leidet.

Edward bettet seine Wange auf ein Kissen und umschlingt die Knie. Ich höre, wie seine Atemzüge schwerer werden, als er nach einer Weile einschläft. Ich sehe, wie dieser lebensfrohe, adrenalinsüchtige Mann innerlich stirbt.

Und alles, was ich tue, ist nichts.

#6: CHARLES BLACKWELL. SOLUTION: NO IDEA.

Paola

Ich werde von einem nervtötenden Piepen geweckt. Stöhnend ziehe ich mir ein Kissen über den Kopf und drehe mich auf die andere Seite. Es kann kaum eine Dreiviertelstunde vergangen sein, seit ich in meinem eigenen Bett eingepennt bin. Ich habe mich nicht getraut, mich unter dem Sofa wegzubewegen. Erst als im Sportsender irgendein Boxkampf losging, in dem laut rumgebrüllt wurde, konnte ich die Flucht aus der Suite wagen.

»Paola«, ruft Emma bereits zum dritten Mal. »Ich habe den Wecker extra nicht ausgeschaltet, und ich habe nicht vor, es zu tun, bis du endlich deinen perfekten Hintern aus dem Bett rollst!«

Frustriert hieve ich meinen trägen Körper hoch und sehe zu meiner Kollegin.

Sie steht neben der Badezimmertür, knetet sich Lockenbalm in die Haare und hebt eine Braue in die Stirn. »Morgenmuffel?«

»Nein«, grummle ich. »Eigentlich nicht.« Ich puste mir mein Vogelnest an Haaren aus dem Gesicht und taumle irgendwie durchs Zimmer, bis ich es ans Waschbecken geschafft habe. Meine Nerven zucken erschrocken zusammen, als ich mir das eiskalte Wasser ins Gesicht spritze.

Emma stellt sich neben mich und trägt frischen Gloss auf ihre Lippen auf. »Hat dein frühmorgendlicher Zombiemodus irgendetwas mit den Gothic-Rosen auf dem Kaminsims zu tun?«

»Nein.« Eine Lüge, denn natürlich hat es das. Nachdem ich Charles »Willkommensgeschenk« entgegengenommen habe, bin ich direkt in Edwards Suite. Die Blumen waren der Auslöser, keine Sekunde länger verstreichen zu lassen. Besser, ich weiß schnell Bescheid, mit wem ich es zu tun habe – und ob sie Geheimnisse haben.

Als ich wiedergekommen bin, lagen die Rosen auf dem Boden, und erst wollte ich sie wegwerfen, aber irgendetwas in mir konnte es nicht. Jetzt stehen diese verfluchten Dinger auf dem Kamin und verhöhnen mich für meine Schwäche.

Dafür steht in meinem Notizbuch jetzt ein weiterer Angstauslöser.

Punkt 6: Charles Blackwell.

Lösung: keine Ahnung.

Darunter klebt seine liebenswerte Dreckskarte.

Emma legt ihren Lipgloss beiseite. »Von wem waren die eigentlich?«

Ich spucke die Zahnpasta ins Waschbecken und spüle die Borsten aus. »Keine Ahnung.«

»Keine Ahnung?« Emma zieht die Brauen zusammen. »Wann kamen die?«

Ich stelle die Zahnbürste weg, kämme mir das Haar und schiebe mir die Strähnen mit einem schwarzen Flechtreif zurück. »Gestern Abend irgendwann.«

In ihren Augen blitzt etwas auf. »Vielleicht …«

»Was?«

Sie macht einen aufgeregten Schritt vor. »Vielleicht waren sie von Laxon!«

Ich sehe sie einen Moment zu lange an, dann sage ich »kann sein«, weil ich sie lieber in dem Glauben lasse, als dass sie mich mit Charles in Verbindung bringt. Lustlos gehe ich an ihr vorbei ins Zimmer. »Ich muss zu diesem Tasting und entscheiden, welche Flaschen für die Benefizgala heute Abend in die engere Auswahl kommen. Wie spät ist es?«

Emma übergeht mich einfach. »Aber schon komisch, findest du nicht?« Sie lehnt sich an die Wand neben dem Kamin und überkreuzt die Beine. Wenn ich mich nicht irre, muss sie gleich zum Frühstück. Emma ist für das Essen und die Events eingeteilt. Im Speisesaal tragen die Frauen die gleiche Uniform wie im Housekeeping: Dienstmädchentracht, Perlonstrumpfhose mit den schwarzen Schnürschuhen und der schwarzen Bluse samt goldenem Blackwell-Wappen. »Ich lebe ein Jahr allein in diesem Zimmer und nichts passiert. Du tauchst auf und noch in derselben Nacht werden schwarze Rosen geliefert.«

Mit einem tiefen Seufzer lasse ich mich auf die Bettkante sinken und fahre mir mit meinen zittrigen Fingern über das Gesicht. Ich bin angespannt wegen gestern, nervös wegen meines ersten Arbeitstages, einfach völlig von der Rolle. So habe ich mir meinen Anfang hier nicht vorgestellt.

»Hey«, sagt Emma, diesmal sanfter, und stößt sich von der Wand ab. Sie setzt sich neben mich und legt mir in beruhigender Geste eine Hand auf die Schulter. »Tut mir leid, manchmal bin ich etwas forsch.«

»Das ist es nicht.«

»Was dann?«

»Ich habe einfach das Gefühl, dass …« Fahrig reibe ich mir über die Brust, bis Emma sanft mein Handgelenk umfasst und mir wieder in den Schoß legt. »… also, dass ich hier nicht reinpasse, verstehst du? Als würde das Universum versuchen, mir genau das auf die harte Weise mitzuteilen.«

»Aber wieso?« Sie runzelt die Stirn. »Es ist doch nichts passiert außer dieser bescheuerten Blumen, oder?«

Ich presse mir die Fingerknöchel auf die Lider und zögere. Soll ich Emma von der Motorradfahrt mit Edward und dem Aufeinandertreffen mit Charles erzählen? Von seinem heißen Atem auf meiner Haut, als er mir Worte ins Ohr raunte, die sicher über jedes Maß der vernünftigen Konversation hinausgehen? Von Edwards Suite? Dem zerfransten Teddybären und dem Safe? Ich weiß nicht, wie sie reagieren würde. Oder mit anderen Kollegen tratschen. Das Einzige, was ich über dieses Mädchen mit den Goldlocken weiß, ist, dass sie seit einem Jahr hier lebt und jemanden kannte, der von den Blackwells zerstört wurde. Und das scheint mir keine gute Basis.

»Schon gut.« Langsam hebe ich den Kopf, schenke ihr ein müdes Lächeln. »Aber danke, ja?«

»Wenn du reden willst, du weißt, wo du mich findest.« Sie grinst. »Im Bett nebenan.«

Ich lache. »Klar.«

»Also …« Emma erhebt sich. »Bereit, für deinen ersten Arbeitstag im Blackwell Palace, Paola?«

»Aber so was von …« Ich erhebe mich und schiebe räuspernd hinterher: »Nicht.«

Es stellt sich heraus, dass die Weinverkostung, auf die ich mich nach Elias' Arbeitseinteilung vor zwei Wochen besser vorbereitet habe als Annalise Keating bei *How to Get Away with Murder* auf den Supreme Court, sterbenslangweilig ist. Der Raum des Blackwell Palace, in dem das Tasting stattfindet, ist gefüllt mit alten weißen Männern und wenigen Frauen aus dem Vorstand vom Blackwell Palace, und sie alle haben diesen todernsten Zug um ihre Mundwinkel, als hätten sie vierzig Jahre ihres Lebens Vorlesungen über trockene Steuergesetze gehalten. Ich verbringe gefühlt drei Stunden damit, ihnen die Weine zu präsentieren, die Signore Van Dyk im Vorfeld auf meine Empfehlung hat besorgen lassen.

»Zu trocken«, sagt ein Mann mit gezwirbeltem Schnauzer immer wieder bei jedem, sogar bei den Weinen, die gar nicht trocken sind. Am Ende gibt er seine Empfehlung für den Unico 2012, obwohl dieser seiner Meinung nach anfangs noch »trocken wie ein billiges Beef Jerky aus dem Supermarkt« war. Danach tritt eine weitere Gruppe entscheidungsbefugter Personen ein, und das Spiel beginnt von vorn. Das Lächeln auf meinem Gesicht ist irgendwann wie festgetackert und schmerzt, und mein Kopf ist nur noch Matsch, während er Gott sei Dank das Wissen über die Weine wie automatisch herunterrattert.

Am Ende des Arbeitstages habe ich drei Gruppen hinter mir und bin von der Entscheidung, welcher der edlen Tropfen nun der Hauswein des Hotels werden soll, weiter entfernt als zuvor. Jeder hatte eine andere Meinung, eine abweichender als die andere. Zurück im Zimmer werfe ich mich schlapp auf mein Bett. Emma hat mich noch zum Essen ins Sternerestaurant eingeladen, das aussieht wie der Ballsaal einer royalen Hochzeit: imposante Kristallleuchter, die von der gewölbten Decke über den runden Tischen hängen, filigran geschwungene Messingstühle, gebohnerter Holzboden mit Rautenmuster, überall runde Stützbalken aus edlem Marmor und vor den meterhohen Fenstern schwere, dekorativ zusammengesteckte Vorhänge, damit sie den Blick auf die Außenterrasse direkt am Fuß des verschneiten Berges nicht verdecken. Oh, und natürlich darf ich den Brunnen nicht vergessen! Ein Springbrunnen, mitten im Saal!

»Ich bin völlig erledigt«, grummle ich in mein Kissen. »Meine Beine pochen. Und meine Füße auch. Alles.«

Emma bedient sich schon wieder an ihrer Weingummitüte, obwohl wir gerade erst beim Abendessen waren. »Du gewöhnst dich dran.«

»Wie lange dauert das?«

»'Ne Woche oder so.«

»Ich stinke.«

»Tja, Pech.« Sie lacht, zieht einen Fuß auf ihren Oberschenkel und drückt ihre Daumen in die scheinbar schmerzenden Stellen. »Duschen schaffen wir jetzt nicht mehr. O Gott, ich drehe jetzt schon durch, wenn ich an die verdammten Sachen denke, die wir bei der Benefizgala tragen müssen.«

»Wie meinst du das?« Stirnrunzelnd drehe ich mich auf die Seite, um sie anzusehen. »Was für Sachen?«

»Bei wichtigen Veranstaltungen trägt die Eventbelegschaft immer *sehr* schicke, elegante Arbeitskleidung. Ich hasse das, weil ich mich dann immer so steif darin fühle.«

»Die Sommelière auch?«

»Ja.« Emma gähnt. »Der Concierge hat deine Sachen vorhin liefern lassen. Habe den Kleidersack in deinen Schrank gehängt.« Sie sieht auf die Uhr und erhebt sich mit einem Seufzen. »Hast du 'ne Rangordnung, in welcher Reihenfolge du die Tische bedienen musst?«

»Ja, warte. Steht im Briefing.«

Emma stellt sich vor den Spiegel neben ihrem Bett, öffnet ihren festen Zopf und reibt sich mit wohlig geschlossenen Augen die Kopfhaut. »Die rote Zahl unter der Uhrzeit. Das ist der erste.«

Mein Blick huscht zur Tabelle des Dokuments, das ich schnell aus meinem Rucksack gekramt habe. »Tisch eins, dann aufwärts weiter.«

Sie seufzt. »Ja, war klar.«

»Was denn?«

Sie sieht zu mir, die Fingerkuppen immer noch auf ihrer Kopfhaut. »Na, dass die Blackwells natürlich zuerst bedient werden.«

»Oh. Ja. Natürlich.«

Vor mir schwebt wieder Charles' fester Kiefer, Edwards wildes Lächeln. Ich schlucke, versuche, mich in Gedanken an *Effi Briest* zu klammern.

Instetten, Sie völlig verblödeter Idiot. Gehen Sie mir aus den Augen! Ich will Sie nie wieder sehen!

Aber selbst das hilft nicht, denn ich weiß ja, dass ich die Brüder gleich definitiv wiedersehen werde.

»Wie auch immer.« Emmas Stimme holt mich aus meiner Starre. Sie wirft schon wieder einen Blick auf die Uhr und seufzt – diesmal noch schwerer als zuvor. »Wir müssen uns beeilen.«

Ich habe das Gefühl, eine Schlingpflanze wickelt sich um meine Brust. »Da sind einen Haufen wichtiger Leute, oder?«

»Klar.« Emma bindet ihre Haare wieder zu einem Zopf und wirft anschließend ein paar Tampons aus ihrer Nachttischschublade in eine kleine Tasche. Kurz schaut sie zu mir, mit einem Blick, als müsste ich so was doch wissen. »Was denkst du denn? Das ist eine Benefizgala, Paola.«

»Dann muss ich auf jeden Fall noch duschen.«

»Auf deine eigene Verantwortung.« Sie schnappt sich Handy und Tasche. »Die Gala findet im Prunksaal statt. Der befindet sich auf der Westseite der Lobby, aber du hast ja deinen Plan, oder?«

»Ja.«

»Okay. Meine Arbeitskleidung hängt unten in der Umkleide, also gehe ich schon runter, in Ordnung? Wir treffen uns da.«

»Alles klar, bis gleich.« Ich springe vom Bett auf. Das ganze Adrenalin der Blackwell-Gedanken hat meine Erschöpfung auf unerklärliche Weise verschwinden lassen. In Rekordzeit springe ich unter die Dusche, lasse die Haare aus, um Zeit zu sparen, öffne schließlich den Kleidungsbeutel aus dem Schrank und …

… verharre mit den Fingern am Reißverschluss. Blinzelnd blicke ich auf die Arbeitskleidung für den Abend runter. Ich habe mit einem ähnlichen Kostüm wie der Housekeeping-Uniform gerechnet, nur etwas eleganter, vielleicht auch mit einem Anzug, wie die Mitarbeiter im Speisesaal ihn getragen haben, aber nicht mit einem weinroten Abendkleid mit feinstem Spitzenausschnitt. Vorsichtig streiche ich über den Stoff, über das goldene Wappen der Blackwells, die edel wirkenden Hirsche, die auch hier auf der Brust schimmern. *Seide*, denke ich und kann es nicht fassen. In keinem Hotel, das ich kenne, wird den Mitarbeitern Abendgarderobe zum Arbeiten zur Verfügung gestellt. *Aber das hier ist kein gewöhnliches Hotel*, schießt es mir durch den Kopf. Das hier ist das Blackwell Palace. Ein Luxusanwesen für wohlhabende Menschen, das nur in die reichsten Orte der Welt expandiert ist. Paris. Ibiza. New York. Cannes. Monaco. Und St. Moritz, den Hauptsitz. Im Blackwell Palace ist nichts normal. Und eigentlich wundert es mich nicht. In meinem Job habe ich schon einige teure Kleidungsstücke tragen müssen. Edel, elegant, anmutig. Das ist das Auftreten einer Sommelière. Und die Blackwells scheinen das sehr ernst zu nehmen.

Das wird mir noch mal deutlicher bewusst, als mir die schwarzen High Heels im unteren Teil des Kleiderbeutels auffallen. Vorsichtig nehme ich sie in die Hand, betrachte sie. Mir wird schwindlig, als ich die Marke im Inlett lese. Louboutins. Das müssen mindestens acht Zentimeter sein, denke ich. Zum Glück bin ich es durch die Arbeit gewöhnt, auf Absätzen zu laufen. Allein die Vorstellung, vor den Augen der Blackwells umzuknicken, bereitet mir Übelkeit. Nervös stoße ich die Luft aus, steige in das Kleid und versuche, das Gefühl der feinen Seide auf meiner Haut anzunehmen. Dann werfe ich Handy und *Effi Briest* in einen Beutel, um in der Pause etwas zu tun zu haben, dazu mein Notizheft, ohne das ich grundsätzlich nie irgendwohin gehe, und verlasse das Zimmer.

Ich steige in den Fahrstuhl, drücke den Knopf ins Erdgeschoss und bete, dass dieser Abend keine völlige Katastrophe wird. Laut meinem Handy bleiben mir nur noch wenige Minuten, um es pünktlich zu schaffen. *Super Start, Paola*!

»Komm schon«, murmle ich, stoße dann aber einen frustrierten Laut aus, als ich sehe, dass der Fahrstuhl nur ein Stockwerk tiefer wieder hält.

»Ist das dein Ernst?«, sage ich in dem Moment, als die Türen aufgleiten. Aber der Rest des letzten Wortes bleibt mir im Halse stecken, als ich sehe, wer vor mir steht.

Charles.

GUESS I LIKE IT DIRTY

Paola

Diesmal ist sein Aufzug einwandfrei. Keine einzige Falte in dem weißen Hemd. Es sitzt wie angegossen unter der Anzugweste aus feinstem Tweed und wird von einer goldenen Kragennadel zusammengehalten. Mit der dazu passenden Krawatte, der eng sitzenden Hose und dem Siegelring an seinem Finger sieht er nicht aus wie ein Typ in meinem Alter. Eher wie ein waschechter Millionär, der in seinem Leben nie was anderes getan hat als ein Unternehmen bis an die Spitze zu führen.

»Das kommt darauf an, *was* genau mein Ernst sein soll.« Mit einem arroganten Grinsen betritt er den Fahrstuhl. Die Luft hier drin ist plötzlich bedeutend dicker. »Wenn es um mein liebreizendes Geschenk von gestern Abend geht, dann ja. Es ist mein Ernst.«

Ich starre stur geradeaus. »Musst du ausgerechnet in *diesen* Aufzug steigen?«

»Nun, wenn ich mich nicht irre, ist dies mein Hotel.«

Schnell blinzle ich. »Ich meine … in diesem Bereich. Er ist den Angestellten zugeteilt, oder nicht?«

Sein Grinsen wird breiter. Es ist hochattraktiv. Ich verfluche mich für diesen Gedanken. »Wie ich bereits erwähnte: Dies ist mein Hotel. Es hat dich nicht zu interessieren, warum ich mich in welchen Bereichen aufhalte.«

Leider hat er recht. Was nichts daran ändert, dass ich schon wieder wütend werde. Hauptsächlich auf mich selbst, weil ich mich zu einem Blackwell hingezogen fühle. Weil ich so dumm war, nicht sofort zu kapieren, wer er ist. Härter als beabsichtigt drücke ich den Knopf, der uns ins Erdgeschoss führen soll.

»Der Schalter versteht auch bei einmaliger Betätigung, was er zu tun hat, Cortessa.«

»Paola«, zische ich.

»Nun, ich präferiere deinen Nachnamen.«

»Und warum?«

Er neigt den Kopf. »Alles andere macht es zu persönlich, findest du nicht?«

»Das fällt dir aber früh ein«, murmle ich.

Er runzelt die Stirn. »Warum so feindselig, Cortessa?«

»Du hättest erwähnen können, wer du bist.«

»Und dann?«

»Wäre ich abgehauen, ohne mit dir zu reden. Du hast mich in deine Falle gelockt.«

Er lacht. Er lacht einfach! »Falle. Mhm, interessant.«

»Versuch nie wieder, mich auf einer Toilette mit Goethe-Zitaten zu bezirzen.«

»Wenn das dein Wunsch ist, Cortessa.«

»Ja. Schwöre es.«

Sein Mundwinkel zuckt. »Ich werde dich nicht noch einmal auf der Toilette ... bezirzen.«

»Mit Goethe-Zitaten.«

»Mit Goethe-ZItaten.«

»Gut.«

Er deutet auf meine Schulter. »Was soll der Beutel?«

»Da sind Sachen drin.«

»Offensichtlich.« Endlich schließen die Türen. Der Aufzug setzt sich in Bewegung. »Was für Sachen?«

»Oh, entschuldige, aber *dies ist mein Beutel*«, ahme ich seine tiefe Stimme nach, gefolgt von einem verschluckten Lachen.

Sein Mundwinkel zuckt. »Vorsicht.«

»Verzeihung.« Ich atme tief durch und füge hinzu: »Aber ich habe keine Angst vor dir, Blackwell.«

Oh ja, Paola ... klingt total überzeugend.

Ich spüre Charles' Blick auf mir, als würde seine Musterung mir Löcher in die Haut bohren. Genauso wie mein Notizbuch mit der Angstliste, das sich beinahe verhöhnend an meine Taille schmiegt.

Punkt 6: Charles Blackwell.

Lösung:keine Ahnung.

»Du siehst wunderschön aus«, sagt er plötzlich und völlig überraschend.

Abrupt fährt mein Kopf zu ihm herum, und in seinen Augen erkenne ich einen merkwürdigen Ausdruck. Ich kann ihn nicht deuten. Als ob ... als ob er es ernst meint, dahinter aber noch einen Hauch von Schalk versteckt. Wie bei einem Fünfjährigen, der etwas im Schilde führt. »Das Kleid sitzt hervorragend.«

»Du musst mir keine falschen Komplimente machen«, entgegne ich leise.

»Oh, aber es ist ernst gemeint.«

»Ich will aber nicht, dass du es ernst meinst.«

»Aber ich.«

»Dann verzeihen Sie, königliche Hoheit.« Ich blicke gen Decke, weil das einfacher ist. Wenn ich mich auf die funkelnden Steine des Kronleuchters – *in einem Fahrstuhl!* – konzentriere, schmerzen meine Augen, und dann muss ich nicht an ihn oder diese Situation denken. »Wenn der royale Gebieter widerspricht, bin ich besser leise.«

»Mir wäre lieber, du würdest dich nicht derart gegen mich auflehnen.«

»Warum?« Mein Blick huscht von der Lampe über die leuchtenden Knöpfe des Fahrstuhls zu dem erstgeborenen Blackwell. »Weil du Gegenwind nicht gewohnt bist?«

»Nein, Cortessa.« Er lächelt noch immer, aber es wirkt eingefroren. Plötzlich beugt er sich zu mir herunter. Mein Herz dreht durch, als seine Lippen kurz vor meinem Ohr innehalten. Sein Atem streift die empfindliche Haut. »Weil es bewirkt, dass ich dich dafür bestrafen will.«

Ein eiskalter Schauer läuft mir über den Rücken. Aber die Erkenntnis, die mich in der Sekunde trifft, als die Türen aufgehen und Charles zwischen den vielen Menschen in der Eingangshalle verschwindet, als wäre das eben gar nicht geschehen, als wäre er nichts weiter als ein Phantom, ist noch schlimmer als seine Worte, die ich noch immer auf meiner Haut spüre.

Die Erkenntnis, dass mir *gefällt*, was er gesagt hat.

OH, SWEET REVENGE, BLACKWELL

Paola

Mir wird klar, dass etwas nicht stimmt, als ich durch den Dienstbotengang Richtung Küche hinter dem Prunksaal laufe. Und zwar in der Sekunde, in der ich die Tür öffne und meine Kollegen sehe, die letzte Vorbereitungen treffen. Köpfe drehen sich zu mir um. In ihren Augen blitzt Verwirrung auf, und ich weiß auch, wieso.

Sie halten mich für keine von ihnen. Kein Wunder, denn sie alle tragen einen eleganten grauen Zweiteiler. Weißes Hemd, graue Weste, graue Schlaghose. Seide, wie ich feststelle. Aber nicht in der Form, wie ich sie am Körper spüre. Sie tragen die *echte* Dienstkleidung, wie mir in dieser Sekunde bewusst wird. Mein Blick wandert zu ihren Füßen. Niemand hat High Heels. Ich erkenne bloß elegante Schnürschuhe.

Ich stehe da, eine Hand noch auf der Klinke, und alles in mir wird taub. Eiseskälte flutet mich.

»Kann ich Ihnen helfen, Signora?« Ein Mann, der gerade Champagnerflöten auf den Tabletts verteilt, sieht zu mir. Auf seiner Brust trägt er ein Namensschild. Giuliano. »Die Gäste der Benefizgala werden in diesem Moment von Signore Blackwell persönlich vor dem Prunksaal empfangen genommen. Ich fürchte, Sie haben sich in der Tür geirrt, aber das macht nichts.« Er stellt die letzte Flöte ab und schenkt mir ein geschäftiges Lächeln. »Ich kann Sie hinführen und …«

Klirr. Ich zucke zusammen. Ein paar meiner Kolleginnen und Kollegen in der Küche auch. Ihre Köpfe wirbeln herum zu einer groß gewachsenen Schönheit mit blonden Locken, die in dieser Sekunde ein Glas hat fallen lassen und mich aus ihren riesigen blauen Murmeln heraus ansieht. »*Paola?*«

Plötzlich wird die Tür zur Küche aufgestoßen, und Ameli tritt mit der Grazie eines Nashorns herein. Sie trägt den Duft von Capuns mit sich, einem traditionell schweizerischen Gericht, bestehend aus überbackenem Mangoldblatt gefüllt mit Spätzleteig. Mir würde ja das Wasser im Mund zusammenlaufen, wenn ihre schwarzen Knopfaugen sich nicht direkt in meine bohren würden. Sie schaut von mir zu Emma und zurück, bevor ihr die Kinnlade heruntersackt. »Paola …« Verdattert sieht sie an mir hinab. Ich spüre jeden Winkel ihrer Musterung überdeutlich. »Was *trägst* du bitte da?«

»Das wüsste ich auch gern«, sagt Emma.

»Ich …« Das Atmen fällt mir schwer. Das hier ist einer der peinlichsten Momente meines Lebens. »Das war in meinem Kleidersack.«

»Dein Ernst?«

»Ja.«

»Und das hast du nicht infrage gestellt?«

»Wieso sollte ich?« Ich quietsche beinahe, so außer mir bin ich. Unwirsch wedle ich mit den Händen durch die Luft. »Das hier ist das Blackwell Palace, und du selbst meintest zu mir, die Dienstkleidung für diese Art von Events wäre so furchtbar edel!«

Emma deutet auf ihre Seiden-Schlaghose. »*Das* definiere ich als edle Dienstkleidung, aber das da?« Sie macht einen Schritt auf mich zu, greift mir in den Nacken und wirft einen Blick aufs Etikett. »Holy shit!« Ihre blauen Murmelaugen mutieren. »Das ist Prada, Paola! *Prada!*«

Mir bleibt die Luft weg. Meine Wangen werden heiß, die Ohren auch. Plötzlich habe ich das Gefühl, unter den Blicken der anderen zu ertrinken. »Wie bitte?«, stammle ich leise, kaum hörbar.

»Von wem ist das?«, fragt sie.

»Ich habe keine …« Mitten im Satz stoppe ich. Mein Blick verschleiert. Nein, das kann nicht sein, oder? Würde er wirklich …?

»Das gibt Punkte!«, schreit Anneli plötzlich. »Fürs Verspäten *und* für diesen Aufzug! Einfach nur, weil ich niemanden habe, der mir heimlich Prada-Kleider in den Schrank legt!«

Plötzlich höre ich seine Worte wie ein Echo in meinem Kopf. *»Du siehst wunderschön aus. Das Kleid steht dir hervorragend.«*

Und dieser Blick. Als würde … als würde er sich über einen Plan freuen, der erstklassig aufgegangen ist. Das kann nicht wahr sein.

Das kann er, *verdammt noch mal*, nicht ernsthaft gebracht haben! Mein Magen dreht sich um, als ich daran denke, wie erhaben Charles sich mir gegenüber im Fahrstuhl gefühlt haben muss bei dem Gedanken daran, wie ich in diesem Kleid in der Küche auftauchen werde. Wie er mich gemustert hat, so intensiv und leidenschaftlich, hungrig fast, dabei war das alles nur ein beschissener Witz von ihm! Ein Mittel zum Zweck, vielleicht um mir zu zeigen, wo ich unter ihm stehe und was er mit mir machen kann. In dieser Sekunde schäme ich mich in Grund und Boden für mein Verlangen, das in den Toiletten für ihn aufgewallt ist.

Emma starrt noch einen Moment länger, dann wirbelt sie herum und klatscht in die Hände. »Habt ihr alle keine anderen Aufgaben? Los, kümmert euch um euren Kram!« Sie greift den Arm eines vorbeirauschenden Typen und drückt ihm Handfeger und Schaufel in die Hand. »Mach den Boden hier sauber, ja?«

Er brummt irgendetwas, aber sie schiebt sich schon an ihm vorbei und zieht mich in die Küche. Das Klackern meiner Absätze auf den Fliesen verhöhnt mich.

»Wir brauchen eine neue Uniform für sie«, sagt Emma zu Anneli.

Doch diese kneift bedauernd die Lippen zusammen. »Wir haben keine da.«

»Dann besorgen wir eben eine!«

»Emma«, sagt Anneli eindringlich. »Die Benefizgala beginnt in …« Ihr Blick schweift zur digitalen Uhr an der Wand. »Jetzt. Sie beginnt jetzt, heiliger Feenschiss, wir müssen raus!«

Meine Augen weiten sich. »Aber …«

Emma flucht. Dann nimmt sie meine Hände, und in ihrem Ausdruck erkenne ich tiefes Mitgefühl, was mir unweigerlich eine Abrissbirne in den Magen rammt, weil ich weiß, was das bedeutet. »Die Blackwells dürfen wir ganz sicher nicht warten lassen«, sagt sie. »Wenn die Gäste sehen, dass sie nicht bedient werden, wäre das …« Sie schluckt. »Gott, daran will ich nicht einmal denken. Schnapp dir den Wein und wahre deine Haltung.«

Mechanisch gehe ich auf den von mir ausgesuchten Wein zu, der längst bereitsteht. Meine Hände sind wie taub. Ich fühle mich wie ein Roboter, als ich die elegante Haltung einnehme, mit der ich samt Wein den Saal betreten und ihn servieren werde. Die Tür zum Prunksaal wird bereits geöffnet wird, und die Küche leert sich. »Du musst da jetzt raus«, sagt Emma. »Uns bleibt keine Zeit zum Umdisponieren. In der Pause besorgen wir dir neue Kleidung, ja?« Sie muss den Schock in meinen Zügen bemerken, denn ihre Brauen ziehen sich noch weiter zusammen. »Tut mir wirklich leid, Paola! Irgendjemand hier scheint sich einen Scherz mit dir zu erlauben.«

Nicht nur irgendjemand, sondern der verdammte Hotelerbe!

Sie drückt meine Schulter. »Es ist keine große Sache: Du gehst hin, schenkst ihnen den Wein ein, erzählst ihnen ein bisschen was darüber. Du kannst das doch. Etwas, das man kann, verkackt man nicht. Und zeig bloß niemandem, dass etwas nicht stimmt. Mach es zu deiner Normalität. Das sagt Lisbeth immer, und sie hat recht.«

»Okay.« Meine Kehle brennt. Ich glaube, ich stehe kurz vor einer Panikattacke.

Emma drückt noch einmal meine Hände, sagt »Du kriegst das hin!« und eilt hinaus.

Ich bin die Letzte in der Küche. Der Wein in meinen Händen zittert. Kurz sehe ich an mir hinab, an dem sündhaft schönen Spitzenkleid, den High Heels, von denen ich inzwischen überzeugt bin, dass ich sie verbrennen möchte, und zergehe in Scham. Aber dann presse ich die Zähne zusammen und recke das Kinn. »Nicht mit mir, Blackwell.« Mit festen Schritten verlasse ich die Küche, drücke die Schultern durch und betrete den Prunksaal.

CORTESSA, CORTESSA

Paola

Mir wird sofort klar, woher der Name rührt: Der Raum ist ein architektonisches Meisterwerk aus dem Viktorianischen Zeitalter. Figuren wurden in die weißen Steinwände gezimmert, zwischen den etlichen Rundbogen, erbaut auf Stützbalken, ragen kristallene Dreimaster in den Raum. Barocke Muster zieren die Steinbalustraden einer oberen Galerie, von der Balkone abgehen und einen Blick auf den Saal ermöglichen. Zur gewölbten Decke hin bedeckt ein Ölgemälde die oberen Wände. Es zeigt Reiter auf Pferden in historischer Kleidung, Kutschen, Menschen an langen Tafeln. Die Decke selbst ist ein wunderschönes Bild aus pastellblauem Himmel und weißen Wolken. Am Ende des Saals ragt eine sanduhrförmige Treppe in das obere Stockwerk der Galerie.

Wie festgetackert bleibe ich stehen, während hinter mir die Tür ins Schloss fällt. Etliche Tische stehen im Raum verteilt, die Teller auf ihnen sind mit Sicherheit aus feinstem Porzellan, und die Menschen, die an ihnen sitzen, sehen aus, als würden sie jemanden wie mich zum Frühstück fressen. Ich schlucke, während meine Kolleginnen und Kollegen mit gerader Haltung umherwuseln, in der einen Hand ein Tablett, die andere hinter dem Rücken. Sie beeilen sich, zu den ihnen zugeteilten Tischen zu gelangen. Ich lasse den Blick über all die fein gekleideten Gäste in ihrer Abendgarderobe schweifen, sehe ihre perfekt hochgesteckten Frisuren, den glitzernden Goldschmuck, der das Licht des Kronleuchters reflektiert, und hasse Charles Blackwell bis aufs Blut. Er wusste ganz genau, was er mir hiermit antun würde, und es *pisst* mich an, dass dieses Arschloch eine Wirkung auf mich hat, die er nicht haben sollte.

Ich bin Paola Cortessa, nur irgendein wahlloses Mädchen aus San Luca. Wahllosigkeit gehört nicht ins Blackwell Palace und schon gar nicht zu jemandem wie Charles. Sogar die Seide an meiner Haut fühlt sich viel zu kühl an, als würde sie protestieren wollen, von mir getragen zu werden. Ich muss schlucken, um den Kloß in meiner Kehle zu verdrängen. Tief atme ich durch, dann setze ich mich in Bewegung.

Die ersten Gäste bemerken mich, als ich die Hälfte des Weges zu ihnen passiert habe, und es ist furchtbar. Ich kann ihre Gedanken bis hierhin hören. *Wer ist dieses Mädchen, und warum trägt sie den Wein mit sich, wenn sie so fein gekleidet ist?*

Wenn sie wüssten, dass ich eine verdammt angesehene Sommelière in der Branche bin, würden sie nicht so gaffen. Ich sehe direkt durch die Gäste hindurch, bis ich ihn entdeckt habe. Den Tisch der Blackwells. Bei ihnen sitzt ein weiterer Junge in meinem Alter. Sein Haar ist rostbraun, die Haut hell, von Sommersprossen übersät. Der Mann links ist ihm wie aus dem Gesicht geschnitten, auch wenn sein Haar grau schimmert und er keine Sommersprossen hat, dafür aber die wunderschöne, rothaarige Frau neben ihm.

Mein Blick gleitet zu Edward. Er sieht völlig fremd aus in dem teuren Anzug. Die Krawatte verleiht dem zweiten Blackwell einen viel zu seriösen Eindruck, und seine abgenervten Züge stellen deutlich zur Schau, was er von diesem Aufzug hält.

Zu seiner Rechten lehnt sich gerade ein hochgewachsener Mann in seinem Stuhl zurück. Ich erkenne sofort, dass er der Vater der Jungs ist. Signore Blackwell. Die grünen Augen hat Charles definitiv von ihm, genauso wie das dunkle Haar, aber das rundliche Gesicht hat der Mann nur Edward vererbt. Was beide von ihm haben, sind die vollen Lippen. Daran besteht kein Zweifel.

Ich frage mich gerade, was mit der Mutter der Jungs geschehen ist, als mein Blick auf Charles fällt. Mit der Manier eines Adligen sitzt er auf seinem Stuhl, aber das amüsierte Blitzen in seinen Augen passt nicht zu seiner Haltung. Sein Blick bohrt sich direkt in meinen. Zwischen den Fingern lässt er seinen Siegelring gleiten, und ein anzügliches Grinsen liegt auf seinen Lippen, während er mich von oben bis unten mustert.

Ich spüre die Scham bis in meine Ohren. Sie glühen. Dennoch zwinge ich mir ein professionelles Lächeln ins Gesicht, so fest, dass es schmerzt. Als ich den Tisch erreiche, sind meine Wangen taub und meine Nerven elektrisiert. »Casanova di Neri für die Herren und die Dame.« Meine Stimme klingt mechanisch, aber höflich. In Anbetracht der Tatsache, dass den Blackwells und der Familie, von der ich glaube, dass es sich um die Van Dyks handelt, alles aus dem Gesicht fällt, als sie meinen Aufzug mustern, bin ich erstaunlich gefasst. Nur Charles wirkt, als wäre das hier sein ganz persönlicher Feiertag. »Jahrgang 2016, feinste Eichenholz-Töne, die von einer sanften Zimtnote verfeinert werden. Im Abgang trocken, der Nachgeschmack exotischer Gewürze ist gewiss.«

»Vielen Dank«, sagt er, leise, aber genüsslich, und schiebt den Siegelring zurück auf seinen Finger. Der Hohn in seiner Stimme ist nicht zu überhören, als er hinzufügt: »Wie außerordentlich hübsch Sie aussehen, Signora Cortessa.«

Jetzt kannst du dir das Signora *auch in den Arsch schieben*, denke ich, während ich ihm ein affektiertes Lächeln schenke. »Danke, Signore.«

In dem Moment, in dem ich *Signore* sage, nimmt er den Wein entgegen und unsere Finger streifen sich. Ich weiß nicht, ob es an dem Wort oder der Berührung liegt, aber das Lächeln auf seinen Lippen erlischt abrupt. Ernst sieht er mich an. Das Grün seiner Augen wird eine Nuance tiefer. Dieser Wechsel seines Ausdrucks ist so intensiv, so *unkontrolliert*, dass ich nicht wegsehen kann.

»Es wäre wünschenswert, wenn Sie das Weinglas auch losließen, Signora.« Jetzt kehrt sein hochmütiges Lächeln doch zurück. »Es sei denn, Sie wünschen, auf einen Drink mit mir zu verschwinden. Aber das ist wohl eher die Manier meines Bruders. Ihr kennt euch bereits, habe ich erfahren?«

»Charles«, mahnt sein Vater.

»Wo wir gerade dabei sind …« Signore Van Dyk nippt an seinem Wein, die kastanienfarbenen Augen auf mich gerichtet. Seine Lippen sind schmal, aber er ist keinesfalls hässlich. Jeder Einzelne an diesem Tisch verströmt eine unerreichbare, erfolgreiche, attraktive Aura, und die Summe aller benebelt mich. Mit dem Kinn deutet er auf mein Kleid. »Was hat es damit auf sich?«

Ich könnte Charles verraten. Hier und jetzt. Ich könnte petzen wie ein kleines Kind, aber was würde es mir bringen? Er würde so oder so weitermachen. Irgendetwas sagt mir, dass er mit sturem Kopf alles durchsetzt, was er sich vorgenommen hat. Was auch immer ihn geritten hat, ausgerechnet *mich* als sein persönliches Experiment oder Belustigungsobjekt oder whatever auszuwählen … Ich werde ihm das hier doppelt und dreifach zurückzahlen.

»Das würde mich auch interessieren«, sagt Edward. Grinsend lehnt er sich in seinem Stuhl zurück und gibt ein anerkennendes Pfeifen von sich. »Little secret sieht absolut scharf aus.«

»Sprich nicht in diesem Ton über eine Angestellte«, zischt der Junge neben ihm.

Edward hebt eine Braue. »In welchem Ton, Leopold?«

Ah, sein Cousin! Leopold Van Dyk.

»Tu nicht so.« Leopold schnaubt. »Deinen dreckigen Klang kannst du dir fürs Schlafzimmer sparen.«

»Jungs.« Die Frau neben Signore Van Dyk muss nur dieses eine Wort aussprechen – und sofort sind beide leise. Sie hätte auch als Königin geboren worden sein, denke ich. Dann sieht sie zu mir. Sommersprossen zieren Wange und Nase. Ihr Blick ist freundlich, aber gebietet Ehrfurcht. »Es ist nicht die Aufgabe der Angestellten des Blackwell Palace, Aufmerksamkeit auf sich zu ziehen, Signora Cortessa.«

»Das ist mir bewusst«, sage ich schnell. Meine Wangen brennen. Im Augenwinkel erkenne ich, wie Charles zufrieden über seine Kragennadel streicht. Dieser Mistkerl! »Es ist nur … es ist mein Fehler.« Charles hält in der Bewegung inne, aber ich rede einfach weiter. »Als man mir mitteilte, welch bekannte und einflussreiche Gesichter heute Abend anwesend sein werden, habe ich gedacht, ich müsste mich zurechtmachen. Ein Kollege sagte mir, es wäre wichtig, dass die anderen Gäste einen primären Unterschied zwischen Servicekraft und Sommelière wahrnehmen, und da dachte ich, warum sollten sie das nicht an der Arbeitskleidung erkennen?«

Was für eine erbärmliche Lüge. Bei jedem Wort, das ich von mir gegeben habe, bin ich mehr im Boden versunken. Wenigstens grinst Charles nicht mehr. Im Gegenteil: Er sieht mich an, als würde er jetzt erst merken, dass er eine ebenbürtige Gegnerin vor sich stehen hat. Aber da ist auch etwas anderes. Etwas Raubtierhaftes in seinen Zügen, als sich seine Lippen teilen und er den Kopf in meine Richtung neigt.

Tja, Charles Blackwell. So leicht gebe ich mich nicht geschlagen.

»Nun …« Der Vater der Brüder räuspert sich. »Eine nette Überlegung, aber tun Sie das nicht wieder.«

»Natürlich. Ich bitte um Verzeihung.«

»Es bringt uns in eine unangenehme Situation«, ergänzt Signora Van Dyk, dann deutet sie mit dem Kinn auf meine Schuhe, »und für Sie ist es sicher auch nicht schön.« Plötzlich runzelt sie die Stirn, neigt den Kopf. Die Frage, die ich in ihren Ausdruck hineininterpretiere, bellt durch meine Gedanken: *Woher hast du das Geld für diese Designerschuhe?*

Aber ich bin Sommelière. Und zwar eine verdammt gute. Ich sollte endlich anfangen, das Kinn zu recken, mein gesamtes vergangenes Leben hinter mir zu lassen und mit Stolz zu präsentieren, wer ich bin. Wie weit ich es geschafft habe.

»Wenn ich etwas hinzufügen darf«, sagt Edward, gefolgt von einem frustrierten Seufzer seines Vaters. »Mich erheitert diese Situation. Sie bringt frischen Wind, findet ihr nicht?«

»Absolut«, entgegnet Charles. Er hat zwei Finger an sein Kinn gelegt und wendet den Blick noch immer nicht von mir ab. »Eine äußerst willkommene Abwechslung.«

»Du solltest sie nicht auf diese Weise ansehen«, knurrt Leopold. Leise, zwischen den Klängen des Pianos nicht gut verständlich, aber ich höre die Worte trotzdem. »Das ist unehrenhaft, Charles.«

Unehrenhaft? *Was?* Bin ich eine solche Schande, dass es unehrenhaft wäre, mich anzusehen? Seine Worte überrumpeln mich so sehr, dass ich den keuchenden Ton, der mir über die Lippen kommen will, nur mit Mühe zurückhalten kann. Als Sommelière muss ich mich professionell benehmen. Eine stahlharte Festung. Ich bin hier, um den Wein zu präsentieren und zu servieren, mehr nicht.

Es ist, als wäre Charles' Blick genauso eingefroren wie meiner. Und je länger er mich niederstarrt, desto schneller wird mein Puls. Er tut, als hätte er seinen Cousin gar nicht wahrgenommen. Als wäre er nicht existent. Charles gibt einen Dreck auf Leopolds Worte, wie mir schlagartig klar wird. Die Art und Weise, wie er ihn behandelt, wie er ihn zu größten Teilen ignoriert, zeigt mir, dass er ihn nicht respektiert.

Erst, als sein Vater sich räuspert, schlägt Charles die Lider nieder und wendet sich ab. »Du kannst gehen, Cortessa.«

»*Signora* Cortessa«, korrigiert Signore Van Dyk.
»Wie auch immer«, sagt Charles.
Ich schlucke. »Genießen … genießen Sie den Wein.«
Leopold schenkt mir ein warmes Lächeln. »Danke, Paola.«
Er kennt meinen Vornamen?
»Tja, tja, tja«, höre ich Edward in einem Singsang sagen, als ich mich entferne. »Sie macht ihrem Spitznamen alle Ehre, unsere geheimnisvolle Schönheit, findet ihr nicht?«
Sein Vater schnaubt. »Es reicht, Edward.«
Ich erlaube es mir nicht, mich noch mal umzudrehen. Auf wackligen Beinen schreite ich von Tisch zu Tisch, lasse die tadelnden Blicke über mich ergehen und spüre bei jedem einzelnen den stummen Vorwurf: *Wolltest du dich wichtig fühlen? Merke dir, Liebes: Du bist der räudige Käfer und wir sind die mächtigen Raubkatzen. In welcher Welt wärst du schon wichtig?*
Und die ganze Zeit über spüre ich ihn. Seinen Blick. Aber ich gebe dem Prickeln nicht nach. Ich gebe ihm nicht, was er will.
Erst, als es mir gelungen ist, in den viel zu hohen High Heels die zahlreichen Tische zu bedienen, wieder und wieder neuen Wein zu holen, weiterzumachen und angestrengt nicht zu Charles zu sehen, erlaube ich mir irgendwann einen Blick. Bevor ich die Küchentür erreiche, drehe ich mich um. Und erstarre mitten in der Bewegung, denn …
Charles sieht mich an. Er sieht mich an, aber da ist kein Grinsen auf seinen Lippen. Kein Hochmut. Nur … Neugierde. Er sieht mich an, als wäre ich *interessant*.
Ich will seinen Blick mit einem wütenden Funkeln quittieren, das ihm den Kampf ansagt, aber … Scheiße, ich steh drauf, wie er mich ansieht. Ich wäre gern die taffe und schlagfertige Paola, von der ich immer glaube, dass sie irgendwo in mir existiert, aber jedes Mal, wenn ich versuche, mich zu behaupten, zieht dieses mysteriöse Wesen den Schwanz ein und lässt mich ins offene Messer laufen. So wie jetzt. Unter seiner Musterung schlage ich die Lider nieder, weil mich dieses verdammte Katz-und-Maus-Spiel anmacht. Weil ich seine Dominanz heiß finde, genauso sehr wie er Unterwürfigkeit bei Frauen. Und *ich weiß*, er steht drauf. Ich spüre es in jeder Faser meines Körpers.

RUMOR HAS IT HE IS BROKEN

Paola

Mit zittrigen Fingern drücke ich die Tür auf. Erst, als sie zurück ins Schloss fällt und ich meinen Rücken gegen die Holzoberfläche drücke, spüre ich, wie sehr mein Körper bebt. Ich schließe die Augen, atme tief durch und versuche, wieder klarzukommen.

Zur Hölle, warum löst dieser Typ das nur in mir aus?

»Paola?« Ich öffne die Augen. Vor mir steht Emma, ein besorgter Ausdruck auf dem schönen Gesicht. »Alles in Ordnung?«

»Ja«, sage ich schnell.

»Sicher? Du wirkst nicht so.«

»Alles gut. Das war nur …« Ich schüttle den Kopf, stoße die angehaltene Luft aus. »Gott, ich hasse ihn.«

»Wen?«

»Niemanden.«

»Ich würde das ja weiter ausführen, und glaub mir, das werde ich, sobald wir zurück im Zimmer sind, aber wir haben keine Zeit. Hör zu, das Essen ist gleich durch. Es wird noch das Schokoladensoufflé serviert, danach werden die Tische abgeräumt. Das bedeutet, wir müssen jetzt hinter die Theke und dort bedienen.«

»Oh, Gott sei Dank!« Vor Erleichterung falle ich Emma um den Hals. Erst wirkt sie etwas überrumpelt, aber dann erwidert sie die Umarmung mit einem Lachen. »Ich habe diesen Höllentrip überstanden!«

Sie kichert. »Na ja, nicht wirklich. Der Abend wird noch dauern.«

»Egal. Keine Tische mehr!«

Sie löst sich von mir und sieht mich mitfühlend an. »War's so schlimm?«

»Schlimmer.«

Sie lässt den Blick an mir hinabgleiten. »Sieh es positiv: Wenn du dieses Outfit behalten darfst, hat sich alles gelohnt.«

»Ich will es nicht behalten«, entgegne ich, als sie mich am Ellbogen fasst und wieder aus der Küche hinausführt.

»Noch besser, dann luchse ich es dir ab.« Zielgerichtet geht sie auf die luxuriöse Bar zu, hinter der bereits einige andere Angestellte mit ihrer Arbeit beginnen.

Mein Arbeitsbereich befindet sich am Ende der Bar, an einer edel angerichteten Rundausrichtung der Theke in dunklem Kirschholz. Die Weinflaschen werden hinter mir in einem Schweberegal präsentiert. Der Kristallleuchter an der Decke sendet gleißendes Licht auf uns hinab. Sobald ich hinter der Theke stehe, umklammere ich die Arbeitsplatte, starre mit einem festgetackerten Lächeln in die Menge und bin froh, dass das Kleid von der Bar versteckt wird.

Mein Blick sucht den Saal gerade nach den Blackwell-Brüdern ab, als Leopold plötzlich auftaucht. Mit einem sympathischen Lächeln klopft er auf die Theke. »Hey.«

»Oh«, entgegne ich. »Hi.«

»Mir erschien es angebracht, mich stellvertretend im Namen meiner Cousins für ihr Verhalten zu entschuldigen.«

Ich schenke ihm ein Lächeln. »Das ist nett.«

»Das Mindeste. Ihre Sprüche waren unangebracht und, unter uns gesagt, außerordentlich räudig.« Er verzieht das Gesicht. »Aber egal, wie oft ich versuche, zu ihnen durchzudringen … meine Cousins machen ihrem Ruf alle Ehre.«

»Ist mir schon aufgefallen«, murmle ich, ehe ich mit meinem Tackerlächeln auf eines der Gläser deute. »Wein?«

»Gern.« Er grinst. »Welchen kannst du empfehlen?«

»Den Le Pin. Jahrgang 89. Trocken, nicht ganz weich. Sehr üppig.«

»Merlotanteil?«

»Mit 92–100 % sehr hoch.«

»Gärtemperatur?«

Mein Mundwinkel zuckt. »Willst du mein Wissen testen?«

»Nur meine Neugier stillen, ob du wirklich so gut bist, wie man es mir erzählt hat.«

»Ich habe sechs Jahre auf einem Weingut in Italien gearbeitet, drei als renommierte Sommelière in Sternerestaurants und das letzte Jahr wieder auf dem Gut.« Mit einem geheimnisvollen Lächeln auf den Lippen nehme ich den Le Pin aus dem Regal und entkorke ihn. Das ploppende Geräusch tut weh. Es ist, als hätte man mir ein festes Pflaster abgerissen, weil ich weiß, wie viel Wert diese Flasche durch diesen kurzen Moment gerade verloren hat. Fast 10 000 Schweizer Franken. Bei dem Gedanken daran, was ich alles mit dem Geld tun könnte, dreht sich mir der Magen um. Das Gesicht meines Bruders erscheint vor meinem inneren Auge. Ich schmecke bittere Galle, als ich dabei zusehe, wie die Flüssigkeit das Glas benetzt. Rot wie Blut. »Glaub mir, ich *bin* so gut, wie man es dir erzählt hat.«

»Also?«, fragt Leopold.

Ich reiche ihm das Glas und sage: »32–36 Grad Gärtemperatur während einer Dauer von fünfzehn Tagen. Zufrieden?«

Er nimmt das Glas entgegen. Dabei fallen mir drei scharfkantige Steinchen an seinem Goldarmband auf. Das Licht erhellt winzige silberne Punkte, die sich wie Sterne durch das grüne Glas weben. »Bestanden.«

»Bekomme ich jetzt einen Preis?«

Er lacht. »Kommt drauf an. Was willst du denn?«

Meinen Bruder, denke ich sofort, spreche es aber nicht aus. Stattdessen lächle ich nur, als wäre das ein Witz gewesen, und bin froh, als Leopold schließlich von Laxon mitgezogen wird. Dem *echten* Laxon, wohlbemerkt.

»O mein Gott«, höre ich plötzlich Emma neben mir sagen. »Das war abgefahren!«

»Was war abgefahren?«

»Laxon!« Sie hebt die Brauen in die Stirn. »Hast du es nicht gesehen?«

»Nein?«

»Er hat mich angelächelt!«

»Im Ernst?«

»Wo waren deine Augen? Es ist passiert! Direkt vor dir, in eben diesem Moment, das achte Weltwunder, und du *bemerkst* es nicht?«

Automatisch heften sich meine Augen auf Charles, der wieder neben der atemberaubend schönen Frau steht, die ich schon im VIP-Bereich von Dankenhaal gesehen habe, und sich mit einem Mann unterhält, der wichtig aussieht.

»Verstehe«, höre ich Emma plötzlich sagen, »ja, diese Wirkung hat er auf alle.«

»Wer?«

»Tu nicht so.« Sie gluckst. »Denkst du, mir ist nicht aufgefallen, wen du mit deinem Killerblick gerade zu Tode starrst?«

Ich seufze. Statt einer Antwort sehe ich wieder zu Charles und dem Mädchen. Sie hat ihren Arm in seinen eingehakt und lacht gerade über etwas, das eine andere Dame gesagt hat.

Emmas Augen huschen in meine Richtung, ehe sie sagt: »Vergiss es.«

Ich sehe sie an. »Was?«

»Er ist unerreichbar und jemand, an dem du dir deine Finger verbrennen würdest.«

Perplex blinzle ich. »Du denkst, ich würde ihn gut finden?«

»*Jeder* findet ihn gut. Besser, ich warne dich früh genug vor.«

»Nicht nötig«, sage ich sofort, streiche mir entschlossen das Haar hinter die Ohren. »Nicht in einhundert Jahren würde ich etwas an diesem aufgeblasenen Idioten finden.«

»Gut.« Auch sie sieht zu ihm. Ohne den Blick abzuwenden, sagt sie: »Es geht das Gerücht, er wäre wirklich kaputt.«

Ich sehe Charles an und kann mir keinen Reim auf ihre Worte machen. Der erstgeborene Blackwell sieht aus, als läge ihm das Leben zu Füßen, als hätte er alles erreicht, was er je wollte. Er sieht aus, als würde er in Zufriedenheit baden. »Wieso?«

Emma zuckt die Achseln. »Weiß nicht, ob es stimmt. Aber man erzählt sich, dass er ein Problem damit hat, die Kontrolle abzugeben.«

»Inwiefern?«

Sie seufzt. »Anneli hat es Babette erzählt, und Babette Blair, und eigentlich sollte ich es gar nicht wissen, aber Blair kann ihre Klappe nicht halten, und ich meine auch nicht, also …« Emma schnappt sich ein Handtuch, beginnt, Gläser zu trocknen und presst die Lippen aufeinander, während sie beobachtet, wie Charles und das

Mädchen weiter ihre Runde ziehen. »Anneli ist für den Flügel der Blackwells zuständig, weißt du ja, weil Tante und so. Sie wollte ihre Jacke holen, die sie in Charles' Zimmer vergessen hat. Und da hat sie etwas gesehen.«

»Was?«

Sie zögert.

»Emma, *was* hat sie gesehen?«

»Ein Paar hat es auf seinem Tisch getrieben«, flüstert sie schließlich. »Richtig *hart*. Also, sie wollte es wohl, meinte Anneli, und der Typ auch.«

Ich runzle die Stirn. »Und was ist schlimm daran, wenn beide es wollten?«

»Das Ding ist, sie haben gewartet.«

»Worauf?«

Auf ihre Lippen legt sich ein ausdrucksloses Lächeln. »Auf Charles' Anweisungen.«

Ich starre sie an. »*Was?*«

»Er hat dem Typen gesagt, was er machen soll. Krasse Sachen. Anneli meinte, das Paar fand es genauso geil, also, man hätte ihnen wohl ansehen können. Es hat sie angetörnt, dass Charles diese Kontrolle über sie hatte. So was gibt es ja. Diese Fetische, meine ich.«

»Warum *weiß* Anneli das so genau?«

»Ach, keine Ahnung. Sie ist doch auch komisch. Hat bestimmt heimlich zugeguckt, während sich Charles daran aufgegeilt hat.«

»Hat er?«

»Anneli glaubt, ja. Sie konnte nur seinen Rücken sehen, er saß auf dem Sofa, aber ich denke schon. Wieso sollte er dem Paar sonst diese Anweisungen geben?«

»Und …« Ich zögere, beiße mir auf die Unterlippe. »Und was ist daran schlimm?«

»Wie meinst du das?«

»Na ja … Wenn er auf Dominanz steht und seine … Sexpartner befehligt werden wollen … wo ist das Problem?«

Emmas Mundwinkel zuckt. »Paola, Paola.« Sie sieht mich einen Moment an, nippt an ihrem Champagner. »Warum bekomme ich das Gefühl, meine neue Freundin steht insgeheim auf Unterwürfigkeit?«

Hitze schießt mir in die Wangen. Schnell nehme ich mir meinen alkoholfreien Wildberry Lillet und kippe ihn in einem Zug herunter. »Selbst wenn ... auch da sehe ich kein Problem.«

Vor allem nicht, wenn das ganze Leben davon abhängt, Kontrolle zu wahren, und eine solche intime Begegnung der einzige Moment sein könnte, genau diese Kontrolle *endlich* einmal abzugeben.

»Ich ja auch nicht«, sagt Emma schnell. »Natürlich nicht. Aber keine Ahnung.« Sie lacht freudlos auf. »Er ist einfach Charles Blackwell. Jeder meint, ihn zu kennen, dabei hat niemand eine verdammte Ahnung, wer er ist. Aber ich glaube,« sie beugt sich zu mir vor, ihr Ton wird leiser, »dass es verdammt dunkel in ihm aussieht.«

Sofort erscheinen die Jungs vor meinem inneren Auge. Edward mit seiner Lederjacke und diesem wilden Ausdruck im Gesicht, dieser lebensmüden Einstellung, die auf mich wie Protest und Hilfeschrei gleichermaßen wirkt, und dann Charles, bedrohlich und leise wie ein Raubtier kurz vor dem Angriff, als wäre jeder in diesem Leben sein Feind.

Ich denke an meine Aufgabe. Mein Ziel. Wenn Charles herausfinden sollte, was ich verberge ... Irgendetwas in mir – und ich bin mir sicher, dieser Teil verfügt über eine sehr genaue Intuition – sagt mir, dass Charles Blackwell mich zerstören würde.

»Wie auch immer.« Seufzend sieht Emma auf ihre Uhr. »Eigentlich sollte ich zu dir kommen, um dir von Anneli auszurichten, dass jetzt weniger los ist und du in die Pause gehen kannst. Hinter der Tür da vorn links befindet sich der Pausenraum.«

»Oh. Okay.« Erleichterung überkommt mich bei dem Gedanken, mich endlich hinsetzen zu können. Nach dem langen Tag bringen diese Schuhe mich um! Schnell verschwinde ich in der Küche, um mir mein Buch zu schnappen. Zurück im Prunksaal presse ich es mir an die zur Wand gerichtete Hüfte, damit ich keinem der hier Anwesenden einen Grund für einen zweiten Blick biete. Ich habe die Tür zum Pausenraum fast erreicht, als plötzlich Stimmen aus dem Gang neben mir herüberwehen. Und weil ich diese Stimmen sofort wiedererkenne, halte ich kurz inne. Ich vergesse, zu atmen. Zu denken. Alles. Denn träfe mein Kopf in dieser Sekunde noch rationale Entscheidungen, würde er mir das hier sicher nicht genehmigen. Jeder im Saal müsste nur einmal zu mir sehen und würde sich sofort fragen, warum ich stocksteif und mit vorgeneigtem Kopf dastehe und … nichts tue. Und das würde seltsam aussehen, denn …

Niemand von ihnen würde wissen, dass ich lausche.

OH, DON'T YOU EVER KISS THE REBEL

Paola

»Ich habe dir mehr als einmal gesagt, du sollst diese verfickte Scheiße endlich ruhen lassen, Leopold!« Das ist Charles' Stimme. Keinen Zweifel. »Was bildest du dir ein, auf dieser Benefizgala darüber zu sprechen, wo uns jeder hören kann?«

»Das ist dein einziges Problem, nicht wahr?« Leopold schnaubt. »Die Sorge, jemand könnte dich mit etwas in Verbindung bringen, das deinen tadellosen Ruf zerstören könnte?«

»Wie oft noch? Ich habe nichts mit dieser Sache zu tun«, zischt Charles.

Stille. Dann …

»April war keine Sache«, entgegnet Edward. »Sie war ein Mensch.«

»*Ist* ein Mensch«, knurrt Leopold. »Sprich nicht in der Vergangenheitsform von ihr!«

»Leopold.« Aufgrund der vorangegangenen Stimmenhärte der Jungs zucke ich bei dieser plötzlichen Sanftheit des weiblichen Klangs beinahe zusammen. Ich höre den Schmerz aus jeder Pore ihrer Stimmfarbe. »April wird seit fast einem Jahr vermisst. Vielleicht solltest du …«

»Was sollte ich, Sofia?« Die darauffolgende Stille klingt wie eine Drohung. »*Was?*«

»Häng ihr hinterher, solange du willst, Leo«, sagt Edward. »Aber hör auf, uns etwas anhängen zu wollen. Ich bin diese Spielchen leid.«

»Spielchen?« Leopold lacht auf. Es klingt viel zu hoch. Verzweifelt. Schaurig. »Du bist doch derjenige, der Spielchen spielen will, Ed. Was fällt dir ein, Paola vom Bahnhof abzufangen, bevor ich bei ihr war?«

Meine Augen weiten sich. Leopold sollte mich abholen? Aber das ergibt keinen Sinn!

»Ach, Cousinchen Leopold«, entgegnet Edward mit einem tiefen Seufzer. »Ich sagte es meinem Bruder gestern, und ich werde es auch dir sagen: Das ganze Leben ist ein Spiel. Es kommt immer nur darauf an, wer es gerade führt.«

Leopold schnaubt. »Du bist ein Bastard, Edward.«

»Hmm.« Es hört sich an, als würde Edward vorgeben zu überlegen. »Ich bin mir sicher, meine Eltern waren verheiratet, während ich gezeugt wurde, mein Lieber.«

»Du –«

»Mir scheint, wir sollten manche Begrifflichkeiten noch einmal durchgehen, nicht wahr? Du wirst in der Schule nicht gründlich aufgepasst haben.«

»Ed«, sagt das Mädchen. »Lass gut sein.«

»Verteidige diesen Mistkerl nicht, Sofia.« Charles' Stimme hat eine seltsame Sogwirkung auf mich. Es ist verrückt, aber ich kann mich ihr nicht entziehen. Sobald er spricht, und ich diesen rauen, melodischen Klang wahrnehme, bin ich wie benebelt.

Es ist dumm, und das weiß ich, aber trotzdem kann ich nicht anders: Vorsichtig mache ich einen Schritt vor, gerade nur so weit, dass ich einen Blick auf die Jungs habe. Ihr Rücken ist mir zugewandt. Charles' Arm liegt auf Sofias Hüfte. »Vergiss nicht, dass auch du eine Rolle in seinem Psychofilm spielst.«

What the …

»Wie *könnt* ihr es wagen?« Leopolds Stimme ist bedrohlich leise, aber ich höre sie dennoch über die sanften Klänge des Pianos und das Stimmengewirr der Gäste hinweg, als würde sie mir sauber in die Brust schneiden. Die wütende Aura, die ihn umgibt, ist so stark, dass sie beinahe auf mich übergeht, und die Luft *flimmert* vor Anspannung. »Wie könnt ihr so über die Nacht reden, die alles änderte?«

Die Nacht, die alles änderte? O mein Gott, was ist mit dieser April passiert?!

»Allein das ist mir Beweis genug, dass ihr in diese scheußliche Sache involviert seid.« Er macht eine lange Pause, ehe er zischend hinzufügt: »Jeder von euch.«

Edward hebt die Hand und zeigt seinem Cousin den Mittelfinger. »Fick dich, Leo!« Und dann, urplötzlich, wirbelt er herum und läuft in großen Schritten den Gang hinunter. Es dauert zwei oder drei Sekunden, das Dreifache an Herzschlägen von mir, bis seine Augen mich fokussieren. Und die Art, wie er das tut, auf diese harte, animalische Weise, während sein Mundwinkel sich leicht hebt, als würde er sich über meine Dreistigkeit amüsieren, geht mir bis ins Mark. Die ganze Zeit über bricht er den Blickkontakt nicht ab, auch dann nicht, als er nur wenige Zentimeter von mir entfernt ist. *Ganz besonders* dann nicht. Stattdessen hält er inne. Seine Finger schnellen vor. Urplötzlich umfassen sie meinen Kiefer, zwingen mich, zu ihm aufzusehen. Das Lächeln in seinen scharfen Zügen, das seinen Zorn maskiert, schüchtert mich ein. Er kommt noch näher, flüstert in rauem Ton: »Haben deine Eltern dir nicht beigebracht, dass sich Lauschen nicht gehört, little secret?«

Mein Herz schlägt in einem ausladenden Bass. Wir stehen mitten in der Öffentlichkeit. Jeder kann uns sehen! Mir ist bewusst, dass auch Charles und Leopold uns beobachten. Aber Edward macht keine Anstalten, sich von mir zu entfernen, und ich reagiere nicht, als würde ich das hier gerade nicht in Ordnung finden. Ganz im Gegenteil: irgendein adrenalingesteuerter, versteckter Teil in mir *genießt*, dass Edward mir so nah ist. Genießt jeden Augenblick, als wäre das hier mein Moment, auf den ich ewig gewartet hätte.

Als könnte er genau das in meinen Augen lesen, neigt Edward den Kopf. Ich spüre seinen Atem auf meiner Haut. Mein Hirn ist nicht mehr in der Lage, an irgendetwas zu denken außer an die fehlende Distanz zwischen uns, bis ich seine vollen Lippen in einer intensiven, heißen Berührung auf meinen spüre. Der Moment dauert nur eine wahnwitzige, lächerliche Sekunde, aber ich kann spüren, wie unter mir die Erde aufreißt, bevor er sich von mir löst. »Schlimmes Mädchen«, raunt er, einfach so, und verschwindet.

Meine Lippen brennen, die Haut an meinem Kinn fühlt sich an, als stünde sie in Flammen. *Ich* fühle mich an, als stünde ich in Flammen.

In quälender Langsamkeit prasselt auf mich ein, was gerade geschehen ist. Die Lautstärke kehrt zurück, und damit auch die tuschelnden Geräusche. Panisch blicke ich mich um, in der verzweifelten Hoffnung, dass niemand hergesehen hat, aber ich weiß sofort, *sofort*, es haben viel zu viele mitbekommen.

»Dieser verfluchte Mistkerl«, höre ich Leopold zischen, und das erst reißt mich aus meiner Starre und lässt mich zu ihnen herumwirbeln.

Ich blicke direkt in Charles' grüne Augen. Und erkenne blankes Entsetzen.

»Ent … Entschuldigt«, presse ich hervor. Die Hand, die noch immer *Effi Briest* umklammert, ist schweißnass. »Das … Ich hätte …« Kopfschüttelnd breche ich ab. Und bevor irgendjemand von ihnen etwas sagen kann, verschwinde ich.

VICTORY IS SWEETEST WHEN YOU HAVE KNOWN DEFEAT

Edward

»Ich weiß nicht, ob ich lachen oder überrascht sein soll, dich hier zu sehen.« Laxon deutet auf den freien Platz neben sich. »Gehe ich recht in der Annahme, dass die Gala dich ebenfalls zu Tode gelangweilt hat?«

»Definitiv.« Ich setze mich auf den roten Samthochstuhl und begegne dem Blick der Casino-Dealerin. Es ist Blair, Paolas neue Freundin. Eine stumme Frage steht ihr ins Gesicht geschrieben, während sie die Karten mischt. Mein knappes Nicken ist Antwort genug: Ich bin dabei.

»Dreißigtausend«, sage ich, ziehe das Bündel Geldscheine aus der Anzughose, das ich gerade am Schalter abgehoben habe, und lege es auf den Tisch, ehe ich mich Laxon zuwende. »Eine Veranstaltung, bei der es nur ums Tanzen und klassische Musik geht, gibt mir nicht den nötigen Kick.«

Das anmutige Casinolicht legt sich wie eine Kriegsbemalung der Reichen auf die Gesichter der Anwesenden. Als Laxon mich ansieht, hebt der Schein seine Wangenknochen hervor und lässt seine hellgrauen Augen leuchten. »Aber Blackjack schon?«

»Wofür wäre Blackjack besser geeignet als einen völligen Adrenalinkick?«

Er zuckt die Achseln. »Den letzten Abend, an dem ich dich hier gesehen habe, hast du viel verloren.«

»Wird nicht noch einmal passieren.«

»Verflucht, Ed.« Laxon sieht sich kurz über die Schulter um, mustert unsere Mitspieler, die jedoch in eine Unterhaltung vertieft sind, dann beugt er sich zu mir und zischt: »Dein Dad wird dich killen, wenn du wieder so eine hohe Summe in den Sand setzt!«

»Was ist für meinen Vater schon eine hohe Summe?« Ich sehe zum Ausgang, als könnte er genau dort auftauchen und mich mit seinen Blicken erdolchen. »Es ist nicht das verlorene Geld, über das er sich aufregt, Lax.«

»Sondern?«

Ich lächle, aber es wirkt zu fest, als dass es echt sein könnte. »Ich bin es.«

Darauf sagt er nichts mehr.

Eine Angestellte nähert sich mir mit einem Tablett, ein einziges Kristallglas balancierend, in dem bernsteinfarbene Flüssigkeit schimmert. »Cognac, Signore Blackwell?«

Ich schenke ihr ein entwaffnendes Lächeln. »Du weißt, was mir gefällt.« Kein Wunder, so oft, wie ich hier bin – und so oft, wie sie meinen Schwanz im Mund hatte. Sie steht da und strahlt, als hätte ich ihr gerade einen Heiratsantrag gemacht. »Danke, Zoe.«

»Selbstverständlich. Wünschen Sie einen neuen Cognac, sobald Sie diesen geleert haben, Signore Blackwell?«

Signore Blackwell. Signore Blackwell. Signore Blackwell. Ich wünschte, sie würde einfach Edward sagen, damit ich mir weniger wie mein Vater vorkomme. Doch mein Gesichtsausdruck lässt nicht darauf schließen, dass ich das Gefühl bekommen habe, eine eiskalte Faust würde sich um meinen Hals legen. Ich gebe mir große Mühe, das euphorische Glitzern, das ein riskanter Casinobesuch für gewöhnlich mit sich bringt, in meinen Augen aufrechtzuhalten.

»Das kommt ganz darauf an, ob die Dealerin mir gute Laune bescheren wird oder nicht.«

Laxon lacht über meinen Scherz. Blair hingegen behält ihre nüchterne Maske auf. Mein Geld hat sie entgegengenommen, jetzt schiebt sie mir den Wert in Chips über den Tisch.

»In Ordnung«, sagt Zoe. »Ich werde Ihren Tisch im Auge behalten. Nun, viel Glück!«

Der Casinosaal wird erfüllt von etlichen Geräuschen: fluchende Männer am Nachbarstisch, die beim Roulette verlieren, stimmungsvolle Musik, jubelnde Gewinner, Würfel, die aufs Brett geworfen werden, Fäuste, die auf Tischen landen. Das Casino ist der einzige Ort, den ich kenne, an dem Glück und Unglück direkt aufeinanderprallen. Eine Sucht, der ich mich nicht entziehen kann.

Die Dealerin teilt die Karten aus, und das Spiel beginnt. Ich erhalte einen König. Das sind zehn Punkte. Um zu gewinnen, muss ich mit nur zwei Karten so nah wie möglich an die 21 herankommen. Genau 21 wäre ein Blackjack und es gäbe den höchsten Gewinn, das Anderthalbfache. Jede Punktzahl über einen Blackjack hinaus wäre jedoch ein Out.

Laxon hat eine sieben. Die Dealerin sieht mich mit ihren großen Bambiaugen an.

»Eine weitere Karte«, sage ich.

Ein Ass. Blackjack.

Erleichtert atme ich aus. Blair schiebt mir Chips im Wert von fünfundvierzigtausend Franken über den Tisch, ehe sie sein eigenes Blatt vervollständigt. Sie selbst muss so lange ziehen, bis sie mindestens die Siebzehn erreicht. Bei allem darüber muss sie aufhören. Blair zieht drei Karten, dann addieren sich ihre Zahlen auf neunzehn. Laxons Wert ist unter ihrem, also hat sie verloren.

»Shit«, stößt Lax aus. Frustriert reibt er sich über die Stirn.

Ich sehe ihn an. »Noch eine Runde?«

»Nein.« Dafür, dass er gerade Zehntausend verloren hat, wirkt er ziemlich gefasst. Er nimmt seinen Champagner in die Hand, lehnt sich zurück und sagt: »Wie heißt es noch? Spieler gewinnen nie und Gewinner spielen nie. Vielleicht sollte ich mir das zu Herzen nehmen.«

»Da bin ich anderer Meinung.« Ich sehe zu Blair. »Noch eine Runde.«

»Ed«, murmelt Laxon, die Stirn gerunzelt. Sein Champagner funkelt unter dem Licht, als hätte meine kleine Cousine ihren Glitzer darin ausgekippt. »Lass gut sein. Du hast doch schon gewonnen.«

Aber ich beachte ihn nicht. Ich höre nur auf mein wild klopfendes Herz, das sich einfach nicht beruhigen will, seit ich Paolas Lippen berührt habe, weil es sich angefühlt hat, als würde ich April küssen. Seit ich diese weiche Sanftheit in ihrer Berührung gespürt und Himbeeren geschmeckt habe, weil sie, wie April immer, dieses alkoholfreie Lilletzeug getrunken hat. Ja, ich habe sie beobachtet. Nein, es war keine Absicht. Oder vielleicht doch, weil ich gemerkt habe, dass Paola anzugucken ein bisschen so ist, als wäre April nie weg gewesen. Es sind nur die Sommersprossen und die Nase, die sich ähneln, und Paola ist überhaupt nicht mein Typ, aber ich muss sofort an April denken, wenn ich sie ansehe, und kann deshalb nicht mehr damit aufhören. Weil April mich in der Hand hat, weil sie mein verficktes Hirn immer noch mit ihrer toxischen Scheiße manipuliert, selbst wenn sie nicht da ist. Es ist wie eine Sucht. Wie Helikopterfliegen bei Schneesturm. Wenn du loslegst, denkst du dir nichts dabei, aber dann erfordert es plötzlich jede Faser deines Körpers, weil du glaubst, in den Abgrund zu stürzen, wenn du einmal den Blick abwendest. Paola ist mein ganz persönlicher Helikopterflug, sie ist der Schneesturm, ich bin der Pilot, der diese Erinnerung, die sich April Sanders nennt, nicht am Boden zerscheppern sehen will. Und dieser Gedanke pisst mich an, wirklich, ich *hasse* mich dafür, denn ich will nicht an sie denken, weil ich meine Freundin aufgeben sollte. Sie wird seit einem verdammten Jahr vermisst. Ich müsste ... sollte endlich ...

Ich will, *verfluchte Scheiße*, einfach an gar nichts mehr denken!

»Ed«, murmelt Laxon neben mir. »Die Karte!«

Blinzelnd erwache ich aus meinen Gedanken, die mich erdrücken wollten wie eine solide Bügelwalze von 1910.

»Sorry«, nuschle ich im gleichen Atemzug, in dem ich die Karte von der Dealerin entgegennehme. Eine neun. Die Zweite ist eine acht. Siebzehn. Hier sollte ich Schluss machen. Aber in mir tickt irgendetwas aus. Ich will den Rausch, das Adrenalin, will, dass mein Kopf diese Aufregung in vollen Zügen auslebt. Blackjack ist mein Thermoanzug, der mich vor dem Schneesturm bewahrt. Also verlange ich eine weitere Karte. Blair blickt ausdruckslos drein, als sie sie vom Stapel nimmt und mir reicht.

Eine Fünf. Ich bin raus.

Laxon zieht scharf die Luft ein. Ich presse die Kiefer zusammen, während das Blatt vor meinen Augen verschwimmt. Für eine ganze Weile verlässt kein Wort meinen Mund. Dann packe ich den Stiel des Cognacglases, kippe das Zeug in einem Zug herunter und entferne mich vom Tisch.

»Edward!«, höre ich Laxon rufen. »Hey, Ed, warte!«

Ich vermute, dass er zwischen anderen Spielern und herumlaufenden Kellnern versucht, zu mir zu gelangen, aber ich drehe mich nicht um. Als ich die Doppelflügeltür erreiche, wird sie mir von zwei wunderschönen Frauen in exakt identischen Paillettenkleidern geöffnet. Blackwell Palace spart nicht an Exklusivität.

Das Casino grenzt an Dankenhaal an. Mit rauschendem Kopf und wild pochendem Herzen kämpfe ich mich durch die feiernden Leute, schüttle Hände ab, die nach mir greifen, und bin wie benebelt, während ich durch das Hotel gehe.

Erst in meinem Zimmer bemerke ich, dass die Leere, von der ich gehofft hatte, das Casino würde sie verschwinden lassen, immer noch in mir klafft. Laut und schwer und dunkel macht sie sich bemerkbar, zieht mich in eine Tiefe, in die ich nicht hineinsehen möchte. Jeder weiß, dass im Dunkeln Dinge lauern, von denen niemand eine Ahnung hat, zu was sie fähig sind. Eine Gänsehaut rennt über meinen Körper. In meiner Kehle wächst der Druck. Hinter mir lasse ich die Tür ins Schloss fallen und laufe durch meine Suite. Ich öffne den Schrank, streiche über die Ränder des Stahlsafes, bis meine Finger eine raue Anomalie zwischen Tür und Rahmen entdecken, direkt neben dem Schloss. Ich runzle die Stirn. *Irgendjemand ist hier gewesen.* War es das letzte Mal, als ich nachgesehen habe, auch schon so? Keine Ahnung. Ich war zu besoffen. Ehrlich gesagt erinnere ich mich an gar nichts mehr außer daran, dass ich dem Foto meiner verschwundenen Freundin gute Nacht gesagt habe wie ein kranker Psychopath.

Meine Finger beben, als ich den Code für den Safe eingebe. Ein Piepen ertönt, dann springt er auf. Als ich die beiden Dinge vor mir liegen sehe, spüre ich Erleichterung, aber nur eine Sekunde später ist es, als würde eine grobe Klauenhand nach mir greifen und mich wie einen verdammten Football über die Alpen schleudern. Mein Blick fällt auf das Foto, und mein Körper, der von dem Riesen geworfen wurde, wird unbarmherzig von der Spitze des Piz Nair aufgespießt.

»*Fuck*«, stoße ich aus, leise, flüsternd fast, gefolgt von einem schluchzenden Laut, der wie die Verzweiflung klingt, die hinter einer finsteren Ecke in der Tiefe lauert. »Fuck, fuck, fuck!«

Bei jedem »Fuck« stoße ich meinen Kopf gegen den kühlen Rand des Safes, bis ich spüre, wie die Haut aufplatzt. Mit meinem Finger wische ich darüber. Das Blut an meiner Fingerkuppe schimmert metallisch in dem weißen Kristalllicht. Und während ich mich in dem hypnotischen Anblick verliere, weiß ich, dass ich mich entschieden habe. Dieser Wahnsinn muss ein Ende haben. Ich will endlich wieder *leben.*

Ich könnte sagen, meine Hände zittern, als ich die mir verbliebenen Dinge aus dem Safe nehme, aber das wäre gelogen. Sie zittern nicht nur, nein, sie verlieren *völlig die Kontrolle.* Nur langsam erhebe ich mich. Mit tauben Beinen wanke ich durch den Raum, bis ich vor dem flackernden Feuer im Kamin auf die Knie falle. Die Sachen gleiten mir aus der Hand und landen auf dem Boden.

Zum einen das Foto. Ein Polaroid. Es zeigt mich mit einem breiten Lächeln im Gesicht und einer Moncler-Cap aus weißem Teddyfell. Ich starre die andere Version meiner selbst an, betrachte dieses fremde Lachen, von dem ich keine Ahnung habe, ob es sich jetzt auf ewig verpisst hat. Aprils Profil, als sie ihre Lippen auf meine Wange drückt, ist perfekt: ihre süße Stupsnase, das lange Haar, die Sommersprossen auf ihrer gebräunten Haut. Unwillkürlich spüre ich einen dumpfen Schmerz im Magen. Die Ähnlichkeit zwischen Paola und April ist nicht zu bestreiten. Ist das vielleicht der Grund, warum ich nicht will, dass Charles ihre Aufmerksamkeit bekommt? Will ich Paola für mich gewinnen, weil ich unterbewusst die Hoffnung habe, mein Herz könnte April durch sie ersetzen? Die Leere könnte gefüllt werden?

»Bullshit«, flüstere ich. Schlucke. Ich zerknülle das Bild in meiner Hand, ehe ich es ins Feuer werfe. Ich beobachte, wie die Flammen von dem Foto fressen, es *verzehren,* wie unsere Gesichter zu schwarzer Asche werden und jeden Beweis zerstören, dass wir kurz vor ihrem Verschwinden zusammen waren.

Stumme Tränen rennen mir über die Wangen. Dann nehme ich den anderen Gegenstand in die Hand. Es ist ihr rotes Samthaarband. Das Samthaarband, das sie an besagtem Tag getragen hat. Das Samthaarband, das auf allen Fahndungsfotos als Hinweis mit angegeben wird, während niemand weiß, dass es in meinem Besitz ist. Nicht einmal Charles. »Es tut mir leid, April.« Ich werfe das Haarband in die Flammen und warte, bis jeder Beweis vernichtet ist. »Es tut mir so leid.«

Ich nehme eine doppelte Dosis Xanax und schlafe auf dem Boden vor dem Feuer ein.

YOU'RE MY EFFI BRIEST

Paola

Mein Herz schlägt mir bis zum Hals. Es rast und rast und rast und hört nicht mehr auf damit. Nur vage registriere ich, wie ich die Tür zum Pausenraum aufstoße und hineintaumele. Das laute Geräusch, als sie ins Schloss fällt, hallt durch den hohen Raum. Genauso wie meine schnellen Atemzüge. Nur langsam hebe ich den Blick. Hier sieht es genauso edel aus wie im Prunksaal: cremefarbene, stuckverzierte Wände, hohe Rundbogenfenster, weinrote, bodenlange Samtvorhänge. Ein paar Chaiselongues stehen im Raum verteilt, sowie fein gearbeitete Beistelltische mit filigranen Klauenfüßen. Die Absätze meiner Louboutins senden ein hallendes Geräusch in die Luft, als ich ein paar langsame Schritte vormache. In dem Moment geht die Tür hinter mir auf und ich wirble herum. Kaum hörbar schnappe ich nach Luft.

Der Blick, mit dem Charles Blackwell mich ansieht, ist eisern.

»Cortessa«, sagt er. »Wir müssen uns unterhalten.«

»Ich wüsste nicht, worüber«, entgegne ich, wobei meine Stimme nicht ansatzweise so autoritär klingt wie seine.

Seine Lippen verziehen sich zu dem Hauch eines Lächelns, ehe er den Blick an mir hinabgleiten lässt. Seine Augen bewegen sich langsam, und bei jedem weiteren Körperteil, das er mit ihnen streift, spüre ich die elektrisierende Wärme in meinen Gliedern stärker. Schließlich bleibt sein Blick an dem Buch hängen, das ich mir wie einen Schutzschild vor die Brust drücke. Bis jetzt habe ich es nicht einmal gemerkt.

»*Effi Briest?*«, fragt er.

Ich nicke. »Ich finde, es ist eine erstaunlich wahre Geschichte darüber, wie gesellschaftliche Konventionen einen Menschen brechen können.«

Charles hebt eine Braue. »In der Geschichte geht es um Ehebruch.«

»Um Ehebruch, begangen von einer Siebzehnjährigen, die den Mann nur aus dem Grund heiratet, weil es von ihr verlangt wird.«

In Charles' Augen blitzt etwas auf. Als würde er das, was ich gerade gesagt habe, auf eine Weise verstehen wie sonst keiner.

»Was?«, sage ich, aber er geht nicht weiter darauf ein. Stattdessen fragt er: »Identifizierst du dich mit Effi?«

»Wie bitte?« Mir entkommt ein ungläubiges, leises Lachen. »Warum sollte ich?«

Charles kommt auf mich zu. Er streckt die Hand aus. Kurz macht mein Herz einen Hüpfer. Seine Finger schließen sich um mein Buch. Nachdenklich betrachtet er das abgewrackte Cover, dreht es zu beiden Seiten. »Effi ist klug, lebenslustig und herzensgut. Ich empfand sie als eine wunderbare Protagonistin. Sie war so …« Er macht eine kurze Pause, runzelt die Stirn, den Blick noch immer auf das Cover gerichtet. »Natürlich. Bevor sie all das aufgeben und sich durch ein Leben kämpfen musste, das nicht ihren Vorstellungen entsprach.« Jetzt hebt er den Blick. Sieht mir in die Augen. »Dasselbe Gefühl habe ich bei dir.«

Ich kann den Blick nicht von seinen Augen lösen. Sie sind so groß und hell. Es ist, als könnte ich in ihnen ertrinken – und es sogar wollen. »Dass … dass ich mich durchs Leben kämpfe?«

Er schüttelt den Kopf. »Etwas in dir zu sehen, das ich nur noch selten zu Gesicht bekomme.«

»Natürlichkeit?«

Charles sieht mir tief in die Augen. »Verzweiflung.«

Ich stocke. Darin steckt eine Wahrheit, die er sich nicht einmal ausmalen kann. Meine Lippen teilen sich. Ich muss das Thema wechseln, bevor ich mich in seinem Anblick, seinen Worten, seiner puren Ausstrahlung verliere.

»Warum hast du mir dieses Kleid geschickt?«

»Wie kommst du darauf, dass ich es dir geschickt haben könnte?«

»Ich glaube nicht, dass diese Frage zur Debatte steht, Signore Blackwell.«

Als ich seinen Namen sage, schließt er kurz die Augen und atmet tief durch. Dann öffnet er sie wieder, und das Grün schimmert eine ganze Nuance dunkler. »Willkommensgeschenk«, sagt er.

Er wirkt gefasst. Eine stabile Mauer. Ehrfürchtig und autoritär in dem grau karierten Zweiteiler aus Tweed. Aber an der Art und Weise, wie fest er mein Buch umklammert hält, merke ich, dass es in ihm anders aussieht. Ich frage mich nur, weshalb. Weil ich das Gespräch im Flur mitbekommen habe? Oder wegen der Sache mit Edward?

»Was denn, Cortessa?« Er grinst. »Glaubst du mir etwa nicht?«

Ich beiße mir auf die Unterlippe, dann schüttle ich den Kopf. »Du bist nicht die Art von Mann, der ich irgendetwas glauben würde.«

Er lacht schon wieder. Leise. Rau. »Sieh an, so denkst du also über mich?« Plötzlich legt er das Buch beiseite auf einen der Beistelltische, dreht sich um und ... von dem Grinsen ist nichts mehr übrig. Ich erkenne Hunger. Verlangen. Ich erkenne etwas in Charles Blackwells Augen, das definitiv nicht für mich bestimmt sein sollte. »Willst du die Wahrheit?«

»Ja.« Jetzt sind es meine Lippen, die sich zu einem Lächeln verziehen, bevor ich leise hinzufüge: »Signore Blackwell.«

Was machen diese Brüder mit mir? Jedes Mal, wenn sie vor mir stehen, kann ich nicht mehr klar denken. Es ist wie ein Rausch. Das Verbotene, das ich nicht tun sollte. Es macht mir Spaß, Charles zu reizen, genauso wie ich Edwards Aufmerksamkeit genieße. Ist es, weil ich nie im Mittelpunkt stehen durfte? Weil nie jemand auch nur einen Blick für mich übrig hatte und ich mich jetzt plötzlich fühle wie die gesehene Cinderella? Ich habe keine Ahnung. Aber zwei Dinge weiß ich mit Gewissheit.

Erstens: Ich habe eine Schwäche für die Blackwell-Brüder.

Zweitens: Das ist ein verdammtes Problem.

»Die Wahrheit, Cortessa, ist ...« Charles macht einige Schritte auf mich zu. Ich kann sein Parfüm riechen. Herb. Betörend. Teuer. Er sieht auf mich hinab, seine Atemzüge schwerer als zuvor. »... dass ich dir dieses Kleid geschickt habe, weil es mich anmacht, wenn du etwas trägst, von dem ich *wollte*, dass du es trägst.«

Kontrolle, denke ich sofort. Und dann an Emmas Worte. Daran, dass er anderen beim Sex Befehle gibt. Charles ist niemand, der sich mit ein bisschen zufriedengibt. Er will alles. Und er will, dass er es ist, der dieses *alles* kontrolliert.

Ich spüre, wie sich meine Atmung bei dem Gedanken beschleunigt. Wie sich meine Mitte zusammenzieht, ohne dass ich hätte ahnen können, dass mich genau das reizt. Aber das sollte sie nicht. Vor allem nicht bei Charles. Was auch immer hier gerade passiert, ich muss da raus, bevor es in einer Katastrophe endet.

»Du wolltest dich mit mir unterhalten«, sage ich, den Blick direkt in seine Augen gerichtet. »Aber sicher nicht über das Kleid, oder?«

»Nein«, raunt er, »nicht über das Kleid.«

»Über Edward?«

Ein Schatten gleitet über sein Gesicht. »Zum Teufel mit Edward.« Er bedenkt mich mit einem eingehenden Blick, streift sich über die Krawatte, ehe er hinzufügt: »Das Gespräch, das du mit angehört hast.«

»Ich werde niemandem davon erzählen«, entgegne ich sofort. »Das schwöre ich. Wenn du im Gegenzug ...«

Ein anzügliches Grinsen entsteht auf seinem Gesicht. »Du stellst Forderungen?«

Ich blicke zu Boden, balle die Hände zu Fäusten und versuche, Mut zu sammeln, ehe ich wieder aufsehe. Es ist, als würde allein seine Präsenz die Luft um uns herum dicker werden lassen. Als würde mein Körper Schwierigkeiten haben, dem Stand zu halten. »Ja«, sage ich leise.

»Gefällt mir.« Er neigt den Kopf. Das Licht des Kronleuchters bettet ihn in einen warm goldenen Schein. »Wenn ich im Gegenzug *was*, Cortessa?«

»Wenn ...« Seine Lippen lenken mich ab. Sie sind so nah. So schön. Genauso wie die Linie seiner markanten Wangenknochen. Charles sieht aus wie ein royales Kunstwerk. »Wenn du dich von mir fernhältst.«

Erst sagt er gar nichts. Er sieht mich nur an. Eindringlich. Intensiv. Dann tut er es schon wieder. Dieses raue Lachen. Nur kurz, aber es trifft mich genau da, wo er es vermutlich haben wollte: In der pulsierenden Hitze zwischen meinen Schenkeln.

»Bitte«, füge ich hinzu.

Er wird wieder ernst. Verführerisch ernst. Er streckt einen Finger aus. Als er meine Schläfe erreicht, elektrisiert die Berührung meine

Nervenbahnen. Sein Fingernagel streicht über meine Haut, während er mir in betörender Langsamkeit eine lose Strähne hinter das Ohr schiebt. »Wir Blackwells sind nicht dafür bekannt, Bitten zu erfüllen, Süße.«

Ich schlucke. »Wofür dann?«

Er zieht die Hand zurück. Jetzt liegt mein Blick auf seinen Fingern, mit denen er die Krawatte lockert und die Knöpfe seines Kragens öffnet. »Das dürfte dir mein Bruder gerade schon verdeutlicht haben.«

Ich schlucke. Hart. Geistesabwesend streichen meine Finger über meine Lippen, als könnten sie Edwards Berührung noch immer spüren.

»Aber wenn du willst, könnte ich es dir zeigen.«

»Könntest mir was zeigen?«

Sein intensiver Blick geht tief. »Du bist erregt.« Ich schnappe nach Luft, will protestieren, aber sein wissendes Grinsen bringt mich zum Schweigen. »Deine geweiteten Pupillen, die Art, wie du immer wieder auf meine Lippen siehst, wie du deine Schenkel aneinanderpresst … es ist offensichtlich. Und es macht mich an, zu wissen, dass ich der Grund dafür bin.«

Seine Worte schockieren mich. Auf diese Weise hat noch nie jemand mit mir gesprochen. Gleichzeitig spüre ich, wie mein Körper darauf reagiert. Wie er mehr will. Mehr von Charles, von seinen Worten, seinem … Körper.

»Ich will dir zeigen, wie es sich anfühlt, einen Orgasmus zu bekommen, der dir alle Sinne raubt«, sagt er unter halb gesenkten Lidern. Das raue Timbre seiner Stimme verpasst mir eine Gänsehaut. »Nur Lust, mehr nicht. Keine emotionale Nähe, keine Verpflichtungen, nur ein einziger Moment des Verlangens. Es wird nie jemand erfahren.«

»Wir kennen uns kaum«, entgegne ich schockiert. »Wir … wir haben uns erst zweimal getroffen. Und beide Male …«

»Auf einer Toilette.« Sein Mundwinkel zuckt. »Zugegeben zwei sehr intensive Begegnungen, findest du nicht?«

»Trotzdem …« Meine Atmung geht schwer, weil dieser mächtige Kerl mir so nah ist. Und so verdammt gut riecht. »Trotzdem kenne ich dich kaum.«

»Muss man sich immer gut kennen, um Lust zu empfinden, Cortessa? Muss es immer um *mehr* gehen?« Er lacht trocken auf. »Denn glaub mir, daran bin ich nicht interessiert. Nicht im Geringsten.«

Ich beiße mir auf die Unterlippe, bis es schmerzt. Er hat recht. Doch so bin ich nicht. So war ich nie. Aber, ganz ehrlich ... hatte ich überhaupt jemals eine Möglichkeit, herauszufinden, wer ich bin? Alles in mir schreit *unvernünftig*, aber ist es das wirklich? Sich dem hinzugeben, nach dem man sich in dem Moment verzehrt? Habe ich nicht genau das von *Effi Briest* gelernt? Sich seinem eigenen Willen hinzugeben und zu leben, bevor andere es für dich übernehmen und dich ins Unglück stürzen? »Ich spreche nicht gern vom Tod, ich bin für Leben«, hat sie gesagt. Und die Person, die das Buch vor mir besaß, hat Worte darüber geschrieben, von denen ich mir geschworen habe, sie zu beherzigen.

Lebe für dich, für dein Herz, deinen Willen.

»Also, Cortessa?«

Mein Gutes-Mädchen-Radar blinkt rot und schnell, aber das Verlangen in mir pulsiert und ist stärker. »Okay«, flüstere ich.

M IS FOR MISSISSIPPI

Paola

Charles reagiert sofort. Als wäre dieses eine kleine Wort sein Startschuss gewesen, hebt er in betörender Langsamkeit eine Hand an meine Hüfte. Durch den Schlitz des Kleides wandert sein Finger über meine Haut. Die Berührung schießt wie elektrische Ladungen durch meinen Körper. Scharf ziehe ich die Luft ein.

»Jetzt schon?« Ich höre den amüsierten Unterton in seiner von Lust belegten Stimme. »Wir fangen doch gerade erst an.«

Mit der anderen Hand öffnet er seine Krawatte. Das Geräusch, als er sie aus dem Kragen seines Hemds zieht, surrt durch die Luft.

»Was … was hast du vor?«, frage ich.

Er entgegnet nichts, aber in diesem Moment sagen Blicke mehr als tausend Worte. Seine Berührung ist sanft, als er seinen Finger von meinem Bein löst. Als wäre ich eine unendliche Kostbarkeit in diesem verdreckten Leben. »Dreh dich um.«

Ich sehe ihn lange an. Dann tue ich, was er sagt. Er greift nach meinen Händen, legt das teure Seidenstück auf meine Haut. »Sag Stopp, wenn du nicht willst.« Charles wartet, aber aus meinem Mund kommt kein Ton. Ich habe keinen blassen Schimmer, was in mich gefahren ist, aber ich *will* das hier. Der Stoff ist kühl, doch als Charles ihn um meine Handgelenke wickelt und mit einem Knoten befestigt, ist es, als würde jede einzelne Pore in Flammen stehen. Mein Blick liegt auf der Tür gegenüber. Es könnte jederzeit jemand hereinkommen.

Was zur Hölle ist in mich gefahren?

Charles steht dicht hinter mir. Ich höre, wie er schwer atmet. Dann spüre ich seinen Finger wie hauchzarte Seide an meinem Bein nach oben fahren. Unter meinem Po hält er inne, streicht darunter entlang zur Mitte. Ich keuche. Je näher er meinem Slip kommt, desto langsamer wird er. Ich halte es kaum aus. Es ist wie eine bittersüße Qual, aber die schönste, die ich je gefühlt habe.

Seine andere Hand öffnet den Reißverschluss an meiner Seite, dann wandern seine Finger unter meinen BH. Sein Daumen findet meine Brustwarze genau in dem Moment, in dem sein Finger meinen Slip erreicht. Ein weiteres Keuchen entfährt mir. Ich schließe die Augen, versuche, nicht daran zu denken, was ich hier tue, dass da draußen eine Benefizgala stattfindet und dieser Typ der erstgeborene Blackwell ist. Ich konzentriere mich auf seine Berührungen, auf das Gefühl, begehrt zu werden von jemandem, der weit außerhalb meiner Liga spielt.

»Sag es noch mal«, höre ich ihn hinter mir raunen, während sein Finger über meinen Nippel streicht.

»W…was?«

Sein Atem streift über meinen Hals. »Meinen Namen.«

»Signore Blackwell.«

Ein raues Stöhnen entkommt ihm. Nur einen Moment später berührt er meine empfindlichste Stelle unter dem Slip. Charles bewegt seinen Finger in langsamen Kreisen, die mich in den Wahnsinn treiben, bevor er ihn wieder wegzieht.

»Bitte«, flüstere ich.

Ich spüre ihn an meiner Haut grinsen. »Du hast zu warten.«

Ich winde mich vor Lust. Meine Klitoris pocht. Alles pulsiert. Ich will, dass er weitermacht, versuche, meine Hände zu befreien, um ihn an mich zu ziehen, aber seine Krawatte sitzt fest.

»Noch mal«, flüstert er. »Meinen Namen.«

»Signore … Signore Blackwell.«

Sein Atem, der über meinen Hals wandert, bebt. Er beginnt, über meine Brust zu streichen, dann spüre ich seinen Finger wieder unter meinem Slip. Endlich! Ich stöhne auf. Jede Nervenbahn in mir ist aufs Äußerste gereizt, und der Druck in meiner Mitte nimmt zu.

»*Fuck*, bist du nass«, sagt er, der Klang seiner Stimme verlangend und rau. Er kreist über die Feuchtigkeit in meiner Öffnung, versetzt meine erregten Nerven in einen Ausnahmezustand. »Nur für mich.«

Ich beiße mir auf die Unterlippe, weil ich den lustvollen Laut verschlucken will, aber er entkommt mir und hallt an den hohen Wänden wider.

Charles reibt über meinen Kitzler. Das verlangende Pulsieren zieht bis in meine Oberschenkel. Genau dann, als ich den Mund öffne und meine Lust zu einem Laut wird, zieht er den Finger wieder zurück. Quälend langsam streicht er mit meiner Nässe an seinem Finger meinen Oberschenkel hinab.

»Weiter.« Meine Stimme klingt wie ein Wimmern, so sehr will ich ihn spüren. »Mach ... mach weiter. Berühre mich.«

»Na na«, sagt er leise, während die Hand an meinem Oberschenkel innehält. »Dein Safeword lautet *Mississippi*, okay?«

»Okay«, keuche ich.

»Sag es, wenn dir etwas zu viel wird.«

Ich nicke.

»Versprochen?«

»Versprochen.«

Dann bohren sich seine Fingernägel in die Haut meines Oberschenkels. Ich ziehe scharf die Luft ein, spüre, wie der Schmerz sich mit meiner Lust verbindet und das Verlangen in die Höhe treibt. Als ich stöhne, wird sein Griff noch fester. Ich kneife die Augen zusammen, will aber auch nicht, dass er aufhört. »Damit du dich daran erinnerst, wer hier die Befehle gibt, Cortessa.«

Mein Hirn ist völlig benebelt. Als ich nichts entgegne, murmelt er an meinem Ohr: »Oder siehst du das anders?«

»N... nein.« Er drückt noch fester zu. Ich keuche. »Nein, Signore Blackwell.«

Er lässt los. Ich stoße die Luft aus, spüre, wie seine Art von Bestrafung den verlangenden Druck in mir an die Spitze treibt. »Wenn das morgen brennt«, flüstert er, »fass dich an und denk an mich.«

Er muss nur diese Dinge sagen, mich nicht einmal dabei berühren, und schon spüre ich, wie sich die Nervenbahnen in meiner Mitte elektrisieren.

»Okay«, höre ich mich flüstern, bevor ich überhaupt weiß, was ich sage. Dann, wie zur Belohnung, spüre ich plötzlich seinen Finger in mir. Jetzt zählen nur die schnellen Bewegungen, die mich auf Ebenen katapultieren, wie ich es noch nie erlebt habe. Er nimmt seine Hand von meiner Brust und lässt auch sie zu meiner Scham wandern. Während der eine Finger noch immer über meine Klit streicht, zieht er den anderen heraus und versenkt nur die Kuppe für einen winzigen Moment in mich. Das reicht schon, um mir Wellen der Lust durch den ganzen Körper zu jagen. Aber ich will mehr. Ich will die Bewegungen von gerade zurück. Frustriert werfe ich den Kopf in den Nacken, spüre das immense Ausmaß der Lust in mir aufwallen.

»Das gefällt dir, was, Cortessa?«

»J… ja.«

»Ja, *was*?«

»Ja, Signore Blackwell.«

»Braves Mädchen.« Und dann schiebt er gleich zwei Finger ganz in mich hinein. Stöhnend schließe ich die Augen. Er schiebt sie rein und wieder raus, langsam erst, dann schneller. Das schmatzende Geräusch erfüllt die Luft. Meine stöhnenden Laute werden noch lauter, als er einen Punkt in mir findet, der den Druck zwischen meinen Beinen bis zur Spitze treibt. Immer wieder schnippt er mit dem einen Finger über meine Klit, mit den anderen befriedigt er mich auf eine besitzergreifende Weise. Ich will die Beine spreizen, weil ich diese extreme Lust kaum aushalte, aber Charles schiebt sein Bein neben meins, um mich daran zu hindern. »Nein«, raunt er an meinem Ohr. »Ich will, dass du sie eng zusammenpresst.«

Ich tue, was er sagt, und drücke die Oberschenkel fest aneinander. Die Berührung seiner Finger, die in mich rein und aus mir raus gleiten, werden intensiver. Ich zerre meine Arme auseinander, weil ich die Krawatte endlich loswerden will, mich irgendwo festkrallen und über die Lehne der Chaiselongue kratzen will, aber es geht nicht. Charles scheint das zu bemerken. Und es … es *erregt* ihn. An meinem Hintern spüre ich seine Erektion gegen mich drücken, und das Stöhnen, das in dieser Sekunde seinen Mund verlässt, beschert mir eine Gänsehaut.

»Ich bringe dich jetzt zum Höhepunkt«, sagt er. »Und ich will dich laut hören, Süße.«

Charles fingert mich schnell, tief und gekonnt. Er krümmt seine Finger und trifft wieder diesen einen Punkt in mir, der bewirkt, dass Stöße der Lust über mich hinwegrauschen. Jede Berührung gibt ein lautes Schmatzen von sich, und als ich dann noch seinen warmen Atem an meinem Ohr spüre, den rauen, lustvollen Ton höre, den er von sich gibt, wieder und wieder, brandet das Verlangen in mir über. Ich komme zu den Stößen von Charles Blackwells Fingern in mir, mein lautes Stöhnen genauso schmutzig wie das, was wir gerade getan haben.

Langsam zieht er seine Finger aus mir heraus, öffnet die Krawatte um meine Hände. Ich atme schnell und heftig. Meine Beine sind wacklig, und ich glaube, er spürt es, denn für einen Moment hält er mich einfach fest, sein betörender Atem gleichmäßig und warm an meinem Hals. »*Das*«, höre ich ihn schließlich dicht bei meinem Ohr sagen, »war ein Vorgeschmack auf das, wofür wir bekannt sind.«

CHARLES, MY BOYFRIEND

Paola

Ohne ein weiteres Wort hat Charles den Pausenraum verlassen. Ich starre mit großen Augen und schnellen Atemzügen geradeaus und kann nicht glauben, was gerade passiert ist. Von dem ich *wollte*, dass es passiert. Aber noch weniger kann ich glauben, dass ich mich nicht so fühle, wie ich es im Vorfeld gedacht habe.

Ich dachte, ich würde mich schlecht fühlen. Beschämt für das, nach dem ich mich verzehrt habe. Stattdessen fühle ich mich ... beflügelt. Euphorisch.

Es dauert eine gefühlte Ewigkeit, bis ich mich wieder in Bewegung setzen kann, aber irgendwann gehe ich hinaus in den Prunksaal. Meine Beine sind immer noch Pudding. Ich fühle mich berauscht, die Stimmen im Hintergrund sind ein einheitliches Summen.

»Ach, hier steckst du«, höre ich plötzlich eine Stimme neben mir. Ich blicke auf und sehe Emma. Sie runzelt die Stirn, als sie meinem Blick begegnet. »Alles in Ordnung?«

Langsam nicke ich.

»Gut«, sagt sie, »ich wollte dich nämlich gerade holen. Die Spendenaktion geht jetzt los. Charles und Sofia sind die Ersten, die präsentieren.«

Ich blinzle, aber bevor ich etwas erwidern kann, erkenne ich den Mann mit dem Mikro, auf den alle Blicke im Saal gerichtet sind. »Charles Blackwell«, sagt er gerade, gefolgt von: »und Sofia Vendergaard.«

Als ich ihren Namen höre, trifft es mich wie ein Schlag ins Gesicht. Natürlich! Wie konnte mir dieses Detail entgehen, als ich sie in dem VIP-Bereich Dankenhaals gesehen habe? Sie ist nicht einfach *irgendein* reiches Mädchen, sondern Sofia Vendergaard, dänische Erbin des internationalen Schmuckimperiums Vendergaard. In San

Luca hatte ich vielleicht so gut wie keinen Zugang zum Internet, aber ihr Luxuskörper prangte mehr als einmal auf etlichen Zeitschriften in den Supermärkten oder sie hing als Werbegesicht in den Schaufenstern der Schmuckläden.

Souverän und professionell gehen sie Seite an Seite zu ihm, und als sie neben dem Mann stehen, wird das Mikro an Sofia gereicht.

»Es ist so wunderbar, euch alle heute Abend hier zu sehen«, sagt sie mit einem strahlenden Lächeln. Sie ist so schön, so *anmutig*, dass sie jeden in diesem Saal dreifach in den Schatten stellt. Glücklich wendet sie sich an Charles. »Noch mehr freut es mich, euch zu verkünden, dass mein Freund Charles und ich uns entschieden haben, eine Summe von fünfhunderttausend Dollar an die CARE SOLUTION zu spenden, einer ehrenamtlichen Vereinigung von Ärzten, die auf eigene Kosten und mit hohem Risiko verbunden alles geben, um die medizinische Versorgung in Entwicklungsländern zu gewährleisten.«

Applaus brandet auf. Das, was sie sagt, ist wunderbar. Diese Information sollte mein reines Herz beflügeln. Aber mein Kopf meldete schon am Anfang ihres Satzes einen Signalfehler, der den Rest in einem lauten Piepen untergehen ließ.

Mein Freund Charles. Drei Wörter. Zwei Sekunden. Ein Gefühl: Schock. Purer, ungefilterter Schock, der meine Venen entlangsickert wie unbarmherziges Gift, das sich langsam vorarbeitet, bevor es zum finalen Schlag ansetzt. Die Erkenntnis, dass der erstgeborene Blackwell, Milliardärserbe, der Typ, der mich gerade mit seinen Fingern in den Höhepunkt getrieben hat, vergeben ist.

I AM THE CAPULET HUNTING ROMEO

Paola

Meine Stiefel verlassen den gefrorenen Untergrund des vereisten Weges und versinken im Pulverschnee. Erleichterung durchströmt mich wie ein frischer Atemzug nach langem Luftanhalten. Nach der Benefizgala gestern habe ich gedacht, den Blackwell-Brüdern für einige Zeit aus dem Weg gehen zu können, aber natürlich mussten sie heute beim Dinner im Speisesaal auftauchen. Wenigstens hat keiner der beiden etwas zu mir gesagt, als ich ihrem Tisch den Wein präsentiert habe. Edward hat bloß mit dem Kopf geschüttelt, den Kiefer auf eine aggressive Art und Weise vorgeschoben und demonstrativ in eine andere Richtung gesehen. Keine Ahnung, was sein Problem ist. Ist ja nicht so, als wäre *ich* diejenige gewesen, die ihm ihre Lippen aufgedrängt hat. Charles hingegen hat mich mit einer Geschichte in den Augen angesehen, als würde sie unseren Moment von gestern noch einmal abspielen – in Dauerschleife und verlangsamter Geschwindigkeit. Innerlich habe ich mich dafür verflucht, dass mein Körper auch noch darauf *reagiert* hat.

Als ich ihnen endlich den Rücken kehren konnte, habe ich mich furchtbar gefühlt, weil ich plötzlich so atemlos und berauscht war, als hätte Charles mich gegen die Wand gedrückt und mir schmutzige Dinge ins Ohr geraunt, die mich alle Sinne vergessen lassen hätten. Dabei bin ich so dermaßen angepisst! Ich will ihn hassen. Er ist ein verdammtes Arschloch, das mich fingert, während seine Freundin im Raum nebenan auf ihn wartet! Und, bei Gott, ganz bestimmt will ich keine dreckigen Fantasien mit so einem Typen haben, dem aus allen Poren rote Warnsignale kreischen.

Aus Angst, andere könnten meine Gedanken hören, wenn sie mich nur ansähen, halte ich den Kopf gesenkt, während ich am Coffee o' Clock vorbei über die Straße gehe. Ich hebe ihn erst wieder, als ich die aufgestellten Vorweihnachtsbuden im Zentrum erreiche. Hier fühle ich mich schon sicherer als am Hotspot des Moritzersees, wo ich das Gefühl hatte, jedes Augenpaar würde sich in meinen Hinterkopf bohren. Dabei ist das Schwachsinn. Warum sollten sie? Für die allermeisten bin ich ein Niemand, und diejenigen, die auf der Gala mitbekommen haben, wie Edward mich geküsst hat, würden das Thema hoffentlich totschweigen. Keiner von ihnen würde wahrhaben wollen, dass ihr begehrter Junggeselle, dem die Milliarden im Hintern stecken wie anderen Hämorrhoiden, es auf eine Angestellte abgesehen hat. Ob er das wirklich tut? Keine Ahnung. Aber ich muss zugeben, dass ich das Gefühl, er könnte mich mögen, genieße. Weil mich nie ein Junge wirklich mochte. Weil das hier wie ein Märchen wäre, nach dem, seien wir doch mal schonungslos ehrlich, wir alle uns tief in unseren Herzen sehnen. Und das ist schlecht. Sehr, sehr schlecht. Dieses Kribbeln in mir, dieses »Ich-kenne-eine-solche-Aufmerksamkeit-nicht-bitte-gib-mir-mehr-davon« ist mein Abgrund, weil ich das Gefühl habe, es nicht kontrollieren zu können.

Dabei ist Kontrolle genau das, was ich in meiner Position brauche. Ich muss die Jungs zerstören. Ich muss hinter ihre Geheimnisse kommen und sie den Wölfen zum Fraß vorwerfen, statt mich in ihre Ausstrahlung zu verknallen. Aber mehr und mehr beschleicht mich das Gefühl, mich selbst nicht mehr unter Kontrolle zu haben. Aus den Augen zu verlieren, was ich tun muss. Die Grenzen verschwimmen, alles blurry, aber … Ich. Brauche. Schärfe. Verdammt!

»Wenn er mich in zwei Wochen um einen Königinnentanz nach dem Cricket bittet«, höre ich plötzlich eine Frau in meinem Alter zu ihrer Freundin sagen, »verzeihe ich ihm die Sache von der Party.«

Obwohl auch hier einige Leute an mir vorbeilaufen, nehmen sie kaum Notiz von mir. Die meisten sind wunderschön geschminkt, mit atemberaubenden Frisuren und teuer aussehenden Mänteln.

»Er wird dich nicht fragen«, sagt die andere. »Wie oft soll ich es dir noch sagen, Xenia? Edward schießt jede Frau nach kürzester Zeit wieder ab, das weißt du doch!«

»Bei uns ist das nicht so, Lena.« Ihre Freundin richtet den Schal. Sie haben mich jetzt fast erreicht. »Du weißt nicht, wie er mich ansieht.«

Ihre Worte sind wie ein Tritt in den Magen. Die beiden schweigen, als sie an mir vorbeikommen, und nehmen das Gespräch erst wieder auf, als ich sie nicht mehr verstehen kann. Trotzdem sehe ich ihnen lange nach, ein ungutes, rumorendes Gefühl in meinem Magen.

Mein Gott, Paola, diese Jungs sind absolut tabu! Sie sind das Ziel, auf das du zusteuerst – aber nicht in romantischer Hinsicht! Du sollst kein Prickeln in dir spüren, nur weil du ihre verdammten *Namen* hörst, sondern daran denken, wie du sie in die Tiefe stürzt!

Du bist verknallt, flüstert eine ungebetene Stimme in meinem Kopf. *Verblendet von ihrer Macht, ihrem Aussehen, ihrem Talent, dir das Gefühl zu geben, du wärst etwas Einzigartiges.*

»Schluss damit«, murmle ich, schüttle die Gedanken ab und setze mich wieder in Bewegung. Wie schon gesagt … das hier wird kein Romeo und Julia. Und wenn doch, dann nur, weil *ich* die eine aus der Familie Capulet bin, die Romeo jagt.

Süße Düfte wehen mir in die Nase, je weiter ich die Straße entlanglaufe, und lenken mich ab. Interessiert mustere ich jedes Schild in den Hütten, die zur Feier der Sportevent-Tage aufgebaut worden sind: gebrannte Mandeln, Schmalzkuchen, Crêpes, Guetzli … nichts davon habe ich in Italien zu Gesicht bekommen. Das alles ist neu für mich, und es duftet *so* herrlich. Gerade überlege ich, die hauchdünnen Mailänderli-Plätzchen zu probieren, weil der Geruch nach Zitrone und Kardamom mich nahezu um den Verstand bringt, als …

»Pssst!«

BLACKWELL-INFECTED

Paola

Ich wirble herum. Nicht weit von mir, im Eingang des Saftladens, steht eine hochgewachsene, kurvige Schönheit mit schwarzem Longbob. Ihre Augen sind perfekt geschminkt, und um ihren Hals hängt ein wunderschönes goldenes Amulett. In den Händen hält sie zwei Smoothies.

Sie lächelt mich an und hebt den mit dem pinken Inhalt und einer Drachenfrucht am Glas. »Lust auf einen Smoothie?« Als ich zögere, setzt sie hinterher: »Besser, du entscheidest dich schnell. Erstens, weil mir gleich der Arm abfällt, und zweitens, weil da hinten ein paar Leute rumlungern, die verdächtig theatralisch die Altstadt mustern, bevor ihre Blicke immer wieder zu dir wandern.«

Ich schaue über die Schulter und erkenne tatsächlich zwei Frauen von der Benefizgala gestern, die mir mit gewissem Abstand folgen und immer wieder interessiert die Hälse recken. Na super! Schnell setze ich mich in Bewegung und husche an der Frau vorbei ins Innere. Hier herrscht eine wohlige Wärme. Das angenehm warme Licht und die Sofas und Sesseln hinter den aufgestellten Staffeleien sorgen für ein gemütliches Ambiente. Fasziniert betrachte ich die Sekretäre an den Wänden, die Federn und Tinte, die sich darauf befinden. Das hübsche Papier.

»Die sind uralt«, erklärt mir die Frau, ehe sie mir den Smoothie in die Hand drückt. »Hab die Möbelstücke in Vintageläden und bei Haushaltsauflösungen ergattert. Schau mal, der hier«, sie deutet auf einen Stuhl mit goldener Messinglehne und Blümchenkissen, »ist von 1890. Ein Familienerbstück einer alten Dame, die ihn mir überlassen hat. Sie sagte, sie wäre eine Verwandte von Astrid Lindgren, und dass die Schriftstellerin auf diesem Stuhl manche Werke verfasst hätte, bevor sie ihn um 1970 der Familie der Dame schenkte. Vor ihrem Tod meinte diese, sie wolle ihn in guten Händen wissen, und überließ ihn mir.«

»Wahnsinn«, hauche ich.

»Yep. Ich bin übrigens Happy.« Die Frau schwingt sich auf einen massiven Kolonialtisch, schiebt einige Farbpaletten und Pinsel beiseite, und lässt die Beine baumeln. Sie schlürft an ihrem Strohhalm und mustert mich, dann sagt sie: »Und du bist wohl die berühmt berüchtigte Paola, nicht wahr?«

Ich stöhne. »So schnell spricht sich das also rum.«

Mitfühlend verzieht Happy den Mund. »Ich fürchte, ja. Du bist im Radar der Blackwell Brüder aufgetaucht. Die Medien werden sich gnadenlos auf dich stürzen.«

Ich verdrehe die Augen. »Hervorragend.«

»Willst du einen Tipp?«

»Unbedingt.«

Sie nippt an ihrem Smoothie. »Konzentriere dich auf dein Leben und lass die Leute reden. Das werden sie sowieso immer. Und hey, du hast es ins Blackwell Palace geschafft! Das ist doch was, auf das du deinen Fokus setzen kannst. Es soll schwierig sein, da reinzukommen.«

»War es auch. Die Bewerbungsrunden waren«, ich beiße mir auf die Unterlippe und sehe betreten woanders hin, »anspruchsvoll.«

Sie grunzt. »Genau wie die Blackwells selbst, hm?«

»Wem sagst du das.« Ich trinke einen großen Schluck von meinem Smoothie, dann gebe ich einen leichten Seufzer von mir. »Sie sind nicht leicht zu durchschauen, oder?«

»Wer?«, fragt Happy. »Die Brüder?« Ich nicke, und sie beißt sich nachdenklich auf die Unterlippe. »Die meisten bilden sich ein, sie zu kennen. Kein Wunder, so viel, wie über die beiden verbreitet wird.«

»Ich bin in San Luca aufgewachsen und war eigentlich nie im Internet unterwegs«, sage ich. »Die meiste Zeit habe ich in der Schule, in der Gastro oder auf einem Weingut verbracht. Ich kannte sie vorher also nicht.«

»Du Glückliche.« Das Lächeln auf ihren Lippen wirkt echt. »Dann bist du eine der wenigen, die sich noch ein echtes Bild der Brüder machen kann. Die Journalisten neigen dazu, seit jeher zu übertreiben, wenn es um die Blackwells geht. Ich finde es grausam, wie mit ihren Gefühlen gespielt wird, als besäßen die zwei kein Herz. Als könnten sie all den Scheiß so wegstecken, nur weil sie mächtig sind.«

Ich verziehe das Gesicht. »Klingt furchtbar. Aber, um ehrlich zu sein, hatte ich bisher nicht das Gefühl, die Jungs wären besonders … also, unschuldig.«

Eine Weile mustert Happy mich, ehe sie sich vom Tisch abdrückt. Sie hält vor einer bemalten Leinwand inne und betrachtet die Kunst darauf eingehend. »Gerade ist kein guter Zeitpunkt, die Brüder kennenzulernen. Es gab eine Zeit, da waren sie anders.«

»Das klingt, als würdest du sie gut kennen«, sage ich langsam.

Daraufhin entgegnet Happy einen Augenblick lang nichts. Mindestens vier Herzschläge, bis sie schließlich tief seufzt. »Ich war ihre Lehrerin.«

»Wie bitte?«

Sie dreht sich zu mir um, lächelt leicht. »Vor zehn Jahren. Am Lyceum.«

Am *Lyceum.*

»Das hätte ich nicht gedacht«, entgegne ich erstaunt. »Du siehst so jung aus!«

Happy lacht. Es klingt herzlich und voller Wärme. »Oh, danke. Ich bin fünfunddreißig, aber diese vielen Smoothies halten mich jung.« Sie schmunzelt. »Schätze, es hat einen Vorteil, süchtig nach pürierten Früchten zu sein.«

Ich lächle. »Definitiv.« Aber schnell erlischt mein Lächeln wieder, weil meine Gedanken einfach nicht aufhören können, an die Blackwells zu denken. »Sie waren damals also nicht wie heute?«

»Wenn du wie heute sagst, meinst du so mächtig? Doch. So unnahbar? Doch. So …«

»Geheimnisvoll?« Fast schon flüstere ich. »Irgendwie … traurig?«

Happy sieht mich lange an. Sehr lange. Ich denke schon, sie wird mir nicht antworten, bis sich ihre Brauen plötzlich leicht bewegen zu einer Mimik, die ich nicht richtig deuten kann. »Du bist eine der wenigen, die das zu sehen scheint.«

»Was?« Ich stelle meinen Smoothie auf einem der Tische ab. »Dass sie geheimnisvoll sind?«

»Dass sie traurig sind.«

»Ich finde das sehr offensichtlich.«

»Ja.« Happy seufzt. »Ich auch. Schon damals.« Sie macht eine gedankenschwere Pause, dann hebt sie den Blick von ihren silberfarbenen Birkenstocks und sieht mir fest in die Augen. »Ich bin nicht befugt, über ihre Schulzeit zu sprechen, aber ich denke, wenn es um die Jungs geht, wenn man sie *wirklich* verstehen will, sollte man tiefer schauen, als einige das tun.«

Schluckend sehe ich mich im Raum um, versuche, mich an irgendetwas festzuklammern, um das Chaos in mir wieder zum Stillstand zu bringen. Mir springt ein gemalter Horizont ins Auge. Eine Weile betrachte ich ihn, ehe ich in die Stille hineinsage: »Kann ich vielleicht bald wiederkommen? Zum Schreiben?«

Happy strahlt. »Wie wäre es, wenn du gleich hierbleibst? In einer halben Stunde beginnt der Lyrikclub. Wäre doch eine tolle Möglichkeit für dich, neue Leute kennenzulernen.«

Meine Augen leuchten auf. »Das wäre großartig!«

»Psst«, macht Happy, ein verschmitztes Lächeln auf dem Gesicht, »nimm den Astrid-Lindgren-Stuhl! Man munkelt, er soll über Superkräfte verfügen, die Kreativität anzukurbeln!«

»Perfekt. Dann kann er meiner bitte einen gehörigen Tritt verpassen.« Lächelnd ziehe ich den Stuhl zurück, stelle meinen Rucksack ab und setze mich. Ich krame mein Notizbuch heraus und öffne es, als mir auch schon meine Angstliste entgegenblickt.

Punkt 6: Charles Blackwell.

Lösung: keine Ahnung.

Schnell blättere ich weiter, überfliege all die eingeklebten Polaroids, die ich bisher von St. Moritz gemacht habe, bis ich eine leere Seite finde. Ich nehme die Feder aus der Halterung und betrachte sie. Sie ist wunderschön, in einem majestätischen Blau und mit einer edlen Eisenverzierung zur Spitze hinunter.

»Das ist meine Liebste«, höre ich plötzlich eine Stimme hinter mir sagen und schrecke zusammen. Beinahe wäre mir die Feder aus der Hand gefallen. »Sorry, wollte mich nicht so anschleichen.«

»Gott, Ignotus.« Ich presse mir eine Hand auf die Brust und atme tief durch. »Ich hatte fast einen Herzinfarkt!«

»Dann solltest du dein Organ von einem Kardiologen untersuchen lassen. Normalerweise darf es in deinen jungen, gesunden Jahren nicht so aus dem Nichts infarktieren.«

»Ist das ein Wort?« Ich blinzle. »Infarktieren?«

»Keine Ahnung.« Er setzt sich an den Tisch neben mich. »Aber es klingt intelligent, also lassen wir das so stehen.« Heute trägt Ignotus schwarze Knickerbockerhosen über einer weißen Strumpfhose, eine Art Rüschenkorsett mit hohem Kragen und einen altehrwürdigen Blazer darüber. Ich überlege, ob er sich für den Lyrikclub besondere Mühe mit seinem viktorianischen Look gibt. »Hätte nicht gedacht, dass ich dich heute hier treffe.«

»Happy hat mich hereingebeten«, sage ich und tunke die Federspitze in die Tinte. »War eher ein Zufall.«

»Jedenfalls freue ich mich.« Ignotus entrollt ein Stück Pergament und beschwert es mit seiner Taschenuhr. »Sag mal, darf ich dich was fragen?«

»Was denn?«

»Stimmen die Gerüchte, dass Edward Blackwell dich auf dieser Gala gestern geküsst hat?«

Ich schließe die Augen und zähle bis fünf, ehe ich tief ausatme und sie wieder öffne. »Nein«, lüge ich. »Stimmt nicht.«

»Ah.« Ignotus beugt sich über sein Pergament. »Gut. Den Scheiß habe ich eh nicht geglaubt. Ich meine, warum sollte Edward *dich* küssen?«

Dann höre ich bloß noch seine Tinte über das Pergament kratzen, und Ignotus schweigt, doch der Satz klingt in mir nach.

Warum sollte Edward dich küssen?

Scheinbar hat Ignotus ähnliche Gedanken. Er blickt auf. »Also, Fuck, das klang scheiße. Sorry. Ich meine, nicht weil du nicht heiß wärst oder so, denn das bist du, ich meine nur, die Blackwells sind …«

»Schon gut.« Mir ist bewusst, dass Ignotus es nicht böse gemeint hat. Es ist eine Tatsache, so wie wenn man sagt »warum sollte Chris Evans mit dir durchbrennen?« oder »warum sollte Nick Jonas dich heiraten?« Es ist halt einfach so. Die Blackwells sind berühmt. Nicht nur wegen ihres Erbes, sondern auch im Internet. Emma hat mir ihre TikTok-Accounts gezeigt. Während die Leute voll abgehen auf Edwards riskante Videos, und die Frauen ihm zu Füßen liegen, ist

Charles' Page voll mit Clips, in denen Sofia ihn heimlich filmt, wenn er den Fahrstuhl betritt, und er dann lacht, wenn er es bemerkt, oder sie sich in irgendeinem random Moment von hinten anschleicht und ihm Chips in den Mund stopft. Ich habe mich schlimm gefühlt, als ich das gestern Abend auf Emmas iPad im Bett gesehen habe, aber noch schlimmer war es, als ich beim dritten Angucken gerafft habe, welches Buch Charles vor dem Chipsmassaker gerade las. Nämlich *Effi Briest*.

Diese Typen sind nicht *mein* Märchen. Und wenn doch, dann nur eines aus der Erstausgabe Grimms. Brutal, unschön, verstörend.

Ein Tropfen der Tinte landet auf der cremefarbenen Seite. Einen Augenblick betrachte ich, wie die Fasern die Farbe aufnehmen, wie der Fleck sich ausbreitet, und überlege, ob das mit mir und den Jungs genauso ist. Erst waren sie nur ein winziger Tropfen, aber seit sie mich berührt haben, fühlt es sich an, als hätte ich sie einfach *aufgesaugt*. Seit der Gala gestern Abend bin ich infiziert. Blackwell-infiziert. Und mit jeder Sekunde, die vergeht, kriecht dieses Gift tiefer durch meine Venen in mein pumpendes Herz hinein.

ABOUT COVERED ELEPHANT TRACKS

Paola

Die Spitze der Feder berührt das Blatt, und es ist, als würde das, was ich zu Papier bringe, geradezu aus mir herausflüchten.

»Was schreibst du?«, sagt da auf einmal eine weibliche Stimme direkt hinter mir.

Es passieren zwei Dinge gleichzeitig: Ich schlage das Buch zu und ziehe den Kopf so abrupt hoch, als hätte jemand verkündet, dass *Gossip Girl* ein Remake bekommt. Ich hatte vielleicht keinen Zugang zum Internet, dafür aber einen fernsehsüchtigen Stiefvater, der illegal jedes Programm installiert hat – auch BBC. Chuck Bass hat mich durch viele langweilige Nächte begleitet.

Nur leider verkündet niemand eine neue Staffel, und bei der Person, die beinahe meine geheimsten Gedanken hätte lesen können, handelt es sich um Lisbeth. Eine ziemlich lädierte Lisbeth, wie ich feststellen muss, als ein harter Schmerz meine Schädeldecke durchfährt und sie laut »Verdammte Scheiße!« brüllt – gefolgt von einem ekligen Geräusch.

Mein Kopf ist gegen ihren Kiefer geknallt.

Erschrocken wirble ich herum, die Hände um die Lehne von Astrid Lindgrens Kreativboom geklammert, und sehe, wie Lisbeth rückwärts taumelt. »Pass auf«, rufe ich, »dein Rock!« Aber zu spät: Sie verhakt sich mit ihrem Stiefelabsatz und knallt auf den Boden.

»Also, über dich kann man sicher vieles behaupten, Paola«, murmelt Ignotus neben mir, der aufgestanden ist und mit einem belustigten Zucken um die Mundwinkel Lisbeth mustert, »aber treffsicher bist du.« Er schnalzt mit der Zunge und deutet mit seinen zwei Zeigefingern auf mich. »Beim Völkerball wärst du meine Nummer eins.«

»Spielen die Vickys Völkerball?«

»Gute Frage. Ich glaube schon. Muss mal nachfragen.«

Lisbeth rappelt sich auf. Sie richtet ihren Rock, stellt eine gestürzte Staffelei wieder auf und reibt sich das Kinn. »Du ...«, sagt sie und deutet dabei auf mich. Sie versucht, ernst dreinzublicken, aber ihr Mundwinkel zuckt. »... hast sie ja nicht mehr alle!«

»Tut mir leid. Ich gerate in Panik, wenn jemand meine Texte lesen will.«

»Oh, sind sie so schlecht?«

Ich funkele Ignotus an.

Beschwichtigend hebt er die Hände. »Nur ein Spaß!«

»Shit, heute ist nicht mein Tag«, grummelt Lisbeth. Mehr und mehr füllt sich der Saftladen. Sie sieht zu den Leuten, die eintreten und sich begrüßen, in die Arme fallen, als hätten sie sich hundert Jahre nicht mehr gesehen. Ich rieche sogar die Schneeflocken, die von draußen ins Warme wehen. »Ich musste Babettes Schicht übernehmen, weil sie mit dem Hausmeister durchgebrannt ist.«

»Wie bitte?« Die Worte kommen nicht nur aus meinem, sondern auch aus Ignotus' Mund.

Lisbeth starrt uns an. »Das ist nicht weiter verwunderlich. Ich habe die beiden schon vor zwei Wochen in der Besenkammer erwischt und seitdem ein Trauma soliden Ausmaßes. War nur 'ne Frage der Zeit, dass die abhaut. Sie meinte immer zu mir, sobald sie einen Kerl findet, der sie mit ihren zehn Katzen und dem haarigen Muttermal am dicken Zeh liebt, überredet sie ihn, nach Norwegen auszuwandern. Aber ich hätte nicht damit gerechnet, dass die Personalabteilung mich heute zu der Doppelschicht verdonnert.«

»Ich weiß nicht, was verstörender ist«, sagt Ignotus. »Die Besenkammer oder dass sie dir von dem haarigen Muttermal erzählt hat.«

Lisbeth hebt eine Braue. »Das sagst *du* in diesem Rüschenkorsett?«

»Es ist kein Korsett. Und Faltenrüschen galten als überaus modisch.«

Lisbeth will etwas erwidern, aber in dem Moment klatscht Happy in die Hände. »Schön, dass ihr alle da seid. Setzt euch bitte im Kreis auf eure Sitzkissen, dann können wir gleich loslegen.«

Ich setze mich zwischen Ignotus und Lisbeth, deren metallic-grüner Flatterrock sich bis auf mein Knie ausbreitet. Egal, was sie über sein Rüschenkorsett denkt, ihr Stil verbreitet genauso historische Vibes. Regency Feelings at its best.

Mit einem träumerischen Lächeln blickt Happy in die Runde. Sie ist eine Schönheit mit ihrem schwarzen Longbob und den symmetrischen Gesichtszügen, aber irgendetwas an ihr erinnert mich auch an ein süßes Kaninchen mit riesigen Comicaugen. Ich tue es ihr gleich und muss feststellen, dass ich kaum jemanden kenne. Meine Augen wandern von Person zu Person, bis ich plötzlich nach Luft schnappe, als ich Leopolds Blick begegne. Wie habe ich *ihn* übersehen können? Er sitzt mir direkt gegenüber, in Hemd und Chinohose mit Gucci-Gürtel. Ich muss an ein Video denken, das gestern aufgeploppt ist, als Emma TikTok geöffnet hat. Eine Frau durchwühlte einen Kleiderständer, riss einen Markenpullover heraus und rief ihrer Freundin im Geschäft zu: »Schau mal, Susanne, das ist GAKKI, Susanne, wirklich, GAKKI, und hier VERSAKKE, gibt's ja nicht, VERSAKKE.« Ich sehe Leopold an, will ernst bleiben, versuche es wirklich, aber wie das so ist, wenn man versucht, etwas zurückzuhalten, bricht das Lachen völlig aus mir heraus.

»... hoffe, ihr hattet alle eine schöne Woche und ...« Happy blinzelt in meine Richtung. »Alles in Ordnung, Paola?«

»Ja, ja, ich ...« Verzweifelt presse ich mir eine Hand auf den Mund. »Tut mir leid. Alles gut.«

Leopold bedenkt mich mit einer hochgezogenen Braue. Mit zuckenden Lippen schüttle ich nur den Kopf, versuche mich an einer entschuldigenden Miene und wende dann den Blick ab.

Wir spielen zuerst ein Spiel, bei dem jeder mit einem oder zwei Wörtern beschreiben soll, wie es in ihm gerade aussieht. Ganz egal, in welche Richtung es geht, und auch, wenn nur wir selbst verstehen, worauf es sich bezieht. Happy sagt, es würde auf poetische Art und Weise helfen, unser Inneres besser zu ergründen. Sie macht den Anfang, sagt »kurzweilige Sternschnuppenhelligkeit« und wirft daraufhin Ignotus einen Filzball zu. Er ist an der Reihe. Eine ganze Weile starrt er auf den Ball in seinen Händen, überlegt. Er schluckt, dann ...

»Neblig.«

Ich sehe ihn an, runzle die Stirn, aber er weicht mir aus und wirft den Ball stattdessen Leopold zu.

Dieser fängt ihn mühelos auf, legt ihn von der einen in die andere Hand. »Gedankenlaute Einsamkeit«, sagt er schließlich.

Mein Magen zieht sich zusammen. Plötzlich tut es mir leid, dass ich wegen seines Gürtels gelacht habe. Ich frage mich, inwiefern er etwas mit dieser verschwundenen April zu tun hatte. Auf jeden Fall scheint er wegen irgendetwas sehr zu leiden, das ist offensichtlich.

»Hier, fang«, sagt er, wirft in meine Richtung, trifft aber Lisbeth.

»Also, den würde ich nicht in mein Völkerballteam wählen«, murmelt Ignotus.

Ich unterdrücke ein Lachen.

»Hmm.« Lis überlegt. Mit einer Hand fährt sie sich durch den dunkelblonden Pixiecut, bis die Haare wild in alle Richtungen abstehen. »Rosa Wolken.«

Sie drückt den Ball in meinen Schoß, direkt auf mein Blümchennotizbuch, das ich wie einen Schatz hüte. Ich umfasse das blaue Filz, grabe meine Fingernägel hinein und überlege.

»Verwischte Elefantenspuren.«

Alle gucken mich an. Meine Wangen werden heiß. Schnell werfe ich den Ball in irgendeine Richtung, kann mich aber auf die anderen nicht mehr konzentrieren. Ich wollte mitteilen, wie ich mich fühle, um es auf eine Weise zu verarbeiten, die mein Kopf benötigt, ohne dass jemand mich versteht. Und genauso geht es mir. Ich komme nach St. Moritz, einen klaren Plan im Hinterkopf, so groß und schwer wie Elefantenspuren, bis ich plötzlich alles aus den Augen verliere und zwei Jungs dafür sorgen, meine sorgfältig ausgearbeiteten Spuren zu verwischen, als hätten sie niemals existiert. Ausgerechnet die beiden Typen, die den größten Teil meines Planes ausmachen.

Nachdem jeder seine Seele entblößt hat, klatscht Happy einmal laut in die Hände. Sie macht ihrem Namen alle Ehre. Ich wünschte, sie könnte mir eine Prise ihres Enthusiasmus rüberpusten. »Schön, also … wer mag einen Text vorlesen?«

Ich presse mein Notizbuch an die Brust, als befürchtete ich, es könnte sich selbstständig machen und jede Sekunde in wundervoller Siri-Stimme meine tiefsten Geheimnisse offenbaren.

»Ich«, sagt Leopold plötzlich, zieht einen zerknüllten Zettel aus der Hosentasche und streicht ihn glatt. Im Raum ist es mucksmäuschenstill. Jedes Augenpaar klebt an seinen Lippen, als er sich räuspert und beginnt zu lesen.

»Einsamkeit ist Ersticken. Einsamkeit ist, den Kopf unter Wasser zu drücken, die Luft anzuhalten, bis die Brust zu brennen beginnt, und dann tief einzuatmen. Einsamkeit ist das salzige Wasser, das deine Lunge ausfüllt. Einsamkeit ist, zu spüren, wie du stirbst, während du lebst. Einsamkeit bist du, obwohl du alles warst, was ich zum Leben brauchte. Einsamkeit bin ich.«

Ich höre mein Herz laut und intensiv hinter meiner Brust schlagen, während ich Leopold mit großen Augen anstarre. Lisbeth läuft eine stumme Träne über die Wange. Sie wischt sie fort, und ihr Mascara verschmiert. Ignotus sieht aus, als wäre er einem Geist begegnet.

»Das war sehr bewegend, Leopold.« Betroffen zieht Happy die Brauen zusammen und streicht sich über die Brust. »Danke, dass du das mit uns geteilt hast.«

Leo nickt langsam. Er wirkt unendlich traurig. »Es ist schön, dass ich hier meine ungefilterten Gedanken rauslassen kann. Das ist ein bisschen Therapie, einfach dieses Gefühl, verstanden zu werden, wisst ihr? In dieser Welt, in der ich nie so richtig eine Ahnung habe, wem ich noch vertrauen kann und … egal. Jedenfalls danke.«

Die Runde quittiert seine Worte mit einem warmen Lächeln. Und weil ich plötzlich so bewegt bin von Leopolds Ehrlichkeit und beflügelt von dem Gedanken, meine Gefühle herauszulassen, ohne dass jemand urteilt, sie einfach nicht mit mir selbst auszumachen, räuspere ich mich. O mein Gott, ich räuspere mich tatsächlich. Was geschieht hier?

»Darf ich … könnte ich auch was vorlesen?«

Wie bitte?

Happy nickt enthusiastisch. »Sehr gern!«

Meine Hände beben, als ich mein Notizbuch aufschlage. Das Herz klopft mir bis zum Hals, und die Wörter verschwimmen vor meinen Augen. Tief hole ich Luft, und schon als ich den Titel vorlese, zittert meine Stimme wie in der dritten Klasse bei meinem ersten Gedicht. Es war ein Referat darüber, was uns ausmacht. Es ist, als könnte ich die Lacher meiner Mitschüler immer noch hören, und mit jeder Sekunde der Stille, in der ich zögere, werden meine Gedanken lauter, immer wieder schreien sie dasselbe, genau wie gestern Abend, nachdem Sofia diese verfluchten drei Wörter gesagt hat. *Mein Freund Charles.*

FEHLER. FEHLER. FEHLER.

Ich will diese kleinen Rotzbälger hinter ihren Pulten anschreien, dass sie leise sein sollen, dass sie *die Fresse halten* sollen, dass sie kein Recht dazu haben, über mich zu lachen und mir meinen Selbstwert zu entreißen, als gehöre er ihnen.

Aber es geht nicht. Ich versuche es dreimal, will mein Gedicht vorlesen, doch schaffe es nicht. Schluckend schlage ich das Buch wieder zu und schüttle den Kopf. »Lieber doch nicht. Tut mir leid.«

Weil jetzt jedes Augenpaar auf mich gerichtet ist und ich nicht weiß, wo ich hinsehen soll, schaue ich einfach in die hintere Ecke des Raumes neben der Tür und versuche, meine hektischen Flecken an ihrem Ausbruch zu hindern. Aber als ich plötzlich in ein Paar helle Augen blicke, gefühlt so groß wie Unterteller, umrahmt von tintenschwarzen Wimpern, entfährt mir ein erschrockenes Keuchen.

Charles.

Wie lange steht er schon da?

Er sieht mich an, als hätte ich ihm mit Spikes in den Magen getreten. Er sieht mich an, als hätte ich ihn verraten. Als hätte ich ihn ins Feuer gestürzt. Er sieht mich an, als wäre ich … eine Gefahr, nur weil ich hier bin. Ist das hier vielleicht sein Safe Place, den ich ihm genommen habe? Sein Rückzugsort, den er durch mich nun verloren hat?

»Das ist okay, Paola. Diese Worte sind hauptsächlich für dich selbst und … Oh.« Happys Stimme dringt wie durch einen Nebel zu mir durch. »Hallo, Charles.«

Er steht im Schatten neben der Tür. Als er keine Anstalten macht, seinen Blick von mir abzuwenden, fügt Happy hinzu: »Was für eine Überraschung! Du warst lange nicht mehr da. Willst du dich uns anschließen?«

Jetzt erst, als hätte er vorher nicht einmal bemerkt, dass Happy anwesend ist, sieht er zu ihr. In den Händen hält er seine Mütze. Die braunen Haare sind wild zerzaust, die Wangen von der Kälte gerötet. Schneeflocken schmelzen auf seinem tannengrünen Wollmantel, auf dessen Brust das Ralph-Lauren-Logo in brauner Farbe gestickt ist. Ich starre ihn an und denke an Cinderella. Ich denke an Märchen, von denen ich wünschte, sie würden wahr werden. Ich starre ihn an und denke an seine perfekten Lippen an meinem Ohr, an die rauen Laute, die ich aus seinem Mund gehört habe. Ich starre ihn an und denke an verwischte Elefantenspuren.

Charles sagt kein Wort. Er bewegt einmal kurz den Kopf, als hätte ihn etwas wachgerüttelt, blinzelt und verschwindet. Das Geräusch, als die Tür wieder ins Schloss fällt, hallt in der Stille nach.

»Tja«, sagt Leopold, gefolgt von einem schweren Seufzer. »Was soll ich sagen? Die Blackwells und ihre dramatischen Auftritte …«

Ein paar der anderen lachen verhalten. Ich sehe noch immer zur Tür. Für eine Sekunde denke ich daran, mir meine Jacke zu schnappen und ihm hinterherzurennen. Da lungert für eine Sekunde *wirklich* verdammter Mut in mir. Aber dann sehe ich hinter den Schaufenstern, wie die Scheinwerfer eines Autos angehen, bevor es davonrast.

Hallo, Märchenfans, kurze Änderung im Skript: Cinderella legt fast einen Seelenstriptease hin. Prinz flüchtet in einem schwarzen Maserati. Saftladen sensationsgeil.

Das war's mit meiner Sekunde. Aus Mut wird
CHAOS.

I WON'T EVER FALL IN LOVE

Charles

Am Fenster der Limousine rauschen die Abendlichter von St. Moritz vorbei. Goldene Strahlen leuchten durch die Vorhänge der asymmetrisch angeordneten Häuser auf den erhöhten Ebenen der Berglandschaft. Die meisten von ihnen sind in einem luxuriösem Stil gebaut, teure Fassaden, während hinter den Fenstern das edle Interieur zum Vorschein kommt.

Alle Köpfe drehen sich zu uns um, wenn wir an ihnen vorbeifahren. Jeder fragt sich, welche hohe Persönlichkeit wohl jetzt wieder auf dem Weg zum Cricket Worldcup am gefrorenen Moritzersee ist.

»Hab dich in den letzten zwei Wochen kaum zu Gesicht bekommen«, sagt Edward. Er sitzt mir und Sofia gegenüber, statt in einen dicken Mantel schon wieder in seine Kunstpelzlederjacke gehüllt, und prostet mir mit einem Champagnerglas zu. »Geschäfte, was?«

»Ja.« Ich überlege, wann ich meinen Bruder das letzte Mal gesehen habe, und muss feststellen, dass er recht hat. Es war auf der Benefizgala, als er der Cortessa seine Lippen aufgedrückt hat. Bei dem Gedanken daran zieht sich mein Magen noch immer zusammen. »Und was hast du getrieben?«

»Das Übliche, Bruderherz.« Der Wagen nimmt eine Kurve. Edward lehnt sich im Sitz zurück und schlägt ein Bein über. »Frauen gevögelt, Unruhe gestiftet und mir überlegt, wofür ich Papis Kohle als Nächstes verbraten werde.«

Neben mir zuckt Sofias Hand über den weichen Stoff ihres Prada-Mantels. Der Kofferanhänger an ihrem Vendergaard-Armband klirrt leise gegen die silberne Ballerina. Ihre zwei größten Leidenschaften: reisen und Ballett. »Ich bin mir sicher, dein Vater hat es nicht so gemeint, Edward.«

»Er hat es ganz genau so gemeint.« Edward zuckt mit den Schultern, ein theatralisches Grinsen auf dem Gesicht. »Aber mir egal. Interessiert mich nicht.«

Eine Lüge. Edward und ich wissen erst seit dreizehn Jahren, dass wir Brüder sind. Er war zehn, ich elf. Kurz nachdem ich ins Blackwell Palace kam, hat unser Vater ihm von mir erzählt, ich durfte es dann liebenswerterweise zwischen Kaviar und Gipfeli am nächsten Morgen erfahren. Wir haben unsere Zeit gebraucht, um uns aneinander zu gewöhnen, was nichts daran ändert, dass ich meinen kleinen Bruder inzwischen in- und auswendig kenne. Die Art, wie er die dunklen Brauen zusammengezogen hat, wie sein Kopf nur Millimeter in eine andere Richtung zuckt, als hätte man ihm eine winzige, imaginäre Ohrfeige verpasst. Die Finger seiner freien Hand, mit denen er unruhig an der Kappe seines Reißverschlusses pfriemelt. Für andere wäre er bloß Edward, der in dieser Sekunde hochnäsig und herablassend wirkt, was sie ihm aufgrund seiner Stellung im Leben zuschreiben würden. Für mich ist er wieder der kleine Junge, der um die Aufmerksamkeit seines Vaters buhlt, als er ihm ein gemaltes Bild zeigt und dafür runtergemacht wird, dass er sich nicht mit solchem »Mädchenkram« befassen soll.

»Ed«, sage ich, damit er mich ansieht. Als er es tut, erkenne ich den festen Widerwillen in seinem Blick. »Wenn ich dir mit irgendetwas helfen kann …«

»Danke, kein Bedarf, Bruder.« Sein Lächeln ist eingefroren. »Nicht nur du kriegst etwas auf die Reihe, Mister Perfect. Stell dir vor.«

Seine Worte sind wie ein schwerer Keil, der meine Brust trifft. »Weiß ich.«

»Ach, wirklich?« Er gibt ein leises Schnauben von sich. »Du bist wie unser Vater. Ständig willst du sichergehen, dass alles richtig läuft, und das kann es deiner Meinung nach nur, wenn du daran beteiligt bist.«

Ich entgegne nichts, sehe meinem Bruder nur unentwegt in die Augen. Der Stoff des Anzugs hebt und senkt sich unter meiner ruhigen Atmung.

Er bricht den Blickkontakt als Erster. Mürrisch sieht er aus dem Fenster. »Aber so bist du einfach«, murmelt Ed. »Willst immer die Kontrolle, nicht wahr, Charly?«

»Charles hat es nicht so gemeint«, sagt Sofia nun.

»Das ist heute dein Lieblingssatz, oder?«

»Edward«, mahne ich wieder. »Sprich mit mir, wie du willst, aber achte auf deinen Ton, wenn du dich an eine Frau wendest.«

»Verzeihung«, murmelt er in Sofias Richtung.

»Schon gut.« Sie atmet tief durch, wischt mit den Händen über die Perlonstrumpfhose. »Also ... hält Leopold die Füße still? Oder ist irgendetwas passiert, das ich wissen sollte?«

Kurz blicke ich zur Trennwand, die uns vom Fahrer separiert, dann betätige ich vorsichtshalber den Knopf der Freisprechanlage, nur um ihn wieder auszuschalten. Sicher ist sicher. »Er taucht auf, wann er will, geht mir auf den Geist, wie er es perfektioniert hat, und bringt seine üblichen Sprüche. Also alles wie immer.«

»Ich weiß nicht ...« Sofia beißt sich auf die perfekt glossierte Unterlippe. »In letzter Zeit wirkt er mir zu euphorisch. Egal, wann ich ihn sehe, er scheint so ...«

»Überlegen?«, hilft Edward nach, und sie nickt. Mein Bruder schnalzt mit der Zunge. »Unser Cousin weiß nichts. Aber er tut gern so, als ob.«

Sofia wirkt nicht überzeugt. »Und dann ist da noch die neue Angestellte. Seit sie uns auf der Gala belauscht hat, kann ich nicht mehr ruhig schlafen. Ich habe sie seitdem ein paarmal mit Leopold sprechen sehen.«

»Paola ist harmlos«, sagt Edward. »Und Leopold nur angepisst, weil ich sie geküsst habe. Vermutlich klebt er ihr jetzt am Arsch, um sich ausladend für mich zu entschuldigen.«

»Wieso hast du das eigentlich getan?«, fragt Sofia.

»Was?«

»Sie geküsst.«

»Weil ich wollte.« Wieder zuckt Edward die Achseln. »Sie war da, ich war abgefucked ... das war's.«

Mein Blick wandert absichtlich aus dem Fenster. Mir war von Anfang an klar, dass die Cortessa auf keinen Fall Edwards Typ entspricht. Mein Bruder steht nicht auf ruhige Frauen. Sie müssen extrovertiert sein, am besten völlig durchgeknallt wie er, und sie sollten in der Öffentlichkeit stehen, denn Ed *liebt* die Aufmerksamkeit. Deshalb frage ich mich, warum er sie umschmeichelt. Er soll damit aufhören, denn ehrlicherweise pisst es mich an. Ich werde unruhig, als ich daran denke, wie sie für mich gestöhnt hat, als ich meinen Finger in sie versenkt habe, wie es mich beflügelte zu spüren, wie sie sich mir unterworfen hat. Mich lassen die Gedanken daran nicht los, der Drang, es wieder und wieder zu tun, zu genießen, wie sie die Kontrolle abgibt und sich von mir zum Höhepunkt treiben lässt. Und zwar *nur* von mir.

Ich will Edward nicht zeigen, wie wütend ich auf ihn bin, wie *eifersüchtig*, dass er ihre Nähe sucht. Ich will diesen ganzen beschissenen Machtkampf nicht mehr, komme jedoch nicht davon los. Es ist wie eine Sucht. Aber bevor er mich noch weiter in diese Unterhaltung verstrickt und ich an ihr braves Aussehen denken muss, an die Art, wie stolz sie sich immer diesen schwarzen Flechtreif ins Haar schiebt, wie sie in Leggins und dieser grob gestrickten, viel zu großen Wolljacke durch die Lobby läuft, jedes Mal mit vorgerecktem Kinn und einem Buch an die Brust gedrückt, und geflissentlich meinen Blicken ausweicht, ziehe ich mich lieber zurück. Die Cortessa sieht aus wie eines dieser Mädchen, das alle Regeln befolgen, abends in ihrem Bett Tagebuch schreiben und sich nur in die gebrochenen Typen aus ihren Klassikern verlieben, weil alles andere zu riskant für ihr sicheres Herzchen wäre.

»Findest du sie gut?«, fragt Sofia jetzt. Dabei klingt sie genauso verwirrt wie ich. Und auch irgendwie … ich weiß nicht. Als würde es sie enttäuschen. Ich erwische mich dabei, wie ich mich von der exorbitant großen Menschenmenge rund um den gefrorenen See abwende und Sofias Profil mustere. Auf ihren Wangenknochen schimmert teurer Highlighter, die Wimpern sind dicht und lang. In ihren Ohren stecken Vendergaards. »Sie ist süß, klar, aber … ich dachte …« Sie findet nicht die richtigen Worte. Ich runzle die Stirn. Sofia ist inmitten eines Schmuckimperiums aufgewachsen. Sie findet *immer* die richtigen Worte, aber jetzt muss sie noch einmal ansetzen. »Ich glaube nicht, dass sie in diese Welt reinpasst, Ed. In *deine* Welt. Ich denke, es wäre weder gut für sie noch für dich.« Sie macht eine kurze Pause. »Das würde nicht gut ausgehen.«

»Ich steh auf hoffnungslose Dinge, Sofia.« Edwards Lippen formen sich zu einem breiten Grinsen. »Was für ein Zauber, diese dunkle Hoffnungslosigkeit und der Gedanke, mehr zu sein, findest du nicht? Mehr in diesem Leben zu sehen, mehr in aussichtslosen Trümmern.«

»Paola Cortessa ist keins deiner Experimente«, sage ich. »Sie hat uns belauscht und könnte zu einer potenziellen Gefahr werden. Du solltest das ernst nehmen.«

Sofia hebt eine Augenbraue. »Wenn du das so sagst, klingst du tatsächlich wie ein Killer.«

»Du weißt, wie ich das meine.«

Edward schnaubt. »Ich denke, du bist einfach eifersüchtig.«

Sofias Augen weiten sich.

Ich hingegen fühle mich entblößt. Die Limousine hält. Ich löse den Anschnallgurt. »Schwachsinn«, zische ich. Und dann: »Meinetwegen hab deinen Spaß mit ihr, wenn du das willst. Aber es gibt eine Regel, Bruderherz.«

»Die da wäre?«

»Keine tiefgehendere Nähe. Emotionalität tötet. Kann jedem Einzelnen von uns das Genick brechen.« Ich sehe ihm fest in die Augen. »Verliebe dich nicht in die Cortessa.«

Er lacht trocken auf. »Und was ist mit dir?«

»Was soll mit mir sein?«

»Befolgst du diese Regel auch, Charles?«

»Ich verliebe mich nicht«, sage ich sofort. »Niemals.« Immerhin das weiß ich mit Gewissheit.

»Irgendwann ist immer das erste Mal.«

»Nein.« Entschlossen wende ich den Blick von meinem Bruder ab, sehe in die Menge vor den Wagenfenstern, das Glänzen in den Gesichtern der Frauen, ihr strahlendes Lächeln, während sie alle erwartungsvoll darauf warten, dass wir aussteigen. »Nicht für mich.«

SOMETHING WE SHOULD WORRY ABOUT?

Charles

Der Fahrer öffnet die Tür, und das zuvor noch gedämpfte Kreischen dringt schrill zu mir heran. Neben mir verzieht Sofia das Gesicht. Sie hasst das hier. Dieses Leben, das ihr schon im Kindesalter aufgedrängt wurde.

Aber als ich aussteige, ihr eine Hand reiche und aus dem Wagen helfe, ist kein genervter Ausdruck mehr zu sehen. Ihre für die Öffentlichkeit perfektionierte Maske strahlt, winkt ihren Bewunderern zu, als hätte sie sich ewig auf diesen Moment gefreut, als wäre das hier ihr Lebensinhalt. Sie hakt sich bei mir unter, und auf ihrem Gesicht liegt noch immer ein gewinnendes Lächeln, aber ich spüre, wie fest ihre Finger sich in meinen Oberarm krallen.

Die Kulisse ist überwältigend. Lichterketten an den Tannen, glimmendes Licht aus den Häusern, den unzähligen Fenstern anderer luxuriöser Hotels und von den Straßenlaternen. Auf einem verschneiten Hügel wurde ein moderner Bungalow gebaut. Die Besitzer haben für den heutigen Anlass mehrere Vorhanglichterketten an ihre Panoramafenster angebracht, die mich in dieser Sekunde blenden. Der gefrorene Moritzersee ist riesig, eingefasst von der imposanten Bergkette und dem belebten Stadtzentrum von St. Moritz. Cafés, Restaurants und Hotels säumen die Hauptstraße, eine beliebte Anlaufstelle für die Touristen. Das Blackwell Palace ist weiter hinten gelegen, um die fantastische Aussicht und Ruhe einzufassen. Wenn ich dort bin, vergesse ich manchmal, was für ein Touristenhotspot diese Stadt ist, werde aber bei all diesen Events auf übertriebene Art daran erinnert. Auf dem gefrorenen See wurden bereits die grüne Matte und das Equipment der Cricketspieler aufgebaut, aber gerade haben alle Zuschauer nur Augen für uns. Die Blackwell-Brüder und Sofia Vendergaard als Ehrengäste des Weltcups.

Wir werden von zwei Bodyguards begleitet und durch eine Absperrung von den feiernden Menschen separiert, dennoch bleibt uns nicht viel Raum. Personen strecken die Hände nach uns aus, bitten um Autogramme, machen Fotos, schreien unsere Namen. Vor Sofias und meiner Beziehung habe ich mich im Hintergrund gehalten. Die Leute wussten, wer ich bin, sie begegneten mir mit Respekt, aber nicht mit diesem Hype. Seit ich jedoch der offizielle Partner eines weltberühmten Victoria's-Secret-Models bin, ist mein Gesicht aus der Öffentlichkeit nicht mehr wegzudenken. Manche Frauen tun, als wäre ich ihr persönlicher Besitz, viele von denen steigern sich da richtig rein, Boulevardmagazine denken sich immer neuen Scheiß über die Beziehung des »Traumpaares« aus, und auch Edward geriet durch das plötzliche Interesse an meiner Person mehr ins Rampenlicht. Es stellte sich schnell heraus, dass mein Bruder diese Aufmerksamkeit in vollen Zügen genießt. Er hat sich vor allem auf TikTok platziert, innerhalb kürzester Zeit Millionen von Follower gesammelt, und gilt jetzt als der »rebellische, heiße Blackwell-Sohn«, während ich der »kühle, unerreichbare und geheimnisvolle Hotelerbe« bin.

All das ist anstrengend, aber ich tue es für das Image des Unternehmens. Ich weiß, dass das Promoten meiner eigenen Person der Marke guttut, und alles, was mich an die Spitze bringt, soll mir recht sein. Durch das hier ist es mir möglich, wichtige Dinge auf der Welt zu tun. Ansonsten hätte ich niemals …

»Winken«, zischt Sofia. »Und lach mal, Michael Myers. Du siehst aus, als würdest du gleich die Kettensäge anschmeißen!«

Ich zwinge mir ein Lächeln auf, nehme hin und wieder Stifte entgegen, um Fotos von mir zu signieren, lache für die Kameras. So schlendern wir den Weg vor dem gefrorenen See entlang, bis wir unsere VIP-Ecke erreichen. Erleichtert nehme ich einen heißen Kaffee entgegen, der mir von einer Mitarbeiterin in schwarzer Thermojacke und Stirnband gereicht wird. Wir geben den eingelassenen Journalisten ein paar knappe Worte, ehe sie des Bereichs wieder verwiesen werden, und das Cricketspiel beginnt.

»Wenn ich das so sehe, freue ich mich fast schon wehmütig auf das nächste Polospiel«, sagt Edward. Sein Blick ist auf die gefrorene Eisfläche gerichtet. »Ich vermisse Jalapeño.«

»Beim letzten Mal war Jalapeño wieder fit«, sage ich. »Du hättest spielen können.« Ich verziehe das Gesicht. »Vielleicht hätten wir dann nicht verloren.«

Edward nippt an seinem Kaffee, bevor er die Luft ausstößt. Vor seinem Gesicht entsteht eine Kältewolke. »Ich hatte Dinge zu erledigen.«

»Und was für Dinge?«

Er schlürft noch einmal von seinem Kaffee. »*Dinge*, Charles.«

Die Menge jubelt, weil die Schlagmannschaft einen ersten Run erzielt hat. Ich setze schnell ein breites Lächeln auf und drücke Sofia an meine Seite, weil ich weiß, dass irgendeiner dieser Pisser von Journalisten in dieser Sekunde auf den Abzug drücken wird. Ich lächle noch immer, als ich entgegne: »Wenn du nur halb so geheimnisvoll wärst, wie du dich seit einiger Zeit gibst, würde es mir viel leichter fallen, dich zu durchschauen.«

»Vielleicht will ich das ja gar nicht.« Edward streift sich die Mütze vom Kopf und fährt sich mit seinem Handschuh durchs Haar, ehe er sie wieder aufsetzt. »Ich schnüffle nicht in deinen Angelegenheiten, also grab du nicht in meinen, Brüderchen.«

Darauf entgegne ich nichts mehr, denn er hat recht.

Eine ganze Weile gebe ich mich dem Cricketspiel hin. Als es dem Bowler gelingt, das Wicket zu treffen, und Sofia flucht, weil sie für die Mannschaft des Batsman ist, sehe ich kurz zu ihr – und da gewinnt eine Person am Rande meines Augenwinkels meine Aufmerksamkeit. Direkt neben unserem abgetrennten Bereich befindet sich das Coffee o' Clock, eines der beliebtesten Cafés von St. Moritz, weil es direkt am See liegt und den unterkühlten Touristen als Hauptanlaufstelle bei Events dient. Und an einem der Außentische, mit brauner Pudelmütze und einer Kaffeetasse in den behandschuhten Fingern, sitzt die Cortessa. Über ihren Knien liegt eine Wolldecke mit dem Logo vom Coffee o' Clock, und ihr gegenüber sitzt Emma Wyss. Ein Mädchen, das besser als andere im Palasthotel bezahlt wird, damit sie bleibt. Und das aus dem einfachen Grund, damit ich sie im Auge behalten kann. Damit mir die Kontrolle nicht entgleitet. Denn Emma Wyss kann zu einer verdammten Waffe werden, die den Lauf auf mich gerichtet hat, wenn ich nicht ganz genau aufpasse, was sie treibt.

Die Cortessa sieht dem Spiel zu, aber sie wirkt beunruhigt. Wieder und wieder wirft sie Blicke über die Schulter, kratzt sich die Handrücken, zieht ihren Schal fester. Sie trägt immer noch diese verdammte Kordjacke, die viel zu dünn für die Temperaturen ist. Sogar aus dieser Entfernung kann ich an ihrem angespannten Körper erkennen, dass sie fröstelt. Emma zeigt ihr etwas auf ihrem Handy, woraufhin die Cortessa den Mund verzieht. Ein Hauch von Blässe legt sich über ihren italienischen Teint. Ihre Lippen öffnen sich einen Spaltbreit. Und als hätte sie in diesem Moment meinen Blick gespürt, sieht sie auf. Direkt zu uns. Ihre grünen Augen scheinen Edward zu erdolchen, so fest bohren sie sich in sein Profil. Da ist Schock in ihren Zügen, richtige *Angst*, und zum ersten Mal, seit ich sie kennengelernt habe, erkenne ich eine merkwürdige Stimmigkeit darin, wie all die eigenartigen Attribute ihres Gesichts zusammenpassen. Die viel zu buschigen Brauen, aber ordentlich gezupft, sodass sie nicht unsauber, sondern fast einzigartig wirken. Dazu die großen Augen, das helle Leuchten darin. Die dunklen Sommersprossen auf ihrer kleinen Nase, ihr süßer Mund, die voluminösen Lippen. Im ersten Moment wirkte sie brav. Jetzt, wo ich sie immer und immer wieder angesehen habe, erkenne ich eine attraktive Besonderheit in ihren Zügen.

»Charles?«, reißt Sofia mich aus meinen Gedanken. »Alles in Ordnung?«

Blinzelnd wende ich mich von der Sommelière ab. Einen Augenblick mustere ich Sofia, ohne zu wissen, was ich entgegnen soll, weil ich mich fühle, als würde ich irgendwo in der Luft hängen.

»Keine Sorge«, sagt mein Bruder neben mir, ohne den Blick vom Spielfeld abzuwenden. »Er hat nur Paola angegafft.«

»Paola?« Sofia runzelt die Stirn, sieht sich um. »Wo ist sie? Ist sie mit Leopold hier?«

»Nein.« Wieder werfe ich einen Blick über Sofias Schulter, aber als ich den Tisch des Coffee o' Clock ins Auge fasse, sehe ich nur noch den Rücken der Cortessa, bevor sie eilig ins Innere des Cafés stürmt. Ich frage mich, was Emma ihr auf dem Handy gezeigt hat. Plötzlich werde ich unruhig. Was, wenn Emma ihren Mund nicht halten konnte? Wenn sie unsere Abmachung vergessen hat? Aber das würde sie nicht machen, oder? Es würde auch sie ins Rampenlicht rücken.

»Entschuldigt mich kurz.« Ich schiebe Sofia beiseite und winke meinen Security Leon heran, damit er mir nach draußen folgt. Ein Mitarbeiter öffnet die Kordel unseres abgesperrten Bereichs. Hinter mir höre ich weitere Schritte, ehe sich Edwards Profil in meinen Augenwinkel stiehlt.

»Wohin des Weges?« Er schenkt mir ein süffisantes Grinsen. »Erliegst du nun doch der Sehnsucht nach unserer geheimnisvollen Schönheit?«

»Nein.« Mit dem Kinn deute ich auf Emma, die mit dem Finger wie wild auf ihrem Handy herumwischt. »Mir scheint, es ist an der Zeit, Wyss an ihre Abmachung zu erinnern.«

Plötzlich gefriert das Grinsen auf Eds Gesicht. Sofort wird er ernst. »Sollten wir uns Sorgen machen?«

»Ich bin dabei, es herauszufinden.«

MAY I HAVE THIS DANCE?

Charles

Wir stapfen durch den Schnee, begleitet von Leon. Die meisten Anwesenden sind auf das Spiel fokussiert, aber ein paar haben uns bemerkt und versuchen, zu uns zu gelangen. Leon muss nur seinen bulligen Arm ausstrecken, und schon treten sie alle den Rückzug an.

Emma sieht auf, als wir ihren Tisch erreichen. Die anderen Gäste schauen neugierig zu uns herüber.

»Sieh an, die Blackwells.« Emma umklammert ihr Handy, die Lippen fest zusammengepresst. »Was erweist mir diese Ehre?«

Mit einem Nicken deute ich auf ihr Handy. »Was hast du der Cortessa gezeigt?«

Sie zuckt zusammen. »Wieso nennst du sie so?«

»Darum. Was hast du ihr gezeigt? Antworte.«

Eine ihrer blonden Brauen wandert ihre Stirn hoch. »Lässt du uns beschatten?«

An meinem Kiefer zuckt ein Muskel. »Zufall.«

»Und das soll ich dir glauben? Charles, dem Kontrollsüchtigen?«

»Sag schon, Emma.« Edward lässt sich auf den Platz der Cortessa fallen und beugt sich vor. »Das Spiel ist gleich vorbei, und ich will den Königinnentanz nicht verpassen.«

Fast hätte ich die Augen verdreht. Der Königinnentanz ist seit Jahren Tradition nach den Cricketspielen. Es ist ein langsamer Tanz auf dem gefrorenen See, zu dem Männer jemanden auffordern müssen und der Person damit die Ehre erweisen, für sie jemand Besonderes zu sein. Edward vergöttert diese Tradition. Ich hingegen finde es lästig.

Emma schnaubt, entsperrt aber ihr Handy. »Hier.« Stur hält sie Edward und mir das Display hin. »Zufrieden, ihr Verrückten?«

Als ich das Bild und die Überschrift erkenne, erstarre ich. Edward hingegen lacht laut auf. Es kommt verzögert bei mir an.

»Tja«, sagt mein Bruder, lehnt sich im Stuhl zurück und verschränkt belustigt die Arme vor der Brust. »Das hat länger gedauert, als ich dachte.«

Ich kann den Blick nicht vom Display abwenden. Es ist ein Slide auf Instagram von der bekanntesten Boulevardzeitschrift des Landes. Auf dem ersten Bild ist die Cortessa zu sehen, wie sie einen Helm von Edward entgegennimmt. Auf dem nächsten, wie sie sich auf dem Motorrad an ihn klammert. Auf dem dritten, wie sie in dem roten Kleid an unserem Tisch auf der Benefizgala steht, und dann, auf dem vierten, ein verschwommenes Handybild, wie sich Eds Lippen auf ihre drücken. Der Titel der Caption lautet: *Who the fuck is Paola Piggy?*

Ich nehme an, mit Piggy spielen sie auf ihre Stupsnase an, und spüre plötzlich eine sengende Wut in mir aufsteigen, weil das respektlos und verletzend ist. Ganz egal, wie sehr ich mir wünsche, die Cortessa würde von hier verschwinden und meine Gefühlswelt nicht länger durcheinanderbringen – *das* geht gar nicht.

»Guck mal, Charles«, sagt Edward, nachdem er auf die drei Punkte gedrückt hat, um die gesamte Caption zu lesen. »Die Leute spekulieren, dass wir eine Dreierbeziehung führen und du Sofia betrügst. Wie lächerlich. Du bist auf keinem dieser Bilder. Die Ehre dieses Skandals sollte ganz allein mir gebühren.«

Edward scheint zutiefst belustigt, ich hingegen muss für einen Moment die Augen schließen und tief durchatmen. Das ist eine Katastrophe.

Emma zieht ihr Handy zurück und sperrt es. »Könnt ihr jetzt wieder gehen?«

»Noch nicht«, entgegne ich, und Emma stöhnt entnervt auf. Ich trete einen Schritt zu ihr, beuge mich herunter und raune: »Halte dich an unsere Abmachung, Wyss.«

Sie blickt starr auf den Tisch, die Brauen dicht zusammengezogen. »Ich hatte nicht vor, sie zu brechen.«

»Das hoffe ich für dich. Du weißt, was ich gegen dich in der Hand habe.«

»Glaub mir.« Sie stößt ein freudloses Lachen aus. »Ich weiß, was für *uns alle* auf dem Spiel steht.« Sie betont das, um mir klarzumachen, dass auch sie mehr weiß, als mir lieb ist.

»Was steht für wen auf dem Spiel?«

Wir zucken zusammen. Nicht nur ich, auch Emma und Edward. Erschrocken sehen wir auf.

Paola ist zurück am Tisch. Sie hat die Hände in den Jackentaschen vergraben, sodass der Kordstoff weit nach unten ausbeult. An ihren Hüften kräuseln sich die Spitzen ihrer Haare wegen des leichten Schneefalls. Eine Flocke verirrt sich auf ihre Oberlippe. Ich sehe einen Moment zu lange hin. Als ich mich wieder fange, hat die Cortessa mein Starren längst bemerkt.

»Deine Anstellung im Palace, wenn du während deiner Arbeitszeiten für Skandale sorgst«, sage ich langsam, gehe um den Tisch herum, bis ich vor ihr stehe. »Könnte ich dich kurz sprechen?«

Sie runzelt die Stirn, schaut sich um. »Ungern.« Und dann, nach einer kurzen Pause: »Ich will nicht mit dir gesehen werden.«

Das ist ungewohnt.

»Nur kurz«, entgegne ich. »Die Leute sind sowieso auf das Ende des Spiels konzentriert.«

Sie sträubt sich sichtlich dagegen, zuzustimmen, aber ich kann auch erkennen, dass sie mit sich ringt. Ich frage mich, ob sie daran denkt, wie ich ihr einen Orgasmus beschert habe, und wünsche gleichzeitig, ihr Zögern wäre mir nicht aufgefallen, denn es verschlimmert den merkwürdigen Druck in mir, wenn ich sie ansehe. Vielleicht hat sie auch Angst, es ginge wirklich um ihre Anstellung.

»Meinetwegen«, sagt sie schließlich.

»Gut, komm mit.« Ganz automatisch greife ich nach ihrem Handgelenk, um sie mit mir zu führen, aber sie entreißt sich mir so schnell, als hätte ich sie verbrannt.

»Verzeihung.« Entschuldigend hebe ich die Hände. »War ein Reflex.«

Sie funkelt mich immer noch an, aber nach einem kurzen Moment setzt sie sich wieder in Bewegung. Ich führe sie neben das Café, bis sie mit dem Rücken zur Wand steht und ich sie mit meinem Körper größtmöglich vor irgendwelchen Gaffern verdecken kann.

»Also?«, sagt sie.

»Ich will, dass du von hier verschwindest.«

Sie erstarrt. »Wie bitte?«

»Du musst das Hotel verlassen«, sage ich.

Sie sieht mich an, als hätte ich ihr eine Ohrfeige verpasst. »Spinnst du?«

Fest erwidere ich ihren Blick. »Das alles gerät aus dem Ruder. Du hast unser Gespräch auf der Gala mitbekommen, jetzt dieses Gerücht von dir und Edward und …«

»Und was?«

Kurz schließe ich die Augen, schlucke den Rest des Satzes herunter. *Und wühlst mich völlig auf. Bringst mich aus dem Konzept. Lässt dreckige Fantasien in mir aufwallen, die ich mit dir tun möchte. Lässt mich wünschen, dich auf ganzer Linie zu verderben, während du meine Prinzessin wirst und ich dir jeden Wunsch von den Augen ablese.*

»Es tut mir leid, aber diese Skandale können wir nicht gebrauchen. Also, was willst du? Geld? Aufmerksamkeit? Irgendeinen Gefallen, den wir möglich machen sollen?«

Sie starrt mir ungeniert in die Augen. »Ich will gar nichts, Blackwell.«

»Aber irgendetwas *musst* du wollen.« Frustriert sehe ich auf sie hinab. »Es muss einen Grund geben, warum du im Hotel bist, und wenn du ihn mir verrätst, kann ich das Ganze verkürzen und dich wieder wegschicken. Vermutlich ist es Geld. Du brauchst Geld, wir zahlen gut, Rätsel gelöst. Ich kann dir mehr zahlen, wenn du im Gegenzug abhaust.«

»Ob du es glaubst oder nicht«, entgegnet sie mit fester Stimme. »Du bist nicht die Lösung für jedes Problem, Idiot.«

Ich hebe eine Braue. »Das bezweifle ich.«

Sie starrt mich einen Moment fassungslos an, dann stößt sie die angehaltene Luft aus. »Gott.« Kurz lacht sie auf, aber es klingt nicht fröhlich. »Scheiße, bist du ein Arsch, echt.«

Unwillkürlich mache ich einen Schritt auf sie zu. »Also?«

»Ich will *arbeiten*, Charles.« Sie legt ihre Hände auf meine Brust und drückt mich wieder zurück. »Ich will mir hier ein Leben aufbauen – mit einem Job und Geld, das ich *selbst* verdiene! Das ist der einzige Grund, warum ich hier bin. Neu anfangen. Nach vorn blicken. Nicht immer dreht sich die verdammte Welt nur um dich und dein verdammtes Geld, okay?«

Mein Blick verdunkelt sich. »Das ist mir klar.«

»Scheinbar nicht.«

Für einen Augenblick treffen sich unsere Blicke, mein Kiefer angespannt, ihr Ausdruck wild vor Zorn.

»Da sind schon Bilder von dir im Internet«, sage ich schließlich. Meine Stimme klingt genauso, wie ich sie haben wollte: leise, bedrohlich. Mit dem Finger deute ich in die Ferne. »Die Leute da draußen schlafen nicht, Cortessa. Die spinnen sich ihre eigenen Geschichten, so lange, bis die Welt das glaubt. Willst du das?«

Damit habe ich etwas in ihr erreicht. Ihre feste Mauer wankt. Ich kann es ganz genau sehen, erkenne es daran, wie sie schluckt, an dem kurzen Flackern in den grünen Tiefen ihrer Iriden.

»Dachte ich mir«, sage ich, den Anflug eines Grinsens auf den Lippen. »Also, gehst du freiwillig, oder willst du mich als Feind?«

Sie *brodelt*. An ihren Seiten ballt sie die Hände zu Fäusten. Leider muss ich feststellen, dass dieses Mädchen süß ist, wenn es wütend wird. Wie ein grimmig blickender Hamster. Irgendetwas an ihrer zornigen Aura tritt zwischen uns, berührt mich. Plötzlich spüre ich ein merkwürdiges Prickeln in meinem Magen, das nicht dorthin gehört. Kurz darauf zuckt mein bestes Stück in meiner Hose. Verfluchte Scheiße. Wenn sie mich nur noch ein paar Sekunden so ansieht, werde ich sie gegen diese Wand drücken und dafür sorgen, dass ihre Wut mit jeder Berührung an ihren sinnlichsten Stellen bebender Lust weicht.

»Ich werde nicht gehen«, sagt sie fest. Jetzt ist sie diejenige, die einen Schritt auf mich zumacht. Ihr Blick ist feurig. »Wenn Elias Van Dyk mir nicht aus irgendeinem Grund eine Kündigung vorlegt, werde ich bleiben, so lange ich will.«

Ich sehe ihr tief in die Augen. »Du treibst mich zur Weißglut.«

»Schön.« Ihr Mundwinkel zuckt. »Hiermit bestätige ich also unsere Feindschaft, Charles. Stell dich schon mal auf eine bittere Niederlage ein.«

Wir sehen uns an, grün in grün, Wut in Wut, und plötzlich habe ich das Gefühl, Welten krachen aufeinander. Es ist wie bei Emilia Galotti. Sie und der Graf. Nichts als Verabscheuung ihrerseits. Und doch ist da etwas, das mich das Ganze plötzlich aufregend finden lässt. Reizvoll.

»Hier steckt ihr!«

Wir schrecken zusammen, als Edward plötzlich neben uns auftaucht. Mit einer Schulter lehnt er sich lässig an die Wand des Cafés. »Störe ich?«

»Nein.« Ich mache einen Schritt zurück. »Wir sind hier fertig.«

»Schön.« Er grinst. »Dann kann ich Paola ja jetzt fragen.«

Sie runzelt die Stirn. »Was fragen?«

Edward stößt sich von der Wand ab und macht eine angedeutete Verbeugung vor ihr. »Dürfte ich Sie um den Tanz bitten, Signorita?«

Seine Worte versetzen mir einen unangenehmen Stich.

Signorita.

Paola sieht sich um, als würde irgendwo hier ein Ball auf sie warten. »Was denn für ein Tanz?«

»Der Königinnentanz«, entgegnet mein Bruder mit einem Lächeln, von dem ich weiß, dass die meisten Frauen es entwaffnend finden. »Auf der gefrorenen Eisfläche. Ist Tradition in St. Moritz.«

»Oh.« Sie blinzelt. »Ich ... also ...«

»Sie wird nicht mit dir tanzen, Ed.« Ich sehe meinen Bruder warnend an, um dann in einem düsteren Ton hinzuzufügen: »Hör auf damit.«

»Mir wäre lieb, *du* würdest aufhören, über mich entscheiden zu wollen, Charles.« Der kühle Ton in Paolas Stimme ist nicht zu überhören.

»Verzeihung.« Ich denke gar nicht dran, einen Schritt zurückzumachen. »Aber Edward und du solltet nicht gemeinsam gesehen werden, wenn du nicht noch mehr Aufmerksamkeit willst.«

Sie scheint kurz über meine Worte nachzudenken, aber ihr verdammter Wille, sich gegen mich aufzulehnen, ist offenbar größer. Die Cortessa schenkt meinem Bruder ein bittersüßes Lächeln. »Ich tanze sehr gern mit dir, Edward.«

»Siehst du, Charly?« Mein Bruder grinst, während er seinen Arm hinhält und sie sich bei ihm einhakt. »Sie tanzt *sehr gern* mit mir.«

Die beiden verschwinden in Richtung See. Ich kann nichts anderes tun, als ihnen hinterherzuschauen, die Hände über meiner Mütze zu falten und mich zu fragen, warum ich dieses bedrückende Gefühl in mir spüre, wenn ich ihre Hand an seinem Arm sehe, wenn alles, was mich mit ihr verbindet, Lust ist.

Wie ein düsteres Gewitter in eiskalter Nacht, und keiner weiß, woher es stammt.

A QUEEN'S DANCE

Paola

Das Einzige, woran ich denke, als ich an Edward Blackwells Seite diesen gefrorenen See betrete, ist: Das hätte ich nicht tun sollen. *Wie dumm, Paola. Wie über alle Maßen und unverhältnismäßig dumm von dir, wo du dir doch allergrößte Mühe geben wolltest, im Schatten zu bleiben. Das hat von Anfang an ja* super *funktioniert.*

Aber als Charles meinte, das hier wäre keine gute Idee und ich solle es lassen, hat das meinen Kampfgeist aktiviert und jeden rationalen Gedanken ausgelöscht. Ich wollte ihm bloß noch eins reinwürgen. Vor allem, um mich von diesem kribbeligen Gefühl in meiner Magengegend abzulenken, nachdem unser Blickkontakt … na ja, alles andere als unschuldig war.

Die Cricketmannschaften haben das Spielfeld geräumt. Statt der grünen Matte und der Spieler befinden sich nun etliche Frauen und Männer auf dem See und positionieren sich. Mir entgeht nicht, wie viele von ihnen mir und Edward neugierige Blicke zuwerfen. Manche haben den Anstand, wenigstens subtil zu sein, andere gaffen wie hungrige Giraffen.

»Achte nicht auf sie«, raunt Edward, während er meine Hand in seine nimmt und die andere auf meine Hüfte legt. »Das sind alles nur Ameisen in einem riesigen Universum, Paola. So wie wir. Stell dir vor, du würdest von oben auf uns hinabblicken.« Er neigt den Kopf. »Wie *bedeutungslos* diese Blicke da sind, findest du nicht? In diesem großen Ganzen?«

»Du hast recht. Ameisen.« Zittriger Atem verlässt meine Lungen, ehe ich nicke. »Wir sind alle bloß Ameisen.«

Edward lächelt. Ich sehe von unten zu ihm auf, betrachte die Pigmentflecken auf seiner Oberlippe, die einen etwas helleren Rotton als der Rest besitzt, mustere das Muttermal auf seiner Wange, ähnlich dem von Charles, seine hellen Augen und die weißblonden Haare, und denke nur, wie surreal das hier ist. Emma hat mir all seine selbstsicheren und adrenalingesteuerten TikTok-Videos gezeigt, und ich erinnere mich, wie unerreichbar er in ihnen auf mich wirkte. Und jetzt stehe ich hier. An seinem Arm.

»Nervös?«, fragt er.

»Ein bisschen.«

»Wegen mir?«

»Eher, weil ich nicht tanzen kann.«

»Keine Sorge.« Er grinst von Ohr zu Ohr. »Das kann ich gut genug für uns beide.« In diesem Moment ertönt die Musik aus den Lautsprechern, aus denen auch die Spielkommentare gekommen sind. Es ist eine Akustikversion von *Cry Me a River*. Schon die ersten Klänge verpassen mir eine verdammte Gänsehaut. Entweder es liegt am Song – oder an meiner dünnen Jacke. So oder so, die langsame, einzigartige Stimme der Sängerin schafft es, jeden Gedanken an die anderen um uns herum auszuschalten. Edward fängt an, sich zu bewegen. Er führt mich, und ich passe mich seinen Bewegungen an.

Für den Königinnentanz bietet der gefrorene Moritzersee eine perfekte Kulisse. Er ist so bearbeitet, dass Pferderennen und Spiele wie Cricket oder Polo hier ausgeführt werden können, ohne dass die Oberfläche zu rutschig ist. Trotzdem klammere ich mich an Edwards Schulter und drücke seine Hand fester als beabsichtigt, während ich den Blick auf meine Stiefel gerichtet halte. Das Letzte, was ich jetzt noch gebrauchen kann, ist ein Foto von mir in der Presse, wie ich auf die Schnauze falle. Überschrift: *Paola Piggy küsst Edward Blackwell die Füße!*

Der Gedanke an diesen Spitznamen frisst sich immer noch in mein Herz.

»Was ist das zwischen dir und Leopold?«, fragt Edward plötzlich.

Verwundert sehe ich auf. »Was soll da sein?«

Er hebt seine Hand, auf dem Gesicht ein perfektioniertes Lächeln für die Öffentlichkeit, und dreht mich einmal um meine Achse. Als ich wieder vor ihm stehe, entgegnet er: »Manche vertreten die Annahme, mein Cousin könnte etwas für dich übrig haben.«

Diese Worte überraschen mich. »Das ist Schwachsinn.« Kurz denke ich darüber nach, aber mir fällt nichts ein, das Leopold getan oder gesagt haben könnte, um es als Flirt durchgehen lassen zu können. »Er ist nett, mehr nicht.« Ich denke an die letzten Wochen, in denen er mir immer wieder mit allen möglichen Kleinigkeiten geholfen hat und stets sichergehen wollte, dass ich mich mit allem wohlfühle. »Zuvorkommend und höflich. Ich mag ihn.«

»Mhmm.« Edward verzieht das Gesicht, als hätte er in eine saure Zitrone gebissen. »Das tut mir in den Ohren weh.«

»Manchmal kommt man mit Familienmitgliedern einfach nicht so gut zurecht«, sage ich langsam. »Aber das muss ja nicht heißen, dass er kein guter Kerl ist.«

Daraufhin erwidert Edward eine ganze Weile nichts. Er sieht über meine Schulter hinweg über die Menge der Tanzenden. Irgendwann, als der Song bereits zu Ende geht, murmelt er schließlich: »In einem Leben voller Lügen und Egoismus …«, er macht einen Schritt zurück, bis sich nur noch unsere Fingerspitzen berühren, und ich erkenne mit Schrecken, dass die Paare anfangen, ihre Partner zu tauschen, »… kannst du es dir nicht erlauben, die Augen zu schließen, Paola.«

»Wie bitte?«

Aber Edward antwortet mir nicht mehr, denn in diesem Moment erscheinen Charles und Sofia vor uns. Edward sieht seinen Bruder nüchtern an. »Ich habe dich schon gerochen, als du noch meilenweit entfernt warst.«

»Ach?« Charles hebt eine Braue. »Wie schön, dass mein Duft dich derart einnimmt, Bruderherz.«

Der Anflug eines Grinsens erscheint auf Edwards Lippen. »Wohl eher der Gestank der Eifersucht. Aber tu, was du nicht lassen kannst.« Der zweite Blackwell reicht Sofia eine Hand. »Würden Sie mir diesen Tanz erweisen, verehrte Vendergaard?«

Sofia gibt ein süßes Lachen von sich. Sie sieht kurz zu mir und verdreht in amüsierter Manier die Augen. »Tut mir leid, aber wenn dein Tanzpartner mich schon so fragt …«

Ich erwidere ihr Lächeln. »Kein Problem.« Habe ich gerade wirklich mit *Sofia Vendergaard* gesprochen? O mein Gott!

Sofia ergreift Edwards Hand. Die beiden entfernen sich, und jetzt erst wird mir bewusst, dass ich plötzlich allein mit Charles bin. Die Melodie des langsamen Liedes geht zu Ende, und Stille hüllt uns in ihren eisernen Mantel. Mir ist, als würde ich den pochenden Herzschlag hinter meiner Brust laut zwischen uns beben hören. Wie ein Wanken der Erde, kurz bevor der Boden reißt. Ich frage mich, wie das sein kann. Wie kann Charles diese Ausstrahlung besitzen und eine solche Reaktion auf andere haben? Leider kann ich nicht leugnen, wie hochattraktiv er in seinem tannengrünen Wollmantel und den schwarzen Docs ist. Er trägt keine Mütze mehr, und seine Ohren sind ganz rot, was das Ganze irgendwie nur noch schlimmer macht, weil er plötzlich so süß aussieht.

Die Sonne ist bereits hinter den Bergen untergegangen und eine azurblaue Farbe hat den Himmel getränkt, aber die aufgestellten Fackeln rund um den See und die vielen Lichterketten lassen Charles' Augen leuchten. Er ist so schön, dass es wehtut. Fast so schlimm wie die Erkenntnis, dass er vergeben ist. So schlimm wie das Stechen in meinem Herzen, als mir bewusst wird, dass ich eifersüchtig auf Sofia bin. Auf eine Frau, der ich niemals das Wasser werde reichen können.

Sogar fast so schlimm wie mein furchtbares Gewissen über das, was ihr Freund und ich getan haben.

CRY ME A RIVER

Paola

Die ersten Klänge des nächsten Liedes setzen ein. Um uns herum fangen die neu zusammengewürfelten Paare an, sich zu bewegen.

Charles neigt leicht den Kopf, hebt herausfordernd eine Braue, während er mich ansieht. »Wir sollten tanzen.«

»Wie bitte?«

Mit dem Kinn deutet er auf die Menge. »Wenn wir weiter hier rumstehen und alle um uns herum ausweichen müssen, fallen wir mehr auf als würden wir einfach mitmachen.«

Ich weiß nicht, was ich sagen soll. Ehrlich gesagt *kann* ich gar nichts sagen, weil die Art, wie er vor mir steht und die Hand nach mir ausstreckt, etwas mit mir macht, das mir nicht gefällt. Ganz und gar nicht gefällt. Ich sehe seine Finger an und denke daran, wie er mich erkundet, wie er meine Lust entfacht und bis zur Spitze getrieben hat.

Als ich keine Anstalten mache, seine Hand zu ergreifen, zuckt sein Mundwinkel. »Du tanzt mit meinem Bruder, aber nicht mit mir?« Der zuckende Mundwinkel wird zu einem leichten Grinsen. »Willst du für böses Blut in der Familie Blackwell sorgen, Cortessa?«

Über seiner Schulter bemerke ich, wie die tanzenden Paare uns immer wieder verstohlene Blicke zuwerfen. *Nur Ameisen*, denke ich. *Ameisen, Ameisen, Ameisen.*

Aber Charles hat recht. Wenn wir weiter hier rumstehen, fallen wir ganz besonders auf. Kurz schließe ich die Augen, stoße die angehaltene Luft aus und öffne sie wieder. »Na schön.« Ich ergreife seine Hand. Es fühlt sich an wie explodierende Wolken, weil die sanfte Weichheit seiner Finger nicht zu diesem brutalen Beben in meiner Brust passt. »Tanzen wir, Signore Blackwell.«

Kurz stockt sein Atem, und ich bilde mir ein, ein leises Knurren aus seinem Mund zu hören, doch in der nächsten Sekunde hat er mich bereits an sich gezogen. Charles' Berührungen sind anders als die von Edward. Bei seinem Bruder hat es sich angefühlt wie ein sanfter Flug, wie eine angedeutete Führung, jederzeit bereit, loszulassen. Charles hingegen … Die Art, wie gezielt und fest er seine Hand an meiner Hüfte platziert, lässt mich nach Luft schnappen. Es fühlt sich an, als würde er mich beschützen. Vor dieser Welt, diesem Leben. Als würde er mich so fest wie nur möglich halten wollen, um mich in Sicherheit zu wissen. Der Moment ist so einnehmend, dass ich den Blick senke, weil ich nicht will, dass Charles meine geweiteten Augen sieht.

Aber da spüre ich plötzlich einen leichten Druck, den er mit seinen Fingern an meiner Hüfte ausübt. »Sieh mich an.«

Ich hebe den Blick. »Warum?«

Seine Lippen teilen sich. Es wirft mich völlig aus der Bahn. Und ihn scheinbar auch, denn er entgegnet: »Du hast Sommersprossen.«

»Das fällt dir jetzt erst auf?«

»Nein, aber …« Er blinzelt. »Jetzt sehe ich sie … sehe ich sie so nah.«

Ich runzle die Stirn. »Und?«

»Es sieht so schön aus.« Plötzlich geschieht etwas Merkwürdiges mit seinem Gesicht. Als hätte gerade *ich* etwas gesagt, was ihn völlig schockieren würde, und nicht etwa umgekehrt.

Es sieht so schön aus.

Abrupt wende ich den Kopf ab und sehe in die Ferne, schlucke, um mich zu sammeln. Jetzt erst nehme ich wahr, zu welchem Lied wir uns bewegen. Es ist wieder eine akustische Coverversion, dieses Mal *The Scientist*. Würde Charles mich nicht führen, hätte diese Situation mich längst stolpern oder ihm auf die Füße treten lassen. Aber jede Bewegung, seine Haltung, alles an ihm macht sofort deutlich, dass er mit alldem groß geworden ist. Ich will nicht wissen, wie viele Tanzstunden er über sich hat ergehen lassen müssen, um auf Events wie diesen und für die Öffentlichkeit ein perfektes Bild abzugeben.

»Hast du schon mal darüber nachgedacht, dass alles im Leben seinen Sinn hat?«, höre ich mich plötzlich fragen. Fast erschrecke ich über meine eigenen Worte, aber der Blick in Charles' Augen hindert mich daran. Ganz langsam rutscht seine Hand von meiner Hüfte, ehe er mich von sich wegführt, nur um mich wieder einzudrehen. Als ich vor ihm stehe, habe ich das Gefühl, ihm noch näher zu sein als zuvor. Ich rieche sein teures Parfüm, seinen darunter liegenden Eigengeruch, männlich, berauschend. »Wenn das ... wenn das stimmt«, füge ich hastig hinzu, »dann frage ich mich, was unser Sinn ist.«

Seine Lippen sind eine feste Linie. »Unser Sinn?«

»Na ja.« Mein Blick wandert an ihm vorbei zu Sofia und Edward, die sich langsam zur Musik bewegen. Die Art, wie sie das tun, lässt mich stutzen. Sofia hat ihren Kopf an Edwards Brust gelehnt, während sein Kinn auf ihrem Scheitel ruht. »Du willst mich loswerden, ich dich am liebsten nie wiedersehen, nach dem, was du ...« Ich unterbreche mich mit einem Räuspern. »Und dennoch stehen wir hier und tanzen. Was ist der Sinn dahinter?«

»Es gibt keinen«, sagt er. Wieder zucken seine Finger an meiner Hüfte, und plötzlich habe ich das Gefühl, dass er etwas Platz zwischen uns bringt. »Manchmal passieren Dinge, weil sie nicht zu vermeiden sind. Zufälle. So wie das hier.« Mit dem Kinn deutet er auf sich und mich. »Aber wenn diese Momente vorüber sind, geht das Leben weiter, wie es war.«

»Findest du nicht, es ändert etwas?« Ich befeuchte meine Lippen mit der Zungenspitze, denke an meine Aufgabe, den Grund, warum ich hier bin, und rede mir ein, dass das, was ich sage, dass meine Annäherungsversuche jetzt gerade, bloß mit meinem Ziel zusammenhängen. Mit der Hoffnung, Charles' Vertrauen für mich zu gewinnen. Aber irgendwie fühlt es sich nicht so an.

Charles mustert mich eine ganze Weile, legt sich, so scheint mir, seine Antwort mit Bedacht zurecht. Als er spricht, klingt er entschlossen. »In meinem Leben habe ich mit vielen Menschen getanzt, die ich nicht ausstehen konnte, Cortessa. Du würdest staunen, mit welcher Perfektion ich die ›Gute-Miene-zum-bösen-Spiel-Manier‹ beherrsche.« Er macht eine kurze Pause. »Wie *alle* hochrangige Unternehmer das beherrschen.«

Jetzt stolpere ich doch. Charles fängt mich sofort ab. Der Druck seiner Hände gibt mir Halt, aber nun fühlt es sich an, als würde mir seine Berührung Löcher in die Haut bohren. »Willst du mir damit sagen, du versuchst, mich rumzukriegen, *obwohl* du vergeben bist, nur um mich am Ende kontrollieren zu können, damit ich für mich behalte, was ich gehört habe?«

»Würde es denn funktionieren?«

Ich schnaube. »Das kannst du vergessen. Ich werde deinem Charme nicht erliegen, Blackwell.« Ich blähe die Nasenflügel und sehe ihm fest in die Augen. »Niemals.«

»Das«, sagt Charles und erwidert den Blick mit einer solchen Intensität, dass mir das Herz in die Hose rutscht, »ist eine Lüge.«

Ich entgegne nichts.

»Aber du liegst falsch«, fügt er schließlich hinzu. Er dreht mich ein, wieder aus, sieht mir in die Augen. »Mit deinen Worten. Denn das ist absolut nicht mein Plan.«

»Aber du hast gerade gesagt –«

»Ich habe dich gerade erst gebeten, von hier zu verschwinden.« Er macht eine angedeutete Bewegung mit seinen Schultern. »Warum also sollte ich dich rumkriegen wollen?«

»Wieso tanzt du dann mit mir?«

»Aus demselben Grund, aus dem du mit mir tanzt.« Ein schiefes Grinsen auf diesen perfekten Lippen. »Um herauszufinden, mit wem ich es zu tun habe.« Er beugt sich minimal zu mir herunter, bis seine Lippen nur Millimeter von meinem Ohr entfernt sind. »Sei deinen Freunden nah, aber deinen Feinden noch näher, Cortessa.«

Ich wünschte, die Enttäuschung in mir würde sich bei diesen Worten nicht aufblähen wie ein riesiger Ballon, der mir unangenehm gegen die Magenwand drückt. Ich wünschte, es wäre mir egal. Aber irgendetwas in meinem Kopf scheint durcheinandergeraten zu sein. Anders kann ich mir nicht erklären, weshalb ich mich keuchend von Charles löse und ihm gegen die Brust stoße. Er wankt nicht einmal. Charles steht auf diesem gefrorenen Eis wie eine stahlharte Festung. Ich glaube, ihn kann nichts aus der Bahn werfen.

Nicht Charles Blackwell.

»Was?«, sagt er, mustert mich interessiert, als wäre ich ein amüsantes Rätsel, das es zu lösen gilt. »Gefällt es dir nicht, die Wahrheit zu hören? Bist du eine von denen, die besser mit schönen Lügen klarkommen?«

»Du …« Eigentlich bin ich nicht wütender auf ihn, als ich es ohnehin schon war. Er hat recht. Wir sind keine Freunde. Wir sind … ich weiß nicht, was wir sind. Ich bin wütend auf mich selbst, weil ich dieses merkwürdige Gefühl in mir habe. Weil ich nachts an ihn denke, daran, wie er mir Lust geschenkt hat, und mir wünschte, er würde es wieder tun. Weil ich ein schlechtes Gewissen gegenüber Sofia habe, das mich auffrisst. Weil ich mir wünsche, dass er etwas anderes gesagt hätte, und das macht mich rasend, denn das geht nicht. Ich bringe mich in Gefahr.

»Halt dich in Zukunft einfach von mir fern, okay?«

Er lächelt. »Nichts lieber als das, Cortessa.«

»Hör endlich auf, mich Cortessa zu nennen!«

»Verzeihung.« Wieder ein Zucken seines Mundwinkels. »*Signora* Cortessa. Oder einfach nur Signorita?«

Das macht mich fast noch wütender. Alles an ihm treibt mich zur Weißglut. Wie er mich durcheinanderbringt, wie er etwas in mir entfacht, nur um ihn im nächsten Moment noch mehr zu hassen.

»Ich hätte mich nie auf diese bescheuerte Sache auf der Gala einlassen sollen.« Meine Stimme ist viel zu laut, aber ich bin *so* zornig. »Ich hätte dich nie so nah an mich heranlassen dürfen.«

Und plötzlich höre ich es. Das Fehlen der Musik. Das Getuschel der umstehenden Menschen. Da erst realisiere ich, wie meine Worte auf sie wirken müssen. Ich blicke von einem Paar zum anderen. Den meisten fällt alles aus dem Gesicht. Nur ein paar der Gesprächsfetzen dringen zu mir durch.

»Ich sage doch, der Typ betrügt Sofia!«

»Aber für dieses Mädchen? Das kann nicht sein!«

»Was will er mit ihr?«

»Es muss doch irgendwas dahinterstecken …«

»Meinst du, sie erpresst ihn?«

»Ich dachte, sie steht auf Edward!«

Panisch sehe ich in Charles' Gesicht. Und erkenne auch an seinem Ausdruck, dass ihm jetzt erst dämmert, was wir angestoßen haben. Zum ersten Mal, seit ich ihn kenne, sehe ich den Bruchteil einer bröckelnden Fassade in seinen Zügen. Den Hauch eines Schocks. Er regt sich nicht, genauso wenig wie ich.

Aber der Königinnentanz achtet nicht auf uns. Der nächste Song setzt ein. Die Paare wechseln wieder, und das reißt mich aus meiner Starre. Ich entdecke Emma, die sich von jemandem löst, den ich nicht kenne. Ihr Blick schweift wie wild über den See. Wahrscheinlich sucht sie Laxon. Und da ist Ignotus, nicht weit von mir, in einem goldenen Frack mit verzierten Mustern. Er bittet Blair mit einer ausladenden Verbeugung und einem angehauchten Handkuss um den nächsten Tanz.

Im gleichen Moment schiebt sich Sofias anmutiges Gesicht in mein Blickfeld. Sie schenkt mir ein freundliches Lächeln, von dem ich mir sicher bin, dass es ihr perfektioniertes Presselächeln ist. »Darf ich dir Charles für den nächsten Tanz ausspannen?«

Was für eine Ironie. So ironisch, dass plötzlich sengende Hitze in meine Wangen schießt. Ich fühle mich ertappt. Hinterhältig. Furchtbar. Ich muss ihr sagen, was auf der Gala geschehen ist! Selbst wenn sie mich vernichten wird. Selbst wenn sie dafür sorgt, dass ich aus dem Hotel fliege. Ich kann mit diesem Gedanken auf keinen Fall eine weitere Nacht wachliegen, während die Schuldgefühle an mir nagen.

»Ich ... ich, also, du ...« Es ist weitaus schwieriger, zu beichten, wenn der Sündenbock nur wenige Zentimeter neben dir steht und dich mit einem sengenden Blick niederstarrt.

»Cortessa«, warnt Charles leise.

Leichte Unsicherheit huscht über Sofias Züge. »Ja?«

»Du solltest wissen, dass ...« Mein Blick gleitet zu Charles, aber ich kann seinen Gesichtsausdruck nicht deuten. Wut? Oder Angst? *Das geht nicht*, denke ich plötzlich. *Nicht jetzt, nicht hier, wenn ich nicht wissen kann, wie er vor all diesen Menschen reagieren würde.* »... dein Freund sehr gut tanzen kann.«

Ihre Brauen wandern leicht zusammen, ansonsten lässt nichts darauf schließen, dass meine Worte Sofia in irgendeiner Weise verwirren. Das strahlende Lächeln, das nur einen Moment später auf ihren Lippen erscheint, übertüncht jede unangenehme Nuance. Scheinbar enthält der Erziehungsplan der Vendergaards die Lektion »awkwardness erkennen, awkwardness ausmerzen«. Und Sofia beherrscht diese Fähigkeit mit geschliffener Perfektion.

»Ja, das kann er. Die Leute können behaupten, was sie wollen, aber die Blackwell-Jungs haben tadellose Manieren, tanzen wie Götter und reiten wie der britische Adel. Einen schönen Tag dir noch, Paola.«

Ihr Abgang wirkt genauso entschlossen wie die Art und Weise, sich bei Charles unterzuhaken und ihn in eine andere Richtung zu lenken.

EDWARD IS NO PRINCE

Paola

Ich stehe auf dem Eis und weiß nicht, wohin mit mir, als ich plötzlich zwei Hände auf meinen Schultern spüre.

»Paola!« Emmas Stirnband ist verrutscht, auf ihren Wangen liegt ein rötlicher Schimmer. Neben ihr steht Blair, die sich den Schal fester schnürt und ihr aschblondes Haar daraus hervorholt. »Blair und ich fordern eine Intervention, und zwar sofort!«

»Wie bitte?«

»Nicht hier. Komm mit.« Emma schnappt sich meine Hand und führt mich durch die tanzende Menge über den Moritzersee. Die ganze Zeit über verliert sie kein Wort, bis wir zu dritt, sie mit einer sahnigen Lebkuchenlatte, Blair mit einer Ovomaltine und ich mit einem grünen Tee, am Kamin des Coffee o' Clock sitzen. Aufgrund des Königinnentanzes ist die Tür des Cafés weit geöffnet, damit auch von innen das atemberaubende Spektakel unter dem Sternenhimmel beobachtet werden kann. Im Hintergrund läuft Taylor Swift mit *Anti-Hero*.

Ich nippe gerade an meinem Tee, in der Hoffnung, der Grünteeherrscher übernimmt und lässt mich alles vergessen, als ich bemerke, dass Blair und Emma mich mit ihren Blicken erdolchen.

»Was?«, frage ich.

»Wiederstand zwecklos. Ich habe alles gesehen«, sagt Blair. Sie blinzelt. Ich erkenne, dass auf ihren Wimpern ein leichter Glitzerfilm liegt, der vom warmen Licht betont wird. »Auf der Gala.«

Augenblicklich weicht mir das Blut vom Kopf in die Füße. Meine Kehle fühlt sich kalt und taub an. Wenn sie *alles* sagt, meint sie … »W… was genau?«

Eine einzelne Braue wandert in ihre Stirn. »Edward?«

Fast hätte ich erleichtert die Luft ausgestoßen. Ich meine, ja, natürlich, es ist eine Katastrophe, dass inzwischen jeder das mit Edward weiß, aber es wäre ein *Weltuntergang*, wenn das mit Charles rauskäme.

»Keine Ahnung, warum er das gemacht hat.« Wahllos kratze ich über eine Rille im Glas. »Er ist unberechenbar. Ich stand nur da. Bei ihm muss irgendwas ausgeknipst worden sein.« Ich zucke die Achseln. »Vielleicht war er auch bloß stockbesoffen.«

Blair seufzt. »Ich weiß, was du meinst. Der Charme der High-Society-Männer. Aber sie sind genauso gefährlich. Bin froh, dass diese *Royal Romance Show* nicht mehr stattfindet.«

»Was?«

Sie wedelt mit der Hand durch die Luft. »So eine Dating-Show, die Spiderflix kurz nach Aprils Verschwinden angeteasert hat. Man konnte sich bewerben. Sind so Runden, die man bestehen muss, und am Ende entscheidet irgendein Elitetyp sich für seine Prinzessin.«

»Und was für Runden?«

Sie zuckt die Achseln. »Weiß man nicht. Aber ich glaube, so High-Society-Sachen. Bälle, Prinzessinnenkram, so was.«

»Woher weißt du das so genau?«, fragt Emma.

»Weil ich mich beworben habe.«

»Was?«, kommt es aus unser beider Mund.

Entgeistert starre ich Blair an. »Warum?«

»Weil es für jede Runde Geld gibt. Aufmerksamkeit.« Sie nippt an ihrem Getränk. »Und es mich reizt, ohne jegliche Ahnung, um wen es sich handeln könnte, da mitzumachen. Aber egal, es wurde ewig nichts mehr von der Show angekündigt. Denke, da kommt nichts mehr.«

»Wie auch immer. Zurück zum Thema, Paola.« Emma wendet sich wieder mir zu. »Du bist geflüchtet. In den Pausenraum.« Ich trinke einen Schluck und warte mit klopfendem Herzen ab, weil Emma nicht so wirkt, als würde sie nur das sagen wollen. Und ich behalte recht. »Kurz darauf ist Charles dir hinterher, meine Liebe, und es dauerte eine ganze Weile, bis er wieder auftauchte. Gefolgt von einer verwirrten Paola.«

Okay, da ist er. Der Weltuntergang. Meine Hände zittern. Ich versuche, sie zu beruhigen, indem ich den Tee abstelle und sie in meinem Schoß knete, aber erfolglos. *Ganz ruhig bleiben, Paola. Dann wissen sie halt, dass Charles dir gefolgt ist, doch keiner kann ahnen, was in dem Raum passiert ist. Ihr wart allein. Nur du, Charles, und euer … Stöhnen.*

»Er hat eine Ansage gemacht, dass ich mich von Edward fernhalten soll«, lüge ich. »Sein Bruder wäre momentan nicht ganz bei sich. Er wollte mich warnen, dass Edward niemand sei, der … na ja, der ernste Sachen eingeht.«

»*Würdest* du denn was Ernstes mit Edward eingehen?«, fragt Blair. »Ich meine, er ist Single. Vielleicht bist du ja wirklich seine neue Flamme und er will dich. Das wäre doch ein richtiger Mädchentraum!« Ein Seufzen verlässt ihren Mund. »Wie bei Prinz Harry und Meghan.«

»Edward ist kein Prinz«, sage ich streng.

»Aber er tut gern so, als ob.« Emma zieht einen Mini-Marshmallow von der Sahne in den Mund, beugt sich vor und fügt hinzu: »Ich bin mir ziemlich sicher, dass Laxon eben kurz davor war, mich um den nächsten Tanz zu bitten. Ich habe also die Chance meines Lebens sausen lassen, um dir jetzt Folgendes zu sagen, deshalb höre mir ganz genau zu.« Sie holt tief Luft. »Die Brüder. Sind. Nicht. Gut.« Ihren Worten folgt eine schwere Stille, dann wackelt sie mit dem Zeigefinger. »Hol deinen Rucksack, den du vorhin am Tresen abgegeben hast.«

Ich sehe sie an. »Warum?«

»Mach einfach. Denk dran: Ich habe Laxon sausen lassen. Vertrau mir.«

Verwirrt stehe ich auf, gehe zum Tresen und lasse mir meinen Rucksack geben. Dann reiche ich ihn Emma.

Sie öffnet den Reißverschluss und nimmt meine große Polaroid raus. »Wartet kurz.« Mit ihren langen Beinen durchquert sie das Café.

Blair und ich wechseln einen verwirrten Blick.

»Also, ich wäre eifersüchtig, glaube ich, aber ich würde es trotzdem feiern«, sagt Blair dann. »Dich und Edward, meine ich. Der Hashtag #BlackwellTok würde durchdrehen.«

»Das wird nicht passieren.«

»Nie?«

»In keinem Universum«, sage ich fest.

»Also, ich finde ihn ultrasüß.« Ihre Stimme bekommt einen träumerischen Ton. »Er schreit so sehr nach Verletzlichkeit, und leider stehe ich da total drauf. Setz mir einen kaputten Mann vor die Nase, und ich kriege das Bedürfnis, ihn Stück für Stück wieder zusammenzusetzen.«

»Vielleicht solltest *du* dein Glück bei ihm versuchen.«

»Ich warte einfach die nächste Gala ab, stelle mich irgendwo hin und warte, dass er wieder einen emotionalen Ausbruch bekommt, in dem er random jemanden abknutschen will. Vielleicht habe ich ja Glück.«

»Gute Idee. Oder diese Show findet tatsächlich noch statt, du wirst genommen und findest einen anderen Prinzen.«

»Im Leben nicht«, entgegnet sie. »Ich bin viel zu seltsam. Ich meine, eine Frau, die an allen möglichen Fassaden und steilen Bergen hochklettert, weil es für sie Ruhe bedeutet wie für andere lesen? Oder stundenlang damit zubringt, True-Crime-Fälle von vermissten Kindern durchzugehen, bis sie sich wie Sherlock Holmes fühlt und glaubt, alles selbst lösen zu können?« Sie verzieht den Mund. »So eine will doch niemand.«

In dem Moment kommt Emma wieder. Sie verstaut meine Kamera im Rucksack und wedelt mit einem Polaroid durch die Luft. »Hier«, sagt sie. »Kleb das in dein Notizbuch, damit du nicht vergisst, wie die Realität aussieht.«

Ich nehme das Foto entgegen und betrachte es. Auf dem Bild tanzen die Leute auf dem Moritzersee, aber im Fokus stehen Sofia und Charles. Ihre Hände liegen in seinen. Er sieht über ihren Kopf hinweg in eine andere Richtung, sie blickt auf seine Brust.

»Charles ist vergeben«, sagt Emma und lässt sich auf ihren Stuhl fallen. »Vergeben an Sofia Vendergaard, A-Promi, weltbekanntes Victoria's-Secret-Model und Erbin eines dänischen Schmuckimperiums. Sie sind *das* Traumpaar.«

Verzweifelt versuche ich, den Kloß in meinem Hals herunterzuschlucken, aber er bleibt, wo er ist. »Ich habe doch gesagt, er ist mir nur gefolgt, um …«

»Nur für den Fall«, unterbricht mich Emma und lehnt sich im Stuhl zurück. Sie legt einen Finger aufs Kinn und mustert mich. »Für den absurden Gedanken, du könntest, na ja, Gefallen an ihm finden, weil er diese Unnahbarkeit zwischen euch gebrochen hat.«

»Tue ich nicht«, murmle ich, diesmal wesentlich kleinlauter als noch zuvor, als ich dasselbe über Edward behauptet habe. »Ich will nur hier arbeiten. Ich …«

In dem verzweifelten Versuch, die richtigen Worte zu finden, lasse ich den Blick nach draußen schweifen. Da bemerke ich, dass Sofia und Charles das Eis verlassen haben. Er ist nirgendwo zu sehen, aber Sofia steht etwas abseits in dem VIP-Zelt, in den Händen eine dampfende Tasse. *Sie ist allein*, denke ich. *Jetzt oder nie.*

»Bin gleich wieder da«, sage ich, schiebe den Stuhl zurück und durchquere in schnellen Schritten das Café. Mir entgeht nicht, dass viele Personen mir mit Blicken folgen. Diese verfluchten Bilder auf Instagram und der Artikel in der Boulevardzeitung scheinen meiner Anonymität einen gehörigen Dämpfer verpasst zu haben. War ich vorher noch im hintersten Winkel eines Schattenimperiums zu Hause, wurde ich mit einer Treffsicherheit wie der von Christiano Ronaldo ans andere Ende des Spielfeldes gekickt, über mir die gleißende Sonne. Bei jedem Schritt, den ich mich der Schmuckerbin nähere, rumort mein Magen lauter.

Als ich das Zelt erreiche, versperren mir die Securitys den Weg.

»Ich … ich muss dringend mit Signora Vendergaard sprechen.«

»Ja, natürlich«, sagt der eine Typ mit einem amüsierten Unterton in der Stimme. »Und ich muss morgen spontan zu einer Mondmission aufbrechen.«

»Kein Zutritt für dich«, ergänzt der andere.

»Aber ich …«

»Gehst du freiwillig oder müssen wir dich abführen?«

»Ist schon in Ordnung«, höre ich da Sofias Stimme hinter der bulligen Wand aus Securitys. »Ich kenne sie.«

Der mit dem Mondwitz bedenkt sie mit einem ungläubigen Blick. »Sind Sie sicher, Signora Vendergaard?«

Sie steht kerzengerade, eine perfekte Haltung, das Kinn gereckt. Sie sieht aus wie eine Königin. »Lasst sie rein.«

CAN I BE YOUR HERO?

Paola

Die Typen machen Platz. Ich stolpere förmlich in dieses Zelt, und obwohl es nur ein abgesperrter kleiner Bereich ist, fühle ich mich plötzlich, als würde ich anderen Boden berühren. Als würden meine Stiefel glühen, meine Füße prickeln. Als wäre ich von jetzt auf gleich besonderer.

»Hi!«, stoße ich aus. Vor meinem Gesicht erscheint ein Kältewölkchen. Und dann noch eines und noch eines, weil meine Atmung *rennt.* »Ich muss dir etwas sagen.«

»Das ist mir klar«, entgegnet sie. »Du bist miserabel im Ablenkungsmanöver.«

Verlegen beiße ich mir auf die Unterlippe. »Ja. Ich ... also, ich konnte es nicht sagen. Nicht vor ...«

»Charles«, sagt sie. »Schon klar.« Sofia ist nicht unfreundlich. Sie ist bemerkenswert darin, mir das Gefühl zu vermitteln, wir wären auf einer Wellenlänge. Ich wünschte, sie wäre fies. Das würde es so viel einfacher machen. »Also, worum geht es?«

Der Puls rattert in meinem Hals. Das hier ist eines der schlimmsten Dinge, die ich je habe tun müssen. »Dein Freund hat ... ich habe ... wir ...« Ich atme tief durch. »Mir geht es echt beschissen, und ich schwöre, ich wusste es nicht. Ich will Charles auch nicht auflaufen lassen, und vielleicht würde er es dir lieber selbst sagen, aber ich habe das Gefühl, das wird er nicht mehr, aber es ist nicht fair dir gegenüber und ...«

»Paola«, unterbricht sie meinen Redefluss mit ernster Miene. »Was ist passiert?«

»Charles hat ...« Gott, mein Herz rast. Ich denke daran, mich selbst aus der Affäre zu ziehen. Nur ihn an den Pranger zu stellen. Aber das wäre heuchlerisch. »Scheiße, da lief was zwischen uns, okay? Es tut mir so leid, Sofia, und ich schwöre, ich wusste nichts von euch als …«

»Du wusstest nichts von uns?« Sofia sieht mich lange an. Es vergehen viele Herzschläge und ein Tsunami an Gedanken. Langsam hebt sie eine Braue. »Das soll ich dir abkaufen?«

Alles in mir zieht sich zusammen. Mein Mund wird staubtrocken. »Ich weiß, es klingt unglaubwürdig. Aber bevor ich hergekommen bin, hatte ich keine Ahnung, wie die Jungs aussehen und …«

»Das klingt in der Tat unglaubwürdig.«

»Ich weiß!«, beteuere ich mit Nachdruck. »Aber es war so. Und dass Charles eine Freundin hat, wusste ich auch nicht.«

Sie öffnet den Mund, schließt ihn wieder. Und plötzlich ist da wieder ihr professionelles Lächeln, mit dem sie Länderpakte unterzeichnen könnte, da bin ich sicher. »Charles kann machen, was er will.« Ihre Haltung ist wie ein Schwert. Groß, drohend, stabil. »Wir führen eine offene Beziehung. Er ist an keine Regeln gebunden.« Sie macht eine Pause, dann fügt sie hinzu: »So tickt er nicht. Regeln sind nichts für Charles. Was immer er tun will, tut er.«

Perplex stehe ich da und versuche, zu verdauen, was sie gerade gesagt hat. Eine *offene* Beziehung? Das heißt, er ist nicht fremdgegangen? Sie *weiß*, dass er solche Dinge tut?

Mit einem Mal sickert Erleichterung in mich hinein. Das schlechte Gewissen, das mich zwei Wochen lang geplagt hat wie hartnäckige Spinnmilben an Zimmerpflanzen, zerfließt ins Nichts. Doch dieses Nichts wird fast sofort von dem Gedanken gefüllt, dass ich das, was ich mit Charles getan habe, teilen müsste, wenn es noch mal vorkäme. Dass er das Gleiche und noch mehr mit anderen tut. Und ich glaube nicht, dass ich so etwas könnte.

Ich bin noch dabei, meine Gefühlswelt zu verarbeiten, als Sofias Stimme erneut zu mir dringt. »Du kannst gehen.« Sie lässt den Blick über den Platz schweifen. »Und pass auf, mit wem du sprichst. Mir scheint, dir folgen bereits mehr Blicke, als gut für dich ist.« Ihr Lächeln ist jetzt überhaupt nicht mehr professionell. Eher bittersüß. »Edward sei Dank.«

In Gedanken versunken trete ich den Rückweg an, den Blick auf meine Stiefel gerichtet. Meine Socken sind nass. Es ist wie mit meinem Kopf. Das Durcheinander findet immer ein Schlupfloch und tränkt ihn mit wirren Gedanken.

»Signora Cortessa!«, ruft da plötzlich eine laute Stimme genau vor mir.

Ich reiße den Kopf hoch und schrecke zusammen.

Vor mir steht ein Mann in langem Mantel und mit einem Notizheft in der Hand. »Würden Sie mir eine Frage zu ...«

»In was für einer Beziehung stehen Sie zu Edward Blackwell?« Da. Neben mir. Noch einer. Mein Puls schießt in die Höhe. Panik breitet sich in mir aus. Ungehemmte, gewaltige Panik.

»Würden Sie mir bestätigen, dass Ihre Anwesenheit im Palasthotel zu einem Zwist zwischen den Brüdern geführt hat?«

Wie bitte?

Die Panik lähmt mich. Ich kann mich kaum regen. Stocksteif bohren sich meine Stiefel in den Boden, meine Beine schwer wie Blei, während sich meine Lippen teilen.

Bis ich plötzlich warme Finger spüre, die sich um mein Handgelenk schließen und mich mit sich ziehen. Es geht so schnell, dass ich nicht einmal sehe, wer mein ungeahnter Retter ist, aber der Geruch, der in meine Nase schießt, gibt mir Antworten.

Rebellisch. Ein Duft wie frischer Pulverschnee und der Hauch von Lavendel. Erst als mein Rücken plötzlich gegen die kalte Backsteinwand einer Häuserfassade drückt und Edwards Körper den meinen berührt, kapiere ich, dass er mich hinter ein Gebäude gezogen hat. Ich wende den Kopf und sehe mindestens drei Securitys, die mit wütenden Gesichtern auf die Reporter einreden.

»Pass auf, little secret«, flüstert da seine Stimme an meinem Ohr. Als hätte er gewusst, dass ich erschrocken zusammenzucke, legt Edward mir noch in derselben Sekunde eine Hand an die Hüfte, um mich zu stützen. »Ich glaube, du solltest hier verschwinden, bevor es ungemütlich wird. Was meinst du?«

WHEN DARKNESS COMES, AND PAIN IS ALL AROUND, LIKE A BRIDGE OVER TROUBLED WATER, HE WILL LAY DOWN

Paola

Perplex sehe ich Edward an, erkenne aber nur ein verschwommenes Gesicht, weil die Panik mich überwältigt. Ich kriege keine Luft mehr. Irgendwie gelingt es mir, zu nicken. Ganz egal, was Edward vorhat … ich will bloß hier weg.

Er schnappt sich meine Hand, und im Gegensatz zu vorhin mit Charles lasse ich ihn gewähren. Ich wäre sonst umgekippt, ganz sicher. Edward führt mich durch die Straßen, vorbei an Passanten und Feiernden am Moritzersee, sagt Dinge wie »lass den Kopf gesenkt«, »guck einfach nicht hoch«, »reagiere auf nichts, was sie sagen«, und ich halte mich an seine Worte, bis wir irgendwann durch dichten Schnee stapfen.

Erst, als ich niemanden mehr um uns herum höre oder wahrnehme, sehe ich auf. Wir stehen vor einem großen Gebäude. Ich wage einen Blick über die Schulter und erkenne den See, aber wir haben uns ein ganzes Stück von ihm wegbewegt.

»Warte kurz hier, bin gleich wieder da.«

Wieder nicke ich nur. Edward verschwindet in dem Gebäude, während ich im tiefen Schnee stehe, mir die Füße abfrieren und das Herz immer noch bis zum Herz schlägt. Jetzt, wo das Ausmaß der Katastrophe in hohen Wellen über mir zusammenschlägt, frage ich mich ganz besonders, was ich mir bei diesem blöden Königinnentanz bloß gedacht habe. Dass ich so etwas ohne Folgen mitmachen könnte? Und das auch noch, nachdem Emma mir diese veröffentlichten Bilder von mir und Edward gezeigt hat?

Du wolltest einfach einen ganz normalen, magischen Moment, flüstert irgendeine Stimme in meinem Kopf, die verdächtig nach mir selbst klingt. *Einen Märchenmoment mit den unerreichbaren Prinzen, denen kein Mädchen widerstehen kann.*

Tja, es gibt nur einen Fehler in der Gleichung: Märchen sind für Prinzessinnen und nicht für jemanden wie mich. Nicht für Sommelièren, denen es nicht vorherbestimmt ist, in den Armen des Prinzen zu landen. Sofia ist die Prinzessin. Sie ist goldrichtig an Charles' Seite. Nicht ich.

Ein Schnauben reißt mich aus meinen Gedanken. Und als ich mich von der Bergkette abwende, schaue ich plötzlich in zwei große Nüstern, die an meiner Wange schnüffeln. Mir entfährt ein spitzer Schrei. Ich mache zwei panische Schritte rückwärts, taumele, aber bevor ich das Gleichgewicht verliere und in den Schnee falle, streckt Edward seine Hand aus und hält mich. Dann wirft er den Kopf in den Nacken und gibt ein bellendes Lachen von sich. »Hast du etwa Angst vor einem *Pferd*?«

Jetzt, wo mein Puls sich wieder beruhigt hat und die übergroßen Nüstern sich entfernt haben, kann ich auch erkennen, dass dieses Tier kein aggressiver Affe, sondern ein großes braunes Pferd ist. »Gott«, murmle ich, während ich an ihm hinaufsehe. »Wieso ist es so *riesig*?«

»Jalapeño ist mein Pferd«, entgegnet Edward und tätschelt ihm liebevoll den Hals, dann zwinkert er mir zu. »Er muss also eindrucksvoll sein.« Als er meinem trockenen Blick begegnet, lacht er auf. »Nur ein Scherz. Er ist ein argentinisches Polopferd. Manche von denen werden bis zu 1,80 groß.«

»Und Jalapeño?«

Er gibt ihm noch einen Klaps und wuschelt ihm durch die schwarze Mähne. »1,79.«

»Wow.«

»Du merkst, ich erreiche gerne das Extreme.«

»Definitiv.«

Er sieht an seinem Pferd vorbei zu mir. »Also, reiten wir?«

»Wie bitte?«

Edward legt dem Tier die Zügel über den Hals, die er bis eben in den Händen gehalten hat. »Ich dachte, du willst von hier verschwinden?«

Perplex blinzle ich. »Aber doch nicht auf einem Pferd!« Eine kurze Pause. Dann: »Zu *zweit*!«

»Warum nicht?«

Entschieden schüttle ich den Kopf. »Auf gar keinen Fall!«

»Das ist absolut sicher«, sagt er. »Du sitzt vor mir, ich halte die Zügel. Jalapeño und ich sind ein eingespieltes Team. Ich kenne ihn in- und auswendig, er ist perfekt trainiert. Da kann gar nichts schiefgehen.« Ungeniert starre ich ihn an, so lange, bis seine Mundwinkel zucken. »Was?«

»Was findest du nur daran?«

»Woran?«

Ich mache eine ausladende Handbewegung. »An diesen Adrenalinkicks!«

Edward grinst. »Reiten ist doch kein Adrenalinkick.«

»Für mich aber.«

»Komm schon.« Er zieht einen Schmollmund, der es in sich hat. »Nur ein Ausritt in die Berge. Ich will, dass du siehst, wie schön es dort ist.« Er macht eine kurze Pause, fügt dann leiser hinzu: »Ich will, dass du die Ameisen vergisst.«

Ich weiß nicht, woran es liegt. Ob es der Blick seiner hellen Augen ist, mit denen er mich traktiert, dieser Welpenblick, seine mächtige Ausstrahlung oder die Summe des Ganzen … jedenfalls wundere ich mich über mich selbst, als ich die Luft ausstoße und ein »na schön« aus meinem Mund herauskommen höre. Edwards Augen strahlen wie die Sonne. Ich habe selten so etwas offen Ehrliches entgegengesehen.

»Super!« Plötzlich steht er neben mir, umfasst meinen Unterschenkel und hebt mich hoch. »Halt dich am Sattel fest und schwing dein Bein rüber.«

Ich tue, was er sagt, und klammere mich anschließend an Jalapeños Mähne. Edward steigt hinter mir auf. Er muss sich auf einen großen Stein stellen, schafft es dann aber ganz allein, sich hochzuziehen. Als ich seinen warmen Körper an meinem Rücken spüre, breitet sich ein Flattern in mir aus, und das ist gar nicht gut. Das ist schlimmer als alles. Wenn es bei *einem* Blackwell passiert, okay. Das kann ich irgendwie verstehen, es aber genauso gut unterdrücken. Aber bei allen beiden? Bitte nicht.

Auf einmal sind seine Lippen dicht an meinem Ohr. »Bereit, geheimnisvolle Schönheit?«

»Ich kann nicht fassen, dass ich das sage, aber … ja. Bring mich bloß weg von hier.«

Ich spüre, wie seine Lippen sich an meiner Ohrmuschel zu einem Grinsen verziehen. »Schätze, ich habe einen schlechten Einfluss auf dich.«

»Wenn du wüsstest, Blackwell.«

Er lacht. Seine Brust vibriert an meiner Brust. Und dann reiten wir los.

Edward hatte recht. Er ist ein *verdammt* guter Reiter. Während ich irgendwie auf dem Tier herumhopple und bete, nicht zu fallen, hält er all seine Balance mit den Beinen, bietet mir mit seinen Armen Sicherheit und hat die Zügel dabei wie ein Profi in den Händen.

Er führt sein Pferd in die Berge hinein, und bald schon spüre ich meine Finger nicht mehr, obwohl ich Handschuhe trage. Ich bibbere am ganzen Körper, doch Jalapeño ist schnell. In einem bebenden Galopp erklimmt er die Erhöhungen der Bergebenen, durch den dichten Nebel hindurch, als würde er diese Strecke jeden Tag laufen und sich blind auskennen. Seine rasanten Schritte hinterlassen Spuren im frischen Pulverschnee, und je tiefer es in die Berge hineingeht, je höher wir reiten, desto kälter wird mir.

Ich will Edward gerade bitten, umzukehren, bevor ich erfriere, als er hinter mir plötzlich tief ausatmet und ein »Brrrr« von sich gibt. Jalapeño reagiert sofort, wechselt in den Trab und dann in den Schritt. Edward atmet noch einmal aus, und sein Pferd bleibt stehen. Jalapeño schnaubt schwer. Hinter mir lässt Edward sich heruntergleiten und reicht mir schließlich eine Hand. Leichtfüßiger, als ich gedacht hätte, lande ich bis zu den Knien im Schnee. »Scheiße, ist das kalt hier!«, fluche ich.

Edward lächelt mich an, und wieder sehe ich, was ich in diesem Ausdruck immer schon vermute: Traurigkeit. Wenn Edward lächelt, dann wirkt es nicht froh. Er wirkt wie jemand, der gerade geschlagen wurde und versucht, seine Verletzlichkeit zu überspielen. Es ist herzzerreißend. Und bewirkt, dass ich die Kälte für einen Augenblick vergesse. »Alles … alles okay bei dir?«

Als hätte meine Frage ihn wachgerüttelt, wendet er sich ab. »Ja. Du hast mich nur gerade an jemanden erinnert.«

»An wen?«

Sein Blick wandert die Bergspitze hinauf, dann über seine Schulter. Er entgegnet nichts, sondern stapft einfach los, als wäre er plötzlich in einer anderen Welt. Bei ihm sieht es nicht halb so mühevoll aus, wie es mir vorkommt, die Beine durch den hohen Schnee zu ziehen. Außerdem glaube ich, jede Sekunde zu erfrieren, aber ich bin neugierig, was er hier will.

»Edward«, höre ich mich irgendwann sagen, als wir ein paar Minuten gegangen sind. Hier oben herrscht absolute Stille. Kein einziges Geräusch dringt durch die Luft, nicht einmal der Wind. Vereinzelte Schneeflocken verirren sich hin und wieder auf Stirn und Nase, und der Nebel legt sich klamm auf meine Haut, aber ansonsten sind da nur wir beide und unsere abgehackten Atemstöße, die wir in die Nacht entlassen. »Lass uns ...«

Ich kann den Satz nicht zu Ende sprechen, weil ich plötzlich gegen eine feste Mauer stoße. Wie sich herausstellt, ist diese Mauer Edwards Rücken. Er ist abrupt stehen geblieben. »Verda...«, setze ich an, doch als ich das graue Ding aus festem Edelstahl vor uns sehe, bleibt mir der Rest des Fluchs im Halse stecken.

Vor uns befindet sich ein menschengroßes Kreuz. Es muss in den Berg hineingeschlagen worden sein, denn es wirkt felsenfest. Ich erkenne rosa Veilchen und gelbe Rosen vor dem Gedenkstein.

»Hallo, April«, flüstert Edward.

Mein Herz macht einen Sprung. Wie gebannt starre ich das Kreuz an, und da erst bemerke ich die Gravur, die in das Material der breiten Querstrebe hineingebrannt worden ist:

APRIL SANDERS
Irgendwo auf dem Piz Nair gingst du verloren
»Wenn wir in dieser Welt schlafen,
wandeln wir wach in einer anderen – egal, wo ich bin,
ich werde Unruhe stiften, Jungs.«

»Das hat sie immer gesagt«, murmelt Edward, den Blick auf die Inschrift gerichtet. »Zu jedem. ›Jungs‹ war ihr Wort für alle. Wir haben ... wir haben diesen Stein bauen lassen, weil wir nicht wissen, ob wir trauern sollen. Ob sie noch da ist oder nicht. Wir wollten etwas errichten, damit sie nicht vergessen ist, egal, wo sie sich gerade aufhält.«

»Edward ...« Plötzlich habe ich nicht mehr das Gefühl, die Kälte lässt meine Lungen brennen, sondern dieses Kreuz. Als ich spreche, ist meine Stimme nur ein rauer Hauch, hinausgetragen in die kalte Nacht, die ihren Namen wispert. »Warum erzählst du mir das alles?«

Er wischt sich über die Nase. »Wem sonst?«

»Jedem, den du besser kennst«, frage ich. »Ich meine ... warum *mir?*«

»Weil ich das Gefühl habe, dass du nicht wertest.« Er schüttelt den Kopf. »Ich habe das Gefühl, bei dir kann ich einfach ... *ich* sein. Und außerdem ...«

»Außerdem was?«

Er sieht mich an. »Außerdem ist das nicht fair.«

»Was ist nicht fair?«

Er verzieht den Mund, als hätte er Schmerzen, während sein Blick auf dem Kreuz liegt. »Du sollst wissen, was dir blühen kann, wenn du dich auf uns einlässt.«

»W...wie bitte?«

Er antwortet nicht.

»Wer war April?«, flüstere ich.

»April war ...« Er stockt. Schüttelt den Kopf. »April ...« Und auf einmal fängt er an zu lachen. Es klingt so schaurig, so eisig und kalt, dass die Angst ihre Klauen über mich gleiten lässt und sachte zudrückt, wie eine Warnung kurz vor dem Angriff.

»Ed... Edward?«

Aber er lacht einfach weiter. Der Klang wird vom Nebel davongetragen, die Berge hinauf, an Orte, die niemals jemand ergründen wird.

»Dieses Leben«, sagt er zwischen zwei Lachern, »dieses verdammte Leben ist ein Witz, oder?«

Ich starre Edward an und weiß nicht, was ich sagen soll. Er hat sich vorgebeugt, stützt die Hände auf die Oberschenkel ab und lacht, bis er plötzlich stockt. Von jetzt auf gleich. Erdrückende Stille.

Und dann schreit er. Dieser mächtige Junge schreit sich die Seele aus dem Leib. Dabei sackt er auf die Knie, hämmert mit den Fäusten in den Schnee, immer wieder und wieder. Ich bin völlig starr, sehe auf ihn hinab, mein Körper nicht imstande, sich zu regen. Schockiert beobachte ich, wie Edward auf dieser Berghöhe wütet, wie seine Züge sich voller Zorn und Schmerz verzerren, die eisblauen Augen riesig. Ich erkenne rote, geplatzte Äderchen darin.

Hinter uns wiehert Jalapeño unruhig. Edwards Gebrüll nimmt einen rauen Ton an, seine Stimme lädiert vor Anstrengung. Das Brechen dieses Klangs rüttelt mich wach. »Edward«, sage ich sanft, aber er hört mich nicht. Er ist überhaupt nicht mehr hier bei mir. Ich muss lauter sein.

»Edward!«

Das ist der Moment, in dem sein Schrei erstirbt. Die plötzliche Stille ist wie ein scharfer Dolch, der mir mit brutaler Härte aufzeigt, was das Verschwinden dieses Mädchens in Edward Blackwell angerichtet hat. Vorsichtig lege ich ihm eine Hand auf die Schulter. Da erst bemerke ich, wie sehr sie bebt. Nur einen Moment später höre ich, wie Edward laut schluchzt.

»O Gott«, flüstere ich, gehe neben ihm in die Knie, versuche, seinen Kopf zu mir zu drehen, aber erfolglos. »Edward, bitte, sieh mich an. Ich bin bei dir, hörst du? Du bist nicht allein. Ich bin … ich bin hier.«

Aber er regt sich nicht. Ich kriege eine verdammte Panik, weil ich nicht weiß, ob ich ihn in diesem Zustand von hier fortbekomme. Wir müssen schnellstens verschwinden, denn diese Temperaturen bringen uns noch um!

»Sieh mich an«, wiederhole ich, versuche, ihn durch seine verschleierte Sicht zu erreichen, sein heftiges Schluchzen zu übertönen, aber ich komme nicht durch. »Edward, wir müssen –«

Ich unterbreche mich, als ich plötzlich Hufgetrappel hinter uns wahrnehme. Oh, bitte nicht! Bitte lass Jalapeño jetzt nicht auch noch durchgehen!

Panisch wirble ich herum, erwarte fast, dass dieses riesige Tier mich niederwalzt, aber es steht nur da, die Ohren gespitzt, den Kopf geneigt. Ich runzle die Stirn.

Jalapeño hebt den Kopf und stößt ein Wiehern aus, genau in dem

Moment, in dem ein anderes Pferd durch den Nebel pirscht. Es ist rabenschwarz, mit gewellter Mähne und Behang an den Hufen.

Ich brauche nur eine Sekunde, um ihn zu erkennen. Charles Blackwell reitet mit der Anmut eines Adligen. Aufrecht sitzt er auf dem sattellosen Rücken, nur eine Hand an den Zügeln, und gewinnt mit jeder Sekunde, die vergeht, an Schärfe. Meine Hand liegt noch immer auf Edwards Schulter, aber mein Herz sackt irgendwo tief in die Knie, und mein Magen macht einen fürchterlichen Satz, der mir ganz und gar nicht gefällt.

SOMEONE COULD SEE US, DON'T YOU CARE?

Paola

Charles bringt sein Pferd neben Jalapeño zum Stehen. Unsere Blicke treffen sich. Eine Sekunde. Zwei. Ich sehe, wie er rasch atmet. Seine Brust hebt und senkt sich unter seinem Mantel. Drei. Vier. Seine durch den Mondschein erhellten Augen bohren sich in meine. Der Blickkontakt dauert einen Moment zu lang, als dass er noch als normal durchgehen könnte. Die Stellen meines Körpers, die seine Hände bei unserem Tanz berührt haben, *glühen.*

In dem Moment, in dem Charles sich abwendet, erkenne ich bloß noch diesen düsteren Schatten um seine Züge, dem ich immer begegne, wenn wir aufeinandertreffen. Er hebt ein Bein über das Pferd, lässt sich auf den Boden sinken und watet in großen Schritten zu seinem Bruder. Als er meine Hand von Edwards Schulter wischt, ist seine Berührung sanfter, als ich gedacht hätte.

»Edward«, sagt er, sein Ton so eindringlich, so fest, dass ich von seiner Stärke, mit der er seinem Bruder in diesem Moment begegnet, beeindruckt bin. Im Gegensatz zu ihm hat mich diese Situation eiskalt erwischt. »Steh auf.«

Edward schüttelt vehement den Kopf. »Ich kann nicht, Charles. Ich kann einfach nicht.«

»Du kannst. Sieh mich an.« Er wirbelt seinen Bruder herum, bis die Blackwells sich Auge in Auge gegenüber sind. »Du kannst alles, was du willst, hörst du?«

»Das nicht. Lass mich … lass mich einfach hier. Lass mich sterben.«

»Einen Scheiß lasse ich, Ed.« Und dann, nach einem kurzen Blick zu mir: »Warum, verflucht, hast du die Cortessa hergebracht?«

»Sie sollte wissen, worauf sie sich einlässt.« Mit dem Ärmel wischt er sich über das Gesicht. »Sie sollte wissen, was ihr bevorstehen könnte, wenn sie sich mit uns abgibt, Charles. Alles andere wäre ... es wäre ...« Er wimmert. Und dann, aus dem Nichts, schreit er: »Ich bin schuld! Wegen mir ist sie nicht mehr da, Charles, und ich sollte sterben dafür, auf der Stelle!«

What the ...

»Verflucht noch mal, Edward!« An seinen Fingerknöcheln erkenne ich, wie sich der Druck von Charles' Händen an Edwards Schultern intensiviert. »Hör auf damit, okay? Hör auf! Sieh mich an.« Edward tut, was er sagt. »Sehr gut. Jetzt atme tief durch. Langsam. Komm, wir machen das zusammen. Ein.« Charles atmet tief ein, Edward auch, ich höre es bis zu mir. »Und aus.« Sie entlassen die angehaltene Luft aus ihrer Lunge.

Das Ganze wiederholen sie eine Weile, bis ich erkennen kann, wie Edwards bebender Körper ruhiger wird. Da zieht Charles seinen Bruder plötzlich an sich, schlingt die Arme um ihn und hält ihn fest an seiner Brust. »Wir stehen das gemeinsam durch«, sagt Charles leise mit geschlossenen Augen. »Ich lasse dich nicht allein.«

Wie gebannt starre ich auf die verschlungenen Körper, auf diese einflussreichen Männer, die in dieser Sekunde mit ihren nass getränkten Hosen im Schnee sitzen und nicht kaputter wirken könnten.

Und während ich so dastehe und sie voller Schock mustere, öffnet Charles plötzlich die Augen. Sein Blick bohrt sich in meinen, und etwas blitzt darin. Vielleicht ist es Ärger, vielleicht Argwohn. Sicher ist nur, dass das, was Edward eben von sich gegeben hat, nicht für meine Ohren bestimmt gewesen ist. Nicht, wenn Charles mich mit diesem Blick erdolcht, ehe er sich abwendet, sich von Edward löst und ihm fest in die Augen sieht. »Du reitest jetzt zum Hotel«, sagt Charles. »Sofort. Ohne Umwege. Verstanden?«

Edward nickt. Er zieht die Nase hoch, rappelt sich auf die Beine und stolpert an mir vorbei, als wäre ich gar nicht da. Als wäre ich nie hier gewesen. Als wäre ich der Schatten, der ich die ganze Zeit sein wollte. Die Dunkelheit ist längt hereingebrochen. Ich sehe ihm nach, wie er mit Jalapeño im Nebel verschwindet, da spüre ich plötzlich einen Arm an meinen Kniekehlen. Nur einen Augenaufschlag später werde ich in die Luft gehoben. Mir entfährt ein überraschtes Keuchen. Der Geruch des teuren Parfüms strömt mir in die Nase, und da erst realisiert mein Verstand, dass Charles mich auf seinen Armen durch den Schnee trägt.

»Lass … lass mich runter.«

»Keine Chance, Cortessa.« Ich kann erkennen, wie er starr geradeaus blickt, die vollen Lippen zu einer festen Linie zusammengepresst. »Ich werde nicht zulassen, dass du hier erfrierst.«

»Aber ich kann selbst …«

»Nein.« Sein Ton ist so herrisch, dass ich zusammenzucke. Frustriert stößt er die Luft aus. »Jetzt ist nicht die Zeit für falschen Stolz.« Und bevor ich etwas erwidern kann, hebt er mich bereits auf den Rücken seines Pferdes. Nur einen Moment später sitzt er hinter mir, greift nach den Zügeln und treibt sein Pferd an. Ich kann unmöglich deuten, ob der Ruck, der durch meinen Magen geht, an der plötzlichen Geschwindigkeit des Tieres liegt oder an Charles' Körper, der sich dicht an meinen schmiegt. Ich weiß nur, dass ich noch immer Edwards verweintes Gesicht vor Augen habe, sein Lachen, sein Geschrei. Und Charles bestimmtes *Nein*, weil er … weil er mich in Sicherheit wissen will. *Mich*.

Der Ritt aus den in der Dunkelheit unheimlich und beklemmend wirkenden Bergen bis zu dem hell erleuchteten Hotel kommt mir wie eine Illusion vor. Diese Stille der Schweizer Alpen bei Nacht ist anders als die, die ich kenne. Irgendwie tiefer. Weiter. Ich weiß nicht, ob die pure Schwärze, das Schnaufen des Pferdes und Charles' gekonnte Gewichtsverlagerungen, um das Tier zu lenken, mich beruhigt oder mir Angst einjagt. Verdammt, es ist fast schwarz um uns herum. Wieso kennt er sich in dieser Dunkelheit so gut aus?

Die ganze Zeit über bin ich erstarrt vor Kälte und gedanklich in Trance. Vielleicht ein Schutzmechanismus, um Charles hinter mir auszublenden, vielleicht auch der Schock aufgrund dieses ganzen Abends. Jedenfalls zucke ich überrascht zusammen, als Charles plötzlich vom Pferd gleitet und mir eine Hand reicht, um mir herunterzuhelfen. Verdutzt sehe ich mich um und erkenne, dass wir uns im Innenhof des Palasthotels befinden. Warme Lichter der Dreimastlaternen fluten die verschneite Ebene, um die Säulen am Eingang wurden funkelnde Lichterketten geschlungen. Das Glitzern verschwimmt vor meinen Augen.

Ein Pagenjunge kommt angelaufen. Charles drückt ihm die Zügel des Pferdes in die Hand und sagt: »Stell ihn zu Jalapeño.« Der Junge nickt und verschwindet mit dem Tier. Erst da wendet Charles sich mir zu. Er wirkt neben der Spur. Und als er seine Hände hebt und an meine Schultern legt, weiß ich, dass er das ganz sicher ist. Ich zucke aufgrund seiner Berührung zusammen, ehe ich mich unruhig umschaue. »Man ... man kann uns sehen, Charles.«

Das stimmt. Charles und ich zusammen sind wie ein Leuchtfeuer in schwarzer Nacht.

Und *alle* drehen sich zu uns um.

I DON'T WANT YOU TO BE COLD, CORTESSA

Paola

»Ist mir bewusst«, sagt Charles. Es interessiert ihn nicht. Kein bisschen. »Aber das tut jetzt nichts mehr zur Sache.« Charles lässt sich nicht beirren. Tief sieht er mir in die Augen. »Bist du okay?«

Das tut jetzt nichts mehr zur Sache. Meint er wegen des Königinnentanzes? Oder was anderes? Wegen Edward? Wegen der Situation, deren Zeugin ich gerade wurde?

»J… ja.« Ich schlucke. »Mir ist ja nichts passiert.«

»Mein Gott, du bist völlig durchgefroren.« Sein Blick wandert von meinem Gesicht hinunter zu meiner Jacke und wieder hoch. »Deine Lippen sind blau.«

»Ich … das wird gleich wieder.«

Einen Moment sieht er mich an, als wollte er mich ergründen, dann richtet er sich abrupt auf, legt eine Hand auf meinen Rücken und schiebt mich vorwärts. »Komm.«

»Wohin?«

»Ich bringe dich auf dein Zimmer.«

Ich werfe ihm einen verwirrten Seitenblick zu. »Das finde ich selbst. Du musst nicht …«

»Ich bringe dich auf dein Zimmer«, wiederholt er nur, diesmal bestimmter, und ich beschließe, dass ich ihn lasse. Es scheint aussichtslos zu sein, Charles etwas ausreden zu wollen.

Seite an Seite durchschreiten wir die Lobby. Die ganze Zeit über lässt er seine Hand an meinem Rücken liegen. Natürlich ziehen wir Blicke auf uns. Als ich Charles daraufhin verstohlen ansehe, zuckt sein Mundwinkel. Er drückt auf den Knopf des Fahrstuhls. »Nach dem, was im Internet bereits über dich kursiert, kriegst du deine Unsichtbarkeit ohnehin nicht mehr zurück«, sagt er.

Ich starre die Türen des Fahrstuhls nieder, weil ich ihn unmöglich ansehen kann. Denn dann würde er sehen, dass ich ihm recht gebe, und das käme einer Niederlage gleich.

Die Fahrt bis in den Ostflügel schweigen wir. Die Stimmung ist zum Zerreißen gespannt. Ein paar Mal sehe ich ihn von der Seite an, mustere sein Profil, aber Charles macht keine Anstalten, den Blick zu erwidern. Die ganze Zeit über ist sein Kiefer fest angespannt. Erst, als wir vor meiner Zimmertür stehen, wendet er sich mir zu. Ich frage mich gar nicht mehr, woher er weiß, wo ich wohne. Es ist sein Palast, und ich bin mir sicher, direkt nach meiner Ankunft hat er sich ausgiebig über mich informiert. Muss er. Sonst hätte er nicht gewusst, wohin er das Kleid und die Rosen hätte schicken sollen. *Informiert über das Mädchen, das er wenige Stunden zuvor noch loswerden wollte.* Und jetzt das Mädchen, das er besorgt mustert, als wollte er es vor allem Bösen dieser Welt schützen. Ich muss schlucken, weil dieser Blick so tief geht, dass er Sphären in mir erreicht, die er nicht erreichen sollte.

Nicht er.

Was ist bloß los mit mir?

»Du musst ein heißes Bad nehmen«, sagt er. »Wärm dich auf. Geh heute nicht mehr raus. Ruh dich nur aus, okay?«

»Ich …«

»Bitte, Cortessa.« Sein Ton klingt beinahe flehentlich, genauso wie sein verzweifelter Blick, und das erschreckt mich. »Keine Widerworte. Nicht heute. Nicht, wenn …« Ich sehe, wie er schluckt, als er den Blick abwendet. Ich erwische mich dabei, wie ich das Muttermal unter seinem Wangenknochen mustere. Als er mich wieder ansieht, fühle ich mich wie bei etwas Verbotenem ertappt. »Nicht wenn du kurz vor einer Lungenentzündung stehst.«

Normalerweise würde ich mich an dieser Stelle wieder gegen ihn auflehnen. Würde ihm sagen, er solle aufhören, über mich zu entscheiden. Aber in diesem Fall hat er recht. Und die Sorge, die ich aus seiner Stimme heraushöre, klingt echt. Ich will nicht gegen jemanden kämpfen, der sich um mich sorgt. Das scheint mir … kein plausibler Grund für einen Krieg.

»Okay.«

Erleichtert stößt er die Luft aus. »Danke.«

»Wofür?«

Aber Charles entgegnet nichts. Er sieht mich nur einen Moment an, dann macht er auf dem Absatz kehrt und verschwindet mit der Anmut eines Königs den Gang herunter. Seine Schritte klingen an den hohen Wänden wider. Ich ertappe mich dabei, wie ich ihm nachsehe, bis er verschwunden ist. Erst dann betrete ich mein Zimmer.

Emma ist nicht da. Ich entfache den Kamin, lasse mir ein Bad ein, versinke in dem heißen Wasser und sehe aus dem Fenster in die Sterne. Ich lese so lange *Effi Briest*, bis meine Augen langsam schwer werden. Mit einem Kugelschreiber vom Waschtisch markiere ich ein weiteres Zitat, das mir zuvor noch nichts bedeutet hat. Als ich die Worte jetzt lese, berühren sie irgendetwas tief in mir auf eine so verheerende Weise, dass ich mich ganz schwummrig fühle.

»Und dann sehe ich auch gleich, dass Sie anders sind als andere, dafür haben wir Frauen ein scharfes Auge.«

Eine Weile betrachte ich diesen unterstrichenen Satz, bis die schwarze Tinte vor meinen Augen verwischt und meine Finger langsam aufweichen. Ich steige aus der Wanne, kuschle mich in den plüschigen Morgenmantel, gehe ins Zimmer zurück und verharre einen Moment unschlüssig im Raum. Das sanfte Knistern des Feuers liegt in der Luft, die Flammen hüllen meinen Körper in eine wohlige Wärme, während die zugezogenen Vorhänge vor dem Fenster zum Balkon mich magnetisch anziehen. Ich versuche, dem Drang zu widerstehen, aber es geht nicht.

Langsam, als könnte sich dahinter ein Monster befinden, lege ich einen Finger an den Vorhang. Schiebe ihn beiseite. Sehe zum gegenüberliegenden Panoramafenster. Und mein Herz macht einen gewaltigen Sprung, denn da steht er. Schon wieder.

Charles.

Ein Glas in der Hand. Ich vermute Whiskey. In der Jogginghose, die ihm tief auf den Hüften sitzt, dem Hoodie und den zerzausten Haaren wirkt er zum ersten Mal wie ein normaler Mann auf mich. Wie jemand, mit dem ich es aufnehmen könnte.

Er sieht mich einfach nur an. Ich erwidere den Blick. Er ist derjenige, der sich zuerst abwendet. Er senkt den Kopf, nur einen Moment später zieht er seine Vorhänge zu.

Ich ringe gerade noch damit, ob ich Erleichterung oder Enttäuschung in mir spüre, als es plötzlich an der Tür klopft. Auch ich lasse den Vorhang los und gehe durchs Zimmer.

Als ich die Tür öffne, steht ein Pagenjunge vor mir. Er hält eine dampfende Tasse in der Hand. »Eine heiße Zitrone für Sie, Signora.«

»Aber ich habe gar keine bestellt.«

»Es, ähm, wurde angeordnet.«

»Oh.« *Charles.* Ich weiß nicht, wieso mich diese Geste so aus der Bahn wirft, aber das tut sie. Vorsichtig nehme ich die Tasse entgegen. »Dann, na ja, richten Sie ihm ein Danke von mir aus.«

»Das werde ich. Haben Sie einen schönen Abend, Signora.«

»Ja, Sie auch.«

Ich schließe die Tür, setze mich im Schneidersitz aufs Bett und lasse mich von den Flammen im Kamin wärmen.

Ich weiß nicht, wie lange ich in so dasitze, aber irgendwann ist die heiße Zitrone leer, mein Kopf jedoch wesentlich voller. Seufzend stelle ich die Tasse auf meinem Nachtschrank ab, öffne die Schublade und hole mein Notizbuch hervor. Entschlossen schlage ich es auf. Mit dem Stift verharre ich kurz über dem letzten Punkt meiner Angstliste, bis ich ihn schließlich doch aufs Papier sinken lasse.

Punkt 6: Charles Blackwell.

Lösung: ~~keine Ahnung.~~ Herausfinden, wer er wirklich ist.

Dann klappe ich das Notizbuch zu, kuschle mich ins Bett und schließe die Augen. In der Schwere der Wärme schlafe ich fast sofort ein. Meine Träume werden dominiert von schluchzenden Lauten, Edwards verzerrtem Gesicht, während er brüllt, und einem Adligen auf einem Rappen.

Als ich am nächsten Morgen aufwache, ist Emma immer noch nicht da. Dafür aber ein kleiner weißer Zettel, der unter der Tür durchgeschoben wurde. *Öffne die Tür*, steht in einer sauberen Handschrift darauf.

Stirnrunzelnd drehe ich an dem Knauf. Auf der Schwelle liegt ein längliches Paket. Ich verschwinde damit wieder ins Zimmer, knie mich auf den Boden und hebe den Deckel an. Vorsichtig falte ich das Seidenpapier auseinander – und erstarre. Es ist ein beiger Wintermantel mit Kaschmirfell an der Kapuze. Im Innenfutter befindet sich ein elegantes Etikett. Chanel.

Als ich den Mantel herausnehme, fällt eine kleine Karte zu Boden. Ich öffne sie. Die Handschrift ist dieselbe wie bei den schwarzen Rosen. Nur dass die Nachricht diesmal eine ganz andere ist.

Ich will dich nie wieder frieren sehen, Cortessa.

IT'S ABOUT HER NOSE, HER MOUTH AND THIS DAMN HEADBAND

Charles

Das Geräusch, als die Tür hinter mir ins Schloss fällt, dröhnt schmerzhaft in meinem Schädel. Die Müdigkeit in meinen Gliedern protestiert heftig. Ich habe die halbe Nacht knapp dreißigtausend Fuß über der Erde in unserem Privatjet verbracht. Die letzten zwei Wochen die Seenotrettung unter der prallen Sonne auf dem indischen Ozean zu unterstützen, war eine spontane Entscheidung. Einer unserer PR-Manager hat schon vor einer Weile eine nötige Wohltätigkeitsreise erwähnt, und als ich meinem Vater sagte, ich würde kurzfristig hinfliegen, war er natürlich begeistert. Er sieht nur den nahenden Crystal Award für unsere Wassermarke und die Tatsache, dass sich meine Hilfe, die ich auf der gesamten Welt versuche zu verteilen, die finanzielle Spende und die Lebensmittelbereitstellung in verarmten Ländern sehr gut auf unser Image auswirken wird. Ich hingegen will einfach nur helfen. Mein Vater war nie persönlich vor Ort in ausgehungerten Dörfern oder auf dem Meer, um jemandem dort das Leben zu retten. Er hat nie Auge in Auge mit diesen traurigen Kindern, diesen verzweifelten Menschen gestanden, nie miterlebt, wie ein Mensch genau vor deiner Nase im Wasser ertrinkt. Ich schon. Es ist jedes Mal eine Zerreißprobe für mein Herz, aber meine Hilfe gibt mir etwas, das nichts auf der Welt mir geben könnte.

Die letzten Tage auf dem Golf von Bengalen waren hart. Am eigenen Leib zu erleben, wie Tausende Flüchtlinge hilflos in einem Schlepperboot auf dem Wasser treiben müssen, weil ihnen Zutritt zum Land verwehrt wird, hat mich beinahe krank gemacht. Aber wir konnten ihnen helfen. Wir konnten sie in Sicherheit bringen. Zumindest vorerst.

Und es hat dich zwei Wochen vor der Cortessa bewahrt, denke ich. Aber im gleichen Atemzug frage ich mich, wie viel diese Flucht vor dem Mädchen über mich aussagt, wenn ich sie eigentlich nur deshalb will, weil ich mich anders nicht mehr von ihr fernhalten kann. Und wenn kaum ein Moment verging, in dem ich nicht an sie denken musste, an ihre süße Nase, die Art, wie sie missmutig ihren Rosenknospenmund verzieht, wenn sie wütend wird, den verdammten Flechthaarreif ... Das hier ist längst kein Machtkampf mehr zwischen Edward und mir. Es ist etwas ganz anderes. Etwas, das mir Sorge bereitet, weil ich nicht gemacht bin für das, was ich will.

Ich bin in den frühen Morgenstunden angekommen, aber als ich vor dem Frühstück in die Bibliothek gehen wollte, war sie da. Sie saß im Lesesessel, die Nase in Maria Stuart vergraben, und als hätte sie meine Anwesenheit gespürt, ist ihr Kopf sofort hochgezuckt. Ihre Augen haben sich in meine gebohrt, und plötzlich hatte ich das Gefühl, der Boden würde sich unter meinen Füßen auftun und ich würde tief, tief fallen. Die Cortessa sah genauso aus. Sie hat das Buch fallen gelassen. Das hat sie wachgerüttelt, und sie hat sich abgewandt, was ich ausgenutzt habe, um zu verschwinden und meinen verdammten Herzschlag unter Kontrolle zu kriegen. Ich bin an einen Ort gegangen, der mein ganz persönliches Geheimnis ist. Zugegeben, in meiner Familie ein offenes Geheimnis, aber die Gesellschaft hat keine Ahnung, dass der alte Golfclub hinter dem Hotel gar nicht stillliegt, wie alle glauben.

Jetzt ist später Nachmittag, ich bin völlig erschöpft und hoffe, einfach direkt einzuschlafen, wenn ich mich gleich ins Bett werfe. Und falls das nicht funktioniert, mich wenigstens in Dokumente stürzen zu können, ohne an Paola Cortessa zu denken. Unter meinen Stiefeln knirscht der Schnee, und als ich den Hügel umrundet habe und den Innenhof des Palasthotels betrete, befinde ich mich mitten in einem leuchtenden Weihnachtsdorf. So kommt es mir zumindest vor. Die komplette Fassade des Gebäudes ist mit Lichterketten versehen, Kutschen wurden dekorativ aufgestellt und geschmückt und an den Seiten der Treppenempore des Eingangs thronen zwei hohe Tannen mit Kugeln in glitzernden Gold- und Silbertönen. Stimmt ja – der Dezember hat begonnen. Unter der warmen Sonne über dem Meer, die meine Haut braun gebrannt hat, habe ich täglich geschwitzt und keinen Gedanken mehr an Tage oder Daten verschwendet. Dort wird mir immer wieder bewusst, dass es Dinge gibt, die alles andere völlig unbedeutend werden lassen.

Auf der Bank im Zentrum des Hofs sitzt ein verkleideter Samichlaus mit einer Schlange Touristenkindern vor sich. Eines von ihnen sitzt auf seinem Schoß. Es ist meine fünfjährige Cousine Adelia, Leopolds kleine Schwester. In dem Moment, in dem sie mich sieht, winkt sie. Ich schenke ihr ein Lächeln und winke zurück, da wendet der Nikolaus sich mir zu. Die roten Sommersprossen über dem Bart und die rostbraunen Augen verraten mir sofort, dass Leopold in dem Kostüm steckt. Zu meinem Leidwesen hebt er Adelia von seinem Schoß, verströstet die anderen Kinder mit ein paar Zuckerstangen, die er ihnen aus dem Sack auf die Bank kippt, und schließt dann zu mir auf.

»Du bist zurück?«, fragt er.

Ich sehe geradeaus, die Hände in den Manteltaschen, und gebe mir keine Mühe, meine Schritte zu verlangsamen. »Offensichtlich.«

Er macht eine kurze Pause. »Und?«

»Was und?«

»Was hast du diesmal vor den Behörden verschwinden lassen?«

Jetzt bleibe ich doch stehen. Der Blick, mit dem ich meinen Cousin ansehe, ist eisig. »Wann hörst du endlich auf mit dieser Scheiße, verdammt?«

»Wenn du dich stellst.« Er spannt den Kiefer an. Beißt die Zähne aufeinander wie ein wütender, verbissener Detektiv. »Wenn April endlich Gerechtigkeit widerfährt.«

»Sie wird niemals mehr Gerechtigkeit erfahren«, zische ich, mache einen Schritt auf ihn zu, bis unsere Stirnen sich fast berühren. »Sie ist seit einem Jahr verschwunden, und sie wird nicht wieder auftauchen, Leo. Kapier endlich, dass es vorbei ist, und versuch weiterzumachen. Wie wir alle.«

»Du kannst das sagen, weil du bloß vertuschen willst. Weil du willst, dass alle vergessen.« Er zittert vor Wut. »Aber ich kann das nicht. Ich *will* nicht vergessen. Und ich werde sie rächen, das schwöre ich dir.«

»Leopold.« Kurz schließe ich die Augen, atme tief durch. »April hat einen Dreck auf dich gegeben. Sie war –«

»Weil du und dein beschissener Bruder sie verdorben habt!« Der Schlag seiner Faust, die mein Gesicht trifft, kommt unerwartet. Ein scharfer Schmerz zuckt durch meinen Kopf.

Ein Kind kreischt. »Der Samichlaus prügelt sich, er prügelt sich!«

»Das ist nicht der Samichlaus«, ruft Adelia. »Das ist mein Bruder!«

»Dein Bruder ist der Samichlaus?«

Ich spüre, dass meine Haut aufplatzt, aber ich rege mich nicht. Ich presse nur die Zähne zusammen, stoße bedrohlich langsam die Luft durch die Nase aus und öffne die Augen. Gerade zum richtigen Zeitpunkt, denn Leopold will nachsetzen. Er hat die Hand schon erhoben, aber meine Reflexe sind rasant. In einer blitzschnellen Bewegung wehre ich ihn ab, umfasse seinen Arm. »Ich werde mich nicht mit dir schlagen«, sage ich leise, mein Ton eine düstere Drohung. »Nicht vor den Kindern, Leopold. Aber ich empfehle dir *stark*, das nie wieder zu tun.« Meine Nasenflügel blähen sich auf, und ich spüre, wie meine Augen sich weiten, während ich den Kopf in seine Richtung neige. »Nie. Wieder. Verstanden?«

Er funkelt mich voller Hass in den Augen an. »Du wirst sie nicht auch noch verderben.« Meine Züge sind steinhart. Als ich nichts entgegne und ihn nur unentwegt ansehe, fügt er hinzu: »Paola. Sie scheint mir ein gutes Mädchen zu sein.«

Ich schnaube, um den eisigen Schauer zu überspielen, der mir den Rücken hinabrieselt. »Halte dich aus meinen Angelegenheiten raus.«

Die Haut um seine Nase ist rot vor Kälte, der falsche Bart verrutscht, seine Züge verzerrt. »Sie ist zu gut für dich.« Er macht eine kurze Pause, um seine Worte wirken zu lassen, weil er weiß, dass er damit genau ins Schwarze bei mir trifft. »Ich sehe, wie du sie anschaust, und du weißt, dass ich recht habe, Charles. Halte dich von diesem armen Mädchen fern – oder ich *schwöre* dir, ich werde dich der Presse zum Fraß vorwerfen.«

Wir sehen uns lange in die Augen. Mein Griff um seinen Arm hat sich verstärkt, und es verlangt mir alles ab, dem Drang, ihm eine reinzuhauen, nicht nachzugeben. Aber ich bin besser als das. Ich werde nicht handgreiflich. Nicht, nachdem ich wieder und wieder in *ihr* verweintes Gesicht, *ihre* von Folter gezeichneten Züge sehen musste und nichts anderes tun konnte, als zuzusehen. Ich werde nicht so sein. Niemals.

»Du stehst nicht in der Position, mir Befehle zu erteilen, Leopold.« Meine Augen werden schmal. »Die Van Dyks haben noch nie gut daran getan, sich mit den Blackwells anzulegen. Es wäre also besser, du versuchst es erst gar nicht.« Ich neige den Kopf, bis ich dicht neben seinem Ohr bin, und raune drohend: »Und ich kann machen, was ich will.«

Damit stoße ich ihn von mir. Kurz wankt er im Schnee. Die Kinder schnappen nach Luft.

Ich drehe mich um und stapfe den Weg zum Hotel entlang, als ich seine nasale Stimme noch einmal zu mir herüberwehen höre. »Das kannst du nicht, Charles.« Er klingt ernst, aber es schwingt ein Hauch von Zufriedenheit in seiner Stimme mit. »Kein Blackwell kann machen, was er will. Dafür seid ihr nicht geboren worden.«

Nur einen winzigen Moment halte ich inne, um tief durchzuatmen, aber ich drehe mich nicht um. Ich ignoriere Leopold und den stechenden Schmerz hinter meiner Brust, den seine Worte hinterlassen, und mache mich auf den Weg zum Westflügel. Als ich aus dem Fahrstuhl steige und den Gang in Richtung meiner Suite einschlage, klingelt mein iPhone. Ich werfe einen Blick drauf und nehme den Anruf mit einem Stirnrunzeln an. »Pa, was gibt's?« Das Ölgemälde eines Vorfahren blickt grimmig auf mich hinab, als ich es passiere und um die Ecke biege. »Ich dachte, du bist in New York?«

»Bin ich«, entgegnet er am anderen Ende. Im Hintergrund höre ich das Rauschen eines regen Verkehrs, gefolgt von einem Huporchester. »Elias meinte, dein Privatjet wäre heute Morgen gelandet.«

»Stimmt. Bin seit fünf oder so wieder in der Schweiz.«

»Aha.« Er flucht, ehe er eine englische Entschuldigung murmelt. Vermutlich hat er jemanden angerempelt. »Und warum warst du nicht beim Geschäftsmeeting?«

Ich antworte nicht sofort.

»Charles«, sagt mein Vater. »Ich habe keine Zeit, verdammt.«

»Bist du gestresst?«

»Ich bin immer gestresst. Das Blackwell Palace New York hat eine fette Klage am Hals wegen einer schaurigen alten Dame, die sich am

Kaffee verbrannt hat, und wenn das jetzt der Grund ist, warum wir im diesjährigen Ranking hinter dem Plaza abstinken, drehe ich durch.«

»Am Kaffee verbrannt?« Ich nehme das Handy in die andere Hand und tippe den Code meiner Suite ein. »Steht keine Warnung auf den To-go-Bechern?«

»Doch, eigentlich schon. Aber die waren wegen des Papiermangels diesen Monat wohl nicht lieferbar, und Daisy dachte, sie könne dem Hotel etwas Gutes tun und sparen, wenn sie andere auswählt, und *die*«, zischt er, »waren blanko.«

»An Pappbechern sparen?« Ich runzle die Stirn. »Wir holen doch sowieso immer die recycelbaren. Wo will sie da noch sparen? Außerdem werden diese paar Dollar keinen Unterschied in den Milliardenbeträgen machen.«

»*Was* du nicht sagst.« Mein Vater seufzt entnervt. »Aber du sollst nicht ablenken, mein Sohn. Warum warst du nicht beim Meeting?«

»Weil ich müde war und …« Das Schloss klickt, ich drücke die Tür auf, betrete das Zimmer und … halte mitten in der Bewegung inne. Irgendein undefinierbarer Laut ersetzt den restlichen Teil meines Satzes. Es klingt wie *gnghe*. Es klingt, als wäre mir gerade der Magen entrissen worden. In nur einer Sekunde. Einfach so.

»Charles?«, fragt mein Vater am anderen Ende. Sirenengeheule jagt durch das Telefon. »Was hast du gesagt?«

»Melde mich später«, presse ich irgendwie hervor, beende den Anruf und lasse das Handy in meine Manteltasche verschwinden.

Was, zur Hölle, ist hier los?

IF YOU'RE SMART, YOU WILL STAY AWAY FROM ME

Charles

Wie gebannt starre ich das Mädchen mit dem Flechthaarreif an, das in meinem Wohnzimmer steht und Weinflaschen einräumt. Gerade will sie einen Romanée Conti ins Regal legen, als sie ihren Kopf abrupt zu mir herumdreht. Ein Wunder, dass sie sich keinen Wirbel bricht. Ein Wunder, dass ich noch atmen kann.

Wir sehen uns an, bis mein Verstand irgendwann in den Überlebensmodus schaltet und seine Funktionen behelfsmäßig wieder aufnimmt. »Was, zum Teufel, machst du hier?«

Ich erkenne deutlich, wie die Cortessa schluckt, aber sie gibt sich größte Mühe, ihre Unsicherheit zu überspielen. Bevor sie antwortet, schiebt sie den Wein ins Regal und drückt ihren Haarreif zurecht. Ihre Finger zittern. Rote Flecken kriechen aus dem Kragen der hochgeschlossenen Blackwell-Uniform heraus, verteilen sich auf ihrem Hals wie ein offensichtlicher Beweis, dass sie nicht hier sein sollte. Diese Unsicherheit macht mich wahnsinnig. Es stellt etwas in mir an, das es nicht tun sollte. Weckt Punkte in mir, die nicht auf sie reagieren sollten.

»Hallo?«, setze ich irgendwann nach, als noch immer nichts von ihr kommt.

Sie streicht ihren Rock glatt und räuspert sich. »Während deiner Geschäftsreise hat Signore Van Dyk angeordnet, die Weinsammlung in den Gemächern des Westflügels auf einen neuen Stand zu bringen.«

Perplex starre ich sie an. »Und dann hat er *dir* unseren Flügel zugeteilt?«

Ich erwarte fast, dass sie den Kopf in den Nacken wirft und lacht, weil das so abwegig ist, dass sie irgendeinen dummen anderen

Grund hat, hier zu sein. Aber die Cortessa steht nur ausdruckslos in meinem Wohnzimmer und sagt: »Ja.«

»Das kann nicht sein verdammter Ernst sein.« Der Zorn in mir kommt in Wellen, und gerade erreichen diese eine gefährliche Höhe. Ich wische mir über das Gesicht, ehe ich mein Handy aus der Tasche fische und die Kurzwahl meines Onkels drücke. Mein Herz klopft viel zu schnell, während ich warte.

»Charles«, begrüßt er mich schließlich. »Schön, dass du auch mal zurückrufst. Wo warst du heute beim Meeting?«

»Willst du mich verarschen?« Mit einem Arm schlüpfe ich aus dem Mantel, wechsle das Handy in die andere Hand und ziehe auch den anderen aus. Wütend werfe ich das teure Stück Stoff auf das Sofa. Noch wütender macht mich jedoch, dass die Cortessa einfach damit weitermacht, die verdammten Flaschen einzuräumen. »Warum teilst du die neue Sommelière für unseren Flügel ein?«

»Ah, ich dachte mir schon, dass dir das nicht gefallen könnte.«

»Nicht gefallen?« Der Zorn schnürt mir die Luft ab. Fahrig nestle ich am obersten Knopf meines Hemds, bis er schließlich aufspringt. »Das ist meine Privatsphäre!«

»Ach, komm. Du hast doch nichts zu verheimlichen, oder, Charles?«

»Einen Scheiß habe ich.« Mit dem Rücken lehne ich mich gegen das gläserne Geländer der Wendeltreppe, um die Cortessa im Auge zu behalten. Ich versuche, meine Atmung zu beruhigen, aber es gelingt mir nur mäßig. »Wir sind eine angesehene Familie, Elias. Es gibt hunderte Gründe, warum jede x-beliebige Person alles dafür geben würde, auch nur den kleinsten Hauch interner Informationen aufzuschnappen und ein großes Fass aufzumachen.«

»Und du denkst, ich würde jemanden einstellen, der zu einer Gefahr für meinen eigenen Bruder und seine Söhne werden könnte?« Seine Stimme ist bedrohlich leise. »Willst du mir vorwerfen, ich wäre nicht integer?«

»Ich will damit sagen, dass du nicht das Recht hast …«

»Mein lieber Neffe«, unterbricht er mich. »Bei allem Respekt, ich bin ebenfalls ein Teil dieser Firma. Ich bin zuständig für die Außeneinsätze, unsere Mitarbeiterinnen und Mitarbeiter und die Dienstpläne. Ich bin dazu *befugt*, genau solche Entscheidungen zu treffen. Das ist mein Job. Wenn du etwas dagegen hast oder dich in diese Sparte einbringen willst, kannst du deinen Wunsch wie alle anderen im *offiziellen Boardmeeting* äußern.« Er macht eine kurze Pause. »Wenn du denn mal aufkreuzen würdest.«

»Ach, fick dich doch.« Ich weiß, dass diese Wortwahl nicht gerade rühmlich ist, und eigentlich drücke ich mich gewählter aus, weil ich anders erzogen wurde. Aber Fakt ist auch, dass ich in meinen ersten elf Lebensjahren in diesem vulgären Ton *gebadet* habe, schmutziges Gewässer, das niemals ablief. Flüche standen auf der Tagesordnung, und in meinen schwächsten Momenten bin ich nicht imstande, diese unterdrückte Seite in mir zu kontrollieren. Ich beende den Anruf, werfe das Handy auf den Esstisch vor mir und funkele die Cortessa an. Ich weiß nicht mal, was mich wütender macht: die Tatsache, dass sie ohne meine Erlaubnis unserem Flügel zugeteilt worden ist, oder dass ich gezwungen bin, mich mit dem merkwürdigen Gefühl in meiner Magengegend auseinanderzusetzen.

»Danke für den Mantel«, sagt sie nach einer gefühlten Ewigkeit.

Ich kann nichts entgegnen. Ich fürchte, wenn ich den Mund aufmache, sage ich ihr, wie schön ihre Beine in den hohen Kniestrümpfen aussehen. Mein Verstand ist völlig durcheinander, und das beunruhigt mich, denn ich bin Charles Blackwell. Ich bin niemals durcheinander.

Sie positioniert die letzte Flasche und steht dann unschlüssig im Raum rum. Sie verschränkt die Hände vor dem Rock und schenkt mir ein Lächeln, aus dem ich Mitgefühl herausfiltere. »Wie ist das passiert?«

Ich blinzle. »Was?«

Mit dem Kinn deutet sie auf mich. »Die Wunde an deinem Wangenknochen.«

Oh. Das habe ich schon fast vergessen. »Nicht wichtig.«

Sie sieht mich an, als würde sie mir nicht glauben. Dennoch nickt sie. Nach einem kurzen Moment des Schweigens macht sie plötzlich einen Schritt vor und eliminiert die Distanz zwischen uns, bis sie mir direkt gegenübersteht. Ich spüre, wie sich mein Puls beschleunigt, und halte inne. Als wäre das hier eine hochexplosive Situation, jede Regung dazu imstande, die Welt in Stücke zu reißen.

»Es tut mir leid, dass ich hier bin«, sagt die Cortessa. Wir atmen synchron. Plötzlich hebt sie eine Hand. Ihr Finger berührt meine Wange. Sanft streicht sie über die Haut unter der Wunde. Hunderte mörderisch geladene Blitze zucken unter ihrer Berührung. Ich rege mich noch immer nicht, dafür aber mein Herz. Das Ding dreht völlig durch. »Es tut mir leid, dass du mich nicht sehen willst.«

»Was tust du da?« Meine Stimme ist ruhig, aber sie zittert. »Was wird das, Cortessa?«

»Ich weiß es nicht.« Sie flüstert. »Vielleicht verliere ich den Verstand.«

»Du machst mich wütend. Immer so rasend!«

»Und du mich erst.« Sie lässt ihre Hand sinken, der Hauch eines Lächelns auf ihren schönen Lippen. »*Schon wieder rennet der Zorn mit dem Verstande davon.*«

»Emilia Galotti«, sage ich leise.

»Das …« Vor Überraschung teilen sich ihre Lippen. »Das weißt du?«

»Du würdest dich wundern, was ich alles weiß.« Einen Augenblick mustere ich sie. Ihre großen grünen Augen, die ausgeprägte Stupsnase, die runden Wangen. Diesen braven Rundschnitt ihrer dunklen Haare. Sie sieht aus wie ein süßes Eichhörnchen, das keiner Fliege etwas zuleide tun könnte. Ich werde diesen verfluchten Drang nicht los, sie in meine Arme zu nehmen und vor dieser Welt zu beschützen. Sie zu behüten. Und ihr zu zeigen, wie sich die höchsten Ebenen der Lust in meiner Gegenwart anfühlen können. Ich will ihr zeigen, wie erregend Dominanz und Unterwürfigkeit sein können. Nicht nur für mich, auch für sie. Und ich will der Erste sein, der all diese Dinge mit ihr tut. Der in ihr die Erkenntnis entfacht, wie gut Verlangen sein kann. Ich will derjenige sein, an den sie denkt, bevor sie nachts einschläft – ein verruchtes Lächeln auf ihren braven Lippen.

Aber ich weiß auch, dass das nie passieren wird. Ich weiß, dass das, was ich will, hinter meinem Rücken von anderen als krank bezeichnet wird.

Schließlich stoße ich die Luft aus. »Du hast gewonnen.«

Sie blinzelt. »Wie bitte?«

»Die Diskussion am See.« Ich strecke die Hand aus, schiebe sie beiseite und durchquere den Raum zu meiner Bar. »Meinetwegen bleib im Palast.«

»Ich dachte, ich sei eine Gefahr für dich?«

Wahllos greife ich nach einem Dom Pérignon und schenke mir etwas von der perlenden Flüssigkeit in eine Champagnerflöte. »Scheiß drauf.«

»Aber ... aber warum?«

Ich lehne mich gegen die Bar, nehme einen großen Schluck und sehe sie an. »Die Wahrheit?«

Sie nickt. »Immer nur die Wahrheit, Charles.«

Verdammt! Warum muss sie diese Wirkung auf mich haben, wenn sie meinen Vornamen ausspricht? Warum muss diese sanfte Melodie in jedem Buchstaben mitklingen?

Frustriert wende ich den Blick ab. »Weil mein beschissener Kopf voll ist mit viel größeren Gefahren als ein braves Mädchen, das in meinem Haus lebt.«

Eine kurze Pause. Dann: »Sprichst du von April?«

Ich sehe in mein Champagnerglas. »Auch.«

Wieder vergeht ein Moment, ehe sie das Wort erhebt. »Du denkst, ich sei brav?«

Mir entfährt ein raues Lachen. »Das muss ich nicht denken. Alles an dir schreit danach.« Jetzt erst sehe ich auf. »Von deiner Affinität zu Klassikern, mit denen ich dich ständig in diesem Sessel in der Lobby sehe, über deine Kniestrümpfe und das Schleifchen am Kragen deiner Freizeitblusen bis zu dem plötzlichen Gekritzel in deinem Tagebuch, wenn dir in irgendeinem Flur wahrscheinlich ein Gedanke kommt, der nicht warten kann.« Mein Blick wandert ihre Stirn hinauf. »Dieser *Flechthaarreif*.«

Sie atmet ein, aber nicht aus. Die Cortessa hält den Atem an. »Und ... und ist das schlimm?«

Bei diesen Worten pocht etwas in meiner Hose verräterisch. Kurz erwäge ich, mich in der perlenden Flüssigkeit zu ertränken, damit ich nicht antworten muss. Damit ich mich nicht mit meinen Gefühlen auseinandersetzen muss. Irgendwann entfährt mir ein schweres Seufzen. Ich leere das Glas, kremple meine Hemdsärmel hoch und mustere sie. Ihr Blick wandert von meinen Handgelenken bis zu meinen Ellbogen. Beinahe gierig nimmt sie jeden Zentimeter meiner tätowierten Haut in sich auf, als wäre dieser Moment ihr lang ersehnter Freifahrtschein, mich näher zu ergründen. Als hätte sie nur darauf gewartet, genau das zu tun. »Das kommt drauf an«, sage ich.

»Auf was?«

Ich befeuchte meine Lippen, halte inne, mustere sie. Betrachte die attraktive Röte auf ihren Wangen und registriere die Zufriedenheit in mir, als ich bemerke, wie ihre Atmung sich aufgrund meiner Musterung beschleunigt.

»Auf meine Willensstärke, dich nicht gegen die Wand zu drücken und herauszufinden, *wie* brav du bist.« Sie schnappt nach Luft. Ich grinse. »Erschreckend, nicht wahr?«

Sie antwortet nicht. Starrt mich nur aus großen Augen heraus an. So lange, bis ich ein weiteres Seufzen von mir gebe und die Krawatte um meinen Hals lockere. »Wenn du klug bist, kommst du nicht wieder her.« Als ich mich fester auf sie konzentriere, weiß ich, dass der Ausdruck in meinen Augen in diesem Moment voll nebliger Dunkelheit sein muss. »Wenn du klug bist, Cortessa, dann hältst du dich von mir fern.«

»Aber … aber vielleicht will ich nicht klug sein.« Sie zögert. »Nicht in dieser Hinsicht.«

»Bitte.« Ihre Antwort bewirkt, dass ich die Augen schließen und tief durchatmen muss. »Geh.«

»Warum?«

Ich öffne die Augen wieder. Ihr Blick bohrt sich in meinen. Und etwas darin, irgendetwas Tiefgehendes, Einnehmendes, macht es mir unmöglich, die nächsten Worte zurückzuhalten. »Weil ich kaum an mich halten kann. Weil sich sonst wiederholt, was auf der Gala passiert ist.«

Wieder hält sie den Atem an. Ich höre es ganz genau. Dann macht sie plötzlich einen Schritt auf mich zu. Und noch einen. Bis sie mir wieder viel zu nah ist. »Was, wenn ich das gar nicht will?«

»Wenn du was nicht willst?«

»Dass du an dich hältst.«

Es passiert nicht oft, dass etwas mir die Sprache verschlägt. Aber das hier schon. Ich öffne den Mund, schließe ihn wieder. Schließlich flüstere ich: »Du hast keine Ahnung, was du da sagst.« Ich schlucke schwer, als ihr blumiger Duft mich erreicht. »Ich will die Kontrolle, Cortessa. Die volle Kontrolle. Das ist, worauf ich stehe. Und sicher nichts, was dir gefallen würde.«

Sie mustert mich eingehend. Die Art, wie sie sich auf die Unterlippe beißt, treibt mich in den Wahnsinn. »Du weißt nicht, was mir gefällt, Blackwell.« Sie macht eine Pause, atmet schwer. »Das, was du magst, ist nichts Verwerfliches. Solange es die andere Person auch will.«

Ich mache einen Schritt vor, sie einen zurück. Löwe und Reh. Unser Blickkontakt könnte Länder erzittern lassen, Universen ins Wanken bringen. Ich treibe sie so lange rückwärts, bis sie mit dem Rücken gegen die Wand stößt. Ein leichtes Keuchen verlässt ihren Mund. Ich rahme ihren Körper mit meinen Armen ein, bette die Handflächen an die kühle Wand. »Und wie finde ich heraus, was die andere Person will?«

»Indem ... indem du sie fragst.«

Ich beuge mich vor, bis meine Stirn beinahe die ihre berührt, dann raune ich: »Paola Cortessa, würde es dir gefallen, wenn ich dir Anweisungen gebe?«

Meine Worte treiben ihr die Röte bis in die Ohren. »V...vielleicht.« Sie atmet nun so rasch, als wäre sie gerannt. »Probier's aus.«

THERE'S ALWAYS A FIRST TIME, BLACKWELL

Charles

Ich zögere. Nur eine Sekunde, dann mache ich einen Schritt zurück. Fest sehe ich ihr in die Augen. »Sag mir, was du fühlst, wenn du mich ansiehst.« Ich schlucke hart. »Jetzt gerade.«

Ihre Zungenspitze benetzt ihre Oberlippe. Sie zögert, doch dann: »Verlangen.«

Dieses Wort macht etwas mit mir. Ein Zittern geht durch meinen Körper. Kurz muss ich die Augen schließen, aber auch das bringt nichts. In meiner Anzughose richtet sich etwas steinhart auf.

Als ich die Augen wieder öffne, huscht Überraschung über ihre Züge. Ich bin mir sicher, in meinen grünen Iriden dominiert nun ein düsterer Ausdruck. »Was auch immer ich sage, Paola«, sie schnappt leise nach Luft, als ich zum ersten Mal ihren Vornamen ausspreche, »tu nur, was du willst, verstanden? Ich will die Kontrolle, aber nur dann, wenn es dir gefällt. Nicht zu jedem Preis. Die Macht über das, was auch immer passiert, liegt ganz bei dir, hörst du?«

Sie nickt. Flüstert: »Okay.«

Und dann sage ich: »Knie dich hin.«

Es vergeht ein Augenblick, in dem sie sich nicht regt. Unsere Herzen rennen um die Wette. Die Ader an ihrem Hals schlägt in raschem Tempo. Es geschieht so lange nichts, dass ich glaube, sie wird es nicht tun, als plötzlich …

Ihr Blick hält meinem stand, als sie erst mit einem Bein niederkniet, dann mit dem zweiten. Schüchtern blinzelt sie mit diesen langen, dunklen Wimpern zu mir auf, und das reicht schon. Mehr braucht es gar nicht. Diese unterwürfige Geste treibt meine Lust in einen ungeahnten Zustand, dass mir ein prickelnder Schauder über den Rücken läuft. Ich zittere vor Verlangen. Sie trägt das Housekeeping-Kleidchen, weil sie es muss. Auch, wenn sie nur Wein einsortiert hat. Die Uniform ist Pflicht. Und durch die lange Reihe an Druckknöpfen, die das Kleid zusammenhält, überaus praktisch. Langsam strecke ich meinen Finger vor, streiche mit der Kuppe unterhalb ihres Kiefers entlang, über ihren Hals. Sie erschaudert. Gänsehaut kriecht über ihre Arme. Ich grinse. *So eine Wirkung habe ich also auf sie.* Interessant, dass sie mit ihrer schlagfertigen Art dazu fähig ist, dass ich am Moritzersee trotzdem gedacht habe, sie könne mich nicht ausstehen.

Mein Finger wandert tiefer, verschwindet unter ihrem Kragen, bis die Kuppe gegen den ersten Knopf drückt. Ich knöpfe ihn auf. Dann den nächsten. Nach jedem Mal streiche ich über ihre frei gelegte Haut, wandere unter ihren BH, bis sie scharf die Luft einzieht, und sie dort ist, wo ich sie haben will. Sie wimmert, als mein Finger ihre Brustwarze verlässt.

»Ungeduldig, Cortessa?«

Sie beißt sich auf die Unterlippe und sagt nichts, aber ich kann die verräterische Röte auf ihren Wangenknochen erkennen, den lustvollen Glanz, der sich über ihre Augen gelegt hat. Knopf für Knopf arbeite ich mich weiter vor. Als ich an ihrer Hüfte angekommen bin, fehlt nur noch einer. Ich gehe auf die Knie, schiebe den Finger unter den Bund ihrer Strumpfhose, weiter unter ihren Slip, streiche in bittersüßen Bewegungen von ihrem einen Hüftknochen zum anderen. Jedes Mal, wenn ich dabei über ihre Mitte gleite, erfasst ein Schauder ihren Körper.

Sie wird unruhig, schiebt ihren Hintern hin und her. »Bitte«, stößt sie schließlich keuchend aus. »Bitte … mehr.«

»Hast du etwa nicht dazugelernt?« Meine Lippen verziehen sich zu einem Grinsen. »Wer gibt hier die Anweisungen?«

Sie beißt sich auf die Unterlippe, legt den Kopf in den Nacken. Mein Finger wandert tiefer, verharrt kurz vor ihrer süßen Perle, von der ich spüre, wie sie lustvoll erzittert. Dann öffnen sich ihre Lippen wieder, und der Laut, den sie von sich gibt, lässt abrupt Blut in meinen Schwanz fließen. *Heilige Scheiße, kann dieses Mädchen stöhnen!*

»Sie, Signore Blackwell.«

In meiner Hose zuckt mein bestes Stück, verlangt nach der feuchten Nässe dieser Frau, von der ich zwei Wochen lang in einer kleinen Kabine auf einem Schiff mitten im indischen Ozean fantasiert habe, obwohl ich geflüchtet bin, um von ihr loszukommen. Jetzt stehe ich hier, Tag eins zurück in St. Moritz, und habe genau diese Frau auf Knien vor mir, während sie meinen verdammten Namen stöhnt.

Ich lege meinen Finger auf ihre Erregung. Sie schließt die Augen. Ihre Lider flattern. Dieser Anblick, Fuck! Wie ihr dichter Wimpernkranz die zarte Bräune ihrer Wangenknochen küsst, wie sie sich mit der Zungenspitze über die blutroten Lippen leckt, ihre Haarsträhnen, die ihre Brüste bedecken ... Scheiße, sie ist perfekt. Sie ist all das, wonach ich mich verzehre. In mir tobt ein Sturm, geschaffen dafür, ganze Kontinente zu zerstören. So sehr will ich sie, und so sehr ist sie verboten für mich. Die einzige Frau, die ich je wollte, habe ich mit dem, was ich bin, mit dem, was ich *brauche*, zerstört, bevor sie verschwunden ist. Ich darf Paola Cortessa nicht begehren. Trotzdem tue ich es. Und das geht längst über einen beschissenen Machtkampf mit meinem Bruder hinaus.

In mir herrscht ein Zwiespalt, während ich sie ansehe. Gewissen gegen Verlangen. Fürsorge gegen Lust. Angst gegen Begehren. Ich schließe die Augen. Aber als sie ein weiteres Mal diesen gehauchten, intensiven Ton von sich gibt, habe ich verloren.

Mein Finger bewegt sich auf ihrer nassen Klit. Sie will die Beine auseinanderschieben, aber ich stelle wieder einen Fuß daneben und hindere sie daran, während ich sie weiter berühre.

»Oh!«, gibt sie einen weiteren Laut von sich, ihre Lippen ein perfekter Kreis, von dem ich mir sofort vorstelle, wie er meinen Schwanz umschließt. Scheinbar hat sie genau den gleichen Gedanken, denn plötzlich wandern ihre Hände meine Hose hoch.

»Nein.« Ich ziehe meine Hand aus ihrer Hose und lege sie auf ihre. Das war ein Fehler, wie ich sofort merke. Diese Berührung, ihre feinen Knöchel auf meiner Haut, die zarten Finger, das ist intimer als das, was wir bisher gemacht haben. Plötzlich spüre ich mein Herz schnell in meiner Brust schlagen. Mit einer Hand lege ich ihre zurück in den Schoß, mit der anderen öffne ich meinen Gürtel. Es surrt, als ich ihn aus den Schlaufen ziehe.

Erschrocken sieht Paola zu mir auf. »Wenn du mich jetzt damit schlagen willst, sage ich Mississippi.«

Fast hätte ich aufgelacht bei ihrem teils schockierten, teils hysterischem Tonfall. »Ich stehe auf Kontrolle, Cortessa. Bittersüßer

Schmerz, der Lust erweckt, ja. Der dir *nicht wirklich* wehtut. Nicht auf Schläge. Niemals.« Ich gehe ebenfalls auf die Knie, beuge mich dicht zu ihr und raune: »Ich will dich erregt sehen. Alles, was dir zu viel wird, ist auch mir zu viel. Deshalb das Safeword.« Dann öffne ich den letzten Knopf ihres Kleides und streife es ihr von den Schultern. Ich umfasse ihren Körper mit dem Gürtel, ziehe ihn zu, bis ihre Arme fest gegen ihre Seiten gedrückt werden. Sie atmet schnell und schwer. Eindringlich sehe ich ihr in die Augen. »Verstanden?«

»Verstanden.«

Ich erhebe mich, lege einen Finger unter ihr Kinn, bis sie mich von unten herauf ansieht. Meine Erektion drückt hart und pulsierend gegen meine Hose. »Steh auf«, sage ich, und sie tut es sofort. Ich hake meine Finger in den Bund ihrer Strumpfhose und ziehe sie ihr samt Slip herunter. Jetzt ist sie nackt, gefesselt und … scharf.

Ich kann nicht anders. Bevor ich darüber nachdenken kann, umfassen meine Hände ihre Wangen, und ich sehe ihr tief in die Augen. »Du bist so wertvoll«, flüstere ich. »So verdammt wertvoll, Paola.«

Sie schnappt nach Luft. Aber bevor sie etwas entgegnen kann, schiebe ich meine Arme unter Kniebeugen und Rücken, hebe sie hoch und trage sie zum großen Esstisch. Ich presse ihren warmen Körper an mich und wische mit einer Hand die Dekoschalen herunter. Scheppernd landen sie auf dem Boden. Ich lege Paola auf dem Tisch ab. Sie sieht zu mir auf.

Abwartend. Erregt. Bereit.

Ich wende mich von ihr ab, gehe zum Feuer im Kamin. Ich nehme eine Kerze vom Sims, halte den Docht in die Flammen und kehre mit ihr zurück zum Tisch. Das Flackern der kleinen Flamme spiegelt sich in Paolas Augen.

»Wie lautet das Safeword?«, frage ich sicherheitshalber.

»Mississippi«, entgegnet sie atemlos, den Blick noch immer auf die Kerze gerichtet.

»Versprich mir, es zu sagen. Versprich mir, nichts zu ertragen, das dir nicht gefällt, Paola.«

Jetzt sieht sie mich an. Nickt. »Ich verspreche es.«

Ich halte ihrem Blick stand, dann neige ich die Kerze. Der erste Wachstropfen fällt knapp oberhalb ihrer Brustwarze. Paolas Augen weiten sich, ihre Lippen wieder dieses perfekte O. Ich warte ab, ob sie das Safeword benutzt, aber es kommt nicht. Also neige ich die Kerze ein weiteres Mal. Jetzt trifft das rote Wachs knapp unter ihrem Bauchnabel.

Paola keucht. Sie presst die Schenkel aneinander, windet sich. Dann schließt sie die Augen, wimmert verlangend.

»Willst du mehr?«, frage ich, mein Ton schwer vor Lust. »Gefällt dir das?«

Mit geschlossenen Augen nickt sie. Ihre langen Haare reiben über meinen Tisch. »Ja.«

Das Wachs landet nur Millimeter über ihrer Vulva. Paola beugt den Rücken durch. Mit einer Hand öffne ich meine Hose, berühre mich selbst, während ich sehe, wie sehr sie diese bittersüße Qual genießt. Fest reibe ich meinen Schaft und mache weiter. Wachs auf ihren Oberschenkeln. Ihren Waden. Wieder die Hüften, die Brüste. So lange, bis ich sie schnell atmen höre. Ich stelle die Kerze weg und gehe ans Ende des Tischs. Dort umfasse ich Paolas Knöchel. Ruckartig ziehe ich sie zu mir. Sie gibt einen überraschten Laut von sich, der in ein zittriges »O Gott« übergeht, als meine Zunge sie berührt. Zart, betörend und langsam lasse ich sie über ihre Öffnung gleiten. Sie ist nass. Scheiße, ist sie nass! Ihr ganzer Körper spannt sich an. Als ich noch einmal mit meiner Zunge über ihre Feuchtigkeit gleite, schnappt sie nach Luft. Sie schmeckt so gut, dass meine Härte unter meiner Berührung heftig pulsiert. Das hier werde ich nicht lange aushalten, deshalb höre ich auf.

Paola wimmert, aber sie sagt nichts. Sie weiß, dass sie warten soll. Und das macht mich beinahe noch mehr an. »Gutes Mädchen«, raune ich nah an ihrer Scham, wobei mein Atem über sie streift. Dann lege ich meine Lippen auf ihre Klit, und Paola schreit leise auf. Ich sauge, und sie stöhnt.

»Ja«, murmelt sie. »Ja.«

Als ich merke, wie ihr Druck sich aufbaut und ihre Mitte zu pulsieren beginnt, löse ich meine Lippen wieder von ihr.

Frustriert stößt sie die Luft aus.

»Wenn du mehr willst«, murmle ich, lecke in einer kurzen, schnellen Bewegung über sie, die sie in den Wahnsinn treibt, »bitte mich drum.« Ich lecke sie noch einmal. »Du weißt, wie.«

»Signore Blackwell«, sagt sie sofort. »Bitte. Mehr.«

Ein Stöhnen entkommt mir. Ich versenke meine Zunge in sie, fülle sie mit ihr aus. Jedes Mal, wenn ich aus ihrer Enge herausgleite, schmatzt es. Das Geräusch treibt mich in den Wahnsinn. Mein Schwanz schwillt an, und ich weiß, ich halte es nicht länger aus. Meine Lippen umschließen ihre Klit. Ich küsse sie, sauge erst sanft daran, dann fest, während ich mit zwei Fingern in sie gleite. Paola stöhnt. Ihre Laute erfüllen den ganzen Raum, und das turnt mich so an, dass auch ich keuchende Laute gegen ihre empfindlichsten Stelle raune. Der warme Atem, der die Bewegungen meiner Zunge und Finger begleitet, gibt ihr den Rest. Ich küsse schneller, reibe mich selbst schneller, und dann komme ich in genau derselben Sekunde, in der sich ihre Mitte fest um meine Finger schließt und sie erzittert. Ihr Höhepunkt überwältigt sie so heftig, dass ihr ganzer Körper sich anspannt und ihre Öffnung mehrmals unkontrolliert zuckt. Erst, als das Beben langsam abflaut, ziehe ich mich aus ihr heraus. Ich schließe meine Hose, ignoriere die Sauerei, die ich auf dem Parkett hinterlassen habe, und richte Paola auf, um den Gürtel zu öffnen. Sie keucht und sieht mich mit einem Blick an, als wäre ich ein Alien.

»Was?«, frage ich, ein geheimnisvolles, kleines Lachen in meiner Stimme. »So gut?«

Paola wirkt so perplex, sie antwortet nicht einmal. Stattdessen schaut sie an sich herunter, wieder zu mir, die Augen immer noch riesig, und fährt sich dann geistesabwesend durch die Haare.

»Bin gleich wieder da«, sage ich.

Ich gehe ins Bad, um mich frisch zu machen, und überlege, ob Paola noch bleiben würde, wenn ich sie darum bäte. Im selben Moment schockiert mich dieser Gedanke so sehr, dass ich tief Luft hole und mich im riesigen Spiegel über dem luxuriösen Waschtisch ansehe, um zu vergewissern, dass ich noch ich selbst bin. Aber ja, der bin ich: tiefe Ringe unter den hellgrünen Augen, viel zu hohe Wangenknochen, markanter Kiefer und braunes Haar, wenn auch wild durcheinander, so oft, wie ich mir in der letzten Stunde dadurch gefahren bin. Auf keinen Fall darf Paola bleiben. Wir sind schon viel zu weit gegangen. Ich meine, was kommt danach? Spiderflix & Chill, mit kuscheln auf dem Sofa?

Fest entschlossen, ihr glaubhaft zu machen, dass ich noch arbeiten muss, gehe ich ins Wohnzimmer zurück.

Aber Paola ist nicht mehr da. Das Geräusch eines einrastenden Schlosses lässt mich den Kopf wenden. Plötzlich spüre ich Enttäuschung in mir. Und das Gefühl, dass ich es nie geschafft hätte, sie jetzt fortzuschicken, ganz egal, wie überzeugend mein innerer Wille im Bad war. Wäre Paola geblieben, hätte ich vermutlich die ganze Nacht auf dem Sofa mit ihr verbracht und über deutsche Klassiker philosophiert. Dabei hätte ich ihre Lippen beobachtet, jede einzelne Regung, und gelacht, wenn sie eine andere Interpretation als meine eigene mit solcher Inbrunst verteidigt hätte, als ginge es um länderübergreifende Politik.

Noch während ich die Tür anstarre, hinter der sie gerade verschwunden ist, kommt mir ein erschreckender Gedanke in Form von Edwards Stimme.

Irgendwann ist immer das erste Mal.

WHAT DO YOU KNOW ABOUT APRIL SANDERS?

Paola

»Gehst du regelmäßig zur Schule?«

Am anderen Ende der Leitung brummt mein kleiner Bruder. Mir zieht sich der Magen zusammen.

»Was soll dieses Geräusch mir sagen, Gabe?«

»Papa sagt, es gibt wichtigere Dinge als Schule.«

Ich muss die Augen schließen, weil ich sonst mit den Händen auf die Matratze einhämmern würde, auf der ich im Schneidersitz hocke. Mein verdammter Stiefvater! San Luca wird von der Mafia regiert, und Matteo denkt, sie wären Gott. Er denkt, er wäre ihr Partner, dabei ist er nichts weiter als ein kleiner Handlanger, den sie ausnutzen. Sie würden ihn ohne zu zögern abknallen, wenn er ihnen Probleme macht. »Nichts ist wichtiger als deine Zukunft, Gabriel.« Ich mache eine kurze Pause, ehe ich hinzufüge: »Kinder, die in San Luca geboren werden, brauchen die Bildung um jeden Preis.«

»Ich weiß.« Mein Bruder sagt diese beiden Wörter in einem seltsamen Mischton aus verzweifelt und genervt. »Aber wenn Papa sagt, ich soll zu Hause bleiben, damit ich ihm bei Dingen helfen kann, was soll ich dann tun?«

Der Unmut in meiner Brust wächst wie ein nicht willkommenes Geschwür. Viel zu grob zupfe ich an einem losen Faden meiner Wollsocken, bis meine Hand abrutscht und ich mir mit dem Fingerknöchel gegen das Kinn stoße. Der plötzliche Schmerz überlagert die Wut in mir und bringt mich wieder zur Besinnung. Gabe ist dreizehn. Mir ist klar, dass er sich nicht gegen Matteo auflehnen kann. Der Junge hat Angst vor seinem Vater. Er weiß, dass jedes Widerwort unweigerlich zu Schlägen führt.

»Ich hole dich da bald raus«, flüstere ich, als hätte ich Angst davor, meine Mutter oder mein Stiefvater könnten mich selbst hier, in St. Moritz, noch belauschen. »Hörst du? Nicht mehr lange, Gabe. Ich tue das hier für uns. Ich verspreche dir, ich lasse dich nicht im Stich. Halt noch ein bisschen durch, ja?«

»Aber wie lange denn *noch*?« Der schwere Klang, der in diesem letzten Wort mitschwingt, verrät mir, dass mein Bruder einen dicken Kloß im Hals sitzen haben muss. »Ich vermisse dich, Paola.«

Mein Herz macht einen Satz. Eine Träne läuft mir über die Wange, und mein Kinn beginnt zu zittern. »Ich dich auch, mio piccolo. Es dürfte nicht mehr lang dauern, bis der Bescheid des Gerichts kommt, ob das Sorgerecht auf mich übergeht. Und was das Hotel angeht ... ich bin dran. Wirklich.« Bei meinen Worten dreht sich mir der ganze Magen um, weil ich viel zu sehr außer Acht gelassen habe, warum ich hier bin. Mein Bruder hängt in diesem italienischen Mafiadorf fest, und ich habe nichts Besseres zu tun, als auf Knien zu Charles Blackwell aufzusehen. Zittriger Atem entweicht mir. »Dauert nicht mehr lange, okay?«

»Okay.« Im Hintergrund scheppert irgendetwas. Ich höre, wie Gabriel nach Luft schnappt. Dann: »Muss auflegen. Bis dann.«

»Nein, nicht bis dann.« Ich schlucke die Schwäche in mir fort und zwinge Entschlossenheit und Stärke in meine Stimme. »Bis bald. Bis ganz bald, ja, Gabe?«

Er zögert, aber als er spricht, könnte ich schwören, ein Lächeln aus seiner Stimme herauszuhören. »Ja. Bis bald.« Dann legt er auf.

In meinem Magen rebelliert ein unangenehmer Druck, während ich das steinalte Handy auf den Bettüberwurf sinken lasse. Wie konnte ich nur so dumm sein, meinen ganzen Plan zu vernachlässigen? Wenn es nur um mich ginge, okay, aber Gabe ... das darf auf keinen Fall noch mal passieren.

Ich will gerade wieder mein Handy in die Hand nehmen und einen weiteren Anruf tätigen, einen *sehr* wichtigen, will mit der Person sprechen, die die Fäden in der Hand hält und überdies noch versprochen hat, den Sorgerechtsprozess für mich zu begünstigen, als das Schloss der Zimmertür klickt. Sie schwingt auf, und Emma stolziert herein, Schneeflocken in der rosa Wollmütze, ein Glitzern in den Augen und zwei große Tüten in den Händen. Unter ihrem Arm klemmt eine metergroße, mit weißem Puder überzogene Tanne. Ein Stromkabel, das vermutlich der um die Tanne herumgewickelten Lichterkette dient, schleift über den Boden. »Hi!« Sie kickt die Tür mit dem Stiefel zu, geht schnurstracks zu ihrem Bett und legt die Tüten darauf ab. »Ich habe unseren freien Mittag genutzt und war shoppen.«

Nicht gerade unauffällig starre ich auf den Kopf des Weihnachtswichtels, dessen Mütze ein großes Stück fehlt.

Emma bemerkt meinen Blick und zieht das Ding mit einem entzückten Seufzen heraus. »Das ist Wilfried.«

»Wie bitte?«

»Wilfried war sehr traurig.«

»Wenn ich ihn so ansehe, sieht er immer noch nicht besonders glücklich aus.«

Emma funkelt mich an. »Ich habe ihn aus der Grabbelkiste gerettet. Er lag dort zusammen mit Sardinen im Sonderangebot, Omaschlüppis in Maxigröße und abgelaufenen Kondomen.« Sie bedenkt Wilfried mit einem beinahe liebevollen Blick. »Ich konnte ihn unmöglich dort lassen.«

»Verständlich.«

»Hier wird er glücklich.« Sie stellt ihn neben den Kamin, von wo aus Wilfried einen ungenierten Blick auf mich wirft. Ich stelle mir vor, wie er mich die ganze Nacht so anstarren wird, und erschaudere.

»So, und mit dir habe ich jetzt ein Hühnchen zu rupfen, meine Liebe.«

»Mit mir?« Verwundert sehe ich Emma an. »Niemand hat jemals was mit mir zu rupfen. Ich bin zu lieb.« Ich schenke ihr ein liebreizendes Lächeln und blinzle mehrmals schnell hintereinander. »Viel zu unschuldig und …«

»Oh, nein, nein, nein.« Emma stößt ein ungläubiges Lachen aus, während sie in ihren Tüten wühlt. »Damit kommst du nicht durch. Von wegen unschuldig.«

Jetzt werde ich tatsächlich unruhig. Ich setze mich aufrechter hin. »Was meinst du?«

Meine neue Freundin findet, wonach sie gesucht hat, und wirft mir im nächsten Augenblick eine Zeitschrift vor die Nase. Auf dem Titelblatt ist Sofia Vendergaard zu sehen – strahlend schön, ein goldfarbener Highlighter auf ihrer gebräunten Haut, über ihren Lidern ein Eyeliner im selben Ton, die Wimpern lang, geschwungen und dicht. Selbst auf ihnen liegen feine Glitzersteine, und an Sofias Ohren baumeln zwei ineinander verkeilte, funkelnde Ringe in der Größe von Armbändern, die ihre Schulterblätter streifen. Ich zweifle keine Sekunde daran, dass es diamantenbesetzte Vendergaards sind. Sofort denke ich an den Abend in Charles' Suite vor ein paar Tagen. Daran, was er mit mir angestellt hat. Wie intensiv er mich angesehen hat. So wie der Nachtschwärmer die Sterne ansieht, wenn der Zeiger auf drei Uhr steht. Wenn alles still und magisch ist, die Welt ein ruhiger Ort, die Zeit, in der gebrochene Herzen zeigen, wie laut sie schreien können. So hat Charles mich angesehen. Wie ein Nachtschwärmer mit gebrochenem Herzen, der in den Sternen endlich wieder Heilung sieht. Ich frage mich, ob er Sofia auch so ansieht. Oder ob sie eher die Sonne am helllichten Tag ist, die ihn blendet.

Die Sache mit mir und Charles ist jetzt ein paar Tage her, und seitdem habe ich ihn immer nur flüchtig gesehen. Jedes Mal mit Sofia an seiner Seite. Die Sonne strahlt einfach heller als die Sterne.

»Das ist Sofia«, sage ich monoton. Mit einem Stirnrunzeln sehe ich zu Emma auf. »Aber sie ist doch oft auf dem Titelbild einer Zeitschrift. Was ist ungewöhnlich daran?«

»Ich rede nicht von Sofia, Schätzchen.« Emma beugt sich vor und tippt mit einem lackierten Finger auf die weiße Schrift neben Sofias Schulter. »Hier.«

Nur in Glamour

Paola Cortessa gesichtet, wie sie mit Edward Blackwell
in die Berge verschwand –
jedoch mit Charles Blackwell zurückkam!

»Ach du Scheiße.« Eiskübel werden über mir ausgegossen, aber sie sind nur für eine Sekunde kalt, ehe sie meine Haut in Flammen setzen. Mein vegetatives Nervensystem reagiert auf diese News wie andere auf eine Überdosierung Abführmittel. »Beschatten mich diese Leute, oder woher wissen die jeden gottverdammten Mist?«

»Natürlich beschatten sie dich.« Emma sagt das, als wäre es das Offensichtlichste auf der Welt. Ungerührt schiebt sie sich auf mein Bett und blättert im Magazin, bis sie die Seite gefunden hat. »Ich meine, beim Cricket bist du nicht sonderlich subtil gewesen.« Sie sieht mich an und hebt eine Braue in die Stirn. »Beim Königinnentanz tanzt du erst mit Edward, dann mit Charles, dann haust du mit Edward ab, bist plötzlich verschwunden, nur um scheinbar wieder mit Charles im Palasthof aufzutauchen.« Mit dem Finger tippt sie auf das Bild im Magazin, auf dem wir beide auf seinem Rappen zu sehen sind. In seinem Mantel, der kräftig gebauten Statur und den Docs sieht Charles beinahe majestätisch auf diesem Pferd aus, wohingegen ich ... na ja, in meiner zusammengefallenen Haltung wie eine verschrumpelte Kartoffel wirke. Dieses Bild ist furchtbar. Es sieht aus, als wäre ein König losgezogen, um einen Bauerntrampel vor dem Frosttod zu bewahren.

Ein eiserner Dolch bohrt sich in meine Brust, als mir bewusst wird, dass dieser Gedanke ziemlich genau der Wahrheit entspricht. Charles ist ein begehrter, steinreicher Celebrity – und ich bin bloß Paola. Mittelmäßig hübsch, nicht berühmt, nur voll mit Neurodermitis. Mr. Sexy und Miss Dermatitis. Was für ein hässlicher Kontrast.

»O Gott.« Mehr bringe ich nicht raus. Mein Blick klebt an Charles' markanten Wangenknochen, an seinem stählernen Blick, seinem Arm, der beschützend auf meinem liegt. Das habe ich gar nicht mitbekommen. Aber ich kann nicht an den Moment auf dem Pferd denken, sondern nur an unseren Abend, als sein Mund nur Millimeter von meinem entfernt war, als ich die geschwungene Wölbung seiner Oberlippe begutachten durfte, das tiefgründige Glitzern in den Augen, das mir erlaubte, einen Blick hinter den Hochmut, hinter seine attraktive Distanziertheit werfen zu dürfen. Als ich Wärme und Schwäche, Trauer und Verletztheit, Angst und Kummer erkannt habe. Als er ... als er dieses Kribbeln zwischen meinen Schenkeln ausgelöst hat, nachdem er meinte, ich solle mich vor ihn knien. Und dann mit seiner Zunge Dinge getan hat, an die ich seitdem ständig denken muss. »O... O Gott.«

»Habe ich dich nicht ausdrücklich vor den Jungs gewarnt?« Langsam sehe ich zu Emma auf. Ihre Stirn liegt in Falten, ein besorgter Ausdruck dominiert ihre Züge. »Die Blackwells sind gefährlich, Paola!«

»Aber warum eigentlich?«

Emma blinzelt. »Warum was?«

»Du sagst mir immer, sie wären gefährlich, aber nie, warum. Weil du von Anneli weißt, dass Charles diese Neigung zu ... na ja, diesen

Fetisch hat? Und weil Edward ein bisschen adrenalinsüchtig ist?«

»Paola!« Emma wirkt bestürzt über meine Worte. Sie legt eine Hand auf meinen Arm und sieht mich an. Konzentriert und fokussiert. Wie ein Angreifer kurz vor dem tödlichen Stoß. »Charles ist *vergeben.* An *diese* Frau.« Sie schlägt das Magazin zu und kratzt beharrlich in Sofias Gesicht herum. »Ist dir bewusst, wie mächtig die Vendergaards auf dieser Welt sind?«

»Ja«, gebe ich widerwillig zurück, denn das ist etwas, das mein Hirn in diesem Moment nicht hören will. »Schließlich kennt die ganze Welt dieses Schmuckimperium.«

»Eben.« Emma atmet tief ein und wieder aus. »Ich weiß, wenn man in diesem Hotel lebt und ihr immer wieder begegnet, verfliegt diese unnahbare Wirkung ein wenig. Aber das darf es nicht. Sie ist mächtig, und sie ist einflussreich. Genau wie Charles. Und Edward ...« Sie senkt den Blick, beißt sich auf die Unterlippe.

»Was?«, hake ich nach.

»Der Typ würde dein Herz in seine Hände nehmen, es sanft streicheln und dann zerfleischen. Er würde niemals eine Beziehung mit jemandem eingehen. So tickt Ed nicht. Zumindest nicht, seit ...« Sie stockt mitten im Satz, weitet die Augen. An ihrem Hals beginnt die Ader plötzlich in schnellem Tempo zu pochen, als hätte sie sich in letzter Sekunde davor bewahrt, ein Geheimnis auszuplaudern.

»Nicht seit was?«

Aber Emma presst die Lippen zusammen, bis sie ganz weiß werden.

In mir breitet sich ein flatterhaftes Gefühl aus. »Emma ...«

»Ich kann's nicht sagen, okay?«

Die Neugierde in mir ist kaum auszuhalten. Meine Gedanken schweifen zu dem mächtigen Sohn des Hoteleigentümers zurück, der neben mir in den Schnee sackte und plötzlich wirkte wie ein gebrochenes Kind. Seine Schluchzer hallen noch immer in meinen Ohren nach. Und dann das Kreuz, von den Jungs als Denkmal errichtet, obwohl niemand weiß, was mit April geschehen ist. Wo sie steckt. Er muss wahnsinnig in sie verliebt gewesen sein.

»Emma«, sage ich, sehe ihr fest in die Augen. »Was weißt du über April Sanders?«

WELL, I'M FUCKED

Paola

Von jetzt auf gleich verschwindet das Blut aus ihrem Gesicht. Emma wird kalkweiß, ihre blauen Augen sind dafür riesig. Langsam blinzelt sie, bis sie plötzlich genauso langsam den Kopf schüttelt. »Nie gehört.«

Fast hätte ich laut aufgelacht. »Komm schon. Du siehst aus, als hättest du gerade einen Geist gesehen. Verrate mir, was du weißt.«

Eine ganze Weile sieht Emma mich an. Dann schluckt sie hart, wendet den Blick ab und geht zu ihrem Bett herüber. Sie beginnt, die Tüten auszupacken. Stille hüllt uns ein, wabert um unsere Köpfe wie schwere Energie.

Emma schmückt den Raum mit Lichterketten, stellt kleine Weihnachtshäuschen auf den Kaminsims, hängt Nikolaussocken an die dafür vorgesehenen Haken, weil Lis und sie aus England kommen und Blair aus den USA, und die drei daraus auch hier eine Tradition gemacht haben, und verteilt so viele Kerzen im Raum, dass ich glaube, sie will entweder zurück in die Regency-Zeit reisen oder Ignotus bezirzen. Erst, als sie die Lichterkette des Kunstbaums anknipst und die bunten Leuchten sich in ihren Augen spiegeln, sagt sie: »April war die Tochter einer alleinerziehenden Unternehmerfrau. Kinsley Sanders. Sehr mächtig, sehr einflussreich. Sie kamen aus Amerika, waren aber häufig hier im Palast zu Besuch, weil sie mit den Blackwells befreundet waren. So wie Sofias Familie. Kein Wunder also, dass Sofia und sie die besten Freundinnen waren.«

»Ich habe ein Kreuz gesehen«, verrate ich ihr. »In den Bergen. Es … Ihr Name war darin eingraviert.«

Emma starrt noch immer in die bunten Lämpchen. An ihrem Kiefer zuckt ein Muskel, ansonsten ist ihr Gesichtsausdruck eine nüchterne Maske. »Das Kreuz haben die Blackwell-Brüder dort angebracht. Es passierte letzten Heiligabend. Ich weiß nichts Genaues. Niemand weiß das. Aber Gerüchte besagen, dass April und Sofia an diesem Tag einen schlimmen Streit in der Lobby hatten. Dabei sollen wohl Edwards und Charles' Namen gefallen sein. Danach ist Sofia in die Berge abgehauen.«

»Und … und dann?«

Jetzt erst sieht Emma auf. Der Ausdruck in ihren Augen, als sie mich ansieht, lässt mir den Atem stocken. Er wirkt beunruhigend wie raschelndes Laub in einer dunklen Gasse. »Niemand hat April seitdem gesehen. Sie ist wie vom Erdboden verschluckt.«

»O mein Gott«, flüstere ich. »Keine … keine Spur von ihr? Nicht mal ein Zeichen?«

»Nein«, murmelt Emma.

Plötzlich höre ich Leopolds Stimme in mir. Der vorwurfsvolle, trauernde Ton, in dem er die Brüder fragte, wie sie so über die Nacht sprechen könnten, die alles änderte. *Die Nacht, die alles änderte.*

»Emma«, stoße ich atemlos hervor. In meinen Adern rauscht das Blut in adrenalingeladener Schnelligkeit. »Wenn du sagst, Sofia und April haben über die Blackwells gestritten, und Leopold ist derjenige, der den beiden immer wieder nachstellt, glaubst du, dass …«

»Ja, genau das glaube ich.« Ihr Blick ist stahlhart und eindringlich. »Diese Gruppe weiß mehr über ihr Verschwinden, als sie zugeben, Paola. Immer wieder hat man mitbekommen, wie April und Ed sich angebrüllt haben, irgendwas war da auch zwischen Charles und ihr und … keine Ahnung, ich habe einfach kein gutes Gefühl bei den beiden.«

Ein Brennen breitet sich in meiner Kehle aus, schlimm wie Säure. Jeder Atemzug fällt mir schwerer. *Niemand hat sie seitdem gesehen.*

Charles und Edward … Edward, der seinen Bruder wie ein Wahnsinniger anstarrte, sich an ihn klammerte, als würde er denken, ansonsten in die Tiefe zu fallen. Wie verzerrt seine Züge waren, als er ihm sagte, er wäre schuld an ihrem Tod. Und Charles, der seinen Bruder an sich drückte und ihm versprach, das gemeinsam durchzustehen.

O Götter.

Aber noch während mein Kopf versucht, herauszufinden, was genau die Jungs verbergen könnten, denke ich an die hirnrissige Motorradfahrt mit Edward. An den riskanten Ritt in die Kälte. Ich denke an seine impulsartigen Entscheidungen, so offensichtlich lebensmüde für jeden außer ihn. Und ich denke an Charles, an seine Worte an meinem Ohr. *Wenn du klug bist, kommst du nicht mehr her. Wenn du klug bist, Cortessa, hältst du dich von mir fern.*

»Mal davon abgesehen«, reißt Emma mich aus meinen Gedanken und streicht mir eine verirrte Strähne hinters Ohr, »sind diese Jungs auch deshalb nicht gut für dich, weil ich weiß, wie viele Männer ticken. Klar, es gibt auch vernünftige, aber dazu zählen ganz sicher nicht die Blackwells, daran besteht kein Zweifel. Edward vögelt Frauen, als wären sie Trophäen, die er sammelt, und Charles geilt sich daran auf, anderen dabei zuzusehen, wie sie sexuelle Praktiken vollführen, die er ihnen vorgibt. Kein Ding, wirklich, soll jeder machen, wie er will, aber glaub mir, das ist keine gute Voraussetzung für dein Herz.« Als ich nichts entgegne, fügt Emma hinzu: »Oh nein, Paola, tu das nicht.«

»Was?«

»Dieser Mundwinkel, der sich auf diese Weise verzieht.«

»Diese Weise?«

»So … verzweifelt. Ich weiß, was das bedeutet.«

»Und was?«

»Irgendein versteckter Teil in dir hofft, dass die beiden anders sind, weil du dich schon in sie verknallt hast.« Ihr Blick wird ernst. »In alle beide.«

»Wie bitte?« Hitze schießt in meine Wangen. »Ganz bestimmt nicht!«

Sie seufzt entnervt, als wüsste sie längst, dass ich mich selbst belüge. »Hör zu.« Behutsam legt sie eine Hand auf meinen Arm. »Ich weiß, was in den Köpfen einiger Männer vorgeht, weil ich … sagen wir, ich habe mich ausgetobt. Mir ist bewusst, wie schwanzgesteuert manche Kerle sein können, wenn die Lust in ihnen erst mal aufwallt. Und die Blackwells sind düster, Paola. Ich bezweifle, dass in ihren Köpfen romantische Gedanken kursieren, wenn sie mit einem Mädchen anbandeln.«

O Gott O Gott O Gott. Es ist nicht das, was sie versucht, mir über die Jungs zu sagen, das mir in diesem Moment Angst einjagt, sondern … ich selbst bin es. Wie lange habe ich jetzt schon vergessen, dass ich hier bin, um die beiden auszuspionieren? Und wie viel habe ich bisher von meinem Plan in die Tat umsetzen können? Richtig, so gut wie nichts. Weil Charles und Edward mich nur ansehen mussten und ich sofort in ihrem Spinnennetz kleben geblieben bin.

Emma muss meine panische Verzweiflung bemerken, denn plötzlich wird ihr Ausdruck sanfter. »Aber ich kann dich auch verstehen. Die beiden sind verflucht noch mal heiß.«

»Ja.« Ich seufze. »Leider.« Ich schlinge die Arme um den Körper, weil ich auf einmal wieder diesen fürchterlichen Druck in meinem Magen spüre. Ich denke an das Verlangen, das meinen Körper überwältigt hat, an das Prickeln zwischen meinen Schenkeln, die Nässe in meinem Slip, als Charles' Dominanz zwischen uns pulsierte und er mir sagte, was ich tun soll. Dass es mir gefallen hat. Es ist nicht so, als hätte ich zuvor nie Sex gehabt. Da gab es diesen Typen auf dem Weingut in San Luca, Cristiano, mit dem ich eine ganze Weile zusammen war. Es war schön. Aber eben nur das. *Schön.* Keine Aufregung, kein Herzrasen … nichts. Aber mit Charles …

»Was denkst du?«, fragt Emma.

Ich presse mir die Fingerknöchel an die Lider und schüttele den Kopf. »Ich muss dir etwas sagen, Emma.«

»Oh nein.«

Langsam lasse ich die Finger sinken und öffne die Augen. Emmas Blick begegnet mir teils schockiert, teils verängstigt. »Bitte sag mir, dass es nicht das ist, von dem ich denke, dass es das ist, denn das wäre, gelinde gesagt, eine Katastrophe.«

»Kommt drauf an, was du denkst, was es ist.«

»Was ich denke, was es ist, oder was ich denke, was du denkst, was ich denke, was es ist?«

Ich blinzle. »Was?«

»Schon gut. Okay.« Emma atmet tief durch, streicht sich die Locken zurück und lässt sich neben mich plumpsen. Sie legt die Hände aneinander und sieht mir tief in die Augen. »Du hast Charles erwischt, wie er anderen zugesehen hat.«

»Ähm … ich …«

Ihre Augen weiten sich. »Du hast dabei zugesehen und gemerkt, dass es dich angemacht hat?«

»Emma ...« Ich beiße mir auf die Unterlippe. »Zwischen mir und Charles läuft was.«

Ihr Mund ist so weit geöffnet, ich kann die Backenzähne sehen. Aber sie bewegt sich nicht. Emma ist erstarrt. Ich strecke den Zeigefinger aus und pike sie gegen die Schulter. Meine Freundin rührt sich nicht.

»Bist ... bist du noch anwesend?«

»Nein.«

»Soll ich einen Eimer Wasser holen?«

»Einen Eimer Wasser?!« Plötzlich ist sie wieder das blühende Leben. Von Statue zu Känguru in null auf hundert. Emma springt auf und presst die Hände auf ihre üppige Lockenmähne. »Bist du irre? Weißt du, wie lange es dauert, bis diese Locken aussehen, wie sie aussehen?«

»Zwei Kapitel Emilia Galotti. Plus den ersten Absatz des nächsten, in dem er sie entführt.« Ich forme ein Rohr mit meinen Händen und flüstere: »Spoiler: Der Graf wird gekillt!«

Emma starrt mich an. Dann deutet sie mit dem Finger auf mich. »Du bist ein seltsames, verruchtes kleines Wesen.« Sie hüpft wieder auf mein Bett, legt die Hände an meine Schultern und sagt: »Erzähl mir alles!«

»Über den Grafen?«

»Über Charles!«

»Ach so.« Ich nehme das Bändchen meines Notizbuchs in die Hand und pfriemele an den einzelnen Fäden. »Ich weiß nicht. Es ist einfach passiert. Irgendwie.«

»*Es ist einfach passiert*?« Emmas Blick gleitet zum Balkon, als könne sie hinter den Vorhängen Charles erspähen und ihm an die Gurgel gehen. »Was ist mit Sofia?«

»Sie sind in einer offenen Beziehung«, entgegne ich, wobei mein Magen sich unangenehm zusammenzieht. »Sofia hat es mir gesagt.«

»Du hast mit ihr gesprochen?«

»Ja, wieso?«

»Wann?«

»Auf dem Königinnentanz.«

»Als du abgehauen bist?«

»Ja.«

Emmas Kinnlade fällt herunter. »Du spazierst einfach so zu Sofia Vendergaard und sagst: ›Hey du, dein Freund hat mich gevögelt, sorry‹?«

»Nein, so war das nicht.« Unruhig streiche ich mir mit der Hand über die Brust. Ich spüre Wilfrieds Blicke von hinten, und wenn ich an Emma vorbeischaue, starre ich Karl der Krabbe in die Augen. Wenigstens sind sie nicht so missraten wie die Meth-Dinger von Norbert. »Ich sagte ihr, ich wüsste, dass er ihr nicht treu war. Und außerdem haben wir nicht gevögelt.«

»Stimmt, das tut er ja nicht.«

Ich reiße mich von Karls Schere los, die leider aussieht wie ein unförmiger Hoden, und runzle die Stirn. »Wie meinst du das, *er tut es nicht*?«

Emma zuckt die Achseln. »Nur so Gerede, das ich aufgeschnappt habe. Kennst das ja. Die anderen Angestellten reden andauernd.« Sie lässt sich zurück in meine Kissen fallen, zieht Karl unter ihrem Kopf hervor und fängt an, ihn geistesabwesend in der Luft zu baumeln. »Er soll mal was mit dieser Lena gehabt haben. Keine Ahnung, ob du die kennst. Ist eine Freundin von Sofia, hübsch, groß, blass, schwarze Haare. Sieht aus wie dieses Wednesday-Mädchen aus der Netflixserie, nur in Designerklamotten. Sie ist jetzt mit Max zusammen, diesem Typen, der immer mit Laxon abhängt, geschniegeltes blondes Haar, meist karierte Krawatte? Irgendwem in seiner Familie gehört die Migros-Kette.« Ich nicke, und sie fährt fort. »Na ja, vor einem halben Jahr oder so waren sie noch kein Paar, und Gerüchten zufolge hatte sie was mit Charles am Laufen. Aber er hat sie dann wohl abserviert, als sie Sex mit ihm wollte. Sie hat es ihrer Freundin erzählt, die wiederum hat auf der Toilette mit einer anderen darüber gesprochen, auf dieser Toilette saß aber Anneli gerade auf der Schüssel und hat versucht, das Ergebnis ihrer Überdosis Flohsamenschalen loszuwerden. Da hat sie es gehört, Lisbeth erzählt, Lisbeth Blair, Blair mir, du kennst das Spiel. Voilà.«

Bei dem, was Charles und ich getan haben, kann ich mir nicht vorstellen, dass das stimmt. »Ich glaube, das ist nur Gerede.«

»Kann sein.«

»Ich meine, warum sollte er gewisse Dinge tun, aber keinen Sex haben?« Geistesabwesend binde ich mir das Haar zu einem Dutt und nestle dann an meinen Wollsocken. »Kannst du dir das vorstellen?«

»Möglich. Aber, bei Gott, ich will dich gerade umbringen, weißt du das?«

»Ja.«

»Doch ich versuche jetzt, eine gute Freundin zu sein und zumindest für diesen Augenblick meine Klappe zu halten. Auch wenn ich dich am liebsten *erwürgen* würde!«

»Danke.«

»Und was zur Hölle meinst du mit *gewissen Dingen*?«

Ich vergrabe das Gesicht in den Händen. »Ich will nicht drüber sprechen.«

»Musst du nicht. Ich kann's mir schon denken.«

Schwer seufzend linse ich durch die Finger zu ihr. »Vielleicht habe ich einen Vaterkomplex. Weil ich nichts von meinem weiß, außer, dass er mich nicht wollte, und ... keine Ahnung.«

»Schwieriges Wort.« Emma schweigt. »Vielleicht stehst du auch einfach drauf, dich zu unterwerfen.«

»Kann sein. Mein Leben war bisher ziemlich nervenaufreibend. Kontrolle abgehen ging da nicht.«

»Und da, wo du Kontrolle dann abgeben kannst, genießt du es.«

»Ja, vielleicht.«

Sanft drückt sie meinen Arm. »Tu das Richtige, Paola, und achte auf dein Herz, bevor es unwiderruflich zerstört ist. Ich weiß, dass das schwierig ist, aber ich kann dir keinen anderen Rat mehr geben. Du steckst viel zu tief drin, und es sind die Blackwells.« Mitfühlend verzieht sie den Mund. »Du musst selbst wissen, wie weit du diesen Weg gehen willst. Aber wie auch immer du dich entscheidest, was auch passiert: Ich stehe an deiner Seite, okay?«

Ich schlucke einen dicken Kloß herunter und nicke. »Okay.«

Damit steht Emma auf und geht ins Badezimmer. Nur wenige Momente später höre ich das Rauschen der Dusche. Sie macht sich für die Arbeit heute Abend fertig, denn Emma wurde hinter der Theke einer VIP-Poolparty nach einem internen Pferdeskiausflug eingeteilt. Sie freut sich seit Tagen auf dieses Event, weil sie die Hoffnung hat, auf Laxon zu treffen. Ich selbst wurde nicht eingeteilt, weil es kein öffentliches Event ist, das eine Sommelière benötigen würde. Normalerweise sollte es mir egal sein, weil ich nie viel auf solche Events gegeben habe, aber irgendetwas passiert mit mir. Dieses Palasthotel verändert mich. Hinter meiner Brust klopft eine leise Enttäuschung, subtil, aber wahrnehmbar, und der Wunsch, ebenfalls dort aufzutauchen. Gesehen zu werden, obwohl ich gar nicht gesehen werden will. Ich versuche, diese merkwürdigen Gedanken wegzuschlucken, aber erfolglos. Gerade nehme ich mein Angstbuch in die Hand und will die wirren Gefühle in mir in ein Gedicht verfassen, als eine goldene Karte unter unserer Tür hindurchgeschoben wird. Stirnrunzelnd erhebe ich mich, bücke mich nach dem veredelten Karton und klappe die Karte auf. In geschwungenen Lettern steht dort geschrieben:

stonecold touches meet hot feelings inside wet bodies
WE WELCOME YOU
to the exclusive event of skijöring with horses and a pool party
that will blow your mind

Mir klappt die Kinnlade herunter. In tranceähnlicher Langsamkeit schweift mein Blick zur Tür, als würde sich dort derjenige offenbaren, der mir die Karte hat zukommen lassen. Für Emma kann sie wohl kaum gedacht sein, wenn sie sowieso dort arbeitet.

Wieder mustere ich die Karte, drehe sie in alle Richtungen, als ich plötzlich das weiße Stück Papier auf dem Boden erkenne. Es muss herausgefallen sein, ohne dass ich es mitbekommen habe. Stumm bewegen sich meine Lippen, während ich die Worte darauf lese.

Danke, dass du bei mir warst. Du weißt schon, wann. Und danke, dass du nicht gegangen bist, wie es jede andere getan hätte.
Ich freue mich auf dich.
xoxo, E.

Das Einzige, das ich in dieser Sekunde denke, ist:

Mein verdammtes Herz ist längst am Arsch.

THE EXCLUSIVE EVENT OF SKIJÖRING

Paola

Mein Körper steckt in Schichten. Ich habe mir einen schwarzen Spitzenbikini mit Push-up von Emma geliehen. Sie hat abgesegnet, dass ich ihn nehmen darf, nachdem sie eine ganze Salve an nicht jugendfreien Flüchen losgelassen hat, als ich ihr sagte, Edward hätte mich eingeladen. Darüber Strumpfhose und Thermoleggins, einen ausgebeulten Pullover und Charles Chanel-Mantel. Es ist das erste Mal, dass ich ihn trage, und ich komme mir völlig fremd darin vor. Als wäre es nicht richtig, dieses teure Stück Stoff über dem Pullover zu tragen, den ich besitze, seit ich vierzehn bin. Aber immerhin kribbelt in mir ein Invincible-Feeling, so beschichtet bin ich.

Seit fast zehn Minuten stehe ich neben einer Tanne und beobachte die laut schwatzende Menge am Fuß des Berges, direkt neben dem gläsernen Eventsaal, in dem sich, wie ich weiß, der beheizte Pool und Jacuzzis befinden. Einige Pferde warten geduldig im Schnee, die meisten von ihnen Cops mit ordentlich Behang über den Hufen. Jedes Mal, wenn sie schnauben, entsteht eine Wolke vor ihren Köpfen. Manche Leute sind noch dabei, das Gespann mit den Skiern zu verbinden. Mein Magen zieht sich schlimm zusammen, je länger ich die dünnen Bretter mustere.

Trotzdem setze ich mich irgendwann in Bewegung. Eher aus Angst davor, dass mich jemand entdeckt, wie ich gruslig und einsam neben dieser Tanne stehe und die Leute anstarre, als dass ich diesem Ausflug entgegensehe. Was habe ich mir bloß gedacht, herzukommen? Ich kann weder Skifahren noch Reiten. Das wird die reinste Katastrophe!

»Hey, Ed«, höre ich jemanden sagen, als ich die Menge fast erreicht habe. Erschrocken stelle ich fest, dass es sich um Laxon handelt. Der Schalk in seinen Augen ist unübersehbar. »Deine neue Flamme ist da.«

»Ich bin nicht seine neue Flamme«, sage ich sofort. Ein Reflex. Hätte ich eine Sekunde darüber nachgedacht, wäre mir in den Sinn gekommen, dass ich die Aufmerksamkeit aller auf mich ziehen werde. Denn genau das ist es, was gerade passiert. Jedes Augenpaar richtet sich auf mich. Ich kann förmlich hören, wie sie sich alle fragen, was ich hier verloren habe.

Und dann bestätigt ein gewisser Jemand genau diese Vermutung.

»Das hier ist kein öffentliches Event«, sagt Charles. Seine Stimme bewirkt, dass die Personen, die sich vor ihm getummelt haben, beiseitetreten. Ich wünschte, sie hätten es nicht getan, denn leider sieht er unwiderstehlich aus mit seiner weißen Mütze aus Kaschmir, den passenden Handschuhen und der Snowboardjacke mit der roten Prada-Aufschrift. Und leider, leider denke ich daran, wie viel unwiderstehlicher er ohne diese Klamotten am Leib aussehen würde. »Was hast du hier verloren?«

Ich will etwas erwidern, aber sein Bruder kommt mir zuvor. »Sie ist hier«, sagt Edward, in grauer North-Face-Montur hoch zu Ross auf Jalapeño sitzend, »weil ich sie eingeladen habe.«

Daraufhin kehrt Stille ein. Nur das Schnauben der Pferde ist zu hören, der Schrei einer entfernten Eule, dann …

»Das ist doch lachhaft!« Die Worte kommen von dem Mädchen, das ich schon einmal in der Straße mit den Weihnachtsbuden gesehen habe. Die, die meinte, Ed würde sie zum Königinnentanz auffordern. »Sie ist eine Angestellte, Ed. Ich wette, sie kann nicht mal Skifahren!«

Bei ihren Worten zieht sich mir der Magen zusammen, weil sie ins Schwarze getroffen hat. Dennoch recke ich das Kinn und ignoriere die imaginären Schnüre um meine Kehle, als ich ihrem Blick begegne. »Und ich wette, du auch nicht, weil deine Eifersucht dich nicht mehr geradeaus blicken lassen wird.« Ich rümpfe die Nase. »Ich rieche sie bis hier, und sie stinkt.«

Laxon pfeift durch die Zähne. »Die Runde geht an dich, Sommelière!«

»Lax«, sagt Charles, so leise, so rau, dass ich mir sicher bin, die Gänsehaut in meinem Nacken rührt nicht von der Kälte. »Nenn sie nicht so.«

»Aber sie *ist* eine Sommelière«, protestiert die Freundin der Ed-Schwärmerin. Sie hat schwarze geflochtene Zöpfe, ein blasses Gesicht und dunkel geschminkte Augen. *Das ist Lena*, denke ich sofort.

»Ihr Name ist Paola.« Edwards Ton ist schneidend kalt und abschließend. »Und sie wird auf Jalapeños Skiern fahren.«

»O Gott, Ed.« Diese Worte kommen flüsternd, fast nur ein Hauch. Erst glaube ich, mich verhört zu haben, bis ich erkenne, wie sich Sofia neben Charles in die Nasenwurzel zwickt und die Augen schließt. Als sie wieder aufsieht, stößt sie wesentlich fester aus: »Du *verrennst* dich da wieder in etwas, und dein Vater …«

»Fang jetzt bloß nicht von meinem Vater an, Sofia!« Nicht nur ich zucke bei Edwards harschem Tonfall zusammen. Er rutscht von seinem Pferd und kommt auf mich zu, sagt aber über seine Schulter hinweg zu seiner Fast-Schwägerin: »Ich bin nicht seine Marionette, wann kapiert ihr das endlich?«

Schweigen. Nur der Schnee knirscht unter seinen Schuhen, bis er mich erreicht. Das Lächeln, das sich in dieser Sekunde auf seine Lippen schleicht, ist entwaffnend. »Was für ein herrlicher Lichtblick dieses langen und äußerst *beschissenen* Tages, dich zu sehen, Paola.«

Ich kann nicht anders – ich muss lächeln. »Deine Lichtblicke bewirken, dass ich anfange, mir Sorgen um dich zu machen.«

»Ich bin niemand, um den man sich je Sorgen machen müsste.«

»Gerade *du* bist jemand, um den man sich *immer* Sorgen machen sollte.« Mein Blick gleitet über seine Schulter hinweg und bohrt sich in den von Charles. Er betrachtet mich lange und ausgiebig, mustert den Mantel. Kurz meine ich, eine Art Stolz in seinen Augen aufblitzen zu sehen.

»Mein Bruder vergisst schnell«, sagt Charles langsam, »der Durchschnittsmensch mag keine Mühe und Gefahr.«

Ich blinzle, nicht in der Lage, wegzusehen. *Mark Twain*, formen meine Lippen stumm, und Charles' Mund öffnet sich leicht. Der Moment dauert nur eine Sekunde, höchstens zwei, dann spüre ich plötzlich Edwards feste Hand auf meiner Schulter.

»Also, du musst dir keine Sorgen machen.« Fast schon zu bestimmt führt er mich in Richtung seines Pferdes, als wollte er mich unbedingt von seinem Bruder losreißen. »Meine reiterlichen Fähigkeiten sind perfekt trainiert, wie du nun hoffentlich wissen solltest.

Ich werde die Kurven langsam nehmen, und das Einzige, das du tun musst, Paola, ist«, wir bleiben neben den Skiern stehen und Edward deutet darauf, »Balance wahren, Beine zusammen, Band halten. Verstanden?«

»Balance wahren, Beine zusammen, Band halten«, wiederhole ich leise wie ein Mantra, das ich mir ins Hirn brennen will. »Alles klar.«

»Auf keinen Fall«, protestiert Charles. Ich sehe zu ihm, als er gerade von seinem Pferd steigt. Dumpf landen seine Stiefel im Schnee. »Ich lasse sie nicht mit dir reiten, Ed. Du lebst riskanter als ein alkoholsüchtiger Kettenraucher.«

»Schwachsinn«, erwidert sein Bruder. »Ich würde sie niemals gefährden.«

»Die Motorradfahrt auf TikTok sah schon sehr krank aus.« Die Worte kommen von einem Typen, den ich in der VIP-Ecke in Dankenhaal gesehen habe. Er hat genauso schwarzes Haar wie Lena. Sie sehen sich sogar ähnlich. Vielleicht sind sie Geschwister.

»Das war nicht riskant, Finn.« Edward funkelt ihn an. »Ich wusste genau, was ich tue.«

»Das bezweifle ich«, erwidert Charles. Seine Stimme klingt nicht abwertend, auch nicht provozierend. Eher ... ich weiß nicht. Traurig vielleicht. Charles legt Sofia eine Hand auf den Rücken ihres Cape-Mantels. »Sei so lieb und fahr mit Ed, ja?«

Jemand schnaubt. »Du behauptest, die Angestellte wäre nicht sicher bei Edward, also schickst du *deine Freundin* zu ihm?« Auch diesen Typen habe ich schon in Dankenhaal gesehen. Unter seiner Mütze lugen die Spitzen gewellten blonden Haars hervor. Er lacht. »Und ich dachte, ich wäre abgebrüht, Mann.«

»Sofia kann Skifahren, Mish«, entgegnet Charles kühl. »Paola nicht. Mir geht es um ihre Sicherheit.«

»Klar« spottet Edward. Er blickt finster drein, scheint aber auch nicht weiter diskutieren zu wollen. Dann sieht er mich an und nickt in Charles' Richtung. »Geh zu ihm. Er hat recht.«

»Er hat recht?«

Edward nickt. »Ich bin unberechenbar. Er ist der verlässliche Blackwell.«

Ich runzle die Stirn. »Edward ...«

»Geh schon.«

Mir bleibt sowieso nichts anderes übrig, weil uns in dieser Sekunde Sofia erreicht. Der Schnee knirscht, als ich mir zwischen den anderen einen Weg zu Charles freistapfe.

An seinen Lippen zupft ein Lächeln. »Schöner Mantel.«

»Ja, ähm …« Ich streiche über den weichen Stoff, ehe ich Charles ein unbeholfenes Lächeln schenke. »Er ist wunderschön. Und warm.«

»Danke, dass du ihn trägst.«

Das sagt er. Einfach so. *Danke, dass du ihn trägst.* Diesen überteuerten Designermantel, den er mir gekauft hat. Als würde ich jemals auf die Idee kommen, ihn *nicht* tragen zu wollen. Als müsste nicht *ich* diejenige sein, die sich bedankt.

Überdeutlich spüre ich die Blicke der anderen, während sie sich ebenfalls für den Ausflug bereit machen. Meine Augen fokussieren sich auf zwei von ihnen: Edward, der aufrecht auf seinem Pferd sitzt, den Blick starr geradeaus gerichtet, die Lippen fest aufeinandergepresst, und Sofia, die so würdevoll auf diesen Brettern steht, als wären sie die Reling einer Yacht während eines Fotoshootings. Plötzlich komme ich mir vor wie eine Ratte, die sich Zutritt in den Buckingham Palace verschafft hat.

Was zur Hölle habe ich hier eigentlich verloren?

Ich tausche meine Stiefel gegen Skischuhe, die hier in Scharen rumliegen. Vermutlich haben die Blackwells ihren Assistenten Bescheid gegeben, das ganze Zeug herzubringen. Ich steige in die Schnallen. Das Klicken reißt mich von der Vendergaard-Erbin los. Charles erhebt sich. In seinen hellen Augen reflektieren die Fackeln, die vor dem gläsernen Eventsaal leuchten. »Alles okay, Paola?«

Paola. Er nennt mich Paola. Wann ist das passiert?

»I…ich denke schon.«

»Keine Sorge«, sagt er, dabei wieder dieses süße Lächeln im Gesicht, das ich so noch nicht an ihm gesehen habe. Es wirkt so lieb. So unschuldig. Als wäre er nicht der Kerl, der mich auf dem Wohnzimmertisch gefesselt und mit heißem Wachs beträufelt hat. »Bei mir bist du sicher.«

Trotz der Kälte breitet sich eine wohlige Wärme in meinem Magen aus. »Ja, ich weiß.«

Einen Augenblick sehen wir uns in die Augen, ehe er mir das orangefarbene Band reicht, das am anderen Ende mit dem Zaumzeug des Pferdes verbunden ist. »Goldene Regel: gut festhalten. Verstanden?«

»Verstanden.«

»Codewort, falls ich anhalten soll …« Seine Mundwinkel zucken. »Banane.«

»Banane?«

Er grinst. »Ich liebe Bananen.«

Mein Gesicht wird heiß. »Ich glaube, du willst mich dieses Wort einfach in den Bergen schreien hören, während ich vor Panik durchdrehe.«

»Mhm.« Noch immer grinsend geht er zu seinem Pferd, legt Hände an Zügel und Sattel. »Eventuell nimmt diese Vorstellung einen nicht unerheblichen Teil meiner Wünsche ein, du hast recht.«

Damit steigt er auf. Als wäre das ein Signal gewesen, tut es ihm der Rest der Menge nach. Charles sieht sich um und ruft dann: »Alle bereit?« Niemand gibt ein Widerwort, woraufhin Charles die Hacken in den Bauch des Pferdes drückt, »los, Abraxas!«, brüllt – und vorprescht.

Es geht so schnell, dass ich glaube, mein Magen wird mir entrissen. Ein kurzer Schrei entfährt mir, während die Skier vorwärtsrasen.

»War das eine Banane?«, höre ich seine amüsierte Stimme zu mir herüberwehen.

»Nein!« Das Kribbeln in mir ist unfassbar. Ein ungehaltenes Kichern entkommt mir, weht über die verschneiten Ebenen die Berge hinauf. »Das ist … Wahnsinn!«

Hufgetrappel erfüllt die Luft, rechts und links von mir Mähnen, die im Wind wehen, wunderschöne, teure Pferde im ästhetischen Galopp. Die Schnelligkeit treibt mir Tränen in die Augenwinkel, aber ich kann nicht anders, als wie wild zu lachen und gleichzeitig mit voller Konzentration die Beine zusammenzuhalten. Charles hat nicht gelogen, als er sagte, dass ich bei ihm sicher sei: Während die anderen in rasender Geschwindigkeit sehr bald aufholen, bleiben wir in mittelmäßigem Tempo zurück. Und selbst dann noch bereitet es mir größte Mühe, die Balance zu halten und in den Kurven der Berge das Band nicht loszulassen.

Ich wünschte, ich hätte in diesem Moment die Möglichkeit, ein Foto zu schießen. Es ist atemberaubend. Magisch. Abraxas' Schnauben, der Schnee, der um uns herum in der Dämmerung aufwirbelt, das leuchtende Lichtermeer von St. Moritz in der tiefen Ferne. Ich reiße meinen Blick von der Stadt fort, als Charles eine scharfe Kurve nimmt, damit meine Skier nicht gegen eine Tanne crashen. Ich sehe schon die Schlagzeile vor mir:

Nur in Glamour
Wintermärchen nimmt tragische Wendung
Blackwell-Erbe schmettert Sommelière gegen Tanne

Meine Augen heften sich auf Charles' Rücken. Bewundern die gerade Haltung, den festen Hintern in der Reithose, die Lederstiefel. Ich beiße mir auf die Unterlippe und zwinge mich, statt Charles die Umgebung zu betrachten. Gierig nehme ich die malerische Berglandschaft in mich auf: die Tannen, Vögelchen auf den Ästen, das leuchtende Tal in der Tiefe, das aussieht, als wäre es ein Meer aus glühenden Sternen, den vernebelten Schleier am Himmel über den Kronen der Bäume, die Kälte, die meine Haut kitzelt, und die Geräusche des sich bewegenden Pferdes.

Hufgetrappel im Schnee. Das ist es. Wenn ich abends im Bett die Augen schließe und an etwas denken möchte, das mich mit Glück erfüllt, sind es die Klänge, mit denen Abraxas die Luft erfüllt. Das Klappern des Zaumzeugs, das Schnauben, seine Schritte. Und wenn mir dann ein Bild vor Augen erscheint, dann dieses hier. Das Glühwürmchental inmitten der imposanten weißen Bergkette. Ein goldenes Glitzern unter der Schwärze des Abendhimmels. Ein Glühen, das mich mitten ins Herz trifft, die Stelle, die vor Jahren angefangen hat, als verkohltes Ding zu bröseln.

Irgendwann, als wir längst auf dem Rückweg sind, bringt Charles Abraxas zum Stehen und steigt ab. Die Dämmerung beleuchtet ihn, ein rotgoldener Schein in seinen Augen, von Nebel umwabert, der mich wieder an den Nachtschwärmer denken lässt.

Charles lächelt mich an. »Würdest du gern spazieren gehen?«

WHAT THE HELL DID I DO? NEVER BEEN THE TYPE TO LET SOMEONE SEE RIGHT THROUGH

Paola

»Spazieren?«, wiederhole ich.

»Was denn, zu persönlich?« Sein Mundwinkel zuckt. »Muss ich Sorge haben, dass du gleich wieder vor mir flüchtest?«

Meine Wangen brennen. »Ich bin nicht geflüchtet.«

»Ach, nicht?« Charles macht einen Schritt auf mich zu. Instinktiv will ich einen zurücktreten, bis mir bewusst wird, dass meine Füße noch immer an diese Bretter festgeschnallt sind. »Dann muss ich mir unseren Abend wohl eingebildet haben.« Er streckt einen Finger aus, streicht sanft entlang meines Kinns. »Aber das ist nicht weiter verwunderlich.«

Ich schlucke. »Nicht?«

Er schüttelt sachte den Kopf. »Ich fantasiere oft von dir, Paola.«

O Himmel.

»Wie oft?«

Sein Finger malt eine brennende Linie unter meine Lippe. Er grinst. »Zu oft.«

»Wann zuletzt?«

»Jetzt gerade.« Er beugt sich vor, flüstert in mein Ohr: »Wäre es nicht so verdammt kalt, würde ich dich hier und jetzt gegen den Baum drücken und Dinge mit dir anstellen, die dich so laut werden lassen, dass die Berge erzittern.«

Ich keuche. »Es … es ist gar nicht *so* kalt.«

Er lacht. »Netter Versuch, Süße.«

»Ich bin sicher, mir würde schnell warm werden.«

Was habe ich da gerade gesagt?

Seine Lippen wandern von meinem Ohr herunter zum Hals. Er haucht einen Kuss auf die empfindliche Stelle darunter. Ich erschaudere. »Ich würde niemals deine Gesundheit gefährden.« Er löst sich von mir und sieht mir in die Augen. »Um nichts auf der Welt.«

Das, was er sagt, berührt mich. Gleichermaßen spüre ich aber auch Enttäuschung in mir aufwallen.

Charles nimmt Abraxas' Zügel in die Hand und stapft voraus. Ich steige aus den Skiern und bleibe an seiner Seite, vergrabe die Hände in den superweichen Manteltaschen und wackle mit den toten Zehen, um sie wiederzubeleben. Keine Regung. Ich fürchte, ich habe sie verloren. Lebet wohl, ihr seltsamen Knödel!

Kurz betrachte ich Charles' Profil. Die Symmetrie in den Zügen. Ich überlege, wie vielen Frauen und Männern er wohl schon den Kopf verdreht haben könnte. »Darf ich dich was fragen?«

»Kommt drauf an.«

»Auf was?«

Er wirft mir einen amüsierten Seitenblick zu. »Ob ich die Frage beantworten will.«

Ich zögere. »Warum ich?«

»Oh, Paola, diese Frage lässt sich weit ausdehnen.« Abraxas schnüffelt an seiner Schulter. Er schiebt den bulligen Kopf beiseite und fährt fort: »Warum du kein Skifahren kannst? Warum du bei uns eingestellt worden bist? Warum du eine Affinität zu deutschen Klassikern und nicht etwa zur Frage der kosmologischen Inflation entwickelt hast? Warum mein Bruder deine Nähe will? Warum …«

»Warum *du* meine Nähe willst.«

Es geht bergab. Abraxas reißt den Kopf hoch, weil ihm nicht gefällt, dass Charles ihn in ein langsames Tempo zwingt. Dieser auf Kantergalopp getrimmte Gaul will rennen.

Zwischen uns herrscht Stille. Nur unsere Schritte knirschen, irgendwo erhebt sich ein Vögelchen aus einer Tanne und lässt Schnee zu Boden rieseln. Der Friese malmt mit den Zähnen. Charles blickt starr geradeaus.

»Ich kann kein Skifahren, weil ich es nie gelernt habe«, sage ich. »Einmal, in der sechsten Klasse, gab es eine Wochenfahrt nach Via Lattea. Meine Mutter meinte am Abend davor, sie hätte das Geld noch bezahlt. Ich bin morgens mit meiner Tasche zum Schulbus und war richtig aufgeregt, nur um dann gesagt zu bekommen, dass ich leider nicht mitfahren könne.«

Eine Art Schmerz huscht über Charles' Gesicht, als er mich ansieht. »Sie hat es nicht bezahlt?«

»Nein. Und genauso war es dann zum Schuljahresende, als wir eine Kursfahrt nach Venedig unternehmen wollten.« Ich zucke die Achseln. »Das war der Moment, als ich nicht mehr länger von ihr abhängig sein wollte und mir den Job im Weingut besorgt habe.«

»In der *sechsten* Klasse?« Er klingt bestürzt. »Da warst du doch höchstens … dreizehn?«

»Zwölf.« Der Abstieg wird steiler. Charles streckt die Hand aus und berührt mich für eine Millisekunde an der Schulter, damit ich nicht stürze. Der Moment ist so intensiv, dass ich nach Luft schnappe. Irgendetwas in mir tanzt gerade feurigen Samba, obwohl ich definitiv keine Erlaubnis erteilt habe. Warndurchsage an alle Östrogene: Ihr benehmt euch wie pubertierende, wilde Teenager. Bitte hört sofort auf damit. Es droht Platzverweis. Danke.

»In San Luca wird es mit dem Alter nicht so eng gesehen, wenn man arbeiten will. Viele brauchen diese Hilfe dringend.« Ich seufze. »Das beantwortet wohl auch deine zweite Frage. Ich bin eingestellt worden, weil ich *gut* bin. Sechs Jahre auf dem Weingut, drei in Sternerestaurants, zuletzt wieder auf dem Weingut. Insgesamt fast zehn Jahre Erfahrung. Ich kann die Gäste einwandfrei beraten, verfüge über ein immenses Weinwissen und habe mich in allen Bewerbungsrunden gut geschlagen. Dritte Frage: Ich liebe deutsche Klassiker, weil sie *echt* sind. Keine Verschönerungen der Romantik wegen, kein Plot, der eigens dazu dient, zwei hoffnungslos verliebte Spinner, die eigentlich total fertig sind, zusammenzubringen, nur um dann am Ende, *upps*, kein Wort mehr über ihren psychischen Breakdown zu verlieren, weil, Entschuldigung, sie haben doch jetzt einander!«

Charles lacht. Er *lacht*! »Das ist etwas, das aus meinem Mund hätte stammen können.«

»Aus dem Grund liebe ich *Effi Briest* so sehr. Es ist genau das Gegenteil. Anstatt zu zeigen, wie sehr sie in ihrer Beziehung aufgeht, erlebt man durch bewundernswert präzise Dramatik mit, wie Instetten Effi *aussaugt*, sie jede Lebenslust verliert und bereut, nicht auf ihr Herz gehört zu haben. Nicht das getan zu haben, was sie wirklich will. Ich meine, das ist es doch, was angestrebt werden sollte, oder nicht? Keine Romantisierung toxischer Beziehungen, sondern die Lesenden durch Worte so zu erreichen, dass sie darüber nachdenken, was wirklich zählt. Für sie. Fürs Leben. Für alles.«

Meine Meinung hat mich so in den Bann gerissen, dass ich in einem für mich bemerkenswerten Tempo gesprochen habe. Eigentlich ist das eher Emmas Job.

Ich erkenne ein Blitzen in Charles' Augen. »Und ich dachte, ich wäre der Einzige, der dich so außer Atem bekommt.«

»Ich fürchte, mit dieser Konkurrenz musst du leben.«

»Meine liebe Paola«, entgegnet er, »ich bin ein Blackwell. Wir leben niemals mit Konkurrenz.«

»Und was willst du tun? Mir Klassiker verbieten?«

»Nein. Aber ein ernstes Wörtchen mit Theodor Fontane sprechen.«

Ich lache auf. »Viel Spaß dabei, wenn du sein Grab ausbuddelst.«

»Danke. Ich werde es mit Genuss tun.«

»Aber dabei musst du dir die Finger schmutzig machen.« Theatralisch schnappe ich nach Luft. »Oh nein, das geht nicht, du bist doch ein Blackwell!«

»Ich werde es trotzdem tun.«

»Warum?«

»Weil ich weiß«, seine Augen funkeln, »dass es danach noch viel, viel schmutziger wird.«

»Ach«, entgegne ich. »Wird es das?«

»Darauf kannst du dich verlassen.«

»Wir werden sehen.«

Wir haben die Ebene erreicht. Nicht weit von uns glühen die Lichter im Poolhouse. Charles sieht mich mit einer solchen Intensität an, dass ich das Gefühl bekomme, er stiehlt mir jeden Raum zum Atmen. »Mir wäre nichts lieber als das.«

»Beantworte zuerst meine Frage.« Die Erregung, die seine Worte in mir hervorgerufen hat, breitet sich in ungewohntem Tempo aus. »Bitte.«

»Paola, Paola.« Charles streicht seinem Pferd über den Hals, ehe er mich ansieht. »Weißt du nicht mehr, was ich dir gesagt habe?« Er macht einen Schritt auf mich zu. Sieht auf mich hinab. Schwarzer

Wimpernkranz. Schweres Herz. Ich spüre seine dunkle Ausstrahlung bis in meine Seele. »Ich bin nicht dafür gemacht, Bitten zu erfüllen.«

»Komm schon, Blackwell.« Frustriert stoße ich die Luft aus. »Warum ich?«

Seine Lippen streifen hauchzart an der Linie meines Kiefers entlang. Sein warmer Atem vertreibt die Kälte und legt sich auf meinen Hals. Das Gefühl ist intensiv und betörend, wie der himmelsanfte Klang einer tiefgehenden Melodie, bevor sie vorüberzieht.

»Vielleicht irgendwann, Cortessa.« Für den Bruchteil einer Sekunde knabbert er an meinem Ohrläppchen. Lust bricht über mich herein. Ich schließe die Augen. »Dann, wenn *ich* entscheide, dass ich es dir sagen will.«

FIGHT LIKE A LIONESS

Paola

Es ist nicht so, als wäre ich nie auf Partys gewesen. Auf dem Weingut wurden manchmal welche geschmissen. Da kamen dann reiche Kids mit ihren Eltern aus Nachbarorten, und ich war jedes Mal aufgeregt und dachte, ich würde meinen Leonardo DiCaprio in Shorts und Mokassins treffen, mit sexy braun gebrannten Waden und Sonnenbrandästhetik. Im Hintergrund lief *Ti Amo* von Umberto Tozzi oder so, die Grillen haben gezirpt, und ich dachte, so läuft das also ab, wenn die reichen Menschen Party machen.

Gedanklich packe ich das Deckweiß aus und haue eine fette weiße Schicht über meinen letzten Gedanken. Ich korrigiere: Wenn reiche Menschen Party machen, läuft Drake. Wenn reiche Menschen Party machen, bedienen sie sich an ihrer privaten Bar, hinter der ihre eigenen Angestellten extravagante Drinks mixen. Wenn reiche Menschen Party machen, sucht die Ameise in mir nach diesem verdammten Riss in der Wand, hinter dem sie verschwinden kann, um einsam an einem Blatt zu knabbern und zu beten, dass sie die nächste Champagnerwelle überlebt. Dabei weiß sie genau, sie wird in der schäumenden Gischt gnadenlos ersaufen.

»Was denkst du?«, fragt Charles, als wir das Poolhouse betreten. Der Bass wummert von allen Seiten. Die meisten der anderen haben sich schon aus ihren dicken Winteranzügen geschält und laufen in heißen Bikinis, die so gut wie nichts außer Intimbereich und Nippel verbergen, Cut-out-Anzügen und Designerbadehosen herum. Meine Augen kleben an all diesen einflussreichen, schönen Menschen. Ich beneide jede einzelne Frau für ihr Aussehen. Mindestens dreimal.

»Daran, dass ich aussehen werde wie ein schwarzer Halbmond mit haarigen Beinen, wenn es passiert.«

»Wie bitte?«

»Die Champagnerwelle wird kommen«, sage ich. »Und ich bin die Ameise. Sie wird anrauschen und mich zerstören wie der Eisberg die Titanic.«

»Wa…« Erst wirkt er verwirrt, aber dann klären sich seine Gesichtszüge. »Ah. Du hast Angst.«

Langsam nicke ich.

»Brauchst du nicht.« Charles legt eine Hand auf meinen unteren Rücken. »Du bist mit mir hier.«

Er sagt das, als wäre es die Lösung aller Probleme.

»Eigentlich hat Edward mich eingeladen.«

Charles sieht sich im Poolhouse um, bis er seinen Bruder entdeckt hat. Er ist definitiv nicht so gut gebräunt wie Charles, dafür aber muskulös. Alles an ihm ist stählern und durchtrainiert. Ich denke, das kommt davon, wenn man täglich durch St. Moritz rennt und von Dach zu Dach springt oder den schiefen Turm hochklettert, so wild und ungezähmt wie die Berberaffen während der Paarungssaison. Das Licht ist gedämmt, aber als Edwards Augen sich in meine bohren, leuchten sie eisblau. Er sieht von mir zu Charles. Dann wischt er sich über das Gesicht, wendet sich ab und springt in den Pool.

»Ich wünschte, ich hätte mein Notizbuch bei mir«, sage ich.

»Warum?«

»Dann könnte ich das hier aufschreiben und nach einer Lösung suchen, wie ich die Angst vertreiben kann.«

»Hilft dir das denn?«

Ich nicke.

»Komm mit.« Charles' Hand liegt noch immer auf meinem unteren Rücken. Seine Präsenz breitet sich im gesamten Poolhouse aus, als er mit mir an seiner Seite zwischen den halb nackten Menschen hindurchläuft. Er steuert die Theke an.

Emma reicht Finn gerade einen Drink und wirbelt herum, um den nächsten Gast zu bedienen, als sie mich und Charles entdeckt und abrupt innehält. »Scheiße«, stößt sie aus. »Das ist nicht euer Ernst, oder?«

Charles schenkt ihr ein professionelles Lächeln. »Was soll nicht unser Ernst sein, Signora Wyss?«

Emmas Lippen teilen sich. Ihre Augen sind riesige blaue Murmeln. Sie pustet sich eine Locke aus der Stirn, sieht mich an und sagt: »Also, Paola, du hast echt Eier in der Hose.«

Meine Wangen brennen. »Was?«

»Du bezwingst die Höhle der Löwen, indem du dir den König angelst. Aber nicht den guten, wenn ich das betonen darf. Du angelst dir Scar, und ich werde dir immer und immer wieder sagen, dass das die wahrscheinlich beschissenste Entscheidung deines Lebens ist.«

Das hat sie jetzt nicht wirklich in seiner Anwesenheit gesagt, oder?

Die Spannung zwischen uns ist geladener als in einem Kernkraftwerk. Bis Charles sich plötzlich räuspert, sich zu Emma vorbeugt und auf etwas deutet, das hinter der Theke liegt. »Signora Wyss, wären Sie so nett, mir diesen Block und einen Stift zu geben?«

Er *übergeht* ihre Aussage einfach!

Emma knallt ihm den Block vor die Nase, aber mit dem Stift zeigt sie auf ihn. »Ich schwöre dir, Blackwell, wenn du irgendetwas im Schilde führst, das Paola schaden könnte, werde ich dir den Arsch aufreißen.«

Ich schnappe nach Luft. »Emma!«

Charles nimmt den Block locker in die Hand, lehnt sich mit einem Ellbogen auf die Theke und sagt: »Für gewöhnlich bevorzuge ich es, wenn *ich* derjenige bin, der anderen den Hintern versohlt, aber gut.«

Scheiße. Ist der Raum zu hoch beheizt oder verbrenne ich gerade innerlich?

Emma verengt nur die Augen, verschränkt die Arme vor der Brust und gibt sich größte Mühe, einen der mächtigsten Männer weit und breit niederzustarren. »Ich mein's ernst.«

Oh, ich bin mir ziemlich sicher, dass auch er das ernst meinte.

Charles begegnet ihrem Blick nicht weniger autoritär. »Willst du mir drohen?«

Du. Kein Signora Wyss mehr. Irgendetwas in mir wird misstrauisch.

Emma schnaubt. »Wenn ich dir drohen könnte, hätte ich das längst getan. Das wissen wir beide.«

»Was willst du dann?«

»Nur dein Wort.« Ihre Augen zucken in meine Richtung. »Dass sie nicht die Nächste ist, die spurlos verschwindet.«

»Emma!«, wiederhole ich zum dritten Mal, aber diesmal definitiv in einem entschiedenen Ton. »Hör auf damit!«

Ihr Blick wandert zu mir. Irgendwann stößt sie die Luft aus und wirft den Stift in Charles' Richtung. Ich gehe davon aus, dass er seine Brust treffen sollte, aber seine Reflexe sind rasant. Charles fängt den Stift auf, und Emma rauscht ab. Mit dem Daumen klickt er die Kugelschreiberspitze heraus. Selbst diese kleine Geste hat etwas Verführerisches an sich. Das ist doch nicht normal.

Charles reicht mir den Stift. »Hier.«

Ich nehme ihn entgegen. Fragend sehe ich ihn an. »Und jetzt?«

Er schiebt mir den Block über den Tresen. »Jetzt schreibst du was auch immer auf, und später kannst du es in dein Buch kleben.«

»Oh.« Verwundert sehe ich ihn an. »Das ist ... nett.«

Er lächelt. »So überraschend?«

»Dass du nett bist?« Ich tue, als würde ich überlegen. »Na ja, da waren schwarze Rosen in meinem Zimmer, dann willst du, dass ich verschwinde, weil ich zu viel Aufsehen errege, sagst mir beim Tanzen, ich wäre dein Feind ...«

»Das habe ich nicht gesagt.«

»Aber gemeint.«

»Nein.« Er dreht sich mit dem Rücken zur Theke, stützt die Ellbogen darauf ab und lässt den Blick durch das Poolhouse schweifen. »Schreib.«

Die Musik dröhnt mir in den Ohren. Ich senke den Blick aufs Papier, setze die Spitze darauf ab und überlege.

Punkt 7: Partys mit der High Society.

Lösung: Unsichtbar bleiben.

Charles neigt den Kopf, um auf den Zettel zu linsen. Als er erkennt, was ich geschrieben habe, dreht er sich ganz zu mir und klaut mit einem Seufzen den Stift aus meiner Hand. Er kritzelt meine Lösung durch, schreibt irgendetwas und schiebt das Papier wieder zurück zu mir.

Punkt 7: Partys mit der High Society.

Lösung: ~~Unsichtbar bleiben.~~ Allen zeigen, dass sie mich mal am Arsch lecken können.

Ich gebe ein leises Lachen von mir. »Was?«

»Wenn du sie deine Angst spüren lässt, machen sie mit dir, was sie wollen.« Er dreht sich wieder mit dem Rücken zur Theke, neigt den Kopf aber in meine Richtung, bis seine Lippen knapp über meinem Ohr schweben. »Du bist hübscher, intelligenter und stärker als sie alle. Das Einzige, was sie haben und du nicht, ist Geld. Aber zeig mir einen Löwen, der gewinnt, weil er Scheine in der Tasche hat.« Er neigt den Kopf noch ein bisschen weiter, bis sein Blick dem meinen begegnet. »Zeig ihnen, wie Löwinnen kämpfen, Paola.«

Bevor ich in der Lage bin, seine Worte zu verdauen und etwas zu entgegnen, taucht der Typ namens Finn neben uns auf. »Charles!«, ruft er. »Ich glaube, deine Freundin ist sauer auf dich, weil du mit der Sommelière abhängst. Sofia ist nämlich abgehauen.«

Zeig ihnen, wie Löwinnen kämpfen, Paola.

»Die Sommelière ist anwesend«, sage ich trocken. Mir entgeht nicht, wie Charles' Mundwinkel zucken. »Und sie hat einen Namen. Paola, falls es dich interessiert.«

Finns Blick wandert zu mir. Seine schwarzen Haare kleben ihm nass in der Stirn, Wasser tropft von seinem Körper auf den Boden. Er versucht, mich zu fokussieren, hat aber offensichtlich gewaltige Schwierigkeiten dabei. Ich will nicht wissen, wie viel er während der kurzen Zeit getrunken hat.

»Fuck«, sagt Finn nach einer ganzen Weile. »Jetzt, wo ich besoffen bin, sehe ich auch, dass du heiß bist!«

»Verpiss dich, Finn«, sagt Charles. Er nickt in Richtung der anderen Jungs. »Cordelair ruft dich.«

Ich wende den Kopf und sehe Max, Lenas Freund. Finn grölt etwas, hebt die Hand und verschwindet.

»Also …« Unsicher sehe ich mich um. »Wo, ähm, kann ich mich umziehen?«

»Gleich hier.«

»Wie bitte?«

»Hast du deine Sachen nicht unter?«

»Doch.«

»Dann los.« Charles grinst. »Ich fange an, wenn du willst.«

»Spielen wir jetzt Strip-Poker?«

»So in der Art. Nur ohne das Poker.« Er schält sich aus der Jacke und dem Rollkragenpullover. Wenn ich eben dachte, es wäre heiß hier drin, zaubere ich noch einmal das Deckweiß hervor und korrigiere, denn jetzt, meine Damen und Herren, haben wir Hochsommer, Mittagszenit, Ägypten. Genau so würde ich Charles nackten Oberkörper beschreiben:

Hochsommer, Mittagszenit, Ägypten.

Ich kann nicht aufhören, ihn ungeniert anzustarren. Er ist nicht nur knackebraun, verfügt nicht bloß über perfekt trainierte Bauchmuskeln und definierte Stränge, die in tiefere Gefilde führen, nein, da lebt auch ein Kunstwerk auf seiner Haut. Im ersten Moment sieht es aus wie ein Netz aus schwarzen Linien, die sich über Schultern, Seiten, Bauch und Arme bis zu den Händen schlängeln. Beim näheren Hinsehen erkenne ich jedoch, dass es Koordinaten und Daten sind. Fein gestochen, nah aneinandergereiht, Zahlen über Zahlen.

»Was ist das?«, frage ich fasziniert. Ohne darüber nachzudenken, strecke ich meine Hand aus, will mit meiner Kuppe über jede Linie fahren.

Aber Charles stoppt mich. Entschlossen umfassen seine Finger mein Handgelenk. »Du bist an der Reihe«, sagt er, in seinen Augen die unausgesprochene Warnung, dass ich nicht noch einmal versuchen soll, ihn anzufassen. Versuchen soll, ihn zu verstehen.

Die Party ist in vollem Gange. DaBabys Song *Rockstar* schallt aus den Boxen, die Frauen lachen, die Männer klingen betrunken laut, ständig platscht das Wasser, weil sich jemand reinwirft, meine Stiefel haben Löcher, also sind meine Socken nass. Die Ameise ist ersoffen. Aber seltsamerweise blende ich alles um mich herum aus, sehe nur Charles, der so offen vor mir steht, sein Oberkörper bemalt wie ein kriegerisches Gemälde, von dem ich keine Ahnung habe, welche Geschichte dahintersteckt, und ziehe mir den Mantel aus.

Ich trage einen übergroßen, ausgeblichenen Hoodie, auf dem auf der Brust LOS ANGELES steht, fühle mich wie eine Heuchlerin, weil ich nie dort gewesen bin, und lasse zu, dass Charles mich sieht.

Sieh her, Blackwell. Das bin ich. Löcher in den Stiefeln, übergroßer Pullover, Angestellte, weiches Herz. Und sieh an, Charles, das bist du. Hermés-Reitstiefel, ein Kunstwerk an Körper, Hotelerbe, düstere Seele.

Sein Blick liegt so intensiv auf LOS ANGELES, dass ich fürchte, er wird ein Loch hineinbrennen. »Zieh ihn aus.«

Es ist seltsam, dass ich mich fühle, als wäre es ein intimer Moment. Wir sind von anderen umgeben. Alle können uns sehen. Das hier geschieht in keinem zweisamen Rahmen. Es ist eine Poolparty. Nichts dabei, dass ich meine Sachen ausziehe. Nichts dabei, dass ich mich entblöße. Trotzdem kribbelt alles in mir, als würde mein Körper freudig auf den Moment warten, in dem Charles mich wieder auf seinen Esstisch legen oder sonst was machen wird.

Ich bin so in meinen Gedanken gefangen, so von meinen Fantasien eingenommen, dass ich nicht reagiere. Plötzlich spüre ich Charles' Hände am Bund meines Pullovers. In der nächsten Sekunde zieht er ihn mir über den Kopf und legt ihn über den Mantel auf dem Barhocker.

Ich weiß, dass auf meinem Dekolleté hektische Flecken erscheinen. Ich weiß es, weil mein Herz bis zum Hals klopft und ich immer wieder schlucken muss vor Nervosität. Charles Augen weiten sich, während er meine Brüste in dem schwarzen Bikini mustert. Es ist Emmas Push-up, mit feiner Spitze an den Schalen.

»Du«, sage ich. Meine Kehle ist trocken und brennt wie nach einem schlimmen Currygericht, von dem man die drei Chilischoten in der Speisekarte nicht beachtet hat. »Hose.«

Das Grinsen, das auf seinem Gesicht erscheint, hat etwas Raubtierhaftes. Die ganze Zeit über bleibt es da, während er die Stiefel loswird und mit den Fingern an seinem Knopf nestelt. Dann zieht er den Reißverschluss auf und die Reiterhose aus.

Er ist hart. Das sehe ich sofort. Da drückt definitiv eine große Beule gegen seine Fendi-Badeshorts. Er fährt sich durchs Haar. Es steht zu Berge. Ich will das auch tun. Diese Bergesache. Bei ihm. Mit meiner Hand. Warum nicht? Berge sind schön. Seine besonders. Ich will sie bewandern und alle Spuren analysieren, die je in dieser Landschaft entstanden sind. Ich will …

»Du.«

Der Biss auf meine Unterlippe wird fester. Ich ziehe sie ein und stille das Brennen, während ich meine Schuhe und dann meine Hose ausziehe. Schützend schlinge ich die Arme um meinen Oberkörper.

Ich bin im Bikini auf einer Poolparty, alles normal, aber ich fühle mich nackter als je zuvor.

Plötzlich spüre ich Charles' Hände auf meinen Armen. Behutsam löst er sie von meinem Körper. »Versteck dich nicht.«

»Warum?«

»Weil jeder sehen soll, wie schön du bist.« Sein Finger streicht langsam von meiner Schulter zu meinen Fingern. »Erinnere dich an das, was ich dir gesagt habe ... Kopf hoch, Prinzessin. Weißt du, was du ihnen damit zu verstehen gibst?«

»Was?«

Intensiv sieht er mir in die Augen. »Leg dich nicht mit einer Löwin an, wenn du es nur gewohnt bist, mit Katzen zu spielen.«

»Aber ich bin keine Löwin.«

Er drückt mir einen Finger auf die Lippen. »Pscht.«

»Ich bin die Antilope, die gefressen wird.«

»Bin ich ein Löwe?«, fragt er, lässt den Finger langsam hinabwandern auf mein Schlüsselbein.

Die Antwort ist so offensichtlich, dass ich lachen muss. »Ja.«

»Dann stell dir einfach vor, du wärst für heute meine Löwin.«

»Weil Sofia nicht da ist?«

Ein Schatten huscht durch seine Augen. »Paola ...«

Ich streiche mir das Haar hinter die Ohren. »Sie hat mir gesagt, ihr wärt in einer offenen Beziehung. Aber niemand hier denkt das. Jeder findet es komisch, dass du dich mit mir abgibst. Die gucken alle her. Die ganze Zeit. Ich weiß nicht ... Irgendwie fühle ich mich, als würde ich etwas Verbotenes tun. Selbst wenn ich nur mit dir hier stehe und rede. Ich ...«

»Okay Leute, alle herhören«, unterbricht mich eine laute Stimme, die über die Musik hinwegbrüllt. Lena steht in grünem Cut-out-Badeanzug auf einem Startblock vor dem Pool, hat die Hände zu einer Art Rohr geformt und versucht nebenher lachend, Max loszuwerden, dessen Hand aus dem Wasser immer wieder an ihrer Wade entlangwandert. »Wer hat Bock auf eine Runde Stille Post?«

Alle grölen zustimmend. Charles hingegen nippt an seinem Champagner, den er vor wenigen Sekunden von Blair entgegengenommen hat, und reicht mir ebenfalls einen.

Ich nehme ihn und sage: »Stille Post? Ist das nicht etwas für Kindergeburtstage?«

Die perlende Flüssigkeit lässt seine Lippen glänzen. Er überkreuzt die Beine. Diese Oberschenkel bringen mich um!

»Nicht unsere Interpretation des Spiels.«

»Ich weiß nicht, ob ich wissen will, wie diese Interpretation aussieht.«

Etwas erregt Charles' Aufmerksamkeit. Am anderen Ende des Saals stehen Leopold und Edward hinter dem Panoramafenster neben der Feuerschale. Edwards wild gestikulierende Arme lassen darauf schließen, dass sie heftig miteinander diskutieren.

Charles stößt einen leisen Fluch aus. »Entschuldige mich kurz«, murmelt er, stößt sich von der Theke ab und läuft am Pool entlang zu den anderen. Das Gefühl, das er in mir zurücklässt, ist seltsam. Einerseits spüre ich Erleichterung, weil ich wieder atmen kann, andererseits plötzliche Leere, als hätte ich mir nachts bei offenem Fenster die Bettdecke weggestrampelt.

»Also«, ruft Lena. Ihre geflochtenen Zöpfe enden knapp über ihrer Hüfte. Sie sieht tatsächlich aus wie diese Wednesday aus der Serie, die Emma abends immer auf ihrem Tablet laufen lässt. »Ihr kennt die Regeln. Jeder, der mitmacht, bekommt eine Aufgabe, die erfüllt werden muss. Wer es nicht tut, wird nächste Woche von einem gefakten Skandal erwischt, der es in sich hat!«

Die Leute lachen und jubeln. Misha ruft einem Typen in senfgelber Badehose »Suarez, ich schwöre, wenn du wieder kneifst, reiße ich dir beim Polo den Arsch auf!« zu, woraufhin besagter Suarez ihm den Mittelfinger zeigt.

Ich wirble herum, um einen bestürzten Blick mit Emma zu wechseln. Sie und Blair stehen wie eine Festung vor den Spirituosen, die Arme vor der Brust verschränkt, im Gesicht einen »Wir haben dich gewarnt«-Ausdruck.

»Das spielen die häufiger auf ihren wilden Partys«, beteuert Blair. »Und wenn ich wild sage, dann meine ich die, in denen keine, ähm …« Sie malt Anführungszeichen in die Luft. »… *reiferen* Erwachsenen anwesend sind, wenn ich das so sagen darf.«

»Was sind das für Aufgaben?«, frage ich.

»Vor ein paar Wochen sollte Xenia Edward einen Lovesong

singen. Sie hat sich geweigert. Ein paar Tage später brachte die *Bravo* einen Artikel darüber, dass sie vor Liebeskummer zergehe, weil Ed sie gekorbt habe. Für sie war es schlimm, weil Xenia öffentlich als *der* Eisklotz gilt.« Blair schnappt sich ihr Wasserglas und kippt den Inhalt herunter. »War alles nur Fake, aber die *Bravo* hat's geschluckt. Die bringen alles, was die Blackwells betrifft.«

»Arme Xenia«, seufzt Emma. »Beim Frühstück sah sie tagelang so fertig aus. Ich glaube, sie ist richtig verknallt in Edward.«

»Wer ist das nicht?«, murmelt Blair.

»Welche von denen ist Xenia?«, frage ich.

Emma deutet auf die Ed-Schwärmerin. Klar. Ihr blondes Haar fällt in perfekten Korkenziehern über ihre Brust. Sie sitzt am Beckenrand, die Beine im Wasser, und lacht, weil Misha sie nass spritzt. Unauffällig wandert mein Blick weiter zu den Jungs. Sie stehen immer noch draußen, hinter ihnen die Bergkette, gewaltig und eindrucksvoll. Das hier könnte ein Pinterest-Bild sein. Wenn ich meine Polaroid dabei hätte, würde ich ein Foto machen, um es in mein Buch zu kleben und mit dickem Edding *Typen, von denen ich mich fernhalten sollte, es aber nicht kann* darunterzuschreiben. Edward blickt eiskalt und reserviert auf seinen Cousin hinab, Charles starrt in die Ferne zu dem weiß-nebligen Schleier, der um die Wipfel wabert. Aber plötzlich …

»Spielst du mit?«

IF YOU DON'T WANT TO BE EATEN, EAT THEM FIRST

Paola

Blinzelnd wende ich mich von den Jungs ab. Lena steht vor mir und hält mir mit einem breiten Lächeln eine Kaschmirmütze unter die Nase, in dessen Inneren gefaltete Zettelchen liegen.

»Ähm, nein, lieber nicht.«

»Sicher?«, fragt sie. »Macht echt Spaß, wenn man was getrunken hat. Und könnte helfen, dich besser in die Gruppe einzubringen.«

Ich spüre Emmas und Blairs Blicke wie Spaxschrauben in meinem Rücken.

»Ich weiß nicht … Ich …« Unruhig schaue ich auf die vielen Papierzettelchen. Sie kommen mir vor wie ein Haifischbecken, das meine fleischigen Fingerchen freudig erwartet. »Ich glaube, dass ich heute hier bin, ist eher ein Ausnahmefall.«

Lenas Blick schweift zu Emma, die uns interessiert zuhört. »Machst du uns zwei Shots?«

»Jepp«, entgegnet Emma, ehe sie sich von dem Regal abstößt und nach den Gläsern greift. »Welchen?«

Lena sieht mich an. »Sambuca?«

Ich nicke. Emma füllt zwei kleine Gläser, wirft die Kaffeebohnen hinein und schiebt uns die Shots über den Tisch.

»Auf deinen heißen Bikini«, sagt Lena.

»Danke. Ist eigentlich ihrer.« Ich nicke in Emmas Richtung, woraufhin diese lächelnd den Kopf neigt und ein Peace-Zeichen macht.

Lena prostet ihr zu. »Geschmack hast du. Muss ich dir lassen.«

Wir stoßen an. Als ich den Kopf in den Nacken lege und das Zeug herunterkippe, wird der süße Geschmack schnell von dem brennenden Alkohol eingeholt. Ich verziehe das Gesicht.

»Also!« Lena knallt das Glas auf den Tresen. »Ich verrate dir jetzt was, das du mit ins Grab nehmen musst.« Sie sieht mich an. Der Kajal um ihre Augen ist verschmiert, aber das macht sie nicht weniger hübsch. »Echt jetzt, wenn das rauskommt, bin ich am Arsch.« Kurze Pause. Dann: »So *richtig* am Arsch.«

»Ich sage nichts«, versichere ich ihr. »Zu niemandem.«

Lena vergewissert sich, dass niemand zuhört, dann beugt sie sich vor und raunt: »Manchmal sieht Charles mir und Max zu.«

»Oh.« Ich schlucke. »Ähm, okay.«

Im Vorbeigehen höre ich Emma in einem leisen Singsang »Hab ich doch gesagt« murmeln.

Lena zupft ihren Badeanzug zurecht und scheint in Gedanken versunken. Gedanken, die vermutlich Charles und seine Anweisungen betreffen. »Neulich sollte Max mich Cortessa nennen, während wir es taten.«

Ich reiße die Augen auf. »*Was?*« Sofort huscht mein Blick zu Blair und Emma, aber die beiden sind bereits an unterschiedliche Enden des Tresens geeilt, um Suarez und einen Typen mit Man-Bun zu bedienen, der aussieht, als wäre er erst sechzehn. Blair scheint dasselbe zu denken, denn sie weigert sich, ihm einen Shot auszugeben. Der Typ rauscht schließlich mit angepisster Miene und einem Calanda davon.

Ich sehe zurück zu Lena, die sichtlich zufrieden mit meiner Reaktion ist. »Das soll ein Witz sein, oder?« Das *kann* nicht sein Ernst sein. Hat er wirklich …? Okay, er meinte, er fantasiert oft von mir. Aber *das*?

Lena schüttelt den Kopf. »Nur ein Idiot würde Witze machen, wenn es um die Blackwell-Brüder geht.« Sie stützt das Kinn auf die Hand und blickt geradewegs durch das Panoramafenster. Der Flammenschein wirft einen Schatten auf Charles' tätowierten Oberkörper und lässt den Eindruck entstehen, die Linien würden sich bewegen. »Wenn du mich fragst, haben Charles und Edward sich da wieder was in den Kopf gesetzt. Nicht böse gemeint oder so, aber die tragen diese Machtkämpfe jetzt schon ewig aus. Vermutlich hat Edward mit diesem bescheuerten TikTok den Startschuss gegeben, und jetzt will Charles gewinnen.«

»Gewinnen?« Perplex sehe ich sie an. »Was denn gewinnen?«

Lena wirkt verdutzt. »Dich natürlich.«

Ich bin wie erstarrt. »Und was bitte soll passieren, wenn einer der beiden ›mich gewinnt‹?«

»Äh, nichts?« Sie gibt ein freudloses Lachen von sich. »Paola ...« Sie hält inne und sieht mich an. »So heißt du doch, oder?« Ich nicke, und sie fährt fort. »Sorry, die meisten nennen dich nur die Cortessa, seit Charles damit angefangen hat.« *Super.* »Hör zu. Die Jungs spielen nur wegen der Herausforderung. Sobald einer von ihnen dein Herz gewinnen wird, lassen sie dich fallen.«

Sie sagt das, als müsste man so was *wissen*. Als wäre allgemein bekannt und akzeptiert, dass die Blackwell-Brüder mit Gefühlen spielen wie andere mit den Figuren ihrer Schachgegner. Als wären die Jungs der König und ich der letzte Bauer vor ihrem Gegner.

Die Luft kommt plötzlich mit reichlicher Verzögerung in meiner Lunge an. Schön, dass sie sich Zeit lässt, während ich hier langsam vor mich hinsieche. *Schön.*

»Mein ... mein Herz gewinnen?«

Lena zuckt die Achseln. »Oder deine Vagina. Da machen die Jungs keine großen Unterschiede.« Erneut hält sie mir die Mütze hin. Auf einem Zettel sind Sambuca-Spritzer. Er klebt. Vermutlich genauso wie ich an Charles, als ich ihm zum ersten Mal begegnet bin. *Verklebt* bis in den letzten Winkel. Tesa kann einpacken.

Lena lächelt. »Also, spielst du mit?«

Ich weiß nicht, was ich glauben kann. Es könnte sein, dass sie die Wahrheit sagt. Könnte aber auch sein, dass sie mich manipulieren will. In der Höhle der Löwen ist alles möglich.

Wenn du nicht willst, dass sie dich fressen ... friss sie zuerst.

»Bin dabei«, sage ich.

YOU KNOW WHAT TO DO WITH THAT BIG, BIG BUTT – WIGGLE, WIGGLE, WIGGLE

Paola

Der Moment, in dem meine Hand im Haifischbecken landet, fühlt sich an wie eine Feuertaufe. Wahllos schnappe ich mir ein Stück Papier und ziehe es heraus. Es ist das verklebte. *Natürlich.*

»Cool!« Lena strahlt. »Also, im Laufe des Abends musst du allen den Beweis liefern. Sonst wird die nächste Woche ungemütlich für dich.« Lena setzt einen Ausdruck auf, von dem ich nicht weiß, ob er mitfühlend oder sensationsgeil ist. »Und das würde nach den letzten Schlagzeilen sicher nicht so gut für dich aussehen. Also dann, voll schön, dich besser kennengelernt zu haben.« Sie beugt sich vor, Küsschen rechts, Küsschen links, Küsschen rechts, und ich bin so überfordert, dass ich ihr einen Wangenknochen-Smash gebe. Ich meine, wieso küssen sich die Schweizer zur Begrüßung *drei* Mal? Aber wenn es ihr wehgetan hat, lässt Lena sich nichts anmerken. Sie stolziert davon, die Fliesen unter ihren Füßen ihr ganz persönlicher Catwalk. Einen Moment sehe ich ihr nach, weil dieser perfekte Laufsteggang und ihr noch perfekterer Hintern mich hypnotisieren, bis ich plötzlich schnippende Finger neben mir wahrnehme.

»Zeig schon!«, drängt Blair. »O mein Gott, ich bin in den letzten zwei Minuten fast durchgedreht vor Neugierde!«

Neben ihr nickt Emma heftig. »Was hast du für eine Aufgabe bekommen?«

Blair bindet sich das lange blonde Haar zu einem Pferdeschwanz und tippelt ungeduldig mit den Zeigefingern auf die Theke. »Paola, ich habe das Gefühl, durch dich erlebe ich meinen zweiten Frühling.«

»Wie bitte?«, frage ich.

»Sie meint, dass du ihr die High-Society-Erfahrungen gibst, die sie gern hätte.« Emma verdreht die Augen. »Blair würde alles tun, um ein Teil von ihnen zu sein.«

»Stimmt nicht.«

»Klar stimmt das. Du hast dich sogar für diese Dating-Show beworben.«

»Die Gott sei Dank nicht mehr stattfinden wird«, zischt Blair. »Außerdem war das eine impulsive Entscheidung. Am nächsten Tag habe ich es schon bereut. Sind wir ehrlich: Eliteboys sind heiß, aber die meisten Wichser.«

»Trotzdem stehst du auf diese Arschlochtypen.«

»Und was ist mit dir?« Blair funkelt Emma an. »Den ganzen Abend schon gaffst du den halb nackten Laxon an und sprichst davon, wie viel leichter es wäre, ihn kennenzulernen, wenn du nicht mit Alkohol bekleckert und nach Schweiß duftend schuften würdest.«

»Sagt man duften, wenn es stinkt?«, frage ich. »Ich dachte, duften kann es nur, wenn etwas gut riecht?«

»Interessante Theorie.« Blair neigt den Kopf. »Die Kacke riecht. Die Kacke duftet. Hm, stimmt, bei ›duftet‹ denke ich automatisch an Vanille oder so.«

»Leute«, drängt Emma. »Lenkt nicht ab. Die Aufgabe!«

Jetzt bleibt mir nichts anderes übrig. Ich entfalte das Papier und lese die Worte. Mir bleibt fast das Herz stehen, bevor es umso stärker weiterpumpt.

»Was?«, fragt Blair.

»Ich soll Charles einen Lapdance geben«, sage ich. »Vor allen.«

Emmas Augen verdunkeln sich. Blair hingegen quiekt und klatscht aufgeregt in die Hände.

»Ich habe gesagt, ich soll ihm einen *Lapdance* geben«, sage ich zu ihr, »und nicht, dass unsere Hochzeit bevorsteht!«

»You know what to do with that big, big butt«, trällert Emma, und Blair schießt hinterher: »Wiggle, wiggle, wiggle!«

Ich funkele sie beide an.

»Kann's kaum erwarten, das Ignotus zu stecken«, entgegnet Blair. »Er wird ausflippen, weil er nicht dabei war.«

»Er wird es verpönen«, widerspricht Emma trocken. »Vickys halten nichts von Lapdances.« Sie nimmt einen Lappen, wischt wahllos über die Theke und spannt den Kiefer an.

»Trotzdem«, sagt Blair. »Ich mache ein Video. O mein Gott, okay. Wir brauchen einen Plan.« Sie reibt sich die Hände, als ginge es um die lebensverändernde letzte Challenge während einer Apokalypse. »Am besten, du wartest den perfekten Song ab, und wenn du dir denkst, okay, alles klar, das ist er, mein ultimativer Stripsong«, sie klatscht einmal in die Hände, »dann go!«

»Stripsong?« Entschieden schüttle ich den Kopf. »Ich strip hier doch nicht, wenn ich nur noch einen Bikini trage!«

»Kannst du denn tanzen?«, fragt Blair. »Das musst du nämlich auf jeden Fall.«

»Nein«, sage ich. »Am besten wackle ich einfach ein bisschen vor ihm rum, damit alle zufrieden sind und ich nächste Woche keinen Skandal am Hals habe, und dann hau ich hier ab.«

»Was?« Blair ist bestürzt. »Es geht doch gerade erst los!«

»Du hättest besser gar nicht kommen sollen«, murmelt Emma.

Und vermutlich hat sie recht.

»Entschuldigt mich kurz. Ich …« Mit dem Finger deute ich in Richtung Toiletten. »Muss kurz …«

Meine nackten Füßen laufen über den beheizten Boden. Eine weitere Flutwelle schwappt über, als Laxon in den Pool springt. Ein paar Mädchen kreischen, ehe sie lauthals kichern.

In den Toiletten ist es kühler, weil das Fenster geöffnet ist. Die erfrischende Luft legt sich auf meine erhitzte Haut. Ich bette die Unterarme auf den Waschtisch, atme tief durch und sehe in den Spiegel.

Meine Augenbrauen wuchern. Da ist eine leichte Blässe um meine Nase herum, und meine Lippen sind gerötet, weil ich mir so oft darauf gebissen habe. Der Wasserdampf hat Wellen in meine Haare gemacht. Unter der Brust kräuseln sich die Spitzen.

Plötzlich klingelt mein Handy. Fahrig krame ich in meiner Tasche herum, bis sich meine Finger um 3310 schließen und ich aufs Display blicke.

Anonym.

SHOWTIME, BABY

Paola

Von jetzt auf gleich schießt mein Puls in die Höhe. Mein Daumen zittert, als ich auf den grünen Hörer drücke. »Ja?«

»Ich warte jetzt schon eine ganze Weile«, höre ich eine Stimme am anderen Ende.

Ich schließe die Augen und versuche, die Panik nicht gewinnen zu lassen. »Ich bin dran.«

»Das sagst du mir jedes Mal. Aber alles, was du mir lieferst, sind irgendwelche an den Haaren herbeigezogenen Szenarien, weshalb Edward Geld für einen Club ausgegeben haben könnte, oder warum Charles einen Antrag unterzeichnet hat, in dem es um Investitionen in Kryptowährung geht.«

»Ich habe das überprüft«, sage ich schnell. »Diese Währung ist sehr unsicher. Ich meine, das ist komisch, oder nicht? Warum sollte er in diese Unternehmen investieren, wenn sie so in Verruf stehen? Vielleicht steckt da mehr hinter. Wie bei Wirecard. Vielleicht …«

»Liefere mir etwas über die Jungs, das ich nutzen kann, um dieses verdammte Hotel ins Verderben zu stürzen, Mädchen!« Die Atmung am anderen Ende wird heftiger. »Meinetwegen auch über Jake Blackwell. Irgendwas, wenn du nicht willst, dass die Mafia deinen geliebten Bruder verdirbt.« Kurz raschelt es, dann fügt die Person hinzu: »Hab von meinen Männern gehört, er soll letzte Nacht freiwillig losgezogen sein, um ein bisschen mit seinem kleinen Kumpel abzuhängen. Dieser Mafiasohn, der dich so ärgert.«

Mein Magen verkrampft sich. Unwillkürlich presse ich mir das Handy fester ans Ohr. »Ich liefere Ihnen was. Und Sie holen ihn da weg.«

»Ich beeinflusse den Sorgerechtsprozess intern und hole ihn da weg. Ich halte mich an meine Deals, Cortessa.«

»Ich mich auch.«

»Dann zeig es mir«, zischt die Person. »Bring mir Beweise, statt die Brüder anzusehen, als wären sie dein verdammtes Dessert!«

Es ist, als würden diese Worte mir die Organe umstülpen. Von jetzt auf gleich werde ich von einem riesigen Angelhaken gepackt und über die Berge geschleudert.

»Ich will ihr Vertrauen gewinnen«, sage ich schnell. »Ich ... Sie müssen mir vertrauen, damit ich weiterkomme. Sonst werden sie misstrauisch. Edward und Charles sind nicht dumm.«

»Nun.« Ich höre tiefe, schwere Atemzüge. Ich höre Ungeduld. Und spüre, das mir die Zeit davonläuft. Und das Leben gegen mich spielt. Das Leben ... und das Herz. »Dann gewinne es besser schnell, bevor es ungemütlich wird.«

Dann legt die Person auf.

Wie erstarrt sehe ich in den Spiegel, während ich das Handy langsam sinken lasse. Ich stoße die Luft aus und stütze mich am Waschbecken ab. Unter meinen Füßen wankt die Welt. »Ganz ruhig, Paola«, murmle ich, knülle das Papier in meiner anderen Hand zusammen und ignoriere das sengende Gefühl, das es in meine Haut brennt. »Alles ist gut. Du machst das hier aus einem Grund. Je besser du sie kennst, desto schneller vertrauen sie dir. Vertrauen gleich Macht. Macht gleich Sieg.« Ich achte auf eine gleichmäßige, ruhige Atmung. »Sie sind der Bauer, du bist die Königin. Du schaffst das. Du tust das für Gabe. Du manipulierst *sie*, nicht sie *dich*. Und du bist nicht«, eindringlich sehe ich meinem Spiegelbild in die grünen Augen, »unter keinen Umständen«, ich spreche die Worte präzise und fest, damit mein Unterbewusstsein sie auch ja verinnerlicht, »verliebt in einen von ihnen.«

Wenn du nicht willst, dass sie dich fressen, friss sie zuerst.

Entschlossen trete ich aus der Toilette heraus und sehe mich im Saal um. Ich beobachte, wie Finn aus dem Pool hüpft, zur Theke läuft und sich auf den Tresen schwingt. Im Hintergrund wummert der Bass. Ein Blick auf den Fernseher an der Wand verrät mir den Titel des Songs: *Glorious* von Macklemore. Blair öffnet gerade den Mund, um Finn anzufahren, als er sich urplötzlich zu ihr herunterbeugt, am Kragen ihrer Uniform packt und seine Lippen auf ihre drückt. Mir fällt die Kinnlade herunter. Ein paar Jungs grölen. Das alles dauert nur ein paar Sekunden, bis Blair ihn von sich stößt, mit der Hand ausholt und ihm eine Backpfeife verpasst. Das schallende Geräusch hallt laut von den Wänden wider. Aus einem mir nicht ersichtlichen Grund scheint Finn sich darüber zu freuen. Er reckt die Faust in die Höhe, zwischen Daumen und Zeigefinger seinen Zettel geklemmt. »Kassiere eine Ohrfeige!«

Ein paar lachen. Ich schüttle den Kopf. »So ein Arsch.«

»Kannst du laut sagen«, höre ich plötzlich eine Stimme neben mir. Ich wirble herum und sehe Anneli, die in einem pinken Jogginganzug an der Wand lehnt. Gerade klemmt sie sich eine ihrer Feenspangen neu. »Finn und Lena Gerbensteyn sind mit dem goldenen Löffel im Hintern geboren. Sie ist in Ordnung, aber er ist keinen Deut besser als die Blackwells.«

»Du …« Überrascht sehe ich sie an. »Du wurdest auf diese Party eingeladen?«

»Ja, klar.« Sie gibt ein lautes Gackern von sich. »Und China hat neuerdings einen Papst.« Weil ich sie nur weiter verwirrt ansehe, schnalzt Anneli schließlich mit der Zunge. »Claus ist mit Babette nach Norwegen durchgebrannt.« Ah, der Hausmeister. »Nach Norwegen!« Sie schnaubt wieder. Klar, die Polypen. »Wer will sich da den Arsch abfrieren? Da gehen dem doch die Eier ein!«

Ich kichere. »Anneli!«

»Ist doch wahr! Der Kerl zischt einfach ab, ich muss jetzt vorübergehend seine Hausmeistersachen erledigen, dabei lohnt es sich nicht einmal, weil ich nur an Norwegen denke. Dafür der ganze Stress? Wenn er jetzt nach Ibiza oder so abgehauen wäre, kein Problem. Wirklich. Ich würde auch noch den letzten Dreck aus den Rohren putzen, die ich seinetwegen jetzt überprüfen muss, weil ich wüsste, es lohnt sich wenigstens für ihn. Aber *Norwegen*?«

»Na ja.« Unbeholfen zucke ich die Achseln. »Theoretisch geht es darum, was er will, und vielleicht mag er Ibiza nicht, also …«

»Ach, Carl!« Anneli wedelt mit der Hand durch die Luft. »Der macht alles, was Babette will. Ist dem doch egal, wohin.«

»Ähm …« Ich habe keine Ahnung, was ich sagen soll. Ich kenne Carl nicht einmal, aber Anneli will mit ihren negativen Vibes um sich schlagen wie ein hungriger Gorilla. »Und jetzt bist du hier, um die Rohre zu säubern?«

»Nee.« *Schnaub.* Ich bin mir ziemlich sicher, da ist gerade ein Popel rausgeschossen. Unauffällig trete ich einen Schritt beiseite. »War gerade im Flur, eine Tür checken, die knarrt. Hab die Musik gehört und wollte gucken, ob ich einen Drink abstauben kann.«

»Bestimmt.« Ich nicke zum Tresen. »Emma und Blair arbeiten.«

»Mhm.« Anneli mustert mich argwöhnisch. »Was machst *du* eigentlich hier?« Ihr Blick wandert meinen Körper herab. »In diesem Playboyteil?«

»Playboyteil?«

»Der Bikini.«

»Ach so. Ich, ähm, wurde eingeladen.«

Sie hebt eine Braue. »*Du?*«

»Ja.«

»Aha.«

In diesem Moment startet ein neuer Song und Emma kreischt auf. Ich sehe zu ihr. Sie macht große Augen, formt mit den Lippen »Jetzt!«, während Blair neben ihr kräftig nickt. Mein Blick huscht wieder zum Fernseher. *Unholy* von Sam Smith. Dann sehe ich Charles, der gerade durch das Panoramafenster zurück in den Saal kommt und sich auf einen Loungestuhl sinken lässt.

Jetzt oder nie!

»Alles klar.« Ich stoße die Luft aus und balle die Hände zu Fäusten. Aus dem Augenwinkel erkenne ich, wie Emma ermutigend nickt und Blair die Daumen in die Höhe reckt. Ich denke an die 5-Sekunden-Regel. Von fünf runterzählen, und dann einfach *machen.* »Nur ein Lapdance und dann verschwinde ich von hier.«

»Was?«, fragt Anneli.

»Nichts.«

»Führst du öfter Selbstgespräche?«

»Ja.«

»Wieso?«

»Manchmal brauche ich den Rat einer Expertin.« Und dann zögere ich keine Sekunde mehr. Mit gerecktem Kinn laufe ich am Beckenrand vorbei, zähle die Bodenleuchten, die mich von Charles trennen. Noch sieben, drei, einer …

Showtime.

MOMMY DON'T KNOW DADDYS GETTIN' HOT, AT THE BODY SHOP, DOIN' SOMETHIN' UNHOLY

Paola

Charles beobachtet Misha, der im Becken treibt, sein leeres Shotglas auf den Lippen abgelegt. Er versucht, es mit der Zunge umzudrehen und lacht jedes Mal, wenn es ins Wasser fällt.

»Hi«, sage ich.

Charles wendet den Kopf und sieht mich an. »Hey.« Er lächelt. »Wie macht sich meine Löwin?«

»Gut.« Mein Herz schlägt mir bis zum Hals. »Weil die kosmologische Inflation Physik ist.«

Sein Mundwinkel hebt sich. »Wie bitte?«

»Deine Frage. Du wolltest wissen, warum ich mich nicht dafür interessiere. Und meine Antwort lautet, weil es Physik ist.«

In seinen Augen blitzt Belustigung. »Was hast du gegen Physik?«

»Nichts. Ich denke bloß, Chemie ist so viel spannender, oder nicht?«

»Hmm.« Seine Augen wandern an mir hinab und wieder hoch, als würde er genüsslich an mir kosten. »Kannst du deine Antwort begründen?«

»Weil«, sage ich, zerknülle das Papier in meiner Faust wieder und wieder, spüre die Aufgabe in mir drängen und den Refrain von *Unholy* heranrollen, »die Chemie zwischen zwei Personen die verrückteste Wissenschaft aller Zeiten ist, und verrückt ist besser als langweilig, oder nicht, Charles?«

Bevor er antworten kann, bevor ich mir diese bescheuerte Idee anders überlege und einfach von hier verschwinde, bevor ich länger seinen göttlichen Oberkörper anstarre, stopfe ich das Stück Papier in die Bikinischale und lasse mich in einer anmutigen Bewegung nach vorn fallen. Meine Hände landen auf den Innenseiten seiner Oberschenkel. Er keucht. Ich glaube, ich sterbe.

Mommy don't know Daddy's gettin' hot, at the body shop …

Ich streiche über seine Haut, bewege meinen Hintern zum Takt der Musik, meinen Finger am Bund seiner Shorts entlang.

… doin' somethin' unholy.

Ich setze mich seitlich auf sein Bein, lege eine Hand auf seine Schulter und lehne mich zurück, bis mein Kopf in den Nacken fällt und meine Brüste sich ihm entgegendrücken. Ich beuge den Rücken durch, bevor ich langsam wieder hochkomme.

Charles ist der Mund aufgeklappt. Ich nehme an, das passiert nicht häufig. Gut so.

Give me love, give me Fendi, my Balenciaga daddy …

Beinahe ironisch, dass ich dieses Lied gewählt habe und Charles eine Badeshorts von Fendi trägt.

Ich lege meine Hände auf seine Schultern und schiebe mich breitbeinig auf seinen Schoß. Er zieht scharf die Luft ein. Keine Sekunde später spüre ich seine Beule gegen meinen Slip drücken und muss ein Keuchen unterdrücken.

»Selbst schuld«, raunt er. »Du hast angefangen.«

Und gerade habe ich nicht vor, je wieder aufzuhören. Zum Takt der Musik bewege ich meinen Hintern auf ihm, wackle mit den Hüften. Ich reibe mich an seiner Beule, mit dem Rücken zu ihm, während meine Hände auf seinen warmen Schenkeln liegen.

Der letzte Refrain setzt ein. Ich reibe mich schneller an ihm.

Mommy don't know Daddy's gettin' hot, at the body shop, doin' somethin' unholy …

Meine Hände wandern die Innenseiten seiner Oberschenkel hinauf, die Fingerspitzen unter seine Hose. Er keucht.

»Fuck, Paola …«

Kurz, bevor ich die Stelle erreiche, von der ich weiß, dass sie mich gerade mit all ihrer Härte will, endet der Song und ich erhebe mich in einer abrupten, eleganten Bewegung.

Der letzte Beat verklingt mit der synchronen Bewegung meines Kopfes. Ich drehe ihn, um Charles über meiner Schulter einen Blick zuzuwerfen, und bin stolz auf mich, dass mein überaus tollpatschiges Wesen das hier so grandios auf die Reihe gekriegt hat. Schade, dass meine Ameise ersoffen ist. Sie wäre stolz. So *stolz*.

Ist das gerade wirklich passiert? Habe ich, Paola Cortessa, gerade auf dem Schoß des Hotelerben und weltbekannten Charles Blackwell gesessen und *ihm einen Lapdance gegeben*?

Dem Applaus und lautem Gegröle der anderen nach zu schließen schon. Miss Dermatitis hat's gerockt.

Ich werfe Charles das Papier zu. Er fängt es auf.

»Aufgabe erledigt«, sage ich.

Charles lehnt sich zurück und fährt mit den Zähnen über seine Unterlippe. »Mit Bravour, Cortessa.«

Meine Güte, dieser Blick. Noch einen Moment länger und ich verklebe schon wieder. Ich muss hier weg. Mich sammeln, abhauen. Schnell wende ich mich ab, gebe geistesabwesend irgendwelche High fives und steure den Ausgang an.

Aber plötzlich versperrt mir eine Wand den Weg. Und diese Wand, so stelle ich frustriert fest, ist Edward.

YOU'RE NOT HIS GIRLFRIEND

Paola

»Gut getanzt«, sagt er. Da ist keine Mimik in seinem Gesicht, keine Regung, dass es ihn ärgert, mich so mit seinem Bruder gesehen zu haben. In der Hand hält er eine Bierflasche. »Dürfte ich dich für eine Sekunde entführen?«

»Eigentlich wollte ich gerade gehen.«

»Dauert nicht lange. Versprochen.«

»Das ist dein Lebensmotto, was?«

»Yep. Sex, Beziehungen, Gespräche ... Besser, man hält es alles kurz.« Er zwinkert. »Komm schon, nur ein klitzekleines Gespräch unter klitzekleinen Freunden.«

Skeptisch begegne ich seinem Blick. »Wir sind Freunde?«

»Nicht?« Er macht einen Schmollmund. »Wow, das ging mitten ins Herz.«

Wahrscheinlich würde ich Edward als vieles bezeichnen, aber nicht als einen Freund. Am ehesten trifft es wohl die verbotene Frucht am Baum neben der noch viel verboteneren Frucht. Beide sind bereits angebissen. Schuldig im Sinne der Anklage. Wo ist die Schlange? Ich nehme mein Gift freiwillig entgegen.

Ich seufze.»Schön. Wohin?«

Mir wird klar, dass dieser Junge eine Schauspielkarriere einschlagen sollte, als sein verletzter Ausdruck in Sekundenschnelle einem euphorischen Grinsen weicht. Er macht einen auf Liam Hemsworth, der seine Katniss erst an die Hungerspiele verliert und dann als Gewinnerin wieder zurückbekommt. Sped-up-Version. »Da rein.« Edward zieht mich mit sich und öffnet eine Holztür.

Ich hätte verschwinden sollen, denke ich in der Sekunde, als sich die sengende Hitze auf meine Haut legt. *Ich hätte, verdammt noch mal, verschwinden sollen.*

»Hier willst du mit mir reden?« Ich starre ihn an, breite die Arme aus. »In einer *Sauna*?«

»So, wie du dich gerade auf dem Schoß meines Bruders geräkelt hast, sollte dir die Hitze nichts mehr ausmachen.«

Mir wäre lieber, Edward würde mich nicht so intensiv ansehen. Er wischt sich über die Stirn, das geschorene, hellblonde Haar. Seine Augen heften sich stechendblau auf mich. Er kommt näher. »Du und er seid länger als wir anderen beim Skijöring gewesen.«

»Und?«

»Was habt ihr gemacht?«

»Nichts.«

Er lacht leise. Inzwischen ist er so nah, dass sein Atem meine Haut streicht. »Mein Bruder macht niemals *nichts*.«

Ich will Luft holen, aber seine Präsenz und die Hitze machen es mir schwer. »Wir haben nur geredet.«

»Er gefällt dir.« Es ist keine Frage, sondern eine Feststellung. Die Art, wie er den Kopf neigt, dieses selbstbewusste Grinsen … es hat etwas Raubtierhaftes. »Aber ich gefalle dir auch.«

»Du …« Seine Lippen sind nur ein paar Zentimeter entfernt. Ich sehe den feinen Schweißfilm über der rosa Nuance. »Du hättest mich nicht küssen dürfen. Auf der … der Gala.«

»Nein«, raunt er. »Hätte ich nicht. Es macht alles so viel komplizierter, nicht wahr?«

Mein Rücken drückt gegen die hölzerne Wand der Sauna. Ich kann nichts entgegnen, weil ich zu sehr damit beschäftigt bin, das trockene Sandgefühl in meiner Kehle loszuwerden.

Edward streckt seinen freien Arm aus. Neben meinem Kopf stützt er sich ab. »Wir waren nur zwei Fremde auf einem Motorrad, die einen wilden Ritt genossen haben.«

»*Du* hast diesen Ritt genossen.«

»Mhm.«

»Und jetzt?« Ich räuspere mich. »Was sind wir jetzt?«

»Lass mich überlegen …« Er neigt den Kopf. Seine Lippen streifen meine Schläfe. »Die geheimnisvolle Schönheit, die nicht weiß, wen sie will, und der kaputte Rebell, der ihr in dieser Sekunde den Atem raubt.«

Es stimmt. Ich halte den Atem an.

»Wenn du denkst, dass ich deinen Bruder will …« Unter gesenkten Lidern blicke ich zu ihm auf. »Was willst du dann noch von mir?«

Er lächelt. Als wäre das *lustig*. Als wäre das hier ein Spiel für ihn. »Dir beweisen, wer von uns beiden der bessere Blackwell ist.«

I AM A VIDEO GAME AND THEY PRESS RANDOM BUTTONS AND HOPE FOR THE BEST

Paola

Seine Lippen schweben genau vor mir. Hauchzart streichen sie über meine. Alle Nervenenden in meinem Körper reagieren. Es ist wie ein Stromschlag.

Aber das geht nicht. Ich kann das hier nicht zulassen. Mein Kopf ist maximal verwirrt, ich habe eine Aufgabe, an die ich mich halten muss, ich … ich …

Fünf.

Vier.

Drei.

Zwei.

Eins.

Handeln, Paola, handeln!

Ich lege meine Hände auf Edwards Brust, im festen Vorhaben, ihn zurückzudrücken. Aber irgendetwas in mir protestiert. Ich übe keinen Druck aus. Meine Hände liegen einfach da, auf seiner erhitzten, nackten Brust, und schmiegen sich perfekt an die muskulöse Wölbung.

Die Art, wie er seinen Mundwinkel hebt, hat etwas zutiefst Verruchtes an sich. »Ich steh drauf, wenn du das tust.« Seine Lider senken sich, als er auf meine Hände hinabsieht. »Wenn du mich berührst und deine Finger beben, als würde meine Zunge längst zwischen deinen Schenkeln stecken.«

Ein Schauer rieselt meine Wirbelsäule herunter. Die Hitze benebelt mich. Die Hitze und … und Edward.

»Ich sollte gehen«, sage ich, bewege mich aber keinen Millimeter.

»Solltest du das?« Edward neigt den Kopf. »Ich erkenne keinen Grund dafür.«

»Dein Bruder ist der Grund.« Jede Silbe, die meinen Mund in diesem von Hitze geschwängerten Raum verlässt, klingt schwach und nicht überzeugend. »Du weißt, dass ich ... dass wir ...«

»Ihr seid nichts«, entgegnet Edward sofort. »Du und Charles, Paola, ihr seid nichts, das über Lust hinausginge.« Er macht einen Schritt auf mich zu, die Lider noch immer gesenkt. Schweiß perlt an seinen tiefschwarzen Wimpern. »Es tut mir leid, wenn ich dir die Illusion nehme, aber mein Bruder wird nicht dein Märchenprinz. Er wird dich in die Presse stürzen, aber er wird nicht derjenige sein, der dich hinterher wieder auffängt.« Sein Blick wird eindringlich. »Charles verliebt sich nicht. Niemals. Das, was ihr seid, ist Lust.«

Jedes seiner Worte bohrt sich unbarmherzig und schmerzhaft in meine Brust, weil mir bewusst ist, dass er recht hat. »Ich weiß.«

»Und das hier«, raunt Edward, legt seine Finger um meine Handgelenke und durchbricht die Distanz zwischen uns mit einem weiteren Schritt, »das hier ist ebenfalls Lust, die du empfindest. Für mich. Und lass mich dir sagen, Paola, dass es nicht verwerflich ist, Verlangen nach mehreren Personen zu haben. Dass es niemals schändlich sein sollte, jemanden zu wollen, während man auch jemand anderes begehrt.«

»Aber ...«

»Aber was?« Seine Lippen fahren über meine Schläfe. In mir kribbelt alles, sammelt sich in meiner Mitte und beginnt, heftig zu pulsieren. Meine Hände rutschen von Edwards Brust, weil sich ein feiner Schweißfilm auf seine Haut gelegt hat. Über dem Bund seiner Badehose verharren meine Finger. Edward stößt einen rauen Laut aus, direkt an meinem Ohr, und die Hitze gepaart mit seinem betörenden Atem vernebelt mir die Sinne. »Aber du hast ein schlechtes Gewissen ihm gegenüber?« Er gibt ein leises Lachen von sich. »Ihr seid nicht zusammen. Wenn Charles dich morgens mit der Zunge zum Orgasmus bringt, sieht er abends Lena dabei zu, wie Max sie auf seine Anweisungen hin vögelt. Wenn er dich leckt, Paola, denk dran, dass mein Bruder seinen Finger nur Minuten später in eine andere schiebt, deinen Geschmack noch auf den Lippen.« Eiseskälte durchfährt mich, als er das sagt, aber Sekunden später küsst er meinen Hals, zupft mit den Zähnen an meinem Ohrläppchen und flüstert: »Du bist genauso frei darin, Verlangen nach anderen zu spüren, wie er es ist, Paola.«

Zittriger Atem entweicht mir. Und dann ... dann nicke ich. Meine Fingerkuppen gleiten unter den Bund seiner Shorts, streichen über die festen Muskeln, und meiner Mitte gefällt, was ich tue. *Mehr*, sagt sie. *Mehr, mehr, mehr.*

In dem Moment packt Edward meine Hüfte mit seiner freien Hand und drückt mich gegen die Wand. Seine Lippen landen auf meinen. Ich schmecke Salz vom Schweiß, Bier und die letzte Note eines bittersüßen Kräuterschnaps. »Du bist eine echte Sünde«, raunt er, bevor seine Zunge über meine Lippen streicht und Einlass erfordert. Ich öffne meinen Mund. Dieser Kuss ist alles andere als unschuldig. Er ist wild, leidenschaftlich, verlangend. Unsere Zungen berühren sich, Zähne stoßen gegeneinander, während meine Nägel über Edwards Rücken kratzen und mit Sicherheit Striemen hinterlassen.

»Scheiße«, stößt er aus, atmet hektisch, küsst mich ungezähmt und heftig, ehe seine Finger in mein feuchtes Haar gleiten und er meinen Kopf zurückdrückt. Er presst seinen Körper gegen meinen. Ein Stöhnen verlässt meinen Mund, als ich seine feste Beule über dem hauchdünnen Stoff meiner Bikinishorts spüre. Edward löst eine Hand aus meinem Haar und schiebt den Stoff über meiner Scham beiseite. Ich schnappe nach Luft, als er mit einem Finger in mich gleitet. »Fuck, bist du nass«, murmelt er zwischen zwei Küssen, lässt seinen Finger rein- und rausgleiten. »Und du fühlst dich so gut an«, flüstert er unter dem Schleier der Lust. »So verdammt gut.«

Wir küssen uns leidenschaftlich, während von draußen der Bass den Boden und die Wände erzittern lässt und wir die Hitze des Raums und unserer Körper umarmen.

»Edward«, keuche ich. Meine Küsse werden chaotischer, zielloser. Ich treffe sein Kinn, seinen Mundwinkel. »O mein ... ja ...« Fahrig zerre ich an seiner Boxershorts, ziehe sie so weit herunter, bis ich die erhitzte Haut seines Penis unter meinen Fingern spüre. Ich umfasse ihn fest, reibe ihn, während Edward einen zweiten Finger in mich hineinschiebt und das Tempo erhöht. Schmatzende Geräusche gesellen sich zu unseren betörten Atemzügen. Das Verlangen wird zu einem Wirbelsturm, der meine Glieder erweichen lässt, meine Beine zum Zittern bringt und alles in mir zerstört, das für eine feste Haltung gesorgt hat.

Edward stöhnt an meinem Mund. Plötzlich umfasst er meine Hand, die sein bestes Stück penetriert, und drückt sie neben meinen Kopf an die Wand. Keine Sekunde später presst er seinen Schaft an meine Vulva, ohne damit aufzuhören, mich zu fingern. »Du machst mich fertig«, stöhnt er.

Hinter der Saunatür werden die Stimmen lauter, Gelächter tönt zu uns herüber. Ich erstarre, aber Edward schüttelt nur den Kopf. »Scheißegal«, sagt er. »Achte nicht auf die.«

»Und wenn jemand reinkommt?«

»Scheißegal«, sagt er wieder und grinst zwischen zwei hitzigen Küssen. »Dann machen wir weiter, und sie sehen zu.«

Ich habe keine Ahnung, wie das, verdammt noch mal, möglich ist, aber seine Worte entfachen nur einen weiteren Funken der Erregung in mir. Edward reibt sein vom Schweiß überzogenes Glied an meiner Klit, er penetriert mich *so gekonnt*, als hätte er diese Fähigkeit jahrelang perfektioniert, während seine Finger meine inneren Nerven stimulieren. Der Nebel vor meinen Augen wird dichter, Edwards Stöhnen lauter, seine Bewegungen unkontrollierter. Blitze ziehen durch meine Mitte, meine Beine. Ich spüre, wie sie weich werden, wie ich mit jeder Reibung seines Schafts, mit jedem schmatzenden Geräusch, das seinem Stöhnen folgt, dem Höhepunkt entgegentrete.

»Komm für mich«, raunt Edward, beißt mir in die Unterlippe und zerrt an ihr. »Komm für mich, Paola, und ich komme für dich.«

Ich kralle eine Hand in sein Haar. Mit den Fingern kratze ich über die Kopfhaut, den Mund weit geöffnet, während Edward an meiner Unterlippe zupft, sie reizt, leckt, an ihr saugt. Ich schließe die Augen. Zu der nebligen Schwärze gesellen sich bunte Punkte, als ich spüre, wie der pulsierende Druck sich mit jeder seiner Berührungen aufbaut. Edward nimmt noch einen dritten Finger hinzu, füllt mich aus, umkreist mit seiner Spitze meine pulsierende, geschwollene Klit. Es ist der perfekte Cocktail aus wilder Lust, berauschendem Verlangen, chaotischer Leidenschaft.

Und dann explodieren wir beide. Der Druck in mir platzt mit einem heftigen Stöhnen, das aus meinem Mund herausbricht, bevor

Edward seinen Mund auf meinen presst und sein eigenes Stöhnen meines verschluckt. Er zieht seinen Penis von meiner Vulva. Gerade im richtigen Moment, denn Edward kommt laut, und er kommt heftig, zeitgleich mit mir. Er ergießt sich auf meinem Bauch, presst mich im gleichen Atemzug fester gegen die Wand und nimmt mein Stöhnen in sich auf. Mit der Hand streicht er über meine Haut, um seine Lust zu verwischen, immer wieder, bis der Schweiß jegliche Beweise darüber entfernt hat, was wir hier gerade getan haben.

Mein Höhepunkt verebbt mit jedem Atemzug, den Edward und ich miteinander teilen. Ich habe meine Arme um seinen Hals geschlungen, meine Stirn schlapp gegen seine gelehnt, die Augen geschlossen.

»Krass«, murmelt Edward. »Das war krass.«

»Ja.« Langsam öffne ich die Augen. Es dauert einen Moment, bis meine Sicht sich klärt und ich auf dem Boden, direkt neben unseren Füßen, ein Stück weißes Papier erkenne. Ich runzle die Stirn. »Was ist das?«

Edward lässt den Blick ebenfalls sinken. Es vergeht ein Moment, dann will er sich plötzlich so schnell bücken, dass meine Alarmsirenen von jetzt auf gleich völlig durchdrehen.

Meine Finger umschließen das Papier nur den Bruchteil einer Sekunde schneller als seine. Edward will es mir aus der Hand schnappen, aber ich drehe mich weg, entfalte es mit einem unguten Gefühl hinter meiner Brust.

»*Knall die Cortessa*?«, zische ich.

In mir pulsiert rasende Wut. Ich spüre Scham und Demütigung gleichermaßen, weil ich geglaubt habe, wir wären hier, in dieser Sauna, weil Edward hier mit mir sein *wollte*. Nicht wegen irgendeiner beschissenen Anweisung. Nicht weil … o Gott, wie … wie … Tränen verschleiern meine Sicht. Ich wirble zu ihm herum. »Wie *dreckig* hast du mich benutzt, verdammt?« Unbändiger Zorn bricht über mich herein. Tränen strömen mir über die Wangen. Mit der flachen Hand hole ich aus und treffe seine Wange.

Edward schließt die Augen, aber er leistet keinen Widerstand. Nicht mal den Hauch eines Protests. Als hätte er nur darauf gewartet, dass ich genau das tue. Als würde es ihn beinahe *erleichtern*.

Er öffnet die Augen wieder. Zu meiner größten Verbitterung erkenne ich echte Reue darin. »Du verstehst das falsch.«

Freudlos lache ich auf und wedle mit dem Papier durch die Luft. »Was zur Hölle kann man hieran falsch verstehen?«

Seine Lippen sind zu einer festen Linie gepresst. »Ich hatte nicht vor, dich für diese Aufgabe auszunutzen. Eigentlich bin ich hergekommen, weil ich dachte, du würdest mich eben *nicht* ranlassen.«

»Und das soll ich dir glauben, nach dem, was wir gerade getan haben?«

»Es stimmt aber.« Er kratzt sich über die kurz geschorenen Haare, beißt sich auf die Unterlippe. »Das war nicht geplant. Ich *wollte*, dass du mich abservierst, verdammt. Du weißt, ich will den Skandal. Ich will, dass die Leute was über mich bringen, gefaked oder nicht. Hauptsache, es bringt meinen Daddy auf die Palme. Ich wollte scheitern, um ihn zu bekommen. Den Skandal. Und dass wir ... dass das ...« Frustriert stößt er die Luft aus. »Ich könnte dir sagen, dass es mir leidtut, aber ich will es nicht, weil ich das gerade genossen habe, okay? Obwohl ich es nicht geplant habe, habe ich es *genossen*, und du auch, oder etwa nicht?«

Ich blinzle. Schnell. »Das tut doch gerade gar nichts zur Sache! Du hast mich hier reingeholt, Edward.« Fassungslos deute ich auf die Tür. »Wenn ich da jetzt rausgehe, denken die Leute, wir hätten gevögelt! Selbst wenn nichts gelaufen wäre, hätten sie es gedacht, verdammt!«

»Aber hätte ich dich gehen lassen, wäre meine Aufgabe gescheitert, weil ich gekniffen hätte, und dann wäre kein Skandal dabei rausgesprungen. Sie müssen wenigstens *denken*, ich hätte es versucht.«

»Hast du dir mal selbst zugehört?« Ungläubig starre ich ihn an. »Das ist doch krank, Edward!«

»Ich weiß.« Er sagt das, als würde es ihn gar nicht interessieren. Der Junge ist völlig gefangen in seinem Adrenalinmodus. Er sieht von mir zur Tür und wieder zurück, kann es nicht abwarten, dass neue negative Schlagzeilen über ihn kursieren. »Du gehst da jetzt raus, schreist mich an, dass ich dich mal kreuzweise kann, und knallst die Tür. Dann wissen sie alle, dass ich versagt habe, dass nichts zwischen uns lief, denken sich was über mich aus, und du bist fein raus. Und ich *schwöre* dir, Paola, das, was eben war, bleibt unter uns. Versprochen.«

Langsam schüttle ich den Kopf. »Ich fasse es nicht, dass du mich überhaupt in diese Lage bringst!«

Er sieht mich an wie ein geprügelter Hund, in der Hoffnung auf seinen Skandal. *Mein Gott*, denke ich nur. Es stimmt wirklich. Die Blackwells sind richtig durch, verdammt.

Und da erst wird es mir bewusst.

»Lena hatte recht. Es ist ein Spiel«, hauche ich. »Mehr ist es nicht, oder?«

»Wie bitte?«

»Ich bin ein verdammtes Spiel für euch.« Meine Stimme zittert. »Ein Machtkampf zwischen zwei Brüdern, die nicht wissen, wie sie ihre psychischen Probleme anders bewältigen sollen?«

Er schweigt.

Ich bin so wütend, mein ganzer Magen zieht sich zusammen und brodelt wie ein Vulkan kurz vor seinem Ausbruch. Am liebsten will ich die Sauna in Schutt und Asche legen. »Wenn ich da jetzt rausgehe und das durchziehe, schuldest du mir die verdammte Wahrheit, Blackwell!«

Mit einer Hand wischt er sich über das schweißnasse Gesicht. Sein Astralkörper glänzt. »Schön. Aber sie wird dir nicht gefallen.«

Ich verschränke die Arme vor der Brust. »Bin ich für euch nichts weiter als ein Spielball?«

Edward sagt nichts. Er sieht mich nur an, als hätte ich ihn in die Ecke getrieben, den Lauf einer Knarre auf seine Brust gerichtet.

»Edward?«, frage ich, diesmal weitaus weniger entschlossen. Meine Stimme zittert. »Ist das der Grund, warum er mich will? Weil du ... weil ...«

Ich muss schlucken, weil die Art, wie seine Brust sich schneller hebt und senkt, die Art, wie seine Augen sich von mir abwenden und zu Boden blicken, die schlimmste Form der Bestätigung ist, die ich je bekommen habe. Die schlimmste – und die ehrlichste.

Meine verschränkten Arme sinken kraftlos zu beiden Seiten meines Körpers hinab. »Weil ich nur Mittel zum Zweck eures beschissenen Machtkampfes bin.«

Das ist keine Frage mehr von mir. Es ist die Antwort, die er nicht auszusprechen in der Lage ist. Sein Adamsapfel hüpft.

»Die Wahrheit«, dränge ich. »Los.«

Er kneift die Augen zusammen, als wäre das hier Folter. Aber dann nickt er. »Ja.«

Ich schließe die Augen, atme tief durch, während eine gewaltige Lawine über mich hinwegrollt und nichts zurücklässt außer Entsetzen und Schmerz. Mein Körper zittert. Ich wanke zur Tür. »Haltet euch von mir fern«, sage ich, lege die Hand auf den Türgriff. »Du und dein *beschissener* Bruder!«

Ich öffne die Tür. Ich brülle Edward vor allen anderen an, dass er mich mal kreuzweise kann. Ich bin wütend, aber loyal. Ich wollte die Wahrheit, also kriegt er seinen gestörten Skandal.

Das Wasser platscht unter meinen Füßen, als ich durch den Saal hechte.

»Alles okay?«, fragt Emma hinter der Theke.

»Kann jetzt nicht reden.« Ich schüttle den Kopf, versuche angestrengt, den Kloß herunterzuschlucken, um nicht vor versammelter Mannschaft zu heulen. »Ich brauche meine Sachen.«

Emma wirkt besorgt. Von der anderen Seite der Theke sieht Blair stirnrunzelnd herüber.

»Sicher, dass alles …«

»*Bitte*, Emma.« Meine Stimme bebt. »Meine Sachen.«

Sie reicht sie mir. Ich drücke das Kleiderknäuel an mich wie einen Schutzschild und drehe mich um. Edward lehnt an der Tür zur Sauna und starrt mit Leere in den Augen in den Pool.

Charles steht bei seinen Freunden und sieht zu mir.

Ernst. Besorgt. Falsch.

Falsch. Falsch. Falsch.

»Fick dich, Arschloch!«, zische ich und gehe.

YOU'RE KEEPING ME UP, KEEPING ME UP AT NIGHT

Charles

Acht Tage. 192 Stunden. 11250 Minuten. So viel Zeit ist seit der Poolparty vergangen, und alle Versuche, die ich unternommen habe, um herauszufinden, was mit Paola los ist, sind gescheitert. Ich war sogar so frustriert, dass ich diese Zeitrechnung *im Kopf* gemacht habe. Weil ich ja nichts Besseres zu tun habe, klar. Seitdem habe ich fünf nervige Gespräche mit meinem Bruder hinter mir, damit er mir sagt, was in der Sauna passiert ist, nur um mir anzuhören, dass ich meine Bemühungen lieber da hineinstecken sollte, den Lapdance in Erinnerung zu behalten. Ich war dreimal mit Max und Lena allein, einmal wieder beim Polo, die anderen beiden Male habe ich sie in meine Suite rufen lassen. Einen Abend war ich im privaten Swinger Club, habe bestimmt sieben Paaren dabei zugesehen, wie sie es miteinander getrieben haben, aber nichts hat funktioniert. Ich kriege sie und ihren Flechthaarreif einfach nicht aus dem Kopf.

»Ist das richtig so?«

Malaikas Stimme reißt mich aus meinen Gedanken. Ich beuge mich über ihr Heft, blinzle meine Gedanken an eine gewisse sommersprossige Frau auf meinem Schoß beiseite und konzentriere mich auf den Buchstaben, den ich Malaika gerade beibringe.

»Ja, das ist gut«, sage ich. »Versuch, zuerst eine gerade Linie zu machen, bevor das Vögelchen kommt, okay?«

»Aber du hast gesagt, das M schreibt man, wie man einen Vogel malt.«

Ich lache. »Ja, aber was habe ich dir noch gesagt?«

Das kleine Mädchen entlässt einen schweren Seufzer und bettet die Wange auf ihre Faust. »Bevor ein Vögelchen fliegt, erhebt es sich aus einem Baum.«

»Und wie sieht dieser Baum aus?«

»Eine gerade Linie.« Sie setzt sich wieder aufrecht, lässt den Bleistift auf das Papier sinken und malt einen Strich. »Und dann fliegt der Vogel.« Vom Strich aus macht sie zwei Berge. Das wiederholt sie so lange, bis die Linie voller Ms ist.

»Sehr gut«, lobe ich sie.

Malaika legt den Stift beiseite und sieht mich mit großen Augen an. »Kann ich jetzt mit Adelia Schlitten fahren?«

»Ja. Geh dich anziehen. Ich schaue nach, ob Elias schon da ist.« Sie springt vom Stuhl und rennt durch das Wohnzimmer, das ich selbst eingerichtet habe. Ich wollte niemanden beauftragen, sich um das Interior zu kümmern, weil das hier *meine* Aufgabe sein soll. Wenn ich daran denke, dass all die Frauen, die im ehemaligen Golfclub leben und glücklich sind, all die Frauen, denen ich im Hotel oder in der Gegend einen gut bezahlten Job besorgen konnte, dass sie jeden Abend mit freien Gedanken und einem Lächeln im Gesicht einschlafen, bevor sie genauso frei wieder aufwachen, das tun können, weil *ich* sie vom Straßenstrich geholt, weil *ich* sie gerettet habe, dann will ich auch derjenige sein, der sich allein um alles kümmert.

Auf dem Flur begegnet mir Jaime. Sie arbeitet hinter der Theke in Dankenhaal und war eine der ersten Frauen, der ich hier vor sechs Jahren ein neues Zuhause geschenkt habe. Gerade schält sie sich aus ihrem Mantel. »Ist Malaika schon los?«

»Noch nicht. Zieht sich in ihrem Zimmer wärmere Sachen an.«

»Malaika!«, ruft Jaime. »Nimm den Fleece-Pullover und die Thermohose, wenn du Schlittenfahren willst!«

»Mach ich!«

Malaika ist sechs. Sie lebt seit drei Jahren hier bei uns im alten Golfclub. Ihre Mutter war mit ihrer Tochter in einem Boot auf dem Mittelmeer, das den stürmischen Wellen nicht trotzen konnte. Malaika war erst drei, als das Ding kenterte, und ihre Mama verzweifelt mit den Beinen strampelte, während sie all ihre Kraft in die Arme steckte, um ihre Tochter mit letzter Kraft über Wasser zu halten. In diesem Moment hat sich ein Pfeil in mein Herz gebohrt, der dort noch heute steckt.

Ich habe mit angesehen, wie beide untergingen. Ich werde den

Moment, das Gefühl in meiner Brust, als ich untergetaucht bin und in dem wirbelnden Chaos von Bootsteilen, sinkenden Menschenkörpern und dem Strom der Wellen die Hand des kleinen Mädchens zu fassen bekam, nie vergessen. Alles in mir hat geschrien, weil ich wusste, die Kleine würde ihre Mutter nie wiedersehen. Niemals. Und als ich in das vor Schock starr gewordene Gesicht des Mädchens sah, nachdem wir unser Schiff erreichten, wurde mir eines klar: nach diesem todesnahen Moment würde ich nicht in der Lage sein, sie in ein Heim zu geben.

In Malaikas Zimmer klirrt etwas. Jaime stößt einen leisen Fluch aus, eilt an mir vorbei und den Flur herunter. Grinsend schnappe ich mir meinen Mantel, öffne die Tür und trete in den Hof des ehemaligen Golfclubs. Das ganze Gelände ist als Privatgelände abgesperrt. Es ist von einem hohen Zaun umgeben, damit die Presse nicht auf die Idee kommt, hier herumzuschleichen. Viele von den Reportern werden häufig übergriffig, schrecken vor nichts zurück, um die perfekte Story zu bringen. Bei dem, was die Frauen und teilweise auch jungen Mädchen, die hier leben, in der Vergangenheit durchmachen mussten, tue ich alles, um sie von der Öffentlichkeit fernzuhalten und ihnen das zu ersparen.

Kalte Flocken wirbeln mir ins Gesicht. Ich beeile mich, den Mantel zuzuknöpfen, und hebe eine Hand, um meinen Onkel zu begrüßen.

Elias stapft durch den Schnee auf mich zu, an der Hand meine Cousine Adelia. Sie hält das Band ihres Schlittens fest, auf dem ihr Stoffhase sitzt und im Schneefall badet.

»Hey, Großer.« Elias streckt einen Arm aus und drückt mich kurz an sich. Er ist einer der wenigen, der das darf. Als ich nach St. Moritz kam, war ich nicht sonderlich zugänglich. Mein Onkel hatte die meiste Geduld mit mir und wusste, wann er mich in Ruhe lassen musste. Es ist wie mit Pferden: Verstehst du sie, lieben sie dich. Mich nennt er *Großer*, Edward ist sein *Kurzer*, weil mein Bruder mit zehn noch aussah wie ein Zwerg. Ironisch, dass er mich jetzt um wenige Zentimeter überragt. »Wie geht's dir?«

»Sehr gut, danke.«

»Ja?« Er hebt einen Mundwinkel. »Hast du dich wieder eingekriegt?«

»Was meinst du?«

Elias lacht. »Du warst außer dir, weil ich die Sommelière in deine Suite gelassen habe, um deinen Wein aufzustocken.«

»Ach. Das.« Ich vergrabe die Hände in die Manteltaschen und zucke die Achseln, in der Hoffnung, meine desinteressierte Miene überzeugt ihn. Ehrlich gesagt habe ich vergessen, dass ich meinen Onkel deswegen zur Sau gemacht habe, weil das, was danach passiert ist, alles übertroffen hat. »Ich hatte einen langen Flug und war schlecht drauf.« Dann wende ich mich Adelia zu und gehe in die Knie, um auf Augenhöhe mit ihr zu sein. »Ich habe was für dich.«

Die rostbraunen Augen meiner Cousine werden größer. »Den L.O.L.-Surprise-OMG-Stylingkopf mit drei verschiedenen Clip-in-Locken?«

»Ähm.« Lachend sehe ich zu Elias auf. »Was?«

Er verdreht die Augen. »Sie spricht seit Tagen von nichts anderem.«

»Ich habe diese wunderschöne Spangenbrosche, die ...«

»... perfekt zu dieser Stylingpuppe passen würde«, beendet mein Onkel ihren Satz. Er seufzt. »Bald bin ich dein persönlicher Sprachroboter, Adelia.«

Sie kichert.

»Die kann ich dir doch nicht schenken«, sage ich. In gespieltem Schock öffne ich den Mund. »Was, wenn der Weihnachtsmann sie dir bringen will?«

»Dann habe ich zwei!«

Ich schüttle den Kopf. »Santa wäre so böse auf mich.«

»Warum?«

»Er mag es nicht, wenn man ihm die Arbeit wegschnappt.«

»Oh.« Adelia wirft einen unruhigen Blick über die Schulter. »Hoffentlich hat er jetzt nicht gehört, dass wir darüber gesprochen haben.«

»Ich glaube, wir hatten Glück.« Lächelnd ziehe ich das geschnitzte Pony heraus, das ich bei meinem letzten Besuch in Madagaskar einem Straßenhändler abgekauft habe. In einem schlechten Englisch bat er um einen Vierteldollar. Ich gab ihm vier Fünfhunderter. »Hier, für dich. Bis du dein echtes Pferd bekommst, passt das hier auf dich auf, okay?«

Ein Glitzern schimmert in ihren Augen, als sie es mir abnimmt. Sowohl bei meiner Cousine als auch bei Malaika ist mir wichtig, dass sie den Sinn für Kleinigkeiten im Leben nicht verlieren, während sie umgeben von Luxus aufwachsen.

»Danke, Charles!«

»Gerne.«

Ich richte mich wieder auf. Mein Onkel schenkt mir ein Lächeln. »Lieb von dir.«

In dem Moment wird hinter uns die Tür aufgerissen und Malaika rennt heraus. Ihre dicken Boots hinterlassen chaotische Spuren im Schnee. Jaime folgt ihr mit gestressten Gesichtszügen und Malaikas Mütze in der Hand.

»Also dann«, sage ich, hebe die Hand zum Abschied und setze mich in Bewegung. »Viel Spaß euch.«

Am Tor öffnet mir Jim aus dem Pförtnerbüro. Nachdem mein Vater mir damals die Erlaubnis gegeben hat, den alten Golfclub in eine Art Frauenhaus zu verwandeln, habe ich mehrere ehemalige Sicherheitsleute eingestellt, damit das Pförtnerbüro rund um die Uhr besetzt ist und der Platz überwacht werden kann.

Meine Schritte führen mich vom offiziellen Weg zum Hotel ab in Richtung Moritzersee. Ich ziehe mein iPhone aus der Tasche und rufe Laxon an.

»Charles«, sagt er. »Entweder du willst unseren Termin absagen oder du hast ihn vergessen. Sonst würdest du nicht zehn Minuten vorher anrufen.«

»Ich vergesse niemals einen Termin«, entgegne ich.

»Also sagst du ab?«

»Nein.« Eine Traube Mädchen entdeckt mich. Sie sind in dicke Skianzüge gehüllt und stapfen in Richtung Piste, aber jetzt bleiben sie stehen. Eine von ihnen streckt den Arm aus, ihr pinker Handschuh auf mich gerichtet wie eine Waffe. »Da ist Charles Blackwell!«

»O mein Gott«, kichert die andere. »Ist Sofia auch irgendwo?«

Ich wende mich ab und gehe weiter. »Wollen wir uns im Coffee o' Clock treffen?«

Im Hintergrund höre ich eine Autotür zufallen. Kurz darauf Wind, der durch den Hörer pustet. Vermutlich ist er gerade am

Hotel angekommen. »Keinen Bock mehr auf eure königlichen Meetingräume?«

»Eher keinen Bock auf deine lasziven Blicke, mit denen du meine Mitarbeiterinnen um den Verstand bringst.«

Laxon lacht. »Nur die Süße mit dem Kaffeewagen!«

»Hör auf damit, Lax. Ich brauche meine Angestellten.«

»Ich auch.«

»Dann such dir ein anderes Hotel, in dem du deinen Office Kink ausleben kannst.« Ich erreiche die Promenade am Moritzersee und nehme das Handy in die linke Hand, bevor mir die rechte abstirbt. »Komm ins CoC.«

Ich gebe ihm keine Möglichkeit, etwas zu erwidern, und lege auf.

SHE LOOKS LIKE ART, LIKE A BEAUTIFUL DISASTER

Charles

Die Gäste, die sich im Außenbereich des Cafés den öffentlichen Eislauf auf dem gefrorenen See anschauen, tuscheln, als sie mich bemerken. Ich öffne die Tür und die eisige Kälte wird durch gemütliche Wärme ersetzt.

Hinter dem Tresen sieht Emma auf. Als sie mich erkennt, wendet sie sich mit einem überdeutlichen Schnauben wieder der Marzocco zu.

Ich setze mich auf den Sessel vor dem Kamin, ziehe mein Macbook aus der Tasche und öffne das Marketingpaper für den nächsten Blackwell's-Waters-Werbespot.

Es dauert nicht lange, bis Laxon sich in den Sessel mir gegenüber fallen lässt. Er legt die Winterjacke über die Lehne, zieht die Mütze vom Kopf und wärmt seine Hände vor den Flammen. »Scheiße, ist das kalt draußen!« Er reibt die Flächen aneinander. »Ich brauche Eierwärmer.«

»Das sagst du jedes Jahr im Winter.«

»Ja, Mann, aber seit Finn meinte, zu viel Kälte würde bei Männern zu Impotenz führen, brauche ich sie *wirklich.*« Er sieht mich an. »Stell dir mal vor, du könntest keinen Sex mehr haben, weil diese beschissene Kälte dich wortwörtlich in ein Weichei verwandelt hat.«

Das brauche ich mir nicht vorzustellen, denke ich. *Weil ich keinen Sex habe.*

»Lass uns anfangen«, sage ich. »Der letzte Spot hat gut gezogen, weil wir die emotionale Ebene erreichen konnten. Das Marketingteam überlegt, ob wir beim nächsten mit Schock oder Faszination arbeiten wollen. Kennst du die Werbung von Blendtec?«

»Als der Mixer das iPad geschreddert hat?«

Ich nicke. »Der Spot ging viral, weil er die Leute auf der richtigen Ebene erreicht hat. Es ist wie bei TikTok. Fasziniere die breite Menge, und sie kleben an dem, was sie sehen.«

»Bei TikTok«, murmelt Lax, lehnt sich zurück und überschlägt ein Bein. »Oder im echten Leben. Ich sage nur Lap…«, er hüstelt, »… dance.«

Ich übergehe seinen Kommentar. »Dem Team kam die Idee, dass wir Edward für den Spot nehmen. Mein Bruder polarisiert am meisten, und er ist Single, was bedeutet, dass er einen höheren Reiz ausmacht. Er geht an einer Frau vorbei, die eine Flasche Blackwell's Waters aus der Tasche zieht. Er bleibt stehen, deutet auf sie und sagt: ›Oh, du trinkst Blackwell's?‹ Dann gibt er ihr einen Zettel, sagt ›ruf mich an‹, und sie starrt erst ihm hinterher, dann erstaunt auf das Wasser. Der Clip endet mit einer Nahaufnahme vom Etikett und dann der Narrator: ›Blackwell's Waters. Kann nicht nur zu Eis werden, sondern *bricht* auch jedes Eis.‹«

Laxon starrt mich an. Er blinzelt. Dann bricht er in schallendes Gelächter aus.

»Ich weiß«, knirsche ich, »es ist lachhaft. Erst wollte ich ein Veto einlegen, aber je mehr ich drüber nachgedacht habe, desto mehr glaube ich, das könnte ziehen.«

»Alter.« Lax prustet immer noch. Mit der flachen Hand schlägt er sich auf den Oberschenkel. »Das ist so geil, ich kann nicht mehr!«

»Denkst du, dein Vater würde es absegnen?«

»Ob er es absegnen wird?« Laxons Züge verziehen sich zu einer ungläubigen Miene. »Er wird es feiern und fragen, ob er als Komparse durchs Bild laufen darf!«

Laxons Vater ist CEO einer der beliebtesten Streamingsender der Welt. Spiderflix. Im Rang der höchsten Einschaltquoten hält er sich seit vier Jahren auf Platz 2, und das, obwohl das günstige Abo Werbespots enthält.

»Caffè Latte«, höre ich eine Stimme neben uns. Ich sehe auf. Emma meidet meinen Blick geflissentlich. Ihre Augen sind mit einer Intensität auf Laxon gerichtet, als besäße sein Körper magnetische Anziehungskraft. Unter dem Kragen ihrer Uniform wandern hektische Flecken ihren Hals hinauf. Als sie »Latte« sagt, versucht sie so angestrengt, ihm nicht in den Schritt zu starren, dass ihre Röte gar nicht nötig wäre, um zu kapieren, dass sie nervös ist.

»Danke.« Laxon schenkt ihr ein höfliches Lächeln. Mir entgeht nicht, dass seine Finger ihre berühren, als er ihr das Glas abnimmt. Emma zuckt zusammen. Interessant, Wyss. Äußerst interessant. »Mir gefallen deine Locken.«

Emma errötet. »Vielen ... vielen Dank.«

Dieses freche, schlagfertige Mädchen stammelt? *Das* ist mir neu.

Schnell wendet sie sich ab und mir zu. Dabei wirft sie fast die zweite Tasse auf ihrem Tablett um. Ich sehe den Inhalt schon auf meiner Hose, aber in letzter Sekunde gelingt es ihr, die Balance wiederherzustellen.

»Sorry!«, murmelt Emma nicht sehr überzeugend, meidet meinen Blick und knallt die zweite Latte angepisst auf den Tisch, bevor sie geht.

Laxon sieht ihr nach. Leise pfeift er durch die Zähne. »Die kleine Rapunzel ist süß. Und heiß.«

»Ebenfalls eine Angestellte.«

»Komm schon! Ich habe dir eine Latte bestellt. Lass mir diese Schönheit!«

Ich nehme das Glas in die Hand und lehne mich im Sitz zurück. »Du kannst weiter mit der Frau vom Kaffeewagen flirten, wenn du Emma vergisst.«

»Emma«, wiederholt Laxon in einem Ton, als würde er ihren Namen auf der Zunge zergehen lassen. »Gefällt mir.«

»Laxon«, raune ich in warnendem Ton. Ich beuge mich zu ihm vor. »Ich mein's ernst. Finger weg von ihr.«

»Warum?« Herausfordernd begegnet er meinem Blick. »Stehst du auf sie? Ich dachte, du willst die Sommelière.«

»Emma weiß etwas«, sage ich noch leiser. »Über den Abend.«

Seine Augen weiten sich. »Was?«

Laxon weiß nicht viel. Nur, dass ich an dem Abend mit April zusammen gewesen bin. Aber das ist genug.

»Sie hält dicht.« Ich nehme einen großen Schluck und lasse meinen Blick zu Emma schweifen, die hektisch hinter dem Tresen herumwirbelt und immer wieder zu uns herübersieht. Als sie merkt, dass ich sie ansehe, verwickelt sie ihre Kollegin schnell in ein Gespräch. Ich verenge die Augen. »Aber wer weiß, ob sie auch dann noch bereit ist, mich zu decken, wenn einer meiner besten Freunde ihr das Herz bricht.«

»Mhm«, macht Laxon. »Vielleicht will ich es ja nicht brechen.«

Ich lache. »Ja, klar.«

Die Glocke klingelt, als die Tür geöffnet wird und eine Gruppe das Coffee o' Clock betritt. Kalte Luft begleitet sie, Flocken wirbeln herein, bevor der Typ in der Runde die Tür schließt. Ich bin so darin vertieft, seinen Gehstock und den hohen Zylinder anzustarren, dass ich erst im zweiten Moment realisiere, wer er ist: Paolas Kumpel, mit dem sie ständig abhängt, wenn ich sie in der Lobby oder im little dragon sehe. Das, so meine ich, seinen Eltern gehört. Ganz automatisch wandert mein Blick zur Seite, und als ich sie sehe, sie und ihre Pudelmütze, von der ich wette, sie hat sie selbst gehäkelt, tritt mir ein fettes Mammut in den Magen. Ich hasse das. Diese unkontrollierten Emotionen, die über mich hereinbrechen, jedes Mal, wenn ich Paola sehe.

Sie, ihr Kumpel und eine andere Angestellte mit kurzem Haar und Flatterrock begrüßen Emma, ehe sie sich in eine Sitzgruppe am anderen Ende des Cafés neben das Bücherregal setzen. Paola schält sich aus dem Mantel, den ich ihr geschenkt habe. Wenigstens trägt sie ihn noch. Sie lässt sich in den Sitz fallen, lacht, weil der Zeitwanderer mit seinem Zylinder an der Stehlampe hängen geblieben ist, dann trifft ihr Blick auf meinen.

Das Lächeln erstirbt auf ihren Lippen.

Scheiße, Edward, was zur Hölle hast du ihr auf der Poolparty gesagt?

»Was geht da eigentlich zwischen euch?«, fragt Laxon.

»Zwischen wem?«

Er nickt in Paolas Richtung. »Dir und der Cortessa.«

»Nichts.«

»Nach *nichts* sah das aber nicht aus.«

Paola wendet sich ab. Sie knetet ihre Hände im Schoß und versucht angestrengt, sich am Gespräch mit ihren Freunden zu beteiligen.

»Wir sind nicht hier, um über unsere Sommelière zu sprechen, Lax.« Ich trinke einen weiteren Schluck und wünschte, Emma hätte der Latte einen Schuss Rum hinzugefügt. Das würde mir das hier einfacher machen. »Also, der Werbespot …«

»Dir ist klar, dass du die Sache mit Sofia nicht einfach abschreiben kannst, oder?«

»Laxon«, warne ich.

Abwehrend hebt er die Hände. »Ich meine ja nur. Die ganze Welt *vergöttert* euch. Stell dir vor, was für eine Hasswelle auf Paola zurollen würde, wenn«, seine Finger malen Anführungszeichen in die Luft, *»das arme Mädchen von nebenan* plötzlich everybody's darling und die bekannteste Schmuckerbin der Welt von der Bildfläche kicken würde.« Ich presse die Zähne zusammen, was Laxon nicht entgeht. »Ich sag's ja nur, Charles. Du bist derjenige mit dem Retterkomplex. Aber wenn du sie in deine Welt reinziehst, wirst du nicht derjenige sein, der sie rettet, sondern derjenige, der sie in den Abgrund stürzt.« Er zuckt die Achseln. »Das sollte dir bewusst sein.«

Ich fixiere ihn. »Ich würde niemals zulassen, dass so etwas passiert.«

»Du *kannst* es gar nicht verhindern«, erwidert Lax. »Es liegt nicht in deiner Hand. Presse und Fans machen, was sie wollen.«

In meinem Magen sammelt sich Wut. Gemischt mit Panik. Erkenntnis. Verzweiflung. Denn er hat recht. Wieder sehe ich zu Paola, die gerade einen Wollknäuel aus ihrem Rucksack nimmt und in ihren Schoß legt. Sie nickt lächelnd, als ihre Freundin mit dem Flatterrock sie etwas fragt, dann schnappt sie sich ihre Häkelnadel. *Sie häkelt!* Die Bewegungen haben etwas Hypnotisches an sich. Heute trägt sie einen neuen Haarreif. Er ist marineblau, die Blüten rosa, umrandet mit Rüschen. Der übergroße weiße Strickpulli reicht bis zu den Oberschenkeln.

Als würde sie spüren, dass ich sie beobachte, sieht Paola auf. Mein Herz macht eine merkwürdige Sache. Es hüpft, zieht sich aber gleichzeitig zusammen, nur um dann einen Schlag auszusetzen. Paola presst die Lippen zusammen, legt ihr Häkelzeug weg und verschwindet in Richtung Toiletten.

Ich zögere keine Sekunde.

»Charles«, murmelt Laxon, begleitet von einem genervten Unterton. »Lass sie in Ruhe, Mann.«

»Bin gleich wieder da.«

»Charles, ich mein's ernst, dieser ganze Stress ist unnötig. Für dich *und* für sie. Du …« Frustriert bricht er ab, als ihm bewusst wird, dass ich nicht auf ihn höre. Er wirft die Hände in die Höhe, murmelt »Ihr verdammten Blackwells« und scrollt dann mit angepisstem Gesichtsausdruck durch seinen Instagramfeed.

Als ich den Flur mit den Toiletten erreiche, kommt sie gerade wieder raus. Sie zuckt zusammen, als sie mich sieht.

»Ich will reden«, sage ich.

THIS IS WHAT YOU GET WHEN YOU PLAY WITH FIRE

Charles

»Es gibt nichts, über das wir reden müssen«, entgegnet sie, vermeidet es aber, mich anzusehen. Sie will sich an mir vorbeischieben, aber ich versperre ihr den Weg. Kurz kneift sie die Augen zusammen. »Lass mich durch.«

Ich bin kein Arschloch. Ich will mit ihr reden, aber wenn sie gehen will, muss ich sie gehen lassen. Also trete ich beiseite und mache ihr den Weg frei. Es ist nur eine kleine Bewegung, aber dieser einzelne Schritt fühlt sich an, als hätte jemand mein Bein in Blei gegossen.

Paola geht an mir vorbei. Ich betrachte ihre langen Haare, deren Spitzen gerade geschnitten auf Höhe ihrer Hüfte schwanken, bei jedem Schritt, den sie geht.

Aber plötzlich hält sie inne. Ganz langsam, als wüsste sie, dass hinter ihr ein Monster lauert, dreht sie sich um. Ihre Schultern sind angespannt. Ihr Kiefer auch. Merkwürdigerweise fällt mein Blick in dieser Sekunde auf ihre Ohren, hinter die sie ihre Haare geschoben hat. Sie sind nicht durchstochen. Paola besitzt keine Ohrlöcher. Ich weiß nicht, warum diese winzige Kleinigkeit so eine große Wirkung auf mich hat.

»Fünf Minuten«, sagt sie und schluckt. »Ich gebe dir fünf Minuten.«

Euphorie durchströmt mich. Doch schon im nächsten Moment hallen Laxons Worte in meinem Kopf wider. *Stell dir vor, was für eine Hasswelle auf Paola zurollen würde.*

Mein Blick schweift durch das Café. Nicht wenige Gäste gaffen ungeniert zu uns herüber, recken die Hälse, manche von ihnen ihre Handys griffbereit im Schoß, um ja nichts zu verpassen. Immerhin könnten sie fünfstellig mit einer guten Story verdienen.

»Aber nicht hier«, sage ich, strecke meinen Arm aus und lege meine Hand auf ihren Rücken. Sie hält den Atem an.»Komm.«

Paola folgt mir zurück in den Flur. Ich führe sie an den Toiletten und den hochwertigen Schwarz-Weiß-Fotografien der verschiedenen Wintersportarten auf dem Moritzersee vorbei, bis wir die letzte Tür im Gang erreichen.

»Dürfen wir da rein?«, fragt Paola, als ich die Hand auf die Klinke lege.

Ich lache. »Mein Hotel, mein Café. Theoretisch könnte ich hier mein Bett aufschlagen und niemand würde etwas dagegen sagen.«

Ich schiebe Paola hinein und schalte das Licht an. Die Tür fällt zurück ins Schloss.

»Eine Vorratskammer.« Paola lässt den Blick schweifen. »Sehr originell, Charles.«

»Ich weiß.« Die Regale sind gefüllt mit etlichen Lebensmitteln und Produkten, die das Café benötigt. In der Ecke surrt ein Kühlschrank neben der Eistruhe. Ich lehne mich mit der Schulter gegen die Wand, um Paola anzusehen. »Sprich dich aus.«

Sie runzelt die Stirn. »Du wolltest reden, nicht ich.«

»Und wir wissen beide, worüber.« Sie beißt sich auf die Unterlippe. Und mein bestes Stück reagiert drauf. »Mir wäre lieber, du würdest das lassen.«

»Was?«

»Die Sache mit deinen Lippen.«

»Warum?«

»Weil es mich heiß macht.«

»Ist das jetzt eine Anweisung?«, sagt sie trocken. Sie ist immer noch wütend, das merke ich.

Ich grinse. »Wenn du willst.«

Sie schnaubt.

»Was hat Edward dir gesagt?«, frage ich.

»Die Wahrheit.«

»Über mich?« Ich lache. »Wohl kaum.«

»Über euch *beide*.«

Okay, jetzt werde ich doch unruhig. Was für eine Wahrheit über uns beide? Hat er über April ausgepackt? Nein. Das würde er nicht tun. Niemals. Warum sollte er das gegenüber Paola tun? Oder?

»Du hast mich verarscht«, sagt sie. Ihre Stimme ist nur ein leiser Ton, begleitet von Schmerz und Traurigkeit. »Alles, was zwischen uns passiert ist, war nichts weiter als ein krankes Spiel.«

»Spiel?« Entgeistert sehe ich sie an. »Was denn für ein Spiel?«

»Du wolltest mich, damit *er* mich nicht bekommt.«

Die Erkenntnis bricht über mich herein wie ein Platzregen im Herbst. Ich spüre die Erschütterung bis ins Mark. Ich muss sogar die Augen schließen.

»Scheiße, Paola.« Ich öffne sie wieder. Die Verletzlichkeit in ihren Zügen ist so offen, so brutal, sie *schreit* mich an. »Nein.«

Sie verschränkt die Arme vor der Brust. »Nein?«

Ich werde Edward umbringen. Wie kann er es wagen, ihr das zu sagen? Was stimmt nicht mit meinem Bruder? Was, zur Hölle noch mal, geht in seinem Kopf vor?

»Ich dachte, es wäre so. Am Anfang. Weil es zwischen mir und Edward immer so lief. Diese ... Sache ist nicht gesund, und ihr Ursprung sitzt in irgendeiner Ecke, in die wir uns noch nicht gewagt haben. Wahrscheinlich hat es etwas mit unserem Vater zu tun. Die Tatsache, dass ich erst mit elf zu ihnen kam, die plötzliche Aufmerksamkeit für mich, der Unwille, ihn mit Edward zu teilen und umgekehrt, aber ...«

»Warte, was?« Paola löst die verschränkten Arme. Sie wirkt irritiert. »Du bist erst mit elf hergekommen?«

Ich nicke.

Sie fragt: »Wieso?«

»Das weißt du nicht?« Jetzt bin ich derjenige, der sie irritiert ansieht. »Es ist überall bekannt.«

»Ich ...« Kurz sieht sie an mir vorbei, legt sich ihre Worte zurecht. »In San Luca war ich außerhalb des Schulbrowsers nie im Internet unterwegs. Ich wusste nicht mal, wie ihr eigentlich ausseht, als ich hergekommen bin.«

Ach, *das* ist der Grund, warum sie so locker mit mir gesprochen hat, als wir uns die ersten Male begegnet sind. Zugegeben, das war einer der Gründe, warum sie mich so fasziniert hat. Die meisten Frauen würden nie so weit gehen, mit mir zu flirten. Wenn sie mir begegnen, tun sie meist zwei Dinge: kreischen oder kichernd und hochrot ihre Handys auf mich richten.

»Ich bin in Berlin geboren.« Paola sieht mich abwartend an, weil sie den düsteren Ton, der in meiner Stimme mitschwingt, heraushört. Er ist so überdeutlich, so schwer, niemand käme an ihm vorbei. »Aber darum geht es jetzt nicht.« Enttäuschung flackert in ihren großen grünen Augen. Ich stoße mich von der Wand ab und stelle mich vor sie. »Dieser Machtkampf, Paola. Ja, am Anfang dachte ich, dass es wieder so wird. Ja, ich wollte dich wiedersehen, damit er dich nicht bekommt. Ich will dich nicht anlügen. Es ist so gewesen. Aber das hat sich geändert, als …«

»Als?«

»Ich weiß es nicht«, gebe ich zu. »Auf einmal habe ich den Tag mit der Hoffnung gestartet, dich zu sehen, ohne, dass ich daran dachte, Edward eins reinzuwürgen.« Ich streiche mir über den Dreitagebart, während ich sie eindringlich mustere. »Es ging bloß noch um dich in meinem Kopf.« Ich mache eine kurze Pause, dann korrigiere ich mich. »Geht.«

Plötzlich atmet sie schwerer.

Erst bin ich verwirrt, dann zuckt mein Mundwinkel. »Wir reden hier gerade über Gefühle, und du wirst scharf?«

Sie streitet es nicht ab. Stattdessen presst sie die Schenkel fester aneinander.

Ich mache einen Schritt auf sie zu. »Ich fürchte, ich habe einen schlechten Einfluss auf dich.«

»Ich weiß immer noch nicht, ob es stimmt.« Sie beißt sich schon wieder auf die Unterlippe. »Ob ich dir glauben kann.«

»Du und deine verdammte Unterlippe«, knurre ich. Meine Hände umfassen den Bund ihres Pullovers. Eindringlich sehe ich ihr in die Augen. »Dann lass es mich dir beweisen.«

»Und wie?«

Ich ziehe ihr den Pullover über den Kopf. Dann das Top. Paola lässt es geschehen. Sie trägt keinen BH. In meiner Hose richtet sich etwas steinhart auf. »Ein Date. Morgen.«

»Ein … richtiges?«

Ich strecke den Arm aus und schnappe mir die Schokoladensoße aus dem Regal. Ich öffne den Deckel. Paolas Atem stockt, als ich die Packung drehe. Im nächsten Moment tropft Schokolade auf ihre Brust. Sie keucht. Ich beuge mich herunter, fahre mit der Zungenspitze über ihren Nippel. Sie atmet hektisch, lehnt den Kopf zurück.

»Ein richtiges«, raune ich, gefolgt von den Geräuschen, die meine Lippen auf ihrer Haut machen, als ich die Schokolade von ihrem Körper lecke.

»So was … so was kannst du?«

Ein weiterer Tropfen landet auf ihrem Schlüsselbein. Ich verschmiere ihn mit meinem Finger, ein chaotisches Kunstwerk an ihrem Hals, dem Kiefer. »Oh, du würdest dich wundern, was ich alles kann.« Ich senke den Mund auf die zarte Stelle unter ihrem Ohr, sauge. »In jeglicher Hinsicht.«

»Charles …« Paola spreizt die Beine, drängt sich mir entgegen.

Ich lache leise. »Du misstraust mir, willst aber, dass ich *so* etwas tue?«

»Das ist nur Lust«, gibt sie meine eigenen Worte von damals wieder. »Für das hier muss ich nicht wissen, ob du die Wahrheit gesagt hast oder nicht. Keine emotionale Nähe. Nur Verlangen.«

»Das heißt, jetzt nutzt *du* mich aus?« An ihrer Haut verziehen sich meine Lippen zu einem Grinsen. »Für sexuelle Befriedigung?«

»Ich kann nichts dafür, dass du so gut darin bist, mich … Oh!« Ihr Satz bricht ab, als meine Hand unter dem Bund ihrer Leggings verschwindet. Ich schiebe meinen Finger in ihre warme Feuchtigkeit. Sie stöhnt.

»Morgen«, sage ich, bewege den Finger schnell und gekonnt, während ich über ihren Hals lecke, den Kiefer. Meine andere Hand knetet ihre Brust. Mit der Daumenkuppe umkreise ich ihren Nippel. Paola blinzelt gen Decke, den Kopf an die Wand gelehnt. Ich nehme die Packung und tropfe ihr Schokolade auf die Lippen. Die Soße verschmiert ihren Mund. »Wirst du nie wieder daran zweifeln, dass du mir gehörst.«

»Ich gehöre niemandem«, stöhnt sie. Ihre Lider flackern.

Ich grinse, weil es mich anturnt, diese perfekte Mischung aus Unterwürfigkeit und Selbstbewusstsein. »Dass du *zu* mir gehörst.«

Dann gleitet meine Zunge über ihre Lippen. Ich küsse sie nicht. Ich habe noch nie jemanden geküsst, und ich habe nicht vor, das zu tun. Ich bin gut darin, Frauen Lust zu schenken. Ich bin gut darin, ihnen einen perfekten Höhepunkt zu bescheren. Ich bin, verdammt noch mal, perfekt darin, sie zu befriedigen. Aber ich würde scheitern, müsste ich ihnen Liebe zeigen.

Also küsse ich Paola nicht. Ich *lecke* ihren Mund sauber, ihre vollen Lippen, während ich sie fingere und ihr warmer Atem sich auf meinen Hals legt, jedes Mal, wenn ihr ein lustvoller Laut entkommt.

»Charles«, keucht sie, drängt sich den Bewegungen meines Fingers entgegen, und ich merke, sie nähert sich dem Höhepunkt. Ich nehme meinen anderen Finger hinzu, schiebe ihn einmal in sie hinein und wieder hinaus, um mit Paolas Nässe an der Kuppe über ihre Klit zu streichen.

Sie reißt die Augen auf, ihr Mund ein riesengroßes O. Ich sehe sie an, spüre, wie sich mein Schwanz prall und pulsierend gegen meine Hose drängt, und werde immer heißer, je länger ich die wilden Schokoladenreste in ihrem Gesicht mustere.

Paolas Keuchen beschleunigt sich, dann kommt sie mit einem erlösenden Laut. Ihre Öffnung schließt sich eng um meinen Finger, während ich ihre Lust warm an meiner Hand spüre.

Träge blinzelt sie zu mir auf, versucht, sich zu sammeln. Von mir aus müsste sie das nicht. Ich könnte hier und jetzt auf die Knie gehen, meine Zunge in sie versenken und direkt weitermachen.

Aber Paola hat andere Pläne. Von jetzt auf gleich sinkt sie auf die Knie. Ihre Finger nesteln an meinem Reißverschluss.

»Paola, wa…« Aber das Wort bleibt mir im Hals stecken, als sie mir Hose und Boxershorts herunterzieht, meinen Schwanz in die Hand nimmt und mit den Lippen umschließt. »*Fuck*«, stoße ich aus.

Ihre Lippen sind der Himmel. Wie sie meinen Schaft entlanggleitet, erst langsam, dann schnell, während ihre Finger ihn fest umschließen und an ihm reiben … Scheiße, ist das gut. Ich vergrabe meine Hände in ihren Haaren, ziehe fest an ihnen. Zu beobachten, wie sie dadurch gezwungen ist, mich anzusehen, macht mich noch geiler. Sie saugt und leckt und reibt, und ich verliere beinahe den Verstand. *Warum, um alles in der Welt, kann sie das so gut?*

Ich lege die Hände an ihren Hinterkopf und stoße in ihren Mund. Paola nimmt ihn voll in sich auf, sieht dabei weiterhin zu mir hoch. Die Lust sammelt sich in meinem Unterleib, zieht sich zusammen. Ich stoße fester, schneller, spüre, wie meine Spitze sie tief ausfüllt, und verliere die Kontrolle. Ich schließe die Augen und werde von

Emotionen geleitet, die ich auf ewig aussperren wollte. Dem Drang, härter, härter, härter zu machen.

In meinem Kopf breitet sich trüber Nebel aus, ich weiß nicht mehr, was ich tue, aber die ganze Zeit über spüre ich Paolas warme Zunge an meinem Schaft, ihre feuchten Lippen an meinem Glied, während ich sie in den Mund ficke.

Und dann komme ich in ihr. Stöhnend und mit rasendem Herzen vergraben sich meine Finger fest in ihrem Haar. Paola schluckt alles. Die verschwommene Sicht klärt sich langsam vor meinem Blickfeld. Noch immer sieht sie zu mir auf, während sie schluckt und schluckt und schluckt.

Meine Finger sind taub, als ich sie aus ihren Haaren löse. Erschrocken beobachte ich sie, versuche, auszumachen, wie es ihr geht, was ich getan habe.

Sie wischt sich über den Mund und zieht ihren Pullover über den Kopf.

»Paola«, flüstere ich.

Sie sieht mich an.

»Habe … habe ich dir wehgetan?«

Sie schüttelt den Kopf. Wirkt überrascht. »Nein. Warum solltest du?«

»Ich …« Verzweifelt schließe ich die Augen, fahre mir durchs Haar. »Normalerweise tue ich so etwas nicht.«

»Was tust du nicht?«

Ich öffne die Augen wieder, sehe an mir herunter. Gedankenverloren ziehe ich die Hose hoch, schließe den Reißverschluss. »So etwas.«

»Blowjobs kriegen?«, fragt sie verwirrt. »Warum nicht?«

Mir fallen nicht die richtigen Worte ein, weil ich nie über dieses Thema gesprochen habe. Und ich merke, dass ich es auch nicht kann. Also schüttle ich nur den Kopf und frage noch einmal: »Habe ich dir wehgetan?«

»Nein, Charles.« Besorgt macht sie einen Schritt auf mich zu, legt eine Hand an meine Wange. Die Berührung fühlt sich an wie eine Wärmflasche in eiskalter Nacht. »Hast du nicht.«

Erst jetzt wird mir bewusst, wie verzweifelt meine Gesichtszüge sich verzogen haben. »Okay.« Ich nicke. Und dann, als müsste ich es mir selbst noch einmal bestätigen, um es tatsächlich zu glauben, wiederhole ich es. »Okay.«

»Ja.« Paola lächelt sanft. »Okay.« Sie löst sich von mir und öffnet die Tür. Bevor sie rausgeht, blickt sie noch einmal über die Schulter. »Also, morgen dann?«

Ich nicke. »Morgen dann.«

»Wo?«

»Du wirst eine Anweisung bekommen.«

Sie verdreht die Augen, lächelt aber.

Als ich mich ausreichend gesammelt habe, um ins Café zurückzugehen, erreicht Paola gerade ihre Freunde.

»Wo warst du denn?«, höre ich den Typen mit dem Zylinder fragen. »Und warum klebt Schokolade in deinem Gesicht?«

Paola errötet. Und ich grinse.

DYING TO BREATHE IN THESE ABUNDANT SKIES

Edward

Mein Pferd wiehert laut, als es mich sieht. Gisel, meine Groom, versucht Jalapeño an den Zügeln zurückzuhalten, aber das Tier wiegt eine halbe Tonne. Keine Chance. Es reißt sich los. Gisel landet auf dem Hintern. Sie flucht. Ich lache.

»Du solltest wissen, dass mein Pferd über einen tiefen Graben zwischen den Bergen gesprungen ist, als es gemerkt hat, dass ich irgendwo hinter der Brücke runtergefallen bin.« Jalapeño kommt vor mir zum Stehen. Er reibt seinen Kopf an meiner Polojacke. Ich tätschele ihm den Hals. »Da hält ihn doch kein zierliches Mädchen zurück, Gisel.«

»*Du* bist vom Pferd gefallen?« Die Frage kommt nicht von meiner Groom, sondern von Raúl. Er schließt die Tür des Sportwagens, mit dem er hergekommen ist. *Papis* Sportwagen. Raúl ist erst sechzehn. Streng genommen darf er noch kein Auto fahren, aber er tut es trotzdem. Wenn er einen Unfall bauen sollte, kennt sein Vater wen, der jemanden kennt, der es unter den Tisch fallen lässt. So läuft das bei uns. »Wann?«

»An meinem Geburtstag vor dreizehn Jahren«, entgegne ich. »Ich war dreizehn.«

Ich erinnere mich genau daran, weil es der letzte Geburtstag ohne Charles war. Mein letzter Geburtstag, an dem ich meinen Vater noch ganz für mich hatte, meine Mutter noch nicht nach New York abgehauen war und der Sturz vom Pferd sich jetzt im Nachhinein wie der böse Vorbote anfühlt, den mir das Schicksal sandte.

»Das weiß ich noch.« Laxon lacht. Er lehnt lässig gegen die Bande vor dem Moritzersee, die Ellbogen darauf abgestützt, Beine überkreuzt, und badet sein Gesicht in der Nachmittagssonne. Neben ihm gibt sein Pferd wohlige Laute von sich und lässt dabei eisige Wolken vor seinem Kopf entstehen. »Dein Geburtstag endete im Privatflügel der Klinik, deine Mutter hat Pizza für alle bestellt und …« Abrupt hält er inne, schließt die Augen und schlägt sich mit der Handfläche gegen die Stirn. »Scheiße, sorry, Ed. Hab' nicht nachgedacht.«

»Kein Problem.«

Es ist wohl ein Problem. Ich will mich nicht an meine Mutter erinnern, die in den ersten zehn Jahren meines Lebens der beste Mensch der Weltgeschichte für mich war, bevor Charles kam und sie gezeigt hat, was für ein Monster in ihr lebt. *Entweder der Junge oder ich*, hat sie gesagt. Das weiß ich, weil ich dabei war. Ich saß am Esstisch und habe in meinen Chäschnöpfli gestochert, als wäre alles ganz normal. War ihr egal, dass ich da war. Und ich habe mir nichts dabei gedacht, denn, ganz ehrlich, mir kam gar nicht in den Sinn, dass meine Mutter das jetzt wirklich ernst meinen würde. *Die spielt wieder ihre Psychospielchen mit Papa, um zu kriegen, was sie will*, dachte ich. Das hat sie mir früh beigebracht, und heute beherrsche ich es genauso gut wie sie damals. Aber dann kam die ernüchternde Erkenntnis, dass sie nicht nur gedroht hat.

Es war ihr Ernst. Und zwar ihr *voller* Ernst, denn das sagte sie, als mein Vater ihr diese Frage stellte. *Der Junge oder ich. Entscheidest du dich für ihn, hängst du noch an der Nutte. Gib's zu, Jake, gib's einfach zu, na los, der Junge oder ich, der Junge oder ich, der Junge oder ich.*

Seine Antwort lautete: der Junge. Charles war die Antwort. Ist es bis heute. Und ich wollte ihn dafür hassen bis aufs Blut, denn er war schuld daran, dass meine Mutter abgehauen ist. Es gab Nächte, in denen wollte ich mich in sein Zimmer schleichen und ihn erwürgen. Kein Scheiß. Ich hab's geplant, sogar Jalapeños Strick nach dem Polospiel mit in mein Zimmer genommen. Ich war *so* wütend. Also stand ich dort, nachts neben Charles' Bett, den Strick in der Hand, und habe ihn einfach angesehen. Die halbe Nacht. Er hatte Zuckungen. Hin und wieder hat er im Schlaf um sich geschlagen, geschwitzt und gewimmert.

Irgendwann bin ich ins Wohnzimmer gegangen, habe den Fernseher eingeschaltet und Cornflakes gegessen. Der Strick lag neben mir. Charles kam früh rein, weil der Bass der Anlage so laut war. Er hat sich neben mich gesetzt, gefragt, ob ich Yu-Gi-Oh! spielen will, weil wir beide dieses geile Ding für die Karten bekommen hatten, das man sich um den Arm schnallt und damit automatisch zu dem Coolsten von allen wurde, und das war's dann. Der Strick war vergessen.

Mein Bruder war immer gut zu mir. Und ich bin nicht dumm. Ich habe schnell kapiert, dass eine liebende Mutter ihr Kind nicht verlassen würde, nur weil es plötzlich noch ein anderes gibt. Und *vor allem* würde eine liebende Mutter sich die folgenden dreizehn Jahre nicht einfach totstellen.

Alles in mir zieht sich zusammen und schreit und wütet um sich wie ein wildes Tier. Aber mein Gesicht ist eine nüchterne Maske. Ich streife mir die Polohandschuhe über, kraule Jalapeños Hals und lausche meinem wild klopfenden Herzen.

Gisel hat sich wieder aufgerappelt und reicht mir meinen Schläger und den Helm. Ein paar der anderen sind schon auf dem See. Ich erkenne Charles unter ihnen. In stolzer Haltung thront er auf Abraxas, dreht den Schläger in der Hand und unterhält sich mit Suarez. Vermutlich über diese beschissene Kooperation mit der Firma von Suarez' Mutter, über die seit Wochen in den Meetings diskutiert wird. Dabei geht es nur darum, ob wir deren neue Bio-Seifenkollektion auf Naturbasis für das Hotel einkaufen. Es geht um *Seife*, aber die Führungskräfte, vor allem mein Vater und Charles, tun so, als würde es um Leben oder Tod gehen. Allein aus diesem Grund würde ich nicht einmal im Traum daran denken, irgendwann das Hotel zu übernehmen.

»Blackwell Junior!«, brüllt Coach Berry vom See. »Wartest du darauf, dass dir das Glück vom Himmel auf den Schädel rieselt?« *Wohl eher auf meinen erfundenen Skandal, auf den ich seit der Poolparty warte.* »Dann kannst du lange warten! Herkommen, los!«

Laxon und ich steigen in die Steigbügel.

»Ich guck euch aus dem Clubhouse zu«, sagt Raúl und hebt die Hand zum Abschied. »Bin heute mal raus.«

Ich schwinge mich in den Sattel und nehme die Zügel richtig in die Hände. »Warum?«

»Gestern zu viel gesoffen. Stress mit Courtney.« Er zuckt die Achseln. »Einfach keinen Bock.«

»War Courtney die mit der Hello-Kitty-Sucht?«, frage ich.

»Nee, das ist Janet. Aber die ist raus, glaube ich. Hat mitbekommen, dass ich mit Helen telefoniert habe, als sie duschen war.«

»Und jetzt hast du nur noch Courtney und Helen?«

Er verzieht das Gesicht. »Janet hat's Helen gesteckt. Ist ihre beste Freundin.«

»*War* wohl eher ihre beste Freundin.« Ich runzle die Stirn. »Ich habe dir von Anfang an gesagt, wie beschissen diese Aktion ist.«

Willst du meinen Rat?«, fragt Laxon. »Bleib einfach Single, dann kannst du so viele Frauen vögeln, wie du willst.«

»Sei froh, dass es sich jetzt erledigt hat, schenk Courtney reinen Wein ein und dann bete, dass sie bei dir bleibt.«

»Mal gucken.« Raúl zieht *so* eine Fresse. Das zeigt mir immerhin, dass er das Ganze bereut. »Nach gestern bin ich mir eh nicht sicher, ob sich der Stress lohnt. Vielleicht mach ich's echt wie ihr und vögle einfach nur. Beziehungen sind anstrengend.«

»Wenn du nur eine hast, geht's eigentlich«, murmelt Laxon. Aber Raúl ist schon abgehauen und schlendert mit hängendem Kopf zum Clubhouse.

»Jungs!«, brüllt Coach Berry wieder. »Noch zehn Sekunden, oder ihr seid beim Freundschaftsspiel gegen das Königshaus nicht dabei!«

Meine Stiefelhacken drücken in Jalapeños Bauch, und er trabt vorwärts. Die eiskalte Luft, die meine Haut schneidet, fühlt sich an wie ein Messer, das mich vor diesem Leben warnt. Aber das hier, diese Momente auf meinem Pferd, wenn ich spüre, wie sein schwerer Körper unter mir atmet, wie seine Bewegungen sich meinen anpassen, wie er auf die feinsten Hilfestellungen reagiert und mich ohne Worte versteht – das sind Momente, in denen ich weiß, dass sich dieses Leben lohnt. Dass ich geliebt werde, wenn auch nur von diesem Tier. Dass es Glück gibt, immer noch gibt, auch wenn April nicht mehr da ist.

Sie nie mehr wiederkommt.

Und ich weiß, dass sie das nicht mehr wird.

Ich weiß es einfach.

I KNOW WHAT YOU DID, EDWARD – AND SO DOES APRIL, RIGHT?

Edward

Das Polospiel gleicht einer Schlammschlacht – nur ohne Schlamm. Finn foult wie ein Weltmeister, Suarez schneidet jeden meiner Versuche so mühelos ab, dass es ihm wie ein Kinderspiel vorkommen muss, und Leopold hat mir jetzt zum *dritten* Mal seinen Schläger in den Rücken gehauen.

»Willst du mich eigentlich verarschen?«, fahre ich meinen Cousin an, als der stechende Schmerz meinen Rippenbogen entlangfährt. Mit einer Hand ziehe ich an Jalapeños Zügel, um ihn zu drehen, damit ich Leo in die Augen sehen kann.

Dieser streicht sich über die rotbraunen Bartstoppeln, den Mund angepisst verzogen. »War aus Versehen.«

»Ein Scheiß war das aus Versehen!«

»Reg dich ab«, entgegnet Leo. »Das ist Polo. Wenn du was Ungefährlicheres machen willst, geh zum Golf.«

»Du kleine Ratte«, murmle ich. Langsam führe ich Jalapeño in seine Richtung. Leos Pferd Teabag macht einen Schritt beiseite. Jalapeño ist ranghöher. »Wenn …«

»Jungs!«, bellt Coach Berry. Er treibt seinen Lusitaner von der anderen Seite des Sees in den Galopp und bringt ihn vor uns zum Stehen. Wütend schiebt er seine Schutzbrille auf die Stirn. »Was ist in euch gefahren?«

»Edward versteht den Sinn von Polo nicht«, murmelt Leopold.

Ich funkele ihn an.

Coach Berry übergeht Leopolds Kommentar. Stattdessen sagt er: »Mir gehen eure Auseinandersetzungen im Privatleben am Arsch vorbei, aber wenn ihr anfangt, das auf dem Spielfeld auszutragen, sorge ich ganz schnell dafür, dass ihr raus seid.« Er sieht von mir zu meinem Cousin und zurück. »Was immer euer Problem ist, ihr tragt das nicht auf dem Rücken der Pferde aus. Verstanden?«

»Verstanden«, sagt Leo knapp, drückt Teabag die Hacken in den Bauch und trabt zur Mittellinie für den nächsten Spielzug.

Das nächste Chucka läuft tatsächlich so gut, dass ich glaube, es könnte doch noch ein halbwegs zivilisiertes Spiel werden. Max macht ein Tor für unser Team, und kurz darauf liefert Finn mir eine so gute Vorlage, dass ich den Ball vor Laxon in den Schläger kriege. Ich setze mich im Sattel auf, beuge mich vor und schieße das kleine rote Ding mit einem hohen Schlag ins Tor.

»Sehr schön«, ruft Coach Berry. »Chucka vorbei, Pferde wechseln. Weiter so, Jungs!«

Ich weiß nicht, ob es daran liegt, dass ich in der nächsten Runde wieder auf Jalapeño sitze und Charles auf Abraxas, aber als wir im Kantergalopp nebeneinander her rasen, um an den Ball zu gelangen, ist da zu viel Selbstsicherheit in unserem Sitz, zu viel Verlass auf die Tiere. Auf Snow würde Charles es niemals wagen, während dieses rasanten Ritts zu mir zu sehen und »du bist zu weit gegangen, Ed«, zu rufen, würde es nicht wagen, die Kontrolle seinem Pferd zu überlassen. »Ich könnte dich fertigmachen, wenn ich will.«

Und ich hätte mich auf meinem Ersatzpferd nie getraut, zu antworten, indem ich es vorpreschen und vor Charles galoppieren lassen würde. Niemals.

Aber auf Jalapeño schon. Abraxas weicht so abrupt aus, dass er für einen Moment kopflos immer wieder die Richtung ändern will. Charles flucht. Er braucht einen Moment, um seinen Wallach unter Kontrolle zu kriegen und zu beruhigen. Als es ihm gelingt, höre ich Coach Berry auch schon brüllen. Aber er zählt jetzt nicht mehr. Niemand auf diesem Spielfeld zählt. Max, Finn, Suarez, Leopold, Laxon, Mish. Sie alle sehen neugierig zu uns herüber, aber mir ist alles egal außer mein Bruder, der Abraxas zum Stehen bringt und aus dem Sattel rutscht. Ich tue es ihm nach. Wir laufen aufeinander zu wie die Oberhaupte zweier verfeindeter Länder. Es ist verrückt. Wir sind Brüder. Wir lieben uns. Aber genauso kämpfen wir gegeneinander. Eine ungesunde Hassliebe, so stark, dass sie Wälder zerrütten und Meere erschüttern könnte.

»Wichser«, murmelt Charles – und dann holt er aus. Seine Faust trifft meinen linken Wangenknochen.

Darauf bin ich nicht vorbereitet gewesen. Kurz taumele ich rückwärts, aber genauso schnell habe ich mich wieder gefasst. Charles holt noch einmal aus, aber ich ducke mich unter seinem Schlag hinweg und tauche mit einem Hieb in seine Rippen wieder auf.

Er zischt einen unterdrückten Fluch. »Du hast kein Recht dazu, irgendjemandem *irgendetwas* über mich zu erzählen, Edward.«

»Ich tue, was ich will. Das solltest du nach dreizehn Jahren inzwischen wissen.«

»Du weißt *nichts* darüber, wie es in mir aussieht.«

»Ich weiß, dass du jede Frau gevögelt hast, die mir etwas bedeutete, einfach nur, weil du es nicht ertragen konntest, dass sie nicht dich will.«

Er lacht freudlos. »Und du? Du hast nicht das Gleiche getan, Ed? Warst du nicht derjenige, der damit angefangen hat?«

»Wenigstens bin ich ehrlich.« Zornig spanne ich die Kiefer an. »Paola hat ein Recht darauf, zu wissen, was Sache ist.«

»Aber es *stimmt* nicht!«, brüllt er. »Wann kapierst du endlich, dass nicht alles immer ein Spiel ist?«

»Witzig«, sage ich. »Dass gerade *du* das sagst, oder nicht? Mit deinen kranken Kontrollspielchen?«

Ich stoße ihm die Hände gegen die Brust, aber Charles ist eine feste Mauer. Er funkelt mich an, das Grün seiner Augen so bedrohlich dunkel, dass ich weiß, es hat nichts mit der einsetzenden Dämmerung zu tun. »Misch dich nicht in mein Leben ein«, zischt er.

Ich mache einen Schritt auf ihn zu. Wir schlagen uns nicht mehr. Bei uns läuft das anders. Schläge sind die Warnung, bevor es ernst wird. Bevor wir reden. *Das* ist die Drohung. Dagegen sind Fäuste nichts.

»Vielleicht hättest du gar nicht erst in meins treten sollen.«

Für den Bruchteil einer Sekunde entgleisen ihm die Gesichtszüge. Ja, das war heftig. Und ich spüre Reue, noch während ich die Worte ausspreche. Aber meine Miene bleibt kalt und ausdruckslos. Ich bin so selbstzerstörerisch, ich setze sogar noch einen drauf. »Vielleicht hätte Dad sich gegen dich entscheiden sollen, dann wäre auch meine

Mutter noch hier. Aber *immer* geht es nur um dich, nicht wahr, Bruderherz? *Dein* Leben, *dein* Erfolg, *deine* Zukunft.«

Eine kalkweiße Färbung legt sich auf sein Gesicht und übertüncht die Sonnenbräune seiner Wohltätigkeitsreisen. »Ein Mensch wie deine Mutter«, sagt er, und dabei kommt es mir so vor, als würde er jedes Wort ganz genau abwägen, »ein Mensch, der seinen Sohn verlässt und nie wieder etwas von sich hören lässt, nur weil ein anderer Junge dazukommt, hätte andere Gründe gefunden, um zu verschwinden, wäre ich nicht gewesen.«

Ich weiß, dass er recht hat. Aber ich will nicht, dass es stimmt. Ich will, dass er aufhört, mir diese schmerzliche Wahrheit ins Gesicht zu schmettern wie ratternde Schläge gegen einen Punchingball. »Fick dich, Charles.«

Coach Berry erreicht uns. Aber mein Bruder hebt nur die Hand, und er hält inne. Hier und jetzt hat der Coach nichts zu sagen, und wenn ein Blackwell jemandem das zu verstehen gibt, dann wird sich daran gehalten.

Aber Charles hat nicht vor, dieses Gespräch länger auszuführen. Er will sich auch nicht schlagen. Ich sagte ja, die Fäuste sind die Warnung. Die Drohung kommt danach. Und seine Drohung schwingt wie ein wummernder Bass in jeder Silbe mit, die ihm flüsternd über die Lippen kommt, als er im Vorbeigehen an meinem Kopf innehält. »Ich weiß, was du getan hast, Ed.« Es rieselt mir eiskalt den Rücken herunter. »Und April weiß es auch, nicht wahr?«

Charles' Drohungen kommen leise, und sie kommen heftig.

Er schwingt sich auf Abraxas und reitet davon. Nicht in den Stall, nicht ins Zentrum.

In die Berge.

AND IN THIS STILL SILENCE I REALIZED, I LIKED HIM, MAYBE EVEN LOVED HIM, BUT THAT DIDN'T ENTITLE ME TO HAVE HIM

Paola

Das Hotel ist ein einziger, riesiger Irrgarten. Seit fast schon zwei Monaten arbeite ich hier und verlaufe mich noch immer in den Gängen. Hätte ich meinen Plan nicht, wäre ich längst verloren. Irgendwo in den Kerkern. Mit Norbert Nacktmull im Gepäck, dessen missratene Augen mich unnachgiebig anglotzen. Wahrscheinlich würde Edward hinter irgendeiner Ecke lauern, in der Hoffnung, dass die Paparazzi ihn sogar dort finden und skandalös verkünden, niemand würde dem armen Jungen sein Glück gönnen, weshalb er unsere heimliche Beziehung nun zwischen modrigen Kellerwänden festigen müsse. Ich kann förmlich vor mir sehen, wie beglückt Edward wäre.

Heute musste ich den ganzen Tag auf einer Feier im neuen Golfclub verbringen, reichen alten Säcken die verschiedensten Weine empfehlen, dekantieren und einschenken, während sie mir ungeniert in den Ausschnitt geglotzt haben. Ich zweifle nicht eine Sekunde daran, dass Emma die Wahrheit sagte, als sie meinte, die Männer dort würden grabbeln. Meine Präsenz in den sozialen Medien scheint sie nur noch angeheizt zu haben.

Ich bin erleichtert, als ich mit pochenden Füßen und bleischweren Gliedern endlich den Gang zu meinem Zimmer erreiche. Hinter der Tür Nummer 108 höre ich Stimmen. Ich halte die Schlüsselkarte vor den Sensor, die Tür klickt, ich trete ein.

»Hi!« Emma sitzt im Schneidersitz auf ihrem Bett, Sushi vor ihren Füßen. »Wie war's?«

»Ekelhaft«, entgegne ich, werfe aber im gleichen Atemzug ein

Lächeln in die Runde. Ignotus, Lisbeth und Blair sind da. »Gibt's ein geheimes Meeting, von dem mir nichts gesagt wurde?« Ich schlüpfe aus meinem Mantel, hänge ihn an die Garderobe neben die Tür und richte mich an Blair. »Willst du doch einen Rachefeldzug gegen Finn starten?«

»Ich wäre dabei«, murmelt Ignotus. Er schaufelt sich Nudeln aus einer Pappbox mit dem Logo vom little dragon in den Mund. Sein Cocker-Pudel-Mix Puffel liegt neben Wilfried, dem Gnom mit dem Loch im Kopf, und versucht immer wieder, an die Nudeln seines Herrchens zu kommen. Aber Ignotus ist hartnäckig. Er stupst den Kleinen mit seinem Socken zurück. Entweder, das Tier ist erzogen wie Ryders Paw Patrols – Nickelodeon war im Sucht-Abo meines Stiefvaters natürlich enthalten, damit der viel beschäftigte Mafia-Wanna-Be seinen Sohn vor die Glotze setzen konnte – oder Ignotus' Füße stinken. »Nach der Doppelschicht mit Anneli, weil Babette abgehauen ist, brauche ich dringend Ablenkung.«

Doppelschicht. Rätsel gelöst. Kein Paw Patrol, sondern die Füße.

»Nein«, entgegnet Blair. Sie lehnt mit dem Rücken gegen Emmas Bett, trägt einen cremefarbenen Oversize-Rolli über einer Leggins, und hat Schwierigkeiten, ihre Sushirolle mit den Stäbchen zu greifen. »Es war Teil der Stillen Post. Hört auf, da so ein Fass draus zu machen.«

»O mein Gott!« Emma stupst Blair mit ihrem Fuß gegen den Hinterkopf. »Du stehst auf ihn!«

»Ganz sicher nicht«, entgegnet Blair, hält den Blick aber noch immer auf ihr Röllchen gesenkt. Es fällt in die Sojasoße wie ein verzweifelter Trauerkloß. »Und nimm deinen Fuß weg, du Eklige!«

»Warte mal, was?« Neben dem Kamin blickt Lisbeth von ihrer Frauenliteratur auf. Sie liest immer Diogenes. Sie meint, meine Klassiker wären misogyner und konservativer Bullshit, der darauf aus wäre, Frauen in ihre Schranken zu verweisen und nachhaltig dafür zu sorgen, romantisierte Vorstellungen einer Abhängigkeit zu einem hochrangigen Typen zu vermitteln. Ich habe ihr gesagt, Diogenes-Cover sind hässlich. Ich hab's ihr voll gegeben. »Wer ist Finn?«

»Der Bruder von Lena Gerbensteyn«, sagt Ignotus.

Lisbeth runzelt die Stirn. »Wer?«

»Das Model, das aussieht wie Wednesday?«

»Ah.« Lisbeth nickt. Sie legt Diogenes beiseite. »Jetzt weiß ich. Und was hat Finn gemacht?«

»Mich geküsst«, sagt Blair.

Es gibt Worte, die sind in der Lage, im Bruchteil einer Sekunde Energien zu manipulieren. Gerade war noch alles ausgelassen, blau und grün und gelb und rosa Wolken, gechillt und träge wie auf Marihuana, und dann, von jetzt auf gleich, rote Materie. Sie ist so aufgeladen, ich spüre sie auf der Haut prickeln.

»Warum tut er das?« Lisbeths Stimme klingt seltsam. Angestrengt neutral, aber auf der Kippe zu wahnwitzig. »Spinnt der?«

»Es war wegen des Spiels«, erkläre ich, während ich mich aus meiner Arbeitskleidung schäle und mir meinen gemütlichen Los-Angeles-Pulli über den Kopf ziehe. »Stille Post.«

Sie blinzelt mich an. »Und warum sagst *du* das in diesem Ton, als wärst du eine von ihnen und das alles absolut normal?«

»Lis.« Emma wirft ihr einen warnenden Blick zu. »Lass deine Laune nicht an Paola aus.«

»Sorry.« Lisbeth streicht sich über das Gesicht und zwickt sich dann in die Nasenwurzel. »Mich nervt nur, dass diese Rich Kids denken, sie könnten machen, was sie wollen.«

»Es war nur ein Spiel«, murmelt Blair. Es ist ihr endlich gelungen, das Maki aus den Fängen der Sojasoße zu befreien. »Und ehrlich gesagt fand ich es nicht so schlimm.«

»Emma meinte, du hättest ihm eine geknallt«, entgegnet Ignotus.

»Ja, natürlich.« Blair sieht auf. »Denkst du, ich lass dem das einfach durchgehen? Dann denkt er doch, ich wäre leichte Beute.«

Ich ziehe mir Tennissocken über meine Leggins. »Also hat es dir gefallen?«

Sie zuckt die Achseln. »Ich hab' dir doch gesagt, wie gern ich Teil von ihnen wäre. Und irgendwie hat er mir für einen kurzen Moment das Gefühl gegeben, etwas Besonderes zu sein. Weil er mich ausgewählt hat, verstehst du?«

Lisbeth verdreht die Augen. »Er hat dich benutzt. Für ein Spiel.«

»Ja«, sagt Blair. »Aber es ging um einen Kuss. Dafür wählt man ja nicht irgendjemanden aus. Selbst wenn es nur ein Spiel war. Ich würde meine Lippen auch nicht Leopold aufdrücken, sondern nur wem, der mir gefällt.«

»Das ist totaler Schwachsinn«, zischt Lisbeth. »Du kannst dich nicht so behandeln lassen, Blair!«

Wütend stößt diese die Luft aus. »Aber wenn ich das will, Lis?«

»Dann ist das nicht gesund!«

»Du übertreibst«, entgegnet Blair. »Es war eine Party. Er hätte auch eine aus seinen Kreisen wählen können. Hätte er sie dann auch benutzt? Oder gilt das nur für mich, weil *ich* hinter der Theke stand, weil es ja *so* unwahrscheinlich ist, dass es mehr für ihn bedeutet haben könnte?«

»Blair ...« Lisbeth seufzt. »So war das nicht gemeint.«

»Klar war es das.«

Emma, Ignotus und ich wechseln einen angespannten Blick.

»Okay, ähm ...« Emma starrt Wilfried an, als könne er ihr helfen. Klar, haha. Er, mit seinem Loch im Kopf. »Anderes Thema. Paola, hast du gesehen?«

»Was gesehen?«

Sie verzieht mitfühlend das Gesicht. Mein Körper geht in den Panik-Modus. »Edwards Fake-Skandal ist online.«

Ich habe den anderen erzählt, dass er mich nur in die Sauna gezogen hat, damit ich ihn abserviere und seine Aufgabe scheitert. Das, was zwischen uns passiert ist, habe ich für mich behalten.

»Klar habe ich das gesehen.« Ich nehme 3310 vom Überwurf und wackle damit in der Luft. »Mit meinem Highspeed-5G-Netz.«

Ignotus lacht. Emma hingegen verdreht die Augen, tippt auf ihrem Handy herum und reicht es dann Blair, damit sie es mir gibt. Eigentlich will ich es nicht wissen. Eigentlich ist das Einzige, was mich zum Thema Blackwell-Brüder noch interessieren sollte, der geklaute Stapel Unterlagen aus Edwards und Charles' Suiten, die ich im Safe in meinem Schrank aufbewahre und Nacht für Nacht durchgehe. Aber *eigentlich* ist nur ein Füllwort, zu nichts zu gebrauchen und meistens der Vorbote einer dummen Aktion, von der man weiß, man sollte es nicht tun, gleichzeitig aber genauso sicher ist, dass kein Weg dran vorbeiführt.

Eigentlich will ich nicht lesen, was in der Caption unter dem Bild von Edward steht, auf dem er in Badehose, mit sexy Lächeln und einem Bier in der Hand im Eingang der Sauna steht, während ich mit einem wütenden Blick davonrausche. Und weil ich es *eigentlich* nicht will, inhaliere ich jedes Wort.

Edward Blackwell (23) kann es nicht lassen. Sorgte er kürzlich erst für Aufsehen, weil er mit Paola Cortessa (22), seiner neuen Angestellten, auf dem Motorrad über die Schienen des Glacier Express raste, bricht der attraktive Milliardärssohn ihr nur kurze Zeit später das Herz. Augenzeugen berichten, die hübsche Sommelière hätte auf der begehrten Skijöring-Party nur Augen für ihn gehabt, während er den Abend genutzt haben soll, um ihr den Laufpass zu geben. Hat sein Bruder Charles (24, sexiest man alive winner 2020) ihn dazu gebracht? Gerüchten zufolge kriselt es gewaltig zwischen ihm und Sofia Vendergaard, seit Cortessa das Palasthotel betreten hat. Bahnt sich hier eine Blackwell-Liebestragödie an? Was meint ihr? Schreibt es in die Kommentare!

Das Handy zittert in meiner Hand. Ich spüre mein Herz bis in meinen Hals pumpen. Schluckend werfe ich einen Blick auf die Kommentare, aber die sind so übel, dass mir schlecht wird.

@herz.pumpkin.luftikuss Kann mir mal jemand sagen, wer diese Paola ist und wo die auf einmal herkam???
@heino-fan-123 ne, kein plan ... aber kann gerne wieder verschwinden, wenn du mich fragst ....
@herz.pumpkin.luftikuss zurück in ihr Rattenloch :D

@charlyblackwell_fanpage Einfach nur unnötig und erschreckend, wie manipulativ Paola vorgeht, um Sofia den Kerl auszuspannen! Da läuft doch schon lange was, und jeder, der das anders sieht, kann mir eine DM schreiben. Dem erzähle ich was.

@senfgurkensindlegga Wieso hat die eigentlich eine Einladung zum Skijöring bekommen, wenn die da in dem Hotel nur arbeitet???? Tja, gar nicht verdächtig, nöööö. B**ch
@SusannePeters Geht's noch?? Du kennst diese Frau nicht, hast keine Ahnung, was da hinter den Kulissen abgeht und beleidigst sie? Wie würdest du dich fühlen, wenn du an ihrer

Stelle wärst und sich wildfremde Leute auf dich stürzen würden?
@LealiebtLeah on point.
@LealiebtLeah guck mal seine Story dazu, ich dreh ab
@SusannePeters oh wow, jetzt hat der mich blockiert.

@EdwardFanForever omg ich hasse sie!!! Sie hat Edward nicht verdient!!! Kann sich nicht mal entscheiden wenn sie will und verarscht beide
@LealiebtLeah *wen
@EdwardFanForever ja Edward oder Charles halt
@LealiebtLeah ...

@lilibetlisbeth Was für eine frauenverachtende Scheiße hier. Kommt doch alle mal klar auf euer Leben und lasst dieses Mädchen in Ruhe! (gefällt 3478)

Ich sehe zu Lisbeth und versuche mich an einem dankbaren Lächeln. »Du hast mich verteidigt.«

»Klar.« Sie seufzt schwer. »Glaube nur, das wird nicht viel bringen bei der Flut an entrüsteten Blackwell-Fans.«

»Immerhin sind da auch viele auf deiner Seite.« Ignotus kratzt die letzten Nudeln aus seiner Box. »Das fühlt sich jetzt schrecklich an, aber ich glaube, die meisten halten diese News für Müll.«

»Es hieß, sie würden einen gefakten Skandal *über ihn* bringen.« Ich werfe Emma das Handy aufs Bett. Mir ist speiübel. »Aber sie haben mich voll durch den Dreck gezogen.«

»Clickbait«, sagt Blair. »Du ziehst gerade. Das ist, was die Leute lesen wollen.«

»Aber es stimmt nicht!« Frustriert werfe ich die Arme in die Luft. Puffel zuckt zusammen und stößt seinen Hintern gegen Wilfried. Er wackelt bedrohlich. Das zweite Loch naht. »Edward hat mich nicht abserviert. *Ich* habe *ihm* gesagt, dass er mich mal kann.«

Mir wird übel, wenn ich daran denke, dass ich ihn nur deshalb abserviert habe, weil ich das mit diesem kranken Jagdspiel herausgefunden habe. Und was wir davor getan haben. Und noch flauer im Magen wird mir, als ich realisiere, dass ich mich trotz allem noch immer zu beiden Blackwells hingezogen fühle. Dass ich keine Ahnung habe, wen ich will, und dass es, selbst wenn ich es wüsste, egal wäre, weil sie sowieso tabu für mich sein sollten.

Weil ich einen verdammten Auftrag habe. Weil der Druck in mir ins Unermessliche steigt. Weil ich, verdammt noch mal, am Arsch bin. Weil Charles und Edward meine ganz persönlichen, hochexplosiven Bomben sind, und ich eigentlich hinter ihnen stehen und herausfinden sollte, warum ihre Zündschnur brennt. Wenn jemand ihren Namen flüstert, sollte ich in Erfahrung bringen, woher diese Angst rührt. Wenn die Blackwell-Brüder die Superhelden der High Society sind, sollte ich ihr verdammtes Kryptonit sein. Und nicht der Dackel, der ihnen mit verträumten Blicken hinterherstarrt. Und sich mit ihnen verabredet. Für ein *Date*.

»Aber das mit Charles stimmt«, sagt Emma. Als ich ihr einen mahnenden Blick zuwerfe, zuckt sie die Achseln. »Ich habe dich gewarnt. Ich habe dir gesagt, das wird nicht gut enden.« Dann zählt sie an den Fingern ab. »Du reitest mit ihm durch St. Moritz wie das Aschenbrödel mit ihrem Prinzen. Auf der Gala verschwindet er für etliche Minuten in dem Hinterzimmer, in dem du bist. Beim Cricket tanzt du mit ihm auf dem Moritzersee, wirst beim Skijöring von seinem Pferd gezogen und machst bei der Stillen Post mit, was damit endet, dass du ihm vor allen anderen einen Lapdance gibst. Oh, und ich bin gestern nur deshalb nicht in die Vorratskammer im CoC, weil sich die Stimmen, die ich dahinter wahrgenommen habe, verdächtig nach euch beiden angehört haben.« Mein Gesicht brennt. Ungerührt wirft sich Emma eine Sushirolle in den Mund. »Die Lawine ist nicht mehr aufzuhalten. 200 km/h und du mittendrin.«

Sie hat recht. Trotzdem drücke ich mir Karl die Krabbe aufs Gesicht und gebe einen verzweifelten Laut von mir.

»Was ich tatsächlich nicht verstehe …« Lisbeth macht eine Pause. Ich höre eine Seite umblättern. Vermutlich steckt ihre Nase wieder in ihrem Diogenes-Roman. »Also, klar, er ist ein Blackwell, hat unwiderstehliches Charisma und sieht *wirklich* gut aus, aber die Leute haben recht, was Sofia betrifft. Es ist unfair und fies.«

»Ich habe mit ihr geredet.« Ich ziehe Karl von meinem Kopf und setze dieses Amigurumi mit Riesenscheren neben Norbert Nacktmull. »Und sie sagte mir, sie und Charles seien in einer offenen

Beziehung und er könne machen, was er will.«

»*Polygam?*«, kommt es von Blair. »Das hätte ich jetzt nicht gedacht.«

»Mich hat es wenigstens ein bisschen erleichtert«, meint Emma. »Danach habe ich mich nicht mehr ganz so schlecht gefühlt. Also immer noch ein bisschen, denn er ist ein Blackwell, aber auf einer Skala von eins bis zehn …« Sie neigt den Kopf. »Ja, ich denke, mein Durchfallgefühl beläuft sich auf eine drei.«

»Warum sträubst du dich dann so dagegen?«, fragt Ignotus. Er krault Puffel hinter den Ohren, aber als sein Paw-Patrol-Freund kapiert, dass die Nudelbox leer ist, lässt er sein Herrchen im Stich und hüpft auf mein Bett. Er kugelt sich in meinem Schoß zusammen, und ich fahre durch sein weiches, lockiges Fell.

»Die Medien kannst du nicht mehr aufhalten. Dich von Charles fernhalten erst recht nicht.« Er legt Puffel eine Spur an Leckerlis zurecht, damit sein Hund zu ihm zurückkommt. Hänsel und Gretel – neu verfasst. »Geh doch einfach aufs Ganze.«

»Ich glaube, das tue ich gerade.«

Blair verschluckt sich an ihrem Sushi. »Wie jetzt?«

Ignotus' Bestechung funktioniert. Puffel verlässt mich. »Wir haben ein Date.«

»Was?«, kreischt Emma. Im Nu sitzt sie aufrechter, als ich sie je habe sitzen sehen. »Ein *echtes*?«

Ich nicke.

»Wann?«, fragt Lisbeth.

»Heute.«

Blair wirft einen stirnrunzelnden Blick auf die Uhr. »Es ist fast sieben. Will er dich abholen?«

Ich zucke die Achseln. »Keine Ahnung.«

»Wie jetzt?« Zur Abwechslung sehe ich Ignotus heute nicht in einer viktorianischen Tracht, sondern in der Blackwell-Palace-Uniform. Die schwarze Farbe lässt sein bleiches Gesicht noch heller wirken, vor allem, weil er neben dem Kamin sitzt und die Flammen ihren leuchtenden Schein auf seiner Haut verteilen. »Ihr habt ein Date, aber du weißt nicht, ob er dich abholt?«

»Richtig.«

»Wann wollt ihr euch denn treffen?«

»Weiß ich auch nicht.«

Jetzt starren sie mich alle an. Blairs Maki fällt wieder in die Sojasoße. *Platsch.*

»Er meint, er lässt es mich wissen.« Das ist nicht *ganz* das, was er gesagt hat, aber gut. »So lange warte ich einfach.«

»Du *wartest* einfach?« Blair fallen beinahe die Augen raus. »Paola, du süßes, liebes, vom Glück geküsstes, *selbstzerstörerisches* Mädchen!« Sie schiebt ihr Sushi beiseite, hüpft auf die Beine und klatscht in die Hände. »Worauf wartest du? Spring unter die Dusche!«

Emma rutscht vom Bett und sprintet zu ihrem Schrank. »Ich suche dir was zum Anziehen raus. In diesem fürchterlichen Pullover kannst du unmöglich gehen.«

»Das ist mein Lieblingspullover!«

Sie schielt zu mir. »Sorry, Süße, aber die Farbe erinnert mich an Durchfall.«

»Hey!«

»Nach einer Partynacht mit Wodka Sour«, fügt Lisbeth hinzu.

Ignotus kichert. »Ich liebe euch, wisst ihr das?«

»Los«, scheucht Blair mich. Plötzlich ist sie so energisch, dass ihr aschblondes Haar durch die Luft wirbelt. »Wenn du schnell bist, kann ich dir Korkenzieher machen. Das wird mega aussehen. Du solltest einen TikTok-Account für gesundes Haar starten.«

Noch mehr Aufmerksamkeit? »Bloß nicht.«

Die ganze Zeit über habe ich das Date gekonnt in den Hintergrund schieben können. Aber plötzlich wird es real. Auf einmal spüre ich ein Ziehen bis in meine Fingerspitzen und ein nervtötendes Kribbeln im Unterbauch. Vielleicht wurde meine Ameise doch nicht von der schweren Champagnerflasche überrollt. Sie lebt!

In der nächsten halben Stunde machen meine Freunde einen neuen Menschen aus mir. Ich trage eine Thermostrumpfhose in falschem Perlonlook, einen schwarzen Rollkragenpullover, der mir bis zu den Oberschenkeln geht, darüber einen genauso schwarzen, übergroßen Blazer und Chunky Boots mit hohen Sohlen.

»Ich sehe aus, als würde ich auf eine Beerdigung gehen«, sage ich, als sie fertig sind.

»Du siehst absolut scharf aus«, widerspricht Ignotus. »Hätte ich keine Angst vor den Blackwells, würde ich dich anbaggern.«

»Auf deinem Vickyball würden sie mich verpönen.«

»Paola.« Blair seufzt entnervt. »Stillhalten.« Sie dreht meinen Kopf wieder zurück und bepinselt meine Augenbrauen mit braunem Puder. »Gott, die sind so perfekt. Ich bin neidisch. Auf diese dichten Haare, deine langen Wimpern und darauf, dass du ein Date mit Charles Blackwell hast.«

»Von dem wir immer noch nicht wissen, wann es stattfindet.« Lisbeth sitzt neben mir auf dem Boden, krault Puffel und reicht Blair die Schminke, die sie gerade braucht.

»Ich wünschte, es wäre ein Doppeldate mit mir und Laxon.« Emma hockt neben dem Kamin, tippt auf ihrem Handy herum und wechselt die Musik auf Spotify. Von *Driving Home for Christmas* zu Ariana Grandes *Santa Tell Me*. Dann, als hätte sie gerade der Schlag getroffen, fährt ihr Kopf hoch. »O mein Gott!«

»Was?«, sage ich.

»Du kannst ihn fragen!«

»Wen? Laxon?«

»Charles!« Aufgeregt stellt sie sich hinter mich. Ich begegne ihrem Blick im Spiegel. »Wenn das mit euch beiden gut läuft, kannst du das irgendwie einfädeln?« Scheinbar sehe ich nicht sehr begeistert aus, denn sie fügt schnell hinzu: »Komm schon! Ich hab's mir verdient.«

»Womit?« Ignotus' Mundwinkel zuckt. »Du hast doch die ganze Zeit versucht, ihn ihr auszureden.«

»Aber ich stand trotzdem hinter ihr! Ich finde, das ist sehr ehrenwert. Andere hätten alles in ihrer Macht Stehende getan, damit sie sich diesen Herzensbrecher aus dem Kopf schlägt.«

»Touché«, sagt Lisbeth.

»So.« Blair legt das Puder beiseite, streicht mir den langen Pferdeschwanz über die Schulter und überprüft die Haarnadeln in meiner Strähne, mit der sie den Hochzopf festgebunden hat. »Ich würde sagen, du bist blackwellwürdig.«

»Absolut«, stimmt Lisbeth zu.

»Scharf«, wiederholt Ignotus.

»Ich bin aufgeregt«, sagt Emma.

»Du?« Fragend sehe ich sie an. »Warum?«

»Weil du so wunderschön aussiehst, dass du Charles den Kopf verdrehen wirst, und mein Date mit Laxon ist näher denn je.«

»Du hast sie nicht mehr alle«, sagt Ignotus. »Frag diesen Typen einfach, damit der Irrsinn ein Ende hat.«

»Irrsinn«, wiederhole ich, wobei ich das R stark rolle. Mein Mundwinkel zuckt. »Was für ein Irrrrsinn, meine church-bell.«

Ignotus sieht mich an wie eine viktorianische Erscheinung. »Du kennst diesen Ausdruck?«

Ich zucke die Achseln. »Habe viele englische Klassiker aus dem Zeitalter gelesen. Hin und wieder kam das Wort vor, ja.«

»Was bedeutet church-bell?«, fragt Blair.

»Dass Emma ein sehr aktives Plappermaul ist.«

»Hey!«

»Das war für meinen Pulli«, entgegne ich.

Genau in dem Moment klopft es an der Tür. Wir sehen uns alle an, als wären wir die Hauptrollen in American Horror Story. Schließlich hüpft Emma über Puffel rüber, landet mit dem Fuß in Blairs Sushi und öffnet fluchend die Tür.

Der Fluch erstirbt auf ihren Lippen, als sie Laxon gegenübersteht.

»Emma«, begrüßt er sie mit einem breiten Lächeln. »Wie schön, dich wiederzusehen.«

»O mein Gott«, haucht Blair.

Emma steht nur da und bekommt kein Wort raus.

»Wo ist unsere church-bell hin?«, flüstert Ignotus.

Lisbeth kichert.

»Ich soll Paola abholen«, sagt Laxon. Über Emmas Schulter sieht er zu mir. »Charles erwartet dich.«

»Wieso du?«, frage ich nur.

»Weil ich der Einzige bin, von dem er sich sicher ist, dass er euch zwei nicht an die Presse verkauft.« Er neigt den Kopf. »Und weil ich Zugang zum Hangar habe.«

»Hangar?«, frage ich, als ich ihn erreiche.

Emma tritt beiseite und versucht sich an einer gefassten Miene, aber die gräuliche Farbe auf ihren Wangen sieht aus, als würde sie ihm jeden Augenblick auf die schicken Monclers kotzen.

Er grinst. »Oh, das wird dir gefallen.« In Emmas Richtung verabschiedet er sich mit einem Lächeln, das ich definitiv als nicht jugendfrei bezeichnen würde. »Bis zum nächsten Mal, Rapunzel.«

Emma wird hochrot.

Selbstbewusst setzt Laxon sich in Bewegung. Ich gehe ihm hinterher, drehe mich aber noch einmal zu Emma um und forme mit den Lippen: *Rapunzel?*

Sie quittiert es mit einem triumphierenden Bauchtanz samt siegessicherem Hüftschwung und schließt die Tür mit dem Fuß.

An ihrer Socke klebt Sushi.

Laxon führt mich durch etliche Gänge des Palasthotels, von denen ich sicher bin, mich an keinen einzigen später erinnern zu können. Wir gehen durch das schmiedeeiserne Tor in den Westflügel. *Der verbotene Flügel*, denke ich. *Der mächtige. Der, der den Blackwells und Van Dyks gehört.* Wir passieren elegante Hirschstatuen, kunstvolle Öl- und Acrylgemälde und nehmen eine imposante Wendeltreppe zu einer höheren Etage. Der breite Gang ist mit rotem Samtteppich ausgelegt, die Wände zur Hälfte mit weißem Holz vertäfelt, die obere Hälfte mit Barocktapete verziert. In regelmäßigen Abständen baumeln Kronleuchter von der Decke.

»Du solltest wissen, Paola«, wir steuern die Tür am Ende des Ganges an und Laxon setzt seine Schritte gezielt und selbstsicher, »wenn du durch diese Tür gehst, gibt es kein Zurück mehr.«

»Wie meinst du das?«

»Charles besitzt einen, sagen wir, ausgeprägten Beschützerinstinkt. Und bei dir ist er wie besessen davon, dich in Sicherheit zu wissen.« Er räuspert sich. »Genauso scheint er wie besessen von deiner Nähe zu sein. Hier überschneiden sich seine Wünsche.« Wir bleiben vor der Tür stehen. Laxon legt seine Hand auf die Klinke und sieht mich an. »Charles ist nicht in der Lage, dir das klarzumachen, also sehe ich mich genötigt, es zu tun.«

»Mir was genau klarzumachen?«

»Charles hat keine Dates.« In Laxons hellen Augen funkelt eine Warnung. »Niemals.«

»Aber er hat mich um eines gebeten«, erwidere ich.

»Eben.«

Ich runzle die Stirn. »Was willst du mir damit sagen?«

»Dass hinter dieser Tür der Anfang eines neuen Kapitels auf dich wartet. Die Schlagzeilen über dich, die Gerüchte, die bisher kursieren – das ist nichts im Vergleich zu dem, was noch kommen wird.« Er macht eine kurze Pause. »Wenn du durch diese Tür gehen wirst.«

»Ich werde mich verletzlich machen«, entgegne ich. »Das ist, was du meinst?«

Er nickt.

»Mir ist bewusst, dass wir uns nicht kennen, Laxon, aber du kennst ihn und …« Ich atme tief durch. »Wären du und ich Freunde, was würdest du mir raten?«

Der Anflug eines Lächelns erscheint auf seinen Lippen. »Ich würde dir sagen, dass Risiko und Verletzlichkeit es wert sind, wenn der Preis, den du für deine Sicherheit zahlen müsstest, die Einsamkeit wäre.« Er drückt die Klinke herunter. »Charles ist ein guter Mann, Paola. Gebrochen, ein bisschen kaputt, aber er würde die Berge in Flammen aufgehen lassen, wenn es um die Handvoll Menschen geht, die er liebt.«

Ich schlucke. Dann: »Öffne die Tür.«

Laxon nickt. Er drückt die Klinke herunter.

Und ich gehe hindurch.

PAPER PLANES OR ANGEL WINGS, ANYTHING TO LIFT THE HEAVY, TO LET HER DREAM

Paola

Charles steht vor einem schwarzen, riesigen Ding, das aussieht, als würde es auf Justin Bieber warten. Oder auf den König von England.

Das Ding ist ein Helikopter und besagter König von England in diesem Fall Charles, denn seine Anmut ist der eines Royals verdammt ähnlich. Er trägt einen dicken cremefarbenen Rollkragenpullover mit Zopfmuster, dessen Bund in der hellen Jeans steckt, sodass ich seinen Gürtel sehen kann. Die Knöpfe seines Wollmantels sind geöffnet, er reicht ihm bis zu den Knien. Am Saum ist seine Jeans umgeschlagen, damit sie über den Docs endet. Vom Wind sind seine Haare zerzaust, Schneeflocken glitzern zwischen den einzelnen Strähnen. In den Händen hält er zwei Coffee-to-go mit dem braunen Rankenlogo des CoC.

Er lächelt. »Was ist mit meiner süßen Maus passiert?«, ruft er über das Flachdach hinweg.

Ich atme tief durch und setze mich in Bewegung. Dabei kralle ich die Finger in die schwarze Umhängetasche, die Emma mir gegeben hat und in die ich auf die Schnelle mein Notizbuch, die Polaroid und mein Portemonnaie geworfen habe. Meine Beine fühlen sich an wie langsam zerlaufende Butter in der Pfanne.

»Sie wurde von schimmernden Pfauen in Beschlag genommen, die zu viele Tranformationsvideos auf TikTok gesehen haben.«

Charles' Lächeln wird breiter. »Ich hoffe sehr, sie haben meine Maus nicht für ihre Hoffnung auf ein virales Videos ausgenutzt.«

»Das ist wohl eher Edwards Job.« Mein Lächeln verrutscht. »Dank ihm gehe ich sowieso schon überall viral.«

Charles reicht mir einen Kaffeebecher. »Regel Nummer eins: niemals die Kommentare lesen.«

»Und Regel Nummer zwei?«

»Oh, das ist leicht. Du weißt es.«

»Tue ich das?«

»Ich habe es dir mehrmals gesagt.«

»Hast du?«

Er beugt sich vor, bis seine Lippen dicht an meinem Ohr liegen, und raunt: »Kopf hoch, Prinzessin.«

»Das ist Regel Nummer zwei?«

»Es ist die Regel für alles.« Sein Blick wandert über mein Outfit, den stylishen Blazer unter meinem Chanel-Mantel, die Strumpfhose im Perlonlook, die Chunky Boots. Wieder hoch zu meinem Gesicht. Plötzlich streckt er eine Hand aus und fährt mit einem Finger durch eine der Strähnen, die mir zu beiden Seiten des Gesichts hinabfallen. Laut Blair ist so ein Hochzopf gerade der letzte Schrei. »Ich vermisse deinen Flechthaarreif.«

»Der sitzt auf Wilfried und verdeckt sein Loch.«

Charles neigt den Kopf. »Diese Formulierung ist äußerst besorgniserregend.«

»Wilfried ist ein Wichtel«, erkläre ich. »Ihm fehlt ein Stück Kopf. Lisbeth meinte, es würde sie verstören, also hat Ignotus ihm meinen Haarreif aufgesetzt.«

Charles lacht. Dabei fährt er sich durchs Haar. Ich kann nicht aufhören, die tiefen Grübchen anzustarren. Sein Blick bohrt sich in meinen, grüne Augen blenden mich. Die Welt um uns herum ist in Schnee getaucht, und die weiße Farbe lässt seine Iriden strahlen. In Sekundenabständen erlebe ich mit, wie das Lächeln auf seinen Lippen einer ernsten Miene weicht, je länger er mich ansieht.

»Du bist wunderschön, Paola.«

Ich konzentriere mich auf den Pappbecher, der meine Hände wärmt. »Das ist der Verdienst der Pfauen.«

Charles legt eine Hand auf meinen unteren Rücken und führt mich um den Helikopter herum. Meine Beine sind immer noch flüssige Butter. Bereit für den perfekten Kuchenteig. »Scheiß auf die Pfauen. Du hättest auch in deinem Los-Angeles-Pullover und ungeschminkt herkommen können, und ich hätte dasselbe gesagt.« Er öffnet die Seitentür des Helikopters. »Und mit dem Haarreif. *Vor allem* mit dem Haarreif.«

Vermutlich hätten es seine Worte sein sollen, die mich aus der Bahn werfen, aber das Innere des Helikopters lenkt mich ab. Hunderte Knöpfe, mehrere Bildschirme, ein High-Tech-Cockpit und eine luxuriöse Ausstattung. Die Sitze sind aus weißem Leder.

»Das Ding sieht aus wie ein fliegender Mercedes!«

Charles lacht. »Es ist ein Eurocopter. Die teuersten Helis auf dem Markt. Und tatsächlich ist der Hersteller von Mercedes zuständig für die Ausstattung.« Er reicht mir eine Hand und hilft mir hinein.

Ich runzle die Stirn. »Sitzen wir nicht im hinteren Teil?«

»Und wer soll den Heli fliegen, wenn wir hinten sitzen?«

Ich starre ihn an. Charles' Lippen verziehen sich zu einem Grinsen, und bevor ich etwas entgegnen kann, schließt er die Tür. Ich bin wie gelähmt. Nur vage registriere ich, wie Charles sich auf dem Platz neben meinem niederlässt. Als er seine Tür ebenfalls einrasten lässt, rüttelt mich das Geräusch wach.

»Du ... *Du* willst dieses Ding fliegen?«

Er beginnt bereits, den Helikopter einzuschalten und mehrere Knöpfe zu betätigen. Auf seinen Beinen liegt eine Checkliste, die er Punkt für Punkt abhakt. »Vertraust du mir nicht?«

»Ich halte es für unklug, einem Blackwell zu vertrauen.«

»Touché.« Er wirft mir einen Seitenblick zu. »Schnall dich an.«

Ich stelle den Kaffeebecher in den Getränkehalter zwischen uns, ziehe den Dreipunktgurt über meinen Kopf und raste ihn ein. »Kannst du das denn?« Ich halte mich für sehr mutig. Und lebensmüde. Edward wäre stolz auf mich. »Das Ding fliegen?«

Er betätigt einen Schalter und lacht. »Ich würde dich nicht in diesen Heli setzen, wenn ich nicht absolut sicher wäre, dich wieder auf festen Boden zu bekommen.«

Mein Puls beschleunigt. »Wohin fliegen wir?«

Charles setzt sich Kopfhörer auf, nimmt ein zweites Paar und schiebt es mir über die Ohren. Seine Hände verharren an beiden Seiten meines Kopfes. Er sieht mir in die Augen und grinst. »Nach Venedig.«

Diesmal höre ich seine Stimme über die Kopfhörer. Er lässt die Hände sinken und widmet sich wieder seinen Knöpfen.

Ich entgegne nichts. Ich weiß, warum er das tut.

Mein Ausflug nach Venedig, der nie stattgefunden hat, weil meine Mutter das Geld nicht bezahlen wollte. Die Traurigkeit hinter meiner Brust, als ich zugesehen habe, wie der Bus ohne mich losgefahren ist. Charles' Bestürzung, als ich ihm davon erzählte.

»Samedan Information«, spricht Charles plötzlich in das Mikrofon seiner Kopfhörer. »Gruezi, Hotel, Bravo, X-Ray, Zulu, Alpha.«

Das ICAO-Alphabet, denke ich. Darüber habe ich schon mal was gelesen. Es wurde ausgearbeitet, um Kommunikationsprobleme im internationalen Luftverkehr zu regeln, glaube ich.

»Hotel, Bravo, X-Ray, Zulu, Alpha«, höre ich die Fluglotsin über Funk antworten. »Samedan Information, Hallo.«

»Hotel, Bravo, X-Ray, Zulu, Alpha, Bell206B mit zwei Personen an Bord am Helikopterparkplatz vom Blackwell Palace mit Flugplan nach Venedig, erbitte Startinformationen für den Ausflug aus der FIZ über Sierra und den Berninapass. Information Romeo an Bord.«

Ich verstehe kein Wort dieser kryptischen Pilotensprache. Aber die Ameise in mir hat einen Partner gefunden. Sie haben gnadenlos gepoppt und eine Farm gezüchtet. So muss es sein, denn alles in mir *kribbelt*, als ich ihn so sprechen höre.

»Hotel Zulu Alpha«, entgegnet die Fluglotsin wieder. »Information Romeo korrekt, Piste 03 in Betrieb, kein gemeldeter Verkehr, Wind aus 040 Grad mit fünf Knoten, unbestätigter QNH 1021, nächste Meldung abflugbereit.«

»Piste 03«, sagt Charles. »QNH 1021, schwebe zum Abflugpunkt, melde abflugbereit, Hotel Zulu Alpha.«

Und plötzlich geht's los. Unwillkürlich kralle ich die Finger in die Oberschenkel. Meine Kehle brennt vor Nervosität, während mein Blick starr geradeaus geht.

Der Anblick, der sich mir bietet, raubt mir den Atem.

Die Häuser von St. Moritz leuchten in einem entfernten Lichtermeer. Die Schneeschicht auf dem gefrorenen Moritzersee erstrahlt so hell und weiß, dass es in den Augen blendet. Wir gewinnen an Höhe. Ich kann meinen Blick nicht von den goldwarmen Lichtern unter uns abwenden.

Die Fluglotsin gibt Charles durch, er soll zu einem bestimmten Gipfel schweben. Er nimmt Kurs auf die Berge.

Der Zauber, der sich mir bietet, erschlägt mich. Verschneite Wipfel, Berge in unterschiedlichen Höhen, strahlend weiße Ebenen und in der Mitte ein riesiger blauer See. »Das ist verrückt«, murmle ich. »Völlig verrückt.« Ich nehme meine Polaroid aus der Tasche, drücke sie mir ans Auge und schieße ein Foto aus dem Fenster. Dann drehe ich die Kamera um, lehne mich in Charles' Richtung und strecke die Zunge raus. Er bemerkt es erst im letzten Augenblick, und ich drücke genau dann auf den Auslöser, als er überrascht lacht.

Ein weißer Nebel liegt in der Luft, schwebt über den gewaltigen Alpen, als wolle er die Gipfel küssen. Hinter ihnen glüht die Sonne und tränkt das Gebirge in Orange, während sie untergeht. Diesem Moment wohnt ein Frieden inne, der jedes Problem in Luft auflöst. Die Magie der weiß ummantelten Naturgewalten. Kaum zu fassen, was für ein Wunder dieser Planet ist. Was für atemberaubende Schönheiten er zu bieten hat. Plötzlich kommen mir all diese Kleinigkeiten, über die sich im Alltag geärgert wird, banal vor. Absolut unwichtig. Dieser magische Moment ist so viel größer. So *einnehmend*. Der Anblick des verschneiten Gebirges am Abend erfüllt mich mit Glück. Und zwar mit Wucht, gewaltig wie die Alpen.

»Hotel Zulu Alpha«, sagt Charles. »Sierra in 7 000 Fuß.« Und dann, nach einem kurzen Moment: »Bernina in 9 000 Fuß.«

»Hotel Zulu Alpha«, entgegnet die Fluglotsin. »Verlassen der Frequenz genehmigt. Guten Flug.«

Charles überprüft den korrekten Sauerstoffgehalt im Helikopter und greift dann lässig nach seinem Kaffee.

Ungläubig sehe ich ihn an. »Du wirkst, als wäre das hier so leicht wie Autofahren für dich.«

»Es ist so leicht wie Autofahren für mich.« Er nimmt einen Schluck. »Sogar entspannter. Niemand, der einen nervt.«

Ich spüre, wie die Anspannung langsam weicht. »Fliegst du oft?«

»Nicht so oft, wie ich gern würde.«

»Warum?«

Sein Lächeln wirkt wehmütig. »Mein Leben und die Aufgaben, die ich erfüllen muss, erlauben mir wenig Freizeit.«

Darüber habe ich noch gar nicht nachgedacht. In meiner Vorstellung waren die Blackwells immer so reich, dass sie den lieben langen Tag tun können, was sie wollen. Jetzt, wo ich mich näher mit ihnen beschäftigt habe, weiß ich, dass vor allem Charles jede freie Minute zum Arbeiten nutzt. Und wenn ich ihn eine Zeit nicht zu Gesicht bekomme, dauerte es nicht lange, bis irgendein Mitarbeiter schwärmt, dass er schon wieder zu einem Hilfsprojekt aufgebrochen wäre.

»Wann hast du deinen Pilotenschein gemacht?«

»Vor fünf Jahren«, sagt er. »Mit achtzehn.«

Ich lege die Kamera zurück in meine Tasche und betrachte das fertige Polaroid. Es ist süß geworden. Viel zu süß für jemanden, der so mächtig ist wie Charles. Das überraschte Lächeln, die niedlichen Grübchen ... er wirkt wie ein normaler Typ neben einem normalen Mädchen. Ich krame mein Notizbuch aus der Tasche, nehme einen Klebestreifen aus dem Pappfach in der Klappe und platziere das Foto genau neben dem der weihnachtlich geschmückten kleinen Straße, in der die Lichter des Saftladens, eines Tannenbaums und der Fassade vom *Instant Noodles* leuchten. Das Eichhörnchen blinzelt frech in die Kamera. Ich blättere zurück zu meiner Angstliste und werfe einen Blick auf den karierten Zettel, den ich nachträglich eingeklebt habe.

Punkt 7: Partys mit der High Society.

Lösung: ~~Unsichtbar bleiben.~~ *Allen zeigen, dass sie mich mal am Arsch lecken können.*

»Das hast du übrigens gut gemacht«, sagt Charles plötzlich.

Erschrocken schlage ich das Buch zu und werfe es in meine Tasche. Ich war so in Gedanken versunken, dass mir sein Seitenblick nicht aufgefallen ist. »Was?«

»Allen gezeigt, dass sie dich mal am Arsch lecken können.« Ein lasziver Ausdruck legt sich über seine Augen. Mit den Fingern fährt er sich über die Lippen. »Der Lapdance war sehr ...«, sein Mundwinkel zuckt, »... *ausdrucksstark*.«

Ich halte es für keine gute Idee, diese Art von Gespräch mit Charles in einem Heli weiterzuführen, tausend Meter über dem Erdboden. Irgendetwas sagt mir, dass er die Herausforderung, es mir zwischen den Wolken zu besorgen, sehr aufregend finden würde.

Ich nehme meinen Kaffeebecher aus der Halterung, trinke einen Schluck und sehe aus dem Fenster. Unter uns ragen die weißen

Türme des schweizerischen Gebirges in die Höhe, hin und wieder wird das Gestein von einem glitzernden See unterbrochen. Schweigend trinke ich meinen Kaffee, verliere mich in dem atemberaubenden Anblick des weißen Schnees, der in der angehenden Dunkelheit leuchtet wie ein frisch bezogenes Seidenbett unter dem Sternenhimmel, und frage mich, wie viele Geschichten diese gewaltigen Ebenen im Laufe der Jahrtausende schon geschluckt haben. Für sie war April nur eine von vielen, *vielen* Mysterien, dessen Geheimnishüter sie geworden sind.

Ich werfe Charles einen Seitenblick zu, betrachte sein markantes Profil, den Dreitagebart, die hohen Wangenknochen. Ich nehme seine einflussreiche Ausstrahlung in mich auf und frage mich, was vor einem Jahr zwischen ihm und April Sanders vorgefallen sein könnte. Da ist diese offensichtliche Feindseligkeit zwischen ihm und Emma. Weiß meine Freundin etwas, das sie mir verheimlicht? Das sie mir *beide* verheimlichen? Aber sie würde mich niemals mit Charles losgehen lassen, wenn sie wüsste, dass er April *wirklich* etwas angetan hätte. Oder? Nein. Nein, niemals. Emma sprach von einer Vermutung, als sie mir sagte, die Jungs könnten etwas mit Aprils Verschwinden zu tun haben. Ich denke an den Schmerz in meinem Herzen, sollte es tatsächlich so sein, und gleichzeitig an den enormen Vorteil, den es mir verschaffen würde. Den plötzlichen Sieg. Die Erfüllung meiner Aufgabe. Und in der nächsten Sekunde fühle ich mich wie das größte Dreckschwein einer internationalen Vereinigung dieser schlammbespritzten Borstenviecher.

Charles lenkt den Hubschrauber nach rechts. Er bemerkt meinen Blick, sieht mich an und lächelt. »Paola Cortessa.«

»Hm?«

»Hiermit erteile ich dir die *freundliche* Anweisung, das zu lassen.«

»Was zu lassen?«

»Mich so anzustarren.«

»Warum?«

Sein Lachen klingt leise und rau durch die Kopfhörer in meine Ohren. »Weil du mir Hoffnungen machst.«

»Hoffnungen auf was?«

Er grinst. »Schon mal vom Mile High Club gehört?«

»Charles!« Ich erröte. »Du *fliegst* dieses Ding!«

»Es gibt Sachen, die getan werden können, ohne dass ich mich bewegen muss.« Sein Lächeln wird anzüglich. »Das ist das Schöne an Anweisungen, findest du nicht?«

Mein Gesicht glüht. Wenn er wüsste, dass ich gerade daran gedacht habe, wie vorteilhaft es für mich wäre, ihn ins offene Messer laufen zu lassen, würde er das nicht mehr sagen. Er würde mich aus dem Helikopter werfen. Mit Fallschirm, natürlich, denn er ist ja besessen davon, andere zu beschützen.

Ich wende mich ab und betrachte die vorbeiziehende Landschaft. Ganz egal, wie lange ich sie mir ansehe – von diesem Anblick werde ich niemals genug bekommen.

Nach einiger Zeit kündigt Charles die Überquerung der Ländergrenze an und kurz darauf genehmigt der Tower den Flug in italienische Lüfte.

»Willkommen zu Hause«, sagt Charles.

»Das ist nicht mein Zuhause«, entgegne ich knapp. Die weißen Ebenen verschwimmen vor meiner Sicht, während ich ins Leere sehe. »Es ist nur ein Ort, an dem ich gelernt habe, auf einem seidenen Faden zu balancieren.«

»Nun«, sagt er und diesmal schwingt kein bisschen Schalk in seinem Ton mit, »ich bin mir sicher, es war nicht leicht. Aber es ist eine bemerkenswerte Fähigkeit.«

»Was?«

»Auf dem seidenen Faden zu balancieren. Das können nicht viele. Nur diejenigen, die lernen mussten, Stärke über Unbeschwertheit zu setzen.« Kurz sieht er mich an. »Hoffnung über Verzweiflung.«

Ich schweige. Wir fliegen bereits neunzig Minuten, als in der Ferne plötzlich ein goldenes Lichtermeer zu sehen ist.

Charles spricht wieder in seiner Pilotenstimme in sein Mikro.

»Venedig Turm, Buonasera, Hotel, Bravo, X-Ray, Zulu, Alpha.«

»Hotel, Bravo, X-Ray, Zulu, Alpha, Venedig Turm. Hallo.«

»Hotel, Bravo, X-Ray, Zulu, Alpha, Bell 206B mit zwei Personen an Bord, Blackwell Palace mit Flugplan aus Samedan, zurzeit etwa fünf Minuten nordwestlich von Marano, erbitte Einflug in die Kontrollzone über die Marano-Route zur Landung.«

»Hotel, Bravo, X-Ray, Zulu, Alpha, GNH 1020, fliegen Sie über Marano in die Kontrollzone ein, Piste 22 links, melden Sie den Gegenanflug.«

Charles bestätigt. Nur einen kurzen Moment später weichen die Gebirge in der Tiefe Venedigs atemberaubender Schönheit.

»Benvenuti a Venezia«, sagt Charles in einem so guten Italienisch, dass ich kaum einen Akzent heraushöre. Zwischen den leuchtenden Häusern und Straßen entdecke ich die Kanäle.

»La cittá dell'amore«, flüstere ich. »Auch wenn es eigentlich Verona ist, der Shakespeare diesen Titel verliehen hat.«

Er lächelt. »Das mag ich am meisten an dir.«

»Was?«

»Deine Belesenheit.« Er kratzt sich am Kinn. »Italo Calvino zitierte einst Marco Polo.« Wir verlieren an Höhe und der golden glitzernde Markusplatz kommt in Sicht. »Weißt du, was er sagte?«

Italo Calvino. Er ist ein bekannter Schriftsteller, dessen Bücher Teil meiner Schullektüre waren, aber es wundert mich, dass er Charles ein Begriff ist. Mein Blick gilt der Stadt der Träume tief unter uns, als ich leise zitiere: »*Vielleicht habe ich Angst, Venedig auf einen Schlag zu verlieren, wenn ich über es spreche.*«

Plötzlich spüre ich Charles' Hand auf meinem Oberschenkel. Ich sehe ihn an. Sein Blick ist nach vorn gerichtet, aber ich erkenne deutlich, wie er schluckt. »Vielleicht habe ich Angst, *dich* auf einen Schlag zu verlieren, wenn ich über *uns* spreche.«

Es ist, als würden seine Worte ein schweres Gewicht auf mich legen und meinen Körper in den Sitz drücken. Vielleicht liegt es aber auch am abrupten Höhenunterschied.

»Das ... du ...« Ich schlucke. »Sofia ...«

Warum ist sie die Einzige, die mir in diesem Moment einfällt? Sie führen eine *offene* Beziehung. Für beide scheint es kein Problem zu sein, andere kennenzulernen. Warum dann für mich?

Weil ich die Person, die mein Herz höherschlagen lässt, nicht teilen will. Weil ich ihn für mich allein will.

»Ich weiß nicht, ob das ... ob ich ...«

»Sofia und ich sind kein Paar.«

Ich schnappe nach Luft. Meine Augen weiten sich, fühlen sich in meinem Gesicht an wie riesige Tennisbälle.

Charles sieht weiterhin über das Cockpit hinweg. »Wir spielen diese Beziehung für die Öffentlichkeit, Paola.«

Ich spüre, wie mir die Kinnlade herunterfällt. Eine seltsame Kälte legt sich auf meine Haut. Der Schock elektrisiert meine Nerven. »*Was?*«

»Es ist alles fake.«

»Es ... ihr seid nicht zusammen?«

Er schüttelt den Kopf. »Nie gewesen. Kein einziger Kuss, keine Intimitäten. Nur eine perfektionierte Show erfolgreicher Eltern, um dem Image zweier Unternehmen einen gewissen Glanz zu verleihen.« Jetzt huscht doch eine Reaktion über seine Züge. Ich glaube, es ist Schmerz.

Holy Shit. Ja, und was für eine perfektionierte Show das ist! Wenn ich allein an diesen bescheuerten TikTok-Account denke, auf dem die beiden Millionen von Menschen täglich etwas vormachen. Ich wäre im Leben nicht darauf gekommen, dass nichts davon echt ist. *Im Leben nicht.*

»Dann haben wir sie also nie ... dann war das, was wir getan haben ... ich muss nicht ...«

»Es tut mir leid, dass ich es dir nicht früher sagen konnte. Wir beide mussten eine Verschwiegenheitserklärung unterzeichnen, und theoretisch könnte sie mich jetzt verklagen, aber du bist niemand, den ich anlügen will, Paola.«

Charles wirkt kein bisschen unsicher. Er führt dieses Gespräch mit dem Selbstbewusstsein eines Milliardenerben, der vermutlich von einem Privatlehrer gecoached wurde, wie er unangenehme Dinge kühn und gekonnt bespricht. Ich kann mir so gut vorstellen, wie professionelle Businessmenschen auf den kleinen Charles eingeredet haben, damit er kapiert, in der Öffentlichkeit niemals *Bullshit* oder *Arschloch* oder *die Politiker verarschen uns alle!* zu sagen. Keine Gefühle, Blackwell. Nur so überlebst du in der High Society. Aber mein Körper reagiert auf diesen Moment, der keineswegs so unspektakulär ist, wie Charles ihn werden lassen will. Das limbische System meines Hirns ist mit der Vielfalt an Emotionen überfordert. Anders kann ich mir nicht erklären, weshalb meine Nerven erst Feuer fangen, dann von Eiskübeln übergossen werden, bevor meine Glieder zittern und mich ein seltsamer Adrenalinstoß überkommt. Dem verschneiten Nebelschleier von draußen ist es gelungen, sich Zutritt zu meinem Kopf zu verschaffen, denn mir fällt kein einziges Wort ein, das ich sagen könnte.

Ich bin wie *erschlagen* von dieser Neuigkeit.

Sie sind nicht zusammen. Nicht zusammen, nicht zusammen, nicht zusammen. Aber sie tun so, als ob.

Was bedeutet das für uns?

MY BROTHER KILLED HIS GIRLFRIEND

Paola

Wir landen am Lido Di Venezia, der kilometerweiten Lagune Venedigs, und werden von einem Glatzkopf neben einer schwarzen Gondel in Empfang genommen. Der Wind zerrt kräftig an mir, in der Ferne schlagen die Wellen zu. Ich recke die Nase in die Luft und atme den Geruch von Salz und Feuchtigkeit ein.

»Signore Blackwell«, begrüßt der Mann Charles, sieht dann zu mir und fügt hinzu: »Signora Cortessa.«

Verwirrt blinzle ich. Charles entgeht das nicht. Bestärkend legt er seine Hand um meine Hüfte. »Wenn ich auf ein Date gehe, sollen die Leute wissen, wer die Frau an meiner Seite ist.«

Bei seinen Worten macht mein Herz einen verräterischen Hüpfer. »Aber Sofia … die Leute werden *reden*, Charles. Es …«

»Darüber will ich jetzt nicht nachdenken.« Charles gibt unserem Fahrer seine Reisetasche. Dieser verstaut sie in der Gondel. Charles steigt hinter ihm in das Boot und reicht mir eine Hand, um mir hineinzuhelfen. Die Berührung durchfährt mich wie ein Blitz, der das Wasser trifft. *Am ganzen Körper*. Fest drücke ich seine Finger, denn das Holzding schwankt unter meinen Füßen.

»Nervös?« Charles' Lippen zucken. Kurz streicht sein Daumen über meinen Knöchel. »Keine Sorge. Dir passiert nichts.«

»Hast du dir mal die Wellen dahinten angesehen?«

»Ja.« Dann, nach ein paar Sekunden, wiederholt er: »Dir passiert nichts.«

»Woher willst du das wissen?«

»Du bist mit mir zusammen«, entgegnet er schlicht.

Dunkelheit breitet ihren Mantel über uns, die Schwärze des Meeres ein verschluckendes Monster, aber Charles' Augen leuchten wie Smaragde. Etwas in ihnen, an der Art, wie er mich ansieht, beruhigt mich. Und als würde er genau das wissen, erscheint ein leichtes Lächeln auf seinen Lippen.

Wir setzen uns. Charles zieht mich an sich, bis mein Rücken seine Brust berührt. Das Paddel des Gondelführers durchbricht die Meeresoberfläche, und das Boot setzt sich in Bewegung.

»Ich werde das klären«, murmelt Charles an meinem Ohr, als wir das Ende der Lagune fast erreicht haben. In der Ferne leuchten die Lichter vom Markusplatz, erhellen den Dunst feiner weißer Wolken, die sich am Himmel bewegen. »Die Sache mit Sofia. Versprochen. Aber für heute denkst du nicht mehr daran. Verstanden, Paola?«

»Ist das eine Anweisung?«

Es vergeht ein kurzer Moment. Als er antwortet, klingt seine Stimme fest und autoritär. »Ja.«

Ich stoße den Atem aus und nicke.

Kalte Luft mischt sich mit der salzigen Brise des Meeres, bis wir die Kanäle erreichen und sich der Duft der Speisen aus umliegenden Restaurants dazugesellt. Erstaunt betrachte ich die kunstvollen Häuserfassaden, die unebenen Asphaltsteine und schwach beleuchteten Gassen. Die ganze Zeit über hält Charles mich fest an seinen Körper gedrückt, seine Hand an meiner Hüfte.

Der Gondelführer lenkt das Boot unter einer gewölbten Brücke hindurch. Ich lausche dem sanften Platschen des Paddels, jedes Mal, wenn er durch das Wasser streicht. Aus den Geschäften dringt italienische Musik, von Klassik über Pop, und plötzlich wird mir bewusst, dass das hier ein Moment meines Lebens ist, den ich nie wieder vergessen werde. Ganz egal, wie das zwischen mir und Charles ausgehen sollte. Selbst wenn er mich bis aufs Blut hasst, sollte er erfahren, was ich vorhabe … Dieser Moment lebt darüber hinaus.

Zum ersten Mal, seit wir uns in diese Gondel gesetzt haben, bewege ich mich, um meine Kamera aus der Tasche zu ziehen. Ich mache ein Foto von der nächsten Brücke vor uns, dann drehe ich die Kamera herum und schieße ein Bild von mir und Charles, ich an seine Brust gelehnt, umgeben von Wasser und Lichtern.

»Du und diese verdammte Kamera«, murmelt Charles.

Ich lege sie zurück in meine Tasche. »Was dagegen?«

»Nein.« Ich spüre, wie seine Lippen an meiner Ohrmuschel zucken. »Ich liebe sie fast so sehr wie deinen Haarreif.«

»Eine gewagte Aussage, Signore Blackwell.«

»Ich sagte *fast*, Cortessa.«

Der Gondelführer lenkt das Boot neben eine Treppe, die vom Wasser auf die Straße führt, und bindet es fest.

»Danke«, sagt Charles. Das Boot schwankt, weil er sich erhebt. Sofort spüre ich seine warmen Finger, die sich mit meinen verschränken. Charles hilft mir auf die Beine und die Treppe rauf, bevor er seine Reisetasche vom Gondelführer entgegennimmt.

Er führt mich durch einige verwinkelte, enge Backsteingassen mit Laternen an den Häusern und romantisch illustrierten Straßenschildern. Unsere Schritte hallen von den Wänden wider. Es ist kalt, aber Charles' Hand in meiner ist warm und weich. Diese absolute Stille, nur durchbrochen von unseren Stiefeln auf dem Asphalt, fühlt sich an wie ein Gedicht, dessen Worte sich auf meine Haut schleichen. Es ist nur eine schwach beleuchtete Gasse mit ein paar Pfützen, die sich unter den Regenrinnen der Häuser sammeln, nur ein sehr mächtiger Mann, der eine unscheinbare Frau unter Balkonen entlangführt, die in ihrer Historie sicher schon einige turtelnde Paare im Regen überdacht haben. Aber es ist auch ein prädestinierter Gänsehautmoment.

Vor einer altehrwürdigen Fassade mit vielen Verzierungen bleibt Charles stehen. »Da wären wir.«

Ich sehe mich um. »Wo genau?«

Seine Finger lösen sich aus meinen. Ich wünschte, er hätte sie dort behalten. Zurück bleibt ein ungewohntes Gefühl der Leere. Charles deutet auf die Rundbogentür. »In meinem Appartement.«

»Du besitzt ein Appartement?«, frage ich. »*Hier?*«

Er nickt, während er einen Schlüssel aus der Manteltasche angelt. »Zum achtzehnten Geburtstag geschenkt bekommen.«

Es gibt Menschen wie mich, die kriegen zur Volljährigkeit Socken. Andere eine Uhr. Charles bekommt eine Wohnung an den Kanälen Venedigs. Eine *Luxuswohnung*, wie ich wenige Minuten später feststelle, als er die Haustür aufschließt. Tapeten mit Barockmuster, bodentiefe Fenster in einem rustikalen Ambiente, als stammten sie aus einem anderen Jahrhundert, edle Verzierungen in einem Steinkamin, in dem bereits ein Feuer lodert (wen hat er angeheuert, um das hier vorzubereiten?), und eine Schiebetür zum Teilen von Schlaf- und Wohnzimmer, deren viktorianischer Stil Ignotus Tränen in die Augen treiben würde.

»Meine Güte«, entfährt es mir, als ich die Wohnung betrete und den Blick über das Bett schweifen lasse. Um die vier Pfosten wiegt ein weißer Himmel sich in der feinen Brise, die durch das geöffnete Fenster hereinweht. »Das sieht hier aus wie in dem Film mit Angelina Jolie und Johnny Depp.«

»Sagt mir nichts.«

Ich drehe den Kopf zu ihm. »*The Tourist*?«

»Fernsehen ist nichts für mich.« Schon wieder erscheint dieses nachsichtige Lächeln auf seinen Lippen, das er immer dann aufsetzt, wenn er Dinge sagt, die mich daran erinnern, dass unsere Welten meilenweit voneinander entfernt sind. Als wäre ihm das genauso bewusst wie mir, und als wolle er sich gleichzeitig dafür entschuldigen, dass er mich überhaupt in sein Leben gezogen hat. »Nur auf dem Sofa zu liegen und auf einen Bildschirm zu starren, ohne etwas zu tun, erscheint mir wie eine riesige Zeitverschwendung, in der wichtige Dinge getan werden könnten.«

Charles tritt in den Raum und legt seine Reisetasche neben dem grünen Samtsofa ab. Die Lehnen sind abgerundet. Es sieht aus wie eine Badewanne, der ein Stück fehlt. Ich bin mir sicher, dieses Badewannensofa vor dem filigranen Couchtisch mit Klauenfüßen hat ein Vermögen gekostet. *Alles* in Charles Blackwells Leben hat ein Vermögen kostet.

»Was für Dinge?«, frage ich.

Er dreht sich um. Ich erkenne sofort, dass meine drei Wörter eine Art Hunger in ihm entfacht haben. »Gute Dinge.« Er macht einen Schritt vor. »Böse Dinge.« Noch einen. Sein Blick klebt an mir wie der eines Löwen auf einem Lamm. »Solche Dinge, die hinter verschlossener Schlafzimmertür getrieben werden.« Er neigt den Kopf. Sein rechter Mundwinkel hebt sich. »Ich korrigiere: die hinter *meiner* Schlafzimmertür getrieben werden.«

Plötzlich ist er wieder neben mir. Er legt eine Hand auf die Haustür und drückt sie zu. Ich zucke zusammen, als das Schloss klickt. Einmal. Zweimal.

Er hat abgeschlossen!

Charles' Hand verschwindet in seiner Manteltasche. Er zieht sein iPhone heraus, tippt auf dem Bildschirm herum und hält es schließlich hoch. Ein schwarzes Display.

»Dein Handy«, sagt er und an seiner Stimme erkenne ich sofort, *sofort*, dass etwas in ihm umgeschlagen ist. Das hier ist nicht mehr Charles, der in einer Gasse Venedigs Händchen hält, sondern Signore Blackwell, der die Anweisungen gibt. »Ausschalten.«

Die Kontrolle, denke ich. Das Gefühl, die Situation zu dominieren. *Mich zu dominieren.* Es gibt ein Safeword. Mississippi. *Ich könnte abbrechen*, sage ich mir. Wenn ich wollte, könnte ich Nein sagen, und er würde mich sofort lassen.

Aber ich will nicht Nein sagen.

Als ich 3310 aus der Tasche ziehe, blitzt etwas in seinen Augen auf. Ich drücke lange auf den roten Knopf, bis das Display sich von mir verabschiedet. Anschließend gebe ich es Charles. »Hier.«

Er sieht mir in die Augen, während er das Telefon an sich nimmt und in der Schublade des Beistelltischs verstaut.

Seine Bewegungen sind langsam, wie die eines Raubtiers, das sich an seine Beute herantastet. Dann passieren viele Dinge gleichzeitig: die Schublade schlägt zu, mein Rücken wird an die Wand gepresst, und Charles' Körper bebt nur Millimeter von meinem entfernt. Er drückt meine Hände über den Kopf gegen die Wand und lehnt seine Stirn an meine. Von jetzt auf gleich *rast* mein Atem. Seine Lippen schweben dicht vor meinen.

»Heute Abend gibt es nur dich und mich«, raunt er. »Diese Zeit gehört uns. Keine Außenwelt. Nur wir beide, in dieser Wohnung über den Kanälen Venedigs.«

Das bedeutet es also, auf ein Date mit Charles Blackwell zu gehen.

»Ja«, sage ich leise, und dabei verzehre ich mich so sehr nach seinen Berührungen, seinen Lippen, seinen Fingern in mir, dass ich mich ihm entgegendrücke. »Nur wir beide.«

Charles' Lippen verziehen sich zu einem anzüglichen Grinsen. »Hast du Hunger?«

Ich nicke, drücke meinen Unterleib noch fester in seine Richtung. Aber Charles schnalzt nur tadelnd mit der Zunge und schiebt mein Becken zurück. »Na, na. Wir wollen doch nicht fordernd werden?«

Ich winde mich. »Du hast gefragt, ob ich Hunger habe.«

»Aber ich habe nicht von *dieser* Art von Hunger gesprochen.« Sein Grinsen wird hochmütig, als er zurücktritt und seine Finger mit meinen verschränkt. »Komm. Kochen wir etwas.«

Oh. Er meinte ... *oh*. Scham steigt in mir auf.

Das Grinsen auf seinem Gesicht breitet sich aus. Ich spüre, wie ich erröte. Er beißt sich auf die Unterlippe und betrachtet mich mit einem Ausdruck im Gesicht, als würde er bereuen, mich nicht hier und jetzt zu nehmen. Aber dann wendet er sich ab und geht voran.

Enttäuscht folge ich ihm durch die Wohnung mit den hohen Decken. Mein Blick fällt auf das Bücherregal an der Wand. Dicke Wälzer reihen sich aneinander, ein Einband schöner als der andere. Die meisten Titel sind auf Italienisch. Ein paar Bücher kenne ich sogar.

»Hast du die alle gelesen?«, frage ich.

Charles hält in der Tür zur Küche inne und wirft einen Blick über seine Schulter. Als er sieht, dass ich auf das Bücherregal deute, nickt er. »Ja.«

»Wie gut sprichst du Italienisch?«

»Fließend.« Er führt mich in die Küche. Eine große weiße Landhausküche füllt den Raum. »Am Lyceum wurde viel Wert auf Sprachen gelegt.«

Ich folge ihm hinter die Kochinsel. »Wie viele Sprachen sprichst du?«

»Fünf.« Charles öffnet den Kühlschrank und holt einige Lebensmittel heraus, bei denen ich mich unwillkürlich frage, wer sie im Vorfeld hergebracht haben mag. Und, wenn ich an das Feuer im Kamin denke, wie detailliert Charles dieses Date geplant haben muss. »Deutsch, Englisch, Italienisch, Spanisch, Französisch.«

Perplex starre ich ihn an. »Alle fließend?«

»Ja.«

»Wow.«

Er nimmt ein großes Holzbrett aus einem Schrank und reicht es mir. »Meinem Vater war es wichtig, dass wir uns international verständigen können.« Charles platziert eine Schüssel, Messer und Reibe neben meinem Brett und legt dann ein paar Karotten darauf. »Wegen des Unternehmens.«

»Verstehe.« Ich deute auf die Karotten. »Soll ich die reiben?«

In seinen Augen blitzt etwas auf. Er grinst.

Ich schnappe mir das Brett und schlage ihm gegen die Schulter. »Du denkst pervers!«

»Weil du perverse Vorlagen gibst.« Sein Mundwinkel zuckt. »Aber ja, du sollst sie *reiben.*« Charles gießt Wasser in einen Topf, entzündet ein Streichholz und hält es über den Gasherd. Blaugelbe Flammen züngeln auf. Er wedelt das Streichholz durch die Luft, und es erlischt. Dann sieht er mich an. »Isst du Fleisch?«

»Nein.« Meine Antwort entlockt ihm ein so breites Lächeln, dass ich ebenfalls grinsen muss. »Was?«

»Ich wusste es einfach.«

»Warum?«

»Diese Dinger, die du häkelst.«

»Amigurumis?«

»Das sind immer Tiere.«

»Und?«

»Ich habe mir gedacht, wenn du deine Freizeit ständig damit verbringst, Tiere zu häkeln, kannst du keine Person sein, die abends in einen saftigen Schweineschenkel beißt.«

»Niemals«, entgegne ich sofort. »Norbert Nacktmull würde mich töten.« Ich mache eine kurze Pause. »Mit seinen Blicken.«

Charles lacht. »Was?«

»Seine Augen sind … O mein Gott, sind die *selbst gemacht*?«

Verwundert blickt er auf das Brett herunter, das er gerade aus einem unteren Regalbrett der Kochinsel hervorgeholt hat. Darauf liegen bestäubte Tortelloni. »Ja.«

»Aber nicht von dir, oder?«

»Signora Cortessa«, entgegnet er in einem tadelnden Ton, lehnt sich gegen die Kochinsel und gibt mit diesen mehligen Teigblümchen in den Händen ein Bild für die Götter ab. »Ich habe dir gerade gesagt, dass ich fünf Sprachen spreche, und du findest es abwegig, dass ich in der Lage bin, Tortelloni selbst zu machen?«

Ich zögere keine Sekunde. »Ja.«

»Erwischt.«

»Ha!«

Er lacht. »Sie sind von Francesco. Ihm gehört ein Sternerestaurant am Markusplatz.« Selbstzufrieden fügt er hinzu: »Mit Kürbis und Salbei. Kein Fleisch.«

Charles schaltet Musik ein – und wir kochen. Es wirkt so normal zwischen uns, als wäre das hier nichts weiter als ein Tinder-Date mit einem netten Typen, den man ausnahmsweise nach rechts wischt, weil er nicht wie alle anderen seinen halb nackten Body in die Kamera gehalten hat, die Jogginghose natürlich tief sitzend, damit der Effekt des Calvin-Klein-Bündchens nicht an Wirkung verliert, obwohl im Hintergrund halb leere Freeway Cola auf einem Fliesentisch steht. Es wirkt *so normal*, als wären wir das. Nichts weiter als zwei Personen, die sich kennenlernen wollen, ohne Millionen von Menschen, die sich auf uns stürzen würden wie die Bullen auf Pablo Escobar, wenn sie hiervon wüssten.

Er serviert unsere Teller auf dem Rundtisch vor dem Fenster mit Blick auf die Kanäle.

»Welchen Wein würdest du empfehlen?«, fragt Charles.

Ich werfe einen Blick auf das Weinregal. Mit dem Finger fahre ich über die verschiedenen Etiketten, lese einen Titel nach dem anderen und staune bei jedem ein bisschen mehr. Allein diese Flaschen sind ein verdammtes Vermögen wert!

»Den hier.« Ich ziehe den vierzehnjährigen Petrus heraus und präsentiere ihm den Rotwein. »Ein trockener Merlot. Ich habe ihn bisher nur einmal probiert, auf dem Weingut, das ist ewig her. Aber der Geschmack …«

»Unvergesslich, nicht wahr?« Charles' Mundwinkel hebt sich. »Ein Wein für Genießer.«

Ich räuspere mich. »Richtig.« Wir sprechen über Alkohol, aber etwas an seinem Ton ruft schon wieder eine Hitze in meinen Wangen hervor. »Mir gefällt, ähm, die sanfte Note.«

Sein Lächeln wird breiter. Er schiebt meinen Stuhl zurück und mustert mich. »Mir auch.«

Mit brennenden Wangen setze ich mich. Charles entkorkt den Wein und gießt ihn in unsere Gläser. Dann nimmt auch er Platz. Im Hintergrund laufen leise Pianoklänge, im Kamin knistert das Feuer und von draußen wehen entfernte Geräusche sich amüsierender Menschen durch das offene Fenster.

»Iss«, sagt Charles.

Ich reiße mich von dem atemberaubenden Anblick der leuchtenden, romantischen Straßen los und widme mich meinen Tortelloni. Ich hätte nicht gedacht, dass es möglich sein würde, ein Abendessen mit Charles Blackwell als unbeschwert zu bezeichnen. Ehrlich gesagt bin ich davon ausgegangen, dass die elektrisierende Wirkung, die er auf mich hat, die Anspannung, die in meinem Körper herrscht, wenn er mich ansieht, es mir unmöglich macht, auch nur einen Bissen herunterzubekommen. Aber so ist es nicht. Im Gegenteil. Ich fühle mich *wohl* mit ihm.

Wir unterhalten uns über seine Schulausbildung, darüber, wie es für ihn war, im Hotel aufzuwachsen, und ich erzähle von meiner habbo.com-süchtigen Mutter. Nur von ihr. Nicht von Gabriel, nicht von Matteo. *Gib ihm ein bisschen, damit er dir vertraut, aber nicht so viel, dass er dich in den Abgrund stürzen könnte.*

Wir sind gerade fertig mit dem Essen, und ich spüre den ersten Anflug eines nebligen Schleiers vom Wein, fühle, wie der Alkohol meine Nerven berauscht, als sich Charles' nächste Worte wie ein glühender Pfeil in meine Brust bohren.

Aus dem Nichts sagt er: »Ich denke, mein Bruder hat April Sanders getötet.«

I HAVE FALLEN MADLY IN LOVE WITH WHAT CAN NEVER BE

Paola

»*Was?*« Nur vage registriere ich, wie ich die Finger in meine Oberschenkel kralle. »Bitte sag mir, dass das ein verdammter Scherz war.«

Charles schweigt. Er starrt die Tischplatte an, als hätte sie sein Leben zerstört.

»Charles ...« Meine Finger beben. »Warum denkst du, dass Edward ...«

Weiter komme ich nicht. Abrupt schiebt er den Stuhl zurück. Die Holzbeine kratzen über das Parkett. Charles springt auf und fegt die Flasche Petrus zu Boden. Erstarrt beobachte ich, wie der Wein zum Sofa rollt.

»Charles«, wiederhole ich. »Was ...«

»Vergiss, was ich gesagt habe.« Er wirbelt zu mir herum. In seinem Gesicht dominiert eine eiskalte Härte. Sein Finger bebt, als er damit auf mich zeigt. »Du hast das nie gehört, verstanden?«

»Aber ich *habe* es gehört!« Ich springe auf. »Das hier ist doch kein Seitensprung einer Freundin, den ich nicht wissen sollte, oder irgendein Betriebsgeheimnis, verdammte Scheiße! Es geht um ...«

»Halt den Mund!« Mit der flachen Hand schlägt er gegen die Wand. Bei jedem Wort, das er daraufhin ausstößt, wiederholt er es. »Halt. Den. Mund!«

Schockiert starre ich ihn an. Es ist das erste Mal, dass er auf diese Weise mit mir spricht. Auf diese panische, wütende, *unbeherrschte* Art.

Charles ist völlig außer sich. Als er sieht, wie mir die Gesichtszüge entgleisen, rutscht die Hand von der Wand. Er legt den Kopf in den Nacken und schließt die Augen. »Fuck«, murmelt er, wischt sich über das Gesicht, fährt sich durch die Haare. Ich erkenne die roten Striemen der Fingernägel auf seiner Stirn. »Es tut mir leid.« Er atmet tief durch, ehe er mich mit Schmerz in den verzerrten Zügen ansieht. »Scheiße, tut mir leid, das ... hätte ich nicht sagen sollen.«

»Nein, hättest du nicht.« Mein Blick wandert ziellos im Raum umher, während ich mir größte Mühe gebe, mich zu sammeln. *Was passiert hier gerade? Wo war der Übergang von Tortelloni mit Pianoklängen zu diesem zornigen Inferno?* Ich schlucke, bevor ich ihn wieder ansehe. »Du hast mir gerade gesagt, du glaubst, dein Bruder wäre ein Mörder, und jetzt willst du, dass ich es *vergesse?*«

Er sieht mir fest in die Augen. »Ja.«

Ich glaub's nicht!

»Charles!« Ungläubig werfe ich die Hände in die Luft, nur um sie mir dann gegen die Schläfen zu drücken und fassungslos ins Leere zu starren. »Das ist ... Du kannst nicht ...«

»Du kannst gehen, wenn du willst.« Seine Worte bewirken, dass sich die Sicht vor meinen Augen wieder klärt. Charles ballt seine Hände in stetem Rhythmus zu Fäusten. Er schiebt den Kiefer vor. Der Ausdruck dieser scharfen Linien hat etwas Aggressives an sich, etwas *abgefuckt Wütendes*, aber ich erkenne die Verletzlichkeit dahinter. Den Wunsch, sich hinter einer festen Mauer zu verstecken. »Du musst nicht bleiben. Ich rufe Vada an, damit sie dir den Privatjet fertig macht.«

»Vada?« Verwirrt blinzle ich. »Wer zur Hölle ist denn jetzt Vada?«

»Meine Assistentin.«

»Ich will keinen Privatjet.«

Er öffnet bereits die Schublade der Kommode. »Ich weiß deine Sorge der Umwelt zuliebe zu schätzen, Paola, und normalerweise würde ich dir zustimmen, aber aufgrund deiner aktuellen Präsenz in der Presse wäre es unklug, dich in ein Passagierflugzeug zu setzen, selbst wenn ich dich erste Klasse fliegen lasse. Das ...«

»Charles ...«

»... würde die Gemüter nur weiter anheizen, dich einer akuten Gefahr aussetzen, und ich glaube, zum jetzigen Augenblick ...«

»Charles!« Endlich sieht er mich an. Das iPhone liegt bereits in seiner Hand. Ich durchquere den Raum, nehme ihm das Handy aus den Fingern und werfe es zurück in die Schublade. »Ich gehe nirgendwo hin, okay?«

Erst erkenne ich Wut, dann Unglaube, dann Resignation über sein Gesicht wandern. Schließlich stößt er die Luft aus. »Es tut mir so leid.«

Die plötzliche Verletzlichkeit in seiner Miene kommt unerwartet. Sie bewirkt, dass sich mir ein eiserner Dolch in den Magen bohrt und infiziert, was immer von meinem blackwellimmunen Herz noch übrig ist. Die ganze Zeit über dachte ich, es wäre Charles kühler, herablassender Ausdruck, der seine Attraktivität untermauert. Jetzt erst wird mir bewusst, dass das, was sich hinter seiner Maske verbirgt, dieser tiefe, *zerfressene* Schmerz, ihn noch viel schöner werden lässt.

»Was tut dir leid?«

»Dass ich dich hergeholt habe.« Seine Worte sind der glühende Kerzendocht an meinen Nervenenden. »Dass ich gedacht habe, wir wären zu so etwas imstande.«

»Wir wären zu *was* imstande?«

Mein Herz beginnt heftig zu hämmern. Es ist wie damals in der neunten, als ich verknallt war in Filippo, dem steinreichen, mächtigen Mafiasohn aus San Luca. Erster Nachfolger von Mario, dem Clownboy. Er ging in meine Klasse, jedes Mädchen vergötterte ihn, und er hatte das mit dem Kippeln und sarkastische Antworten in den Raum rufen so richtig drauf. Ein paar Wochen haben wir uns abends heimlich getroffen, sind durch die sonnenwarmen Straßen San Lucas getigert, umgeben von diesem romantischen, unwirklichen Schlaflos-in-Seattle-Feeling. Das zwischen uns durfte niemand wissen, aber leider hat Filippo, diese dreckige Kröte, versäumt, mir die wichtige Info mitzuteilen. Als ich also eines Tages nichtsahnend und verliebt bis in die Stirn auf dem Schulflur zu ihm und seinen Jungs gegangen bin und mitgelacht habe über irgendeinen Witz, den ich nicht verstanden habe, wusste ich es. Ich *wusste*, dass ich ein Geheimnis war, weil seine Kumpels mich angeglotzt haben wie ein Monster, das aus der Ecke gekrochen ist. Filippo hat nur eine komische Fratze gezogen, wie ein Hengst, dem ein Stück Heu zwischen den Zähnen klemmt, und ist abgezischt. In diesem Moment hat mein Herz so gewummert, dass ich dachte, ich werde ohnmächtig.

Ich dachte, das muss die Höchstform meines Pulses sein, voll auf Adrenalin und »Glückwunsch-Sie-wurden-verarscht«-Erkenntnis.

Aber nein, ich lag falsch. Das hier ist schlimmer. *Charles* ist schlimmer. Zu wissen, dass jemand, den ich niemals auf diese Art wollen sollte, den ich hinters Licht führen und den Abgrund hinabstürzen sollte, dabei ist, mich von sich zu stoßen, ist pures Nachtschattengift in intravenöser Form. Es fühlt sich an wie eiserne Klauen, die sich an mich heranschleichen, weil sie mein Herz fressen wollen.

Mein armes, ehemals reines, jetzt blackwellinfiziertes Herz.

Charles lächelt, aber es wirkt alles andere als freudig. »Zu *allem*, Paola. Diesem Date, unsere Hoffnung, mehr zu sein. Gefühle.« Da sind sie, die Nachtschatten, mit denen er um sich wirft. »Mein Leben ist eine vorbestimmte Linie, die ich nicht verlassen darf.«

»Und ich gehöre nicht auf diese Linie?«

»Das habe ich nicht gesagt.«

»Aber gemeint.«

»Nein.« Kurz schließt er die Augen. Ich erkenne tiefviolette Adern unter der feinen Haut über dem Wimpernkranz, bevor er sie wieder öffnet. Narben schlafloser Nächte, vermutlich voll mit Gedanken, die ich gern an mich reißen würde. Ich will diesen mächtigen Mann beschützen, obwohl er jeden Schutz der Welt bekommen könnte. Ich will *eine Mauer beschützen*, dazu geschaffen, Kriege abzuwehren. Ich will das, weil ich glaube, dass ihr Inneres dabei ist, zu verfallen. Charles' Iriden verdunkeln sich, aus hellen Smaragden wird ein nachtschwarzes Grün. »Ich könnte *nicht verantworten*, dich auf diese Linie zu ziehen.«

Erst spüre ich Zuneigung. »Charles, das …«

Ich unterbreche mich, weil die Zuneigung in mir von einem plötzlichen Zorn ersetzt wird, weil mir klar wird … *Er manipuliert mich!* Charles nutzt Emotionen, um mich aus der Bahn zu werfen. Damit ich vergesse, was er über Edward gesagt hat, benutzt er das, was auch immer zwischen uns ist, weil er weiß, dass er mich damit hat. In einem Businessgespräch mag er damit durchkommen, aber nicht mit mir.

Wütend knalle ich die Schublade zu. »Niemand zieht mich auf irgendeine beschissene Linie.« Ich mache einen Schritt vor. Charles weicht nicht zurück, aber zufrieden erkenne ich, wie Überraschung seine markanten Züge übertüncht. »Ich lasse mich nicht *ziehen*, hörst du, Blackwell? Ich gehe, wohin ich gehen *will.* Wenn du nicht über Edward sprechen willst, dann sag das. Kein Problem. Aber hör auf, mich von dir stoßen zu wollen, nur weil du Angst hast.«

Die Art, wie er den Kopf neigt, hat etwas Bedrohliches an sich. »Was hast du gerade gesagt?«

»Du hast Angst«, wiederhole ich.

Er schnaubt. »Ich habe niemals Angst.«

»Lügner.« Ich sehe ihm fest in die Augen. »Du hast Schiss, dass die Leute checken, was an den Gerüchten zwischen uns dran ist.«

»Das ist mir scheißegal.« Der Kronleuchter hüllt eine Hälfte seines Gesichts in Schatten, die andere schimmert golden. Er sieht aus wie ein gebrochener Prinz. »Kapierst du nicht, Paola?« Charles legt die Hände an meine Wangen. Die Berührung ist grob. Besitzergreifend. *Einnehmend.* »Ich will dich beschützen!«

»Vor der Presse?«

»Die Presse«, schnaubt er. Etwas Düsteres glimmt in seinen Augen auf. »Das sind die Harmlosesten in diesem kaputten Spiel.«

»Welches Spiel?«

»Unser Leben!« Charles' Blick hält meinen so fest wie das Magnetfeld des Mondes die Erde. »Das Leben der Blackwell-Brüder ist nicht normal, Paola. Edward und ich sind nicht *normal.*« Die Hände an meinen Wangen wandern tiefer. Mit dem Daumen streicht er über meine Lippen. »Verrate mir«, haucht er, »ist es normal, dass ich dir sage, mein Bruder könnte ein Mörder sein, während ich mir im selben Atemzug vorstelle, wie ich dich von hinten nehme?« Sein heißer Atem streift meinen Hals. Mein Ohr, ehe er raunt: »Ist es normal, dass ich dir sage, du musst aus meinem Leben verschwinden, aber daran denke, wie mein Mund deine pulsierende Nässe küsst, während du meinen Namen schreist?«

»Vielleicht … vielleicht nicht.« Meine Atmung geht stockend und schwer. »Aber ich stehe nicht auf normal, Blackwell.«

An meinem Ohr verziehen sich seine Lippen zu einem Grinsen. Die Atmosphäre schlägt um. Von jetzt auf gleich. »Signore Blackwell«, korrigiert er und macht einen Schritt zurück. Ich erkenne die

Hitze in seinem Blick, das Verlangen in der schnell pochenden Ader an seinem Hals. »Zieh dich aus.«

Perplex sehe ich ihn an. »Ist es das, was du brauchst?«, frage ich. »Wenn das, was auch immer hinter deiner Fassade lauert, nicht mehr imstande ist, die Emotionen zu bewältigen?«

Er verengt die Augen. »Hinter meiner Fassade lauert gar nichts.«

»Bullshit!« Seine Braue wandert in die Höhe, aber ich lasse mich nicht beirren. »Du kompensierst deine Gedanken mit Sex, um zu vergessen.«

Plötzlich umfassen seine Finger meinen Arm. Er zieht mich an sich. Es geht so schnell, dass ich kaum folgen kann. In der einen Sekunde fühle ich mich ihm überlegen, in der anderen berühren sich unsere Nasenspitzen, und ich weiß, ich habe verloren. Er ist ein Wolkenkratzer, ich bin die Ameise. »Was willst du von mir hören?« Sein Atem zittert, als er über meine Lippen streicht. »Dass ich ein gebrochener Dreckskerl bin, der Frauen leckt, bis sie schreiend einen Orgasmus bekommen, weil ich in diesen Momenten glaube, nur ein lächerlich winziges bisschen *nicht* so kaputt zu sein, wie ich mich fühle?«

»Wenn es die Wahrheit ist«, flüstere ich, »dann will ich genau das hören.«

Charles atmet schnell, und er atmet heftig. »Ein Teil.«

»Ein Teil?«

Für den wahnwitzigen Moment einer Millisekunde streift seine Unterlippe meine. »Ein Teil der Wahrheit.«

»Und der andere?«

Er lacht. Freudlos und kurz. »Der ist so dunkel, dass die Hölle dich verschlingen würde, wenn ich es dir erzähle.«

Zwischen uns steht die Zeit still. Mein Herz klopft, sein Herz klopft, und da wird mir bewusst, dass wir gleich sind. Egal, was für ein beschissenes Schichtsystem uns trennt, am Ende sind wir bloß zwei Menschen mit wild klopfenden Herzen, wenn sie sich ansehen. Charles hat Geheimnisse vor mir. Aber die habe ich auch. Im Grunde sind wir uns also sehr ähnlich. Zwei kaputte, hinterlistige Seelen, die nicht geplant haben, sich zu verlieben.

Meine Hände umfassen meinen Blazer. Ich streife ihn mir von den Schultern. Er landet auf dem Boden, ehe ich mich meinem Pullover zuwende. Dann meiner Strumpfhose. Ich trage keine sexy Spitzen-Unterwäsche, weil ich keine besitze. In billigem Baumwoll-BH stehe ich vor ihm. In der Mitte war mal ein Schleifchen, jetzt sind da nur noch Fransen. Die Unterhose passt nicht. Sie ist blau, mit einem abgeblätterten Farbdruck, einst eine Blumenranke, jetzt nicht mehr zu erkennen. Meine Freundinnen haben mich zurechtgemacht, aber hinter der Fassade bin ich völlig ungeschminkt.

Aber Charles starrt mich mit diesem Hunger in den Augen nieder, als würde ich Victoria's Secret tragen. »Paola«, flüstert er, seine Stimme beinahe ehrfürchtig.

Ich ziehe beides aus, bis ich nackt vor ihm stehe. »Was soll ich jetzt tun, Signore Blackwell?«

»Ich …«

»Sag mir, was ich tun soll.«

Er schluckt hart. Die Beule in seiner Jeans ist unübersehbar. »Knie dich vor mich und sieh nicht auf, bis ich es dir sage.«

Ich gehe auf die Knie, senke den Blick auf den Boden und lausche seinen schnellen, unregelmäßigen Atemzügen. Den Schritten, als er sich entfernt. Als er wiederkommt, juckt es mir in den Fingern, zu ihm zu sehen. Doch ich tue es nicht. Charles tritt hinter mich. Seine warmen Finger streichen in einer betörenden Sanftheit von meinen Schultern hinunter zu meinen Handgelenken. Ich spüre, wie mich eine Gänsehaut überzieht. Plötzlich werden seine Finger ersetzt von kühlem Leder. *Handschellen*, denke ich, als die Schnallen einrasten. Charles tritt um mich herum. Ich versuche, meine Hände auseinanderzudrücken. Erfolglos.

»Sieh mich an«, sagt Charles. Unter gesenkten Lidern hebe ich den Blick. Charles hat den Kopf geneigt und betrachtet mich unter dem Schleier der Lust, der sich in seinen Augen spiegelt. Er zieht sich den Pullover über den Kopf. In der nächsten Sekunde habe ich einen sonnengebräunten, trainierten, tätowierten Oberkörper vor mir. Oder den verruchten Teil des Himmels. Eins von beidem. »Steh auf.«

Unbeholfen komme ich auf die Beine. Charles führt mich zum Sofa. Mit einem Ruck bringt er mich auf die Knie. Er legt seine Hand an meinen Hinterkopf und drückt ihn vor, bis meine Wange auf dem Polster bettet. Doggy, nur ohne Hände. *Was hat er vor?* Die

Anspannung kribbelt bis in meine Fingerspitzen. Zwischen meinen Beinen reagieren die Nervenenden pulsierend. Charles streicht mit einer Hand meinen Innenschenkel hinauf, spreizt meine Beine. Mit einem Finger fährt er über meinen Spalt. Ich keuche, als er die Nässe auf meiner Klit verteilt. Dann hält er inne. Mir entfährt ein enttäuschtes Wimmern. Ich höre Charles' Gürtelschnalle. Dann, wie er seine Jeans beiseite wirft. Einen Moment später spüre ich seinen erhitzten Torso an meinem Rücken, seine dicke Beule unter der Boxershorts an meiner Scham.

»Das hier wird anders«, raunt er an meinem Ohr. Seine Finger verschwinden unter meinen Haaren, kratzen über die Kopfhaut. Es ist ein bittersüßer Schmerz, bei dem ich die Hüften hebe und mich fester gegen ihn drücke. »Es wird hart, aber es wird gut, Cortessa.« Seine Lippen legen sich auf meinen Hals. Er küsst eine warme Spur bis zu der empfindlichen Stelle unter meinem Ohr. Im selben Moment findet Charles mit seiner anderen Hand, die nicht in meinem Haar vergraben ist, meine Öffnung. *Aber es sind nicht nur seine Finger*, denke ich. Da ist etwas Rundes, Kühles. Ich reiße die Augen auf, als ich spüre, wie er eine Kugel in mich hineingleiten lässt. Noch eine. Und noch eine. Wie eine Kette an kleinen Golfbällen erfüllen sie mich, bis sie an meinen G-Punkt stoßen. Charles bewegt die Kugeln vor und zurück. Keuchend konzentriere ich mich auf das Gefühl in mir, auf die penetrierten Nerven, die ungehemmte Lust, die dabei in mir aufwallt.

Sanft beißt er mich. Im selben Moment bewegt er die Liebeskugeln in mir schneller, und die Lust, die dabei durch meinen Körper wallt, übertüncht den Schmerz. Charles küsst die pochende Stelle an meinem Hals, immer wieder, während er die Kugeln an meiner Nässe entlanggleiten lässt.

Das Verlangen in mir braut sich zusammen. Ich will die Schenkel zusammenpressen, aber Charles hindert mich daran.

»Charles«, hauche ich, vor meinen Lidern ein verschleierter Nebel der Lust. Ich lasse mich fallen, genieße die penetrierenden Bewegungen der Kugeln. Seine Lippen wandern bis zu meiner Schulter, verteilen eine Spur betörender Küsse auf meinem Körper. Und dann beißt er mich wieder. Fester. Ich beuge den Rücken durch, presse die Stirn auf das Sofa und stöhne, als er die Kugeln wieder und wieder in mich stößt. Der Schmerz in meiner Schulter vermischt sich mit der Lawine der Erregung, die über mich hereinbricht. Charles löst seine Hand aus meinen Haaren, legt einen Finger auf meine Klit und reibt sie. Ich stöhne laut, nicht in der Lage, die vielen Gefühle und Penetrationen in Einklang zu bringen. Der pochende, bittersüße Schmerz, die Lust, Erregung, das immense Verlangen nach mehr. *Nach seinem Schwanz.* Aber der Gedanke verschwimmt, als Charles die Kugeln erneut in mich gleiten lässt, tiefer diesmal, viel tiefer, und die große Perle den pulsierenden Punkt in mir erreicht, während sein Finger meine Klit verwöhnt und seine Zähne wie eine Drohung meinen Hals entlangfahren. Die Anspannung, wann es wieder passieren wird, wann der Schmerz erneut durch meine Nerven schießt, treibt die Erregung in unbekannte Sphären. Aber ich *erwarte* es. Ich *will* es. Und als es so weit ist, als Charles mich beißt wie ein Löwe seine Beute, die Kugel meinen G-Punkt trifft und sein Finger immer wieder gegen meinen verborgenen Punkt schnippt, brandet die Lust über. Ich komme schnell, heftig und laut. Ich komme mit Charles' Namen auf den Lippen. Und ich weiß, noch während ich keuche und im Nebel wabere, dass in mir etwas nach *mehr* schreit. Dass das hier noch nicht vorbei sein soll. Und das ist es nicht, natürlich nicht, denn der Mann, mit dem ich hier bin, ist kein gewöhnliches Tinder Date.

In einer abrupten Bewegung legt Charles seine Hand um meine Mitte und wirbelt mich herum. Er wirft die Liebeskugeln beiseite. Sie landen hart auf dem Parkett. Der Ausdruck, mit dem Charles mich mustert, ist wild und lustvoll. Da ist ein Feuer in seinen Augen, das mich verschlingen könnte, wenn er wollte. Da bin ich sicher. Ganz langsam entledigt er sich seiner Boxershorts. Meine Augen weiten sich, als ich sehe, wie hart und prall er ist. Seine Eichel glitzert nass. Charles legt seine Hand um den Schaft und beginnt unter flatternden Lidern, sich zu reiben. Dabei beugt er sich zu mir herunter und küsst meine noch pulsierende Klit. Ich stöhne schon wieder, als die Lust erneut durch meine Nerven zieht wie elektrisierte Energien.

Aber gerade, als der Druck zunimmt, zieht Charles den Kopf zurück. Ich winde mich unter der fehlenden Berührung. »Bitte«, flehe ich. »Mehr.«

Aber Charles sieht mich nur an und befriedigt sich selbst. Verlangend hebe ich das Becken in seine Richtung. Für den Bruchteil einer Sekunde hebt sich sein Mundwinkel, dann schüttelt er den Kopf. Die Erkenntnis trifft mich wie ein Schlag.

Er genießt es, mich zappeln zu lassen.

»Bitte«, wiederhole ich.

Er stöhnt. Mein Flehen turnt ihn an. Die Kontrolle, mich diesem leeren Gefühl auszusetzen, turnt ihn an. Mich nicht selbst anfassen zu können, während auch er es tut, turnt ihn an.

Gerade als ich glaube, es nicht mehr auszuhalten, senkt er den Kopf wieder. Seine Lippen umschließen meine Klit, saugen an ihr, küssen sie. Blitze brechen über mich herein. Erleichterung. Befriedigung. Ich hebe mein Becken und presse mich ihm entgegen, stöhne laut und spüre, wie sich der pulsierende Druck zwischen meinen Schenkeln zusammenzieht. Doch kurz bevor die Lust überbrandet und seinen Höhepunkt erlebt, zieht Charles sich wieder zurück. Mir entfährt ein frustrierter Laut. Charles legt den Kopf in den Nacken und gibt ein raues Stöhnen von sich. Seine Lippen glitzern feucht.

»Schlaf mit mir«, höre ich mich sagen.

Charles' Kopf sackt zurück, bis sein Blick meinen findet. Plötzlich sind seine Augen groß wie Golfbälle.

»Schlaf mit mir«, wiederhole ich, dränge mich ihm entgegen. Als Charles keine Anstalten macht, etwas zu entgegnen, mich nur weiter anstarrt und sogar seine Hand aufhört, an seinem Schaft entlangzugleiten, gehe ich auf die Knie und krabble auf seinen Schoß. Charles keucht.

»Nein.« Er schiebt mich von sich herunter, atmet heftig und schnell. Er blinzelt, als wüsste er plötzlich nicht mehr, wo er sich befindet. Und als wäre das zu viel für ihn, als müsste er diese fehlende Kontrolle sofort wieder an sich reißen, senkt er den Kopf zwischen meine Schenkel und leckt mich, wie ich noch nie zuvor geleckt worden bin. Schnell, langsam, fest, sanft. Er saugt an mir, er küsst mich, er lässt seine Zunge in mich gleiten. Dabei reibt er sich schneller und schneller.

»Charles«, murmle ich. »Bitte. Ich will … ich will dich in mir spüren. Ich …«

Aber sein Stöhnen übertönt meine Stimme. Das schmatzende Geräusch, wenn er meine Feuchtigkeit küsst oder mit seiner Zunge über meinen Spalt gleitet, benebelt meine Sinne. Doch dann tut er es wieder. Er zieht sich zurück, kurz bevor ich den Höhepunkt erreiche.

Ich fluche. Charles geilt sich an meiner unerfüllten Lust auf, er stöhnt laut, und dann spüre ich seine warme Ladung auf meinem Bauch. Dreimal atmet er tief und keuchend aus. Dann will er seinen Kopf wieder zwischen meine Beine senken, aber das Wort, das leise und zittrig über meine Lippen rollt, lässt ihn auf Höhe meiner Knie innehalten.

»Miss…Mississippi.«

THERE IS ALWAYS A REASON WHY A BOY BECAME BAD

Paola

Charles zuckt so schnell zurück, als hätte ich ihm gegen die Brust geschlagen. Mit geweiteten Augen sieht er mich an. »Paola«, murmelt er.

»Die Handschellen«, entgegne ich. »Mach sie auf.«

Er reagiert sofort, fischt einen kleinen Schlüssel aus der Tasche seiner Jeans und befreit mich aus den Lederdingern. Ich rutsche von ihm weg.

»Es tut mir leid«, sagt er in diesem rauen, leisen Ton, der mir normalerweise den Verstand raubt. »Ich wollte es jetzt beenden. Wirklich. Ich …«

»Darum geht es nicht.« Fragend sieht er mich an. Flüsternd füge ich hinzu: »Warum willst du nicht mit mir schlafen?« Dabei klinge ich so verzweifelt, dass ich mich bis in die Zehen schäme. Ich ziehe schützend die Arme an den Oberkörper. »Ist es, weil du gar nicht willst, dass wir mehr sind?«

Er schweigt.

Meine Stimme wird lauter. »Bin ich nur dafür gut, kontrolliert zu werden, aber nicht dafür, eine tiefere Verbindung einzugehen?«

»Paola …«

»Sag's einfach«, spucke ich aus. »Ist das der andere Teil der Wahrheit? Ist das der Grund, warum ihr Blackwell-Brüder diesen Ruf habt? Weil ihr Frauen *benutzt*?«

Wieder schweigt er.

»Warum bist du hier mit mir, Charles?« Ich stoße die Luft aus, wobei mir ein verzweifelter Laut entfährt, den ich eigentlich versucht habe, zu unterdrücken. »Warum dieses Date, wenn das zwischen uns nichts Besonderes ist?«

Es kommt immer noch keine Antwort. Charles erhebt sich, zieht seine Boxershorts über und tigert im Raum auf und ab. Seine Hände vergraben sich in seinem Haar. Starr blickt er gen Decke.

Abwartend sehe ich ihn an.

»Ich bin mit dir hier, weil ich mit dir hier sein will«, sagt er irgendwann. Vor dem Feuer bleibt er stehen, sieht in die Flammen. Der Feuerschein züngelt an den scharfen Kanten seines Gesichts entlang und verleiht ihm einen Ausdruck von erschreckender Schönheit. Wie der Brand eines Waldes. Ehrfurchtgebietend, erschlagend, *dunkel*, die Flammen ein wildes Inferno an Ästhetik. »Aber ich werde nicht mit dir schlafen.« Langsam dreht er sich zu mir um. Die tätowierten Linien auf seinem Körper werden abwechselnd in Schatten und Licht gehüllt. »Nicht heute. Nicht morgen.« Er macht eine kurze Pause. Sieht mich an. »Nie.«

Ich sitze nur da, die Arme um den Körper geschlungen, und sehe zu ihm auf, in der verzweifelten Hoffnung auf eine Antwort, die mich nicht zu Boden schlagen wird. »Warum?«

Charles verzieht das Gesicht, als würde ihm dieses Gespräche körperliche Schmerzen bereiten. »Ich kann nicht.« Er rauft sich die Haare. »Ich will, Paola, bei Gott, ich will, aber ich *kann* nicht. Ich …«

Und dann explodiert eine Bombe, von der ich nicht wusste, dass ich sie entzündet habe. Charles *explodiert.* Mit nur einer Handbewegung fegt er all die teuren Marmorvasen vom Kaminsims. Splitternd gehen sie zu Bruch. Ich zucke zusammen, aber es ist noch nicht vorbei. Charles tritt nach der antiksilbernen Etagere, auf der sich Obst jeder erdenklichen Sorte auf fünf Ebenen stapelt. Äpfel rollen über das Parkett, eine Kiwi stoppt an meinem Fuß.

»Charles«, höre ich mich flüstern, obwohl ich im selben Atemzug schon weiß, dass ich ihn nicht erreiche. Seine von blindem Zorn erfassten Schritte führen ihn zum Bücherregal. Er zerrt einen Band nach dem nächsten heraus, wirft die Romane auf den Boden, das Sofa, den Couchtisch. Blätter reißen, Einbände gehen kaputt. Wie gelähmt stehe ich da und kann nur zusehen, wie meine Worte etwas in Charles angerichtet haben, von dem ich nicht wusste, dass er es mit einer solchen Mühe unter Schach hält, damit es nicht ausbricht. So wie jetzt. Er wirft einen Stuhl beiseite, ehe seine Faust auf die

Wand trifft. Immer wieder hämmert er dagegen. Ein Ölgemälde geht zu Boden. Ich bin mir sicher, es hat ein verdammtes Vermögen gekostet, aber Charles tritt es nur achtlos von sich und reißt ein Loch in die Leinwand. Dabei hämmert er weiter und weiter, die Augen zusammengekniffen, die Lippen zu einer herzzerreißenden, verzweifelten Linie verzogen.

Irgendwann lehnt er seine Stirn an die Wand. Unter seinem dichten Wimpernkranz rollt eine Träne seine Wange herunter. Dieser Anblick trifft mich tief. Dieser mächtige, einflussreiche Mann *weint*, weil ich Dämonen in ihm geweckt habe, von denen ich nicht wusste, dass er sie zum Schlafen zwingt.

»Ich kann nicht«, flüstert er.

Schockiert sehe ich ihn an, versuche, zu ergründen, was in ihm vorgeht. Irgendwann komme ich zu mir, stehe auf und tapse zu ihm. Vorsichtig lege ich die Arme um seinen Rücken, bette meine Wange an sein Schulterblatt. »Möchtest du darüber reden?«

Er zittert. Sein ganzer Körper *bebt*. Er schüttelt den Kopf.

»Okay«, flüstere ich. »Ist okay, Charles.«

Lange stehen wir so da, während er weint und ich ihn halte, bis seine Atmung ruhiger wird. Aber sein Körper zittert immer noch. Ich verschwinde ins Bad, lasse Wasser in die große Kaiserwanne ein, gebe etwas von dem Schaumbad hinzu und kehre dann zu ihm zurück.

Charles steht nicht mehr an der Wand. Dafür aber verloren in der Mitte des Raumes und starrt einfach ins Leere. Ich gehe zu ihm und nehme seine Hand. Erst da sieht er mich an. Ich schenke ihm ein zaghaftes Lächeln und führe ihn mit mir. Im Badezimmer lasse ich ihn los und steige wortlos in die Wanne. Und Charles folgt mir. Behutsam setzt er sich hinter mich. Er legt seine Arme um meinen Körper, und ich lehne mich zurück, genieße das Gefühl, ihm so nah sein zu dürfen. Seinen Herzschlag an meinem Körper spüren zu dürfen. Ich zähle unsere Atemzüge nicht, aber es sind einige, in denen wir schweigen. Irgendwann fängt Charles an, Wasser in seine Handmulden zu füllen und mir über das Haar laufen zu lassen. Ich gebe ein wohliges Seufzen von mir.

Und dann, aus dem Nichts, sagt er: »Meine Mutter war Prostituierte.«

Ich erstarre unter seiner Berührung, aber er spricht einfach weiter, als würde er ein Pflaster abreißen wollen, das ihn schon viel zu lange stört. »Sie war beliebt und schön. Hatte viele Freier. Wir haben in einer heruntergekommenen Wohnung direkt an der Kurfürstenstraße gewohnt, zusammen mit ihrer Freundin vom Straßenstrich.«

Ich lausche den Tropfen, die zurück ins Wasser rieseln, nachdem sie durch meine Haare geronnen sind. »Und dein ... dein Vater?«

Charles nimmt ein Stück Seife vom Wannenrand, reibt sie in einen Waschlappen und beginnt, meinen Rücken zu waschen. »Er war einer ihrer Freier.«

Ich schnappe nach Luft. »O Gott! Charles, das ...«

»Schon gut. Er war kein Arschloch. Zumindest keiner von der großen Sorte. Mein Vater war auf Geschäftsreise, wollte eine schnelle Nummer und ist wie viele andere zur Kurfürstenstraße. Natürlich haben sie verhütet, aber das Kondom ist gerissen. Meine Mutter ist schwanger geworden. Sie wusste, wer er war, weil sie ihm Geld aus dem Portemonnaie geklaut hat, als er im Bad war, um sich hinterher frisch zu machen. Das hat sie immer gemacht. Sie nannte es ihr wohlverdientes Trinkgeld. Dabei hat sie den Namen auf seinen vielen Kreditkarten und dem Ausweis gesehen und mich ironischerweise nach ihm benannt. Nach seinem zweiten Namen. Sie meinte immer zu mir, im Leben würde ein Name so viel ausmachen, und wenn ich heißen würde wie ein steinreicher Milliardär, würde ich vielleicht auch irgendwann ein steinreicher Milliardär werden und sie aus diesem Drecksloch retten.« Er lacht freudlos auf. »Als klar war, dass sie ein Kind erwartete, setzte sie ihn per E-Mail in Kenntnis.«

Mein Mund steht offen. »Wie hat er reagiert?«

»Nicht wie ein absolutes Arschloch. Zumindest hat er sie nicht ignoriert. Er wollte einen Vaterschaftstest, sobald ich da war.«

»Und der war positiv«, stelle ich fest.

Er nickt. Mit dem Waschlappen fährt er sanft über die Bissspuren an meinem Hals und meiner Schulter. Spuren, die *er* mir zugefügt hat. Das Brennen erinnert mich an das, was wir vor nicht einmal einer halben Stunde getan haben. »Er hat meiner Mutter einen monatlichen Unterhalt gezahlt. Nicht viel, und deshalb würden ihn vielleicht viele als einen Dreckskerl betiteln, immerhin ist er Milliardär, aber, ganz ehrlich ... er hatte keinerlei Bindung zu ihr. Es war ein fünfzehnminütiges Rein-raus-Tschüss. Bis ich elf war, kannte er mich nicht einmal, und wahrscheinlich hat er meine Existenz bis dahin verflucht, deshalb ... ich denke, ich kann ihn verstehen. In gewisser Weise.«

»Das ist sehr stark von dir, Charles.« Ich umschlinge die Knie und ziehe sie mir so fest wie nur möglich an die Brust, in der Hoffnung, den inneren Druck des Schmerzes, der durch seine Worte in mir ausgelöst wird, irgendwie zu kompensieren. »Diese Art, deinen Vater zu verstehen, obwohl das alles eine so tiefe, emotionale Verwüstung in dir auslösen muss.«

Charles streicht meine Haare leicht beiseite. In der nächsten Sekunde spüre ich seine vom Wasserdampf feuchtwarmen Lippen auf meinem Nacken. Eine Gänsehaut rennt über meinen Körper.

»Mein Vater hat es nicht über sich bringen können, seiner damaligen Frau, Edwards Mutter, von mir zu erzählen. Natürlich nicht. Dann hätte er ihr ja beichten müssen, was er getan hat.«

»Er hat sie dir vorgezogen«, hauche ich. »Seinem eigenen Sohn.«

Charles legt den Waschlappen beiseite und teilt meine Haare in Strähnen. »Ich verachte ihn nicht dafür. Er hatte keinerlei Bindung zu meiner Mutter und auch nicht zu mir. Für ihn war ich ein Kind, das durch einen fürchterlichen Unfall entstanden ist, der nicht hätte passieren sollen. Er kümmerte sich in der Ferne um mich, indem er meiner Mutter Geld schickte, und das wusch sein Gewissen rein.«

»Aber mit elf bist du zu ihm«, sage ich leise, ehe ich vorsichtig hinzufüge: »Warum?«

Charles flicht mein Haar zu einem Zopf. Er schweigt eine ganze Weile, und ich denke schon, er wird nicht antworten, als ...

»Meine Mutter wurde vor meinen Augen von einem ihrer Freier erstochen.«

Ich zucke zusammen. Tränen sammeln sich in meinen Augen, und ich presse mir die Hand auf den Mund. »O Gott, Charles!« Ich wirble zu ihm herum, lege meine Hände an seine Wangen und verziehe das Gesicht. »Charles!«

Er sieht mir fest in die Augen. Dabei zittert sein Kinn. Er versucht, stark zu sein, aber selbst die mächtigsten Männer verlieren gegen Dämonen. »Der Psycho war besessen von ihr. Hat sie als sein Eigentum betrachtet. An dem Abend, als es passierte, wollten wir abhauen. Meine Mutter und ich hatten alles gepackt. Kurz bevor es losging, drückte sie mir ein Portemonnaie in die Hand. ›Da ist ein bisschen Notfallgeld drin‹, meinte sie. ›Falls irgendetwas passiert und du es brauchst. Auch ein Stück Papier, und dieses Papier ist wichtig, Charles, unendlich wichtig. Es kann sein, dass der Typ nicht aufgibt und uns suchen kommt, egal, wo wir sind, und wenn etwas passiert, dann brauchst du diesen Zettel.‹« Charles schluckt. »Wir haben es nicht mal aus der Wohnung geschafft. Der Psycho hat die Tür eingetreten. Als er gesehen hat, dass sie abhauen wollte, hat er sie erstochen.« Seine Stimme klingt monoton, als müsste er sich zwingen, in einen Automatismus zu gehen, damit die Worte seine Lippen überhaupt verlassen. Das Schlimmste daran ist, dass sie von den gefliesten Wänden widerhallen, wie das grauenvolle Echo seiner Vergangenheit, die nicht bereit ist, ihn gehen zu lassen. »Noch während er auf sie zuging, wusste meine Mutter, was passieren würde. Sie hat nur zu mir gesehen, gelächelt und gesagt, wie sehr sie mich liebt. Und dann, dass ich abhauen soll. *Sofort.* Aber ich bin geblieben. Ich stand starr an Ort und Stelle und war so gelähmt, dass ich ihr nicht einmal zu Hilfe geeilt bin. Und der Killer hat mich nicht mal bemerkt, so besessen war er.« Zitternd atmet er ein. Jetzt erst fokussieren seine Augen meine. »Fünfzehn Stiche, Paola. Fünfzehn verdammte Stiche, und ich habe ihr nicht geholfen. Ich habe … ich bin abgehauen, und habe nie irgendwo ausgesagt, was ich gesehen habe, weil ich es nicht konnte, weil der Mann in meiner Erinnerung kein Gesicht hat, alles nur verschwommen, bis auf meine Mutter und das Blut.«

»Charles.« Eine Träne rollt mir über die Wange. Sanft streiche ich mit der Hand über seine Schläfe, seinen Kiefer. »Du standest unter Schock. Das ist ein körperlicher Zustand, den niemand beeinflussen könnte.«

Er schüttelt nur den Kopf. »Ich war elf. Alt genug, ein Messer aus der Küche zu holen und dem Typen in den Rücken zu rammen. Aber ich habe es nicht getan. Weil ich schwach war.« Er presst die Zähne aufeinander. Die nächsten Worte verlassen seinen Mund gepresst. »Weil ich *keine Kontrolle* über diese Situation hatte.«

Meine Hände umfassen sein Kinn fester, weil ich will, dass er versteht. »Es war *nicht* deine Schuld, Charles.«

Er schließt die Augen. Jetzt, wo er einmal angefangen hat, will er alles loswerden. Wer weiß, ob er jemals darüber gesprochen hat. »Doch. Wenn ich nicht so fahrlässig, nicht so verdammt schwach gewesen wäre, wenn ich die Kontrolle gehabt hätte, dann …«

»Stopp, Charles!« Fest drücken sich meine Finger gegen seinen Kiefer. Seine Augen sind nur einen winzigen Hauch von meinen entfernt. »So etwas darfst du nicht denken. Womöglich hätte der Typ dich genauso umgebracht, wenn du ihm in die Quere gekommen wärst. Dieser kranke Mensch war im Tötungsrausch, und du bist aller Wahrscheinlichkeit nach nur deshalb jetzt hier, weil du starr geblieben bist. Deine Mutter hätte sicher niemals gewollt, dass du die Chance auf dein Leben hergibst.« Ein glitzernder Schimmer legt sich über das Smaragdgrün, in das ich blicke. Ich schlucke. Trotzdem zupft an meinem Mundwinkel ein tapferes, zittriges Lächeln. »Doch nicht ihr *Charles*, den sie dafür auserkoren hat, die Weltherrschaft an sich zu reißen, hm?«

Langsam holt er Luft. Diese Geste wirkt so gebrochen, so verletzt und klein, dass es mir in der Seele schmerzt. »Ihr Blut war überall, und ich bin abgehauen. Zu McDonald's, weil es das einzige Geschäft war, das ich irgendwie kannte. Meine Mutter und ich waren meistens dort essen, nachdem ein Freier bei ihr war. Da habe ich mir den Zettel zum ersten Mal angesehen. Es war der Vaterschaftstest. Ich habe mir vom Notfallgeld ein Zugticket gekauft, weil ich wusste, kein Hotel der Welt wird einen elfjährigen Jungen ohne Nachfrage aufnehmen, bin nach St. Moritz gefahren und habe einem wildfremden Menschen gesagt, dass meine Mutter abgestochen worden ist und ich sein Sohn bin.«

»Wie hat er reagiert?«, flüstere ich.

»Gut. Sehr gut.« Charles stößt die Luft aus. »Mein Vater hat keine Fragen gestellt. Er hat mich aufgenommen, einen privaten Psychologen einfliegen und im Hotel wohnen lassen, bis Dr. Hoover nach drei Jahren meinte, ich wäre stabil.« Er öffnet die Augen und schenkt mir ein leichtes Lächeln, so wertvoll wie Rubine. »Jetzt kennst du meine Geschichte, Mädchen mit dem Flechtreif.«

Ich weine. Ungehemmt und heftig. Zu wissen, was er durchgemacht hat, zerreißt mich innerlich.

Charles küsst die Tränen fort. »Nicht«, flüstert er an meiner Haut. »Ich bin es nicht wert, dass man wegen mir weint, Paola.«

»Du bist alles wert«, sage ich. »Alles und noch mehr.«

Er lächelt an meiner Wange. Dann dreht er mich wieder um, damit ich mit dem Rücken an seiner Brust liege, und nimmt das Buch vom Beistelltisch, das schon dort lag, als ich das Wasser eingelassen habe. Er schlägt es auf.

»Das ist meine Lieblingsstelle«, sagt er, und zitiert dann: »Lies in meinen Augen, was ich dir nicht alles sagen kann.«

Ich lächle. »*Emilia Galotti.*«

»Was seh' ich? Ihr Werk, Conti? Oder das Werk meiner Fantasie? Emilia Galotti!«

»Wie, mein Prinz?«, führe ich das Zitat aus meiner Erinnerung weiter. »Sie kennen diesen Engel?«

»So halb.« Charles Zeigefinger fährt sanft meine Kinnlinie entlang. Er blättert ein paar Seiten um, dann liest er: »Eine Rose gebrochen, ehe der Sturm sie entblättert.«

Ich könnte Charles ewig zuhören. Wie seine Stimme, so rau und betörend, die Zeilen eines Klassikers liest, macht etwas mit mir. Es berührt mich tief im Kern meiner Seele.

Er liest noch eine ganze Weile, bis ich merke, wie meine Augen schwer werden. Dann erst steigen wir aus der Wanne. Ich schlüpfe in ein Polo von Charles und krieche unter die Bettdecke. Aber als ich sehe, dass er vorhat, sich oben ohne und nur in Jogginghose neben mich zu legen, bin ich schlagartig wieder hellwach. Mein Herz pumpt schneller. Schwerer. Ich betrachte die ernste Linie seiner Lippen, die leicht zusammengezogenen Brauen, und frage mich, ob ihm die Geister der Vergangenheit im Kopf herumspuken. Dämonen, die sich in einem Moment der bitteren Verzweiflung unter seine Haut gegraben haben und seitdem durch seine Venen kriechen, sich an seinen Fasern entlangfressen, um jede Zelle mit ihrer höllischen Dunkelheit zu verseuchen. Charles sieht so unfassbar traurig aus, dass etwas in mir mich anschreit, das zu ändern. Also schiebe ich mich auf die Knie und schnappe mir wahllos eines der vielen Federkissen. In dem Moment, in dem er die Bettdecke zur Seite schiebt, landet das Kissen in seinem Gesicht. Er fängt es auf, aber es hat ihn so überrascht, dass er es nur am Zipfel zu fassen bekommt.

»Paola Cortessa.« Entgeistert starrt er mich an. »Hast du mich gerade mit einem *Kissen* attackiert?«

Mein Mundwinkel zuckt. »Möglich.«

»Und gehe ich richtig in der Annahme, dass du dir der Konsequenzen bewusst bist?«

»Hmm.« Jetzt kichere ich. »Möglich.«

Ein ungläubiges Lachen entkommt ihm. »Du spielst mit dem Feuer, Süße.« Und dann, so plötzlich, dass es nicht einmal einen Augenaufschlag dauert, landet das Kissen zurück in meinem Gesicht. Und ein zweites. Und ein drittes.

»Stopp!« Lachend ducke ich mich weg, aber Charles ist schneller. Eines der Zierkissen trifft meine Nase. Plötzlich gibt die Matratze unter mir nach, und er ist neben mir. Schnell schnappe ich mir das große Federkissen und halte es wie einen Schutzschild vor mich. »Stopp!« Mein Lachen geht in ein amüsiertes Kreischen über, als er mir das Kissen einfach aus der Hand schnappt und meinen Körper auf die Matratze drückt. Er nagelt meine Hände über meinem Kopf fest. Sein Gesicht schwebt über mir. Ich atme schnell und hektisch, während das Lachen langsam abklingt. Das Grinsen auf seinem Gesicht hat etwas Animalisches. Der Wolf, der sich das Lamm schnappt. In seinen Augen tobt das Flammenmeer einer hungrigen Gier. Fast kann ich sehen, wie es ganze Wälder zerstört, Bäume entwurzelt, in dem Versuch, sich zurückzuhalten. Aber ich will es nicht. Ich will nicht, dass Charles Blackwell sich zurückhält. Ich will, dass er der Wolf ist, und ich will das verdammte Lamm sein. Seine Lippen sind nur Millimeter von meinen entfernt. Nur ein winzig kleiner Lufthauch zwischen uns. Winzig klein und doch so intensiv, dass er in der Lage ist, unter meine Haut zu krabbeln und Gefühle auszulösen, die mich in den Wahnsinn treiben. Er soll mich küssen, verdammt! Er soll diesen Hauch von nichts überbrücken und seine Lippen auf meine drücken. Ich will ihn schmecken, riechen, lieben. Ich will, dass unsere Welten aufeinandertreffen und auch mein Kopf endlich kapiert, dass Schichten nichts zu sagen haben, wenn die Herzen auf demselben Pfad wandern.

Aber als würde Charles meine Gedanken erraten, als würde ich sie ihm förmlich *ins Gesicht schleudern*, schüttelt er den Kopf. »Wenn es das ist, worauf du hoffst«, sagt er leise, während sein Finger die Linien meines Gesichts nachmalt, »wenn das, was du brauchst, Romantik und Küsse sind, Gefühle und Liebe, dann solltest du nicht bei mir sein, Paola.«

Mein Körper erstarrt unter seinem. »Ich …«

Er mustert mich, als könnte er irgendwo in meinem Gesicht eine Lösung für das finden, was wir sein könnten, in einem Universum fernab unserer Realität. Lichtmeilen entfernt, zwischen Milchstraßen und Sternschnuppen.

»Ich bin nicht dafür gemacht, zu lieben.« Langsam rückt er von mir ab. »Das solltest du wissen, bevor du dich auf mich einlässt.«

Seine Worte hageln auf mich nieder wie scharfkantige Eiskörner. Aber in welcher Position bin ich schon, ihm Vorwürfe zu machen? Ja, ich will ihn. Ja, Charles Blackwell löst etwas in mir aus. Sexuell und emotional. Aber *Tatsache* ist, dass ich seine Liebe gar nicht erst verdient hätte. Nicht ich. Nicht die Person, die eine Seite vor ihm verbirgt. Nicht die Person, die hinter ihm steht, in der einen Hand ihr Herz, das sie ihm schenkt, in der anderen das Messer, das in seine Rippen sticht, jedes Mal, wenn er nicht hinsieht.

Also nicke ich. Langsam, bedacht, verletzt. Aber vor allem verzweifelt, weil ich nicht tun will, was ich tun muss. Weil ich dieses verdammte Messer nicht tragen will, aber keine andere Wahl habe. Hinter meinen Lidern baut sich ein schlimmer Druck auf, aber ich nicke immer weiter, in der Hoffnung, die Bestätigung ist seine Erleichterung. »Okay.«

Noch einmal zuckt sein Blick über mein Gesicht, verharrt einen Moment zu lange an meinen Augen, von denen ich mir sicher bin, dass sich ein verräterischer Glanz über sie gelegt hat.

»Gut«, raunt Charles schließlich und rollt von mir herunter.

Er zieht mich eng an sich, sein Körper an meinem Rücken, ein Bein über meines gelegt, die Lippen an meinem Nacken.

So dämmere ich zu den letzten herunterbrennenden Holzscheiten im Kamin neben einem steinreichen Typen weg, von dem ich nicht weiß, was er mit dem Verschwinden eines Mädchens zu tun hat. In den Armen eines mächtigen, begehrten Mannes, der nicht mit mir schlafen will und es vorzieht, mich zu lecken statt mich zu küssen. Ich genieße es, seinen Atem in meinem Nacken zu spüren, genieße seinen Duft nach Melissenbad und Sommerabend, während ich mich zeitgleich frage, ob er explosives Dynamit oder nur eine gefährlich aussehende Attrappe ist. Das Letzte, was ich denke, ist, dass mein Handy ausgeschaltet in seiner Schublade liegt und mein Bruder wie jeden Abend versucht, mich zu erreichen.

Ich habe Gabriel, den Grund, weshalb ich im Hotel bin, in einer Schublade verbannt, um in den Armen des Mannes einzuschlafen, dessen Zerstörung meine einzige Hoffnung ist.

JAIME SUNFLOWER

Paola

Es ist, als könnte Sonnenschein kitzeln. Vielleicht sind Venedigs erste morgendliche Strahlen etwas Besonderes und brechen physikalische Grundsätze. Jedenfalls fühlt es sich an, als würde ich wach werden, weil die Sonne mich küsst. Träge öffne ich die Augen. Das bodentiefe, in rustikales Holz eingefasste Fenster ist geöffnet. Eine winterliche Böe lässt den Saum der Spitzenvorhänge über das Parkett wischen. In dem hellen Sonnenstrahl, der mich in seinen goldenen Mantel hüllt, tanzen hunderte Staubkörner um die Wette. Untermalt wird diese Szenerie von einem rhythmischen Schnaufen, das ich noch nicht einordnen kann. Nur vage bemerke ich, dass die Bettseite neben mir leer ist. Als müsste mein Körper, der so kurz nach dem Aufwachen für gewöhnlich noch in unbekannten Sphären wandern geht, sich davon überzeugen, strecke ich eine Hand aus und taste über die linke Matratzenseite. Sie ist kühl.

Die schnaufenden Geräusche werden wahrnehmbarer. Ich rapple mich im Bett auf, wobei mir der Ausschnitt des übergroßen Polos über die Schulter rutscht, und blinzle in den Raum hinein. Es stellt sich heraus, dass dieses schicke Appartement nicht etwa von einer Horde Rhinozeros auf der Suche nach Frischfleisch gestürmt wurde, denn das Schnaufen stammt von Charles. Nur bekleidet mit einer schwarzen Sportshorts von Nike, hat er seine Fäuste auf das Parkett gestemmt und macht Liegestütze. Sein definierter Oberkörper glänzt vor Schweiß, die tätowierten Linien deutlich hervorgehoben und schwärzer als die Nacht. Ich frage mich, wie er es aushält, sein ganzes Körpergewicht mit den Knöcheln seiner Faust auf diesem harten Boden zu stemmen. Er muss das hier öfter machen. Vielleicht sogar täglich. Nicht, dass ich mich beschweren würde.

Noch einmal stemmt er sich hoch, dann hebt er den Blick und

sieht zu mir. Der hereinfallende Sonnenschein weckt ein goldenes Glitzern in seinen großen Augen.

Mamma mia, ich glaube, ich bin im Himmel.

»Du bist wach«, stellt er fest.

Ich nicke. »Aufgewacht mit einem ausgeprägten Fluchtinstinkt und der Angst, mich könnte ein Horn mit sich reißen.«

Charles erhebt sich. Schnell atmend schnappt er sich ein Handtuch vom Sofa, fährt sich über das Gesicht und die Haare, die daraufhin wild zu Berge stehen, und lehnt sich gegen das Bücherregal. Das Regal, dessen heiligen Inhalt er gestern kreuz und quer durch die Wohnung geschleudert hat. Von der Verwüstung ist jedoch nichts mehr übrig. »Ich fange an, Gefallen an deinem Hang zum Surrealismus zu finden.« Er nimmt sein Wasser von der Fensterbank, trinkt einen Schluck und fügt hinzu: »Dennoch musst du mir das mit dem Horn erklären.«

»Rhinozeros«, sage ich. »Eine ganze Herde. Bei deinem Schnaufen dachte ich, *Jumanji* wäre real.«

Er lacht. »*Jumanji* kenne sogar ich. War Edwards Lieblingsfilm damals.« Er wirft sich sein Handtuch über die Schulter. »Ich schlafe nie besonders viel. Und wenn ich wach werde, muss ich trainieren.« Er nimmt noch einen Schluck Wasser und schraubt den Deckel wieder zu. »Mein ganzer Körper ist morgens ruhelos. Eine Art Adrenalin, das mich durchfährt.« Charles blickt auf das Etikett von seinem Wasser und schüttelt den Kopf. »Schwer zu erklären.«

Ich streiche mir die wilden Strähnen hinters Ohr, die sich über Nacht aus dem geflochtenen Zopf gelöst haben. »Woran liegt das?«

»Mein Therapeut meinte damals, es wäre eine Art Fluchtinstinkt.« Charles sieht mich nicht an, während er das sagt. Er dreht die Flasche in der Hand wie ein Jugendlicher, der daran arbeitet, einen Basketball auf dem Zeigefinger zu balancieren. »Die Panik, abzuhauen. Er glaubt, der einschneidende letzte Moment mit meiner Mutter hätte sich in mir festgesetzt.«

Plötzliche fühle ich mich furchtbar, dass ich diesen Witz mit dem Fluchtinstinkt gerissen habe. Mitfühlend ziehe ich die Brauen zusammen. »Das tut mir leid.«

Es ist offensichtlich, dass Charles nicht darüber reden will. Er wirft die Flasche aufs Sofa, kommt zum Bett und lehnt sich mit einem Arm an den Holzpfosten. Dabei spannt sich sein Latissimus bis hin zu der Linie, die unter dem Bund seiner Hose in tiefere Gefilde führt. Ich bin noch damit beschäftigt, das Gefühl in meiner Kehle zu vertreiben, das sich anfühlt, als hätte ich den kompletten Sand der Lido Di Venezia gefuttert, als er plötzlich lächelt. »Du siehst süß aus.«

»Süß?« Nur mit Mühe gelingt es mir, meine Augen von seinem verdammten Oberkörper abzuwenden. Ich puste mir die widerspenstige Strähne aus dem Gesicht, die sich wieder über mein Ohr geschoben hat. »Emma meint, morgens würde ich aussehen wie im ersten Stadium eines Gebissenen bei *Walking Dead.*«

»*Walking Dead*?«

»Eine Zombieserie.«

»Ah.« Charles hebt eine Braue. »Signora Wyss hat keine Ahnung.« *Jetzt also wieder Signora Wyss.* Verdammt, was läuft bei den beiden? Wieso wahren sie diese Distanz, wenn sie sich in Wahrheit am liebsten zerfleischen wollen würden? »Möchtest du einen Kaffee?«

»Gerne.«

Er deutet auf den Rundtisch, an dem wir auch gestern gegessen haben. In einer Schale liegen Croissants, zwischen den Tellern stehen mehrere Sorten Marmelade. »Für dich. Falls du Hunger hast. Ich gehe duschen und werde danach einige Dinge erledigen müssen.«

»Oh.« Ich bin angenehm überrascht, dass er mir Frühstück vorbereitet hat. Eine kribbelige Wärme sickert in meinen Bauch, genau an die Stelle, an der gerade noch der Hunger genagt hat. *Charles Blackwell hat mir Frühstück gemacht!* »Okay.«

Er stößt sich von dem Bettpfosten ab und geht in Richtung Badezimmer. Dabei beobachte ich das Muskelspiel seines Oberkörpers bei jedem Schritt, den er macht. »Bevor ich es vergesse …« Er dreht sich zu mir um. »Findest du Gefallen an der Oper?«

Überrascht blinzle ich. »Ich bin nie in einer gewesen, aber ja, ich denke schon. Klassische Musik, ähm, beruhigt mich.«

Er lächelt. »Dachte ich mir. Dann wird dir *La Traviata* in der Staatsoper von Venedig gefallen.« Er wendet sich ab, die Finger bereits am Türgriff, und fügt dann, diesmal leiser und mit einem halb belustigten, halb faszinierten Unterton in der Stimme, hinzu: »Immerhin spielst du mit einer semi-begeisterten Leidenschaft Geige, nicht wahr?«

Die Tür fällt hinter ihm ins Schloss. Hitze schießt in meine Wangen. *Er hat meine Bewerbungsunterlagen gelesen?* O mein Gott! Auf dem Foto sehe ich aus wie eine Schwerkriminelle. Andererseits überrascht es mich nicht. Nicht bei Mr. Ich-brauche-die-fucking-volle-Kontrolle-Blackwell.

Seufzend schäle ich mich aus den Laken. Charles' Polo reicht mir bis zu den Oberschenkeln, und weil mir der Gedanke gefällt, vor ihm in nackten Beinen durch diese Wohnung zu spazieren, lasse ich es einfach an. Das Wasser der Dusche beginnt zu rauschen. Ich schiebe mich auf den Stuhl am Balkon, schenke mir frischen Kaffee ein und beobachte die Tauben, die sich auf der Rundbogenbrücke draußen niederlassen.

Ich nippe gerade zum zweiten Mal an dem Kaffee, der wie ein herrliches Aufputschmittel Energie in meine Venen pumpt, als der typische iPhone-Klingelton durch den Raum tönt. Die Tasse noch an den Lippen, hebe ich eine Braue in die Stirn. Charles scheint also beschlossen zu haben, die handyfreie Zeit zu beenden. Erst ignoriere ich das Geräusch, aber als das iPhone zum dritten Mal klingelt, gehe ich mit der Kaffeetasse in der Hand ins Wohnzimmer.

Das Handy liegt auf der Kommode. Als hätte Charles es nur aus der Schublade herausgeholt, eingeschaltet und dort liegen gelassen. Ich nehme es in die Hand, weil ich es ihm bringen will, wobei mein Blick unweigerlich aufs Display fällt.

Jaime.

Ich halte inne. Wer zur Hölle ist Jaime? Und wieso befindet sich neben ihrem Namen ein Sonnenblumen-Emoji? Ich starre auf das Handy in meiner Hand, als wäre es eine tickende Zeitbombe. Mit jedem Klingeln, das vergeht, brennen sich diese gelben Blütenblätter in mein Hirn wie eine glühende Zigarette, die einen ekelhaften Abdruck zurücklässt. Eigentlich hatte ich *wirklich* vor, Charles das Handy ins Badezimmer zu bringen, weil ich vermute, dass es dringlich ist, wenn jemand mehrmals hintereinander anruft. Aber dieses Emoji wirft mich völlig aus der Bahn. Das passt nicht zu Charles. Er ist mit mir hier in Venedig und besitzt nicht mal meine Handynummer. Ich bin mir sicher, wenn er sie hätte, dann wäre ich nur als *Cortessa* oder *P* eingespeichert. Und *auf jeden Fall* ohne Emoji.

Das Handy vibriert in meiner Hand, versetzt meine Nervenenden unter Strom, und ich bin so auf dieses Charles-Blackwell-macht-keine-Emojis-Ding fokussiert, dass ich nicht gemerkt habe, wie das Wasser im Bad aufgehört hat, zu rauschen. Genauso wenig, wie die Tür aufgegangen ist. Und am allerwenigsten, wie Charles den Raum durchquert hat. Ich merke es erst, als er mir plötzlich das iPhone aus der Hand schnappt und mich mit einer flammenfressenden Projektion in den Augen ansieht, als hätte ich den Verstand verloren.

Meine Hand verharrt leer in der Luft. Charles trägt immer noch kein Oberteil. Nur eine Anzughose, die ihm tief auf den Hüften sitzt. Ich will wissen, was das für Koordinaten auf seiner Haut sind. Ich will mit dem Finger über jeden einzelnen Zentimeter fahren und ergründen, was es damit auf sich hat.

Charles kehrt mir den Rücken zu und nimmt den inzwischen fünften Anruf an. »Was ist los?« Keine Ahnung, was Jaime Sonnenblume am anderen Ende sagt, aber es muss wichtig sein, denn urplötzlich spannt sich jeder verdammte Muskel in seinem Rücken an. »Warte, *was*?« Er fährt sich mit einer Hand ins Haar. Sie verharrt dort. Im nassen Zustand besitzen seine Spitzen die Farbe von poliertem Ebenholz. »Und was wollte er?« Langsam lässt er den Arm wieder sinken. Charles flucht. »Dieser Bastard.« Er zieht die Luft ein, legt den Kopf in den Nacken und stößt sie wieder aus, als würde die ganze verdammte Welt auf seinen Schultern lasten. »Ich kümmere mich um ihn. Ja, keine Sorge. Nein, das denke ich nicht. Er wollte nur schnüffeln.« Kurze Pause. Dann schnaubt Charles. »Weil mein Cousin es nicht gut sein lassen kann, Jaime. Ich mache mich auf den Weg.«

Charles beendet das Telefonat. Einen Moment sieht er auf das Display, dann, urplötzlich, wirbelt er herum und überbrückt die Distanz zwischen uns bis auf den letzten Millimeter. Seine Finger umfassen meinen Kiefer. »Geh noch einmal an mein Handy, Paola, und ich werde dir deinen hübschen Hintern versohlen, bis du vor Verlangen ausläufst und *bettelst*, dass ich es dir besorge.«

Obwohl seine Stimme leise und autoritär über meine Haut kribbelt, als würde die Drohung mir die Muskeln von den Knochen ziehen wollen, entgeht mir die verruchte Lust in Form eines Ständers nicht, die sich gegen den teuren Burberry-Stoff presst.

»Verstanden«, sage ich. »Es ... es tut mir leid.«

»Verstanden, und weiter?«

»Verstanden, Signore Blackwell.«

In seinen Augen blitzt die dunkelste Form von Verlangen, der ich je begegnet bin. Ein paar Sekunden hält sie sich, bis er seine Finger von meinem Kinn löst. Er verschwindet ins Badezimmer.

Als er wieder herauskommt, bedeckt ein perlweißes Hemd seinen gebräunten Oberkörper. »Zieh dich an«, sagt er, ohne mir überhaupt einen Blick zuzuwerfen. Er tippt schon wieder auf seinem iPhone herum. »Wir fliegen zurück.«

Perplex stehe ich neben der Kommode, die Kaffeetasse noch immer in der Hand, und merke, wie mein Mund trockener als dressingloser Blattsalat wird. »Also keine Oper?«

»Nein«, entgegnet er knapp, ehe er sich das Handy ans Ohr drückt, in der Küche verschwindet und die Tür hinter sich schließt. Die plötzliche Distanz reißt wie ein tollwütiges Monster an meinen Rippen, als wäre es hinter den Knochen gefangen. Endlich schaffe ich es, mich aus meiner Starre zu befreien und den Kaffee abzustellen. Dabei schwappt etwas davon auf meine Hand. Er ist abgekühlt. Aber müsste ich ihn mit der eiskalten Aura vergleichen, mit der Charles wie tödliche Messer um sich wirft, seit er den Anruf von Jaime Sonnenblume angenommen hat, wäre der Kaffee ein heißes Inferno.

OH, HOW MUCH I LOVE YOU, MY BEST FRIENDS

Paola

»Jetzt erzähl endlich«, drängt Emma, als ich mich mit einem grünen Tee und Popcorn in den Händen neben ihr in einen alten Kinositz des *Instant Noodles* fallen lasse. »Du machst es so spannend, dass ich das Bedürfnis bekomme, dich zu häuten, um in dein verdammtes Hirn zu gucken.«

»Igitt«, sagt Ignotus zu meiner Linken. Er überschlägt ein Bein. Heute trägt er Knickerbocker über einer weißen Strumpfhose. »Manchmal habe ich Angst vor dir, Emma.«

»Ich will's aber auch wissen«, murmelt Blair, dippt einen Nacho in ihre Käsesoße und beißt dann vorsichtig ab. »Die einzigen beiden Wörter, die Paola von sich gegeben hat, waren *nett* und *eindrucksvoll.*« Sie legt sich das blonde Prinzessinnenhaar über die Schultern und verdreht die Augen. »Das kann's doch nicht gewesen sein. Ich meine, das fühle ich ja schon, wenn ich ihn abends beim Dinner nur *ansehe*, während ich das Büfett aufstocke.«

»Lasst sie doch.« Lisbeth zieht sich die Mütze vom Kopf, wobei die vielen Flocken des ungnädigen Schneesturms, der draußen herrscht, auf ihren Flatterrock rieseln. »Wenn sie nichts sagen will, sollten wir das respektieren.«

»Ich bin aber zu neugierig«, entgegnet Blair.

»Ich auch.« Emma seufzt schwer. »Du bist immer so korrekt, Lis. Neben dir fühle ich mich wie ein Unmensch.«

Noch immer liegt ein Klumpen schwerer als Pablo Escobars Drogenvergehen in meinem Magen. Auf dem Rückflug von Venedig nach St. Moritz hat Charles kaum ein Wort mit mir gesprochen, und als wir gelandet sind, nahm uns sein Bodyguard in Empfang, von dem ich mir sicher bin, dass Charles ihm vorher Bescheid gegeben haben muss. Der Typ namens Leon, breiter als ein Massivholzschrank und gesprächig wie ein Ochse, führte mich wortlos aus dem Westflügel, während Charles weiß Gott wohin verschwunden ist.

»Es gibt nichts zu erzählen«, murmle ich.

Emma sieht aus, als wollte sie protestieren, aber in dem Moment öffnet sich der samtrote Vorhang und offenbart die Bühne des Improtheaters. Ich schaufle mir Popcorn in den Mund, in der Hoffnung, dass der Geruch des karamellisierten Zuckers mich den penetranten Melissenduft vergessen lässt, der seit gestern Nacht an mir klebt wie eine zweite Haut.

Während des Improstücks gackern meine Freunde sich die Seele aus dem Leib, und manchmal fake ich ein Lachen, damit sie mich in Ruhe lassen, aber innerlich fühle ich mich wie eine Pizza, die fünfundvierzig Minuten auf zweihundertfünfzig Grad Umluft im Backofen war. Innerlich schwarz, hart und ekelhaft. Ich hasse es, dass ich mich nach seiner Nähe sehne, und ich verabscheue die Erkenntnis, dass etwas in mir dazu übergegangen ist, Charles Blackwell mit jeder Faser meines Körpers zu wollen.

Nach dem Theater fühle ich mich nicht besser. Durchgefroren stolpern wir alle hintereinander in unser Hotelzimmer, jeder von uns noch eine dampfende Tasse Glühwein vom Weihnachtsmarkt in den Händen.

Emma kickt ihre Stiefel in eine Ecke und krabbelt ins Bett. »Leute, es ist acht Uhr, wir haben alle einen freien Samstagabend und gammeln rum.« Sie schiebt ihre Füße in einen Flauschwärmer in Form eines Kaninchens. »Das geht nicht.« Sie dreht den Kopf in unsere Richtung. »Wer hat Bock auf Dankenhaal?«

»Da wirst du deinen geliebten Laxon auch nicht finden«, entgegnet Blair. Sie lässt sich auf meinem Bettende nieder und kippt den Glühwein herunter wie ein Berufstrinker auf dem Bau. »Die gehen heute alle auf den Weihnachtsball.«

Ich horche auf. »Weihnachtsball?«

»Der Maskenball.« Ignotus gibt einen verträumten Seufzer von sich. »Es ist *die* Veranstaltung zum Jahresende. Schicke Kleider, bezaubernde Masken und Musik à la Pop Goes Orchestral.«

Wenn ich bis eben noch die winzige Hoffnung hatte, das widerliche Gefühl in mir hätte nichts damit zu tun, dass ich etwas für

Charles empfinde, ersticken Ignotus' Worte den letzten Rest wie die Schuhsohle einen Regenwurm. Brennende Eifersucht schnürt mir die Kehle zu, wenn ich daran denke, wie Charles Sofia in eleganten Bewegungen über die Tanzfläche führt, während Fotos von ihnen gemacht werden, die anschließend der Öffentlichkeit als *das Traumpaar des einundzwanzigsten Jahrhunderts* präsentiert werden. Ich sehe schon die ganzen TikTok-Clips vor mir, die Emma gekonnt versuchen wird, wegzuswipen, wie immer, wenn sie neben mir steht und die Blackwells auf der For-You-Page erscheinen.

»Ohhhh!« Emma richtet sich kerzengerade auf, die Augen groß wie Golfbälle. »Lasst uns hingehen!«

»Klar«, sagt Lisbeth in spöttischem Ton. Sie hat schon zwei Gläser Glühwein intus, und der harte Ausdruck, der sonst ihre Augen dominiert, weicht langsam, aber sicher einem verschleierten Nebel. »Warum stürmen wir nicht gleich Windsor Castle und überzeugen Prinz Harry davon, dass wir in Wahrheit alles sind, wonach er sich je sehnte?«

»Weil er nicht mehr in England lebt«, entgegnet Ignotus.

Ich lache. »Aber *sonst* würdest du es tun?«

»Ja.« Ein träumerisches Seufzen huscht über seine Lippen. »Und ich würde alles mit euch durchplanen, damit ihr Erfolg habt.«

»Zu gütig«, sagt Lisbeth. »So gütig, dass es einen Haken gibt. Womit verdienen wir also diese Ehre vom Vicky Iggy?«

»Ganz einfach, weil«, Ignotus pustet sich seinen schwarzen Pony aus der Stirn und kippt seinen Glühwein herunter, »ich mir Meghan schnappen würde.«

»Ignotus!«, rufe ich in gespielt schockiertem Ton und presse mir eine Hand auf die Brust, als hätte sein Speer mich getroffen. »Was würden deine Vickys sagen, wenn du diese wunderschöne, moderne, unabhängige Frau ihnen vorziehen würdest?«

Er wedelt mit der Hand durch die Luft. »Für Meghan würde ich auf die Vickys scheißen.«

Ich schnappe nach Luft. Ignotus streckt mir die Zunge raus.

»Leute«, drängt Emma. »Ich mein's ernst. Lasst uns auf diesen verdammten Ball gehen!«

»Mann, Emma, ich mein's genauso ernst.« Lisbeth lässt sich neben Emma fallen und legt ihr eine Hand auf die Schulter. »Du musst jetzt ganz stark sein, weil dieser Abend nicht mit dir und Laxon hinter zwei Masken in einer Kammer enden wird. Erstens, weil zu fünfundneunzig Prozent Anneli in dieser Kammer stecken würde, und zweitens … Es gibt 'ne Liste.«

»Ich habe es befürchtet«, murmelt Emma. Dabei zupft sie an Norbert Nacktmulls losem Faden an seinem Auge.

»Warum liegt mein Amigurumi auf deinem Bett?«, frage ich.

»Er beruhigt mich. In ihm lebt ein tieferer Sinn.« Beinahe liebevoll tätschelt sie seinen schiefen Raffzahn. »Wenn ich nachts aufwache und diese wundervolle Ratte vor mir habe, weiß ich, dass mein Leben beschissener wäre, würde ich er sein.«

»Er ist ein Nacktmull.«

»Paolas Ratte ist gerade nicht Thema, sondern das hier.« Blair wedelt mit ihrem iPhone in der Luft herum.

»Nacktmull!« Ich runzle die Stirn. »Und wieso ist dein Handy Thema?«

»Wer hat dir geschrieben?«, kommt es von Ignotus.

»Niemand.« Blairs Katzenaugen, die sie aussehen lassen wie ein lebendiger Filter – der, den Emma immer benutzt, wenn sie eine Insta-Story von uns beiden macht –, blitzen auf. »Aber auf diesem Ding befindet sich zufällig die Liste der Personen, die zum Ball geladen worden sind, samt Zu- und Absage.«

»Woher hast du die?« Lisbeths Augen werden *riesig*. Riesig im Sinne von der panischen Sorte. »Du hast doch nicht wieder Anneli erpresst, oder?«

Ich sehe von Lis zu Blair. »Du hast Anneli erpresst? *Bist du lebensmüde?*«

Blair verdreht die Augen. »Es ging um ein Philharmoniker-Ticket im Prunksaal und war keine Erpressung, weil ich Anneli im Gegenzug eine Nasenscheidewand-Untersuchung bei meinem Onkel klargemacht habe. Ich hatte mein Ticket, sie ihre Popelanalyse. Wir sind quitt.« Blair entsperrt ihr Handy, tippt darauf herum und scrollt schließlich über das Display. »Die Liste befindet sich auf meinem Handy, weil ich für die Orga dieses Events eingeteilt war.« Über Blairs Gesicht huscht ein euphorischer Glanz, als würde sie uns von einer gefundenen Goldquelle direkt in der Wand unseres Schlafzimmers berichten. Holt die Hacken, Freunde! »Ich habe alle Namen auf meinem Telefon. Mehrere Typen und Frauen. Wir suchen uns ein paar aus und gehen hin.«

Okay, werft die Hacken weg. Wir wechseln von den Goldgräbern zu ›Welche Identität picke ich mir heute aus dem glänzenden Nest der Elster?‹

»Das ist perfekt!« Emma schwingt sich so euphorisch aus ihrem Bett, dass ihr Glühwein überschwappt. Er landet auf Norbert Nacktmull. Ihm klebt jetzt Blut am Raffzahn. Meine missratene, blutrünstige Ratte hat ein Upgrade zum Krieger bekommen. »Ganz ehrlich, ich habe so viele Masken für dieses eine Fotoshooting genäht, das ich letztes Jahr gemacht habe … wartet.«

Sie wühlt in ihrem Schrank herum. Mir schwirrt immer noch das Traumpaar »Venderwell« im Kopf herum. Es nistet sich da ein wie der Rabe, der das Nest der Elster beschützen will, bevor sich die böse Paola an Charles' Kronjuwelen bedient. In zweideutiger Hinsicht. Gott, ich brauche dringend frische Luft. Also öffne ich die Türen des Balkons und trete hinaus. Die Minusgrade fressen sich in meine Lunge wie starker Whiskey, der mir die Kehle aufreißt. Ich sauge dieses Gefühl auf, genieße es, endlich wieder mehr als drückende Dunkelheit in mir zu spüren, werde aber vom plötzlichen Klingeln meines Handys unterbrochen. Frustriert ziehe ich 3310 aus der Tasche und starre einen Moment auf den schwarz-weißen Bildschirm, der mir verrät, dass ein anonymer Anruf reinkommt. Mit wild klopfendem Herzen vergewissere ich mich, dass die Balkontür hinter mir zugezogen ist, und nehme den Anruf an.

WHAT ARE YOU HIDING, BLACKWELL?

Paola

»Hallo?«

»Signora Cortessa«, höre ich die vertraute Stimme am anderen Ende, die mir vom ersten Augenblick, als ich sie gehört habe, eine verdammte Gänsehaut beschert hat. Aber nicht im positiven Sinne. Die Person auf der anderen Seite klingt wie gewohnt freundlich, aber mein Puls beschleunigt sich. »Anlässlich deiner achten Woche im Palast, und weil Weihnachten näher rückt, das ich ganz gern mit einem Sieg feiern würde, verrate mir doch ... wie kommst du voran?«

Ich beiße mir auf die Unterlippe und schließe für einen kurzen Moment die Augen. »Ganz gut.«

»Ganz gut?«, wiederholt die Person, wobei der spöttische Unterton in der Stimme mir nicht verborgen bleibt. »Ich hoffe, dir ist bewusst, was für dich auf dem Spiel steht?«

Ich schlucke. »Ja.«

»Mhm.« Die Person macht eine längere Pause, als würde sie genießen, mich dieser Folter auszusetzen. »Meine Leute haben mir berichtet, dass dein Bruder in den letzten zwei Wochen die Schule nicht besucht hat. Stattdessen soll er sich bei zwielichtigen Gebäuden herumgetrieben haben. Heute wurde mir von einem tiefen Schnitt in seiner Wange erzählt. Und mein Maulwurf im Gericht, die den Sorgerechtsprozess zu deinen Gunsten entscheiden soll, zögert, weil ich ihr gesagt habe, auf dich wäre vielleicht kein Verlass.«

Mein Kinn beginnt zu zittern. Ich denke an die sieben Anrufe in Abwesenheit von Gabriel, die mein Handy mir angezeigt hat, als ich es nach Venedig wieder eingeschaltet habe. Er ist nicht ans Telefon gegangen, als ich zurückgerufen habe.

»Ich bin dran«, beteuere ich. Meine Stimme bebt, und ich bin mir sicher, der Person am anderen Ende entgeht dieses wichtige Detail nicht. »Aber wenn ich liefere, was du haben willst, erwarte ich, dass du genauso liefern wirst.«

Ich kann beinahe hören, wie mein Telefonpartner hinter dem Hörer grinst. »Sei dir versichert, Signora Cortessa, dass mein Wort mehr wert ist als dieses Palasthotel an Diamanten besitzt.« Damit beendet die Person das Gespräch.

Ein paar Sekunden stehe ich wie versteinert da, das Handy noch am Ohr, und versuche, meinen Puls unter Kontrolle zu bekommen. Mein Blick geht in die Ferne. Ich konzentriere mich auf meinen Atem, fokussiere den feinen Dunst, der in regelmäßigen Abständen vor meinem Gesicht entsteht, und …

… erstarre.

Langsam lasse ich den Arm mit dem Handy in der Hand sinken. Der Balkon geht zur Südseite der Berge hinaus. Neben unserem Turm befindet sich der Westflügel mit Charles' Suite, hinter dessen Fenster kein einziges Licht brennt. Kein Wunder, denn … Besagter Charles watet durch den Schneesturm in Richtung des ehemaligen Golfclubs. Ich erkenne ihn an der Burberry-Hose und dem grauen Mantel. Misstrauisch verenge ich die Augen und trete näher an das Geländer heran. Mein Blick klebt an ihm wie ein altes Kaugummi am Asphalt: unnachgiebig und permanent. Die Kälte reißt an meinen Gliedern. Selbst der Glühwein kann meine Finger nicht mehr wärmen, aber ich bleibe, wo ich bin, weil dieser Moment mein verdammtes Los ist, nach dem ich so sehnlichst gesucht habe, seit ich über die Schwelle des Palasthotels getreten bin.

Vor dem schmiedeeisernen Tor bleibt Charles stehen. Er sieht mehrmals über die Schulter, bevor er einen Schlüssel aus der Tasche zieht und eintritt. Ich sehe ihm nach, wie er durch den Schnee watet, bis der Nebel der Dunkelheit ihn verschluckt.

Was verheimlichst du, Charles Blackwell?

RAPUNZEL WILL CATCH THE PRINCE, FRIENDS

Paola

»Paola!«, höre ich Emma von drinnen rufen. »Ich schwöre, ich habe die perfekte Maske und ein Kleid für dich, das Charles Sinn und Verstand rauben wird! Wenn er dich darin sieht, wird TikToks Shippingname Venderwell Geschichte sein!«

Noch einen Moment verharre ich in der Kälte, lasse meinen Blick über das große Gelände des Golfclubs gleiten, aber Charles bleibt verschwunden. Verdammt!

»Sagt mal«, beginne ich, als ich zurück ins Zimmer trete und die Tür hinter mir schließe. »Wird der alte Golfclub eigentlich noch für irgendwas benutzt?«

»Nö.« Ignotus vergleicht eine schwarze Vogelmaske mit langem Schnabel mit einer tannengrünen Federpracht. »Da ist alles leer. Ich frage mich, wann die Häuser plattgemacht werden.«

»Signore Blackwell will das wohl erhalten«, ergänzt Lisbeth. Ihr Körper steckt bereits in einem grauen Ballkleid von Emma. Sie zupft den Ausschnitt zurecht und betrachtet sich im Spiegel. »Manche glauben, er bringt es nicht über sich, das Ding abzureißen, weil es das Projekt seiner Ex-Frau war.«

»Edwards Mutter, bevor Charles kam und sie abgehauen ist«, kommentiert Blair. Bis auf ihre Unterwäsche ist sie ausgezogen. »Hier, Lis, nimm die. Diese Perlen verleihen deinem Kleid voll den Royal-Touch.« Sie tapst über mehrere Stofflagen am Boden, hält neben Lisbeth inne und steckt ihr Ohrringe in die Läppchen. Mir entgeht nicht, wie Lisbeth heftig schluckt. Blairs Busen streift ihren Oberarm, und Lisbeth erstarrt. Blair scheint nichts davon zu bemerken. Ich wende mich ab, weil ich das Gefühl habe, Lis direkt in die offene Seele zu starren.

»Zumindest sagen das mit seiner Ex-Frau die Gerüchte«, fährt

Blair fort. »Kein Plan, was dran ist.« Sie steckt den zweiten Ohrring fest und wirbelt zu mir herum. »Wieso fragst du?«

»Nur so.« Ich stelle meine leere Glühweintasse auf einen Beistelltisch unter dem Gemälde mit dem Katzenkopf im Renaissance-Kostüm ab. »Zeig mir mal das Kleid, Emma.«

Ihre Augen leuchten auf. »Du bist dabei?«

»Vielleicht«, sage ich.

»Dann wird das Kleid dich überzeugen!« Entzückt klatscht sie in die Hände, ehe sie ein rabenschwarzes Ballkleid aufs Bett legt, direkt neben eine genauso schwarze Maske aus feinster Spitze. »Beides selbst genäht, und beides sollten sie auf dem verdammten Laufsteg der New York Fashionweek bringen, so gut sind die Sachen.« Aufgeregt beißt sie sich auf die vom Glühwein dunkelrote Unterlippe. »Du wirst die mysteriöse Schönheit des Abends sein, an dessen Anblick sie sich alle nicht sattsehen können.«

»Und was ist mit dir?« Vorsichtig streiche ich über den zarten Stoff. Sie hat recht. Das Kleid ist atemberaubend. »Du willst doch Laxon um den Finger wickeln.«

»Oh, das werde ich«, gurrt sie selbstsicher, wirbelt herum und zieht ein weiteres Kleid aus dem Schrank. Es ist fliederfarben, mit vielen offenen Stellen, die ihre nackte Haut freilegen werden. »In diesem Teil hier.« Sie lüpft die Brauen. »Heute ist der Tag der Tage. Rapunzel wird den Prinzen verführen, Friends.«

Meine Gedanken schweifen wieder zu Charles, der sich heimlich auf dieses gottverlassene Gelände schleicht. An all die Dinge, die er verborgen hält, und meine Chance, sie zu ergründen. Eine Klauenhand umschließt mein Herz und drückt unnachgiebig zu, als wollte es mir verdeutlichen, wie falsch das ist.

Aber ein Blick aufs Handy, ein Blick auf Gabriels verpasste Anrufe von gestern Abend und das gerade geführte Gespräch auf dem Balkon, und ich weiß, ich habe keine Wahl.

Die hatte ich von Anfang an nicht.

Langsam sehe ich auf, blicke in Emmas erwartungsvolle Augen. »Ich bin dabei.«

Noch während ich es ausspreche, registriere ich, dass das letzte Mal, als mir diese Worte über die Lippen gekommen sind, mit einem Lapdance und aufkeimenden Gefühlen in mir geendet hat.

OCEANS ELEVEN

Paola

Ich kann nicht fassen, dass ich tatsächlich hier stehe. Mitten in der Lobby zwischen all den anderen elegant gekleideten Frauen und Männern, die mit gerecktem Kinn und Diamanten um den Hals und in den Ohren auf die gold verzierte Doppelflügeltür zusteuern, von der ich weiß, dass sie zum Prunksaal führt. Hinter der geheimnisvollen Spitzenmaske, deren Bänder Emma an meinem Hinterkopf zu einer ästhetischen Schleife gebunden hat, fühle ich mich sicher. Niemand weiß, wer sich hinter ihr verbirgt. Endlich bin ich das Geheimnis, das ich von Anfang an habe sein wollen. Vielleicht hätte ich das Hotel als V wie Vendetta betreten sollen.

Neben mir zupft Ignotus an den Rüschen seines Hemds, die aus dem geöffneten Steampunk-Frack herausragen. »Klopft euer Herz auch so wild wie meins, oder sollte ich mir Sorgen machen, dass mein Glühwein gepantscht war?«

»Nein, mir geht's auch so.« Das Zittern in Blairs Stimme ist überdeutlich. Immer wieder streicht sie sich das blonde Haar auf dem dunkelgrünen Stoff ihres Ballkleids glatt. »Obwohl ich mir die ganze Zeit sage, dass das hier todsicher ist. Die Leute, die wir uns ausgesucht haben, werden nicht kommen.«

»Trotzdem, das ist Wahnsinn …« Lisbeth fährt sich über das raspelkurze Haar ihres Undercuts. »Der Security wird mich nur einmal ansehen und wissen, dass keine dieser High-Society-Bräute bereit wäre, sich von ihrem Prinzessinnenhaar zu trennen.« Sie schluckt. »Das ist so sicher wie der Fakt, dass in Käsekuchen keine verdammten Rosinen gehören.«

»Rosinen in Käsekuchen sind der geilste Shit«, widerspricht Emma.

»Das ist ekelhaft.« Der Stoff der Maske reibt über meine Haut, als ich das Gesicht verziehe. »Emma, wie kannst du nur?«

Aber meine Freundin antwortet nicht, denn in diesem Moment entdeckt sie Laxon. In einem hellen Smoking, der wunderbar zu seiner schwarzen Haut passt, geht er mit selbstbewussten Schritten auf den Prunksaal zu. Emma sieht ihm nach. Ich befürchte, jeden Augenblick wird der Sabber über ihre Mundwinkel tropfen.

Aber dann klappt sie den Mund zu, ihre Miene entschlossen wie eine Kriegerin vor der wichtigsten Schlacht ihres Lebens. »Wir gehen da jetzt rein.« Entschieden setzt sie sich in Bewegung. »Und wenn wir gefeuert werden, bewerben wir uns alle im Badrutt's.«

»Bitte nicht«, murmelt Ignotus. Die Strumpfhose unter seinen eleganten Knickerbockern besitzt die gleiche Farbe wie das kristallene Licht, das der tonnenschwere Kronleuchter in der Lobby verteilt. »Im Badrutt's arbeitet die Schatzmeisterin der Vickys, und ich bin mir sicher, dass ihr letzter Killerblick beim Onlineball mir galt.«

»Mit wem hast du auf dem Ball getanzt?«, frage ich, hauptsächlich deshalb, um mich von der nähernden Tür abzulenken.

»Mit der Tochter einer angesehen Adelsfamilie. Ich hoffe, dass ich sie trotz meines unrühmlichen Verhaltens während des letzten Spaziergangs im Hyde Park für mich gewinnen kann.«

Mit Hyde Park meint er natürlich ein verpixeltes eingefügtes Hintergrundbild bei Skype, aber ich verkneife mir den Kommentar.

Lisbeth sieht ihn an. »Was ist da passiert?« Fast wäre sie von dem ausladenden Rock einer anderen Frau beiseite gefegt worden, hätte Blair sie nicht an der Hand zu sich gerissen. Lis Wangen färben sich rot, und ich bin mir sicher, das ist keine plötzliche Nachwirkung des Glühweins.

»Ich habe schmutzige Nachrichten mit einer Bürgerlichen ausgetauscht«, sagt Ignotus.

Ich schnappe nach Luft. »Ignotus, du verruchtes kleines Ding! *Öffentlich?*«

»Natürlich nicht«, zischt er. »In einem privaten Chatroom, dessen Verlauf sie an ihre Freundin weitergeleitet hat.«

»Lass mich raten«, murmelt Emma. »Besagte Freundin ist die Schatzmeisterin aus dem Badrutt's?«

Sein grimmiger Blick ist Antwort genug. Selbst wenn er noch etwas sagen wollte, verkneift er es sich, denn in diesem Moment erreichen wir die Doppelflügeltür. Sie wird flankiert von zwei bulligen Männern in schwarzen Anzügen und Kabeln im Ohr.

»Namen?«, fragt derjenige mit der Liste in den Händen. Ich erstarre, als ich in sein Gesicht blicke. *O mein Gott*, denke ich. *Das ist Leon! Mission abbrechen, ich wiederhole, Mission* sofort *abbrechen!*

Mit geweiteten Augen senke ich den Blick auf seine blank polierten Schuhe. Mein Puls rast wie ein Holzrad, in dem ein auf Speed gesetzter Hamster gerade alles gibt. Vielleicht war der Glühwein doch gepantscht, denn Schwindel verschleiert mir das Hirn. *Bitte*, denke ich. *Bitte, bitte, bitte erkenne mich nicht!*

»Viktoria Bell.« Blair verstellt ihre Stimme, obwohl ich mir sicher bin, dass weder Leon noch sein Mister-Miyagi-Freund jemals ein Gespräch mit ihr geführt haben, das sie jetzt hätte verraten können. »Und das hier sind meine Freunde Cordula Meyer, Samanta Ortega, Hanna Grimm und Klemens Irwell.« Nacheinander deutet sie auf Emma, Lisbeth, mich und Ignotus. Eine Art wilde Elektrizität bricht über mich herein. Es ist, als würden Leons Blicke mich röntgen, mir die Haut vom Fleisch zerren und jede Lüge, die wie schwarzes Gift in mir schlummert, entlarven. Ich denke an *Oceans Eleven*. Als wären wir kurz davor, ein Casino auszurauben. Nicht ein einziges Mal wage ich, aufzusehen. Leons Schuhe sind meine neuen besten Freunde. Ich glaube sogar, sie mögen mich. Der Blickkontakt zwischen uns ist sehr intensiv, und die Sekunden verstreichen. Es ist diese bestimmte Art von Ruhe, von der man weiß, wie zerstörerisch sie ganze Ebenen zerfetzen kann. Die Miene von Leons Kugelschreiber rollt über das Papier, und dann …

»In Ordnung.« Erstaunt sehe ich auf, gerade als er seine behandschuhte Hand auf den goldenen Knauf legt und die Tür des Prunksaals öffnet. »Viel Spaß.«

Purer, ungefilterter, erleichternder Sauerstoff flutet meine Lungen. Entweder, ich habe gerade die Oberfläche eines verschlingenden Meeres durchbrochen, oder Leons Schuhe waren Kaa die Schlange, die mich unwissentlich hypnotisieren wollte. Was auch immer es war, ich bin wieder frei.

Wir treten ein. Hinter uns fällt die Tür zurück ins Schloss.

»Blair.« Emma sieht sie mit einem anbetungswürdigen Blick von der Seite an. »Du bist ein verdammtes Genie, das …« Doch die

Worte bleiben ihr im Halse stecken, als sie den Kopf nach vorn wendet und sieht, was wir alle sehen.

Der Prunksaal ist nicht mehr das, was ich von der Benefizgala in Erinnerung habe. Stattdessen wirkt dieser gewaltige Raum wie ein verdammter Eispalast aus einem waschechten Märchen. Die Wände sind über und über verziert mit glitzernden Kristallen und Eiszapfen. Keine Ahnung, ob sie echt sind, aber dem Funkeln nach zu urteilen, sieht es sehr danach aus. Das goldene Licht des Diamantenkronleuchters, der von der gewölbten, mit Ölfarben bemalten Decke baumelt, bricht sich in der gewaltigen Eisskulptur in der Mitte des Saals. Es handelt sich um einen maskierten Engel in Abendkleid, die Flügel ausladend schön und umgeben von Tierskulpturen. Ich erkenne Hasen, Rentiere, Vögel, sogar ein lebensgroßes Pferd.

»Meine Fresse«, stößt Ignotus aus. »Kneift mich mal jemand?«

»Das würde auch nicht helfen«, murmle ich. »Dieser Luxus ist kein Traum. Das hier ist …«

»Pure Realität«, beendet Lisbeth meinen Satz. »Heilige Scheiße.«

»Nur nicht unsere«, stößt Blair bitter aus. »Es ist *ihre* Realität, und wir werden niemals Teil dessen sein. Wir sind diejenigen, die hinterher ihre verdammte Kotze unter den Tischen aufwischen.«

»Aber für heute nicht.« Ignotus legt Blair einen Arm um die Schultern. »Heute, meine Liebe, bist du Viktoria Bell und wirst diesen Scheiß leben, verstanden?«

Ihre grimmige Miene wird zu einem verschmitzten Grinsen. »Das lasse ich mir nicht zweimal sagen.«

Mein Blick klebt immer noch an dem luxuriösen Ambiente des Saals. Weiße Hussen überziehen die Stühle an den Tischen, edel gedeckt mit kristallblauen Tellern und Gläsern, dessen goldene Akzente mit dem Licht des Kronleuchters harmonieren. Alles blitzt und funkelt und schreit so laut nach High Society, dass es in meinen Ohren widerhallt und in eine schreckliche Rückkopplung übergeht, die mich auf den Boden der Tatsachen zurückholt. Aber Blair hat recht. Ganz egal, in wessen Rolle wir heute schlüpfen …

Ich bin Paola Cortessa, nicht Hanna Grimm. Ich bin eine angestellte Sommelière, keine nahe Verwandte von Jeff Bezos. Ich bin hier, weil ich *muss*, nicht, weil ich hergehöre. Leider besteht jedoch große Sorge, dass ich diese Tatsache schneller vergessen werde, als mir lieb ist. Der Ball übt seinen Zauber aus und streckt seine glitzerbepuderten Fühler direkt nach den Schultern aller Anwesenden aus. Unmöglich, sich nicht wie ein besonderer Schmetterling über den Tannenkronen eines magischen Waldes zu fühlen.

Nebeneinander schreiten wir die breite Marmortreppe hinab, während mein Blick über die maskierte Menge in Kleidern und Smokings gleitet. *Wer von denen könnte Charles sein?*

Das Orchester spielt auf der Westseite des Saals. Ignotus hatte recht: Es sind bekannte Popsongs. Gerade ist es *Bruises* von Lewis Capaldi. Mein Hörorgan filtert die Klänge der Geigen heraus, was dazu führt, dass eine Stimme, die verdächtig nach meiner *nonna* klingt, in meinem Kopf die Noten wiedergibt.

Wir schreiten die Treppe herunter wie vom Gold geküsste Pudel nach dem Besuch eines Schönheitssalons, und keiner weiß, dass wir eigentlich die Wölfe sind, die hier nichts verloren haben. Die Wölfe in Schafspelzen.

Was für eine herrliche Welt voller Möglichkeiten.

Angestellte in Fracks wuseln durch die Menge und verteilen Champagner von Tabletts, während ihre andere Hand felsenfest an ihrem Kreuz verharrt. Die wenigsten Gesichter der Mitarbeiterinnen und Mitarbeiter kommen mir bekannt vor, aber ich bin mir sicher, für den Maskenball wurden nur diejenigen eingeteilt, die dem Palast seit Jahrzehnten dienen.

»Kein Scheiß, Leute, ich habe harte *Bridgerton*-Vibes«, sagt Blair. Mit einem Blick auf Ignotus fügt sie hinzu: »Das hier muss dein feuchter Traum sein.«

»Du hast ja keine Ahnung«, raunt er.

»*Bridgerton*?« Meine Stimme ist eine Oktave höher gewandert. »Wohl eher Elsas Hochzeit.«

»Ich hätte *Frozen* nicht mit dir gucken sollen«, murmelt Emma.

»Stimme Blair zu«, sagt Lis. Ein neuer Song wird gespielt, woraufhin sie die Arme in die Luft wirbt. »Oh, echt jetzt? *Titanium*? Mehr *Bridgerton* geht wohl nicht!«

»Die Damen?« Ein Kellner bleibt vor uns stehen. Er zieht die Füße aneinander und deutet eine leichte Verbeugung an. »Der Herr. Champagner?«

»Sehr gern«, antwortet Blair, zeigt ihr perfektes Zahnpastalächeln und bedient sich an den Gläsern, die sie reihum an uns verteilt. Der Kellner verschwindet.

»Du hast recht«, sage ich, als ich mein Glas entgegennehme.

Fragend sieht Blair mich an. »Womit?«

»Du wärst für dieses High-Society-Leben geboren.«

Wehmütig verzieht sie den Mund. »Ja, oder? Das Leben ist *so* unfair.«

Emma drückt ihr einen Kuss auf die Wange. »Heute Nacht lebst du das aus, Blair Wagner.«

»Immer sprichst du meinen Namen falsch aus.« Blair wischt sich die Lippenstiftspuren von der Wange. »Nicht Waigner, Emma, Wagner, wie Wahgnär. Meine Vorfahren waren deutsch.«

»Lisbeth, sag ihr, sie diskriminiert mich wegen meines britischen Akzents.«

»Du diskriminierst mich, indem du mich eine Wette nennst.«

»Ich sage nicht *wager*, sondern Wagner.«

»Da!« Blair zeigt mit dem Finger auf sie. »Schon wieder. Waigner!« Ihr Blick zuckt zu mir. »Oder, Paola? Sag ihr, dass sie es falsch ausspricht. Ich bin Amerikanerin, und sogar ich kann es deutsch aussprechen. Wahgnäääär.«

»Niemals mische ich mich da ein«, sage ich. »Diese Frau schläft mit einem entstellten Nacktmull im Arm. Ich habe Angst vor ihr.« Lachend erhebe ich meine Champagnerflöte. »Auf einen unvergesslichen Ball, Freunde.«

Wir stoßen an. Die Gläser klirren, das Licht lässt die perlende elfenbeinfarbene Flüssigkeit feierlich glitzern … und der Abend beginnt.

Innerhalb weniger Minuten wird unsere feurige Blair von Finn Gerbensteyn zum Tanz aufgefordert, obwohl er nicht wissen kann, dass sich ausgerechnet das Mädchen unter der grünen Maske verbirgt, das ihm eine Ohrfeige verpasst hat. Das muss Schicksal sein. Blair legt ihre Hand auf seine und geht mit ihm, nicht ohne sich noch einmal zu uns umzudrehen und mit den Lippen ein dickes fettes *WHAT THE FUCK* zu formen. Lisbeth sieht den beiden mit grimmiger Miene und einen Moment zu lang hinterher, als dass ich es als unbedeutend abtun könnte. Kurz streift ihr Blick meinen. Ich hebe eine Braue, aber sie wendet sich ab.

»Ignotus.« Lis ignoriert, dass er sich mit geschlossenen Augen und einem seltsamen Ein-Mann-Tanz zu der Orchesterversion von Bastilles *Pompeii* bewegt. »Komm, tanzen.« Sie schnappt sich seinen Arm und zieht ihn mit sich.

Ich höre ihn empört nach Luft schnappen. »Das ist alles andere als eine *manierliche* Aufforderung, Lisbeth, außerdem sollte der Mann die Frau um den Tanz bitten!«

»Spoiler Alert: Ich könnte dir auch einen blasen, bevor du mich küsst«, entgegnet sie zischend. »*Ohne* Fechtkampf, in dem mein Bruder dich zwingen müsste, mich zu heiraten, stell dir vor. Wir sind im einundzwanzigsten Jahrhundert angekommen, komm klar damit.« Dann verschwinden die beiden zwischen Tüll und Seide hinter dem gefrorenen Rentier.

»Tja«, sagt Emma und stößt mit ihrem Champagnerglas gegen meines. »Damit hat unsere Queen es ihm gegeben.«

»Jepp.« Ich nippe an der perlenden Flüssigkeit. Sie schmeckt berauschend. Nach Macht und Geld. Sie schmeckt wie Charles' Blicke. »Und jetzt sind es nur noch wir beide. Wollen wir …«

»O mein Gott, Paola!« Emma streckt eine Hand aus und krallt sich an meinem Oberarm fest. Der Oberarm, an dessen Schulter die Bissspuren nur deshalb verborgen bleiben, weil die blaue Schattierung sie ummantelt. »Scheiße, *verfickte Scheiße*, ich glaub's nicht!«

»Was?«

»Laxon«, presst sie hervor. »Er kommt auf uns zu. Und er guckt mich an. Er … er lächelt, oder? Lächelt er?«

Ich folge ihrem Blick. »Könnten auch Schmerzen sein. Vielleicht hat er Zahnfleischprobleme.«

»Paola!«

Aber bevor ich ihr sagen kann, dass es tatsächlich ein Lächeln ist, hat er uns schon erreicht.

»Sieh an«, sagt er. »Ein verstecktes Rapunzel.«

Emma schnappt nach Luft. »Woher …«

Laxon streckt eine Hand aus und fährt durch ihre dichten, langen Haare. »Diese Locken würde ich überall wiedererkennen.«

Mir sackt das Herz in die Hose. Wenn er Emma unter der Maske identifizieren konnte, weiß er mit Sicherheit, was hier abgeht. Und wenn er seinen Jungs davon erzählt …

»Keine Sorge«, ergänzt er, als hätten sich meine Gedanken ihm schreiend aufgedrängt. »Von mir erfährt keiner was.« Sein Mundwinkel zuckt, bevor seine hellgrauen Augen über Emmas Gesicht, ihren Körper wandern. »Ich stehe auf mysteriöse Frauen. Und wo wir schon bei mysteriös sind«, Laxon neigt den Kopf, wobei sein Blick zu mir gleitet, »Edward bat mich, der ganz in schwarz gekleideten *geheimnisvollen Schönheit* auszurichten, er würde sie am gefrorenen Pferd sehnlichst erwarten.«

»Na klasse«, erwidere ich trocken. Ich sehe über seine Schulter hinweg in die Mitte des Saals. Edward sitzt vor dem Pferd auf einem verkehrt herum gedrehten Stuhl, den Arm auf die feine, geschwungene Eisenlehne gelegt, und zwinkert mir zu.

NOT THAT CLASSY KIND OF A MASQUERADE BALL

Paola

»Damit das klar ist«, sage ich, als ich ihn erreiche. »Ich rede nur mit dir, um herauszufinden, ob du meine unerwünschte Anwesenheit hier bloß für deinen nächsten Skandal benutzen willst.«

Er presst sich eine Hand an die Brust. »Deine Schläge sind eiskalt und brutal, little secret.«

Ich schnaube. »Du bist ein Scheißkerl, Edward.«

»Das höre ich mindestens dreimal täglich.« Mit einem Grinsen auf den Lippen, als würde er jede Sekunde dieser Unterhaltung genüsslich auskosten, nippt er an seinem Champagner. »Erzähl mir was Neues.«

»Was stimmt nicht mit dir, verdammt?«

»Oh, einiges.« Er zieht den Nachbarsstuhl heran und klopft auf die mit Rosen bemalte Sitzfläche. »Lass uns reden.«

»Ich werde ganz bestimmt nicht mit dir reden.« Unruhig sehe ich mich um. »Die Leute warten doch nur auf so eine Gelegenheit.«

Er verdreht die Augen. »Niemand weiß, dass du es bist.«

Ungläubig hebe ich eine Braue in die Stirn. »Du hast mich nach fünf Minuten enttarnt.«

»Ja, ich.« Er sagt das, als wäre er Superman und kein Maß, an dem man sich messen sollte. »Außerdem ist das hier der Maskenball. Lena, Xenia und all die anderen Aasgeier warten das ganze Jahr über auf dieses Weihnachtsevent. Denkst du, die haben heute auch nur einen anderen Gedanken als ›wer bittet mich um einen Tanz‹ und ›wer wird mich hinterher in meiner Fünfzehntausend-Franken-Suite ficken‹?«

Ich verziehe das Gesicht. »Du bist ekelhaft.«

»Ich bin ehrlich.« Wieder klopft er auf die Sitzfläche. »Na los, setzen.« Als ich nicht reagiere, sieht er zu mir auf. Trotzdem erweckt es den Anschein, als würde er auf mich hinabblicken. »An deiner Stelle würde ich es tun.«

Provokant erwidere ich den Blick. »Willst du mir drohen, Blackwell?«

»Nein. Du kannst auch gehen. Deine Entscheidung. Ich rate dir nur, es zu tun.«

»Und warum?«

»Damit ich dich fragen kann, was du im Schilde führst.«

Mein Herz setzt einen Schlag aus. »Wie bitte?«

Er nimmt einen weiteren Schluck, ehe er sagt: »Setzen, Paola. Dann reden wir weiter.«

Einen Augenblick liefern Edward Blackwell und ich uns ein eisiges Blickduell. Man könnte meinen, die Kälte, die auf meine Haut übergeht, rührt von dem gefrorenen Pferd, aber nein. Edwards Aura ist erdrückend, schwer und *eisig*. Es schnürt mir die Luft ab. Ich bin diejenige, die zuerst wegsieht.

Ich ziehe den Stuhl heran und setze mich.

»Brav«, sagt er.

»Rück einfach raus mit der Sprache.« Schwer auszumachen, ob er merkt, dass ich meine Unsicherheit unter dem Schleier der monotonen Maske wahre. »Was willst du von mir?«

»Ironisch, findest du nicht?« Edward lächelt wie ein Kind an Weihnachten. Das hier muss sein persönliches, vorgezogenes Geschenk sein. »Dass du mir weismachen willst, was für ein toxisches Arschloch ich bin, während du, little secret, nur deshalb hergekommen bist, um das brave Mäuschen zu spielen, dessen Nase verzweifelt den verschimmelten Käse auf der Kaviarplatte sucht.«

Hat mein Herz eben noch einen Schlag verpasst, so hört es jetzt einfach ganz auf, zu existieren. »Das ist ...«

»Lüg nicht«, schneidet er mir das Wort ab, das Grinsen für diejenigen, die zu uns sehen, wie festgetackert. Edward wurde geboren, um jede Show zu gewinnen. Ihm wurde beigebracht, zu lachen, den Schein zu wahren, selbst wenn sich ein verdammter Pfeil in seinen Rücken bohrt. Selbst wenn er elendig daran verrecken würde. Lächeln, Blackwell. Lächeln und Haltung wahren. »Ich muss sagen, du bist gut.« Er lässt seinen Nacken knacken und kippt den Rest Champagner. Dann knallt er die Flöte auf den Beistelltisch zwischen uns. »Aber nicht so gut wie ich.« Er sieht mir in die Augen. »Hast du echt geglaubt, ich durchschaue dich nicht?«

Ich kann nur dasitzen und ihn fassungslos anstarren. »Woher …«

»Deine Weinbesuche in unseren Suites haben dich verraten. Seit letztem Jahr habe ich Kameras installiert. *Vor allem* in meinem Schrank, falls jemand, so wie du es getan hast, versucht, meinen verdammten Safe zu knacken. Sag mir, war's schön unter meinem Sofa?«

Ich spüre, wie mir alles Blut aus dem Gesicht weicht.

»Keine Sorge«, fährt Edward ungerührt fort. »Charles hat keine Ahnung. Und auch sonst niemand.« Er beugt sich zu mir und verengt die Augen zu Schlitzen. »Wenn du etwas über April herausfinden willst … *frag mich doch einfach.*«

»Ich will nichts über April herausfinden«, sage ich sofort. Meine Hände sind schweißnass. Der Stiel meiner Flöte lässt sich plötzlich wesentlich schwieriger greifen.

»Dann rede.«

»Wie bitte?«

Seine Augen werden schmal und so dunkel wie der Himmel vor einem Gewitter. »Was führst du im Schilde, little secret?«

Die Welt um uns herum verschwimmt zu einem unscharfen Hintergrund. Ein blurred Filter über den bunten Kleidern, die glitzernden Pailletten plötzlich groß und hell, wie mit einem Festbrennobjektiv fotografiert. Ich zergehe unter seiner Musterung, unter dieser von Macht geschwängerten Aura. »Es … ich …«

»Wenn du lügst, werde ich es selbst herausfinden«, sagt er. »Und glaub mir, dass ich das kann.« Er rückt ein Stück näher an mich heran. Jede Unbeschwertheit, die sonst Edwards Züge dominiert, ist verschwunden. Er blickt mir in die Augen wie das feindliche Oberhaupt einer Schlacht. »Was auch immer für dich auf dem Spiel steht, wird sich verschlimmern, wenn du es wagen solltest, mich jetzt anzulügen.«

Ich glaube keine Sekunde, dass er blufft. Nicht er. Zitternder Atem entweicht mir, ehe ich entgegne: »Es ist nicht wegen dir. Oder Charles. Nicht wirklich. Ich war in euren Zimmern, weil …« Kurz schließe ich die Augen, suche nach Wörtern. »Es geht um deinen Vater. Es … ich kann dir nicht sagen, warum, es ist nur, ich …«

»Meinem *Vater?*« Das Gewitter zieht vorbei. Edwards Augen hellen sich auf. Hochsommer von null auf hundert. »Oh, *das* ändert die Sache.«

Ich blinzle. »Wie … wie bitte?«

Edward lehnt sich zurück und fährt sich mit den Fingern über das glatt rasierte Kinn. Ein zufriedener Ausdruck glättet seine Züge und will nicht so recht zu dem passen, was als Nächstes von ihm kommt. »Der Kerl fuckt mich ab. Wenn ich könnte, würde ich dieses verfickte Hotel dem Erdboden gleichmachen, damit er mich endlich mit seinem Erbegelaber in Ruhe lässt.«

Ich beiße mir auf die Unterlippe. »Das ist also die Antwort.«

»Welche Antwort?«

»Deine Rebellion.«

»Warum all die Skandale, Paola?« Ed hält inne, als ein Kellner vorbeikommt und unsere Gläser gegen gefüllte austauscht. Als er wieder in der Menge verschwindet, beugt Edward sich zu mir, fährt mit dem Finger meine Maske nach und fügt mit einer präzisen Betonung hinzu: »Weil ich es genieße, ihn in Rage zu bringen. Ich genieße es, seine verdammte Enttäuschung zu sein, die ihm den letzten Nerv raubt. Einfach nur, *weil ich es kann*, verstehst du?«

»Auf … auf eine verquere, kaputte Weise … ja. Aber ich verstehe nicht, warum du ausgerechnet *mir* das erzählst?«

Immerhin habe ich ihm gerade verraten, dass ich eine Heuchlerin bin, die es auf seine Familie abgesehen hat.

»Weil du genauso abgefuckt bist wie ich. Wir sitzen im selben Boot. Aber halte dich in Zukunft von meiner Suite fern.« Edward starrt in die Menge, ein angedeutetes Lächeln auf den Lippen. »Mach, was du willst, little secret. Ich werde dich nicht aufhalten.« Als ich ihn nur weiter mit großen Augen anstarre, legt er die Fingerspitzen ans Kinn und dreht den Kopf in meine Richtung. Er lüpft die Brauen und sagt dann in einem euphorischen, beinahe wahnwitzigen Ton: »Mehr noch: Ich werde dir *helfen*, ihn zu zerstören.«

Entgeistert schüttle ich den Kopf. »Aber wieso?«

»Weil es mir scheißegal ist.« Er lässt die Hände sinken und legt die übliche nüchterne Maske über seine Züge. »Weil ich es dir schulde, nachdem ich dich benutzt habe. Weil ich toxisch und ungesund bin und meinem Vater nichts als Dreck vor seine verfickte

Luxussuite scheißen will. Weil ich das alles weiß, und es mich nicht interessiert.« Er zuckt die Achseln. »Such dir was aus dem Topf des bösen Jungen aus.« Er fährt sich mit der Hand durch den kurz geschorenen Militärschnitt. Dabei sieht er aus, als gäbe es nichts mehr, das ihm überhaupt noch wichtig ist. Edward ist einer der attraktivsten Männer, denen ich je begegnet bin, aber auf eine düstere Art. Völlig kaputt. Wie ein leuchtender Schmetterling, dessen Flügel brutal und unmenschlich gebrochen worden sind, damit er aufhört, zu fliegen. »Soll mein Vater doch vor die Hunde gehen.« Er nimmt ein Feuerzeug aus seiner Fracktasche und dreht geistesabwesend am Rädchen. Eine kleine Flamme erscheint, bevor sie wieder erlischt. »Es wird eine erfrischende Abwechslung in dieser tristen Finsternis, die April hinterlassen hat.«

Keine Ahnung, ob es der Rausch des Champagners oder einfach der Drang der Neugierde ist, aber in diesem Moment entscheide ich, seinem Rat zu folgen und ihn einfach zu *fragen.* »Was war zwischen dir und April?«

Es erscheint mir wie ein lächerlicher, dummer Zufall, dass das Orchester in diesem Moment *Before You Go* von Lewis Capaldi einstimmt. Die erste Strophe und die Hälfte des Refrains vergehen, ohne dass Edward antwortet. Er starrt nur weiter in die tanzende Menge, während sich die Pracht der vielen Kleider in seinen Iriden spiegelt. Die Finsternis darin füllt sich mit entsättigten Farben, eine bunte Sammlung explodierender Farbtöpfe, die mit Wucht in ein schwarzes Loch katapultiert werden. Für immer gefangen in endloser Leere.

Ich denke schon, er wird mich weiterhin ignorieren, als ich plötzlich sehe, wie er hart schluckt. Und dann erzählt Edward: »Sie war meine Freundin. Selbstbewusst, quirlig, witzig. Süchtig nach Adrenalin. Das hatten wir gemeinsam. Eines Abends habe ich gesehen, wie sie nackt auf dem gefrorenen Moritzersee meditierte.« Ein verzweifeltes Lächeln auf seinen Lippen, so kurz, dass es mir fast entgangen wäre. »Das war der Moment, in dem ich mich in sie verliebt habe. Unwiderruflich.«

Ich kann es mir vorstellen. *So gut* vorstellen. Wie Eds Herz einen Dreifachsalto geschlagen hat, als er sie dort hat sitzen sehen. Diese risikoliebende, verrückte Seele fand ihr Gegenstück.

»Wie lange wart ihr ein Paar, bevor …«

»Zwei Jahre«, entgegnet er tonlos. Er schüttet sich den Champagner mit einer Intensität in den Rachen, als würde er hoffen, es wäre Gift. »Zwei. Verfickte. Jahre. Meines. Lebens.« Sein Kinn beginnt zu zittern. Die nächsten Worte klingen so verzweifelt, dass seine Stimme in eine höhere Lage wechselt. »Fast tausend Tage Liebe. Fast tausend Tage Zorn. Fast tausend Tage Streit, Lust, Hass, Verzweiflung, Angst, Hingabe. Der reinste Kopffickcocktail. Bis sie meinte, sie will wen anders.« Sein Champagner ist schon wieder leer. Als ein Kellner ihm neuen anbietet, schnappt er sich gleich die ganze Flasche vom Tablett und bedeutet ihm mit einer raschen Handbewegung, weiterzugehen. Edward setzt den Flaschenrand an die Lippen und trinkt mehrere große Schlucke, bevor er mit einem Ausdruck kälter als der Tod verkündet: »Sie wollte jemand anderen, und dann war sie weg.« Edward zieht sich die dunkelblaue Maske vom Gesicht, hält das Band zwischen zwei Fingern und beobachtet sie, während sich das Stück Stoff trostlos langsam wie ein kaputter Kreisel um sich selbst dreht. »Aber egal, wo sie jetzt steckt, sie wird die Brosche und den Ring tragen. Und wenigstens *das* gibt mir das Gefühl, dass sie nicht allein ist, wo immer sie auch sein mag.«

»Die Brosche und der Ring«, entgegne ich behutsam, so vorsichtig, als müsste ich minenbesetztes Land überqueren. »Dinge, die sie von dir hatte?«

Edward nickt. Er zieht sein iPhone aus der Anzugtasche, entsperrt das Display und scrollt einige Zeit durch sein Handy. Dann kippt er es in meine Richtung, damit ich das Bild darauf sehen kann.

Vermutlich ist der Sommer gerade in Höchstform, denn die Sonne scheint gnadenlos auf das Mädchen in dem eng anliegenden Crop Top herab. Das muss April sein. Ihr langes braunes Haar fällt in Korkenziehern bis auf ihre Hüftknochen. Sommersprossen tanzen auf ihrem Gesicht, die Augen hat sie geschlossen. Eine kleine Stupsnase küsst den wolkenleeren Himmel. Edward sitzt auf Jalapeño, sie steht hinter ihm, barfuß auf dem Rücken des Tieres. Wie ein Vogel streckt sie die Arme von sich, ihr Kopf leicht in den Nacken gelegt. Die Zunge hat sie frech zwischen die Lippen geschoben.

»Hier, diese.« Edward deutet auf eine goldene Brosche in ihrem Haar, versetzt mit einem roten Rubin. »Sie hat meiner Großmutter gehört. Ich habe unsere Namen eingravieren lassen und sie April zum Geburtstag geschenkt. Genauso wie den.« Er zieht mit den Fingern das Foto größer, und sein abgeknabberter Nagel tippt auf einen Stimmungsring an ihrem Finger. »Es war eine Wette. Ich meinte zu ihr, es würde kein Tag vergehen, an dem sie nicht voller Adrenalin und der Stein knallrot wäre. Sie hat dagegen gewettet und ihn seitdem ständig getragen. Der Stein war in einem Vendergaard-Ring eingefasst.« Er lächelt wehmütig. »Und im Stimmungsring glitzerte eingearbeiteter Strass, deshalb war er von anderen zu unterscheiden. Er hat ständig gefunkelt, wenn sie im Licht stand.«

Der Ring ist in der Vergrößerung nur verpixelt zu sehen, aber je länger ich diesen grünen Fleck betrachte, desto mehr habe ich das Gefühl, in mir regt sich etwas. Als würde mein Unterbewusstsein mir eine Erinnerung aufdrängen wollen, die ich nicht zu fassen bekomme. »Um was ging es bei der Wette?«

Etwas Verruchtes gleitet über seine Züge. »Oh, das willst du nicht wissen.«

Unwillkürlich muss ich lächeln. Es ist ein trauriges Lächeln. Nostalgisch, obwohl ich dieses Mädchen nicht gekannt habe.

»Wer war es, den sie wollte?«, frage ich.

Edwards Miene verfinstert sich. Er sperrt das iPhone, schiebt es zurück in seine Tasche und erhebt sich vom Stuhl. Er streckt mir seine Hand entgegen. »Das erzähle ich dir woanders, little secret.«

BABY, I WANT YOU, I DO

Paola

Edward führt mich die Empore hoch über die von Kunstwerken gesäumte Galerie. Meine Hand liegt in seiner, und ich frage mich, wie das passieren konnte. All das hier. Edward, der mich vom Bahnhof abholt und mich anlügt. Edward, der seine Lippen während der Benefizgala auf meine drückt. Edward, der mich von Anfang an im Auge behalten hat, weil er ahnte, dass ich das Gleiche mit ihm vorhatte. Edward, der mich in der Sauna gefingert hat, kurz bevor ich herausfinden musste, dass es seine verdammte Aufgabe bei diesem Partyspiel gewesen ist. Edward, der versucht hat, mir zu verklickern, er hätte das nicht geplant. Edward, der völlig durch mit der Welt ist, einer von den Typen, von denen ich mich seit jeher ferngehalten habe, ist plötzlich auch derjenige, der mich anzieht wie ein Magnet die Euromünze.

Zwei Brüder, zwei Jäger, zwei steinreiche Rebellen mit der Intention, Lust mit mir zu empfinden, keine Liebe, und mittendrin – ich. Paola Cortessa, ein Mädchen, das seit jeher im Schatten stand und zum ersten Mal das Gefühl bekommt, wichtig zu sein. Begehrt zu sein. Und, Scheiße, ja, dieses Gefühl zieht mich an wie das Licht die Motte. Ich bin Ikarus. Ich weiß das, aber leider kann ich nicht rational denken. Leider führt das innere Kind in mir das Zepter, und das *will* diese Aufmerksamkeit, das *will* diese selbstbewussten, dominanten Jungs.

Vor einem Gemälde mit einer Menge schreiender Acrylmänner in Strumpfhosen bleibt Edward plötzlich stehen.

»Willst du mir jetzt eine Führung durch eure Kunstwerke geben?«, frage ich.

Sein Mundwinkel zuckt. »Das wäre eher Leopolds Definition von Spaß.«

»Und deine?« Ich hebe eine Braue. »Das Gemälde zu zerstören und damit den nächsten Skandal anzuzetteln? *Sagt Adieu zu Helena und Lysanders Sommernachtstraum, hier kommen Cortessa, 22, und Blackwell Junior, 23, das neue Rebellenpaar*?«

»Mir war nicht bewusst, dass wir Sommer haben, ich träumen kann *und* wir ein Paar sind.« Er fährt mit den Fingern am vergoldeten Schnörkelrahmen entlang, bis etwas klickt. Dann sieht er mich an und grinst. »Aber schön zu wissen, dass die geheimnisvolle Schönheit jetzt *meine* geheimnisvolle Schönheit ist.«

»Bin ich nicht«, entgegne ich.

»Natürlich nicht. Nur Lust, nicht wahr?« Wenn ich mich nicht irre, höre ich eine Spur der Verbitterung aus seinem Ton heraus. Aber bevor ich etwas entgegnen kann, schwingt das Gemälde plötzlich auf.

Perplex starre ich in den dunklen Gang dahinter. »Das ist nicht ernsthaft eine Geheimkammer? Wo sind wir hier? Im Mittelalter?«

»Im Blackwell Palace.« Seine eisblauen Augen blitzen aufgeregt, als seine Finger sich wieder um meine schließen. Mein Magen macht einen Satz. Er zerrt mich hinter sich her, und als ich im Gang stehe, zieht er das Gemälde hinter sich zu. Es ist stockdunkel. Mein Herz pumpt, als wäre ich auf der Flucht vor Anneli, die mich für Karl, den Norwegenheuchler, hält. »Was wollen wir hier?«

»Warte.« Edward beleuchtet den Gang mit seinem iPhone und führt mich mit sich. Die ganze Zeit betrachte ich das Band der Maske, die er in die Stirn geschoben hat, und dessen marineblaue Farbe sich perfekt an sein weißblondes Haar schmiegt. Das Hemd hat er oben aufgeknöpft. Im Handylicht funkeln seine Manschettenknöpfe. Hin und wieder blitzt die BP-Gravur auf, manchmal auch das Ziffernblatt seiner Rolex. Und dann, nach einer gefühlten Ewigkeit, erreichen wir endlich das Ende des Ganges und betreten einen kleinen Raum. Edward macht eine Lampe an. An der Wand steht ein Bücherregal, neben einem nicht entzündeten Kamin ein Stuhl mit Messinglehne, der aussieht, als wäre er vor einigen Jahrhunderten der Thron eines Königs gewesen.

Edward tritt einige Schritte in den Raum hinein, dann dreht er sich zu mir um. »Du wolltest wissen, wen sie wollte.« Ich nicke. Edward streift sich die Maske von der Stirn und wirft sie auf einen

Beistelltisch. Er lässt sich Zeit mit seiner Antwort, mustert die Barocktapete, die Titel der Bücher im Regal. Dann sieht er mich fest an und sagt: »Meinen Bruder.«

Meine Augen weiten sich. Ich öffne den Mund, aber es kommt nichts heraus. »Wa... Aber ... sie war doch mit dir zusammen?!«

Edward schnaubt. »Tja, das war das Problem. Es war wie immer zwischen ihm und mir. Charles hat sie umworben. Er konnte nicht ertragen, dass April *mich* bevorzugt hat.« Edward tritt an die uralte Stehlampe heran, streicht mit einem Finger über die Fransen. »Sie wollte ihn mehr denn je. Das habe ich jeden Tag, der verstrichen ist, deutlicher gespürt.«

Mein Herz macht einen Satz. »Und ... und dann?«

»Keine Ahnung, was genau passiert ist.« Das Blau seiner Augen verfinstert sich, obwohl das Licht direkt hineinleuchtet. »Aber plötzlich war ich wie Dreck für April. Sie war besessen von Charles. Das hat sie mir gesagt.« Er zuckt die Achseln, als wäre es ihm egal. »Dann war sie weg.«

»Das tut mir leid, Edward«, flüstere ich. »Es muss schlimm gewesen sein.«

»Es ist immer er, der gewinnt.« Kurz schließt er die Augen, atmet tief durch. Als er sie wieder öffnet, wendet er sich mir zu. »Aber das hier ist längst kein Spiel mehr.«

»Wie bitte?«

Er macht einen Schritt auf mich zu. »Ich will dich, Paola. Nicht dein Herz, aber, fuck ... Ich. Will. Dich.« Jedes der letzten drei Wörter unterstreicht er mit einem weiteren Schritt in meine Richtung. Ich stehe da, in diesem seltsamen Geheimraum und in meinem Ballkleid, und habe keine Ahnung, was hier gerade geschieht. Edward streckt seine Hand aus, fährt mit der Fingerkuppe seines Fingers die Linie meines Kiefers entlang. Ich erkenne die feine Pigmentierung seiner Lippen, das Muttermal auf seinem Wangenknochen. *Schönheitsmal.* »Es tut mir leid, wie ich dich behandelt habe. Das hast du nicht verdient.« Er schluckt. »Es tut mir leid, dass ich so kaputt bin, und es tut mir leid, dass du das zu spüren bekommen hast.«

Ich denke an Charles, an Venedig, an seine kühle Art, sich von mir zu distanzieren. Ich denke an seine Worte. Daran, dass er nicht dafür gemacht ist, zu lieben. Dass er keine Romantik sucht. Und dann sehe ich Edward, der hier vor mir steht und mir im Gegensatz zu seinem Bruder seine nackte Seele vor die Füße knallt. Und trotzdem weiß ich nicht, was mein Herz fühlt. Trotzdem weiß ich nicht, für wen von ihnen es mehr schlägt. Aber ich weiß, dass ich gerade nicht will, dass Edward geht. Und, dass er die Wahrheit kennen soll.

»Ich hatte was mit deinem Bruder«, sage ich plötzlich. »Kein Sex. Nur ... nur anderes.«

Sein Mundwinkel zuckt. »Als ob ich das nicht wüsste.« Als ich ihn perplex anstarre, stößt er ein leises, freudloses Lachen aus. »Ich bitte dich, Paola. Ich bin nicht dumm.«

»Und du willst mich trotzdem?«

»Du kannst machen, was und mit wem du willst. Du gehörst dir, oder nicht?«

Diese Worte. Sie sind es, die den Schalter in mir endgültig kippen. Die den plötzlichen Wunsch, ihm nahe zu sein, mit fettem Edding unterstreichen.

»Ja«, hauche ich. »Ganz genau.« Und dann sind es meine Hände, die ihn am Kragen packen. Es sind meine Hände, die ihn zu mir herunterziehen. Und es sind meine Lippen, die sich auf seine pressen. *Ich* bin diejenige, die die Kontrolle über das hier hat. Vielleicht auch ein bisschen mein alkoholisierter Verstand, der mein Verlangen in ungeahnte Höhen schießen lässt, aber daran will ich gerade nicht denken.

Edward stößt einen erleichterten Seufzer aus, dann packt er meine Oberschenkel und hebt mich hoch, bis mein Rücken die Wand berührt. Immer wieder treffen sich unsere Lippen, unsere Zungen. Er schiebt mein Kleid nach oben. Ich nestle an seinem Reißverschluss, öffne den Knopf und zerre die Hose herunter.

Edward stöhnt in meinen Mund, als sein Glied unter der Boxershorts gegen meinen Slip drückt. »Du machst mich so heiß«, raunt er und reibt mit dem Daumen über meine empfindlichste Stelle unter dem Stoff. »So scheiße heiß, Paola, *fuck*.«

Ich bin absolut betrunken. Auf jeden Fall. Und er ist es auch. Aber trotzdem will ich das hier *unbedingt*. In einer schnellen Bewegung ziehe ich ihm die Boxershorts herunter. Meine Nägel kratzen über seinen Rücken, während sein Schaft sich an meinem Slip reibt. Mir entfährt ein ungeduldiger Laut. Zwischen zwei hitzigen Küssen gibt Edward ein raues Lachen von sich. »Du bist also eine kleine Raubkatze?«

Als Antwort werden meine Küsse nur wilder, meine Nägel kratzen fester über seine Schulter. Edward stöhnt, saugt an meinem Hals und ich ... ich werde beinahe *wahnsinnig*!

Plötzlich greift Edward nach seinem Jackett, das er achtlos über die Lehne des Throns geworfen hat. Er zückt sein Portemonnaie aus der Tasche, das keine Sekunde später wieder zu Boden fällt, als er das Kondom rausfischt. Er löst sich von mir. Mit den Zähnen reißt er die Verpackung auf. Als ich ein ungeduldiges Wimmern ausstoße, schiebt er seinen Daumen zwischen meine Lippen. Ich sauge daran. Edwards Lider flattern. Mir entgeht nicht, wie sein Schwanz verlangend zuckt. Er rollt das Kondom darüber, zieht seinen Daumen aus meinem Mund und sieht mir dann tief in die Augen. »Sicher, dass wir das hier tun sollten?«

»Wenn du willst?«, keuche ich.

»Ich will«, entgegnet er atemlos. »Du?«

»Ja«, sage ich sofort. »Ich auch.«

Es stimmt. Ich habe keine Ahnung, was ich mit meinen Gefühlen anstellen oder wie ich sie ordnen kann, aber Fakt ist: Jetzt gerade will ich das hier so sehr. Und *Effi Briest* sagt, ich soll im Moment leben, oder nicht?

Lebe für dich, für dein Herz, deinen Willen.

Edward küsst mich wieder. Doch diesmal ist es kein wilder Kuss. Kein chaotischer. Es sind sanfte Berührungen, zärtliche, voll begehrender Leidenschaft. Er küsst mich, als wäre ich kostbarer als jeder Diamant in den Gemäuern dieses Palasts.

Aber als ich seine Spitze an meiner Öffnung spüre, ist das, als würde plötzlich ein brennendes Warnsignal durch meinen Körper fahren. Ich zucke zusammen, erstarre, reiße die Augen auf. Von jetzt auf gleich hat sich mein Wille von *unbedingt* zu *auf gar keinen Fall* geändert.

Er hält sofort inne. »Was denn?«, flüstert er, während sich seine Hände von meinen Beinen lösen und er mich runterlässt. Er schiebt mir eine Strähne hinters Ohr. »Alles okay?«

Ich blinzle ihn an, schockiert und verwirrt gleichermaßen.

Langsam schüttle ich den Kopf. Ich mache einen Schritt zurück, fahre mir durchs Haar. »Das ist … wir …«

»Paola.« Edward will nach meiner Hand greifen, aber ich wende mich ab.

»O Gott, das geht nicht … ich glaube, ich brauche kurz … ich …«

»Habe ich etwas falsch gemacht?« Über Edwards hochattraktives Gesicht huscht Verwirrung. »Bereust du es?«

Wieder schüttle ich den Kopf. »Nein, ich … nein. Es ist nur … ich glaube, ich weiß einfach überhaupt nichts mehr.«

»Wie meinst du das?«

Aber statt ihm zu antworten, richte ich mein Kleid, schiebe mir die Maske über die Augen und flüchte. Vor meinen Gefühlen, die völlig durcheinandergeraten sind. Vor der Angst, eine Entscheidung treffen zu müssen, von der ich keine Ahnung habe, ob sie die richtige wäre. Und *vor allem* vor dem Gedanken, dass es gar keine Entscheidung gibt, die ich treffen könnte, weil ich nicht hier bin, um in den Armen der Jungs zu liegen, sondern um ihnen das Messer in den Rücken zu rammen, verdammt.

Ziellos stoße ich das Gemälde auf, renne die Treppe runter, quetsche mich an feiernden Menschen vorbei, suche Emma, irgendwen, als plötzlich …

»Paola.«

Oh, *fuck*!

YOU HAVE BEWITCHED ME, BODY AND SOUL, AND I LOVE, LOVE, LOVE YOU

Paola

Noch bevor ich den Blick in seine Richtung wende, verrät mir das brennende Kribbeln auf meiner Haut, wer plötzlich vor mir steht. Langsam, als würde ich erwarten, geradewegs in den Lauf einer Waffe zu blicken, drehe ich den Kopf.

Der erstgeborene Blackwell trägt einen weißen Anzug und eine genauso weiße Maske, die sich von seiner sonnengebräunten Haut abhebt wie ein weißer Sandstrand vom türkisblauen Wasser.

Jetzt, hier, in diesem Moment bringt mich Charles' perfektes Lächeln um. Scheiße, wirklich, es *killt* mich. Ich muss ihn nur ansehen und mein verdammtes Herz rutscht mir bis in die Zehen. »Kann es sein, dass du es darauf anlegst, unartige Dinge in meiner Gegenwart zu tun, Cortessa?«

»Un…unartig?« Bloß nichts anmerken lassen, Paola. Wahre deine Haltung. Trage deine Maske so perfekt wie die, die über deinen Augen liegt. Überspiele jede Unsicherheit. Er *kann* nicht wissen, was du gerade fast getan hättest. »Was meinst du?«

»Du schleichst dich auf den Weihnachtsball.« Er hebt eine Braue. »Ohne Einladung.«

Wären diese Worte vor einer Stunde noch die Hölle schlechthin für mich gewesen, brechen sie nun wie pure Erleichterung über mich herein. »Wie hast du mich erkannt?«

»Zwei Fakten.« Lässig nippt er an seiner Flöte und sieht mich über den Rand hinweg an. »Erstens: mein Bruder sitzt nicht neben Frauen, um sich mit ihnen zu unterhalten. Er *fickt* sie. Und ja, ich habe euch zwei bei eurer Unterhaltung vorhin gesehen.« Ich zucke zusammen. Charles' Grinsen wird breiter. »Außer, und das habe ich in den letzten Wochen präzise genau beobachtet, diese Frau bist du. Dann *redet* er. Warum? Das muss ich noch herausfinden. Aber ich denke nicht, dass es mir gefallen wird. Und zweitens …« Mit dem Glas deutet er auf mein Umhängetäschchen. »Der Reißverschluss ist offen. Dieses Blümchennotizbuch erkenne ich überall wieder.«

Ich gebe vor, die geschnitzten Feinheiten in der Eisskulptur neben mir zu mustern, und entgegne, obwohl mein Puls rast wie ein Jaguar auf Speed, betont gleichgültig: »Es wundert mich, dass du überhaupt mit mir sprichst, wo du heute doch so viel Wert aufs Schweigen gelegt hast.«

»Diesen Seitenhieb kann ich dir nicht verübeln.« Seufzend streckt er eine Hand nach mir aus. »Würdest du mir diesen Tanz gewähren?«

»Du willst tanzen?« Panik kündigt sich an. Unruhig sehe ich mich um. »J… Jetzt?«

»Ja.«

»Ich, ähm, wollte gerade … ich …« Er hebt eine Braue. Ich beiße mir auf die Unterlippe. »… bin müde. Ich sollte gehen.«

»Paola«, sagt er, leise, betörend fast zwischen den philharmonischen Klängen. »Nur *ein* Tanz.«

Beinahe sehnsüchtig blicke ich zu der breiten Prunktreppe. Ich will bloß noch hier weg. Jede Sekunde länger in Charles' Nähe fühlt sich an wie millimeterdünne Bewegungen eines Skalpells, das mir das Herz auseinandernimmt.

»Danach lasse ich dich gehen.« Ich höre ein Schmunzeln in seiner Stimme, als er hinzufügt: »Aber gewähren Sie mir nur diesen einen Tanz, Signora Cortessa.«

Die Worte bewirken, dass ich vor Herzschmerz die Augen zusammenkneife. Charles würde mich hassen, wenn er wüsste, dass nur Minuten zuvor Edwards Lippen auf meinen gelegen haben. Er würde mich verachten, wenn ich ihm sage, dass meine Gefühle zwischen den beiden verrückt spielen. Als ich die Lider wieder öffne, frage ich: »Warum?«

Das Band zwischen unserem Blickkontakt vibriert. Es dauert einen Vierteltakt, bis Charles das Schweigen bricht.

»Schon wieder zwei Fakten. Erstens: *weil ich es will.*« In den grünen Tiefen seiner Augen blitzt etwas auf, das sich als wohlige Wärme in meinem Magen manifestiert. »Und zweitens: weil ich dir eine Erklärung schuldig bin.« Er neigt den Kopf. »Und eine Entschuldigung.«

Da ist seine Hand. Genau vor mir. Da bin ich. In seinem Fokus. Und zwischen uns das tote Meer.

Verschlingend, warnend, dunkel.

Nur ein Vollidiot würde es wagen, in diese Tiefsee zu springen und auf den Biss der Piranhas zu warten. Gestatten? Paola Cortessa, Vollidiotin die Zweite, anerkanntes Staatsmitglied der Wir-treffen-die-dümmsten-Entscheidungen-der-Welt-Vereinigung. Ich strecke den Arm aus und lege meine Fingerspitzen in seine Hand. Er umschließt sie mit der Zärtlichkeit eines Goldgräbers, der soeben auf den letzten Diamanten des Planeten gestoßen ist, obwohl ich weiß, dass Zärtlichkeit in Charles' verruchter Seele keine zwei Sekunden überleben würde.

Das Orchester spielt *Little Bit of Love* von Tom Grennan. Die Violine zieht ihre ersten sanft klingelnden Striche über die Saiten, als wir die Tanzfläche erreichen und Charles seine Hand an meine Hüfte legt. Das Licht fällt direkt in seine Augen, leuchtend wie Smaragde im Mondlicht, und verleiht ihnen goldene Sprenkel.

Er beginnt, mich zu bewegen. »Wir sollten die Rollen tauschen.«

Ich fühle mich grauenvoll, weil ich ihm nicht sagen kann, was er wissen sollte. Noch nicht. Nicht hier, nicht jetzt. Nicht in diesem Höhenflugmoment eines Weihnachtstanzes zwischen Kunsttannen und Eisskulpturen. »Inwiefern?«

»Ich würde es verdienen, dass du mich bestrafst.« Mir entgeht nicht, wie sein Kiefer zuckt. Ich fühle mich noch grausamer. »Obwohl ich das höchstwahrscheinlich nicht zulassen würde.«

»Oh, meine Zweifel hinsichtlich Ihrer Toleranzgrenze in diesem Fall sind doch enorm, Signore Blackwell, Sir.«

Er lächelt, dreht mich aus und wieder ein. »Der Anruf heute früh war wichtig. Es ist etwas vorgefallen, das mich … sagen wir, aus der Bahn geworfen hat.« Er blickt über meine Schulter durch den Saal, als würde er wen suchen. Ich folge seinen Augen und erkenne, dass er Leopold fokussiert. Sein Cousin tanzt mit Xenia, der Edward-Schwärmerin. »Heute ist er zu weit gegangen.«

»Warum?« Ich genieße es mehr als ich nach der Sache im Geheimzimmer sollte, dass Charles' Daumen sanfte Kreise über meinen Handrücken malt. »Was hat er getan?«

»Seine Wahnvorstellungen haben ihn dazu getrieben, in meiner Privatsphäre zu schnüffeln.«

»Wahnvorstellungen?«

Charles wendet den Blick von Leopold ab und führt uns mit eleganten Bewegungen über die Tanzfläche, bis er aus unserem Sichtfeld weicht. »Leopold war abgöttisch verliebt in April Sanders und der kranken Meinung, sie hätte ihn gewählt, wäre Edward nicht gewesen.«

Ich runzle die Stirn. »Warum hat er das gedacht?«

»Weil April ihn gevögelt hat, jedes Mal, wenn sie und Ed sich gestritten haben.«

Meine Augen weiten sich. »*Was?*«

»Treue existierte nicht in ihrem Wortschatz«, murmelt er. Ich muss an das denken, was Edward mir eben erst erzählt hat. Dass Charles selbst sie für sich gewinnen wollte. Dann glätten sich seine Züge, als wolle er nicht weiter über sie sprechen. »Heute Morgen stand ich neben mir.« Ein solides Lächeln erscheint auf seinen Lippen. Ich bin mir sicher, es ist sein Businesslächeln, das er für Momente perfektioniert hat, in denen er Fehler gestehen und Haltung wahren muss. »Es wird nicht wieder vorkommen.«

»Du hättest es mir einfach sagen sollen«, entgegne ich. »Dann hätte ich es verstanden.«

»Regulationsstörung.« Charles zieht mich näher zu sich heran, bis sein Kinn an meiner Schläfe liegt. »Viele Emotionen zur selben Zeit liegen mir nicht. Dennoch bitte ich um Verzeihung, Paola.«

Scheiße, verdammt. Er hat sich entschuldigt. Es tut ihm leid. Er … er hat sich tatsächlich entschuldigt, obwohl ich dachte, er wäre ein Arschloch. Obwohl ich dachte, ich würde ihm nicht genug bedeuten. Stattdessen *entschuldigt* er sich. Und ich? Ich habe, zum Teufel noch mal, gerade fast mit seinem Bruder geschlafen!

Ich presse die Lippen zusammen und überlege zu gehen. Die Gefühle in mir drehen völlig durch. Ich habe keine Ahnung, was ich tun soll. Aber wenn ein verdammter Dackelblick im Gesicht eines mächtigen Mannes erscheint, zu dem ich mich hingezogen fühle wie zu seinem Bruder, und seine Lippen dann auch noch über meine Stirn streichen, ehe er »Verzeih mir« wiederholt – da kann man schwer hart bleiben.

»Das nächste Mal braucht es wieder deine liebreizenden schwarzen Rosen«, entgegne ich nach einer Weile. »Vorher knicke ich nicht ein.«

Leise lacht er. »Versprochen.« Seine Lippen sind immer noch dicht an meiner Haut, und sein betörender Atem wandert über meine Poren, während sie über meinen Wangenknochen fahren, meinen Kiefer.

»Charles«, flüstere ich, mein Körper unter seiner Führung wie erstarrt. »Uns sieht doch jeder.«

»Mhm«, raunt er. »Unwichtig.«

»Un…?« Mit klopfendem Herzen sondieren meine Augen die Tanzfläche. Da sind Emma und Laxon, ihre Wange an seiner Brust, ein glückseliges Lächeln auf den Lippen. Blair und Finn, Ignotus, seine Partnerin die Luft, Xenia und Leo, Sofia und irgendjemand, den ich nicht kenne … Ihr Blick trifft meinen, und er *skalpiert* mich. Eispfeile schießen daraus hervor und bohren sich direkt in meinen Solarplexus. Ich erstarre. Kriege keine Luft mehr. Ersticke. Ersaufe an Schuldgefühlen meiner Lust, obwohl ich weiß, dass ich nichts Falsches getan habe. *Ihr seid nicht zusammen*, höre ich Edwards Stimme in meinem Kopf. *Wenn Charles dich morgens mit der Zunge zum Orgasmus bringt, sieht er abends Lena dabei zu, wie Max sie auf seine Anweisungen hin vögelt. Wenn er dich leckt, Paola, denk dran, dass mein Bruder seinen Finger nur Minuten später in eine andere schiebt, deinen Geschmack noch auf den Lippen.*

Ich schlucke die brennende Galle herunter und sage: »Sofia sieht zu uns.«

»*Alle* sehen zu uns, Paola.«

»Und das interessiert dich nicht?«

Sein raues Lachen fährt über meine Lippen. »Die Medien wartet doch sowieso schon hierauf.«

»Bist du jetzt wie Edward und benutzt mich für die Presse?«

»Das würde mir im Traum nicht einfallen.«

Meine Lider flackern, als ich zu ihm aufsehe. »Warum?«

Eine Weile mustert er mich intensiv. Dann …

»Zwar kein deutscher Klassiker, aber dennoch – lass es mich mit den Worten Darcys formulieren.« Er lehnt seine Stirn an meine, zieht mich fest an sich, sieht mir tief in die Augen und raunt: »Ich sollte dir sagen, dass du mich ganz und gar verzaubert hast.«

Und dann küsst Charles Blackwell mich.

CINDERELLA STORY

Paola

Ach. Du. Scheiße! Charles *küsst* mich, obwohl er mir vor nicht einmal vierundzwanzig Stunden sagte, ich dürfe so etwas von ihm nicht erwarten, weil es nicht passieren würde. Obwohl er sagte, er würde niemals jemanden küssen. Obwohl er mir mehrfach versichert hat, das zwischen uns sei nichts weiter als reine Lust. Und, viel schlimmer, ich lasse es geschehen!

Paola Cortessa, bist du jetzt komplett übergeschnappt?!

Es ist anders als mit Edward. Langsamer. Nicht so forsch, als würden wir einem inneren Druck folgen, sondern eher als wäre jede Millisekunde zu wertvoll, als hätten wir Angst, etwas zu verpassen, wenn wir nicht genau *fühlen.* Seine Lippen sind Satin auf erhitzter, nackter Haut. Sie berühren mich, als wolle er die zarte Kostbarkeit eines einzelnen Tropfens milliardenschweren Weins kosten, in der Befürchtung, ihn zu vergiften, würde er sich alles nehmen. Es sind drei Sekunden, in denen Charles mir einen Blick auf das zerbrechliche Feld voller Rubinperlen ermöglicht, das irgendwo hinter seiner felsenfesten Stahlmauer unter der Wintersonne glitzert. Dann umfassen seine Hände meine Wangen, und das Feld explodiert.

Charles küsst mich wild, und er küsst mich heftig. Er küsst mich, als würde die Welt in Flammen aufgehen und das hier wäre das letzte bisschen Serotonin inmitten unseres Untergangs. Er küsst mich heiß, feurig und mit einer Leidenschaft, die ganze Kontinente ins Wanken bringen könnte. Und ich klammere mich an jeden einzelnen. Meine Knöchel werden taub, so fest drücke ich meine Finger in den Stoff seines Smokings. Aber ich merke es kaum. In meinem Kopf wabert rosaroter Nebel, verschleiert von grauem Dunst, Verlangen und Warnung zugleich. Es ist immer noch anders als mit seinem Bruder. Edwards Berührungen haben das Kribbeln zwischen meinen Schenkeln entfacht. Charles hingegen lässt das Herz hinter meiner Brust vibrieren, als würde das schwarze Ding zu einer bunten Blüte mutieren.

»Paola«, raunt er zwischen zwei Küssen, und das rüttelt mich wach. Es zerrt mich gnadenlos von diesem brennenden Himmel zurück in die Hölle, denn mit seiner Stimme erreichen mich auch die der anderen. Das Getuschel, die erhitzten Gemüter. Ein summender, einheitlicher Ton wie der eines gefährlichen Bienenschwarms, bereit, sich auf mich zu stürzen.

Keuchend löse ich mich von Charles und sehe mich um. Die Hoffnung, die Bienen könnten bloß eine Halluzination meiner inneren Panik sein, verfliegt sofort. Ausnahmslos *jeder* in unserem Umfeld starrt uns an. Sofia hat sich von ihrem Partner gelöst, ihr Gesicht ein Schlachtfeld von entgleisten Zügen. Und dann, als mein Blick die Empore hinaufgleitet, da ... o Götter, Edward. An der Balustrade. Seine Finger umschließen das schwarze Eisengeländer. Selbst aus dieser Entfernung entgeht mir nicht, wie sich die Knöchel weiß färben. Er sieht mich völlig nüchtern an. Ausdruckslos.

So sieht es also aus, wenn eine Seele reißt.

O mein Gott, was habe ich getan? Was, zur Hölle, stimmt nicht mit mir?

Ich wanke rückwärts.

»Paola.« Charles streckt eine Hand nach mir aus, aber ich stolpere nur weg von ihm.

Was habe ich getan was habe ich getan was habe ich getan?

Sein Mund, diese rosigen, geschwollen Lippen, die Sekunden zuvor noch eine Apokalypse auf meinen angezettelt haben, formen Wörter, die auf mich niederprasseln wie der Glutregen infernobesetzter Pfeile. Ich kann sie lesen. *Kopf hoch, Prinzessin.*

Aber ich taumele nur weiter. Meine Augen sind geweitet. Der Schock kribbelt unter meiner Haut, lässt sie brennen. Vielleicht sind es auch die Pfeile. Oder die Ameisen, die mich jetzt hassen und ihr Gift in meine Venen schießen.

Ich könnte es verstehen.

Im nächsten Moment wirble ich herum und renne. Meine Schulter stößt gegen andere, mein Kleid verfängt sich an Taschenriemen, aber ich reiße mich los, renne schneller und schneller über den polierten Marmor. Ich stolpere die Steintreppe hoch, mein Puls überschlägt sich, in meinen Ohren hallt ein fürchterliches Piepen. Jemand rempelt gegen mich, und meine Tasche bleibt in einem Arm hängen. Ohne zurückzublicken zerre ich daran, bis der Riemen sich löst und ich vorwärts stolpere. Dabei falle ich auf die Knie. Ein stechender Schmerz zuckt durch meine Beine, aber ich rapple mich auf und renne weiter. In meinem Kopf herrscht nur Panik und Leere und er schaltet in den Überlebensmodus, denn meinem Fluchtinstinkt ist es irgendwie gelungen, mich bis in mein Zimmer zu tragen.

Ich schlage die Tür hinter mir zu und rutsche daran herunter, bis ich beinahe im Rock meines Kleides versinke. Ich atme hektisch, so schnell, dass das fehlende Kohlendioxid meine Finger kribbeln lässt und mir schwindlig wird. Fahrig taste ich nach meiner Tasche, will mein Angstbuch herausziehen, weil meine Gedichte das Einzige sind, das mich beruhigen kann.

Aber es ist nicht mehr da. Panisch reiße ich die Tasche auf, lasse die Hand durch das gesamte Innenfutter gleiten, als wäre es eine realistische Möglichkeit, dass mein Notizbuch plötzlich auf Alice-im-Wunderland-Größe geschrumpft sein könnte. Aber da ist nichts. Nur ein goldenes Königskettenarmband. Zwischen den Gliedern sind drei seegrüne, scharfkantige Steine eingearbeitet. Es kommt mir vage bekannt vor, ich weiß aber nicht mehr, woher. Vermutlich gehört es Emma. Genau wie die Tasche. In der sich definitiv kein Notizbuch mehr befindet. Wütend schleudere ich sie von mir.

»Fuck!« Mit beiden Händen schlage ich gegen die Tür. »Fuck, fuck, fuck, *fuck*!«

Das hier ist tatsächlich die verruchte, kaputte Version einer beschissenen Cinderella-Story. Mit dem klitzekleinen Unterschied, dass das Aschenputtel in dieser Geschichte nicht dazu bestimmt ist, den Prinzen zu kriegen.

Emmas iPad blinkt auf. Es liegt vor mir auf dem Boden. Ich habe nur einen kurzen Blick für das Display übrig, aber als ich wieder geradeaus sehe, registriert mein Hirn plötzlich, was es gesehen hat.

Meine Augen weiten sich. Ich kippe nach vorn, krabble auf allen vieren über den Boden, bis ich das iPad erreicht habe. Ich weiß nicht, wie viel Schock ein Körper vertragen kann, und frage mich, ob er irgendwann aufgibt, wenn es zu viel wird. Es muss so sein, denn noch während ich lese, noch während ich spüre, wie Entsetzen meine Venen flutet, werde ich ganz ruhig. Meine Finger hingegen umklammern das iPad, als würden sie es brechen wollen. Times New Roman verschwimmt vor meinen Augen, während ich die Eilmeldung der Newsapp lese, die aufgeploppt ist.

Wieder und wieder und wieder.

Eilmeldung: *April Sanders (20) wurde endlich gefunden! Nach einem Jahr der verzweifelten Suche, die ihre Mutter Kinsley Sanders, wie die erfolgreiche Selfmade-Millionärin selbst es formulierte, »in den Wahnsinn trieb«, gelang es der von ihr privat finanzierten Spezialeinheit, die Leiche ihrer Tochter in einem Wassertank auf dem Gelände nahe des ehemaligen Golfclubs des Blackwell Palace zu bergen.*

Die Ermittlungen dauern an.

Egal, wie oft ich die Meldung lese, es ist immer nur ein einziges Wort, das sich mir ins Hirn brennt und Schmerz erzeugt wie eine Zigarette auf der Haut, bis sie das rohe Fleisch darunter trifft.

Golfclub.

ABOUT A MISSING GIRL CALLED APRIL SANDERS

Charles

Paola flüchtet. Sie flüchtet, als wäre der Teufel persönlich hinter ihr her. Und ich kann es ihr nicht mal verübeln, denn es stimmt.

Wie in Trance hebe ich die Hand, fahre mit dem Zeigefinger über meine Lippen. Sie kribbeln noch immer. Mein ganzes Gesicht *kribbelt,* als hätte ich zu viel von diesem Booster gekippt, den Leon mir für meine Work-outs empfohlen hat. Ich stehe inmitten der High Society, versteckt hinter den schönsten, aufwendigsten Masken, gehüllt in Seide, Tüll und Fünfzigtausend-Dollar-Anzüge, aber mein Blick gilt dem Mädchen, das es bevorzugt, statt einer schwarzen American Express ein zerfleddertes Blümchenbuch mit sich herumzutragen. Einem Mädchen, das ins Hotel gekommen ist und mich nicht wie die anderen mit Blicken ausgezogen, sondern mir ins Gesicht geschleudert hat, nicht mit mir gesehen werden zu wollen. Und je länger ich ihr hinterhersehe, wie sie die Stufen der Steintreppe emporrennt, als hinge ihr Leben davon ab, je *intensiver* dieses Kribbeln meiner Lippen wird, die sich soeben zum allerersten Mal auf andere gelegt haben, wird mir eines klar:

Dieses Mädchen, angereist mit *nichts*, besitzt jetzt das Wertvollste, das ich ihr bieten könnte.

Ihr gehört mein Herz.

Während es mit Machtspielen zwischen zwei Brüdern, Kontrollsucht und Lust angefangen hat, mit ihrem Wunsch, begehrt zu werden und meinem, mich an ihrer gehorsamen, braven Art aufzugeilen, wurde mir irgendwann bewusst, dass ich *mehr* will. Nicht nur ihren Körper. Nicht nur ihre devote Seite. Ich will auch die taffe Paola. Die, die mir sagt, was für ein Scheißkerl ich bin, wenn ich es hören muss.

Ich genieße es, wenn sie lacht, ich will ihr die Tränen von den Wangen küssen, wenn sie traurig ist. Ich will ihre Seele ergründen und dafür sorgen, dass ihr niemals Schaden zugefügt wird.

Nachdem sich dieser Gedanke in meinem Kopf festsetzt und die Wahrheit langsam und schwer wie der trübe Nebel zwischen den Gebirgstannen über mich hereinwabert, stößt Paola gegen Leopold. Der Riemen ihrer Tasche verfängt sich umständlich in seinem Arm. Sie ist so in ihrer Panik gefangen, im Fluchtmodus, dass sie nicht einmal über die Schulter blickt. Stattdessen zerrt sie an ihrer Tasche, während Leopold versucht, sich zu befreien. Plötzlich rutscht ihr Notizbuch heraus und landet auf den Stufen. Aber bevor sie es bemerkt, ist ihre Tasche frei, und Paola rennt weiter. Mein Cousin bückt sich nach dem Buch, dreht es in den Fingern. Ein seltsames Gefühl bricht über mich herein. Wut, gepaart mit Schock und Unwille. Diese Seiten sind nicht dafür bestimmt, von anderen gelesen zu werden. Ich weiß, wie viel ihr das Notizbuch bedeutet. So oft habe ich sie beobachtet, wie sie in irgendeinem Sessel in der Lobby am Kamin hockte, die flauschigen Wollsocken im Schneidersitz auf ihre Oberschenkel gelegt und mit einem Tempo in dieses Buch gekritzelt hat, dass ihr jemand dafür einen Orden hätte verleihen sollen. Niemand, absolut *niemand*, und erst recht nicht Leopold Van Dyk hat das Recht dazu, es in den Händen zu halten.

Entschieden setze ich mich in Bewegung, schiebe mich an den gaffenden Leuten vorbei, denen die sensationsgeile Faszination ins Gesicht geschrieben steht, fokussiere Leo, damit er nicht auf die Idee kommt, abzutauchen, als sich plötzlich eine zierliche, kleine Person vor mich schiebt. Aber es ist ganz egal, dass sie fast zwei Köpfe kürzer ist als ich, denn in dieser Sekunde wirkt ihre geladene Aura wie drei Meter hohe Stelzen. In Sofias dunklen Augen tanzt ein Feuer, dazu in der Lage, mir die Haut von den Knochen zu ziehen.

Und dann verpasst sie mir eine Backpfeife. Sie kommt überraschend. Der stechende Schmerz vertreibt das Kribbeln, an das meine Nervenenden festgehalten haben wie an einem wertvollen Schatz.

»Die war für die Show«, sagt sie leise, nimmt einen tiefen Atemzug und holt dann noch einmal aus. Ihre flache Hand trifft meine andere Wange. Ich muss kurz die Augen schließen, um die aufzüngelnde Wut in meinem Bauch zu unterdrücken. Als ich sie wieder öffne, ist Sofias Gesicht verzerrt. »Und die, weil du mich gerade vor *all diesen Menschen* gedemütigt hast.«

»Sofia …«

»Nein«, zischt sie. »Nicht hier. Komm.«

Sofia Vendergaard zwingt sich ein Lächeln auf die Lippen, wirft es in die Runde, als wäre alles in bester Ordnung, verschränkt ihre Finger mit meinen und zieht mich durch die Menge. Mir bleibt nichts anderes übrig, als ihr zu folgen. Ich bin ihr eine verdammte Erklärung schuldig. Dennoch wende ich den Kopf und versuche, meinen Cousin auszumachen, aber er ist verschwunden.

Verflucht!

Sofia öffnet die Tür des angrenzenden Bankettsaals. Der Raum, der den Mitarbeitern für ihre Pausen zusteht, und gleichzeitig der Ort, an dem meine Finger zum ersten Mal in Paolas Feuchtigkeit eingedrungen sind. Eine Gänsehaut überzieht meinen Körper. Und urplötzlich kribbeln auch meine Lippen wieder.

Die Tür fällt hinter uns ins Schloss und Sofia wirbelt herum. Sie stemmt die Hände in die Hüften ihres cremefarbenen Balenciaga-Ballkleids. Das Feuer im Kamin spiegelt sich in ihren Augen. Sie blitzen fast so hell wie die zarten Vendergaard-Steine in ihren Ohren und um ihren Hals. »Was, *zur Hölle noch mal*, sollte das?«

»Es tut mir leid.« Ich schließe die Augen, atme tief durch. »Das war nicht … geplant.«

»Offensichtlich.« Frustriert stößt sie die Luft aus. »Ist dir klar, was du da gerade angezettelt hast?«

»Ja.«

»Und das *kümmert* dich gar nicht?« Ihre Stimme klettert zwei Stufen auf der Tonleiter hinauf. »Wie sollen wir das jetzt wieder geradebiegen? Die ganze Welt wird denken, du hast mich betrogen!«

Die Verzweiflung in ihren Zügen frisst sich in meine Fasern wie Würmer in ein feuchtes Ahornblatt. Plötzlich sehe ich all die vergangenen Jahre wie ein Daumenkino vor mir. Die zehnjährige Sofia, ein so zartes kleines Ding, das so gut wie *nie* gesprochen hat, benutzt als Werkzeug ihrer Eltern und mit halb nacktem Kinderkörper vor der Kamera in unserer Lobby, um die neueste Vendergaard-Kollektion zu promoten. Ich sehe ihre Krokodilstränen, die hinterher ungehemmt über ihr Gesicht gelaufen sind, während ich auf einer Ottomane gesessen und versucht habe, den Zauberwürfel zu lösen, den mein Therapeut mir gegeben hat. Den Anflug eines Lächelns, als ich zu ihr gegangen bin und sie gefragt habe, ob sie den Würfel auch mal probieren wollte. Ich sehe unsere abendlichen Polospiele, das Licht der züngelnden Flammen unseres Lagerfeuers im Schnee, ehe wir unsere tiefsten Ängste auf Zettel geschrieben und verbrannt haben. Ich sehe so viel hinter ihrem Schmerz, für den ich verantwortlich bin, und das bricht mir das Genick.

»Ich …« Irgendetwas schnürt mir den Hals zu. Ich ringe nach Atem. »Sofia, es … Paola und ich, wir …«

Erst sieht sie mich nur verständnislos an, die Brauen millimeterleicht zusammengezogen, bis ihre Gesichtszüge ihr plötzlich entgleisen. »Du hast dich in sie verliebt«, haucht sie.

Ich schließe die Augen, weil die Wörter sich anfühlen wie tausend fiese Nadeln auf meiner Haut. Ich bestätige nicht, aber ich streite es auch nicht ab.

»Gott«, stößt Sofia aus, gefolgt von einem verzweifelten, kurzen Lachen. »Der Mann ohne Gefühle, der Mann, der niemals jemanden küssen wollte, der Mann, der stets *alles* im Griff haben will, verliert die Kontrolle und verliebt sich.«

Ich öffne die Augen wieder.

Sofia hat die Finger an die Schläfen gelegt, Panik in den Zügen, und tigert vor dem Kamin auf und ab.

»Das war nicht geplant«, sage ich. »Es …«

»Natürlich war das nicht geplant! So etwas sieht man nicht kommen, Charles, das *weiß* ich. Trotzdem …« Sie hält inne, legt den Kopf in den Nacken, schluckt. Dann sieht sie mich an, und als sie spricht, bricht ihre Stimme so herzzerreißend, dass es unangenehm an mir zerrt wie quietschende Kreide auf einer Tafel. »Bitte tu mir das nicht an.«

Die Panik in ihrem Ton lässt mich die Distanz zwischen uns überbrücken. Ich lege ihr eine Hand auf den Arm, die andere an die Wange, damit sie mich ansieht. »Wir könnten sagen, was du auch Paola gesagt hast. Dass wir in einer offenen Beziehung waren und es für beide Seiten in Ordnung war. Niemand konnte davon ausgehen, dass ich mich in … dass Paola und ich …« Ich atme tief durch. »Sie würden das sicher verstehen.«

»Darum geht es doch gar nicht, Charles!« Sofias Kinn zittert. Tränen laufen ihr über die Wange. »Mein Vater … er … das alles hat erst aufgehört, als wir diesen Beziehungsdeal eingegangen sind.« Ihr Blick wird starr. Sie schluckt. »Und es wird wieder anfangen, wenn du nicht mehr bei mir bist. Weil es ihm dann egal sein wird. Weil nur die Macht der Blackwells an seiner Seite ihm das Gefühl gibt, seine Tochter wäre wertvoll, verstehst du?« Als ich nicht antworte, sie nur schockiert ansehe, stößt sie mich gegen die Brust und brüllt: »VERSTEHST DU, CHARLES?«

Quälend langsam, als wolle ich die Erinnerung an ihre blaugrünen Flecken von damals fortwischen, nicke ich. Ich habe nie großartig darüber nachgedacht, warum sie irgendwann keine Hämatome mehr hatte. Warum sie irgendwann nicht mehr vor jeder Bewegung zusammengeschreckt ist. Ich dachte bloß, ihr Vater wäre zur Besinnung gekommen, und war dankbar darüber. Erleichtert. Niemals wäre mir in den Sinn gekommen, dass es wegen ihrer gefakten Beziehung zu mir war. Aber jetzt, wo sie es ausgesprochen hat, ergibt es Sinn. Die körperlichen Blessuren blieben ungefähr vor drei Jahren aus. Nach dem Deal.

»Fuck«, murmle ich, meine Glieder wie gelähmt. Jetzt bin ich derjenige, der hinter der Ottomane auf und ab geht, die Hände aneinandergelegt. Mit den Fingerkuppen berühre ich in steter Verzweiflung die Stoppeln meines Barts. »Scheiße, scheiße, *scheiße*!«

»Charles, es …« Sofia hält inne, stößt die Luft aus. Dann lässt sie sich auf der Lehne der Chaiselongue nieder und vergräbt das Gesicht in den Händen. »Mir ist bewusst, dass es um deine Gefühle geht und dass ich kein Recht habe, zu verlangen, dass der Deal weiter steht.« Als sie den Kopf wieder hebt, sind ihre Augen schon rot und geschwollen vom Weinen. Der goldfarbene Glitzereyeliner ist verwischt. Die Farbe zieht sich bis auf ihre Wange. Das Bild der Verzweiflung innerhalb des goldenen Käfigs. »Aber vielleicht … vielleicht kannst du mit ihr reden. Ihr alles erklären und sie fragen, ob es in Ordnung wäre, das, was auch immer zwischen euch ist, erst einmal für euch zu behalten.«

Ich denke nach. Sehe sie an. »Du meinst, die Show zwischen uns beiden aufrecht zu halten, während ich in Wahrheit mit ihr zusammen bin?«

Sofia sieht mich an, als stünde sie mit einem Hackbeil vor mir, das sie mir gleich entgegen ihrem Willen in den Nacken rammen muss. »Ich weiß, es ist viel, das ich verlange, aber bitte, Charles«, flüstert sie. Mit dem Knöchel wischt sie sich über ein Auge. Lederschwarze Wimperntusche bleibt daran kleben. »Bitte lass mich nicht im Stich.«

Unser Blickkontakt bricht nicht ab. Er hält sich eine ganze Weile, denn das, was dazwischen schwebt und tief fallen könnte, würde einer von uns loslassen, ist hochexplosiv wie ein Streichholz in einem von Spiritus getränktem Haus. Da sind Angst, Verzweiflung, Hoffnung. Versprechen, Kindheitserinnerungen, Freundschaft. Da ist ein Schichtsystem, Macht, Einfluss. Und über alldem, umwoben von einer feingliedrigen Kette, die brechen könnte, wenn nur eines dieser Dinge in den Abgrund stürzt, unsere kaputten Seelen.

»Ich habe es dir versprochen«, durchbreche ich schließlich die Stille. »Damals. Ich habe dir mein Wort gegeben, dich zu beschützen, Sofia, und wenn es das ist, was du brauchst, dann rede ich mit Paola.« Ich schlucke den Schmerz herunter, der in meiner Kehle wütet und mich innerlich zerfetzt. »Ich werde mit ihr sprechen.«

Weitere Tränen fluten ihr Gesicht. Ich kann mich nicht erinnern, wann ich sie jemals so aufgelöst erlebt habe. Sofia Vendergaard wurde geboren, um zu posieren. Sie wurde geboren, um erhobenen Hauptes eine juwelenbesetzte Krone zu tragen. Nicht, um die Fassung zu verlieren.

»Danke, Charles.«

Ich öffne den Mund, um ihr zu sagen, dass sie sich nicht bedanken soll. Das hier ist kein Gefallen. Es ist die selbstverständliche Loyalität, die mich am Leben hält wie das Blut, das durch meine Adern rauscht.

Aber in diesem Moment wird die Tür aufgerissen, und wir wirbeln herum.

Laxon kommt herein, und hinter ihm, die Hälfte ihres Gesichts von seinem breiten Rücken verborgen, Emma. Diese hektische Art ihrer Schritte, die von Panik verzerrten Mienen verraten mir sofort, *sofort*, dass etwas nicht stimmt.

»Was ist passiert?«, frage ich.

Laxon schließt zu mir auf. Emma bleibt neben Sofia stehen. Um ihre Maske herum ist sie kalkweiß.

»Hier.« Laxon reicht mir sein iPhone. Stirnrunzelnd betrachte ich das Display. Eine Eilmeldung der Boulevard-Newspage *tmz*. Bei jedem Wort, das ich in mich aufsauge, jeder Silbe, die ich mit stechender Angst in der Lunge *inhaliere*, spüre ich, wie etwas in mir skalpiert wird. Ich glaube, es ist die Hoffnung auf ein Ende dieser Sache. Das Selbstbewusstsein, mich in Sicherheit zu glauben, das sich im letzten Jahr wie ein Stahlpanzer um mich geschlungen hat. Jetzt fällt diese Rüstung klappernd zu Boden.

»Charles«, murmelt Sofia, ein hörbares Unbehagen in ihrer Stimme. »Was ist los?«

»April wurde gefunden«, flüstere ich. Mit vor Schock tauben Zügen hebe ich die Lider und sehe zu Laxon. »Wo ist Ed?«

Aber es ist Emma, die reagiert. Sie tritt einen Schritt zur Seite und nickt mit dem Kinn hinter sich durch die geöffnete Tür. Ich sehe in den eisverzierten Prunksaal, sehe Hunderte Menschen mit offenen Mündern auf ihre Handys glotzen, aber trotz der Masken ist es nicht schwer, meinen Bruder zu entdecken.

Er ist derjenige, der eine Champagnerflasche auf dem gefrorenen Rentier zersplittert. Die Mädchen in seiner Nähe kreischen schockiert auf. Xenia geht zu ihm, fasst ihn am Arm, aber Ed reißt sich los. Er durchquert den Saal, will abhauen, glaube ich, aber dann ist da Leo, der ihm irgendeinen Spruch von der Seite reindrückt.

Edward hält inne.

»Oh, Ed«, flüstert Sofia. »Nicht. Bitte nicht.«

Aber ihr Bitten nützt nichts. Wie war das noch? Wir Blackwells sind nicht dafür gemacht, Bitten zu erfüllen.

Edward zögert nicht eine Sekunde. Seine Faust fliegt durch die Luft und landet mit erschreckender Präzision im Gesicht unseres Cousins. Blut strömt ihm aus der Nase. Rote Flecken auf dem hellen Versace-Stoff.

»Fick dich!«, brüllt Edward. Er macht einen Schritt auf Leopold zu, packt ihm am Kragen und zieht ihn so dicht an sein Gesicht heran, dass sich ihre Nasenspitzen berühren. Jetzt landet das Blut auch auf Edwards Anzug. Nach jedem nächsten Wort, das mein Bruder ausstößt, rüttelt er an Leos Körper. »Fick. Dich. Du. Dreckiger. Bastard!« Dann stößt er ihn von sich.

Leo taumelt rückwärts und spuckt das Blut aus, das ihm in den Mund läuft. »Ich kann mich ficken, so oft ich will, Ed«, ruft Leo ihm hinterher. »Aber du bleibst trotzdem ein Mörder!«

Edward zeigt ihm den Mittelfinger über die Schulter, aber er steuert nicht die Treppe an. Das habe ich auch nicht erwartet. Ich kenne meinen Bruder. Wenn die Wut in ihm die Macht über seinen Körper nimmt, spürt er so viel, dass er dieses Gewitter an Gefühlen loswerden muss.

Jedes Augenpaar liegt auf Edward Blackwell, als er den Saal zur Ostseite durchquert, die Lehne eines Stuhls umfasst und ihn in eines der Buntglasfenster knallt. Das Geräusch von zersplitterndem Glas echot im gesamten Saal. Ein paar Frauen kreischen. Andere weichen zurück, um nicht in die Scherben am Boden zu treten.

Edward kümmert nichts davon. Er schwingt sich über den Sims und verschwindet im Schneesturm.

Eine Farbexplosion begleitet ihn in den Abgrund.

YOU AND THE CHAOS YOU CARRY, A HURRICANE ON TWO LEGS

Paola

»Hier, trink.« Emma erscheint in der Tür zwischen Tresen und Hinterraum des Coffee o' Clock. In der Hand hält sie eine Tasse in Venti-Größe samt Sahnehäubchen und Schokoladenpuder. »Kein Grüntee, sorry. Heute brauchst du den Killer unter den Koffeinkings. Latte macchiato mit doppeltem Espresso.«

Ich reagiere nicht. Ich sitze bloß auf diesem Tritthocker, 3310 in der Hand, und starre lethargisch geradeaus. In den letzten zwanzig Minuten habe ich so oft bei Gabriel angerufen, dass meine Prepaid-Karte jetzt leer ist. Länderübergreifende Telefonate, selbst wenn nur die Mailbox anspringt, sind teuer.

»Ach, komm schon«, quengelt Emma. Sie stellt den Macchiato auf der Küchenplatte neben mir ab, lehnt sich mit dem Hintern dagegen und verschränkt die Arme vor der Brust. »Er hat dich geküsst. Na und? Dein hübsches Puppengesicht ging sowieso schon viral.«

Er hat mich geküsst, nachdem ich fast mit seinem Bruder geschlafen habe. Er hat mich geküsst, nachdem ich dachte, er würde nur mit mir spielen. Er hat mich *geküsst*, vor all diesen Leuten *mich* gewählt, vor der ganzen verdammten Welt *mich* gewählt, und ich weiß immer noch nicht, was da für eine Project-X-Party in meinem Herzen abgeht.

Ich sehe zu ihr auf. »Kann ich mal dein Handy benutzen?«

»Klar.« Emma zieht es sich aus der Hosentasche, entsperrt das Display und reicht mir das iPhone. »Wen willst du anrufen?«

»Meinen Bruder.« Schnell gebe ich die Nummer ein und warte. Es tutet ein paarmal, dann springt die Mailbox an. Frustriert lege ich auf und gebe Emma das Handy zurück. »Ich habe ihn seit zwei Tagen nicht gesprochen.«

»Und?« Meine Freundin runzelt die Stirn. »Ich glaube, mein Bruder hat mir zuletzt vor drei Monaten ’ne WhatsApp geschickt, und das auch nur, weil er wusste, dass Nick Jonas im Hotel war und er ein Autogramm wollte, der Penner.«

»Mit Gabe ist es anders.« Nervös reibe ich mir über die Stirn. »Er ist erst dreizehn. Und unsere Eltern sind nicht gerade verantwortungsbewusst.«

»Also nicht die Art von Insta-Mom, die mit Tränen in den Augen der ganzen Welt mitteilt, wann er gekackt hat, ausgerastet ist und welches bindungsorientierte Handeln in diesem Augenblick das Beste war?«

Ich grunze. »Das Einzige, das meine Mutter mit dem Wort bindungsorientiert verbindet, ist ihr Körper vor dem Space-Shuttle-Online-Puff im Habbo Hotel.«

Emma runzelt die Stirn. »Wie bitte?«

»Egal.«

Emma greift wieder nach dem Macchiato. »Ich werde meine Pause damit verbringen, dich zu zwingen, das hier zu trinken.«

»Warum?«

»Du brauchst eine Stärkung.«

»Mir geht’s gut«, lüge ich, während ich auf mein schwarz-weißes Handydisplay blicke und unruhig mit dem Bein tipple. »Der Kuss ist egal. Vielleicht war er einfach betrunken. Keine Ahnung. Gerade habe ich andere Sorgen.«

Vielleicht versuche ich, das alles zu verdrängen, aber es ist nicht einmal gelogen. Die Sorge um Gabriel bringt mich fast um. Außerdem will ich nicht daran denken, jemanden geküsst zu haben, den ich dabei beobachtet habe, wie er sich auf das Gelände des ehemaligen Golfclubs geschlichen hat, nur wenige Stunden, bevor dort Aprils Leiche gefunden worden ist. Und auch nicht, dass ich was mit seinem Bruder hatte und mich dabei gefühlt habe, als würden wir die Welt zum Erzittern bringen, bevor wir sie im Sturm erobern. Natürlich, ich kann Sex haben, mit wem ich will. Charles und ich sind kein Paar. Wir haben von Anfang an klargemacht, dass uns nichts weiter als Lust verbindet. Aber jetzt …

Scheiße, am liebsten will ich an gar nichts mehr denken.

Mich einfach auflösen, denn dieses Hotel … es hat mich zerstört.

»Paola.« Emma beißt sich auf die Unterlippe. »Ich muss dir was sagen.«

Alarmiert sehe ich auf. »Was?«

Sie hält mir wieder die Tasse entgegen. »Erst trinken.«

Ich funkele sie an, nehme den Macchiato aber entgegen und nehme einen großzügigen Schluck aus dem Strohhalm.

Meine Freundin beobachtet mich, als wäre ich ein ausgehungertes Tier, bei dem sie nicht wüsste, wie sie vorgehen muss.

»Sag schon.«

Sie seufzt. Dann hält sie mir wieder ihr Handy hin. »Sieh selbst.«

Ich nehme es entgegen. Darauf zu sehen ist ein Slide-Post auf Instagram. *Wieder einmal.* Das erste Bild zeigt mich und Charles auf dem Ball, seine Lippen auf meinen. Es kommt nicht überraschend. Damit habe ich gerechnet. Aber es schmerzt trotzdem, weil einer der schönsten Momente meines Lebens jetzt auch gleichzeitig der angsteinflößendste ist. *Hat Charles sie umgebracht? Hat er nicht? War es doch Edward selbst?* Mit dem Daumen wische ich weiter, und da sackt mir das Herz in die Hose. Nein, nicht in die Hose. Irgendwo in die Kniekehle, wo es verschrumpelt wie ein alter Luftballon. Pumpen kann es trotzdem noch. So schnell, dass ich es bis in die Ohren spüre.

Auf den nächsten drei Slides sind Bilder von Seiten meines Notizbuchs. Einmal meine Angstliste. Einmal die Polaroids, die mich und Charles im Heli und in der Gondel in Venedig zeigen. Und dann …

»Mein Gedicht«, flüstere ich schockiert.

Es sind die Zeilen, die ich im *Saftladen* runtergeschrieben habe. Als ich nicht wusste, was ich denken oder fühlen sollte. Ein verletzlicher Moment, mit Gedanken, die nur mir ganz allein gehören sollten. Jetzt kann sie die ganze Welt lesen.

Ich will atmen, aber da ist nichts mehr übrig. Es sticht und zieht und brennt, alles auf einmal.

»Es tut mir so leid«, sagt Emma leise.

Fassungslos starre ich auf meine geschwungene Handschrift, auf die Gefühle, die mich aus jeder Silbe heraus anschreien, scrolle durch die Kommentare, die mir den Tod an den Hals wünschen und sich über mein Gedicht lustig machen. Tränen der Demütigung steigen mir in die Augen.

CHAOS

Bei dir ist es so leicht, mich zu verlieren,
weil ich nie gelernt habe, damit
umzugehen
Und damit meine ich nicht mit dem Gefühl in mir,
das prickelt, wenn du vor
mir stehst
Sondern die tiefe Erkenntnis,
dass alles, was wir eigentlich wollen,
ist, uns selbst zu sehen
Wie gut wir sind, wie besonders, wie schön,
Durch dich kann ich das irgendwie
auch dann noch, wenn
du gehst

Bei dir ist es so leicht, mich zu verlieren,
weil ich glaube, mich selbst nicht mehr
zu kennen
Verboten, sagt der Kopf, gefährlich, sagt der Bauch,
ich ein Chaos,
das nicht damit aufhört,
ungeschützt in deine Trümmer
zu rennen
Die Trümmer, das bist du,
und ich wünschte, es würde mich nicht stören
dass ich mich verliere
wegen dir
dass ich mich sehe
wegen dir
und dass *du*
eigentlich
die Mehrzahl dessen bist
was du bist
weil es dich, gewissermaßen,
2x gibt
Und das Chaos rennt, es rennt,
es kommt nie an,

weil es Teil dieses Märchens sein will,
die Cinderella zweier Jungs,
die sie niemals sein kann
Aber in Träumen darf sie es probieren
Denn wie gesagt
bei dir ist es so leicht
mich zu verlieren

Die Caption will ich mir gar nicht erst durchlesen. Ein schlimmer Druck pulsiert irgendwo hinter meinen Rippen, gepaart mit Übelkeit. Schnell drücke ich Emma das Handy zurück in die Hand, als fürchtete ich, es könnte jede Sekunde explodieren, und sauge an meinem Strohhalm, um die Leere in mir zu füllen. Ich trinke viel zu schnell und viel zu viel von dem heißen Getränk, aber das reißende Gefühl in meiner Kehle lenkt mich von dem Schmerz ab, der gerade dabei ist, mein Inneres unnachgiebig durch einen Schredder laufen zu lassen.

»Paola«, beginnt Emma vorsichtig.

»Ich muss gehen«, presse ich hervor, weil ich es plötzlich nicht mehr aushalte. »Sehen uns später.«

»Paola, warte.« Emma stößt sich von der Küchentheke ab und stellt sich mir in den Weg. »Da ist noch etwas anderes, das …«

»Nicht jetzt.« Geistesabwesend stelle ich den Macchiato ab und stürme an ihr vorbei durch die Hintertür. Wir hielten es beide für das Cleverste, mich nicht den hungrigen Wölfen im Café auszuliefern. Heute ist das CoC überfüllt, und ich zweifle keine Sekunde daran, dass sich rumgesprochen hat, wie oft ich hier mit den anderen sitze.

Eine ganze Weile laufe ich planlos durch die Gegend. Meine Beine versinken bis über die Knöchel im Schnee. Vom Moritzersee tönen die Klänge des Weihnachtschors herüber, die sich mit jedem Schritt, den ich gehe, weiter entfernen. Morgen ist Heiligabend. Das hier ist ein Winterwunderland. Überall wurde geschmückt, Pferde ziehen Kutschen, ständig ist die Luft von harmonischen Glöckchentönen erfüllt, aber ich habe mich noch nie so beschissen vor dem Fest der Liebe gefühlt. Nicht einmal in San Luca.

Irgendwann taucht plötzlich der ehemalige Golfclub vor mir auf. Meine Beine haben mich ganz von selbst hergetragen. Mein Blick gleitet über den Zaun, checkt die Kameras. Da sind einige. Ich schlucke, sehe weiter bis zu dem schmiedeeisernen Tor neben dem rechteckigen Kasten, der früher sicher einmal ein Pförtnerhaus war. Gerade will ich weitergehen, als mein Blick plötzlich an dem Fenster hängen bleibt, denn … es ist geöffnet!

What the …? Ich dachte, dieser Ort wurde stillgelegt?

Ich mache einen Schritt vor, verenge die Augen. Im nächsten Moment erkenne ich eindeutig das Profil eines Mannes, der an einer Zigarette zieht. Er pustet den Qualm aus dem geöffneten Fenster, sieht sich einmal kurz um und schließt es dann.

Da kann etwas nicht stimmen. Auf diesem Gelände geht irgendetwas vor sich. Wie kann das niemandem aufgefallen sein?

Ein absolut wahnwitziger, riskanter Gedanke kommt mir in den Kopf. So absurd, dass ich kurz und trocken auflache. Aber je länger ich darüber nachdenke, desto weniger komme ich von der Idee wieder ab. *Ich muss da rein.* Aber wie? Das Tor wird verschlossen sein. Außerdem hockt da ein Typ, der lieber Schnecken fressen würde als mich reinzulassen.

Ich presse die Zähne aufeinander und sehe mich um. Dann beschließe ich, den Zaun entlangzugehen und nachzusehen, ob sich ein Schlupfloch findet.

Der Schnee knirscht unter meinen Stiefeln, als ich mich in Bewegung setze. Keine Ahnung, wie viel Zeit vergeht, während ich das riesige Gelände entlanggehe, aber irgendwann halte ich inne, denn …

Da ist ein Geräusch!

Abrupt bleibe ich stehen. Ich versuche, nicht zu atmen, mich nicht bemerkbar zu machen, dennoch entstehen kleine Kältewolken vor meinem Mund.

»Ich weiß, Theresa. Ich weiß. Es wird bald vorbei sein, okay?«

Perplex sehe ich mich um, bis ich realisiere, dass das Gespräch von irgendwo hinter dem Zaun kommt. Da keine Antwort kommt, nehme ich an, dass die Frau mit irgendjemandem telefoniert. »Ich rede mit Charles. Ich schwöre, ich rede mit ihm. Er wird dir bald nie wieder wehtun, keine Sorge.«

Alles in mir erstarrt. Charles tut jemandem weh? *Was?*

Panik erfasst mich. Binnen Sekunden schlottere ich am ganzen Körper. Mir entfährt ein teils keuchender, teils wimmernder Laut.

»... warte mal, Theresa. Da ist irgendjemand.«

Meine Augen weiten sich. Blind vor Angst setze ich mich in Bewegung, taumele vorwärts, renne durch den Schnee, so schnell, wie ich noch nie gerannt bin. Meine Lunge sticht, aber ich ignoriere den Schmerz, renne immer weiter, bis ich den Innenhof des Blackwell Palace erreicht habe. Ein riesiger, gold geschmückter Tannenbaum ragt in die Höhe, Schleifen zieren Fenster und die Doppelflügeltür, geschmückte Kutschen warten auf Touristen. Alles wirkt so bezaubernd und friedlich, dass ich kurz glaube, ich stecke versehentlich in einem Film fest.

Fokussiert steuere ich die Eingangstür an, als ich plötzlich und mit Wucht in jemanden hineinlaufe. Kurz sehe ich Sterne.

»Oh, Verzeihung!«

Es dauert einen Moment, bis sich meine Sicht wieder klärt und ich zwei lang geflochtene schwarze Zöpfe vor mir habe. Umherwirbelnde Flocken legen sich auf Lena Gerbensteyns Mütze, in ihre langen künstlichen Wimpern. Sie streckt einen Arm aus, um mich zu stützen, bis ich meine Balance wiederfinde.

»Schon gut«, murmele ich, während ich mir über die Stirn reibe. »War mein Fehler.«

Sie lächelt. »Du bist in so großen, schnellen Schritten durch den Hof gelaufen, dass ich schon von Weitem gedacht habe, du wärst auf der Flucht.« Das Lächeln weicht einer mitfühlenden Miene. »Was ich verstehen kann. Nach der Sache gestern und dem öffentlichen Statement heute sind die Paparazzi sicher schärfer als ’ne Dose Chiliflocken auf dich.«

»Statement?« Ich starre die Wednesday-Kopie an, als würde auch noch das eiskalte Händchen über ihren Kopf krabbeln. »Was für ein Statement?«

»Hast du es nicht gelesen?« Sie zieht die Brauen zusammen. »Das sprengt doch ganz Social Media. Wie kann man das übersehen?« Als ich sie nur weiterhin ratlos anstarre, verzieht sie seufzend den Mund und richtet ihr Louis-Vuitton-Täschchen. »Scheiße, dass ich dir das jetzt sagen muss, echt.«

»*Was* sagen?«

»Sofia und Charles haben sich wegen eures Kusses geäußert. Sie meinten, ihre Beziehung wäre polygam gewesen, und die Vertrauensebene hätte beiden nun bewiesen, dass sie bereit für den nächsten Schritt seien.«

»Nächster Schritt?« Ich bin mir sicher, das, was in meinen Ohren klingelt, sind nicht die verdammten Weihnachtsglöckchen. »Was für ein Schritt?«

Lena macht ein Gesicht, als wäre sie mit ihren knallroten Louboutin-Winterstiefeln in Hundescheiße getreten. »Die beiden werden heiraten!«

AND FINALLY … (NO) HAPPY EVER AFTER

Paola

»Heute Morgen frisch verlobt. Ihr Ring ist ein fetter Vendergaard-Klunker im Wert einer Viertelmillion und …«

Lena redet weiter, aber ich verstehe sie nicht mehr. Die Glocken sind zu einer trommelfellzerreißenden Schallwelle mutiert. Da wirbeln so viele ekelhafte Gefühle in meinem Körper, dass ich mich kurz frage, wie viel ein Körper ertragen kann. Der Kuss: Serotonin im Überfluss. Edward: Schuldgefühle und Zerrissenheit. Notizbuch weg: Scham und Verzweiflung. April und der Golfclub: Verdammt kranke Panik davor, mich in einen Mörder verliebt zu haben. Verlobung: Schmerz.

CHAOS.

»Paola?« Lena neigt den Kopf. »Bist du okay?«

»Ich … das ist … *schön*. Ich …«

Sie runzelt die Stirn. »Mich musst du nicht anlügen. Ich glaube, keine Frau auf diesem Planeten findet es schön, dass der begehrteste Blackwell aller Zeiten heiraten wird. Und wohl erst recht nicht du.«

»Entschuldige, Lena, ich … ich kann gerade nicht …«

»Alles gut.« Sie kramt in ihrer Louis und hält mir dann ein weißes Tütchen entgegen. »Willst du 'ne Ecstasy? Damit fühlst du dich besser, bis der Scheiß mit der Verlobung verdaut ist.«

Fassungslos starre ich sie an, die Lippen geteilt. Aber Lena wirkt nüchtern, als hätte sie mir gerade bloß einen Traubenzucker angeboten. *Ist das so fucking normal in der High Society, sich gegenseitig Drogen zuzustecken?*

»Nein, danke.« Schockiert schüttle ich den Kopf. »Ich denke … Kopfschmerzen, also … lege mich hin oder so.«

Lena zuckt nur die Achseln und schiebt sich das Tütchen in die Jackentasche wie eine Packung Kaugummi. »Dann bis dann.«

Sie geht an mir vorbei und verschwindet. Aber ihre Worte echoen noch immer in meinem Kopf wider.

Die beiden werden heiraten. Heute Morgen frisch verlobt.

Das wollte Emma mir sagen. Bittere Galle steigt meine Kehle hinauf. Und plötzlich sammeln sich all diese ausladenden Gefühle in mir zu einem wilden Strudel, in dem nur eine einzige Emotion vorherrscht: Wut.

Unbändige, gnadenlose Wut auf Charles Blackwell. Er hat mich geleckt, bis ich den Verstand verloren habe, seine Finger in mich gestoßen, hat mich in seinen Armen gehalten, mir Klassiker vorgelesen, sich meine Probleme angehört, mir Kindheitsträume erfüllt und mütterliche Traumata wiedergutgemacht, er hat mir Aufmerksamkeit geschenkt und Dinge gesagt, die mich tief im Herzen berührt haben, er hat mich vor allen anderen auf einem Weihnachtsball geküsst, während ich vor Schuldgefühlen gestorben bin – und dann verlobt er sich einen Tag später mit Sofia Vendergaard?

What the fuck?!

Edward war ehrlich. Er hat mir offen und ohne zu zögern gestanden, dass ich nichts weiter als das Objekt eines Machtspiels zwischen ihm und seinem Bruder gewesen bin. Charles hingegen hat es abgestritten, und wofür? Damit ich mich in ihn verliebe, er das Ding gewinnt und dann die Frau heiratet, die für ihn bestimmt ist? *Wie konnte er mich so verarschen?*

Es ist besser so, flüstert eine Stimme tief in mir. Besser so, von einem Typen loszukommen, der offensichtlich anderen Frauen wehtut. Der vielleicht eine von ihnen ermordet hat. *Besser so, wenn da nur noch einer dieser Blackwells ist, der dir im Kopf herumschwirrt.*

Das Klingeln meines Handys reißt mich aus meiner Starre. Als ich Gabriels Name auf dem Display lese, bricht Erleichterung über mich herein. Schnell nehme ich den Anruf an.

»Gabe?«

»Paola.« Mein Bruder weint. Ich habe das Gefühl, mich trifft eine Steinschleuder. »Paola, wann holst du mich hier raus?«

Die Muskeln in meinem Körper gefrieren. »Was ist passiert?«

»Papas Bosse waren hier und haben alles auseinandergenommen.« Er schnappt mehrmals hintereinander stockend nach Luft. »Sie haben Mamma und Papa verprügelt und …«

»Was haben sie dir angetan?« Ich presse das Handy so fest an mein Ohr, dass meine Finger taub werden. »Gabe, haben sie dir wehgetan?«

»Nein«, entgegnet er. »Ich war nicht zu Hause.«

Erleichtert schließe ich die Augen, stoße die Luft aus. »Hau da ab. Geh da weg, Gabe. Zu Severino aus deiner Klasse, geht das?«

»Ich weiß nicht«, murmelt er. »Soll ich ... soll ich zur Polizei gehen?«

»Nein«, sage ich sofort. »Die Polizei hat Angst vor denen, Gabe. Diese Männer regieren San Luca, verstehst du? Sie werden nur noch wütender, wenn du sie verrätst.«

»Aber was soll ich tun?« Seine Stimme bricht, ehe er leiser hinzufügt: »Ich habe Angst.«

Meine Brust zieht sich schmerzhaft zusammen. Aber ich muss stark sein. Mein Bruder braucht Hoffnung, und wenn er nicht mehr in der Lage ist, sie zu spüren, muss ich diejenige sein, die sie ihm gibt. »Geh zu Severino. Sofort. Ich hole dich da raus, Gabe.«

»Okay.« Er schnieft. »Hab dich lieb.«

»Hab dich mehr lieb.«

Er legt auf. Langsam stecke ich das Handy weg, wobei ich drei Anläufe brauche, weil meine Finger beben. Ich bin so voller Zorn, so blind vor Wut und Enttäuschung, Verletzlichkeit und Schmerz, dass ich plötzlich weiß, was ich zu tun habe. Die Erkenntnis nistet sich klar und fest in meinem Kopf ein.

Ich mache mich auf direktem Weg auf in den Westflügel. An der Rezeption bitte ich, einen Anruf für mich zu tätigen, um die Bestätigung zu erhalten, dass ich eintreten darf. Sie kommt, und ich eile durch die Flure, bis ich vor der Tür mit der Nummer stehe, die mir genannt worden ist. Ich klopfe.

Ein kleines Mädchen öffnet mir die Tür. Es ist höchstens fünf, hat rotblondes Haar mit einem geraden Pony, so voll, dass es im ersten Moment wie eine Perücke wirkt.

Die Kleine blinzelt zu mir auf. »Papa sagt, ich soll dich reinlassen. Er braucht noch kurz. Willst du mir bei meiner LOL-Surprise-OMG-Stylingpuppe helfen, die der Weihnachtsmann schon heute gebracht hat, damit ich Papa nicht nerve?«

Ich nicke. Schweigend trete ich ein, lasse den Blick über die schlicht gehaltenen Designermöbel gleiten und folge dem Mädchen zu dem riesigen Echtholztisch.

»Ich habe sie Dolly genannt.« Das Kind schiebt sich auf einen der Stühle, nimmt einen Pinsel und bepudert Dollys Wangen. Ich bleibe neben ihr stehen, verschränke die Arme vor dem Oberkörper und warte mit pumpendem Herzen. »Kannst du ihr einen Zopf flechten?«

Ich reiße den Blick von dem Panoramafenster, hinter dem die weiße Bergkette in den Himmel ragt, und sehe sie an. »Einen Zopf?«

Sie nickt. »Geflochten. Warte, ich nehme nur kurz die Spange raus.«

Sie nestelt an einer Spange, auf der eine Brosche befestigt ist. In der Mitte funkelt ein rubinroter Stein, eingefasst von goldgelben Perlen und Diamanten.

Im ersten Moment glaube ich, verrückt zu werden. Ich denke echt, ich halluziniere. Wieder und wieder blinzle ich, in der Hoffnung, dieser verdammte Rubin möge sich in Luft auflösen, aber er bleibt da.

»Woher hast du die?«

Das Mädchen zieht die Spange aus den unechten Haaren der Puppe und mustert sie. »Die hier? Aus Leos Zimmer.«

Mein Mund wird staubtrocken. »Darf … darf ich mal sehen?«

Sie zuckt die Achseln und reicht mir die Brosche. »Klar.«

Langsam lasse ich sie durch meine Hände gleiten. Meine Finger zittern noch immer. Ich drehe sie um, und da erkenne ich den zart gravierten Schriftzug. Mein Herzschlag setzt aus. Ich schnappe nach Luft.

Edward & April.

THE SADDEST THING ABOUT MY REGRET: I CAN'T FORGIVE ME, AND YOU CAN'T FORGET

Paola

Ich glaube, ich sterbe. Scheiße. Das hier ist Aprils Brosche! In der Sekunde, in der mir das bewusst wird, blitzt die Erinnerung an das Armband in meiner Tasche auf. Die grünen Scherben, so scharfkantig, als hätte man einen Stein gebrochen und neu in das Schmuckstück eingearbeitet. Ein Stein, so glitzernd, dass in ihm funkelnder Strass stecken könnte.

Ein Stein, den ich auf der Benefizgala an Leos Handgelenk gesehen habe. Und der eigentlich am Finger einer toten April Sanders sein sollte.

Scheiße, scheiße, scheiße!

Bevor ich einen Gedanken fassen kann, öffnet sich eine Tür und Elias Van Dyk tritt heraus. »Signora Cortessa«, sagt er. »Sie wollten mich sprechen?«

»Ja.« Mir ist schleierhaft, wie es mir gelingt, die Brosche mit einer so unbeirrten Maske wieder zurückzulegen, als wäre sie nur eines der Plastikdinger der LOL-Puppe. In mir tobt ein Inferno, ein Überschuss an Adrenalin, ein Herz, das völlig verängstigt in einer Ecke liegt und um sein Leben bangt.

Wo zur Hölle bin ich hier gelandet?

Irgendeine höhere Macht ermöglicht es mir, das Kinn zu heben und Van Dyk in sein Büro zu folgen. Er setzt sich vor ein weiteres Panorama in seinen Chefsessel. Ich nehme vor ihm Platz und knete die Hände im Schoß.

»Also?« Er hebt eine Braue. Jede geheuchelte Förmlichkeit von gerade ist erloschen. »Was gibt's?«

»Ich habe Infos«, sage ich. »Wie Sie wollten.«

»Gut genug, um meinen verdammten Bruder vom Thron zu stürzen?«

»Ich denke schon.«

»Du *denkst?*«

»Es geht um seinen Sohn. Charles.«

Van Dyks Lippen verziehen sich zu einem hämischen Grinsen. »Du meinst meinem Neffen, dem du gestern noch liebevoll das Gesicht geleckt hast?«

Ich übergehe seinen Seitenhieb. *Gabriel*, denke ich. *Alles nur für Gabriel.*

»Er treibt sich im ehemaligen Golfclub herum. Dort, wo April gefunden wurde.«

Aber wenn ihre Brosche hier liegt, kann es dann sein, dass Charles wirklich der Mörder war? Vielleicht haben sie gemeinsame Sache gemacht und können sich deshalb nicht mehr ausstehen. Kurz schließe ich die Augen, muss mich sammeln. Als ich sie wieder öffne, füge ich hinzu: »Da war eine Frau. Sie meinte, Charles würde einer anderen wehtun. Einmal habe ich ihn auf dem Gelände entdeckt. Ich habe die Vermutung, dass er dort Frauen verstecken könnte. Dass er ... dass er April vielleicht auch etwas angetan hat und es vertuschen wollte.«

War ich Minuten zuvor noch klar und überzeugt, das Richtige zu tun, hört sich nun jedes Wort wie ein riesengroßer, schlimmer Fehler an. Aber es ist gesagt. Ich kann nichts mehr radieren oder mit Deckweiß übermalen. Die Worte sind raus.

Van Dyk entgegnet nichts. Er stützt bloß das Kinn auf die Fingerspitzen und mustert mich. Irgendwann werde ich nervös.

»Wie gehen wir es nun an?«

»Wie gehen wir was an?«, entgegnet er.

»Mein Bruder.« Ich schlucke. Meine Kehle ist rau wie Sandpapier. »Ich habe Ihnen einen Skandal gegeben, den Sie gegen Signore Blackwell verwenden können, also halten Sie bitte Ihren Teil der Abmachung und helfen Sie mir mit Ihren Männern, Gabe zu mir zu holen und mir das Sorgerecht zu übertragen. Wie versprochen«, setze ich nach, weil seine Miene immer undurchdringlicher wird.

Aber plötzlich lacht er. Das Geräusch lässt mir die Haare zu Berge stehen.

»Meine liebe Paola«, sagt er, wobei nichts an seinem Ton freundlich klingt, »du hast mir keinen Skandal geliefert, sondern ein offenes Geheimnis.«

Perplex starre ich ihn an. »Wie bitte?«

Jetzt grinst er. Seine Zähne sind von Kaffeeflecken überzogen. »Denkst du, Charles kann etwas in dem alten Golfclub treiben, ohne dass sein Vater das bemerkt? Natürlich nicht!« Ich bin so schockiert, dass ich nicht einmal fragen kann, was er damit meint. Aber das muss ich auch nicht, denn Van Dyk spricht einfach weiter. »Mein Neffe *versteckt* keine Frauen, er lässt sie dort *leben*. Charles reist durch die Welt und sammelt gebrochene Seelen wie andere Menschen Trophäen, im steten Willen, sie zu retten. Die Frauen arbeiten im Hotel, Paola. Sie wohnen im Golfclub, und der einzige Grund, warum die Öffentlichkeit das nicht wissen soll, ist, weil Charles nicht will, dass in seiner Vergangenheit gegraben wird, und die Frauen nicht wollen, dass sie ins Zentrum der Aufmerksamkeit rücken.«

Mein Gesicht wird taub. Das muss das Gefühl sein, wenn Hoffnungslosigkeit endgültig siegt. Ich habe Charles aufgrund einer schwachen Vermutung verraten, weil ich verzweifelt etwas finden wollte, um Gabe zu helfen. Und das war eine Sackgasse. Er ist ein Heiliger. Ein Teufel, ein *verlobter* Teufel, ja, aber jeder weiß, dass auch Beelzebub einst nur ein gefallener Engel war.

Charles hat mich verarscht. Mit meinen Gefühlen gespielt. Aber er ist kein Monster. Er rettet Menschen.

Wie konnte ich nur jemals so etwas denken?

Weil du nicht mehr weißt, was du glauben kannst und was nicht, Paola.

Van Dyk wedelt nur genervt mit der Hand durch die Luft, als wolle er eine Stechmücke verscheuchen. »Wenn du mich jetzt entschuldigst – ich habe Dinge zu erledigen.«

Wie gelähmt schiebe ich den Stuhl zurück und erhebe mich. Ich spüre meine Füße nicht mehr. Meine Beine.

Als ich es irgendwie zur Tür geschafft habe, hält Elias mich noch einmal zurück. »Ach und, Paola?«

Langsam drehe ich mich um.

»Bis Neujahr will ich mehr, sonst siehst du deinen Bruder schneller wieder, als du denkst.« Sein ekelhaft siegreiches Lächeln geht mir bis ins Mark. »Aber nicht hier, sondern in San Luca, verstanden?«

Ich entgegne nichts. Mein Kopf schwirrt. Da ist nur grauer Nebel und eine erdrückende Schwere, die mich enthaupten will. Mit gesenktem Kopf schließe ich die Tür hinter mir, hebe ihn jedoch sofort wieder, als ich die Silhouette vor mir wahrnehme.

Und mein Herz stehen bleibt.

Scheiße.

HAVE YOU EVER LOVED A BLACK ROSE – AND BLED AGAINST HER THORNS?

Paola

Dort, vor mir, steht Charles. In der einen Hand hat er einen riesengroßen Strauß mit schwarzen Rosen, in der anderen mein Notizbuch. Aber diese zauberhafte Geste hat nichts, absolut *nichts* gemeinsam mit den schmerzerfüllten Zügen in seinem One-Million-Dollar-Face.

»Du hast mich *ausspioniert*?« Er stößt das Wort aus wie einen Pfeil, der sich in meine Brust bohrt. »Du hast mich, verdammte Scheiße, die ganze Zeit *hintergangen*?«

Er schreit nicht. Er spricht ganz ruhig. Und das ist fast noch schlimmer, als würde er brüllen.

»Charles …« Die Worte stecken mir im Hals fest. »Du verstehst das nicht. Es …«

»Ich habe dich gesucht und zufällig mitbekommen, wie du hergekommen bist. Ich habe nach dir gesucht, Paola, um dir zu erklären, dass diese Verlobung nichts als Schein ist, der gewahrt werden muss, und dass dennoch du es bist, die mein Herz wählt. Ich habe dich gesucht, um dich zu fragen, ob du mit mir zusammen sein willst, während du …« Er holt tief Luft. »Während du mir ein verficktes Messer in den Rücken rammst?!«

Ich presse mir die Hand auf den Mund, weil ich die wimmernden Laute unterdrücken will, aber erfolglos. »Charles …« Ich mache einen Schritt auf ihn zu. »Du verstehst nicht. Ich musste deinem Onkel …«

»Komm nicht näher!« Mit einem Gesichtsausdruck, als würde ich ihn anwidern, weicht er vor mir zurück. Er sieht mich an wie ein Stier das rote Tuch. »Ich schwöre dir, Cortessa, ich werde dich fertigmachen.«

Cortessa. Gott, sein innerer Schmerz nimmt mich auseinander und entreißt mir alle Eingeweide. Diese Eiseskälte in seinen Augen zu sehen, diesen Blick, brüchig wie totes Laub … und das alles meinetwegen, weil *ich* ihn verletzt habe, weil *ich* ihm in den Rücken gefallen bin.

»Wenn Elias dich bleiben lässt, werde ich dich ausbluten lassen. Ich werde dafür sorgen, dass du mit eingezogenem Schwanz abhaust, dein Leben nicht mehr als ein wertloser Scherbenhaufen.« Seine Stimme ist kalt und berechnend, dennoch meine ich, die Verzweiflung hinter dem Schutzpanzer wahrzunehmen. Die Enttäuschung. Und das ist noch schlimmer als diese fürchterlichen Worte, die sich in meine Seele graben.

Charles verzieht hasserfüllt den Mund. »Leg dich niemals mit einem Blackwell an, Cortessa.« Dann wirft er mir die Blumen und das Buch vor die Füße und verschwindet.

Ich stehe nur da, versuche, nicht an meinen Tränen zu ersticken, und bin nicht in der Lage, den Schmerz, der über mich hereinbricht, zu verkraften.

Irgendwann erfüllt eine Kinderstimme den Raum. »Wow, *der* ist aber wütend.« Wie ein verschrecktes Reh sehe ich auf und Elias' Tochter ins Gesicht. Sie hat die Brauen zusammengezogen und rutscht unwohl auf ihrem Stuhl hin und her. Dann deutet sie auf die Rosen zu meinen Füßen. »Nimm die lieber mit. Papa hasst Blumen und Mami Unordnung.«

Wie in Trance hebe ich den Strauß und das Buch auf, sammle das letzte bisschen Kraft, das irgendwo in den Ritzen meiner Knochen steckt, um dem Mädchen ein Lächeln zu schenken, und verlasse die Suite mit einem Herzen so schwer und schwarz wie die Rosen in meinen Händen.

THERE IS INFINITE HOPE, BUT NOT FOR US

Paola

»Er hat den ganzen Abend nicht gecheckt, wer ich bin, Leute. Den *ganzen* Abend.« Blair wirft frustriert die Arme durch die Luft. »Aber ich hätte ihm wohl kaum sagen können ›hey, Finn, pass auf, ich bin diejenige, die dir 'ne Schelle verpasst hat‹.«

»Warum nicht?« Lisbeth fegt eine Handvoll Schnee von einer Mauer, formt ihn zu einer Kugel und wirft ihn schließlich in die Luft, nur um ihn mit dem Stiefel zu kicken. Grimmig blickt sie drein. »Weil du Angst hast, er würde dich dann nicht mehr wollen? Spoiler Alert: Dann ist er es nicht wert.«

»Touché.« Ignotus spaziert in langem Gehrock und Zylinder zwischen mir und Emma, seinen Gehstock in der einen Hand, Puffels Leine in der anderen. Der Hund trottet fröhlich neben ihm her, steckt immer wieder die Nase in den Schnee und niest, nur um sich vor seiner eigenen Niesattacke zu Tode zu erschrecken. Ignotus' Seitenblick streift mein Profil. »Genau wie kein Kerl der Welt es wert ist, wenn er dich abknutscht, bevor er im nächsten Moment seine Verlobung verkündet.«

»Ignotus«, mahnt Emma. »Lass gut sein.«

Normalerweise wäre meine Freundin ihm zur Seite gesprungen und hätte mir einen Monolog darüber gehalten, warum sie mich von Anfang an vor den Blackwell-Brüdern gewarnt hat, wenn sie nicht die ganze Nacht wach gewesen wäre und versucht hätte, meine Tränen zu trocknen. In meinem Leben habe ich nicht häufig geweint. Letzte Nacht scheint das Universum entschieden zu haben, seine Vergesslichkeit in dieser Hinsicht wieder gutzumachen und mich stundenlang heulen lassen. Als mein Kopfkissen durchweicht war, habe ich Karl die Krabbe als Taschentuch verwendet. Mit meiner Wimperntusche am orangenen Hintern setzt er neue Trends.

Emma ist die Einzige, der ich alles erzählt habe. Von Elias, von meiner Verzweiflung, dem Druck, den er mir gemacht hat, von meinen Gefühlen für Charles, meinem plötzlichen Verdacht, von dem Gedanken, er hätte mich die ganze Zeit über verarscht und schließlich von Aprils Brosche und Leopolds Armband, von dem ich überzeugt bin, dass es sich bei den gebrochenen Steinen um Aprils Stimmungsring handelt.

Emma war beides: schockiert und sensationsgeil. Aber auch eine verdammt große Stütze in einem der dunkelsten Momente meines Lebens. Und sie ist auch der Grund, warum ich in dieser Sekunde mit rasendem Puls und kaum einem Gefühl in den Fingerspitzen mit den anderen zum Moritzersee spaziere, auf dem Leo, Edward und Charles gleich gegen die britische Königsfamilie ein Freundschaftsspiel im Polo zum Heiligen Abend bestreiten werden. Zu Ignotus' großer Enttäuschung sind Meghan und Harry nicht dabei. Ich könnte wetten, er hat ebenfalls die letzte Nacht durchgeheult.

Trotz meiner Verzweiflung und Leere haben Emma und ich gestern Ideen zwischen den Fingern gedreht, Überlegung an Überlegung gereiht und ein durchdachtes Puzzle erschaffen, das, so bete ich zu allen guten Göttern, als Gesamtbild einen idiotensicheren Plan bereithält.

»Es war mir irgendwie unangenehm«, sagt Blair. Sie sieht als Einzige von uns aus, als ob sie der High Society entstammt, obwohl ihre Klamotten waschechte Fälschungen von Alibaba sind. Sogar der Haarkamm in ihrer Hochsteckfrisur, der glitzert wie Hunderte von Vendergaards. »Ich weiß, es ist dumm, aber ich hatte Angst, wenn ich ihm sage, wer ich wirklich bin, dass er mich dann stehen lässt.«

Lisbeth schnaubt. »Das ist ungesund, Blair.«

»Ich weiß.« Sie seufzt. »Vielleicht bin ich irgendwann so weit wie du und kann mich genug lieben, um mit einer ›Entweder-du-willst-mich-egal-was-uns-trennt-oder-du-kannst-dich-verpissen-Einstellung‹ daranzugehen.«

»Wie meinst du das?« In Lisbeths Ton klingt Panik mit, als sie den Kopf zu Blair wirbelt. »So weit wie ich, und dich genug lieben?«

»Na, dass du dich selbst genug liebst. Dir kann niemand schaden. Du kennst deinen Wert.«

Erleichterung flackert über Lisbeths Züge. »Ach so.«

Ignotus und ich wechseln einen Blick. Mir ist klar, dass er dasselbe denkt wie ich: *Wann checkt Blair endlich, was abgeht?*

Wir haben jetzt fast den Moritzersee erreicht. Trotz der vielen Flocken, die durch die Luft wirbeln, erkenne ich Charles und Edward sofort. In aufrechter Haltung sitzen sie auf ihren Pferden. Dabei stehen sie den Gegenspielern der Königsfamilie in nichts nach. Sie könnten sich locker in deren Familie eingliedern, und niemand würde je herausfinden, dass durch ihre Adern schwarzes statt adliges Blut fließt.

Mein Blick wandert weiter, bis ich Leopold auf einem Appaloosa entdecke. Gerade beugt er sich vor und tätschelt dem Pferd den Hals. Mein Magen zieht sich zusammen, wenn ich daran denke, wie genau diese Hand April ermordet hat.

Die Ränge am See sind überfüllt. Wir kämpfen uns durch die Menge und schaffen es fast bis zum Ende neben das Polo-Clubhaus, woran Ignotus' Gehstock nicht ganz unbeteiligt ist. Als ich mich setze, spüre ich Sofias Blick auf mir.

»Ignorieren«, murmelt Emma neben mir. »Einfach ignorieren, Paola. Du hast nichts falsch gemacht.«

»Ich habe Charles verraten«, halte ich dagegen.

»Mhm.« Sie zuckt die Achseln. »Du kannst ihn nicht an jemanden verraten, der längst wusste, was abgeht. Wenn du mich fragst, sollte Charles sich genauso schämen. Er küsst dich, einen Tag später kommt die Verlobung mit Sofia.« Den letzten Satz sagt sie extralaut, damit Sofia es mitbekommt. Vor Scham zieht sich mein Magen zusammen, aber Emma drückt nur die Schultern zurück und richtet ihren Schal. »Sorry, aber kein Verständnis für so was. Ist doch klar, dass du angepisst bist. Was denkt dieses Goldbäckchen sich?«

Jetzt muss ich doch zu ihr sehen, denn Sofias Blick brennt sich förmlich in meine Haut. Aber statt ihrer Wut zu begegnen, erkenne ich nur Traurigkeit in der Tiefe ihrer Augen. Und in der Art, wie sie die Brauen zusammenzieht, Mitgefühl. Alles an ihrem Ausdruck schreit nach »ich verstehe dich, denn wir sitzen im selben Boot«.

Ich verziehe die Lippen zu einem schmalen Lächeln, nicke ihr zu und widme mich dann dem Spielfeld, auf dem sich beide Mannschaften gerade auf der Mittellinie formieren. Unruhig werfe ich einen Blick auf mein Handy. Es ist kurz vor vier. »Was denkst du, wie lange die brauchen?«, frage ich Emma.

»Weiß nicht«, murmelt sie. »Lassen wir uns überraschen. Das wird *das* Weihnachtswunder von St. Moritz.«

»Wie lange wer braucht?«, fragt Blair. »Und welches Weihnachtswunder?«

Ich stecke mein Handy weg, setze mich aufrecht und verschränkte die Hände so fest in meinem Schoß, dass ich glaube, jede Sekunde könnten meine steifkalten Finger brechen. »Schon gut.«

Und dann beginnt das Spiel. Es fordert mich einige Konzentration, in dem Schneetreiben mit den Augen dem Ball zu folgen, obwohl er mit seiner roten Farbe auffällig ist wie ein triefender Pickel auf der Nase. Aber die Männer reiten in einem so schnellen Kantergalopp über den gefrorenen See, dass ich nur ein heilloses Durcheinander wahrnehme. Noch bevor das erste Chucka vorbei ist, schießt jemand ein Tor, und die Menge jubelt.

Ich springe mit auf. Die Arme in die Luft gerissen, rufe ich den anderen zu: »Wer hat getroffen?«

»Dein Lover!«, brüllt Lisbeth zurück.

Und so geht es weiter. Mir fällt auf, dass Edward derjenige ist, der mit größtem Einsatz dabei ist. Er spielt Polo, als würde sein Leben davon abhängen. Für ihn muss es der perfekte Sport sein: Action, Tempo, Technik, Konzentration, Herausforderung – und das alles auf dem Rücken der Pferde. Jedes Mal, wenn er den Ball trifft, liegt in der Bewegung seines Schwungs so viel Wut und Aggressionen, dass ich auf das Spielfeld rennen und diesen mächtigen, starken Jungen in die Arme nehmen will. Nicht auszumalen, wie es gerade in ihm aussehen muss. Wie verwüstet. Zerstört. Ob er wohl weiß, dass April weder mit Brosche noch mit Stimmungsring gefunden worden ist?

Insgesamt spielen die Männer acht Chuckas. Es ist ein knappes Ende. Die Königsfamilie liegt vorn, aber dann schießen Misha und Suarez noch ein Tor. Kurz darauf gellt die Schlussglocke durch die Luft. Die Zuschauer rasten völlig aus, Körper rempeln gegen mich, Ellbogen treffen in meine Seite. Ich halte mich an Emma fest und kriege Panik, weil immer noch nichts passiert ist, beobachte, wie die Spieler vom Spielfeld reiten und von ihren Pferden gleiten, ehe sie die Tiere an ihre Grooms übergeben. Vielleicht geht unser Plan nicht auf, denke ich. Vielleicht war alles umsonst und niemand nimmt uns ernst. Wieso auch? Wir sind nur zwei Angestellte neben steinreichen, einflussreichen Menschen.

Aber dann wirbelt Emma herum. »Paola, da!«

Noch in derselben Sekunde, in der sie an meinem Arm zerrt, höre ich das Sirenengeheul durch die Luft gellen. Die Pferde legen die Ohren an, einige reißen den Kopf in die Höhe, während die Meute mit neugierigen Blicken die heranrasenden Streifenwagen der Kantonspolizei verfolgt.

»Was ist da denn los?«, fragt Ignotus.

Blair zuckt die Achseln. »Meint ihr, das hat mit April zu tun?«

»Gut möglich«, murmelt Lisbeth.

Ich schnappe Emmas Hand und drücke sie, so fest ich kann. Sie drückt zurück, dann zieht sie mich weiter, weil sie diejenige von uns ist, die sich Teilchen für Teilchen an das Puzzle hält.

Wir haben einen Plan, Paola. Denk an unseren Plan.

Zwei Polizisten steigen aus ihrem Auto und gehen auf die Spieler zu. Vor Leopold bleiben sie stehen.

»Ich glaube, ich kriege keine Luft mehr«, flüstere ich.

»Atme«, murmelt Emma, den Blick starr auf Leo gerichtet. »Ich bin bei dir.«

»Leopold Van Dyk?«, sagt der eine Polizist.

Leopold runzelt die Stirn, sieht von den Männern vor sich über die Schulter, als könne trotz seines Namens die Möglichkeit bestehen, dass sie jemand anderen meinen. Als ihm bewusst wird, dass dem nicht so ist, entgegnet er: »Ja?«

»Sie sind verhaftet«, sagt der andere Polizist. Mit einem Schritt ist er hinter Leo, schnappt sich seine Hände und legt ihm die Handschellen um. »Sie haben das Recht zu Schweigen. Alles, was Sie sagen, kann und wird vor Gericht gegen sie verwendet. Sie haben das Recht auf einen Anwalt. Sollten Ihnen die finanziellen Mittel fehlen, stellt Ihnen das Gericht einen zur Verfügung.«

Neben mir grunzt Emma. »Als sollten einem Van Dyk jemals die Kröten ausgehen.«

Leopold fällt alles aus dem Gesicht. Er starrt dem Polizisten vor sich ins Gesicht, als hätte dieser ihm gerade mit seinen Stahlkappen in die Eier getreten. »*Was?*«

Der Beamte hinter ihm legt Leopold eine Hand an die Schulter und führt ihn vorwärts. Die ganze Menge am Moritzersee beobachtet die Situation voll widerwärtiger Faszination.

Leo zerrt an seinen Handschellen. »Das kann nicht sein! Es handelt sich um einen Fehler! Lassen Sie mich … ich habe gesagt … fassen Sie mich nicht an!«

Hinter Jalapeño tritt Edward hervor. Er steckt sich zwei Finger in den Mund und stößt einen Pfeifton aus, ehe er brüllt: »Wer ist jetzt der Mörder, Leo?«

Die Situation ist wie aus einem Film. Überall werden Handys gezückt, Videos gemacht von der Person, der sie nur Minuten zuvor noch mit einem falschen Lächeln die Hand gedrückt und zu dem guten Spiel gratuliert haben. Jetzt liegt auf ihren Gesichtern nichts als Abscheu.

»Was ist hier los?«, brüllt eine Stimme, die mir schmerzlich bekannt vorkommt. Keine Sekunde später sehe ich, wie Elias sich an den anderen vorbeischiebt und zur Polizei aufschließt. »Was, zum Teufel, haben Sie mit meinem Sohn vor?«

»Ihr Sohn ist verhaftet«, wiederholt einer der Polizisten, während er die hintere Wagentür öffnet und Leopold in den Sitz drückt.

»Das *sehe* ich, verdammt!« Elias brüllt so laut, dass ihm Spucke aus dem Mund fliegt. Ich erkenne es bis hierher. »Aber das muss sich um einen Irrtum handeln! Ich verlange, dass Sie ihn sofort freilassen!«

»Bedaure«, entgegnet der Polizist, knallt die Wagentür zu und öffnet die zur Fahrerseite. »Uns wurde ein Hinweis zugespielt. Die Hausdurchsuchung in Ihrer Suite wurde gerichtlich angeordnet. Es wurden Beweise sichergestellt, die Ihren Sohn stark belasten, Signore Van Dyk. Mehr kann ich an dieser Stelle nicht sagen.«

Damit steigt er in den Wagen, wendet und fährt davon.

Elias taumelt rückwärts. Plötzlich ist Signore Blackwell an seiner Seite. Ich sehe, wie er seinen Bruder an der Schulter zu sich zieht und auf den Rücken klopft, aber Elias reißt sich los, fährt sich mit den Händen durchs Haar und zieht daran. Charles und Edward lösen sich von ihren Pferden und schließen zu ihrem Vater auf.

»Jetzt!« Wieder zerrt Emma an meiner Hand. »Na los, komm!«

Wir stürmen vor, aber Ignotus lässt seinen Gehstock nach vorn schnellen und versperrt uns den Weg. Misstrauisch mustert er uns. »Was habt ihr beiden vor?«

»Ignotus«, zischt Emma. »Nimm deinen verdammten Gehstock aus dem Weg, bevor ich dir das Ding gegen die Schienbeine hämmere!«

»Hör besser auf sie«, murmelt Blair. »Emma macht ernst.«

Ignotus wirkt hin- und hergerissen, aber schließlich zieht er den Stock zurück.

Mein Herz dreht völlig durch in meiner Brust, während wir auf die Blackwells und Elias zugehen. Charles bemerkt mich erst, als wir die Familie erreicht haben. Könnten Blicke töten, würde ich auf der Stelle tot umfallen. Verzweifelt versuche ich, ihn zu erreichen, aber es ist, als hätte er das Band zwischen uns zerschnitten. Mit vorgeschobenem Kiefer wendet er sich ab.

Elias ist außer sich. Ständig schlägt er seinem Bruder gegen die Brust, der versucht, ihn in den Arm zu nehmen, und brüllt Touristen an, dass sie sich verpissen sollen. Dann, plötzlich, landet sein Blick auf mir. Seine Augen weiten sich. »Du!« Er hebt den Finger und deutet auf mich. Dabei macht er einige Schritte in meine Richtung. »Du kleine, widerliche Ratte!«

Meine Damen und Herren: Jetzt wird's dreckig.

VON HERZEN, MIT SCHMERZEN, ÜBER ALLE MAẞEN

Paola

»Elias!«, stößt Signore Blackwell entgeistert aus. »Spinnst du?«

Sein Bruder lässt sich nicht beirren. »Das warst *du*, nicht wahr?«

Ich verenge die Augen. Alles in mir schreit danach, vor ihm zurückzuschrecken, aber Emmas Hand drückt sich bestärkend in mein Kreuz. »Sie hätten Ihr Versprechen besser halten sollen.«

»Versprechen?« Signore Blackwell sieht von seinem Bruder zu mir und wieder zurück. »Wovon spricht sie?«

»Ich habe keine Ahnung«, zischt Elias. »Sie ist durchgeknallt!«

»Was …«, beginnt Signore Blackwell, aber Edward unterbricht ihn.

»So würde ich nicht über unsere geheimnisvolle Schönheit sprechen, wenn ich du wäre, Onkel.« Er funkelt Elias an. »Ich mag es nicht, wenn man Menschen durch den Dreck zieht, die uns gefährlich werden könnten.«

Die uns gefährlich werden könnten.

»Und ich mag es nicht, wenn man mich unterbricht«, fährt sein Vater ihn an. Dann sieht er zu mir. »Jetzt ist nicht der Zeitpunkt für so einen Schwachsinn.«

Zorn brodelt in mir auf. Seine Worte waren das Streichholz, das im Spiritus gelandet ist. »Oh, ich würde Erpressung keinen Schwachsinn, sondern eine Straftat nennen.«

»Erpressung?« Elias lacht laut auf. »Gott, Mädchen. Kompensiere deinen Liebeskummer auf andere Weise und geh mir aus den Augen.« Er wedelt mit der Hand durch die Luft, zückt sein Telefon und wählt eine Nummer. Vermutlich die eines Anwalts oder seiner Frau.

Aber ich bin noch nicht fertig. Im Gegenteil. Der Spaß hat gerade erst angefangen. Ich sehe Signore Blackwell fest in die Augen und sage: »Elias Van Dyk war aufgrund eines Auslandseinsatzes im Namen des Hotels in San Luca. Er tauchte auf dem Weingut auf, auf dem ich arbeitete, weil er eine Sammlung teurer Stücke zum Testen für den Hauswein im Blackwell Palace mitnehmen wollte.«

Elias' Daumen verharrt über seinem Display. Aber er sieht nicht auf.

Ich hole tief Luft und fahre mit klopfendem Herzen und Nebel in jedem Winkel meines Kopfes fort. »Er bekam ein Telefonat zwischen mir und meinem Bruder mit und hat herausgehört, dass wir Probleme haben. Große Probleme. Mit der Mafia von San Luca. Er bot mir an, dass ich ins Hotel kommen könne, und wenn ich ihm einen Skandal liefere, der Sie, Ihre Söhne oder Ihr Hotel betrifft, Signore Blackwell, dann würde er meinem kleinen Bruder helfen.« Jetzt spüre ich das Ziehen der Angst bis in die Zunge. »Er will Sie vom Thron stürzen, weil Sie seit Jahren nicht bereit sind, ihm die Stelle des geschäftsführenden Partners anzubieten. Weil Sie Ihren Sohn darauf vorbereiten, Ihr Imperium zu übernehmen, und Ihren Bruder übergehen.« Ich schlucke. »Ich habe keine Bewerbungsrunden absolviert. Ich bin nie zuvor in diesem Hotel gewesen. Das alles war pure Show, lediglich inszeniert, um Ihnen zu schaden, einen Skandal zu finden, weil Elias der Meinung ist, um den Ruf des Hotels zu retten, bräuchten Sie ihn in der Öffentlichkeit, da Sie im Gegensatz zu Ihrem Bruder nicht gerade für Ihr Charisma bekannt sind. Und wenn dieser Zeitpunkt gekommen wäre, hätte Elias Ihnen das Ultimatum gestellt, den Ruf reinzuwaschen, wenn Sie ihn im Gegenzug als Partner eintragen.«

Endlich. Endlich habe ich alles von mir gestoßen, was seit Wochen auf meiner Seele brennt. Und Charles hat jedes verdammte Wort gehört. Er soll wissen, warum ich getan habe, was ich tun musste. Warum ich keine Wahl hatte. Er soll wissen, dass die Sorge um meinen kleinen Bruder mich in eine Ecke getrieben hat, aus der ich keinen Ausweg mehr sah.

Aber Charles bewegt sich nicht einmal. Er starrt immer noch voller Wut in den Himmel, als würde er die weißen Wolken mit bloßen Händen zerfetzen wollen.

Edward pfeift durch die Zähne. »Verdammt, little secret. Kein schlechter Auftritt. Auch wenn ich etwas enttäuscht bin, dass wir den Skandal jetzt nicht weiterverfolgen.«

Perplex starre ich ihn an. Seit dem Weihnachtsball haben wir kein Wort miteinander gewechselt. Er ist nie zu mir gekommen, um über den Kuss mit seinem Bruder zu sprechen. Jedes Mal, wenn er in meiner Nähe war, ist er genauso schnell wieder verschwunden. Und jetzt tut er so, als wäre nie etwas zwischen uns gewesen. Die Worte, die er ausspricht, klingen wie die am Tag meiner Ankunft. Aber der Ausdruck in seinem attraktiven Gesicht ist ein anderer. Keine Lässigkeit mehr. Keine Unbeschwertheit. Nein. Die Art, wie festgetackert, wie *zorngeladen* sein Lächeln spannt, hat etwas zutiefst Bedrohliches an sich.

»Halt den verdammten Mund, Edward!« Signore Blackwells Stimme brüllt so laut durch die Luft, dass einige der Menschen, die von den Securitys zurückgehalten werden, neugierig die Hälse recken. Der Besitzer des Blackwell Palace dreht sich mit einem beinahe irren Ausdruck in den Augen zu seinem Bruder um. »Ist das wahr, Elias?«

Elias sagt nichts. Er hält noch immer sein Handy in der Hand, der Finger schwebt über dem Display.

Emma drückt die Hand drängend in mein Kreuz. *Weiter, Paola. Das letzte Puzzlestück. Na los, setz es ein.*

»Wenn Sie mich feuern«, beginne ich mit zittriger Stimme, mir Charles' und Edwards Anwesenheit durchaus bewusst, »und wenn Sie mir nicht helfen, meinen Bruder aus San Luca zu holen, dann werde ich das öffentlich machen.« Ich schlucke. In meinem Kopf echot Emmas Stimme von gestern, die mir wieder und wieder eintrichtert, dass im Leben nur diejenigen gewinnen, die die Trümpfe ausspielen.

Wenn du nicht willst, dass sie dich fressen … friss sie zuerst.

»Ich habe die mediale Aufmerksamkeit«, sage ich. »Das wissen Sie. Wenn ich mit der Erpressung an die Öffentlichkeit gehe, wird es viral gehen. Es wird einen Shitstorm nach sich ziehen, den Sie nicht gebrauchen können. Ich werde Elias verklagen und das Geld bekommen, das ich brauche, um allein klarzukommen. Oder aber Sie ersparen sich den Stress und geben mir, was Ihr Bruder mir versprochen hat.«

Sie alle starren mich an. Sogar Charles. Signore Blackwell, als hätte ich den Verstand verloren, während dennoch die Rädchen in seinem Kopf rattern. Edward eine Mischung aus Argwohn und Wut, und sein Bruder, als würde er jetzt erst erkennen, wer ich die ganze Zeit über schon war: Paola Cortessa, arm, verzweifelt, gerissen. Zu allem bereit, um Gabriel aus diesem Mafialoch zu retten, das sein Leben zerstört.

Und Elias …

Er lacht. Elias Van Dyk lacht, als wäre das hier ein verdammter Scherz. Er wirft sogar den Kopf in den Nacken, während sich die bellenden Laute mit dem fallenden Schnee vermischen. Doch dann, urplötzlich, wirft er ihn wieder vor, fixiert mich und bohrt mir einen Finger in die Brust. »Du kleine Ratte erpresst mich, nachdem du gerade meinen Sohn an Heiligabend in den Knast gebracht hast?« Etwas Irres blitzt in seinen Augen auf. »Nun, dann verrate ich dir jetzt ein Geheimnis, warum ich *wirklich* auf diesem verdammten Weingut war und dich herholen wollte, Paola Cortessa.«

Stirnrunzelnd sehe ich ihn an.

Er grinst, als würde er den Verstand verlieren. »Ich bin dort aufgetaucht, weil ich *neugierig* war. Denkst du, ein so einflussreicher Mann wie ich ist auf die Hilfe eines unwichtigen, armen Mädchens aus San Luca angewiesen, wenn er jemanden braucht, der einen Skandal findet?« Er schnaubt. »Und dort sagte man mir, du wärst eine so *intelligente* Person. Weißt du, wie viele Privatdetektive hinter meinem Bruder hergeschnüffelt haben, während ich dir das Gefühl gegeben habe, ich *bräuchte* dich für diesen Auftrag?«

»Was?« Signore Blackwell packt seinen Bruder am Mantelkragen und reißt ihn zu sich heran, bis sich ihre Nasenspitzen beinahe berühren. »Was hast du da gesagt, verdammt?!«

Aber Elias lacht nur weiter. Ich bekomme Angst. Emma umfasst meine Hüfte und gibt ihr Bestes, für mich da zu sein, aber ich spüre in dem Beben ihrer Finger, dass auch sie merkt, wie unser Puzzle sich in alle Einzelteile auflöst.

»Fernanda Berlusconi, mein Bruder, erinnerst du dich?«

Signore Blackwell weicht jedes Blut aus dem Gesicht. Und mir auch. Fernanda Berlusconi. So hieß meine Mutter, bevor sie Matteo geheiratet hat. So hieß *ich*, bevor ich den Namen dieses Dreckskerls annehmen musste. Paola Berlusconi.

Aber warum reagiert ausgerechnet Signore Blackwell, als wäre er einem Dämon begegnet? Seine Finger rutschen vom Kragen seines Bruders. »Was?«

»Du hast richtig gehört.« Elias bereitet die Richtung, die diese Unterhaltung einschlägt, sichtliches Vergnügen. Und mir ein Magengeschwür. *Was passiert hier?*

Van Dyks Augen fokussieren mich. »Wenn du schon von Erpressungen sprichst, musst du meinen lieben Bruder ebenfalls anzeigen.« Er macht einen Schritt auf mich zu und neigt den Kopf. »Er hat deine Mutter gefickt, sie geschwängert, wie die armselige Prostituierte der Kurfürstenstraße, und ihr gedroht, ihr einen schweren Betrug in einer anderen Sache anzuhängen, als das Kind sieben war, alles aufgeflogen ist und deine liebreizende Mutter Kohle von deinem steinreichen Papa wollte.«

Noch während er das letzte Wort spricht, passieren viele Dinge gleichzeitig: Emmas Hand rutscht von meiner Hüfte, Edward keucht, Signore Blackwell starrt mich an, als würde die Erde unter uns aufreißen, und ein widerliches Knacken erfüllt die Luft, als Charles' Faust den Kiefer seines Onkels bricht. Der Schwung des Schlags katapultiert ihn auf den Boden. Charles will nachsetzen, aber in letzter Sekunde scheint sein Vater zur Besinnung zu kommen, schlingt den Arm um den Torso seines Sohnes und presst Charles an seine Brust.

Elias liegt mit ausgerenktem Kiefer auf dem Boden. Ihm läuft Blut aus dem Mund, aber er lacht weiter. Sein Finger bebt im Rhythmus der amüsierten Töne, die er von sich gibt, während er auf mich zeigt. »Du bist seine *verdammte Tochter!*« Was für ein angenehmes Chaos, dich ins Hotel zu holen, Paola.«

Du bist seine verdammte Tochter.

Tochter.

Tochter.

Tochter.

Mein Blick streift den von Edward. Seine Augen sind geweitet und gefüllt mit Schock, der über jedes normale Maß hinausgeht.

Und dann Charles. Das ist schlimmer. Das ist *emotionaler*. Wir sehen uns an, als würden die Trümmer der Erde uns mitreißen. Wir sehen uns an, als wären wir der Untergang. Als wären wir der fehlgeleitete Grund dieser Zerstörung.

Es ist kein Schock, der über mich hereinbricht. Schock ist zu wenig. Zu leicht. Das, was ich fühle, ist so schlimm, dass mein Körper *gar nichts* mehr spürt. Es ist so weltbewegend und planetenberstend schlimm, ich fühle nicht einmal eine Erschütterung, weil mein Inneres auf Tod schaltet. Auf einmal, von jetzt auf gleich, geht es in meinem Leben nicht mehr darum, wie ich lebe. Es geht darum, wie ich mit diesem Wissen *überlebe*. Ich befinde mich im tiefsten Schwarz der Dunkelheit, und ich weiß, ich *weiß*, in dieser Sekunde frisst sie sich in meinen Körper, damit ich ein Teil von ihr werde.

In dieser schweren Sekunde, in der das Magnetfeld mich und Charles zusammenschweißt wie zwei brutale Schicksale, die ein Ganzes werden sollen, denke ich an *Effi Briest*. Ich denke an Theodor Fontane und daran, dass er gewusst haben muss, dass das hier passieren wird, als er seine Feder über das Blatt kratzen ließ und folgende Worte niederschrieb: »*… wie heißt es doch, wenn man einen Zweig abbricht und die Blätter abreißt? Von Herzen, mit Schmerzen, über alle Maßen.*«

Durch den verschleierten Nebel vor meinen Augen, der Charles grüne Iriden verwischt wie die melancholische Schönheit eines Aquarellbilds – *die gleichen* stechend grünen Iriden wie die seines Vaters, *die gleichen* wie die in meinem Gesicht –, sehe ich in der verschwommenen Farbe seine akkurate Handschrift, die mir vom ersten Augenblick an die Wahrheit hatte sagen wollen.

Es gibt unendlich viel Hoffnung, nur nicht für uns.

EPILOG

Eilmeldung: Haftrichter entlässt Leopold Van Dyk (22) aus der U-Haft. Anhand von Quellen, unter anderem Bild- und Videomaterial, konnte zu einhundertprozentiger Sicherheit ausgeschlossen werden, dass der junge Unternehmensberater in irgendeiner Weise mit dem Mord an April Sanders in Verbindung steht, da er sich zum Zeitpunkt der Tat mit seiner kleinen Schwester Adelia (5) nachweislich im Hotel aufhielt. Der Cousin der berühmt-berüchtigten Blackwell-Brüder betonte bei seiner Entlassung, dass er nicht ruhen werde, bis er den wahren Mörder gefunden habe. Was genau zu April Sanders Tod führte, ist bisher unklar. Der Obduktionsbericht lässt auf sich warten. Die Ermittlungen dauern an.

TRIGGERWARNUNG

(ACHTUNG: SPOILER!)

Dieses Buch enthält potenziell triggernde Inhalte zu folgenden Themen:

BDSM, Verlust, explizite Gewaltszenen, Prostitution, toxische Beziehungen.

DANKSAGUNG

Blackwell Palace, Klappe, die Erste. Ich glaube, ich habe noch nie ein so langes Buch geschrieben. Und ich glaube, ich habe es noch nie so geliebt, ein so langes Buch zu schreiben. Das habe ich wirklich. *Blackwell Palace* war seit Langem das erste Projekt für mich, das süchtig gemacht hat. Ich habe mich sogar freiwillig abends aufs Sofa gesetzt, um weiterzuschreiben, obwohl ich eigentlich Feierabend hatte. Und das, meine Lieben, ist schon sehr, sehr lange nicht mehr vorgekommen. Das bedeutet mir so viel, weil es mir gezeigt hat, dass mein Job auch immer noch mein Hobby ist.

Und dafür, dass ich dieses Projekt so schreiben konnte, wie es jetzt ist, möchte ich einigen Personen danken.

Meiner Agentin Kathrin von der Literaturagentur Schlück. Du bist ein Herzensmensch für mich geworden. Jeder Rat von dir ist so wertvoll, jeder Schritt so gut durchdacht. Und das brauche ich besonders, weil, wie du weißt, ist nichts, bin ich, na ja … nennen wir es mal sehr impulsiv. ☺ Danke, dass du mich pushst, wann immer ich es brauche, und danke, dass du mich auf den Boden holst, wenn ich mal wieder durchs Universum fliege.

Dem Penguin Verlag, vor allem Laura. Danke dir dafür, dass du diese Reihe eingekauft hast. Danke dir, dass du es lachend weggesteckt hast, als ich sagte, ich würde bei einigen Szenen Kompromisse eingehen, die ich dann nie eingegangen bin. Danke dir, dass du an mich glaubst, mir Vertrauen schenkst und das Risiko eingehst, Projekte abseits vom Mainstream zu starten. Du bist die Beste!

Genauso danke ich dir, Steffi. Du hast mal wieder alles aus meinem Text rausgeholt, was ging, hast die Sätze auseinandergenommen und mich auf Logikfehler aufmerksam gemacht, die das ganze

Buch amerikanisch statt schweizerisch gemacht hätten. Ohne dich wäre ich sehr oft sehr aufgeschmissen gewesen.

Melanie Köhn – du bist die organisierteste Frau, die ich kenne! Danke für deinen Einsatz, danke dafür, dass du meine Events von der ersten bis zur letzten Sekunde durchplanst, weil du weißt, wie verpeilt ich bin.

Meiner Familie – ich liebe euch alle. Jeden Einzelnen von euch. Danke für so viele unterstützende Momente, fürs Babysitten, wenn ich dringend eine zweite Schicht ranhängen musste, fürs Lieben und Zusammenhalten.

Meinen (Schreib)-Freunden: Jane, Antonio, Josi, Toni, Lara, Hannah, Johanna, Jenny, Ava, Bianca, Steffi, Sofia (der ich eine sehr wichtige Person in diesem Buch gewidmet habe) – danke, dass ihr immer da seid, immer ein offenes Ohr habt, mich unterstützt, euch für mich freut und wir gemeinsam Erfolge feiern.

Danke dir, Lars, für deine großartige Hilfe beim Hubschrauber-Kapitel. Jetzt bist du nicht mehr nur Teil meiner wunderbaren Unizeit (Jura4Life), sondern auch meiner Bücher! ☺

Danke an Johanna, Lara, Becca und Vivi fürs Testlesen! Mein Gott, wie aufgeschmissen ich ohne euch gewesen wäre. Ich verdanke euch so viel!

Zuletzt DANKE an euch Lesende. Edward würde jetzt sagen: WHAT THE FUCK habt ihr aus meinem Leben gemacht, Girls & Boys?! Und das meine ich ernst. Durch euren Hype für meine Bücher, Nachrichten, Fotos, Videos, Treffen, Empfehlungen stehe ich heute da, wo ich stehe, und kann Tausende Menschen mit meinen Geschichten begeistern. Ich werde euch auf ewig dankbar sein, denn all das hier gäbe es ohne euch nicht. Ich hoffe, ihr wisst, wie sehr ich euch liebe. Ohne Witz. Und ich hoffe, ihr verzeiht mir diesen Cliffhanger. Er war nötig. Für mein Drama, das ich einfach brauche. Ihr wisst schon.